清代宮廷大戲叢刊初編

# 忠義璇圖【上】

（清）周祥鈺　鄒金生　編寫
劉心明　張　雲　姚文昌　校點

北京大學出版社
PEKING UNIVERSITY PRESS

國家古籍整理出版專項經費資助項目

# 前言

中國古代宫廷的演劇傳統可以上溯到宋代初年，設立教坊、雲韶部（初名「簫韶部」），承擔宫廷的儀典性和觀賞性演藝活動，其中包括戲劇表演——雜劇和傀儡戲。宋以後歷代宫廷一般都設有御用演藝機構（偶因社會動盪而中斷），御用演員不足用或因社會動盪停辦時，也會招用民間藝人承應宫廷演藝。清代的宫廷演劇從管理、組織、設備、舞臺、編劇、表演、舞美、服飾等全方位得到了提升，從而發展到了歷史的極致。

清初承明之制，禮部設教坊司，凡宫中典禮燕會，有女樂二十四名承應，順治十六年（一六五九）裁撤女樂，全部改爲太監承應，增至四十八人，其中有專司演劇者。

康熙中期，内務府增設景山和南府兩個機構，專門承應宫廷演劇活動，相當於國立皇家大劇院，從而確立了戲劇演出在宫廷文化活動中超乎前代的重要地位和作用，使戲劇演出逐漸成爲宫廷文化活動中不可或缺的重要内容。這一點從現存龐大的清代昇平署檔案之系統性、規模化得以充分體現。道光七年（一八二七），南府改稱「昇平署」，延續至清末，但規模鋭減。

景山、南府的總管一般由内務府大臣兼任。下設内學由宫内太監組成，外學由漢籍藝人和旗籍藝人組成。日常演劇中，内學和外學一般是分別承應，當演出大戲需要上場人數衆多時，内、外學則有合作。又設錢糧處負責管理皇家劇院的物質資源，寫法處負責謄寫備演劇本及撰寫劇本相應的服飾、切末、舞臺裝置、舞臺調度、表演身段、唱譜、題綱等内容，大差處爲籌辦皇家重大演出活動時臨時成立的專辦機構，内務府檔案處分撥專人記録和管理宫廷演劇的檔案資料。乾隆朝以前的宫廷演劇檔案已全部毁於水火，現存有嘉慶朝數册及道光以後各代的絕大部分檔案，包括恩賞日記檔、旨意檔、承應檔、日記檔、錢糧檔、花名檔、恩賞檔、知會檔、白米檔等多種類別，記録内容之繁細和全面令人嘆服。現存大量昇平署曲本，包括安殿本、總本（總綱、總講、總書）、單本（單頭、單篇、單片）、題綱、排場、串頭、串貫、工尺譜、身段譜等多種形態，其種類之系統體現出管理之完備。這些歷盡劫波保存至今的文獻資料，如今分藏於中國第一歷史檔案館、故宫博物院、國家圖書館、中國藝術研究院圖書館等處。

清代皇家劇院在乾隆朝是機構設置最全面和人數規模最龐大的，據稱最多時有一千五百人左右，演出像《勸善金科》《昇平寶筏》等十本二百四十齣、上場人數動輒上千人的連臺大戲，足能勝任，每天一本，連演十天。

宫廷内的演劇活動可分爲娱樂性演藝和儀典性演藝。將戲劇演出引入宫廷儀典性演藝内容，始自明代。娛樂性演劇一般就是民間常見的雜劇、傳奇劇碼。儀典性演劇則按照節令祀享和慶典主題的不同，各有專用的劇碼承應，其中很多是宮廷藝人根據演出要求自行編製的。這樣的演劇傳統延續到清廷，得到了全面而系統的發展，更以政令形式形成了完整而嚴謹的演劇體制。凡至有帝后嬪妃壽辰、皇帝大婚、皇帝出行及返京、皇子出生、皇子定親、册立封號等喜慶事件，以及每年诸大節令，除舉辦相應的慶典或祭祀儀式外，都要安排特定劇碼的演出承應，是爲儀典性劇碼；而娛樂性劇碼則包括傳統雜劇、傳奇的折子戲（用於頻繁的日常觀賞性演劇）和連臺本大戲。

連臺本戲的劇本體制，非清宮首創，但確是由乾隆皇帝推爲極致。乾隆初年，敕令身任刑部尚書兼管樂部的張照等一班詞臣創作或改編了一批承應戲和連臺本戲，以供宮廷演劇之用。這批連臺本戲，現有存本者近二十部，短則一百多齣，長則二百四十齣，篇幅規模可稱鴻篇鉅製，故此又習稱爲「連臺本大戲」或「宮廷大戲」，半數至今有全本流傳。

清代的皇宮禁苑主要有紫禁城、圓明園、頤和園、熱河行宫（即承德避暑山莊）等，各處所建大中小型戲臺非常多，其中最著名的要數上中下三層的大戲樓。清代皇宫禁苑先後共建有五座三層大戲樓：圓明園同樂園清音閣，紫禁城寧壽宮閲是樓暢音閣，壽安宮戲樓，熱河行宫福壽園清音閣，頤和園德和園戲樓。圓明園同樂園戲臺最早建成，約建於雍正初年，規模最大，築造精美，乾隆、嘉慶、道光、咸豐朝常爲皇家觀劇之所，惜毁於一八六〇年英法聯軍。寧壽宫、壽安宫、熱河行宫清音閣大戲樓均建成於乾隆年間，壽安宫大戲樓於嘉慶四年（一七九九）諭旨拆毁，承德清音閣則毁於火災，頤和園在英法聯軍火燒北京時被毁，光緒年間重建時仿清音閣和暢音閣戲樓，在原怡春堂舊址上修建了德和園大戲樓，規模較其他四座爲小。寧壽宫暢音閣和頤和園德和園兩座倖存於今。

上中下三層戲臺，分别稱爲「福臺」「禄臺」「壽臺」，這樣的結構是專爲排演連臺本大戲而創設的。一般情節的演出均在壽臺進行，一涉神怪即用到福臺、禄臺。《昭代簫韶·凡例》：「劇中有上帝、神祇、仙佛，及凡人、鬼魅，其出入上下應分福臺、禄臺、壽臺及仙樓、天井、地井。或當從某臺某門出入者，今悉斟酌分别注明。」宫廷承應戲多涉神鬼世界，場面浩大，角色動輒數百上千，常需表現從天而降或地湧而出的情景，三層戲臺的機關設計，滿足了舞臺表現的要求。《昭代簫韶》《勸善金科》《昇平寶筏》《鼎峙春秋》《忠義璇圖》等宫廷大戲的劇本，對場面佈設、脚色出入的描述都非常詳細，每一環節皆與大戲樓相對應。

連臺本大戲的創作排演和三層大戲樓的設計建造，代表着宫廷演劇活動發展到乾隆時期所呈現的空前繁盛，從文本的長篇敘事體制，到舞臺表現的奢華風格，及其對戲曲意象性特徵的充分發揮，以及彼此在藝術上的相生相濟，都堪稱傳統戲曲藝術在特殊環境下的特殊成就，亦成爲中國古代戲曲史上的别樣風光。

宫廷大戲現有存本者近二十部，半數爲全本流傳。新中國成立初年商務印書館、中華書局曾以影印方式選印十部結集爲《古本戲曲叢刊》第九集出版，其中《勸善金科》據上海圖書館藏及吴曉鈴藏清乾隆間内府五色套印本影印，《昇平寶筏》《忠義璇圖》據國家圖書館藏清内府鈔本影印；《鼎峙春秋》據首都圖書館藏清内府鈔本影印；《昭代簫韶》據國家圖書館、上海圖書館及吴曉鈴藏清嘉慶十八年（一八一三）朱墨本影印。本次校點即以《古本戲曲叢刊》本爲底本，衹做標點，一般不做異文校勘，旨在通過《清代宫廷大戲叢刊》，呈現過去連臺本戲的面貌，爲廣大讀者打開一扇瞭解古代宫廷演劇面貌的門。

# 整理説明

《忠義璇圖》十本二百四十齣，是清代乾隆年間敷衍《水滸傳》故事而成的一部宫廷大戲。編者爲内府文人周祥鈺、鄒金生等。據《(光緒)常昭合志稿》卷三十二記載，周祥鈺字南珍，常熟人，乾隆十一年(一七四六)内府與纂《九宫大成南北詞宫譜》。鄒氏則生平不詳。

清昭槤《嘯亭雜録》中言：「(乾隆帝)命莊恪親王譜蜀漢《三國志》典故，謂之《鼎峙春秋》；又譜宋政和間梁山諸盜及宋金交兵、徽欽北狩諸事，謂之《忠義璇圖》。其詞皆出日華遊客(按：即周祥鈺)之手，惟能敷衍成章，又抄襲元明《水滸》《義俠》《西川圖》諸院本曲文，遠不逮文敏(按：即編寫《勸善金科》和《升平寶筏》的張照，乾隆年間刑部尚書。卒謚文敏。)多矣。」《忠義璇圖》第一本第五出《歸正傳副末開宗》中也曾明言：「今日個把這本傳奇前按舊文，後增正史。」由此可知，《忠義璇圖》是以《水滸傳》中的故事爲主要框架，同時吸收元明《水滸》傳奇，以宋金遼三國興衰交替的歷史爲背景，由周祥鈺等人改編潤色而成。

作爲宫廷戲曲，《忠義璇圖》宣揚的自然是忠孝思想。書中批判敢於反抗、鋤奸伐暴的梁山好漢是一群詭稱天罡地煞惑世誣民的盜賊，爲「聖世所必誅，清時所不赦」，所行之事是假忠假義。何爲「忠義」，書中言：「夫忠者，事上之盛節；義者，處己之大經。人能識此兩字，守之終身，則達而在朝，經文緯武，爲國家宣力之良臣；即窮而在野，市井草莽，也不失安分守己的百姓。」可見它是要求人們要做忠心護主的臣子、安分守己的良民。正像文中張叔夜、李若水、李綱、趙鼎等人，「其功略蓋天地，節義亘古今，名姓耀青編，精誠昭日月，這才是《忠義璇圖》真脈結」。

要想在衆所熟知的《水滸》故事中任意改變情節並作出道德評判並非易事。《忠義璇圖》的編寫者有意删削一些有礙主題的故事情節，如删除《水滸傳》中「九天玄女授兵法」「聚義廳大聚義」等章節，同時增加了一些宣揚忠孝主題的情節，如渲染李若水、張叔夜等忠心護主、不做二臣等。更爲明顯的是，戲曲中設置神仙這一叙述系統，由這些高高在上的神聖之人對芸芸衆生予以道德的審判。從戲曲開始的第一本第一齣《宣諸神發明衷旨》，如來、文昌、老君三教首領就已經預知天下大事，把一切造化盡掌手中，到第七本第八齣《流白血真人被殺》借助真人之口，指出公孫勝「到梁山，作惡多端，將來必墜地獄」的後果，暗示了梁山衆人的共同命運。而自戲曲的第十本第八齣開始，就對文中出現的人物進行陰審，把宋江等一百單八漢根據犯罪性質分爲六撥，重罰宋江、吴用兩賊首及關勝、花榮、呼延灼等爲臣不忠、反颜事賊的武官，嚴審『兩潘一閻』傷風敗俗的市民，酷刑懲治高俅等奸臣，同時讓張叔夜、李若水等忠義之臣暢遊仙界。這樣，編纂此劇的目的得以彰顯。

除了敷衍《水滸傳》，明代的《水滸記》《義俠記》《翠屏山》《元宵鬧》《偷甲記》等傳奇，以及清代的《虎囊彈》《十字坡》雜劇都成爲《忠義璇圖》借鑒吸收的對象。如第一本第二十齣《長老修書遣醉客》，據學者研究，出自邱園《虎囊彈》僅存殘齣《山門》，演魯智深事，曲文全同，僅個別字句有所不同。又第七本第十七齣《時遷盜取雁翎甲》摘自范希哲《偷甲記》（一名《雁翎甲》）中的《偷甲》，只多了「金雞叫」「惜奴嬌」，少了「夜行船」「嘉慶子」「幺令」三支曲，賓白部分只是稍作改動。周祥鈺等在編寫《忠義璇圖》時，也借鑒了一些花部《水滸》戲，這可以從《綴白裘》所收的各類《水滸》戲看出。這些明清傳奇，內容詼諧，語言幽默，故事曲折生動，增加了戲曲的通俗性、趣味性。戲曲中劉唐與店小二的打諢（第一本第十九齣）、時遷與店小二的戲謔（第七本第十七齣）等等，營造了一幕幕引人發笑的場景，而文中對元宵佳節城市張燈結彩的描寫，展示了旖旎多姿的世俗風情。

《忠義璇圖》曲詞典雅富麗，賓白通俗淺顯。爲增加劇情的喜劇效果，還采用地方語言入戲，如第二本第二齣《醉打蔣忠還舊業》中描寫武松上場前各地酒客聚會蔣忠酒店的場景。整部戲曲場次繁多、場面宏大，對戲臺設置、服飾砌末等有很高要求，這正體現出了這部宫廷大戲的皇家氣派，也使得這部戲曲稱爲歷代《水滸》戲之最。不過，與《昇平寶筏》《鼎峙春秋》《勸善金科》有詳細的上演記録不同，在工芷章《清升平署志略》與周明泰《清昇平署存檔事例漫鈔》等文獻中卻找不到上演跡象。

作爲一部宮廷大戲，《忠義璇圖》的問題也很多，如文中删去了林冲夜奔等很多精彩的故事情節；有些情節缺失，給人以突兀之感。全書結構並非很嚴密，前後矛盾之處所在多有。這些一方面與編者多人有關，更主要當是由其主旨與《水滸》故事的原型扞格不入所導致。

《忠義璇圖》存有一個較早的殘本，二十齣，署藍畹、三元官編寫，其特點是注明每出來源，當爲後人進一步加工的底本。現存完整的版本是清内府抄本，收入《古本戲曲叢刊》九集之十。此次整理，即以之爲底本。整理過程中，我們對於文本主要做了如下處理，一是戲曲中存在大量俗字、異體字，儘量統改爲通行字。二是對於「元」「弘」等清代避諱字，皆改爲原字。三是對於一些音同或形近的訛字，如人名「朱仝」寫爲「朱同」「單廷珪」寫爲「單廷蛙」等等，逕改爲正字。四是對於一些語意不通之處，酌情出校。本文在撰寫過程中，參考了趙景深、李宗白、康小芬等學者的有關論著，未能一一詳細標出，特此説明，並表謝忱。由於我們並非專門研究戲曲者，加之水平有限，點校中訛誤之處，在所難免，敬希讀者批評指正。

# 目録

## 第一本

# 第二本

## 第三本

## 第四本

## 第五本

## 第六本

第七本

第八本

第九本

## 第十本

# 第一本

## 第一齣　宣諸神發明衷旨

〔雜扮八靈官執鞭從昇天門上。跳舞，鳴爆竹鞭，淨臺介。仍從昇天門下。衆護法、魁星、羅漢、衆大儒、衆星官擁釋迦佛、文昌帝君、老君上。合唱〕

【新水令】籠光華瑞靄散諸天，會靈山法身齊現。萬殊歸一本，三教總同源。宗派相傳，直與那天地共悠遠。〔奏樂介。陞座，分白〕悟徹菩提証妙通，齊家治國有儒宗。五千道德玄門秘，聖旨恩深喜並崇。我佛釋迦如來佛是也。吾神文昌帝君是也。吾神太上老君是也。積功行之無算，與天地而長存。道統成三，雖爾分門别户；利物則一，總爲覺世度人。去上古而茫茫，事還鑒其已往；慮季世之擾擾，機當防以未來。必須默運神通，庶可潛回造化。〔佛白〕先事而慮謂之先覺，後事而慮謂之後覺。即如宋室氣運，大有一番兵戈擾攘；世人昧昧，何由先事消弭？〔文昌、老君〕如來智慧，誠爲先覺。我等所慮，亦因向日鎮壓妖魔在龍虎山中，形雖未彰，機已漸露，將出現人世矣。未免傷害生靈，深屬可憐可憫。〔佛白〕静極則動，隱久當顯。時節因緣，固莫能强。雖然如此，我等自當默相護佑，以安大地衆生。〔衆羅漢、大儒、星官同白〕三位教主憐憫世人，發大慈悲心，功德非小也。〔三教白〕我想這閻浮世界呵，〔唱〕

【駐馬聽】運會千年，往古來今多變遷。神通一展，掀天揭地費周旋。漫道那主張造化有專權，可知這維持民物多深願。好憑俺法力無邊，直待要扭得那天心轉。〔文昌、老君同白〕觀消長之機，識盈虚之理。妖魔出世，此其一也。只因宋室道君皇帝内任奸邪，以致外招寇盗。那山東宋江、江南方臘、淮西王慶、河北田虎四處大寇，同時作亂，雖無大害，惟恐傷殘民物。佛法無分彼此，還當作何普濟纔好？〔佛白〕那些大寇同時竊發，我已預知，已經相召各處城隍并山川之神，待其到來，面諭他們便了。〔文昌、老君同白〕我佛慈悲，保全無量生靈矣。〔佛白〕但以我慧眼觀之，紛擾塵寰，不僅如是。那宋室自藝祖開國，天下太平已有年矣。無奈氣運相承，數十年後，更有一番戰争之事。棄汴京而走臨安，倚長江以爲天塹，天下遂成南北之勢矣。〔文昌、老君同白〕大數當然，即天地亦無如之何。我等遥想宋室君臣呵，〔合唱〕

【沉醉東風】坐花間春風綺筵，恣遊樂忘反流連。到後來南渡的再得個中興，只可憐北狩的何年得轉，有兆頭天津橋聽徹啼鵑。雖説是運數推遷總在天，也則爲人事兒有些乖舛。〔扮各省城隍、八山川神上。唱〕

【鴈兒落】望雷音輝輝佛日懸，催電車陣陣神飇捲，遥見那金繩法界開，早又是寶地檀場建。〔白〕

我等山川嶽瀆神是也。我等各省城隍是也。今者三教教主會聚靈山，蒙佛旨相召，特地趨赴。〔進見介〕三位教主在上，小神等參禮。〔三教白〕諸神少禮。〔城隍、山川神白〕三位教主相召我等，不識有何法旨？〔三教白〕諸神民社所寄，責任非輕，爾等境内各有巨寇爲亂，是皆爾諸神所當防禦。況十室之邑，必有忠信；一境之地，寧乏善良？豈可使崑崗失火，玉石不分乎？務須各展威靈，力爲保護山川民物。〔衆神應介。釋迦佛、文昌、老君同唱〕

【得勝令】呀！可奈他逆氛煽處勢滔天，要仗伊護好了錦中原。幸喜得大都會金甌様固，怎能彀小城垣鐵桶般堅。處處裏山川，莫使那戎馬頻蹂踐；在在的黎元，縱遇着兵戈要保全。〔衆神同白〕三位教主慈悲憫世，拯救羣生，小神等仰體好生之心，自當默相護衛便了。〔衆唱〕

【掛玉鈎】俺都是享祀興朝有百年，自然的多靈顯。雖不能壯志如他祖逖鞭，也索要圖完善。那凡人明處裏將勳績獻，俺神祇暗地裏把功勞建。但能彀一境安然，纔消得萬姓香煙。〔三教白〕保護山川民物，固是諸神分内之事，但須早爲籌畫，以備不虞。〔唱〕

【川撥棹】休待要兵和將逼壕邊，須把那户牖綢繆未雨先。有一日氣運推遷，天意回旋，依舊的民物完全，恁那保障的威靈方始顯。〔衆神白〕小神等就此前去，預作準備。一俟昇平，即當前來，回覆法旨。〔唱〕

【七弟兄】看纔來鹿苑，又遽辭法筵。剛一瞬打盤旋，喜歸途趁天風便。望齊州何處依微顯，

淡濛濛九點煙光遠。〔下。三教白〕衆神祇已遵法旨而去，想彼自能保境安民也。〔三教下座科。合唱〕

【煞尾】俺可也慈悲同發菩提願，俺可也槖籥分操造化權，扶持世運也則是分當然，好把那測不盡的靈光大施展。〔衆羅漢、大儒、星官擁三教下。衆護法神跳舞下〕

## 第二齣 建大醮酬答昇平

〔扮四宰相文彦博、范仲淹、趙哲、包拯，四朝臣歐陽修、張堯佐、狄青、杜衍上。唱〕

【賽觀音】月初沉，星猶綴，聽紫陌喧傳曙鷄，想萬户千門洞啓，喜殿頭綵仗正排齊。〔白〕蓬萊仙闕五雲中，閶闔疏鐘下曉風。夜景未收宫樹暗，玉堦花影尚朦朧。下官文彦博是也。下官范仲淹是也。下官趙哲是也。下官包拯是也。下官歐陽修是也。下官張堯佐是也。下官狄青是也。下官杜衍是也。〔四宰相白〕幸生盛代，〔四朝臣白〕欣事熙朝。〔四宰相白〕望重鳳池，職在股肱帝室；〔四朝臣白〕聲傳鷺序，任當經濟邦家。〔合白〕睹庶績之咸熙，知明良之交泰。禮應稱賀，誼合頌揚。今當早朝時分，你聽天樂鏗鏘，御香馥鬱。聖上將次陞殿，須當肅儀而待。〔内奏樂。衆武士擺鑾駕，四小内官、四大内官，内有洪信、二黄門官，四昭容上。設朝介。衆宰相、朝臣參介。合唱〕

【好子樂】【好事近】（首至四）初日耀彤墀，早殿上扇開雉尾。賡歌拜手，共仰取天顔有喜。〔白〕臣等奏聞陛下。〔昭容白〕奏來。〔宰相、朝臣白〕恭遇吾皇御極以來，仁風善政，無地不被；普天之下，年歲豐登，萬民樂業。臣等躬遇此太平盛世，曷勝歡忭之至。〔唱〕【刷子序】（五至合）羣黎欣同戴，光天化日，幸長際景運昌期。【普天樂】（八全末）聽遐邇歡聲如沸，盡道是皇朝有慶，聖主無爲。

〔扮太監捧旨上。白〕聖旨下：聞卿等所奏世運清寧，民風淳樸，朕心喜焉。但以朕涼德，何能遽臻盛治？皆因天地默佑，所以致此雍熙之化。既荷生成之德，當申酬報之儀。即着殿前太尉洪信恭賫詔書、御香，前往江西龍虎山，宣召正一嗣教張真人來京，修建羅天大醮，答報天地之恩，兼爲民祈福。洪信可即日起身，兼程到彼。促其星飛就道，以副朕望。欽哉。謝恩。〔下。衆宰相、朝臣白〕萬歲，萬歲，萬萬歲。〔昭容喝退班介。奏樂介。衆武士、大小内官、昭容下。衆宰相白〕宣召天師建醮，仰報天地，爲民祈福。聖旨慎重其事，我等理當恭送勅書，以展誠敬之心。〔衆朝臣白〕正當如此。那太尉即時就要起身了，且不用歸第，請諸位老相國相率我等而往。〔宰相白〕請。〔朝臣白〕請。〔行介。衆下。儀從執龍旗、御杖，擡龍亭供勅書、御香，引洪信上。合唱〕

【普天樂】綉鑾旗，排成對，盤龍棍，行開隊。纔離了絳闕崔巍，又行來紫陌倭遲。〔衆宰相、朝臣上。唱〕朝天乍歸送使臣，又看車馬争馳。〔見介。宰相、朝臣白〕恭喜老太尉榮膺簡命，出使遠方，我等送至十里長亭，以申欽仰之心。〔洪信白〕重承諸位老先生盛情，壯我行色。只是勞尊，恐不敢當。〔宰相、朝臣白〕誥封炳炳，勅命煌煌，自當恭送一程。〔洪信白〕既如此，送至新蔡門外就請回來。〔宰相、朝臣白〕請。〔行介。合唱〕

【千秋歲】擺鑾儀，早把行人辟，穩駕着四牡騑騑。五色天書，五色天書光燦熳，直與那雲章争麗。中官職，原尊貴，天朝使，尤風利，榮寵人難比。總都緣宣揚帝命，憑藉天威。〔唱〕

【尾聲】障遥空，芳塵起，都是那接使臣的往來飛騎。〔宰相、朝臣唱〕只看這供帳排開專侯你。〔下〕

# 第三齣　騎牛對使露真言

〔場上預設山一座。山神、土地上。白〕廟宇極荒涼，地位忒微眇。案空齋供無，爐冷香煙少。緑醑誰來薦，黄錢何處討。殿傾寒雨淋，幔破陰風裊。塵漬厨飛鼯，磚迸牆生草。廟貌既隳頹，神威復潦倒。開山力不加，守土年應老。色黯貌傷傻，泥剥形枯槁。算來實苦辛，説起多懊惱。仙靈時往來，神將頻騷擾。迎送總不休，驅遣從無了。若是誤些兒，脊梁遭棒拷。〔土地白〕山神哥，你便打得起。我是老了，那裏還禁得打！〔山神白〕也饒你這土地老兒不過嗄。〔各笑介。土地白〕閑話少説。早間值日神將傳出天使法諭，今日有使臣洪太尉上龍虎山來。〔山神白〕要遣神虎、巨蟒試探來使之意虔誠與否，命我等暗中調遣。〔土地白〕此時想要上山快了，我和你就此去來。〔山神白〕説得有理。〔合唱〕不須見怪三尸恐，只在袪邪一念虔。〔下。二法官、道衆隨洪信背勅旨、捧香爐上。洪信唱〕

【點絳唇】冠帶旋更，威儀暫屏。上高峰頂，好致虔誠，把大法力的天師請。〔二法官白〕小道等禀知天使大人，向有長例，天使上山，手捧香爐，獨行上山，拜請教主。一則表聖天子尊崇之意，二則也表天使大人虔心。〔洪信白〕有這個道理？既如此，只得獨自上去便了。〔二法官白〕天使大人，請從這條路上去，不到十里之遥就是茅菴了。小道等不便相陪，暫且告退，少刻再來迎接。〔洪信白〕爾等自便。〔二法官、道衆應介。下。洪信白〕你看嵐光匼匝，翠影交加，這深山景物到也幽雅。我只索緩步上去便了。〔唱〕

【混江龍】遥望那入雲危磴，盤空疊作有幾層層。那一邊撑天的孤峰突兀，這幾答礙日的疊嶂峻嶒。雖説是千仞崔巍山勢險，猶喜得一條屈曲路痕平。只須是繞崇岡穿松入竹，用不着凌絶壁附葛攀藤。碧沉沉隔林煙靄，白茫茫觸石雲生。印莎徑鹿眠跡冷，出松陰鶴唳聲清。並無個閑來往餐霞仙客，可有那巖守衛值日神靈。〔白〕走了一回，漸漸有些力乏了。唉！一個羽流罷了，却要我步行上山拜請，這是那裏説起！我想他也未必有甚法術嗄。〔唱〕那裏見半青天嘘出風雲氣，平白地訶來雷電形。只好向瑶壇步斗，幾曾去玉局談經。〔内作風聲介。洪信白〕呀！好端端天晴日朗，怎麽忽然起這一陣狂風。好怕人也！〔唱〕

【村裏迓鼓】煽腥風山鳴谷應，忽迷漫沙飛石迸。號萬竅封姨忒猛，拔羣木孟婆太横。〔雜扮虎。山神作指引介。洪信唱〕但見那駭獸潛蹤，飛鴉驚噪，行人吊影。〔虎作跳撲介，洪信白〕啊呀，不好了！〔驚跌介。唱〕怎當這白額山君，咆哮拏攫，負嵎威逞。拚做個導前頭倀傷的代頂。〔虎又撲介，洪信驚倒介，山神驅虎下，洪信醒介。白〕慚愧，慚愧！那虎不來傷我性命，竟自去了。如今怎麽處呢？我想若是退轉去，那些道衆就要笑我了。罷！只得大着膽兒再捱前去。〔作整衣，復捧爐香行介。唱〕

【上馬嬌】雖曾躭戰兢，還算多僥倖。剛從那猛虎口脱餘生，尚兀自神魂失措難安定，聽那樹響也心驚。〔巨蟒上，盤繞介。洪信白〕阿呀！今番我要死也。〔跌倒介。土地暗上，驅巨蟒下。洪信白〕阿呀呀，了不得！這山中怎麽有這些毒蟲猛獸。早知如此，來此做什麽！如今是斷斷再不可上去了。〔唱〕

【勝葫蘆】不是咱退悔心生不志誠，恁危險地怎生行。我這裏暗暗心頭還自省，又非是浮雲富貴，鴻毛性命，誰肯便輕生。〔内吹笛介。洪信白〕這樣蛇虎出没之處，竟還有童兒牧牛。且待他來問個信兒，再定行止。〔牧童騎牛吹笛上。唱〕

【山歌】想當初老君乘此度函關，一去仙蹤杳不還。今日個重向欄前鞭得起，閒來騎出白雲間。〔洪信白〕你那牧童可認得我麽？〔牧童不理介。洪信白〕問你説話，怎麽不應？〔牧童白〕你到此間，敢是要見天師麽？〔洪信白〕你怎麽知道？如今天師在於何處？快去通報，説有天使在此，速來迎接。〔牧童白〕早間聽得天師説，朝中欽差齎詔到此，宣我進京修建醮事。已經駕雲先去了。你不用上山，去罷。〔洪信白〕嗄！有這等事？你不要説謊嗄。〔牧童作不理介，吹笛下。洪信白〕且住。那個牧童怎麽盡知我來意，莫非天師吩咐過了？他果然先進京去了？我想山中蟲獸又多，況且天氣漸晚，不如依他的話，回轉去罷。有理，竟是這等好。〔行介。唱〕

【柳葉兒】猛回身好尋歸徑，虎狼窟豈可久停。早遥林一抹煙光暝。天慘淡空山景，恐落日少人行，只索把膽兒强硬。〔二法官、道衆同上，接介。中軍暗上，接勑旨、爐香介。二法官白〕天使大人高山往返，勞苦不易。〔洪信白〕唉！你們這些道衆好没道理。〔二法官白〕爲什麽來？〔洪信白〕我是朝廷貴臣，你們如何戲弄起來？〔二法官白〕小道等焉敢。〔洪信白〕這山中多有毒蛇猛虎，你們必然知道，怎不先説一聲，由我獨自上去？〔二法官白〕原來爲此着惱。天使大人有所不知，本山雖有猛獸，並不傷人。〔洪信白〕那裏是並不傷人，還是下官的福分大，吉人天相。〔二法官白〕這也有之。請問曾見過教主否？〔洪信白〕那裏得見？只遇着一個牧童，説天師預先知道，已經駕雲先往汴京去了。〔二法官白〕原來如此。既然教主已去，公事算完，請天使大人在此少住幾日。明日，小道等奉陪，相請遊山，以申仰攀之敬。〔洪信白〕遊山？要遊在下面各處遊遊罷。那山上有什麽趣嗄。〔二法官白〕那山上有多少勝景哩。〔洪信白〕罷，罷！〔唱〕

【煞尾】論平常多豪興，不是今番拂爾高情，那山路崎嶇從來懶登。〔二法官白〕既是如此，明日只遊下面各處罷。〔洪信下。法官、道衆笑介，下〕

# 第四齣　洪信放魔驚䶮

〔十六護法神上，跳舞科。白〕寶地趨承常護法，琳宫監守會降魔。某等衆護法神是也。向者奉我佛法旨、上帝玉勅，在此龍虎山上清宫中看守妖魔，已有年矣。今當數應太尉洪信到此放走。此係時節因緣，應當出現，非天意人力之可能挽回者。我等待其事竣，即當回繳佛旨、帝勅。正是從教世上魔氛起，還仗空中神力扶。〔跳舞介。二法官、道衆、家將、中軍引洪信上。二法官白〕請天使大人到這裏來。〔洪信唱〕

【甘州歌】【八聲甘州】（首至六句）清虚紫府，看紅塵不到，宛似仙都。松陰滿院，雙鶴向人間舞。雲中路遥誰采藥，風外聲傳人步虚。〔二法官白〕觀門外已經遊過，請到正殿上走走。〔洪信白〕使得。〔行介。二法官白〕這是三清聖像，請天使大人瞻仰瞻仰。〔洪信參禮介。唱〕【排歌】（合至末句）官身暇，公事餘，閒遊聊把客懷舒。塵心滌，妄念除，到來應使俗情無。〔二法官白〕請到兩廊下各處隨喜隨喜。分付道人把各殿都開了。〔道衆應介。二法官指點介。白〕這是九天殿，那是北極殿。〔洪信唱〕

【又一體】【八聲甘州】（首至六句）榜懸瓊篆書，盡標題明白，幾多殿宇。〔二法官於曲内夾白〕請到石廊下去。那邊是太乙殿、三官殿。〔洪信行介。唱〕饒多幽興，正須要遊覽無餘。想元都後日誰重到，享取這清福經年我不如。〔看介。白〕伏魔之殿。〔向二法官介〕這殿爲何獨獨鎖閉，在此有這許多封條？〔二法官白〕此是本教前代祖師鎮鎖魔王在内，但是經傳一代天師，便添一道封條，使其子子孫孫不得妄開。〔洪信白〕開了便怎麼樣呢？〔二法官白〕若是開了放走魔王，非常利害。〔洪信白〕你且開了，待我看看魔王什麼模樣，怎生利害。〔二法官白〕小道斷斷不敢開。惟恐走了妖魔，爲害非淺。〔洪信冷笑介。白〕我想世上那有鎖魔之事，即使果有妖魔，見了我朝廷貴臣，自然就攝伏了。想昨日那山上的猛虎毒蛇，他也不敢來傷犯我。怕什麼，快快開了。〔二法官白〕開不得的。〔洪信白〕嗄！我曉得了。你們假粧怪事，煽惑愚民，要顯你們的道術嗄。〔二法官白〕那有此事？〔洪信笑介。白〕好笑你們這些道士呵。〔唱〕【排歌】（合至末句）空插訣，枉畫符，妖魔縱有也當祛。多粧假，故弄虛，人民無識盡教愚。〔白〕快快開了。〔二法官白〕這是斷然開不得的。〔洪信白〕你們這等堅執不開，我越加動疑了。莫非做甚不法之事藏在裏面？衆家將，速與我打開。〔家將應介。二法官、道衆白〕這便怎麼處？〔家將打開介。場上預設立石碣一座，正面刻龍章鳳篆。法官、道衆作怕介。洪信白〕没有什麼妖魔嗄。〔進内介〕原來只有一座石碣。你們說有妖魔，如今在那裏？可見是妄誕之言。〔二法官白〕但願没有妖魔便好。〔洪信看石碣介。白〕上面都是些天書符籙，識他不得。〔又看背面介。白〕遇信而開。〔笑介〕爾等還不肯開這殿門，這石碣上明明鐫着「遇信而開」，可見前定之事，教下官來開的。快快推倒石碣，看個下落。〔二法官白〕告禀天使大人，這石碣所鎮正是妖魔，萬萬不可推倒。〔洪信白〕不要你們管。衆家將，快把石碣推倒了。〔衆將應介、推介。法官、道衆白〕這便怎麽樣好？不要弄出事來嗄。〔洪信指家將介，推倒石碣介，地井内震響介，放火彩介，衆作驚避奔跌介，扮衆妖魔各色粧扮亂跑上，遶場下。洪信唱〕

【駐雲飛】劈下雷來，萬道紅光亂迸開。奔走魂何在，顛蹶身驚壞。嗏。〔衆白〕阿唷唷！好怕人也。〔洪信白〕不道果有妖魔，却又這般利害。唬殺了我了。〔法官白〕小道等怎麽樣禀過，天使大人執意不聽。如今走了妖魔，却怎麽處？〔唱〕屢進蒭蕘懷，何曾肯采。走却妖魔，塵世有無窮害。這不知誰個生生釀禍胎。〔洪信白〕我且問你。鎮鎖的什麽妖魔，這等利害？〔二法官白〕小道等聽得傳流下來，這殿内鎮鎖着妖魔共是一百單八個，並不知是何魔王。如今都被走了，如何是好？〔洪信白〕原來如此。你們若早是這等説，我也就不開了嗄。〔二法官白〕天使大人倒説得好。小道等何曾不再三禀過，不聽也是没奈何。〔洪信白〕如今總不用説了。爾等道衆并我家將一個也不許走漏消息，違者重究。〔衆應介，各虚白作封鎖殿門介。二法官白〕請天使大人再遊完了各處。〔洪信白〕還要遊什麽，分付地方官速備轎馬下程，明日一早起身進京覆命。〔中軍應介。洪信唱〕

【尾聲】這妖魔何事能作怪，把我那後半段的清遊興敗，想這樣的異事令人難細解。〔下〕

# 第五齣　歸正傳副末開宗

〔場上設香几。內奏樂。雜扮八開場人，各戴將巾、扎額，簪孔雀翎，穿直領，繫鑾帶，捧爐盤，執如意，從兩場門分上。各設爐盤於香几上，焚香，三頓首科，起，各執如意遶場。分白〕『玉女摇仙珮』皇輿蕩蕩，帝德巍巍，大啓文明景運。甘雨和風，春花秋月，共慶遭逢堯舜。世事無憑準，就眼前道理、怕人錯認。請細看，當場指點，還似勸善，寶筏接引。誰夢與誰醒。放眼天高，舉頭日近。更喜珠囊瑞靄，金鏡祥開，琴鼓阜財解愠。風俗人心，綱常名教，咸奉聖人寶訓。試譜宫商韻，把軼事、付與梨園墨粉。莫猜做、依樣葫蘆，改頭換面，傳奇院本。濊芳潤，太平歌舞天心順。〔內白〕借問臺上的，今日搬演誰家故事？〔八開場人白〕說是《水滸傳奇》，如今叫做《忠義璇圖》。〔內白〕這本傳奇流傳已久，怎麽又叫做《忠義璇圖》？〔八開場人白〕你們聽我說破因由，再向場頭體認。夫忠者，事上之盛節；義者，處己之大經。人能識此兩字，守之終身，則達而在朝，經文緯武，爲國家宣力之良臣；即窮而在野，市井草莽，也不失安分守己的百姓。今宋江等一百八人，秉豺狼虎豹之姿，行奪攘矯虔之事，偕黥刖遷徙之輩，矜揭竿斬木之雄，反詭稱天罡、地煞等名，以爲惑世誣民之具。豈有星精下降，相率爲盜之理！ 此實爲聖世所必誅，清時所不赦。 施耐菴假宋史爲事據，斥水滸爲窩巢，極寫首惡黨惡之奸，摹盡殺人歷人之跡，亦欲宣明忠義，喝破愚氓，乃以夢幻爲緣，遂使勸懲不著。 豈知爾時如張叔夜、李若水、李綱、趙鼎諸人，其功略蓋天地，節義亘古今，名姓耀青編，精誠昭日月。 這纔是《忠義璇圖》真結脉。 當今聖天子作之君，作之師，教育羣生，甄陶萬類，令我們就歌詠太平之文，寓維持風化之意。 稗官野史，亦有助於彰癉；假面傀儡，實感發乎忠孝。 今口個把這本傳奇前按舊文，後增正史，真忠真孝，任他生土生天；假義假仁，難騙愚夫愚婦。 是人知尊君親上，畏法懷刑，到處盡講讓型仁，風行俗美。 長享昇平之福，永登仁壽之鄉。〔分白〕蓬瀛歌吹領羣仙，點勘人間善惡緣。 欺世盜名無倖免，孤忠介節有真詮。 談空往事調宮徵，譜入新詞弄管絃。 自是太平景物好，翩翩鸞鶴五雲邊。〔仍從兩場門分下〕

## 第六齣　肆華筵端王稱慶

〔衆内侍引端王上。唱〕

【臨江仙】玉葉金枝龍準相，綿綿瓜瓞天慶，翔鸞樓閣接明光。清時多勝事，雅望重銀潢。〔白〕〖鷓鴣天〗旭日曈曨阺第開，芳菲佳景勝蓬萊。柳堤散步穿花出，水閣浮槎待月來。承帝胄，負仙才，乘輿到處喜追陪。昨宵既醉心和樂，猶憶行歌盡落梅。孤家乃大宋朝神宗皇帝第十一子，紹聖三年以平江鎮江節度使晉封端王。生值聖時，蔭分仙籍。聰明天錫，巧慧性成。效河間之好學，圖史披陳；慕花蕚之争輝，塤篪迭奏。且喜宫庭無事，因此宴樂孔多。正好及時行樂也。〔唱〕

【春色滿皇州】太平真有象，論宫庭歲月，共推蓬閬。思量起，莫虚抛錦綉韶光。再休提寧薛岐申，早輸我風流倜儻。〔内侍白〕啓上千歲爺，今日乃駙馬王都尉壽誕，要請千歲爺赴宴，現差門官在宫門候駕。〔端王白〕這是早約定的，吩咐起駕。〔内侍應，作吩咐介。雜扮衆執事太監執儀仗上介。同唱〕安排綵仗，向嗚珂戚里，同醉霞觴。〔下。場中擺畫屏、香几，兩旁長桌俱擺古玩介。四堂候官、高俅

引王都尉上。唱〕

【生查子】書畫擅風流，帝壻聲名壯。拂面好東風，晴日朱門厰。〔白〕黄金瑞榜絳河隈，白玉仙輿紫禁來。莫惜歡娱歌吹曉，揮戈吏却曜靈回。下官乃駙馬王晉卿，官拜都太尉之職。今日下官壽誕，特請小舅端王來此飲宴。官兒，那九大王是個鑑賞家，各處陳設鋪排，都要整齊富麗些纔好。〔四堂候白〕俱已齊備了。〔門官上。白〕九大王到了。請爺迎接。〔王都尉白〕快開正門。〔衆内侍引端王上。白〕纔過杏園香撲撲，又看柳陌紫紛紛。〔王都尉跪介。白〕王晉卿迎接殿下。〔端王白〕有勞。〔中設一座。王都尉白〕殿下請上，王晉卿叩見。〔端王白〕國戚至親，不須行禮，常禮罷。〔王都尉作揖介。白〕謹遵令旨。〔端王上坐，王都尉旁坐介。端王白〕今日駙馬好日子，本該來與卿拜祝，怎麽又勞費心？〔王都尉白〕馬齒初添，龍旂光賁，十分榮幸，又承厚賜多珍，一一欽爲傳寶。〔端王白〕好説。〔堂候獻茶介。王晉卿白〕請問殿下，宫中每日以何爲樂？〔端王白〕宫中樂事，翰墨之外，消遣處可也不少，只是内侍們都是些蠢才，並無一伶俐之人可以幫襯。〔王都尉白〕殿下英姿絶世，學問淵深，那一件不知，那一件不曉？不要説内侍，就是那朝臣庶士，不論雅俗，那一個可以幫襯萬一的？〔端王白〕豈無其人，一時不遇耳。〔堂候白〕啓爺，酒宴完備。〔作行禮入席、左右行酒介。王晉卿、衆唱〕

【梁州新郎】清芬庭院，東風和暢，朱邸輕移步障。遥臨鶴蓋，紅雲遮映山莊。〔王都尉白〕只覺年華如水，馬齒頻添，何日酬恩貺，祇增人媿也。仰輝光，願向筵前呈舞觴。〔曲内四堂候捧什物上，與衆内侍介。端王白〕謝了都尉爺。〔内侍應，作謝介。同唱合〕鶯未老，柳初長，年年此日邀仙仗。勤洗盞，共歡賞。〔端王白〕駙馬，你每日調宫弄徵，音律是精通的了，可有什麽新串的院本麽？〔王都尉白〕少間演的《倒銅旗》就是新劇。〔端王白〕什麽《倒銅旗》？〔王都尉白〕就是秦叔寶、程咬金那些好漢。〔端王白〕這是隋唐故事。我們起來散散罷。〔王都尉白〕甚好。〔奏樂，出席，更衣。端王看古玩介。白〕這些尊彝，想是三代以上法物。〔王都尉白〕也有秦漢以後的。〔端王拿玉獅子介。白〕這個鎮紙獅子雖不過羊脂玉鏤成的，却也做得細巧玲瓏。〔王都尉白〕還有一個玉龍筆架，也是這個匠人一手做的。明日揀出來，一併相送。〔端王白〕那筆架自然更好。這玉獅子真覺可愛得緊。〔左右白〕啓爺，麗春樓演武廳預備了，候千歲爺遊玩。〔端王白〕那邊有什麽好處？〔王都尉白〕麗春樓是些撮戲法的，并諸般雜耍。演武廳是走馬、賣解、打彈、擊球的。〔端王白〕諸般不必，我們且到演武廳較射一回，再領教新劇罷。〔王都尉白〕謹遵令旨。〔左右持弓矢先上。衆行。唱〕

【節節高】行行錦綉場，轉迴廊，落紅飛絮莓苔上。蜂兒狂，蝶兒忙，鶯兒浪。平坡碧草花茵敞，把穿楊絶技頻施放。〔合前〕今宵拚醉促飛觴，等閒不覺情歡暢。

【尾聲】良辰美景應無兩，學華林馬射風光。則看那楊柳春旂一色颺。〔下〕

# 第七齣　宋家莊太公訓子

〔扮宋江上。唱〕

【遶池遊】茫茫宇宙，誰識擎天手。負韶華不堪回首。湖海聲名，筆刀趨走，怕棲遲明珠暗投。〔白〕劍吐長虹貫斗牛，公門吏隱幾春秋。何時投筆荷戈去，直取班超萬里侯。自家姓宋名江，表字公明，排行第三，山東鄆城縣宋家莊人氏。生成義俠，頗諳詩書，慕朱家、郭解之流，解紛排難；結屠狗、椎埋之輩，露膽披肝。雖非里中豪右，也曾救人之急，濟人之危，交盡天下英雄，何止大淮以南，太行以北。因此人都叫我做「黑三郎」，又呼我爲「及時雨」。在這鄆城縣太爺堂上充個書吏。長懷大志，暫時事刀筆於蕭、曹，每顧中原，終期奮功名於衛、霍。只是萱室先摧，且喜椿庭尚茂。有妻孟氏，操持家政，孝養高堂。還有兄弟宋清，名爲「鐵扇子」，與父親在這莊上務農。今日縣中無事，特地回家。當此春日融和，家門清静，已曾吩咐娘子準備酒殽，以奉老父一觴。娘子那裏？〔孟氏上。唱〕

【又一體】良人孝友，幸配鴛鸞，偶效倡隨，清貧廝守。〔白〕相公，我和你琴瑟和諧，願百年晴光又轉艷陽天。〔宋江白〕娘子，高堂倚仗看花倦，好引青樽到膝前。酒筵可曾齊備？〔孟氏白〕齊備多時了。〔宋江白〕老父有請。〔宋太公扶杖，宋清、陳氏隨上。唱〕杖履逍遥，年光拖逗，任東風催人白頭。〔相見虛白介。宋太公白〕我兒請我出來，有何話説？〔宋江白〕今日孩兒公務餘閒，特進一杯春酒，以介眉壽。〔宋太公白〕生受你了。〔作入席，宋江進酒。衆唱〕

【集賢賓】望高堂喜承歡親左右，正簾幕風柔。千紅萬紫春如綉，聽林鶯新囀如流。〔宋江唱〕只是公門下走，恐不免貽憂黄耇。〔合唱〕將進酒，待引滿，介兹眉壽。〔宋太公白〕我兒，你身雖在公門，心則不離於舍。況且離家不遠，我和你可以時常團聚，有何貽憂於我之處？〔宋江跪介。白〕孩兒有一言告禀。〔宋太公白〕起來講。〔宋江起介。白〕孩兒聞古人云：「識時務者，呼爲俊傑。人無遠慮，必有近憂。」如今王室日卑，朝綱不振，豺狼當道，賄賂公行。像孩兒做吏的，但犯罪責，輕則刺配遠惡軍州，重則抄札家産，連累父母、妻子。〔宋太公白〕元來如此。你是謹慎之人，再也不犯法的。〔宋江白〕孩兒到有一計在此。明日父親寫了一紙呈子，只説孩兒不務正經，結交匪類，告孩兒忤逆，求官府批給執照存案，出了籍册，各户另居。那時就有事出來，也有話攔擋。〔唱〕

【又一體】笑人情似白衣和蒼狗，常蹙破眉頭。無端風浪終須有，早安排穩坐漁舟。〔夾白〕況且有兄弟在家，家風素守，況有弟能承堂構。〔合前〕將進酒，待引滿，介兹眉壽。〔宋太公白〕我兒，你没有忤逆，我如何肯告你。〔宋清白〕哥哥，如此清平世界，況且從來的官府待你甚好，縱有小過，自然寬貸，何必無災而懼如此？〔孟氏白〕相公，凡事還須從長計議。你雖是執役公門，却也名聞海内。今公公若告了忤逆，只恐外觀不雅。〔宋江白〕你們田舍郎、女流輩，那知目下時事。

〔宋清、孟氏唱〕

【琥珀貓兒墜】庭闈聚首，菽水自忘憂。你在公門没怨尤，那虎阬狼阱甚來由。〔宋江唱〕解否？只怕後悔難追，何如未雨綢繆。〔宋太公白〕兒呀！依你就是了。只願天可憐見，太平無事。

〔唱〕

【又一體】念我老朽，鳩杖怕驚秋。只願竹報平安直到頭，等閒花落訟庭幽。〔衆合唱〕今後骨肉團圓，共迓洪庥。〔家僮上。白〕義氣輕千里，春風洽四鄰。啓上相公，東溪村鼂保正來訪。〔宋江白〕快請。〔向上介。白〕啓上爹爹，外邊有鼂保正來訪。〔宋太公白〕這是你的好友，我們後堂去罷。〔作起身介。白〕我兒，你縣中公廨裏既然無事，在家多躭擱兩天也好。〔宋江白〕曉得。〔宋太公白〕衡門竟日多車馬。〔宋清、孟氏白〕草舍隨時有竹松。〔同下。鼂蓋上。唱〕

【三臺令引】兒曹臭味薫蕕，肝膽平生付水流。然諾重山丘，滿胸臆熱血誰售。〔宋江上。作相見介。鼂蓋白〕押司。〔宋江白〕保正。〔鼂蓋白〕小弟有一拜。〔宋江白〕小弟也有一拜。〔鼂蓋白〕久違芝範，鄙吝頻生。〔宋江白〕幸接蘭言，襟期自遠。〔拜介。宋江白〕請坐。〔鼂蓋白〕有坐。老伯起居都好？〔宋江白〕家父託庇粗安。今日到舍，有何見諭？〔鼂蓋白〕小弟有滿腔憤懣，要向公明兄一傾積愫耳。〔宋江白〕小弟也渴想與保正暢談半日，有現成的酒在此，且請痛飲三杯。〔鼂蓋白〕使得。〔入席作飲酒介。宋江白〕請。〔鼂蓋白〕請。公明兄，我想人生一世，草生一春。那祖士雅澄清有志，王仲舉灑掃無心。我們傲骨嶙峋，英風卓犖，空負堂堂七尺之軀，未綰纍纍半通之綬。頻看鏡裏，勳業何時；獨倚樓頭，行藏無處。老仁兄財疏鄧穴之錢，義挾夷門之劍。浮沉下吏，那見出頭日子？因此長縈於夢寐，敢以質之高明。〔宋江白〕妙呀！保正，我與你意氣如霜，肝腸似雪，諒非池中之物，不作轅下之駒。況如今權奸誤國，寇盜頻聞，民不聊生，朝多倖位。小弟雖然寄跡公門，每欲効忠宋室。蕭相國之筆刀，終能匡漢；魯仲連之舌劍，豈在封侯？倘得擊中流之楫，斬佞臣之頭，這纔是大丈夫、奇男子所爲耳。〔鼂蓋大笑介。白〕英雄所見，大約相同。〔唱〕

【簇御林】英雄膽，歲月悠，處茆簷，懷杞憂。我和你延津雙劍沉埋久，想騏驥待展春風候。〔白〕昔魏太祖與漢昭烈青梅煮酒，尚論英雄。如今你我二人呵，〔唱〕借前籌，雄談劇飲，恍惚似曹劉。〔宋江唱〕

【又一體】平生志，爾我侔，念宗周，嫠婦愁。未必田橫倡義功難就，還待學陳涉直把乾坤覆。〔白〕不是小弟誇口，正所謂天下英雄，惟使君與操耳。〔唱〕話相投，睥睨世路，曾不異蚍蜉。〔家僮持書上。白〕雄談揮玉麈，義氣重金蘭。相公，有柴大官人差人送書問候。〔宋江接書介。白〕正在懷思，恰有書到。好生款待來人，我就出來。〔家僮應介，下。鼂蓋白〕是那一位？〔宋江白〕就是滄州柴進。〔鼂蓋白〕可是江湖上稱爲「小旋風」的麽？〔宋江白〕正是。此人雖則金枝玉葉，却也義重故人。〔鼂蓋白〕難得吾兄蓽户蓬門，要算交滿天下。天色已晚，告別了。〔起身介。唱〕

【尾聲】吾儕豈是形骸友，〔宋江唱〕杯酒還將心事剖。〔合唱〕何時得攪海翻江把志願酬。〔分下〕

# 第八齣 高俅上任積嫌仲

〔扮堂候隨高俅上。唱〕

【西地錦】博帶峩冠顯耀，忽然平步青霄。宦途捷徑本非遥，一味逢迎諂笑。〔白〕一生落魄類輿儓，忽地今朝步帝堦。我本無心求富貴，誰知富貴逼人來。下官高俅是也。本係微賤出身，又且行止虧損，終年漂泊，只道淪入寒微，一旦亨通遽爾，超登顯要。多虧了都尉的玉器二枚，得挨進邸第之中。正遇着聖上的彩球，一脚直引到廟堂之上。又將些拳棒吹彈，迎合上意，博得個冠裳印綬，榮顯吾身。向時提拔，暫爲朝散之員；今日蒙恩，陞爲殿帥府太尉之職。人生際遇，至此極矣。我想大凡的人貴顯之後，恩怨最要分明。古人説「一飯之恩不忘」，那句話可以不必提他；「睚眥之讐必報」，這句話倒要緊記在心。今日上任吉期，往後少不得大作一番威福，以逞吾志。〔堂候白〕稟上太尉爺，衙門吏役人等在外迎接太尉爺上任。〔高俅白〕着他們進來叩見。〔堂候應介。白〕衙門吏役人等，太尉爺着你們進去叩見。〔衆吏役上。白〕接新還換舊，送往又迎來。衙門有成例，執事要齊排。吏役人等叩見太尉爺。〔高俅白〕爾等須擺齊執事，按隊而行，倘有參差，

取咎未便。〔衆應介。堂候白〕請太尉爺更衣。〔内吹打，作更衣、上轎介。高俅白〕吩咐打導。〔衆同唱〕

【五馬江兒水】迤邐顔行清道，飄飄旌旆繞。看巍巍朝貴，燦燦猩袍，氣昂昂出人意表。牙爪逞咆哮，閶闔自驚擾。勢焰騰騰，可畏威福權操。這的是掌握樞衡在一朝。〔衆軍政司都軍、監軍、牙將上。同白〕本衙門軍政司都軍、監軍、牙將等迎接太尉爺。〔高俅白〕衙門參見。〔衆應介。同唱〕看濟濟戎裝武曹，鬧叢叢前呼後導，早則見巍煥官衙，絳彩風飄。〔内吹打，作下轎、拜印、陞座科。衆逐班參見介。高俅白〕妙嘎！果然無官不貴。你看武夫羅列，吏役庭參。今日一堂之上，唯我獨尊，好得志也。〔軍政司白〕合屬兵將吏役花名册子呈覽。〔高俅白〕取上來待本帥細閲。〔作閲册介。白〕兵將吏役可都齊集？〔軍政司白〕合屬俱齊。只有一名八十萬禁軍教頭王進因患病未痊不到。〔高俅白〕王進係何出身，敢大膽不到？〔軍政司白〕王進乃都軍教頭王昇之子。〔高俅背介。白〕原來就是王昇之子。我當年受了王昇的耻辱，如今正好將他兒子出氣。我方纔説「睚眥之讐必報」，今日就要發作了。〔向衆介〕那厮那裏是患病，明係藐視本帥，不來參謁我。左右快去唤來，如有延挨，連你們一齊重處。〔役應下。高俅白〕本帥到任，理應參謁。他只等大膽，輒敢推病不到。〔軍政司禀介。白〕王教頭實係患病未痊，我等皆知，並非推故。〔高俅怒介。白〕本帥躬膺簡命，法重情輕，爾等敢來徇庇，難道不怕本帥的威權麽？〔衆懼介。衆白〕不敢。〔衙役同王進上。唱〕

【一江風】志淩霄，命蹇多潦倒，伏枕傷懷抱。〔衙役白〕教頭，那高太尉道你推病不去參謁，十分發怒，待我扶你進衙，好好求他饒恕罷。〔王進白〕咳！ 大丈夫豈肯低首下心，求人憐恕。不必攙扶，待我進衙，看他如何發付。〔唱〕論英豪，視死如歸，雖病猶强，肯做尋常調。〔衙役白〕已到衙門首，待我們先進去通報。〔進介〕稟上太尉爺，王進喚到了。〔高俅白〕着他進來。〔役應介〕教頭，太尉爺着你進去。〔王進進見高俅介，背介。〕嗄！ 原來高太尉就是東京無賴高二。此人有何技能，忽然榮顯至此？ 他當初受我父親耻辱，今日發怒，定有緣故了。〔近前介。高俅怒介。白〕唗！ 王進，你藐視本帥，不來參謁，明明是推病無疑。 左右扯下去，重打四十棍。〔王進白〕住了。 我患病未痊，人人皆曉，並非推故，何得屈棒打人？〔唱〕裝成模樣喬，裝成模樣喬，根底分明曉，井蛙魆地居權要。〔高俅白〕那王昇是街坊上使花棒、賣膏藥的。 你父親尚且如此，你有甚本領，充作教頭？ 今日見了本帥，還不下跪！〔王進白〕在此公庭之上，朝廷名分所關，只得跪了。〔跪介。高俅白〕不怕你不跪，扯下去打。〔衆應介。王進白〕王進有病，並非推託，受此責罰，實是冤枉。〔高俅白〕今日庭參不到，理應責罰，有甚冤枉！ 左右，扯下去打。〔軍政司等跪介。白〕王進本該責罰，但今日是太尉爺上任吉期，望乞饒恕罷。〔高俅白〕且看衆將之面，饒了他這次，待我慢慢再處他。 吩咐掩門。〔吹打下。 衆見王進介。白〕教頭有病，我等再三告稟，太尉只是不依，未知何故？〔王進白〕這是我命運迍邅，不必説了。 只是多謝列位盛情。〔揖介。 衆白〕豈敢。 教頭好生保重尊體，我等暫别。 將軍不下馬，各自奔前程。〔衆下。 王進白〕原來那高二竟做了太尉。 今日以公濟私，將我

恥辱。罷，且回去告知母親，再作區處。〔唱〕

【皂羅袍】此恨憑誰申告。恐萱堂聞此，心下焦勞。今日裏大丈夫屈膝小兒曹，沖天怨忿何由報。自恨我乖時劣命，身微位小，他那裏依權藉勢，身尊位高。明明的泰山壓卵須當料。〔白〕已到門首了。待我到側門而入，省得牌軍看見，自覺無顔。〔進側門介〕母親有請。〔王進母上。白〕閒工紡績安吾分，常倚門閭望子歸。我兒回來了。〔王進白〕母親，不好了。那高太尉就是幫閒的無賴高二。當日學使鎗棒，被我父親一棍打翻，結下冤讐。今日差人叫我，道我推病不去，要打我四十棍。幸虧衆將討饒，未曾責罰。他説還要慢慢處我，分明是假公濟私，如何是好？〔王進母白〕既是讐逢狹路，你又是他管轄，如何免得毒手？除非遠避，可脱目前之禍。只是避到何處方好？〔王進想介。白〕只有延安府老种經略處，乃是邊庭用人之所。況且那裏軍官多有熟識者，避到此處如何？〔王進母白〕甚好，甚好。〔王進白〕事不宜遲。母親快進去收拾細軟，待孩兒遣開兩個守門牌軍，趁此時逃去便了。〔王進母白〕説得有理。你到外廂快去遣開門首牌軍，待我進去收拾細軟。〔下。王進白〕牌軍那裏？〔牌軍上。白〕本爲擊柝輩，今作守閽人。教頭有何吩咐？〔王進白〕我前日病中許下嶽廟的香願。你們一人去辦香供，一人先去通知廟祝，説我明早五鼓要來進炷頭香。〔牌軍白〕曉得。有言須領命，無事不離門。〔王進母親持包裹上。白〕好將細軟忙收拾，共作全身免禍人。細軟東西俱已包裹停當，牌軍可曾遣開麽？〔王進白〕俱已遣去了。〔捧馬介〕請母親乘

騎，待孩兒背了包裹，趁此傍晚，混出城門再處。〔作出門介。同唱〕

【又一體】母子相爲依靠，縱天涯海角，怎忍相拋。櫛風沐雨路途遥，登山涉水邊庭杳。譬逢狹路，且作避逃。一枝暫寄，脱離禍巢。行行盼不到延安道。〔下。場門預設布城介。衆士、農、工、商作出入相擠介，諢科，下。王進、王進母作出城介。扮門軍上，喝「關城門」介，下。王進白〕好了。且喜已出城門，請母親趲行一步，到前面村店安歇，明日早行。〔同唱〕

【尾聲】路崎嶇，林深窅，星星燈火小村遥。且向前途度此宵。〔下〕

## 第九齣　史進留賓新義洽

〔史進上。唱〕

【海棠春】昂藏器宇稱英勇，論武藝超羣出衆。花綉九紋龍，一任人傳誦。〔白〕少小慕英豪，生來志量高。千金同草芥，六尺等鴻毛。自家姓史名進，華陰人也。自幼刺得一身花綉，人都唤我爲「九紋龍」史進。不幸父母早亡，又無兄弟，只因從小好習鎗棒，打熬氣力，故此年過二十尚未娶妻。我這一村聚族而居，有三四百家都是姓史。他們那些人惟以耕種爲事，所以推我爲尊。凡村中有事皆是我照管料理，這也不在話下。我方纔在後面菜圃中跑馬射箭一番，不覺天氣漸晚，不免到莊門口閒步一回，看看野景，有何不可。〔唱〕

【步步嬌】籬落蕭疏村居静，獨步殘陽影，樵歌何處聲。〔白〕出得莊門，你看斜陽映水，歸鳥投林，樵子行歌，牧人驅犢，好村居景致也。〔唱〕屈曲流泉，依微小徑，身在畫圖行。笑他城市多奔競。〔下。王進背包，王進母騎馬上。王進内白〕母親快請趲行。〔上。同唱〕

【品令】踉蹌母子，薄暮事長征。驅馳羸馬，得得向前行。迢迢去路，盡是無人境。欲投村店，望處煙林雲磴。〔王進白〕母親，我們自離東京，已是華陰界上了。來路已遠，那高俅料難追趕。只是天色昏暮，趕不到投宿之處，如何是好？〔王進母〕這便怎麼處？〔王進望介〕那邊有所莊院，且趕到那裏借宿一宵罷。〔王進母〕恐不識熟，未知留與不留。〔王進〕且到那邊，再作區處。請母親加上一鞭，速速前往。〔同唱〕好似烏鵲南飛，三匝無枝何處停。〔王進白〕已到莊院門首。母親請下馬，待孩兒先去問一聲。〔王進母下馬。王進拴馬介〕莊内有人麼？〔雜扮莊客上。白〕柴扉聞剥啄，且出問因依。是什麼人？〔王進〕我是行路的。因貪趲路程，錯過宿頭，欲借寶莊暫住一宵。〔莊客〕請少待。大官人有請。〔史進上。白〕怎麼説？〔莊客〕外面有個行路客官，因錯過宿頭，欲求借住一宵。爲此稟知大官人。〔史進〕待我出去看來。〔王進〕莊主，小可因貪趲路程，錯過宿頭，欲借寶莊暫住一宵，明日拜納房金。〔史進白〕若説房金倒覺小氣了。〔王進白〕多感盛情。〔史進見王進母介。〕此位是誰？〔王進〕是家母。〔史進〕如此請到那邊客房安歇。〔王進〕母親請到裏邊去，孩兒就來。〔王進母下。史進〕莊客，過來捧了馬去，好生喂料。〔莊客捧馬下。史進〕客官請進去。〔王進放包裹揖見，坐介。史進〕請問客官尊姓大名，仙鄉何處？有何貴幹，如此貪趲路程？如今要往那裏去？〔王進背介〕看此人相貌魁梧，必非兇惡之輩。我也不必隱諱了。〔向史進介〕實不相瞞，小可乃教頭王進，世住東京，因與高俅素有舊怨，他如今做了太尉，〔唱〕

【尹令】操着殺人權柄，懷着小人心性，排着陷人阱穽，我只得遠避延安經略衙門暫住停。〔史進白〕原來就是八十萬禁軍王教師。久仰，久仰！〔重揖介。王進〕不敢。請問莊主高姓大名，因何知道小可是八十萬禁軍教頭？〔史進〕在下姓史名進，只因從小愛學鎗棒，所以常聞教師大名。今喜相逢，欲屈留在此，盤桓幾時，略求指教一二。〔王進〕原來就是「九紋龍」。久慕，久慕！〔揖介。〕既蒙盛意款留，當竭我所學報答高情便了。〔史進〕請問教師，那兵器中何者最利？〔王進〕那兵器雖有十八般名目，只要傳授精詳，用功純粹，皆可成名，無分利鈍也。〔起介。史進白〕多蒙教師指教。自當從吾所好，拜從教師學習幾般便了。〔王進〕不敢。〔莊客上。白〕晚膳已曾完備，擺在客房中了。〔史進〕請教師進去同令堂用了晚膳，再當請教。〔王進〕叨擾了。〔史進〕好說。〔王進唱〕

【尾聲】逋逃到此無門徑，多謝你居停慨應。〔史進〕今夜裏月下閒將武藝評。〔同下〕

# 第十齣　聞緝捕王進遁行

〔二莊客上。唱〕

【水底魚】拳棒難精，人前强逞能。手遲脚慢，打得遍身疼，打得遍身疼。〔一莊客白〕鋤地耕田懶學，擦掌摩拳爲樂。〔一莊客白〕見人不敢脱衣，遍貼内傷膏藥。〔一莊客白〕噲！你貼了内傷膏藥，還虧你説出來。〔一莊客白〕譬如你那日打壞了，還灌一肚子糞清。〔一莊客白〕若無糞清灌救，險些命填溝壑。〔一莊客白〕全憑着狐假虎威，那裏會鷹拿鴈捉。〔一莊客白〕溜單兒忍氣吞聲，成隊兒作威逞惡。〔一莊客白〕哥嗄！這叫做以衆暴寡。〔一莊客白〕並不是以强欺弱。〔各笑介。白〕我們這樣好漢，也就闖得光棍了。〔一莊客白〕閒話休提。我們乃史家莊上莊客便是，只因大官人愛習鎗棒，連我們都會些耍拳弄棍。〔一莊客白〕我想除了大官人，就算我們有本事了。不意來了一個教頭王進，自恃本領高强，不看我們在眼内。〔一莊客白〕我這一拳黑虎偷心，是百發百中的。不知怎麽被他一架，脚底下一掃，我就……〔跌介。一莊客白〕怪不得你没用，站也站不穩。〔一莊客白〕我是學與你看。〔一莊客白〕嗄！是學與我看麽？〔一莊客白〕在大官人面前出我的醜，因此又羞又恨。〔一莊客白〕非但這一節。前日大官人又拜他做了師父，越發大道起來，把我們呼來喝去，實實氣他不過，怎麼想個法兒弄他去了纔好。〔一莊客白〕我倒有個妙計在此。〔一莊客白〕有何妙計？〔一莊客白〕他原是東京逃來的。只說東京行文到此，緝捕逃犯，有人知道在此窩藏，本縣差人即刻來拿了。他聽見此信，自然逃走去了。此計如何？〔一莊客白〕好計，好計！只是要説得利害些纔像。〔一莊客白〕這個在我。〔一莊客白〕事不宜遲，我們就去報知。〔一莊客白〕有理。〔同唱〕

【又一體】王進雖能，難猜此假情。牢籠計就，拔出眼中釘，拔出眼中釘。〔同下。場上預設刀鎗架介。王進上。唱〕

【搗練子】鄉思切，旅情多，失路英雄喚奈何。〔史進接上，唱〕得遇明師親指點，方知舊學枉蹉跎。〔各見揖，坐介。王進白〕奔走他鄉何日安，幸逢賢主且盤桓。〔史進白〕山村無物堪供客，剪得園蔬作午餐。〔王進白〕連日打攪，甚是不當。〔史進白〕多謝師父勞心教導，感之不盡。〔王進作嘆介。史進白〕爲何師父只管悶悶不樂，敢是小子款待有慢麽？〔王進白〕多謝大郎盛情，何出此言。我王進呵，〔唱〕

【風入松】平生豪志未曾酬，只落得浪蕩漂流。今朝碌碌風塵走，何日裏功名成就。〔史進白〕我想人生窮達，莫非有命，且請師父寬懷，不必愁慮。師父，莫怪小子多言。〔王進白〕請教。〔史進近前。唱〕你本是潛身避讐如倦鳥，豈得擇林投。〔王進白〕多承寬解。不覺愁悶頓消，我當任運而行便了。〔史進白〕前日蒙師父傳授鎗法，尚有幾處不能明白，再請指教一番。〔王進白〕左擊右刺，捷若游龍；後伏前趨，輕如脱兔。全要身心相應，進退得宜，方稱合法。你我對使一路，看有不到之處，再爲講論便了。〔二人對鎗介。同唱〕

【急三鎗】如雪舞，如電走，如蛟鬬，能駐景，慣椿喉。〔又對鎗介。同唱〕迴波繞，霜華落，寒光溜，風凜冽，集長矛。〔對鎗完介。史進白〕多謝師父指教。小子鎗法已明，尚有傳授雙刀，不能精熟，望乞師父對舞一回。〔王進白〕既如此，我和你對舞一回便了。〔二人對刀介。二莊客上。白〕忙將緊要事，報與大郎知。大官人在那裏？不好了，不好了！〔史進白〕爲何這等慌張？〔一莊客白〕東京行文到此，緝拿逃犯。〔一莊客白〕有人知道在此窩藏。〔一莊客白〕如今本縣差人即刻到莊來了。〔一莊客白〕唬得我渾身冷汗，特來報與大官人知道。〔史進慌介。白〕如今怎麽處？〔王進白〕既漏風聲，須防連累。我同老母即刻起身去也。〔二莊客白〕快去，快去。不要連累我們。〔史進白〕哇！狗才，這等放肆。凡事有我在此。〔二莊客白〕官府差人來，一齊捉去，不是當耍的。〔史進白〕胡説！快去整備酒殽，我與王教師歡飲一回，再作計較。〔王進白〕住了。我逋逃到此，豈可連累大郎。去意已決，不必復留了。〔史進白〕既是決意要行，不敢强留。但相聚未幾，匆匆遠別，難爲情耳。〔王進白〕相會有期，何必留戀。〔史進白〕既如此，莊客過來。〔二莊客應介。〕你一人快去報與王太師母知道，收拾行裝。將王師父馬匹喂好，併將我所乘之馬一齊帶來。〔一莊客應下〕你一人將我白馬一匹、盤費銀五百兩，送王教師起身。〔王進白〕叨擾不當，何勞厚贈。〔史進白〕不堪之敬，聊表寸心。〔王進白〕既蒙盛意，馬匹暫領，銀子決不敢受。〔史進白〕些須盤費，何必推辭。〔王進白〕斷斷不敢領受。〔向莊客白〕你快去牽馬過來。〔一莊客白〕曉得。〔背白〕此計甚妙。不怕他不去。好快活，好快活！〔下。王進白〕就此拜別。〔史進白〕小子蒙師父教導，今日分離，甚覺傷感。〔各拜介。同唱〕

【風入松】談兵説劍意相投，又誰知忽動離愁。依依含淚難分手，何日得連床話舊。〔王進白〕母親有請。〔王進母上。唱〕似萍梗隨波逐流，重整轡過林丘。〔史進見揖介。白〕在此有慢，太老師母千萬前途保重。〔王進母白〕多多打攪，甚是不當。〔史進白〕待小子遠送一程。〔王進白〕多蒙盛意，恐怕路上人多，招搖耳目，反爲不便，不消了。〔史進白〕既如此，送到前面十里長亭便了。帶馬來。〔二莊客牽馬上。王進母、王進、史進各上馬。王進背包裹，同出門。史進向二莊客白〕你們不必隨我去了。〔二莊客下。王進等同唱〕

【急三鎗】行行去，須停轡，重回首，不忍别，淚交流。離莊院，經村落，穿林岫，且向旗停内，話離愁。〔同下。李吉上。白〕遊子不知耕種事，全憑打獵作生涯。自家李吉便是。我常在少華山打獵爲生，不意近來有强人嘯聚，故此不敢進山。今日寂寞不過嗄，不免到史家莊上，尋王四沽飲一回，有何不可。〔走介〕行過麥隴上，便是史家莊。這裏是了。〔看介〕阿喲！你看好一座莊院

也。〔唱〕

【風入松】菁葱桑柘遶牆頭，汩汩的一派溪流。牛眠芳草，鷄鳴晝閒，囤却千堆米豆。〔史進白〕師父慢行。〔乘馬上。唱〕恰纔個班荆道周，迴望斷嶺雲愁。〔見李吉介。白〕嗄！你是李吉，爲何在此窺探我莊上，莫非有些歹意麽？〔李吉白〕來來尋王四沽飲，並無歹意。〔史進下馬進門，莊客牽馬介。史進白〕你一向爲何不拿野味來賣？〔李吉白〕近來没有野味。〔史進白〕偌大一個少華山，少什麽獐兒、鹿兒，怎麽説没有？〔李吉白〕大郎還不知道麽，目今少華山上有三個强人嘯聚，誰敢到那裏去打獵。〔史進白〕那强人怎麽樣嘯聚，就這等利害？〔李吉白〕那三個强人兇狠異常，帶了僂儸横行劫掠，行旅、居民盡受其害。〔史進白〕原來如此。〔向李吉白〕今日王四進城去了，不在莊上，你回去罷。若有了野味，即便送來。〔李吉白〕如此我回去了。〔背白〕我來尋王四沽酒，他認我做歹人。〔作怒介〕咦！出語傷人誠可恨，咬牙切齒氣填胸。〔下。史進白〕且住。既是强人逼近，難免攪擾村坊，必須預爲準備纔好。莊客過來。〔莊客應介。白〕你可傳齊合村人等，説少華山有强人嘯聚，速來商量防御之策。快去，快去。〔莊客應下。史進白〕據李吉之言，那强人定然兇狠。幸得我莊上人户衆多，深溪圍繞，只要看守嚴密，也不怕他劫掠。待衆人到來，再作區處。〔衆扮鄉民上。唱〕

【窣地錦襠】史家莊上户民稠，況有深溪環繞流。一齊舉起鐵鋤頭，管取强人一命休。〔白〕大郎叫我們有何吩咐？〔史進白〕今有少華山强人嘯聚，横行劫掠，恐怕他到我村中騷擾，你們須要齊心防御。他若來時，只聽我莊上鳴鑼爲號，即來接應，不可遲緩。〔衆白〕既蒙大郎吩咐，我們各各小心便了。〔史進白〕你們隨我到莊前莊後，將看守拒敵之處指點一番。〔衆白〕有理。〔同唱〕

【尾聲】既同鄉里當援救，宜相助還須相守，努力隄防莫惰媮。〔同下〕

# 第十一齣　保村莊陳達被捉

〔僂儸八人引朱武、楊春、陳達上。同唱〕

【點絳唇】嘯聚深山，肆行無憚，英雄漢，把守天關，部隊分方按。〔朱武白〕綠林豪傑古稱雄，〔楊春白〕烏合潛藏山島中。〔陳達白〕那怕官兵來勦捕，〔同白〕須教一鼓盡成空。〔朱武白〕吾乃朱武是也。〔楊春白〕吾乃楊春是也。〔陳達白〕吾乃陳達是也。〔朱武白〕我等嘯聚山林，橫行劫掠，人強馬壯，器械鮮明，十分威勇。〔楊春白〕那些近山人户怕我等騷擾，皆已逃竄移居，就是過客經商，也懼我等刦掠，俱不敢行走。〔陳達白〕因此寨内糧草短少，欲到華陰縣借取糧餉。二位哥，意下如何？〔朱武白〕我們若到華陰縣，必從史家莊經過。聞得史進武藝高强，膂力甚勇，此人不是好惹的。還須斟酌而行。〔陳達白〕咳！你長他人志氣，滅自己威風。那見得史進兇狠，我就不是他的對手？我如今帶領僂儸前去，管取先擒史進，然後到華陰借餉。衆僂儸，〔應介〕隨我到史家莊去。〔上馬執刀。四僂儸隨介。白〕單刀能御敵，匹馬要成功。〔下。朱武白〕你看陳兄弟雖然勇往直前，誠恐此去不能戰勝。我們帶領兵衆，隨後策應便了。〔楊春白〕有理。大小僂儸，〔應介〕隨我下

山。〔各上馬執器械。同唱〕

【滴溜子】旌旂繞，旌旂繞，雲霞映山。刀鎗利，刀鎗利，非同等閒。嚇得鄉民逃散。殺聲動地來，人人驚患。跪獻黄金，纔保平安。〔四僂儸引下。内鳴鑼介。衆鄉民執器械上。同唱〕

【六幺令】强人兇悍，劫掠村莊，居民不安，齊心防獲莫偷閒。〔白〕我們史家莊衆鄉民是也。方纔聽得莊上鳴鑼爲號，故此各執器械，防禦强人。哥嗄，我們一同前往。〔衆白〕有理。〔同唱。合前。〕擎犂耙，舉鋤钁，鄉田同井宜防範，鄉田同井宜防範。〔史進持鎗上。唱〕

【四邊静】忽聞喊殺忙厮趲，休教留破綻。偌大史家莊，强徒敢輕慢。〔鄉民見介。史進白〕列位嗄，你聽强人喊聲漸近，將到村莊。我們迎敵前去，莫待賊人逼近。〔衆白〕有理。〔同唱〕一身跨鞍，全家飽餐，會集衆鄉鄰，巡邏衛里閈。〔陳達引衆沖上，架住。史進白〕來者通名。〔陳達白〕吾乃少華山三大王陳達是也。汝是何人，敢來對敵？〔史進白〕吾乃「九紋龍」史進。你何等强人，敢來送死？〔陳達怒介。白〕阿喲，阿喲！你休出大言，放馬過來。〔戰介，陳達敗下，衆對戰介，陳達敗上，史進追上，架住史進又戰。陳達被擒綁介，衆僂儸敗下。史進白〕將這厮綁進莊内，明日解官請賞。〔衆應介。同走。唱〕

【大迓鼓】强徒好赧顔，逞伊烏合，自取愁煩。英雄奮處成俘獻，今朝醜類盡傷殘。綁縛呈官，比户可安。〔同下〕

## 第十二齣　守友誼史進結恩

〔衆僂儸、朱武、楊春上。同唱〕

【六幺令】加鞭緊趕，塵土迷空，極目遥看。急忙接應怕兵單。〔敗殘僂儸上。白〕不好了，不好了！啓上二位大王，那陳大王被史進戰敗，綁進莊内去了。〔楊春〕阿喲，阿喲！罷了，罷了！那史進好生利害。大哥，我與你帶了僂儸，奮力前往救取陳兄弟便了。〔朱武白〕住了。那史進兇勇異常，只可智取，不可力敵。〔楊春白〕計將安出？〔朱武白〕我們如今叫僂儸遠扎莊口。你我二人去了兵器，步行到彼，只説要與陳兄弟共同生死，將義氣之言感動他，方爲萬全之策。〔楊春白〕説得有理。衆僂儸，〔衆應介〕你們遠遠駐扎莊口，不可有違。〔衆應介。同唱合〕前同舉刃，快板鞍，伊行只恐人傷犯，伊行只恐人傷犯。〔同下。史進領衆綁陳達上。同唱〕

【又一體】疊成公案，邀請花紅，增耀羅襴，今宵且自緊防閑。人絡繹，守更番，天明解送知非晚，天明解送知非晚。〔朱武、楊春各去兵器，步行上。白〕好將三義同生死，哀告村中豪傑人。〔跪介。史進白〕你二人是誰？〔朱武、楊春白〕我們是少華山寨主朱武、楊春，與陳達結爲三義，誓同生死。今陳兄弟被好漢拿住，我們情願一同綁縛，押去報官。〔史進白〕住了。你們如此光景，莫非有計麼？〔朱武、楊春白〕我們身邊寸鐵皆無，那衆僂儸已遠遠駐扎，有甚計來？〔史進背白〕他們是草寇，倒有一番義氣。我若擒獲他們，豈不被江湖上好漢笑駡。〔向朱武、楊春介。白〕過來。你們既然如此義重，何忍擒拿。我如今放還陳達，一同回去罷。〔向衆白〕放了綁。〔衆白〕放不得的。〔史進白〕哇！有我在此，誰要你們多管。〔衆放介。朱武、楊春、陳達同謝，揖介。白〕多謝好漢。今日蒙君全義氣，他年報德不忘恩。〔同下。史進白〕爾等擒賊勞苦，同到莊上殺牛具酒，歡飲一回。〔衆白〕多謝大郎。〔同走。唱〕

【窣地錦襠】椎牛灑酒競開顏，休把英雄做賊看。從前防禦費多般，今後柴扉不用關。〔下〕

# 第十三齣　送錦襖因醉遺書

〔王四背包裹上。白〕平生全靠一張嘴，遇事生風會搗鬼。見了黄湯弗顧子性命呵，弗管子熟水與涼水。小子姓王，名四。住這華陰縣史大郎莊上，做一個頭兒、腦兒、頂兒、尖兒，一個莊客。刀架上的刀一竅也不通，書架上的書一字也不識。只因生成狡猾，小有聰明，專會幫閒，慣能嚼舌。大官人被我奉承得眉花眼笑，管家們被我撮弄得屁滚尿流。因此滿莊人都呼我爲「賽伯當」，想我落魄不羈，好不灑落也。〔唱〕

【醉花陰】則爲着浪蕩浮生欠修整，閒厮趁終朝酩酊。慧舌似流鶯，哄得東君，道我千般勝。

〔白〕這也不在話下。前日少華山一夥强盗，被我大官人輕舒猿臂生擒活捉而回。那裏曉得那些夥盗拜倒轅門，要求一處同死。我家大官人憐他義氣，親解其縛，反與他們酒食。那些强盗感激我大官人，就叫小嘍囉送些蒜條金子來。大官人不收，是我攛掇大官人收了。不多兩天，又叫小嘍囉送些大珠子來，也是我攛掇收了。三翻五次，大官人不好意思，就叫裁縫做了三領紅錦戰袍，今早叫我進去，説：「王四我的兒，我要你幹一件事，别人不放心，你是我莊上腹心可靠之人。

你把那三領紅錦戰袍送與少華山三位好漢，還有書一封，約他二位到莊上後院同賞中秋。」大官人又知道我歡喜此道，一連與了我三大碗上馬杯。自古道：上命差遣，概不由己。受人之託，必當忠人之事。只索去走一遭也。〔唱〕

【喜遷鶯】秋風掃逕，黑松林陡起，濤聲孤另。走的來山鳴谷應，步步穿蘿踏磴行。〔白〕你看少華山連着太華，山勢崱屴，石磴磥砢，好不險峻也。〔唱〕則看這重崗嶺，厮連着蓮花玉女，更和那翠壁峻嶒。〔四嘍囉上。白〕山高雲易雨，地迥木多風。那漢子往那裏走？〔王四白〕我叫王四，是史大郎差來的。〔嘍囉白〕原來是王四哥。失敬了。到此何幹？〔王四白〕大郎想念你山上大王，特做了三領紅錦戰袍相送，還有書一封，要請三位大王到敝莊去同賞中秋。〔嘍囉白〕取戰袍與書過來，待我先稟。〔王四遞包袱、書介。嘍囉下。三嘍囉白〕王四哥，我們前日在你莊上好不打攪。〔王四白〕十分簡慢。〔嘍囉白〕你家大爺武藝超羣，老哥是大郎手下親隨，一定也是好的。〔王四白〕也曉得幾件兒。〔嘍囉上。白〕三位大王出來。〔八嘍囉持弓矢器械，引朱武、陳達、楊春各穿紅錦戰袍上。白〕但使封侯龍額貴，何妨落草虎頭閒。〔朱武白〕嘍囉們，史大郎的來人何在？〔嘍囉引王四見介，叩頭介。白〕小人王四，叩見三位大王。〔朱武、陳達、楊春白〕我們蒙你大郎不殺之恩，如今又賜我們錦袍，還要邀我到你家慶賞中秋，此恩此德，何以爲報。〔王四白〕三位大王仗義疏財，我家大郎禮賢任俠，況且都是名重丘山，自然情同魚水。〔朱武等三人笑介。白〕這管家到會講話。也罷，嘍囉們，取酒

過來。〔嘍囉取酒并書、銀三封介。白〕大王，酒有了。〔朱武白〕斟上與他食。〔王四白〕多謝大王。〔作連飲大碗介。唱〕

【出隊子】小人何幸，蒙恩賜醁醽，盞浮琥珀欝金馨，馬乳葡萄手内擎。料道是今宵眠不醒。

〔朱武白〕嘍囉們，再斟。〔王四作飲介。白〕小人不勝酒量了。〔朱武白〕也罷嗎。這裏有回書一封，届期必赴，再與你白銀五十兩收了。〔王四白〕多謝大王。〔作收書、銀在懷介。朱武三人白〕你且聽我道。

〔唱〕

【刮地風】只爲恁仗義東人釋放情，好教人感激難名。却如何又得這雲霞錦綉袍三領，還約他醉月飛觥。這的是骨肉看承，煞强似綈袍解贈。〔白〕吩咐值日嘍囉，送王四下山。我到教場演武，試這錦袍去也。〔唱〕喜得這錦衣紅，正映着巒光碧，趁風高馬勁挽强弓，射鷙鷹，好施展俺這養叔才能。

〔下，八嘍囉隨下。四嘍囉白〕王四哥，且到山下酒店裏再喝三杯。〔王四白〕多謝衆位盛情，實在吃不得了。〔四嘍囉拉走介。白〕醉後添杯不如無。我們也盡點情兒。〔作到介。〕請坐了。店小二那裏？快打兩角好酒來。〔作入席坐介。酒保持酒上。白〕又是山上爺們來了。酒在此。〔衆作飲酒、照杯、劃拳諢介。一嘍囉白〕列位且不要嚷，寡酒難吃，你店裏的妙人兒叫他來唱個曲兒。〔酒保白〕爺們静飲罷，又要叫姐兒們，少不得又勞爺們破鈔。〔嘍囉白〕呔！你瞎了眼。我那一回是白叫他的麽？〔酒保白〕爺們不要發躁，叫就是了。姐兒們走動。〔二村婦作山西聲音上。白〕野花偏有艷，村酒醉人多。衆位爺們好呀！叫我們做什麼？〔嘍囉白〕我的乖乖，要你唱個曲兒與王四爺聽。〔村婦白〕唱曲兒是咱們當行，只要爺們多吃幾鐘。〔嘍囉作飲酒，勸王四。村婦隨唱《寄生草》。衆作鬧，酒醉介。王四起介。白〕列位老哥，多謝了。不要悮了正經。〔一嘍囉白〕做强盗有什麼正經？小王，你要不喝我這鐘酒，你就是我滴滴親親養的。〔作扭王四，衆作勸介。嘍囉作吐，二村婦扶介。虚白下。酒保白〕這是怎麼説，把我家伙都打破了，我這個買賣還做得麼？〔衆嘍囉白〕都是我賠。今日的賬寫在我名下。〔酒保白〕肯賠我還有什麼説。〔下。王四白〕請了。盛擾了。〔嘍囉白〕請了。恕不送了。〔下。王四作醉態介。白〕有趣！那三位强盗，被我奉承了兩句，他就與我酒呵，又與我一錠大銀。且把書子、銀子收好了，回去好回覆大郎。〔作取出書子、銀子，用手帕包放懷内，旁露出手帕介。作醉欲跌介。白〕不好。今日喝大發了，就是吃了那些小强盗的虧。〔笑介〕我想人生在世，還是做强盗的興頭。〔唱〕

【四門子】想當初黄巾擾亂東京鼎，再休提南塘古俊英。似他每把持少華如梟獍，據高山扎硬營。將人殺便殺，生便生，血淋漓教人心膽驚。〔作欲跌介。白〕怎麼一霎時竟天旋地轉起來。〔唱〕怎生的頭上兒沉，脚下兒輕，醉酕醄一交難扎掙。〔作跌倒睡介。李吉拿兔網上。白〕日斜寧覺晚，山險不知高。這幾日没有出來做生活，今日無事到山坡下，張幾個兔兒回去。〔王四打呼介。李吉白〕那邊怎麼跌倒一個人。〔看介〕這是史大郎莊上的王四呀，他偏了我，不知那裏噇得這樣醉。不好，天色將晚，不免扶他回去罷。〔作扶介〕那裏扶得動？ 咦，他懷裏有什麽東西？〔作抽出看介。白〕元來是一錠銀子、一封書子。事有蹺蹊，待我偷開一看。〔作拆書念介。白〕少華山朱武、陳達、楊春。 嗄！ 元來史進那厮勾結少華山大盜。 且住，我做獵户幾時能勾發跡。 那算命的説我今年要發一注大財，元來却在這裏。 我如今拿到華陰縣出首，賺他三千貫賞錢。 又出了前日史進那厮認我做歹人的氣。 有理，有理。〔作藏書、銀介。白〕且自悄悄兒去罷。 正是：得他酒醉日，是我運通時。〔下。王四作醒介。白〕吃不得了呵，不得了！〔起介。白〕哎喲！ 醉了。 元來竟倒在林子裏過了一夜。 此際已將天明了。〔作摸懷中介。白〕不好了！ 銀子、書子都被人拿去了。 我想銀子還不打緊，那書子大有關係。 這便怎麽處？ 有了，我回去見了大郎，若説丢了書，一定了不得。只説三位大王得了錦袍大喜，留小人在彼吃了半夜的酒，又要寫回書。 到是小人説三位大王既如期而來，何必寫回書？ 況且路上倘有失誤，更爲不便。 他是直性莽男兒，自然信以爲實。 且哄過了一時，到了家中遲一兩日，竟逃走了罷。〔跌足介。白〕酒呀酒，你害得我王四好苦也。〔唱〕

【古水仙子】呀呀呀被你阬，呀呀呀被你阬！ 却却却却緣何一覺鼾呼到五更。 是是是是誰將雁足書偷，怕怕怕怕漏春光真贓實證。 算算算算將來活不成，只只只只憑這賽蘇張巧舌風生，假假假假做個瞞天撒謊無把柄，他他他他性兒鹵莽多應傾耳聽。〔白〕别的倒也罷了。〔唱〕單單單單撇不下雪花花一錠好家兒。〔下〕

# 第十四齣　賞中秋潰圍聚義

〔李吉上。唱〕

【金錢花】心頭怒氣難平，難平，暗中指引官兵，官兵，一齊捉獲盡遭刑。得公賞，不微輕。報私怨，要分明。〔白〕自家李吉是也。前者在史家莊上尋王四沽酒，叵耐史進那厮説我窺探莊門，有竊盗之意，因此懷恨在心。誰想他倒與少華山强人往來，前差王四到山，邀請朱武等於中秋夜賞月飲酒，結拜弟兄。朱武等答有回書。王四醉卧林中，這封書却落在我的手内。我既懷舊恨，又見縣中懸了三千貫賞錢，要捉獲强人，爲此我去出首。不惟報了私讐，而且得了公賞，豈不快活？本縣已差都頭二名，帶了土兵，着我爲鄉導，前往史家莊擒賊。今日乃是中秋，我已打聽得朱武等在莊上飲酒，且待都頭、土兵到來，進莊擒獲便了。〔下。二莊客隨史進上。唱〕

【七娘子前】英雄落落交難訂，幸今日氣求聲應。〔白〕我史進自從少華山寨主騷擾村莊被吾擒獲，因見他三人義重，故將陳達釋放。他三人感我之情，往來甚密，常將金帛送來。我看他們雖然落草，頗有丈夫氣概，是以分毫未受，欲與他們結爲弟兄。已着王四前往少華山，約於今日中秋之夜焚香結拜。不想王四到家未及一兩日，竟逃走了，不知什麽原故。這也不在話下。莊客們，〔二莊客應介。史進白〕酒席可曾完備？〔莊客白〕完備了。〔史進白〕你在門首伺候，三位寨主到來，即忙通報。〔二莊客應介。朱武等三人上。同唱〕

【七娘子後】前度唧嘈，今成刎頸，相邀八拜交情定。〔莊客白〕三位寨主來了麽？〔朱武等白〕快去通報。〔莊客稟介。白〕三位寨主到了。〔史進白〕道有請。〔朱武等進門，各揖見介。白〕榮華如一芥，仁義值千金。却喜尋戈後，翻爲慶盍簪。〔朱武白〕我們蒙大郎厚德，未曾圖報，又承見愛，欲結兄弟，使我等感之不盡。〔史進白〕英雄相遇，正當如此，何必稱謝。〔楊春白〕既是大郎盛意，我們只得從命了。〔陳達白〕大郎年長，即爲大哥。我們三人照舊序列便了。〔朱武白〕説得有理。〔史進白〕有僭了。快排香案過來。〔莊客應介。四人同拜。唱〕

【玉芙蓉】香煙如篆凝，叩首心相訂。禮穹蒼，過往神明作證。要同王貢彈冠慶，休效張陳按劍争。〔史進白〕三位兄弟，請到後面菜圃中，對月舉觴，以盡今宵之樂。〔朱武等〕大哥請。〔同唱合〕一言定，願終無變更，羨當年桃園三義，千載仰儀型。〔同下。李吉、都頭二人帶土兵各執器械上。同唱〕

【朱奴兒】奉公差擒拿不逞，硃牌上字字分明。窩主强徒共四名，齊捉獲解到公庭。〔李吉白〕列位快些走。〔都頭白〕那少華山强人可在莊上？〔李吉白〕已在史進家飲酒，趁此時前去便好。〔都頭白〕如此，你先引路，我們隨你前行。〔同唱〕把兇徒命一朝斃傾，指日裏居民靖。〔同下。朱武、

楊春、陳達、史進同上。唱〕

【又一體】醉酕醄不知露泠，見冰輪輝映中庭。丹桂飄香夜氣清，揜白甕飲到天明。〔史進白〕三位兄弟，酒未盡興，還須暢飲。〔朱武等白〕我們多已醉了。只是酒逢知己，且散步一回，看看月色，再飲便了。〔衆看月介。白〕妙嗄！〔合唱〕看蟾光映，把金樽暫停，好領略中秋景。〔内呐喊介。二莊客上。白〕不好了，不好了！天有不測風雲，人有旦夕禍福。大官人，不好了！〔史進白〕爲什麽事情這等着忙？〔莊客白〕本縣差了都頭，帶了無數的土兵，圍住莊院，要擒拿三位寨主。若不綁出，就要打進來了。〔朱武等〕這却如何是好？〔史進〕不知何人走漏消息，但事已如此，爲今之計，惟有併力殺出，護送三位兄弟上山便了。〔朱武等〕若然如此，我們雖得免禍，恐怕連累大哥，如之奈何？〔史進白〕既然拒捕，斷難此處安居。我無父母妻子之累，便離此地何妨？莊客過來，你一人進去吩咐收拾細軟家資，隨我們上山。〔一莊客應下〕你一人傳齊衆莊客殺出莊院便了。〔一莊客應下。朱武等〕難得大哥如此豪爽，深爲可敬。〔史進〕三位兄弟，我史進呵，〔唱〕

【會河陽】不惜身家，要全義名，扶危濟困見交情。生平不畏强梁，不圖報稱，任一味天然性。〔朱武等〕仁兄越顯得心中正，仁兄越使我心欽敬。〔李吉領都頭、土兵繞場圍下。史進白〕你聽，官兵已至門首。我等帶領莊客突圍出去便了。〔衆莊客各持器械，又帶史進等四人持兵器上。唱〕

【越恁好】各持鋒刃，各持鋒刃，殺退那官兵。齊心協力，管舉手，要功成。〔史進白〕三位兄弟，各持兵器併力殺將出去。〔朱武等〕有理。〔同唱〕那怕重圍如鐵城，須臾脱掙。光閃閃，攢刀劍相輝映；密層層，集士卒來圍定。〔都頭、土兵衝上，相殺介。都頭敗介。莊客推車將細軟家資裝載上。史進白〕官兵已退，待我護送三位兄弟上山。莊客們，快些趲行。〔同唱〕

【紅綉鞋】一齊電走風行，風行；穿林越澗如騰，如騰。璧月掛，斗柄横。寒蟬静，夜鳥驚。山路杳，急兼程。〔頭目、僂儸上接介。莊客推車下。朱武白〕多蒙大哥累次施恩，實難圖報，當推居首位，我等恭聽約束便了。〔史進白〕咳！我本清白良民，偶爲義氣所重，故作此違法之事。如何便肯落草？〔朱武等白〕既然如此，且在山中住下，待等逢赦之後，再與大哥重整莊院。〔史進〕山上亦非久居之地，不過暫住三五日，即往延安經略衙門中，尋我師父王教頭。此乃邊庭用人之處，博個出身，方遂吾願。〔朱武〕大哥執意如此，且在山中盤桓幾日，我等相送起身便了。〔楊春、陳達白〕一宵辛苦，請後邊安歇片時。〔史進白〕請。〔同唱〕

【尾聲】巖前皓月空輝映，敗盡了賞蟾光的幾多佳興，只聽得山下鷄聲天漸明。〔下〕

# 第十五齣　魯達揮拳除市虎

〔魯達上。唱〕

【夜行船】仗劍從軍俠氣聞，何日裏得樹奇勳。壯志難酬，邊庭厮混，贏得威名遠震。〔白〕結髮從戎上戰鞍，腰懸寶劍月光寒。生平任俠爲知己，肯作悠悠行路看。白家小种經略府提轄，姓魯名達，本貫關西人也。膽氣粗豪，心胸濶大。是不是輕生重義，遇知己肯贈頭顱；信不信扶弱除强，見不平便拚性命。不拘迂腐細行，自成磊落雄懷。這且不在話下。有一拳棒教師李忠，綽號「打虎將」，舊曾相識。近從遠方到此，今日不免請他酒肆中沽飲三杯，少叙交情。原約他在此處會的，怎麽尚不見到來。〔內嗽介。魯達白〕遠遠望去，正是他來了。〔李忠上。白〕漫言漂泊無知己，正喜逢迎有故人。〔見介。魯達白〕賢弟遠來，尚未申敬，今請同至肆中豪飲一番，聊當洗塵。〔李忠白〕極承大哥盛情，只是何以克當。〔魯達白〕不要謙遜。前面州橋下潘家酒樓甚好，請同至那邊。〔李忠白〕請。〔魯達白〕手把一樽拚痛飲，目空四海恣雄談。〔下。史進上。白〕燕趙悲歌士，相逢劇孟家。寸心言不盡，前路日將斜。我史進下得少華山，要尋訪師父王進，一路行來，已到渭州地面。聞得這裏有個經略府，莫非我師父就在此處，怎地問個信兒纔好。〔內應場介。史進白〕那邊有個軍官來了，且向他問個消息就知道了。〔魯達、李忠上。白〕不尋市上飯包漢，且覓橋頭酒肆傭。〔史進白〕尊官請了。〔魯達白〕請了。〔史進白〕敢問這經略府中可有位東京來的八十萬禁軍教頭王進麽？〔魯達白〕足下何人，問他怎的？〔史進白〕小弟名喚史進，有事特來相訪。〔魯達白〕你莫非是「九紋龍」史大郎麽？〔史進白〕小弟正是。敢問職事哥高姓大名，何由得知小弟？〔魯達白〕在下魯達，仰慕尊名久矣。〔史進白〕原來是魯提轄。仁兄，此位尊姓？〔李忠白〕小可李忠。〔史進白〕久仰，久仰。〔李忠白〕不敢。〔史進白〕王教師可同提轄在經略府麽？〔魯達白〕他在延安府老种經略處，不在這邊。〔史進白〕原來如此。既然不在，小弟告辭。〔魯達白〕忙什麽，難得到此相會，同飲三杯以敘傾蓋。〔史進白〕如此小弟作東。〔魯達白〕酒家。〔酒保上。白〕來了。玉樓春色動，人醉杏花天。提轄老爹，請樓上坐。〔魯達白〕好酒打幾角來。〔酒保白〕用什麽下飯？〔魯達白〕不用問，有好的只管拿來。〔酒保應介，持酒上。魯達白〕請坐了。〔李忠、史進白〕請。〔合唱〕

【粉孩兒】殷勤的捧霞觴申夙悃。幸相逢萍水，片言投分。天涯兄弟誰似君，好開懷頻倒金樽。〔金翠蓮內哭介。衆唱〕聽嬌聲一似鶯囀枝頭，緣何的有無限悲憤。〔酒保上。白〕還要添什麽不要？〔魯達白〕哇！該死的狗頭。〔李忠、史進白〕大哥爲甚發怒？〔酒保白〕提轄老爹爲什麽？〔魯達白〕洒家同二位老爺在此吃酒談心，你容什麽婆娘在後面啼啼哭哭，攪得好不耐煩。〔酒保白〕原來爲此。老爹有所不知，這是東京來的父女二人，每日在此啼哭，他是哭慣了的耶。〔魯達白〕喚他來，待酒家問他。〔酒保應介。白〕金伯伯。〔金老上。白〕啞子吃黄連，有苦難分説。小二哥，有甚麽説話？〔酒保白〕都是你們啼啼哭哭，連累我一桌子傢伙都打碎了。提轄老爹道你們哭得好，叫你去哭與他聽。〔金伯白〕待我去。三位老爹，老漢有罪了。〔魯達白〕你是那裏人，爲什麽在後面啼哭，攪鬧酒家？快快從實説來。〔金老白〕老漢姓金，東京人氏。〔李忠、史進白〕到此作何勾當？〔金老白〕來此渭州投親不着，流落旅店。不想老妻一病身亡，欲待回鄉，又遇魔君阻路。〔魯達白〕那魔君是誰？〔金老白〕就是此間一個財主，叫做「鎮關西」鄭大官人。見了我女兒呵！〔唱〕

【紅芍藥】他心兒裏欲結姻親，虚填契逼娶紅裙。〔李忠、史進、魯達白〕有這等事！可曾許他？〔金老白〕老爹，可憐我是落難之人，誰敢與他争執？又思量要得些錢鈔。〔唱〕只得忍氣吞聲就從順。〔白〕誰知他妻子曉得，〔唱〕狠辣辣吼聲難近。〔魯達、史進白〕那時便怎麽？〔金老白〕那時鄭大官人呵，〔唱〕把我的孩兒送還忽變嗔。〔魯達、史進白〕你可曾得他些錢鈔？〔金老白〕當初文契，原是虚填三千貫，並未得他分文。後來他送還我女，反拿着文契呵，〔唱〕苦追求，要把賣身錢認。〔李忠、史進白〕你這老人家，哭也没用嘎！〔金老唱〕細思量有屈無伸，拚一命和他公論。〔魯達白〕不要哭，我且問你，那個什麽「鎮關西」鄭大官人？〔金老白〕就是狀元橋下賣肉的鄭屠。〔魯達白〕怎麽是宰豬的鄭屠？〔金老白〕正是。〔李忠、史進白〕大哥，是何等樣朋友？〔魯達白〕甚麽朋友，是宰豬屠户，醃臢潑賤。你二位在此，我去就來。〔李忠、史進白〕大哥要往那裏去？〔魯達白〕他叫什麽「鎮關西」，待洒家去把這狗頭鎮他一鎮。〔李忠、史進白〕莫要性急，且請從容。〔魯達白〕咳！你二人還不知我魯達的性兒。平生俠氣與天高，腰下常懸帶血刀。怒髮横生擒隻虎，雄眉直豎斬雙蛟。除不義，顯英豪，荆軻、豫讓等同胞。片言契合爲君死，泰山一擲等鴻毛。鄭屠，鄭屠！〔唱〕

【耍孩兒】那有關西容你鎮，幾見有屠猪户直恁的倚勢欺人。〔欲走介。李忠、史進勸住介。唱〕勸君家且按下千丈不平憤，又何必閑事縈方寸。且把臂，傾良醞。〔魯達白〕嗄！也罷。金老過來，洒家放你父女回東京去如何？〔金老白〕若得如此，就是再生之德了。只是店主人那裏肯放我們？〔魯達白〕有我在此，他敢留你？〔金老白〕那鄭大官人着落在他身上要銀子，怎麽處？〔魯達白〕那鄭屠的銀子洒家還他去罷。〔金老白〕只是没有盤費。〔魯達白〕盤費是要緊的。〔向李忠、史進介。白〕來，來。洒家今日不曾多帶銀子出來，你二位借些與我，明日便還。〔史進白〕有大哥只管拿去，還什麽。〔李忠、史進出銀介。魯達白〕老兒，這兩錠銀子拿去做盤費，快去罷。〔金老白〕多謝恩人。敢問尊姓大名？〔魯達白〕不要問，你自去罷。〔李忠、史進〕這就是魯提轄。〔金老白〕嗄！是魯提轄。待老漢去唤女兒出來拜謝。我兒快來。〔金翠蓮上。白〕爹爹，怎麽？〔金老白〕這三位恩人要放我們回去，又贈盤費。和你去一同拜謝。〔翠蓮白〕曉得。〔金老白〕三位老爹在上，待我們父女拜謝。〔魯達、李忠、史進白〕不消拜，去罷。〔金老、翠蓮拜謝介。唱〕

【會河陽】感得英豪救拔難人，啣環結草敢忘恩！〔魯達、李忠、史進唱〕家門雖在東京，天涯比鄰，及早向前途奔。〔金老白〕老漢去了。〔魯達白〕去罷。〔酒保上攔介。白〕呔！那裏去？〔魯達白〕敢是少你房錢、飯錢？有洒家在此，放這老兒還鄉去罷。〔酒保白〕房錢、飯錢倒是小事。他欠鄭大官人的銀子，着落在我店中要的。〔魯達白〕鄭屠的銀子也是洒家還，放他去罷。〔酒保白〕待還清了再放他去。〔魯達白〕哇！只等可惡！二位賢弟，可護送他父女一程，恐店主人在前途攔阻。〔李忠、史進應介。白〕隨我們來。〔金老、翠蓮應介，徑下。酒保復攔介。白〕啊呀！去不的嚧。〔魯達白〕這狗頭，這等大膽。〔打酒保介。唱〕打伊恁一夥精光棍，怪伊同惡黨來扎囤。〔酒保叫饒介，逃下。魯達白〕他父女已去，我如今竟到狀元橋去尋鄭屠那厮。〔行介。唱〕

【縷縷金】我揮拳臂，咬牙齦，怪他強横輩恁欺人。〔白〕鄭屠。〔鄭屠上。白〕嗄！〔唱〕誰出言無狀把咱名混。〔見介。背白〕原來是魯達，想又吃醉了。〔唱〕偏教弔客與喪門，還須要從順，還須要從順。〔小屠暗上。鄭屠白〕提轄老爹，請了。〔魯達白〕誰與你請了。我奉經略相公鈞旨，要十斤精肉，切作臊子，又要十斤肥的，也要切作臊子。〔鄭屠白〕曉得。夥計，快選好的，切二十斤與老爹送去。〔魯達白〕不要那腌臢潑才動手，你自與我切。〔鄭屠背白〕怎麽要我自去切，這個意思明明來尋鬧。〔魯達白〕你說什麽？〔鄭屠白〕我說老爹說的是，待我自去切就是了。〔魯達白〕住了。還要十斤寸金軟骨，不要有一點肉在上邊，也要切作臊子。〔鄭屠白〕寸金軟骨那裏有這許多？〔冷笑

介。白〕這不是明明來消遣我麼？〔魯達白〕洒家便消遣你，便怎麼？〔打介。唱〕

【越恁好】打你屠夫下賤，屠夫下賤，輒敢妄自尊。〔鄭屠白〕魯達，你爲何平白來打我？〔魯達唱〕你占人子女，虚填契詐人良民。〔鄭屠喊介，魯達打介。唱〕精拳再打伊面門，難消怒忿。〔打死介。魯達背白〕這狗頭怎麼這樣不禁打，就打死了。鄭屠，你這厮詐死，我去禀過經略相公，再來與你算賬。〔走介。唱〕料伊行，眼看着殘生殞；待咱身，好辦取忙逃奔。〔急下。衆地隣上。唱〕

【紅綉鞋】聽得連聲救人、救人，急急前去解紛、解紛。〔白〕阿呀！ 鄭大官人竟被人打死了。〔兩隣白〕這是魯提轄打死的。快去報官。〔地方白〕且把屍首擡到他自己家裏，告訴他妻子知道。〔擡介。唱〕氣已絶，命無存。忙出首，到衙門。休放走那兇身，休放走那兇身。〔下〕

# 第十六齣　朱勔估勢緣石綱

〔雜扮水雲，引衆衙役、吏典、門子、朱勔衆。大船，朱勔上。唱〕

【卜算子引】花石任搜求，應奉威名久。那管民間怨讟聲，富貴吾所有。〔白〕下官姓朱名勔，蘇州人也。生際太平盛世，原爲無籍游民，蒙蔡太師抬舉，將我姓名竄入童内侍軍籍中，得補小官，數年擢爲防御使之職。現領蘇杭應奉局，督理花石綱等事。搜括民間珍異，幾同撥草尋蛇；侵欺内帑金銀，只算探囊取物。剷山輦石，那管他撤屋排牆；倚勢逞强，不顧人傾家蕩産。更兼鷹犬齊驅，算無遺策；以致東南半壁，民不聊生。〔笑介。白〕只圖我一身富貴，誰管他萬户生靈。近日得一太湖石，身高四丈，載以巨艦，役夫數千人，沿途騷擾。此間有所龍王廟，下官已拈香過了。此時花石綱船將此出口，須索前去催督他們。〔差官乘小船上，跪介。白〕啓上老爺，船已將次出口，争奈地方官總不出力，只推水淺難行。請大爺鈞旨。〔朱勔白〕欽限緊急，誰敢遲滯。我這裏與你令箭一枝，着沿途正雜等官幫同夫役親行拉縴，如有遲滯，與我亂打。〔吏典付令箭，差官乘小船下。朱勔唱〕

【六幺姐兒】艨艟巨艘，鞭撻千夫，不異馬牛。〔笑〕奇章愛石那向太湖求，就是河陽金谷空教春夢悠。〔吏典白〕請大老爺看綱船出口。〔朱勔上高椅坐介。唱〕督責須周，誰顧官民怨尤。〔家丁上，催船科。內作鳴鑼，摇舟，載各種盆花、各種大石。衆縴夫、夫役、地方各官、押綱船差官遶場拉縴下。朱勔唱〕

【海棠令】真輻輳，奇花怪石如瓊玖。看軸轤，啣尾塞滿江頭。緊教他後船催，前船急，少遲滯，鞭笞血流。〔內大舟載巨石。净扮楊志、雜扮押綱船差官領衆夫役、衆地方各官作拉縴淺阻。挖河夫役上，作挖河科。差官上，作鞭打衆，遶場諢科，下。差官上，禀科。白〕啓上大老爺，綱船已過淺了。〔朱勔白〕那裏有走不的船，都是這些地方官罷玩性成，全不用心。〔差官白〕啓上大老爺，這下游水路經過州縣有水門、橋梁、城垣阻隔，着實難行。〔朱勔白〕你這官兒好不糊塗。這個差使非同兒戲，你沿途吩咐下去，有水門拆水門，有橋梁拆橋梁，有城垣拆城垣，凡有絲毫干礙，一概拆毁勿誤。〔差官應下。朱勔作下桌。舟子摇小舟上。朱勔衆作上船介。朱勔白〕我想人生在世，若非如此横行，他們那知我老朱這般利害也。〔唱〕

【尾聲】恣情漁獵閭閻久，要博取金章加肘。〔白〕我想姑蘇兩浙尚有未刮盡之財物甚多，此番事完，〔唱〕還要把巨室豪門着意搜。〔下〕

## 第十七齣　七寶村留賓搆禍

〔魯達上。唱〕

【好事近】義膽可包天，敢憚奔馳勞倦。茫茫岐路，不知家在誰邊。〔白〕洒家魯達，只爲一時義憤，打死了鄭屠，恐怕追捕，星夜逃奔。離了渭州，行過幾處州縣，前面不知甚麽地方了。只索趲行前去，再作道理。〔行介。唱〕關河迢遞影蕭蕭，蹤跡如蓬轉。楚囚悲那掛眉梢，英雄淚不灑風前。〔金老上。白〕半子於歸日，桑榆喜有依。〔見介。白〕呀！這是恩人魯提轄嗄！緣何到此？〔魯達白〕洒家不認得你。〔金老白〕恩人怎麽忘了，老漢就是店中釋放的金老。〔魯達白〕你就是金老！〔金老白〕恩人你好大膽，現今各處俱有明文張掛，又兼畫着恩人形像，註着年甲，緝捕甚緊。幸喜遇着我，倘行至城市之中，被做公的拿住怎麽處。來來，隨我到一個所在去。〔魯達白〕那裏去？〔金老白〕隨我來就是了。轉過溪橋，竟入莊舍。員外在家麽？〔趙愷上。白〕鳥啼人自静，茶熟夢初醒。是那個？〔金老白〕員外。〔趙愷〕原來是金太公。此位何人？〔金老白〕這就是老漢時常向員外提的恩人魯提轄了嗄！〔趙愷白〕就是義士，請。〔見禮介〕久仰大名，今喜降臨，幸甚，幸甚。〔魯達白〕不敢。〔向金老介。白〕此位是？〔金老白〕趙員外，仁厚長者。〔魯達白〕嗄！趙員外，幸得拜識，足慰平生。〔趙愷白〕不敢。請坐。〔各坐介。金老白〕請問恩人那日如何就起風波？〔魯達白〕洒家打發你起身後，就到狀元橋下，正遇鄭屠那廝。〔唱〕

【又一體】激得我如燃惡氣滿胸填，把那廝呵止不過三拳喪喘。〔白〕洒家料來不好。〔趙愷白〕那個自然了。〔魯達唱〕因此向天涯流浪，寧辭跋踄風煙。〔金老白〕這都是老漢連累恩人了。〔魯達白〕何出此言。〔唱〕頭顱可捐，大丈夫肯把浮生戀。金老道伊家葉落歸根，怎肯在外州別縣？〔金老白〕自從恩人救了老漢父女，那日呵！〔唱〕

【榴花好】【石榴花】（首至四）潛蹤投奔，欲迴舊家園。〔白〕不想女孩兒有天緣奇遇，來到這裏代州呵，〔唱〕一言撮合綰良緣。〔魯達白〕你女孩兒已配了人了。〔金老白〕就與此間趙員外做了偏房。〔唱〕衾裯却許抱星前。〔魯達白〕難得遇此仁厚長者。〔趙愷白〕不敢。〔金老白〕如今豐衣足食，皆出大恩人所賜也。老漢呵，〔唱〕啣環結草，圖報意彌堅。〔魯達白〕洒家有何德處。〔趙愷白〕小妾常言道義士豪傑，古今罕有。卑人呵，〔唱〕【好事近】（五至末）威名久羨喜識韓，今日能如願。〔合〕看一言肝膽同傾，是千里有緣相見。〔魯達白〕洒家告辭了。〔趙愷白〕義士往那裏去？〔魯達白〕洒家犯了該死的罪名，住在這裏，倘有些風吹草動，可不連累了員外。〔趙愷白〕阿呀！義士嚇，如今外邊畫影圖形在那裏緝獲，就要去也要酌量一個安身之處便好。〔魯達白〕洒家遊蕩江湖，那有安身之處。倘或被拿，就是這顆頭也不值甚的。〔金老白〕阿呀！恩人何出此言！員外，可有什麽計策保全恩人此難便好。〔趙愷作想介。白〕計便有一條在此，只是義士怎肯向此路而行。〔魯達白〕洒家犯了法，有什麽不肯。〔趙愷白〕若如此最好。此去三十餘里，有一座五臺山，山上有六七百衆僧人，爲頭的智貞長老是個大善知識。卑人向曾許下剃度一僧，已買下一道五花度牒在此。義士若肯削髮爲僧，方可埋蹤隱跡。〔金老白〕也罷。恩人權且應從，日後事平，再作區處。〔魯達白〕待洒家思忖來。〔想介〕罷，既蒙員外做主，洒家情願做和尚便了。〔趙愷白〕義士既然心允，今晚暫住寒家，待我連夜收拾囊鉢禮物，送義士到山便了。〔魯達白〕多謝員外。〔赵愷唱〕

【尾聲】你行蹤莫使人瞧見，好學做埋頭書院。〔魯達唱〕怎説得張儉無家不受憐。〔趙愷白〕請至後堂，小妾還要出來拜謝。〔魯達白〕那個不敢當。〔金老白〕這是應該的。〔同下〕

# 第十八齣　魯提轄避難被緇

〔知客僧上。白〕山居十載百無成，客到先愁口氣生。若問蒲團近何似，空林帶角虎縱横。貧僧乃五臺山文殊院知客僧便是。今早七寶村趙檀越着管家送襯銀三十兩、白米二十石到山打齋，未知爲着何事。已曾吩咐香積厨下凖備素齋，掃室焚香，在此俟候。你看遠遠的有兩個居士上山來了，且向山門外迎候他們者。〔趙愷、魯達上。唱〕

【出隊子】心空神曠，是處山靈應接忙。松聲竹韻總笙簧，兜率遥看舍利光。把臂入林，敢求外望。〔知客迎見介。白〕員外光賁荒山，有失遠迎。〔趙愷白〕不敢。弟子今日有事求見和尚，乞煩首坐通報。〔知客白〕方纔和尚已有法諭，若員外到時，請至客堂少坐。待和尚上堂，即請相見。〔趙愷白〕弟子恭候。〔知客白〕請同這位居士到那邊去，貧僧失陪。〔趙愷白〕請便。〔趙愷、魯達白〕曲徑通幽處，禪房花木深。〔下。知客白〕吩咐法堂擂鼓，請和尚陞座。〔内撞鐘、擂鼓介。衆僧、二侍者引智真長老上。白〕寄跡空山四十年，並無佛法與君傳。有人問我西來意，水在長江月在天。老納智貞是也。萬境平沉，三心不起。山中説法，直教頑石點頭；夜半臨堦，自有哪吒捧足。啓龍宫之華藏，建鷲嶺之道場。鞭策後學，不吝鉗錘；化度愚蒙，悉歸陶冶。惟願佛法共敷三藏秘，皇恩永被萬方遥。〔衆僧白〕阿彌陀佛。〔智貞白〕今日請老僧登坐，有何公事？〔知客白〕啓告和尚，七寶村趙居士到山打齋，有事求見。〔智貞白〕請上堂相見。〔知客白〕曉得。員外有請。〔趙愷、魯達上。白〕指揮如意天花落，坐卧禪房春草深。〔知客白〕和尚已登法座，請員外相見。〔趙愷見介〕久挹餘輝，曷勝銘佩，睽違蓮座，夢想爲勞。〔魯達白〕和尚，洒家作揖了。〔智貞白〕居士今日到荒山打齋，有何所願？〔趙愷白〕弟子有一事啓告和尚，趙愷前有舊願，曾許剃度一僧，到今未曾了願。今有表弟魯達呵，〔唱〕

【桂枝香】心胸豪放，行爲鹵莽，時將故劍悲看，猛省得空花幻妄。〔魯達唱〕願辭家離俗，願辭家離俗。特參和尚，死生流浪。〔智貞白〕這也難得。〔趙愷、魯達唱〕造禪堂，許入三摩地，同登極樂方。〔智貞白〕這個因緣事也不小，且請客堂待茶，待老僧與大衆商議剃度便了。〔趙愷、魯達白〕多謝和尚慈悲。溪聲便是廣長舌，山色無非清浄身。〔下。衆僧白〕和尚，方纔那人出不得家，和尚不可剃度他。〔智貞白〕這事憑不得你我，此漢若有善根，自歸正覺。既是大衆疑慮，待老僧打坐，在此入定，去看此人善果如何，再當定奪。〔衆僧應介。智貞打坐介。唱〕

【北粉蝶兒】選佛名場，千載的選佛名場。誰肯把塵緣輕放，問青松僧臘偏長。死和生，生共死，恁可也回頭參量，一霎云亡。那答兒肯放過侯王將相。〔作入定介。内奏樂介。衆謁諦執旛幢，二侍者引金身羅漢上，向智貞參禮介，下。智貞出定介。白〕善哉，善哉！大衆，你道方纔那人出不得家麽？〔衆僧白〕便是。〔智貞白〕你們那知其中妙果也。吩咐職事僧，領他到佛殿浄髮披緇，然後到法堂受記。〔二僧白〕曉得。〔下。知客、衆僧白〕請問和尚，那人有何善果，可爲佛門弟子？〔智貞唱〕

【鬪鵪鶉】你那些大地愚蒙，都存着心頭妄想。〔衆僧白〕看他全無一點慈悲之念。〔智貞唱〕漫説是一片心慈，〔衆僧白〕畢竟是心粗膽大的。〔智貞唱〕又何妨十分膽莽。〔衆僧白〕兇惡得很。〔智貞唱〕他別具副斷殺相持猛烈腸，怒轟轟鬧幾場。〔衆僧白〕阿彌陀佛。這樣人和尚怎麽與他披剃？〔智貞唱〕有一日苦海回頭，也不用咱家喝棒。〔下臺介。二僧、趙愷、魯達僧裝上。白〕看取蓮花浄，方知不染心。〔衆僧白〕啓和尚，魯居士浄髮已完，求和尚賜取法名。〔魯達跪介。智貞摩頂介。白〕靈光一點，價值千金，佛法廣大，賜名智深。〔趙愷白〕蒙和尚大發慈悲，再請受記。〔智貞白〕智深。〔智深應介。智貞白〕從今後呵，〔唱〕

【上小樓】發慈悲，上浄土，把五戒三皈講。〔智深白〕請問和尚，何爲五戒？〔智貞唱〕不將那物命損傷，淫盗邪殃，酒肉顛狂。〔智深白〕何爲三皈？〔智貞唱〕那佛法僧三皈依，纔到龍華會上。這的是菩提果好生顒望。〔智深白〕洒家都記得了。〔智貞白〕天色漸晚，請趙居士在荒山草榻，明日去罷。〔趙愷白〕弟子正要住在此，戒訓表弟一番。〔智貞白〕也好。智深，〔唱〕

【煞尾】從今好作僧伽相，向二六時中禮法王。説與那看不破的衆生們，可也及早回頭想。〔下〕

# 第十九齣　遇刧敵虎將歸林

〔衆頭目、衆僂儸引周通上。唱〕

【點絳唇】霸踞窩巢，權時落草，施强暴，刧掠逍遥，美色尋歡笑。〔白〕嘯聚山林不可當，殺人放火逞豪强。江湖好漢揚名姓，盡道周通「小霸王」。俺祖貫漁陽，江湖浪蕩，精通戰略，不讀詩書。喜的是財寶金銀，貪的是嬌娃美婦。親父母難以拘束俺的所爲，趙官家也是奈何咱們不得。憑俺一身本領，占踞桃花山寨。行商到此難迴避，好漢前來且逗遛。衆頭目。〔頭目白〕有。〔周通白〕如今錢糧短少，草料不敷，爾等前往附近村莊借些用度，以充軍餉，不得有違。〔頭目應介。周通白〕聽我道，〔唱〕

【剔銀燈】錢糧少，不妨借饒。傳吾令，到村莊諭曉。依從便不來騷擾，敢些兒逞兇行暴。〔頭目唱〕尋抄燒劈打吊，小的去連家倒包。〔頭目應下。周通白〕衆僂儸。〔僂儸白〕有。〔周通白〕隨我下山巡哨，倘遇客商，即便刧取。〔僂儸應介，上馬行介。合唱〕

【摧拍】巡山去疾忙奔跑，遇着咱怎容避逃。英雄氣豪，英雄氣豪，威風凛凛，大馬金刀。行旅

經商，到此魂消。逢着了年少多嬌，尋耍樂便通宵。〔下。李忠持棍、背包裹上。唱〕

【朱奴兒】路途間行囊欠饒，恐罹禍即速潛逃。算後思前運未交，且前去旅次安飽。〔白〕俺李忠因魯達、史進在渭州酒樓暢飲交歡，不意金老父女之事，魯大哥就抱不平將鄭屠打死。此乃人命關天，難逃三尺。因此地方人衆都道俺三人一同飲酒，諒必知情，漸欲株連着我，所以只得遠遠避開，且圖安静。不想東奔西走，竟無安身之處。這便如何是好。來到這裏，前面已是桃花山了。你看崎嶇危險，路徑參差，定有强人出没。不要管他，且過前去。〔唱〕何足道那强徒草包，打虎將誰囉唣。〔僂儸上，攔介。白〕呔！知事的留下買路錢，放你過去。〔李忠白〕你這夥强賊，曉得俺老爺在此經過，就該俟候些盤費，你倒反來取討麼？〔僂儸白〕放你的屁。〔戰介。僂儸敗，諢下。周通衝上，略戰介。白〕呔！你那厮何人，好大膽，敢在這裏逞强？〔李忠白〕僂儸本事平常，想你寨主的本領也就不高，如何做得山寨大王！倒不如把這位讓與我罷。〔周通白〕休得胡言！正要拿你下酒哩。〔戰介，停手介。下，又上。周通白〕這人本事與我不相高下，想來也是個好漢，不免説他入夥，豈不爲妙噲。兀那漢子，你的武藝竟與俺殺個平手。〔李忠白〕果然却是對手。〔周通白〕我大王最伏善的，你方纔説讓這位與你，請問貴姓大名？〔李忠白〕在下李忠的便是。〔周通白〕聞得江湖上有個「打虎將」李忠，敢是足下麽？〔李忠白〕正是。〔周通白〕阿呀！久仰，久仰！〔李忠白〕動問大王美名？〔周通白〕小弟周通的便是。〔李忠白〕阿呀！一向慕名，無緣拜識，今日相逢，實出望外。〔周通白〕不知大哥可肯在此聚義麽？〔李忠白〕過蒙不棄，情願執鞭隨鐙。〔周通白〕豈敢，豈敢！既承雅愛，就請一同上山。

僂儸們，上山聚集，迎接新大王。〔僂儸應，行介。唱〕

【玉嬌枝】前驅引導，喜今朝英雄遇着。從來結識由斷鬧，合當是山寨榮耀。〔李忠唱〕山鷄怎和鸞鳳巢。〔周通唱〕蛟龍雲雨騰池沼。〔合〕幸相逢情投義高，幸相逢情投義高。〔到介。周通白〕今日天教李大哥降臨，山寨從今發積矣。未知貴庚，請教？〔李忠白〕在下二十八歲。〔周通白〕小弟十七歲。李大哥居長，請尊首位。〔李忠白〕在下既蒙擡舉，末座足矣，那敢叨僭。〔周通白〕序齒而座，不必過謙。〔李忠白〕這個再不敢當。〔周通白〕我和你異姓骨肉，情屬同胞，那有弟僭兄之理。還請坐了，好分次序，僂儸們也好知禮稱呼。〔李忠白〕是此，愚兄有僭了。〔坐介。唱〕

【玉山頹】【玉胞肚】（首至合）多蒙相照，叙年庚添居長叨，似當年管鮑深交，待他時啣結圖報。〔周通唱〕【五供養】（五至末）何須見誚，早晚間輸心求教。〔合〕兩下推同調，演龍韜，看取糧草，足豐饒。〔頭目上。白〕寨主威嚴令，誰敢不遵依。借來糧餉足，還有別東西。〔進見介〕稟上大王，那些人家都畏服大王，不敢違令，合借白金千兩、糧米百斛。〔周通白〕照數收置了，改月還他。爾等齊集，參見了新大王。〔頭目、僂儸應介。白〕僂儸參見大王。〔李忠白〕請起。〔周通白〕衆僂儸設宴後寨，慶賀俺與大哥歃血盟拜。〔李忠白〕多謝賢弟高誼，兄感恩不盡。〔周通白〕大哥請。〔李忠白〕賢弟請。〔唱〕

【尾聲】桃花山寨興隆兆，天賜英雄相共保。〔周通唱〕哥哥，杯酒談心把往事拋。〔遜下〕

## 第二十齣　長老修書遣醉客

〔魯智深上。唱〕

【點絳唇】樹木杈枒，峰巒如畫，堪瀟灑。悶殺咱家，禍事倒似那天來大。〔白〕削髮披緇改舊裝，殺人心性未全降。平生不曉經和懺，吃飯穿衣是所長。洒家魯智深，蒙智貞長老剃度爲僧，看看將近這麽一載。咳！這是那裏説起！咱想那裏常間喝那大碗的酒，吃這大塊的肉，何常離嘴。今叫咱做了一個和尚，又受什麽五戒。咳！把個身子弄得羸瘦，口内淡得緊，如何挨的這個日子。依我仔細看將起來，就在此處作這麽一個活佛，〔笑介〕也没有什麽妙處在那裏。爲此今日離了這可厭的山寺，往那山底下去閑走走，把俺的身子散誕一回，有何不可。妙嗄！你看這五臺山好其實價景致也。〔唱〕

【混江龍】只見那朱垣碧瓦，梵王宫殿絶喧譁。鬱蒼蒼虬松罨畫，聽聽那吱喳喳枯樹棲鴉。你看伏的伏，起的起鬭新晴羣峰相亞，那高的高，窊的窊叢暗緑萬木交叉。遥望着石樓山、雁門山横衝霄漢，那青城宫、避暑宫隱約雲霞。這的是蓮花湧地法王家，説説甚麽袈裟披處的千年話。好教俺悲今吊古，止不住俺岔恨嗟呀。〔賣酒者內白〕賣酒，賣酒！〔魯智深白〕咻！你看那山底下有個賣酒的挑上山來，咱站在此，看他挑往那裏去賣。〔賣酒者上。白〕嗄！九里山前作戰場，牧童拾得了嗄舊刀鎗。順風吹動烏江水嗄，好似虞姬別霸王。是那個？原來是位師父。〔魯智深白〕你是賣酒的？〔賣酒者白〕賣酒的嗄。〔魯智深白〕放下。〔賣酒者白〕我吃力得狠，正要歇歇。〔魯智深白〕賣酒的。〔賣酒者應介。魯智深白〕你這個酒。〔賣酒者白〕那了。〔魯智深白〕看來就是好。〔賣酒者白〕好酒麼。〔魯智深白〕你這酒挑在那裏去賣？〔賣酒者白〕挑往山上去賣。〔魯智深白〕敢是賣與咱和尚們吃？〔賣酒者白〕動也動勿得。〔魯智深白〕賣誰吃？〔賣酒者白〕賣與這些做工人吃的。〔魯智深白〕不是這等講。〔賣酒者白〕怎麼説？〔魯智深白〕你可只要錢，就賣些和尚們吃何妨。〔賣酒者白〕師父，你不曉得，我們住的是老和尚的房子，領老和尚的本錢。若與你師父們吃了，老和尚曉得了，就要追本錢，趕出屋，還要頂香罰跪哩。〔魯智深白〕咱們老和尚這樣狠。〔賣酒者白〕利害多着哩。〔魯智深笑介。白〕賣酒的。〔賣酒者應介。魯智深唱〕

【油葫蘆】俺笑着那戒酒除葷閒磕牙，他做盡了真話靶。〔賣酒者白〕你們和尚只好吃點草根樹皮，倒要吃起酒來個好。〔智深唱〕他只道草根木葉味偏佳，全不想濟顛僧他酒肉可也全不怕。彌勒佛米汁貪非詐。〔賣酒者白〕濟顛僧、彌勒佛是個活佛嗄，你那裏學得來。〔魯智深白〕咱可要學他。〔賣酒者白〕學不來。〔魯智深白〕你賣桶咱吃。〔賣酒者白〕師父，我這個酒是要賣銅錢銀子的。〔魯智深白〕賣酒的。〔賣酒者應介。魯智深唱〕咱囊頭有襯錢。〔賣酒者白〕你有錢怎麼樣？〔魯智深唱〕我現買你的不虛花。〔賣酒者白〕老和尚曉得了呢？〔魯智深唱〕那裏管西堂首座來迎頭罵。〔賣酒者白〕你爲什麼要吃他哟？〔魯智深唱〕可不道解渴哎勝如茶。〔賣酒者白〕你説了半日口渴了。〔魯智深白〕口乾。〔賣酒者白〕要吃茶的意思，來來，山底下山澗水吃兩口是了，倒要吃起酒來個好。〔走介〕怎麼不容我走，我打後山去走賣酒嗄。偺意思那道理？〔魯智深白〕你是賣酒的？〔賣酒者白〕賣酒的。〔魯智深白〕放下。〔賣酒者白〕我偏不放下。〔魯智深白〕你放下。〔賣酒者白〕咳呀！打偺。〔魯智深白〕咱有錢咱不賣？〔賣酒者白〕我不賣與和尚吃便怎麼？〔魯智深白〕偏要買。〔賣酒者白〕偏不賣。〔魯智深白〕咱可偏要買。〔賣酒者白〕我偏不賣。〔魯智深白〕狗抓的。〔賣酒者白〕不要駡。〔魯智深白〕你敢説三聲不賣。〔賣酒者白〕偺個三聲，我的酒，不要説三聲，就是三萬三千，但憑我説。〔魯智深白〕説。〔賣酒者白〕拿耳朵來。不賣，不賣，我真正不賣！〔魯智深白〕呔！〔賣酒者白〕阿呀，不好了！這一桶是完了。〔魯智深白〕你賣不賣？〔賣酒者白〕我倒底是不賣。〔魯智深白〕咱可偏要買。〔笑介〕好酒。〔賣酒者白〕好酒，錢來。〔魯智深白〕爽快。〔賣酒者白〕爽快，錢來。〔魯智深白〕你不賣，又要酒錢。〔賣酒者白〕你不吃酒不要錢，吃了酒自然要錢的。〔魯智深〕要錢明日到寺裏來領。〔賣酒者白〕寺裏和尚多得極，叫我與那個要？現賜點罷。〔魯智深白〕你真個要錢？〔賣酒者白〕誰説假的。〔魯智深白〕賣酒的。〔賣酒者白〕偺了。〔魯智深白〕擾了。〔賣酒者白〕小本生意擾不起。〔魯智深白〕咱没帶錢。〔賣酒者白〕你没帶錢吃我的酒？〔魯智深白〕布施咱喝了罷。〔賣酒者白〕人家布施銀子、錢米、油鹽、布疋，那説布施酒與和尚吃。〔魯智深白〕

你不曉得，酒肉齋僧，功德最大。〔賣酒者白〕酒肉齋僧，功德最大？〔魯智深白〕最大。〔賣酒者白〕如此，我家裏還有一擔在那裏。〔魯智深白〕再一桶兒彀了。〔賣酒者白〕張開嘴，還有一泡尿與你吃。〔魯智深白〕呔！狗抓的罵咱。〔賣酒者白〕對五吃了酒還要豁拳，捨與你吃罷。〔賣酒者下。魯智深白〕打打打！妙嗄！咱正枯渴之際，這兩桶酒來得可也湊巧。來此已是半山亭子上，洒家自到叢林不曾耍拳，今日喝了這兩桶酒來得可也有興，咱不免使幾路，把俺的身子鬆動鬆動，有何不可？有理。〔耍拳介〕呀！纔動手，把那脚尖兒在那亭柱上略挨這麼一下，你看那鳥亭塌下了半邊。〔唱〕

【天下樂】只見那磚瓦飛飄也那似散花，差也不差直恁譁。恰便似黃鶴樓打破隨風化，守清規渾似假。一捺地醉由咱，〔白〕閒步間天色已晚罷，〔唱〕須索去到禪床磕睡殺。〔下。二僧人上。白〕掃地恐傷螻蟻命，愛惜飛蛾紗罩燈。師兄，爲什麼外頭豁啷這樣響，我們去看看。〔一僧人白〕不好了，半山亭都坍了。〔一僧人白〕那愰裏愰蕩想是魯智深，又吃醉了。〔一僧人白〕是他。我們來把山門閉上了，不要理他。〔魯智深白〕呀！〔唱〕

【哪吒令】聽鐘鳴鼓撾，唔恨禪林尚遐，把青山亂踏，似飛騰倦鴉。醉醺醺眼花，任旁人笑咱，纔過了碧峰尖，早來到山門下。〔白〕天色尚早，怎麼就把個山門閉上了。我原説這些和尚都是没用的。〔唱〕他只好受閉户波查。〔白〕開門。〔二僧人白〕不開的。〔魯智深白〕開門來。〔二僧白〕不開的。〔魯智深白〕你不開，咱就取把火來燒你這鳥寺哩。〔二僧人白〕要放火了，開了罷。〔魯智深白〕你開，不開咱就來搗。〔跌介。二僧人白〕阿彌陀佛，跌殺了倒也罷。〔魯智深白〕跌壞了。你們見咱倒在地下，不上前扶咱一扶，嘴裏反在那裏咕喇咕嘟的罵咱，我把你狗抓的。〔二僧人白〕阿唷唷！師兄，我們在這裏念佛。〔魯智深白〕念佛？〔二僧人白〕念佛。〔魯智深白〕來，咱問你，兩旁兩個鳥大漢他叫什麼？〔二僧人白〕這兩個麼，叫哼哈二將。〔魯智深白〕什麼哼哈二將？〔一僧人白〕這個哼將軍呢，專惱和尚吃酒，若是和尚吃了酒，哼哼，你又吃了酒了。〔一僧人白〕這哈將軍是個好人，説哈哈哈且由他。〔魯智深白〕我把兩個狗抓的，由着咱在那廂叫門，不替咱開開山門，你反管誰咱喝酒，與你鳥什麼，我把你狗抓的打。〔二僧人白〕打那個？〔魯智深白〕這兩個狗抓的都該打。〔二僧人白〕拿什麼打？〔魯智深白〕把山門上的門閂擡過來。〔二僧人擡介，下。魯智深白〕呔！好狗抓的。〔唱〕

【鵲踏枝】覷着伊掛天衣，剪絳霞，毘羅帽，壓金花，裝甚麽護法，空門與那古佛排衙。怪他有那些粧聾做啞，又怪他眼睜睜笑哈哈，怒眼來瞧咱。〔衆僧人打介，下。智貞長老上。白〕智深不得無禮。〔魯智深白〕老和尚來了。〔智貞長老白〕我這裏五臺山千百年香火道院，今被你一人攪得捲堂而散，成何規矩。〔魯智深白〕老和尚，那些狗禿驢都來打咱。〔智貞長老白〕這裏你住不得了，我有一師弟，喚做智清禪師，現在東京大相國寺中做住持，待我修書一封與你，前去討個職事僧與你做罷。〔魯智深白〕老和尚真個不用弟子了？〔智貞長老白〕真個不用了。〔魯智深白〕罷嗄！弟子就此拜别。〔唱〕

【寄生草】我謾拭英雄淚，相辭乞士家。謝你個慈悲剃度在蓮臺下，没緣法，轉眼個分離乍，赤蕭條來去無牽掛。那裏討煙蓑雨笠捲單行，敢辭却芒鞋破缽隨緣化。〔智貞長老白〕書一封你且收下，還有白銀十兩，權爲路費，還有偈言四句，你須牢牢記着。〔魯智深白〕弟子願聽。〔智貞長老白〕逢夏而擒，遇獵而執，聽潮而圓，見信而寂。〔魯智深白〕弟子就此去也。〔智貞長老下。魯智深白〕前者在鐵匠鋪内打有禪杖、戒刀，不免前去取了，即日起身去也。〔唱〕

【煞尾】俺待要迴避了老僧伽，收拾起無生話。〔白〕那老和尚真是個好人，又贈俺銀子。〔唱〕我早向那杏花村裏覓些個酒水沾牙，又被那腌臢禿子都驚訝。〔白〕下得山來咏，〔唱〕你看酒簾兒斜陽照籬笆，十里香聞酒味佳，罷向茅宅且歇下。〔白〕俺如今下了山，就不是五臺山的和尚，還有誰來管咱。〔唱〕早難道杖頭的沽酒他也不容咱。〔下〕

# 第廿一齣　桃花莊强逼姻牒

〔劉太公上。唱〕

【風馬兒】繞屋桑麻足可誇，躬耕勤儉人家。看夭桃十里錦蒸霞，艷陽天氣，裝點好韶華。〔白〕對景應憐垂暮身，桃花又見一番新。年經半百猶無倚，爲嘆承歡少後人。自家姓劉，别無名號，因所居之地栽成桃花，數里人都稱我爲「桃花莊劉太公」。荆妻巫氏，同庚半百，止生一女，德容兼備，年已及笄，猶然待字。這且不在話下。現今莊前莊後桃花盛開，不免同老妻帶領女兒遊玩一番，有何不可。説話之間，院君與女兒出來也。〔巫氏院君上。唱〕

【三臺令】縞衣怎比笄珈，罷了田工採茶。〔一娘上。唱〕梁燕語周遮，墮香沉，飛過窗紗。〔見介。太公白〕院君，這幾日莊前莊後桃花大開，比往年更加茂盛，别村人家婦女都到這裏遊玩，我們可同了女孩兒去觀賞一回，庶不負此芳菲。〔院君白〕同去遊玩最好，只是女孩兒家前去，或遇外人，恐不相宜。〔太公白〕去去就回的，這又何妨。〔一娘白〕既是這等，女孩兒就隨了爹媽前去。〔太公白〕隨我來。好天氣嗄！〔同出門隨意遊玩介。唱〕

【梧桐樹集】【梧桐樹】（首至六）天倫樂更嘉，共步繁花下。蝶舞蜂忙，也識春無價。鶯鶯燕燕如相話，朶朶枝枝鬭粉華。〔一娘白〕爹爹、母親，你看那壁廂樹株稠密，我們也觀看一回。〔太公白〕到那裏去路遠嗄！〔院君白〕我們既然到此，那邊也去走走何妨。〔太公〕也罷，這裏來。〔行介。同唱〕【五更轉】（合至末）撲人花氣隨風迓，抹過疏林，盡情方罷。〔同下。李忠、周通上。四頭目隨上。唱〕

【浣溪紗】草莽中輕王化，兩英雄到處堪誇。一聲叱咤千村怕，也假學風流玩物華。〔李忠白〕周兄弟，我自從與你結義之後，每日打家劫舍，舞劍輪鎗，恐怕辜負這樣好天氣，因此同你悄地下山遊玩。〔周通白〕便是。這幾日寨中無事，見了這樣春光明媚，小弟也覺有些春興勃勃。〔頭目指介。白〕大王，那邊景致再好遊玩。〔周通白〕我們到那桃花茂盛處去，索性看玩他一個盡興而回。〔行介。唱〕閒作耍，且休問樹稍頭有暮鴉，向前蹊盡是鮮花。〔劉太公、院君、一娘同上。唱〕

【劉潑帽】碧桃紅杏誰高亞，媚春工各自爭誇。〔李忠、周通上，見介。周通作種種醜態介。劉太公、院君看嗄作厭態介。白〕這一回遊人多了，我們早些回去罷。〔一娘白〕正是，我們急急回家。〔合唱〕芬芳極目無空罅，盼得歸家，汗濕香羅帕。〔急下。周通看出介。李忠白〕賢弟，爲何如此出神？〔周通白〕好一個嬌媚女子，不知是誰家的。〔唱〕

【秋夜月】你看他丰韻佳，與西子無高下。一種風情秋波罅，嬌柔見我羞兼怕。〔頭目白〕這個女子是桃花莊劉太公的女兒，方纔那老夫妻兩個就是他的父母。〔周通白〕既如此，頭目們搶他來做個壓寨夫人。〔李忠白〕住了。賢弟，搶之一字覺得不雅，你既愛此女，當差頭目以金帛往聘他。若不允，那時再用强未遲。〔周通白〕哥哥説得有理。〔向頭目介〕爾等快到寨中，取了金帛即往他莊上納聘，説後日晚間我到那裏入贅。〔四頭目應下。李忠白〕我們遊玩多時，也回寨中去罷。〔周通白〕偶然走走，不想遇着這樣齊整女子。〔唱〕見風流俊雅，我相思害煞。〔李忠、周通下。劉太公、院君、一娘上。白〕桃源誤入漁郎棹，星渚何來使者槎。〔院君白〕好好的遊玩遊玩，不知那裏來的遊客，輕狂之態甚是可厭。〔太公、一娘白〕看花陌上難免遊人嘈雜，這也不足計較，只避了他就是了。〔院君白〕不是嗄，我老兩口也罷了，女孩兒原不該去的。〔唱〕

【金蓮子】只爲一着差，惹狂且輕薄真難話，幾做了蜂蝶讐花。〔二頭目捧金帛上。唱〕寨主令敢波查，做媒人全仗着金帛與紅紗。〔白〕這裏是了。呔！裏面有人麽？〔院君、一娘避下。劉太公白〕列位是何處來的？〔頭目白〕老頭兒，你的造化到了。俺們是桃花山奉二大王之命送得金帛在此，特聘令愛做壓寨夫人的。〔太公驚介。白〕阿呀！這是那裏説起。列位嗄，念小女阿，〔唱〕

【紅衫兒】村農質陋，愚頑年甚幼。怎敢高匹鸞儔，幸别選名門秀，咏《關雎》好逑。〔頭目白〕咳！不用謙遜，適纔大王已親自看中了。後日是吉日，晚間到此入贅。〔唱〕因此上財禮相投，綰同心已有由，好整備鳳枕鴛稠，等待襄王來就。〔太公白〕阿呀！這是斷斷使不得的嘘。〔頭目白〕使不得，找你的頭去回話。〔太公白〕列位，〔唱〕

【獅子序】金和帛請自收。〔滚白〕有勢你們衆位把這些綵緞金珠、樁樁件件仍舊帶回，還要仗衆位神力，待我老漢再三哀懇，再三哀懇。〔唱〕大王前須爲我善言苦求。〔頭目白〕看中了誰敢去求？〔太公唱〕他是個大英雄赳赳虎彪，列位嗄奉箕帚當尋配偶。〔白〕喏。〔唱〕是有個才兼優、貌風流、性温柔，勢相侔的豪華世胄，何時要，山前後茅屋尋搜。〔頭目白〕我們不管，把禮物留下，後日便來入贅。〔欲下介。太公白〕列位轉來轉來。〔頭目白〕可是要送花紅與我麽？我替你説，馬桶要箍大些的，日後好養兒子，花紅是斷斷不敢受。後日來擾你的喜酒罷。〔欲行介。太公扯介。頭目白〕呀呸！誰叫你們遊玩的。〔摔開太公行介。太公叫介〕嚇！你們轉來，你們轉來。〔頭目白〕正是爲流花片人間去，惹得漁郎鼓棹來。〔下。太公白〕阿呀！這是那裏説起，不免報與院君知道。院君快來。〔院君、一娘上。白〕簷外鴉聲急，堂前何事喧。〔太公白〕院君嗄！不好了嘘！方纔我們遊玩的時節，那一個輕薄少年，不想就是桃花山上的强盗。他看見女兒姿色，叫僂儸將這些東西撇下，説道後日就要入贅我家。如何是好？〔院君白〕呀！有這等事。阿呀！我那嬌兒嗄！〔唱〕

【東甌令】將誰咎，禍有由。〔滚白〕我這裏心中思想，暗裏躊躕，一家兒閉門安坐，這平地風波却爲何來。又不是從天降下，也非闗別人釀就。〔唱〕這是伊父將兒作寇讎。〔太公白〕唷！這是大家同去的嚇，怎麽單埋怨起我來。〔院君唱〕若非你無端堂上來相誘，怎花下逢强寇。〔太公白〕如今埋怨也不中用了。〔院君白〕那僂儸還有何話説？〔太公白〕説是後日他就要來入贅，萬難解釋。〔院君白〕哦！後日就要來入贅。兒嗄！〔合唱〕叫天不應萬千愁，飛禍急臨頭。

【尾聲】都只爲好韶華花如綉，無端惹起一天愁，悔今朝錯向春風陌上遊。〔下〕

# 第廿二齣　小霸王鴛幃被打

〔魯智深上。唱〕

【單調風雲會】【一江風】（首至三）遠迢遥，信步東京道，看日落飛歸鳥。【駐雲飛】（五至末）嗏。煙爨薄林皋，影形相弔。爲一片雄心，弄得人顛倒。〔白〕洒家魯智深，自離五臺山，行有半月。一路上雖然辛苦，却喜逢望吃酒，過店吃肉，倒也自由自在。今日貪趲路程，不覺錯過宿頭。你看天色將晚，不免趲步向前，到村莊人家借宿一宵便了。〔唱〕今且趲向前村宿一宵，怎免得柴門帶月敲。〔下。劉太公引莊客上。白〕賊女婿爲新女婿，好姻緣是惡姻緣。老漢年已半百，所生一女，指望尋一佳偶匹配，以作我老夫妻二人靠託之計。誰想桃花山上二賊頭要强娶成親，今晚來入贅。只是，〔唱〕

【駐馬聽】羞葉桃夭，好教我翡翠屏前增懊惱。〔莊客白〕太公，那桃花山上的二大王也是一位英雄好漢，太公還當免生煩惱。〔太公白〕你們那裏曉得我的心事，這番將我女兒占了去不打緊。〔唱〕你看我雙雙無子，景入桑榆，怎度昏朝。〔莊客白〕太公，事已如此，我們必須準備停當方好。如今且到莊門外掛紅結綵，等他們到來便了。〔太公白〕嗄！掛什麼紅結什麼綵咳！〔唱〕悔遊春錯把女兒邀，引强徒今日來囉唣。〔莊客掛紅結綵介。魯智深上。唱〕迤邐荒郊，一肩暮色，逐脚跟顛倒。〔白〕太公，洒家是過路僧人，因貪趲路程錯過宿頭，特到寶莊呵，〔唱〕

【又一體】願借賓寮，一席相容度此宵。〔太公白〕師父莫怪，今日莊上有事，不便相留。〔唱〕這裏蝸居茅舍，俗冗難分，未敢相邀。〔魯智深白〕呀！却又作怪。你雖然有事，洒家一席之地，便可容身。〔唱〕不望你殺鷄炊黍見兒曹，只爲着松寒竹冷難行道。〔太公白〕既然師父不嫌怠慢，請到茅舍用齋。〔魯智深白〕生受太公大德。〔進內介。太公唱〕邂逅相招，王孫一飯，不圖相報。〔白〕莊客，吩咐備齋。〔智深白〕洒家不忌葷酒。〔太公白〕如此今日最便。快些收拾酒飯來。〔莊客應下，取酒飯上介。太公白〕師父休怪，匆忙之際，胡亂充飢。〔智深用酒飯介，向太公介。白〕太公爲着何事有不豫之色，莫非爲洒家在府騷擾麽？〔太公白〕不是。因小女今日乘龍，故此心上不樂。〔智深白〕嗄！此乃恭喜之事，怎麽反生煩惱？〔太公白〕咳！不要説起。〔唱〕

【催拍】那裏是鳳凰臺勸吹洞簫，羨玉潤媒妁相招。〔智深白〕嗄！難道是强娶不成？〔太公白〕師父嗄！你道此人是誰，正是我莊前桃花山上的二强盗叫作周通。〔唱〕前日將聘禮强交，聘禮强交，説道入贅吾門，准在今宵。〔智深白〕既不情願，我當叫他退婚。〔太公白〕他强横之甚，如何聽勸？〔智深白〕嗄！是這樣麽？不妨，洒家在五臺山專學得説因果。〔唱〕憑他是鐵石肝腸也令鎔銷。〔太公喜介。白〕嗄！有這等事麽？若得師父慈悲，一家感戴不盡。院君快來。〔院君上。白〕堂前聲喚高，小鹿心頭跳。想是二大王不來了麽，怎麽這樣歡喜？〔太公白〕院君，方纔借宿的這位羅漢説道，他曾在五臺山上學就的説因果。他如今要説轉强盜，令他退婚，可以救我女兒。〔院君白〕有這等事。阿彌陀佛，謝天謝地。但不知羅漢如何説那强人？〔智深白〕你們不要點燈，我在你女兒房中坐着，也不要你們告訴那强盜，只領他進房，我自有道理。〔太公白〕院君，你快進去説與女兒知道，叫他放心。〔院君應下。魯智深白〕不要擔擱了工夫，把你女兒藏過，領我到新婦房中去。〔太公白〕既如此，請師父這裏來。〔場上預設床帳，太公引魯智深進内介。太公唱〕鎮日價悶蹙眉梢，今日裏方免被人嘲。〔白〕這裏就是小女的卧房了。〔智深白〕你且到外面去料理，洒家在此等他。〔太公應介。白〕吩咐莊客，前後點燈，二大王敢就來也。〔莊客應介。太公白〕休驚人脱兔，都是命安排。〔下。智深白〕妙嗄！〔唱〕

【又一體】拂流蘇蘭蒸麝飄，且揭起鴛帳鮫綃。〔白〕待洒家脱去上服，睡在床上，等他上床來，好説因果。〔笑介。唱〕權學個和尚嬌嬌，和尚嬌嬌。他待將貝葉曇花，錯認夭桃。〔入帳介。周通引僂儸執花燈、火把接上，唱〕滿面春風，撮上藍橋，急急的策馬鳴鑣，今得遂鳳鸞交。〔下馬介。内吹打介。劉太公接上介。白〕老漢特備水酒一杯在堂，恭請大王入席略飲數杯，然後送入洞房。〔周通白〕丈人何必過費，我已醉了，只立飲一杯，領你美意，便入洞房。〔太公白〕是。〔送酒，内吹打，周通飲完介。太公白〕莊客們，山上各位頭目酒飯款待。〔周通白〕你們都回山寨去罷。〔衆應介，下。太公白〕就請大王進房。〔周通白〕你在前引導。〔太公應介，内吹打介，行介。太公白〕此間就是小女房門，大王請自便。〔避下。周通白〕我理會得，你自迴避。〔進房介。白〕咳！ 你看我丈人這樣做人家，今日是個好日子，房中怎麽燈也捨不得點一盞。 明日到山寨裏抬兩罈油來使喚使喚。〔摸着床介。白〕我且上床。 夫人，我今日做了你女婿，却不辱没了你。 怎麽見我來，不則一聲？〔上床介。魯智深揪出帳，打介。白〕呔！ 你這狗强盜。〔唱〕

【縷縷金】何方的野狐臊，敢來當虎額弄剛毛。〔周通白〕啊唷唷！ 利害，利害！ 有話好説。 剛纔進門就是一個下馬威，你到底是何人？〔魯智深白〕我麽，〔唱〕只有拳頭在，别無名號。〔打倒周通介。周通白〕救人嘎！ 救人嘎！ 且回山寨，明日再與你算賬。〔急下。魯智深白〕我却不知他山寨在於何處，怎生追趕。 太公那裏？〔太公持燈上。唱〕洞房何故恁喧囂，這事如何了？ 這事如何了。〔魯智深白〕太公，那强盜被我打跑了。〔太公白〕師父，你害殺我也。 只道你會説因果，那裏曉得竟動起粗來。 你看他此去，必定領大隊人馬來，可不送了這一村人家的性命了。〔魯智深白〕太公放心。我雖僧人，原係官軍，我當在此剪除此寇，保汝村坊無事。〔太公白〕如此甚好。 請到前面再用些飲食，以助威力。〔智深白〕太公，今朝保你舒懷抱。〔太公白〕還仗恩人手段高。〔同下。衆小僂儸持器械、火把引李忠上。唱〕

【掉角兒序】望前村喜氣沖霄，羡伊行英雄年少。 今日裏跨鳳吹簫，諧白髮雙雙到老。〔白〕僂儸們，二大王恭喜，我們作速前去替他慶賀。〔衆應介。周通逃敗上。見介。白〕大哥，小弟幾何不得見你。

〔李忠驚問介。白〕兄弟，你去入贅，爲何這等狼狽而回？〔周通白〕那劉太公狗男女。〔唱〕誰道畫堂中禮數殷，綉閣内機械巧，此恨難消。〔白〕小弟却不隄防他房中藏下一個秃驢，吃他痛打一頓，可惱嗄可惱。〔李忠怒介。白〕嗄！ 有這等事？ 衆僂儸，我們就此一同前往，擒此秃驢，以消此恨。〔行介。唱〕把村坊蕩掃，試我鋼刀，還待要活擒秃厮，休放生逃。〔行到介。李忠白〕衆僂儸，與我前後守定，休得放走一人。〔衆應介。智深領衆莊客上，與李忠略戰介。智深喊叫介。白〕何處狗强盗，敢來作耗村坊？快快下馬受縛，免得洒家動手。〔李忠白〕你那和尚聲音好熟，且通個名來。〔智深白〕你問洒家名字麽？〔唱〕

【又一體】播寰中魯達名標。〔李忠白〕爲何做了和尚？〔智深白〕只爲打死鄭屠，〔唱〕向五臺山皈依三寶。〔李忠白〕爲何到此？〔智深唱〕因勾當路過村郊，要把你窠巢盡搗。〔李忠笑介，令周通下馬介。相見介。白〕賢弟，這位不是别人，就是我素常對你説的魯大哥，快些相見。魯大哥，小弟們不知，多有得罪。〔智深白〕汝是何人，認得洒家？〔李忠白〕大哥倒忘了，〔唱〕那日「九紋龍」酒肆招，「打虎將」名姓表，共識英豪。〔智深白〕嗄！ 原來是李忠賢弟，緣何得在此處？ 此位大名？〔李忠白〕自從别後，至此經過，得遇這位賢弟，姓周名通，相留在桃花山上聚義。〔智深白〕原來都是自家人，方纔多有得罪。〔各笑介。智深白〕且請到裏面去，我有話説。〔進内介。智深白〕莊客們，快請劉太公來。〔莊客應介。太公怕介。白〕阿呀！ 指望仗他剿滅這般强盗，那裏曉得竟是同夥，我今番死也。〔見智深介。白〕

阿呀！大王爺爺，小人萬死，情願將小女獻與二大王，只求免死罪。〔智深白〕太公，我不是大王，你休要害怕。你進來，洒家有話説，包你無事。〔向周通介。白〕周賢弟，那劉太公只有一女。【唱】相憐相靠，難捨妖嬌，只恐怕這樁喜事未必心苗。〔白〕依着洒家，不如退了，日後另娶個勝似他的。〔李忠、周通同白〕大哥吩咐，自當遵命。〔智深白〕大丈夫作事，日後不可反悔。〔周通白〕一言既出，如白染皂，豈可反悔。〔李忠白〕難得大哥到此，請到山上多住幾日再行。〔智深白〕洒家往東京心急，明早就行，日後再圖歡會。〔李忠、周通白〕大哥莫非嫌山中荒陋，不肯盤桓麽？〔智深白〕好説。既蒙盛意，暫住幾日便了。〔李忠白〕請。〔同唱〕

【駐雲飛】齊控金橋，月轉蓬山天欲曉，撥轉漁郎棹，好叫桃花笑。嗏。〔太公、莊客白〕我等奉送大王一程。〔智深白〕不消了。〔李忠、周通白〕僂儸們，帶馬。〔各上馬介。太公、莊客下。李忠、周通、智深、衆僂儸行介。唱〕縱馬出村郊，並轡聯鑣。今日相逢，好是天作巧，却比乘龍興更高。〔下〕

# 第廿三齣　花和尚虎寨懷金

〔場上擺一假山，衆客商持器械，引車户推兩輛車上。唱〕

【縷縷金】離鄉井，學經商，勞生非坐賈，走奔忙。那虎嘯猿啼處，山高野曠。〔白〕我們都是往青州做買賣的客商便是。如今押着兩輛金銀貨物車趕上前去。列位，這裏山徑蕪雜，恐有歹人行劫，好生防護。〔一白〕衆位大哥可知道，這裏名唤桃花山，正是强人出没的去處。這幾年來在這裏失事的可也不少。〔一白〕列位不要長他人志氣，滅自己威風。小弟經商買賣，在江湖上走了幾十年，仗着這一把朴刀，不知結果了多少毛賊，何須害怕。〔衆白〕到底大家幫着走，只願太平無事就是了。〔唱〕緑林豪傑謹須防，啣枚度青嶂，啣枚度青嶂。〔下。僂儸引李忠、周通上。唱〕

【又一體】懷豹略，展龍驤，三山稱獨霸，世無雙。偶因漁色風波起，自生魔障。幸相逢舊雨氣如霜，勾却風流賬，勾却風流賬。〔李忠白〕兄弟，魯大哥到我山中住了好幾日了，我們再三勸他落草，他執意要出家，這便怎麽樣好？〔周通白〕大哥，我看他粗鹵達達，大碗的酒，大塊的肉，看來竟有些養他不起。小弟已曾吩咐整備筵席，與他送行。〔李忠白〕這也没法，好好兒款待他，日後我兄弟們也好相見。〔周通白〕僂儸們，筵席可齊整麼？〔僂儸白〕啓上大王，宰豬殺羊，極其豐盛。況且滿桌擺的都是些金銀器皿，算我山上請客第一回熱鬧。〔周通白〕元來如此。快請魯大師。〔僂儸應介，作向內請介。魯智深持禪杖、跨戒刀上。白〕草螢有焰終非火，海蜃遥驚耻花樓。二位賢弟，洒家今日要走了。〔李忠、周通白〕小弟再三苦留，吾兄執意不肯。想來此地一窪之水，也藏不得蛟龍。聊備一杯濁酒，以誌別意。〔魯智深白〕既承二位賢弟費心，洒家不敢固辭。〔李忠、周通作送酒介。入席介。魯智深作飲介。唱〕

【越恁好】萍蹤浪合，萍蹤浪合，山寨仰輝光。只爲沖天有志，情耿耿，意怏怏。〔李忠白〕僂儸們，取大金斗過來，敬魯大師一大斗。〔僂儸應介，斟酒介。魯智深白〕這纔是洒家意思。〔作乾介。白〕再斟。〔李忠、周通唱〕特開春甕薦離觴，陽關三唱。些時教你也空回望，些時便教我也空懷想。〔二僂儸上。白〕報！啓上大王，小的在山前巡邏，有一起客商，押着兩輛金銀貨物車在我們山下經過。〔李忠、周通白〕有這等事。到也湊巧得緊，且去搶來，與魯大哥作路費。大哥，你且開懷飲幾杯，待小弟去搶擄了就來。〔魯智深白〕二位請便。洒家自會飲酒。〔李忠、周通起介。白〕衆僂儸，你們止留兩人在此伏侍魯大師，其餘跟我下山去罷。〔作拿器械介。唱〕

【紅綉鞋】酒邊消息匆忙，匆忙；山前劫奪行藏，行藏。銀甲耀，寶刀光。屈努勁，雁翎長。驚過客，助行裝。〔下。魯智深白〕好笑他兩人作事慳吝得緊，現放着許多金銀，還要去打劫別人的送與洒家。這豈不是把官路當人情。也罷，洒家且教這廝吃俺一驚。〔唱〕

【古輪臺】忒荒唐，笑他臨時挖肉補人瘡，從來少見這酸模樣，戳眼的金銀晃漾。〔二僂儸白〕大師，大王不在家，我們權當主人，你須要多吃一鐘。〔作送酒介。魯智深作撳倒二人介。白〕你這兩個狗男女，說些什麽。〔僂儸白〕你不要撒酒風。〔魯智深白〕洒家就撒撒酒風何妨。〔作解搭縛綑住二僂儸，口裏塞麻，僂儸作叫不出介。魯智深白〕你這兩個狗男女，你若叫我就一刀。〔作將二僂儸撩入場。內作拿酒器放包裹介。白〕且把這些金銀酒器揣去做盤纏罷。〔唱〕都將來權領收藏，管教他歸來怨悵。〔拿禪杖介〕我想，從山前去一定遇着他不好意思，我昨日去看景致，山後到有一個去處，似乎可以下去。〔作上山介。唱〕舉步倉忙，頗慚無狀，過山巖一陣野花香。〔白〕嗄！你看此處雖是亂草，却也險峻，且把戒刀、禪杖和包裹先試他一試。〔作撩介。白〕下面多是亂草，待洒家趁勢兒溜下去。〔唱〕先抛刀杖，慢騰騰順勢褰裳。只怕石角崚嶒，薜滋苔滑，休教鹵莽。〔作跳介。白〕且喜並無傷損，待我收拾趲路。李大哥、周二哥，今番盛擾了。〔唱〕檢點舊衣裝，天涯廣，趁斜陽影裏一僧狂。〔下。衆客商、保標人、車夫押車輛上。同唱〕

【撲燈蛾】驅車過石梁，驅車過石梁，小鹿心頭撞，猛見黑松林，好不險惡雄壯也。只索星馳電走，怎烏鴉頭上叫猖狂。〔頭目、僂儸引周通、李忠山頭路介。一頭目放響箭。一保標人白〕不好了，果有強人來了！衆兄弟，將車輛推入樹林中去。〔二車夫作怕，虛白發諢介。衆商人唱〕一似八公山風吹草響，凝眸望，早則劍戟白如霜。〔李忠、周通上，白〕呔！你那鳥漢，留下買路錢。〔衆作慌介。一白〕你這些強盗，買乾魚放生，不知死活。我不來尋你要過山禮，你到來問我要買路錢。〔李忠、周通白〕不替你多言。頭目們，搶那廝車輛上山。〔衆頭目、商人作斷殺介。車户作念佛抖介。李忠作殺一保標人，衆客商作跑介，下。周通殺一保標人。車户白〕大王，大王饒命！我是苦命人。〔李忠、周通白〕你一行人殺的殺了，跑的跑了，你兩個殘頭，豈能獨留。〔車户〕大王若肯饒我，情願在山上出力。〔周通白〕這個狗頭倒有志氣。也罷，你且把車輛好好兒推上山去。〔車户應介。衆唱〕

【又一體】威名鎮四方，威名鎮四方，行劫如翻掌，莫怪我無良。多應前生負債令償，也何須推讓。想嘉賓獨自醉郎當，且回虎帳，還待要香醪美饌，痛飲盡千觴。〔二僂儸上。白〕大王，不好了。那魯大師把我兩個綑做一塊，把桌上金銀器皿都偷去逃了。〔李忠、周通白〕嗄！有這等事。他在我山上可知逃到那裏去？〔李忠白〕我們快些趕上羞他一場。〔周通白〕罷罷，賊去關門，那裏去趕。縱然趕着他，惱羞成怒起來，我和你又敵不過，倒弄成笑話。不如罷休，日後倒好相見。〔李忠白〕只是我當初不合引他上山，因此折了許多東西。今日這一分，小弟不敢與聞。〔周通白〕哥哥，我和你義同生死，何在於此。衆僂儸，就此回去。〔衆應介。唱〕

【尾聲】從今莫説花和尚，辜負我兄弟情長，則問他異日相逢如何一撒謊。〔下〕

# 第廿四齣　金主親征伐契丹

〔扮吴乞買、撒改、辭不失、斜也、阿離合懣、蒲家奴、宗翰、婁室各披掛上。白〕龍繞旌竿獸滿旗，翻營乍似雪山移。中軍一隊三千騎，掃蕩中原擴帝基。俺乃吴乞買是也。俺乃撒改是也。俺乃辭不失是也。俺乃斜也是也。俺乃阿離合懣是也。俺乃蒲家奴是也。俺乃宗翰是也。俺乃婁室是也。請了。今日主上親自下教場閲武，只得在此伺候。〔虛下。内吹打。扮衆軍引金太祖戎裝上。唱〕

【醉花陰】泰運宏開雄東表，嗣王業規模不小。西望河山杳，斧鉞旌旄，志在平燕趙。〔上高座科。白〕寡人大金皇帝是也。嗣世祖皇帝之位，誕開鴻庥之基，自從起兵以來，奄有東土。諸臣再三勸進，只得勉從所請，即皇帝位，改元收國，國號大金。天與人歸，宅中圖大，正在斯時也。我想國家既以征伐得天下，必須大修武備，方可制勝。爲此下令諸臣，朕親自到教場閲武。傳旨，開操。〔内侍應科。白〕萬歲爺有旨，衆將開操。〔内應科。白〕領旨。〔内侍跪科。白〕傳令過了。〔内掌號。大鑼鼓。衆軍士各帶弓箭上，作跑馬科，下。内掌號。又作操演馬鎗科。太祖唱〕

【喜遷鶯】貔貅騰躍，愛的這貔貅騰躍，展英風士氣炰烋，讙呶轟雷飛炮，硬弩强弓疾更僄，不由人心膽豪。這的是喊如彪虎，不争的捷似猿猱。〔内掌號。衆軍士持大刀、大斧上。作對刀斧操演科，下。内掌號。衆軍士又作持藤牌上，操演科，下。太祖唱〕

【出隊子】你看這電迴星繞，閃寒光點雪飄，那團牌縱横轉雲瓢，飛刃往來捲玉濤，綉斧晶瑩片月皎。〔内掌號。八都統領八隊軍士上，擺陣勢。同唱〕

【刮地風】嗳呀！又則見令下三軍似海嘯，一隊隊旗旆飄颻。鼓鼙聲震衣明號，不爽分毫。好一似五花玄妙，更恍惚八門精巧。攪龍潭，翻虎窟，張牙露爪，變化應難料。叱咤聲山岳俱摇。〔又作串走一回，又擺陣勢科。同唱〕

【四門子】霎時遊騎穿花繞，轉方圓一令招。九皋唳鶴聲聞杳，驀然的金鼓敲。壁壘兒新，擊利兒超，屯雲捲濤狐狸嘷。耀日的戈，蔽野的旄，端的是馬騰士飽。〔太祖白〕坐作進退，步伐止齊，有法有度，真乃王者之師。以此制敵，何敵不摧也。吩咐散操。〔衆應介。大祖白〕諸卿，我朝雄武之師，允稱精鋭，及鋒而用，似合機宜。我想我大金朝世事遼國，恪修職貢，定烏春窩謀罕之亂，破蕭海里之衆，有功不省，而侵侮是加，罪人阿疏，屢請不遣。今欲大舉伐遼，不知諸卿意下如何？〔衆白〕臣啓陛下，遼政不綱，生民塗炭，陛下應運而興，正天與人歸之候。若振師西指，燕雲計日可取。〔都統同唱〕

【古水仙子】呀呀呀廟算高，呀呀呀廟算高，他他他恣貪噬先將國本摇。俺俺俺奉東藩恪修職貢，奈奈奈肆侵侮把人凌虐，把把把把定邊功付九霄，又又又匿阿疏恨氣難消。若若若若厲兵秣馬窺燕趙，管管管管摧枯拉朽成功早，看看看看一舉便亡遼。〔太祖白〕諸臣意見與朕相同，真乃國家之福利也。宗翰可領一軍爲前鋒，蒲家奴、婁室可引一軍爲合後，寡人親率六師，即日征遼便了。〔衆白〕領旨。〔太祖下高座科。太祖白〕吩咐擺駕回宮。〔衆應科。同唱〕

【尾聲】陳師鞠旅承明詔，統六師擊鐸鳴鐃，管教把大遼國土全佔了。〔同下〕

# 第二本

## 第一齣　金國主草地行圍

〔衆番將、軍士引金主上。唱〕

【北一枝花】只俺這白山起蟄龍，赤水巢威鳳。旌旗懸氣色，劍戟抱雌雄。寶馬琱弓衰草寒，雲重黄沙積雪封。〔白〕爛爛龍旌捧日旂，黄茅岡下出長圍。但教射得南來鴈，直抵燕山耀國威。寡人大金皇帝是也。系出白山，祥開虎水。聰明天授，勇略性成。叵耐遼主貪淫酒色，政事怠荒，不報我海里之功，反納我阿疎之叛，因此特起傾國精兵，以遂圖南大志。數年以來，尅了黄龍府，收了寧江州，破了蒺藜山，降了辭裹罕。看看逼近中京了。近日希尹擒獲遼護衛律習泥烈，已知遼主在鴛鴦濼畋獵，已曾吩咐各道尅期進兵，只候捷音來到。今日軍中無事，不免行圍一番。衆番將。〔衆應介。金主白〕隨俺行圍者。〔衆吶喊，作行圍介。金主白〕呀！你看古木寒煙，黄沙白草，這圍場真覺蒼茫也。〔唱〕俺待排羽獵，長鎗與飛矢争先。上高岡，看鵰鶚與韓盧賈勇。〔金主上高臺介。白〕衆巴圖嚕就

此撒開圍場者。〔衆作撒圍科。合唱〕

【南一江風】趁雄風，待把圍場攏。士卒精神湧，海雲東，齊駕長驅，兔走狐趨，冰雪霜蹄縱。花翎血染紅，花翎血染紅，寒空落塞鴻。還教你鹿醒蕉陰夢。〔下。各獸跳舞介。衆軍士作趕逐、放箭、打鎗介。又走出一白狼介。衆軍士趕下。金主白〕呀！那邊跑出一隻白狼來也。巴圖嚕取弓箭過來。〔軍士應介，遞弓箭。金主下坐介。唱〕

【北紅芍藥】草坡前駭走亂飛蓬，驀然怪獸奔衝。真個霜毛璀璨雪玲瓏，只索默禱蒼穹。〔白〕老天在上，我今番出兵，若能吞遼併宋，我這一箭就中那白狼之首。〔唱〕倘能勾併契丹、吞趙宋，這彎弓貫額恰當中。望神明深鑒我丹衷，舉手便成功。〔作馳走下，又上，作上高坡介。衆軍士趕白狼跑上。金主白〕看箭。〔作射倒白狼，衆軍士吶喊喝采。金主笑，軍士接弓介。金主白〕吩咐衆巴圖嚕，將白狼送入宮中，其餘所得牲口盡行賞賚，就此收圍者。〔作下高坡科，坐介。衆將作傳令介。軍士抬白狼下。衆將官白〕陛下神箭，正中那白狼之首，此乃我朝混一區宇之象，臣等不勝歡忭。〔唱〕

【南東甌令】狼似雪，箭如風，神臂輕開騁玉驄，等閒飛羽當門送。這是興王兆，天威動，寒星掩映錦袍紅，拜手樂融融。〔金主白〕適纔默禱于天，若能吞遼併宋，箭到成功。如衆將所言，此狼便是興朝之讖了。〔唱〕

【北罵玉郎】虛空虔禱祈天寵，那知道彎滿月，獲飛熊。若得混成區宇皇圖鞏，這的是商家的玄鳥祥，周家的赤烏啅，漢家的白蛇踊。〔衆將官白〕元來如此。臣等敬獻一觴，以伸燕賀。〔金主白〕生受你們。看打辣酥過來。〔雜扮衆小番上，斟酒介。衆作進酒拜介。金主飲介。同唱〕

【南解三酲】進霞觴一杯馬湩，這嘉祥亘古奇逢。笑孫劉狠石空傳誦，怎似山陰羽獵奇蹤。但願雲龍風虎山河擁，南北東西號令通。羣星拱，一杯天酒，湛露恩濃。〔探子飛馬上。白〕開通州縣斜連海，交割山河直到燕。萬歲爺在上，探子叩頭。〔金主白〕有何事情，慢慢報來。〔探子白〕都統斜也連克高恩回紇三城，各處皆望風而降，遂取中京，下了澤州了，並將所獲寶貨馳奉。特來報知。〔金主白〕好。賞他一羫羊，銀牌二面，再去打聽。〔探子白〕謝爺賞。〔作跑馬下。金主白〕中京既破，契丹不難圖矣。〔唱〕

【北感皇恩】聽的探馬嘶風，捷音歡哄，都則是望風降，走檄定，率土從。似這般拉朽摧枯，瓦解望風，見得定燕雲，窺汴宋，聽呼嵩。〔衆將官白〕臣啓陛下，自從我師起兵以來，白水有火光之祥，混同則無舟而渡，兵不血刃，勢如破竹，此乃天授，非人力也。但遼政不綱，淫酗肆虐，今若除去兇殘，救民水火，普天率土，均有雲霓時雨之望。〔唱〕

【南大聖樂】論祥徵白水師雄，混同江單鞭鞚。只要除遼苛虐雲霓頌，先三分，後一統。休説是梯山航海程途遠，禹甸周原險阻重，輿情易動，那些個畏威懷德，萬國來同。〔一將官捧本匣上。白〕牙璋辭鳳闕，玉節到龍城。啓上萬歲爺，那宋朝又着登州防御使馬政賫國書到來，已在館馹中了。〔金主白〕他的主意兒便怎麽？〔將官白〕他不過要取回他燕雲之地耳。〔金主白〕那趙官家却也可笑得緊，眼見得是我家的東西，那有與你。〔唱〕

【北採茶歌】堪笑那趙官家忒昏蒙，不能勾振兵威收燕衆，却來向鄰邦索取先人隴。大古裏癡人多説夢，誰肯滿船歸載月明空。〔衆將官白〕臣啓陛下，聞得趙官家溺信虛無道教，崇飾遊觀，四海困窮，君臣逸豫。只怕指日就爲契丹之續，約他夾攻，許他舊土，這不過是愚弄他之意耳。〔唱〕

【南節節高】他君臣如養癰把異端崇，朝歡暮樂神民痛，官倖寵，君子消，奸人横，算來緊接亡遼蹱，中原錦綉應斷送。兀自一介行人索舊封，止好甜頭香餌來愚弄。〔金主白〕諸卿所言，正合孤意。即着散覩如宋報聘，只説所請之地今當與宋，夾攻得者有之就是了。〔捧本匣官應介，下。金主白〕把都們就此回營歇馬者。〔衆應介。金主下坐。同唱〕

【北收尾】紫袍日照金鵝哄，紅旆風吹虓虎雄。龍驤校獵間飛鞚，三軍即戎，我來自東，還要看洛下牡丹到底是那幾種。〔下〕

## 第二齣　魯智深菜園就職

〔知客上。白〕花氣雲堂静，松陰日午涼。袖翻金塔影，杯引劍池光。小僧乃東京大相國寺中一個知客是也。我這寺中乃上方古刹，名冠東京。雖然是清浄道場，却是個繁華世界。怎見得繁華光景？但見山門高敞，梵宇巍峩，金布福田，花飛香雨。當頭横綴黄金額，五色雲華；中路長鋪白玉堦，七重寶樹。四大金剛，最猙獰的是託塔天王；五間寶殿，最慈悲的是如來法相。鐘鼓樓、藏經閣，幡竿高峻插青霄；觀音殿、羅漢堂，寶塔依稀侵碧漢。閒話少説。今日乃放參日期，恐有遊客到來，不免往山門外走走。正是大千妙相莊嚴地，上國菩提錦綉場。〔下。魯智深拿禪杖，跨戒刀，背包裹上。唱〕

【香柳娘】論平生氣豪，論平生氣豪，皈依佛教，五臺回首慈雲杳。盼東京路遥，盼東京路遥，涉水又登高，山川豁懷抱。〔白〕洒家自從離了桃花山，别了李、周兄弟，來投相國寺安單。適纔街坊人説過了州橋就是，前面多應是了。〔唱〕度康衢石橋，度康衢石橋，風鈴漫摇，寶幡輕裊。〔白〕來此已是。山門那邊有個僧人來了，不免上前問他。〔知客上。白〕雲堂長有客，月鏡更無臺。〔魯智深作放禪杖、包裹介。白〕老師父，問訊了。〔知客白〕師兄那裏來？〔魯智深白〕小徒從五臺山來，本師真長老有書在此，教小僧來投上刹清大師長老處，討個職事僧做。〔知客白〕既是真大師長老有書，合當到方丈去。這裏來。〔魯智深作拿禪杖、包裹介。知客白〕師兄，你出家人如何不懂理性，這等打扮，如何參得長老？〔魯智深白〕洒家不省得。〔知客白〕你可放了禪杖、戒刀，取出那七條坐具、信香來禮拜長老纔是。〔魯智深白〕如何不早説。〔魯智深、知客下。侍者引智清長老上。唱〕

【又一體】喜道高行高，喜道高行高，參通幺妙，禪心如月中天皎。〔白〕老僧乃智清禪師是也。在這東京大相國寺住持，開堂説法，宏演象教，大暢宗風，真個玉麈飛時龍虎伏，寶花飄處鬼神欽。這也不在話下。只是東京地面，萬國來宗之所，這一個清净禪堂幾于應接不暇。這也由他。〔唱〕聽經壇鼓敲，聽經壇鼓敲，玉犬吠雲霄，泥牛耕海嶠。任紅塵鬧囂，香篆徐飄，拈花微笑。〔知客、魯智深上。知客白〕這裏來。〔作進見介〕弟子稽首。〔長老白〕有何賓客到來麽？〔知客白〕啓上大師，有一僧人從五臺山來，現有真長老書在此。〔送書介。長老白〕師兄多时不曾有法帖來，既如此，叫那僧人進來。〔知客白〕師兄，過來禮拜長老。〔魯智深白〕大師在上，弟子智深參拜。〔作拜介。長老白〕罷了。〔作看書介。魯智深唱〕

【又一體】整偏衫布袍，整偏衫布袍，和南拜禱，金繩覺路慈光渺。〔長老唱〕把來書細瞧，把來書細瞧，已識舊根苗，名山屯虎豹。〔魯智深又拜介。唱〕向慈悲折腰，向慈悲折腰，枝借鷦鷯，清修甘老。〔長老白〕知客過來，遠來僧人且去僧堂暫歇用齋，我自有區處。〔知客白〕是。師兄這裏來。〔魯智深同下。〔長老白〕侍者過來，唤齊兩班職事僧都到方丈。〔侍者應，作唤衆僧上。白〕天花墜寶禪心定，風樹明珠覺海深。師父稽首。〔長老白〕你們衆僧在此，你看我師兄智真禪師好没分曉。這個來的僧人元是經略府軍官，爲因打死了人，落髮在五臺山爲僧，曾與彼處使酒，連鬧了兩次僧堂，因此難于留他，却推來與我，又説此僧將來必成正果。待不收留他，師兄面上不好意思。待收了他，又怕亂了清規。如何是好？〔一僧白〕便是弟子們看，那僧人全不像出家人模樣。〔又一僧白〕看此僧既好黄湯，萬一跑到白礬樓、宜城樓、八仙樓、長慶樓大嚼起來，豈非笑話。〔一僧白〕啓上大師，吃酒還是小事，萬一跑到徐婆惜、封宜奴、張七七、左小四、安娘、毛團家去大肆嫖興起來，豈不是大玷山門。〔一僧白〕啓上大師，這也僧家常有之事，萬一拏出大拳頭來，我們這幾個面黄肌瘦的和尚，不勾他打死。〔長老白〕你們所見未爲不是，但是老僧兩下爲難。〔都寺白〕啓上長老，都寺到有一計在此。此間酸棗門外退居廨宇那一片菜園，時常被營内軍健們并那些破落户囉唣十分侵害，一個老和尚在那裏如何管得來。如今這個僧人叫他去管潑皮，到也恰好。一來全了真長老的臉，二來與我們有益，豈不是兩全。〔長老白〕都寺所言正合吾意。侍者過來，唤那新來的僧人到方丈來，我有話説。〔侍者應介，唤介。知客、魯智深上。白〕來了。〔長老白〕魯智深。〔魯智深白〕弟子在。〔長老白〕你既是我師兄真大師薦來寺中，掛搭做個職事人員，這也甚好。我寺中有個大菜園在酸棗門外岳廟間壁，你可去那裏住持管領。〔魯智深白〕本師真長老著小僧投上刹討個職事僧做，却不教洒家做個都寺、監寺，如何教洒家去管菜園？〔首座白〕師兄你不省得，你新來掛搭，又不曾有功勞，如何便做都寺、監寺？ 這管菜園就是大職事人員了。〔魯智深白〕洒家不管菜園，只要做都寺、監寺。〔知客白〕師兄，首座所言極是。僧門中職事人員都有頭項，且如小僧做個知客，只理會管待往來客官僧衆。 至如維那、侍者、書記、首座，這是清職，不容易得，做都寺、監寺、提點、院主，這都是掌管常住財物。 你纔到來，如何就得上等職事。 還有那管藏的叫做藏主，管殿的叫做殿主，管閣的叫做閣主，管化緣的叫化主，管浴堂的叫浴主，這主事人員中等職事。 還有管塔的塔頭，管飯的飯頭，管茶的茶頭，管東廁的淨頭，與那管菜園的菜頭，這是頭事人員末等職事。 假如師兄管了一年菜園好，便陞塔頭，又一年好，就陞浴主，又一年好，纔陞監寺。〔一僧白〕師兄，我不是去年管淨頭，如今就陞了飯頭了。 我這裏不論資，不論俸，陞轉最快的。〔長老白〕智深過來，你們都是佛門弟子，僧家職事本無人我，安有高低？ 你只管前去，老僧自然照應你。〔魯智深白〕既有出身日子，洒家情願與長老出力。〔長老白〕你既願去，須聽我吩咐。〔唱〕

【大迓鼓】修行須打熬，一瓢一笠是你立脚根苗。 你晚菘早韭滋培好，還要除葷斷酒戒炰烋。 我這裏法律森嚴，再犯不饒。〔魯智深白〕弟子謹遵大師法旨。〔長老白〕書記過來，就寫榜文，明日去交割罷。〔書記應介。 長老起介。 白〕布衲繩床高閣松，隴頭一帶白雲封。〔衆僧白〕菜根元是菩提種，〔魯智深白〕好把工夫問老農。〔長老、衆僧分下〕

## 第三齣　張氏行香拜東嶽

〔院子隨林冲上。唱〕

【燕歸梁】年少曾經學豹韜，欲博取、戰功高。幾回燈下拭霜刀，心自熱、意徒勞。〔白〕空負昂昂七尺軀，一籌莫展竟何如。幾時得遂澄清志，方是人間大丈夫。自家姓林名冲，東京人氏，爲八十萬禁軍教頭。賦就雄豪，生來機警。聽他人之調撥，只因位在下僚；圖異日之顯揚，必得身爲上將。暫當安分，姑且待時。不幸椿萱並逝，棠棣皆無。妻房張氏，伉儷甚篤。因他前者偶患小恙，許有酸棗門外東嶽廟香願。今日恭逢聖帝誕辰，又遇我下值之期，正好一同前去。説話之間，娘子出來也。〔錦兒隨張氏上。唱〕

【新荷葉半】臨鏡羞將雙黛描，天然有端莊容貌。〔見介。林冲白〕娘子，金錢香供，俱已停當，好去酬還香願了。〔張氏白〕如此甚好。敢請相公一同而往。〔林冲白〕這個自然。〔院子向內白〕把車兒推到這裏來。〔內應介。車夫推車上。院子牽馬介。張氏、錦兒上車介。林冲上馬介。林冲白〕三日嚴齋戒，〔張氏白〕一心辦志誠。〔合〕但能徼福祉，同去叩神明。〔行介。合唱〕

【普天樂】莽喧囂，長安道，多靈感，天齊廟。纔行過後市前朝，又來至晴野芳郊。前途未遥，望靈宫突兀，高插雲霄。〔下。衆看會人擁擠上。唱〕

【福馬郎】蜂蟻般遊人多擠鬧，不辨村和俏，老共少。〔白〕我等東京城裏城外衆人民是也。今日恭逢東嶽大帝聖誕，十分熱鬧，爲此邀朋拉友同來遊玩。〔一半白〕我們快快趕去觀看。〔衆白〕説得有理，快些前去。〔行介。合唱〕但看相踴躍，競喧呶，絜伴嬉遊好。逢勝事，樂滔滔。〔院子、陸謙、富安隨高衙内上。合唱〕

【玉芙蓉】皇州儘富饒，勝地多喧鬧。那紅粧隊隊争鬭妖嬈，面龐兒畢竟誰行俏，態度兒還應若個嬌。〔林冲、張氏、院子、錦兒前進香。男女數人各執香上。唱〕把虔誠表，向神祠祈禱，願年年家門安吉永逍遥。〔衙内見張氏介。林冲、張氏等進廟介。衙内白〕妙嗄！前頭那一個女子怎麽生得這樣標致，不知是誰家的。〔陸謙、富安白〕果然生得齊整，一路來看了這些婦女，要算他爲最了。〔衙内白〕他到廟内進香去了。我們快快趕去，再飽看他一番，看可有甚麽機會。〔陸謙、富安白〕大爺，不是這等説，他從此路來，須從此路去。我們何不到那邊僻静之所等他回來，大爺再飽看他一回，調戲一番。婦人楊花水性，見大爺如此豐韻，怕不上手哩。〔衙内白〕此計甚妙。我們看什麽會，就抄到他回路相等便了。〔陸謙、富安白〕如此，大爺請。〔衙内白〕藍橋擬覓裴航杵，青鎖期偷韓壽香。〔下。奏樂介。執事提爐，擡娘娘駕，衆男女執香擁駕上。合唱〕

【朝元令】時和世清，四野長寧静；年豐歲登，五穀多繁穎。喜躍羣生歡騰，合境同樂昇平。風景好辦虔誠，銅鑼競敲神共迎。胙肉滿柈盛，香醪滿斗傾。獻酬神聖，果然是大家歡慶，大家歡慶。

〔下〕

# 第四齣　智深拔樹出西牆

【出隊子】修行非願，念甚經文參甚禪，空門託足且隨緣。縱有威名何處顯，閒然英雄，暫學灌園。〔白〕洒家自到東京大相國寺，那智清長老派俺看管酸棗門外菜園，倒也散誕無拘。這裏左近有夥破落户潑皮，往常偷瓜盗菜慣了，見洒家到此管守，要來戲侮，被俺用智力制伏，遂成相識。前日他們作東爲洒家接風慶賀，今日特地設席酬答他們。怎麽此時尚不見到来。〔衆潑皮上。白〕走嗄！〔唱〕

【又一體】東流西串，賴臉涎皮到處纏，賭坊爭討博頭錢，酒肆賒多一溜煙。遊手好閒，混過歲年。〔見介。白〕師父。〔智深白〕你們都來了麽？〔潑皮白〕都在這裏了。〔智深白〕這等甚好。〔潑皮白〕前者我們不過略盡敬心，爲什麽反要師父費事。〔智深白〕没有什麽，請你們來，大家坐坐，閒談閒談。〔潑皮白〕我們自當奉擾。〔智深白〕今日天氣和暖，吩咐道人把酒肴擺在緑槐樹下，大家席地而坐，共相暢飲。〔道人預上應介，設酒肴介。潑皮白〕請師父居中坐了，我們在兩旁隨而坐，不必相拘。〔智深白〕就是這等。〔各坐介。飲酒。合唱〕

【排歌】觴政非苛，繁文盡蠲，從教嘈雜多言。人來曾不分賓主，酒到何須辨聖賢。無拘束，儘笑喧，忘形不用費周旋。逢歡會，拚醉眠，賞心還要恣留連。〔二三潑皮醉卧介。衆潑皮扯起介。二三潑皮推醉介。衆潑皮灌酒鬧介。合唱〕

【又一體】滿酌流霞，休辭量淺，人生不飲徒然。好將緑蟻傾千斛，願作長鯨吸百川。〔衆潑皮敬智深酒介。或豁拳，或笑語，或唱曲，或醉卧，起坐不一介。内作老鴉叫介。衆叮齒咒詛介。智深白〕你們爲什麽？〔潑皮白〕老鴉叫，恐怕有口舌。〔智深白〕那裏的老鴉？〔道人白〕牆外緑楊樹上新做了個老鴉窩，每日聒噪到晚。〔智深白〕原來這等，我們同去看來。〔潑皮白〕我們都去。〔各立起介，行介。合唱〕人初醉，坐正便，乳鴉啼破緑楊煙；春將去，唤不轉，東風吹急落花天。〔場上預設垂楊樹介。衆看介。智深白〕果然有個老鴉窩在上。〔一半潑皮白〕聒噪得可厭，把梯子來，上去拆了他，也得耳根清净。〔一潑皮白〕不用梯子，我與你盤上去罷。〔又一潑皮白〕只須拿根竹竿戳掉了就是了。〔智深白〕你們閃開，待洒家來。〔相勢介〕我有道理在此。〔衆潑皮白〕師父却怎麽樣？〔智深脱衣介。唱〕

【撲燈蛾】喳喳噪樹頭，喳喳噪樹頭，聒得人難聽。這垂楊帶暮鴉，豈是裝點隋堤風景也。問有誰來遊幸。〔潑皮白〕倒不如砍去了罷。〔智深唱〕也不索斧斤伐處響丁丁。〔作摇撼垂楊介。二潑皮作幫扶勢，智深推開介。潑皮跌倒諢介。智深拔介。唱〕好用足一身遒勁。〔衆潑皮白〕師父，不要努着了，且慢慢的。〔智深唱〕不消停，早連根拔去柳青青。〔拔垂楊介。衆潑皮驚介。白〕阿唷唷！了不得。這樣大樹，若非千萬斤神力，如何連根拔得起來。師父非是凡人，乃羅漢轉世也。我等敢不拜服。〔拜介。智深白〕這個值得甚麼！洒家若使動兵器，在百萬軍中斬上將首級，如探囊取物耳。〔潑皮白〕怎麼得教我們見一見師父的武藝，這纔是大世面。〔智深白〕你們要看麼？〔潑皮白〕正是。〔智深白〕這有何難，道人擡俺的禪杖來。〔道人擡禪杖上，衆潑皮爭看介。白〕好根禪杖！正不知有多少重。〔作拿不動諢介。智深使禪杖介。唱〕

【皂羅袍】風外落花無定，似烏龍掉尾，空際翻騰。耳邊吼出晚風聲，眼前晃作金蛇影。〔智深使介。衆潑皮誇獎介。林冲從曲中上。向內白〕院子，你隨着娘子車兒慢慢趲上來。聽得那邊使演兵器，待我看是如何。〔看介〕果然使得好，這位師父端的非凡。〔智深白〕你是何人？〔潑皮白〕是八十萬禁軍教頭，名唤林冲。〔智深白〕既是林教師，請來相見。〔林冲近前見介〕敢問師兄法號，何處人氏？〔智深白〕洒家關西魯達，原係軍官，近日出家，唤名智深。〔林冲白〕嗄！原來就是魯提轄。久仰威名，今始拜識，何快如之。〔智深白〕不敢。教師今日何暇到此？〔林冲白〕小弟因同賤荆往嶽廟進香而回，聽得這邊使演兵器，偶來一看，不想得遇師兄，實爲有幸。倘蒙不棄，即當盟作弟兄。〔智深白〕教師之言，正合愚意。吩咐道人，快排香案。〔林冲白〕我輩意氣相投，何用繁文，只須對天一拜便了。〔智深白〕如此更覺豪爽。〔同拜介。合唱〕情如膠漆，同伸誓盟，心堅金石，永無變更。看一言便把終身訂。〔各立起介。智深回向道人白〕重新整治酒筵，林教頭在此。〔道人應介。一面院子慌上白〕官人快去，娘子和錦兒在五嶽樓下和一貴公子合氣哩，將車子和車夫都被他趕去了。〔林冲〕他唤做什麽？〔院子白〕小人怎敢問他的名姓，官人快去，且不要細問。〔智深傍白〕嗄，有這等事？〔林冲白〕師兄請了，改日再會。風波何事起，煩惱有時來。〔急下，院子隨下。智深向内白〕且不要慌，洒家來幫你。〔向潑皮白〕方纔説林家大嫂與人合氣，爾等可一同隨洒家去，倘有用着之處，便可助他一臂之力。〔潑皮白〕正該如此。我們都隨了師父去。〔智深白〕結交何必論人我，處世但當辦是非。〔下〕

# 第五齣 太歲逼紅粉佳人

〔高衙内上。白〕小厮們，在門口守住，不許放一人進來。〔内應介。張氏、錦兒急態上。衙内趕上。張氏白〕强賊，清平世界，怎敢調戲良家婦女。〔衙内白〕娘子，學生奉揖了。〔張氏白〕强賊。〔唱〕

【不是路】我玉潔冰清，怎認做濮上桑間有麗情。〔衙内白〕請娘子到樓上去，有句知心話兒要説。〔張氏白〕男女有别，何得通言。〔衙内唱〕多徼倖，想應是前緣石上笑三生。〔張氏白〕閑説，還不快快放我出去。〔衙内白〕學生愛慕娘子芳容，神魂飄蕩，惟求見憐。〔欲摟抱介。張氏拒介。白〕强賊嗄！〔唱〕我矢堅貞，今朝若再相凌迸，罷拚得紅顔一命輕。〔作欲撞死介。錦兒攔介。衙内白〕娘子，〔唱〕休執性，人生行樂無多頃，好圖歡慶，好圖歡慶。〔張氏白〕强賊，快快閃開。〔林冲、院子趕打衆院子、陸謙、富安上。林冲白〕好狗男女嗄！〔唱〕

【四邊静】目無禮法敢胡逞，男女怎廝並。看我狠揮拳，教伊漫逃命。〔揪住衙内欲打介。衙内白〕林冲，干你甚事，來管閒賬？〔林冲白〕你這狗頭，調戲我的妻子，怎説是閒賬。〔唱〕怪你綏綏狐性，蚩蚩獸行，不復别嫌疑，但欲肆强横。〔陸謙、富安白〕教頭請息怒，公子不知是娘子，偶然沖撞。〔院子上。

向衙内白〕太尉爺差人來請大爺，説在那裏立等，快請回去罷。〔衆擁衙内行介。衙内復回顧介，下。林冲白〕你這狗男女，少不得死在我手裏。〔張氏白〕官人一時那裏去了，致受此强賊欺侮。〔林冲白〕不用説了，就此一同回去罷。〔張氏應介。林冲白〕氣死我也。〔唱〕

【大迓鼓】難消恨恨聲，在他簷下，受煞欺凌。且復今朝權忍性，終知有日惡相争，幾度思量，怒氣未平。〔衆潑皮擁智深醉態上。白〕林大哥，你與何人鬭氣，洒家來幫你厮打。〔潑皮白〕同那個打架，我們打他個臭死。〔諢介。林冲白〕原來是本管高太尉之子，因小弟屬他父管轄，所以權時含忍了。〔智深白〕你便屬他管，洒家須不怕他，若撞見了，先打他一百精拳。〔林冲白〕小弟被衆人相勸，暫且饒他這次。〔潑皮私語介〕此老醉了，勸他回去罷。教頭説得是，請回罷。師父，我們也回去，明日再與他理論。〔智深白〕林大哥。〔唱〕

【尾聲】和你氣相求、聲相應，好知交結成刎頸。〔白〕大嫂莫嫌洒家麤鹵。〔唱〕俺是個直性男兒，專肯抱不平。〔笑介。分下〕

# 第六齣　教頭遇白虎太尉

〔老都管上。白〕路柳牆花易惹愁，相思病症患難瘳。只因愛子成禽犢，折得與人結寇讎。自家高府中一個老都管便是。我太尉爺並無子息，繼有族中一子爲嗣，最所鍾愛，百事依他。不想近日染成一病，太尉爺十分着急，細詢致病之由，衙内尚不肯説出，有門下陸謙、富安説爲林冲妻子而起。除是謀死林冲，占他妻子，此病纔好。我已將此話乘間稟知，始而原也不允，這幾日只爲愛子心甚，已露應允之意，説今日要當面問取陸、富二人。此時太尉爺將次出堂，只索在此伺候。〔高俅上。唱〕

【海棠春】快心只道長如此，偏有那不如意事。無藥療相思，癡病憐嬌子。〔都管見介。高俅白〕衙内病體今日可好些？〔都管白〕更覺沉重。〔高俅白〕這便怎麽樣處！你前日所説之言，我未深信，還要親問陸謙、富安，他二人可曾到來？〔都管白〕在此伺候多時了。〔高俅白〕着他們過來。〔都管應，唤介。白〕陸、富二位官人有請。〔陸謙、富安上。白〕來了。好從密室稱心腹，甘向權門作爪牙。太尉爺在上，門下陸謙、富安叩頭。〔高俅白〕起來。〔陸謙、富安應，立起介。高俅白〕衙内之病可是因林冲妻子起的？爾等可細述其情。〔陸謙、富安白〕果是爲他而起。那日衙内因遊東嶽廟，不想遇見了。〔唱〕

【鎖南枝】傾城貌，絶世姿，風流想攀牆外枝。〔高俅白〕那時便怎麽樣呢？〔陸謙、富安白〕不想被林冲撞來，驚恐而歸，至今思憶不置。〔唱〕病相如未遂琴心，盼斷了臨邛市。〔高俅白〕如今病勢沉重，却怎生樣好？〔陸謙、富安唱〕若要去膏肓二豎子，除是散相思五瘟使。〔高俅唱〕

【又一體】眉雙皺，心三思，咨嗟口頭難措辭。〔白〕前日都管傳稟，爾等之言只恐行不得。〔陸謙、富安白〕太尉爺何惜一軍漢而坐視衙内危亡。〔高俅白〕你們也説得是嗄！也罷，只得依爾等之言，但用何計策便好？〔想介〕嗄！有了。〔唱〕設牢籠搆陷平人，那管他多疑似。已是狠威風平日施，再把惡機關此番試。〔白〕喚昨日新參虞候過來。〔老都管應，作相喚介。白〕昨日新參的虞候走動。〔虞候上。白〕堂上聞呼喚，堦前聽使令。〔見介。白〕太尉爺呼喚，有何差遣？〔高俅白〕汝可至林冲家内，説我奉旨鑄劍，着他把祖傳寶劍拿來做樣，可直引至白虎節堂。你自躲過了，我有道理。〔虞候應介。高俅白〕不可洩漏機關，成事後重重有賞。〔虞候應介。高俅白〕你二人隨我進裏面來，尚有話商酌。〔陸謙、富安應介。高俅白〕須信設謀當秘密，〔陸謙、富安白〕還知慮事要周詳。〔同下。老都管隨下。虞候白〕奉有鈞旨，須索前去走遭。〔行介。白〕纔離烜赫三公第，又過尋常百姓家。此間已是。林教頭在家麼？〔林冲上。唱〕

【又一體】重重恨，切切思，幾回仰天空嘆咨。〔見介。白〕足下何來？〔虞候白〕奉太尉爺鈞旨，傳教頭進府。〔林冲白〕我在府中，從來没有識認足下。〔虞候白〕嗄！在下是昨日新參的，纔進府中，諸事還要仰祈照看。〔林冲白〕不敢，既蒙呼喚，就請同往。〔虞候白〕且慢。太尉爺奉旨鑄劍，説教頭有祖傳寶劍，命攜了進府，好做樣式。〔林冲白〕原來如此。我這寶劍，太尉那裏曉得？〔虞候白〕這個在下如何得知？〔林冲白〕既是這等，待我進内去取寶劍。〔錦兒捧寶劍上，作遞介，下。虞候白〕快些，太尉爺在府立等。〔林冲捧劍唱〕這龍泉久掛床頭，霜刃何曾試。想曾無不利時，啉恨正有不平事。〔虞候白〕太尉爺在那裏專等，快些去罷。〔林冲白〕請。〔行介。林冲唱〕

【又一體】難違限，不待時，因他横將權柄司。〔虞候白〕已到了，可一同進府去。〔林冲唱〕看紛紜馬隘車填，果是門如市。〔進内介。虞候白〕太尉爺不在大堂上了，想在後堂，同進去相見。〔林冲白〕若進後堂，恐不相宜，只在此等候罷。〔虞候白〕太尉爺鈞旨呼喚，進内何妨？〔又進内介。林冲唱〕待要足輕趨，轉念止。〔虞候夾白〕不妨，隨我到這裏來。〔林冲接唱〕只索手低叉，鞠躬俟。〔虞候白〕教頭只在此等候，我進内去稟知。〔林冲應介。虞候隨口下。林冲向上望介。白〕白虎節堂。阿呀！這節堂是商議軍機大事之處，我林冲何得擅入。〔唱〕

【太師引】意驚慌，知是如何樣，直引咱到了深沉的内堂，這就裏費人猜想，怕一時禍起蕭牆。〔家將引高俅上，作見介。白〕唗！是什麽人，帶劍到此？〔家將白〕是教頭林冲。〔高俅白〕吩咐開門。〔衆上，林冲參見介。高俅白〕林冲，你可知罪麽？〔林冲白〕小人有何罪來？〔高俅白〕你無故帶劍到此，意欲何爲？〔林冲白〕小人奉恩相鈞旨，命攜劍到此做樣，有虞候來傳的，適纔進後面去了。〔唱〕聞呼召，敢生顧望；急趨承，原非鹵莽。〔高俅白〕好胡説！我何曾喚你，那有什麽虞候敢進後面去？一派都是虚詞。〔林冲唱〕言非謊，望將情細詳。〔高俅白〕你手執利劍，直入節堂，想是要刺殺本官麽？〔林冲唱〕休錯認專諸、豫讓那行藏。〔高俅白〕左右，快快拿下。〔家將拿林冲介。林冲白〕小人實是奉呼喚而來，安敢妄生他意？〔高俅白〕這廝還要强辨，明明手執利刃，故入節堂，欲殺本官，幸得下官的福分大，不曾遭你毒手。〔唱〕

【綉帶兒】伊行已經露行兇情狀，還敢强辭挺撞。〔白〕我也曉得你嗄，〔唱〕早蓄有百出險惡機謀，今逞着一副歹毒心腸。〔林冲白〕念林冲素守法度，怎敢作此行刺之事。〔唱〕尋常幾曾無故來犯上，怎不把此情度量。況殺人律應須要抵償，早難道拚得一身同喪。〔高俅白〕你好好招認了罷，還要强辯什麽？〔唱〕

【三學士】證據分明豈是枉，自應罪狀承當。你欲揮躍冶腰間劍，更逞翻瀾唇上鎗。〔白〕問他可招。〔家將問介。林冲白〕叫我招什麽？〔家將白〕不招。〔高俅白〕這廝既然不服，家將，可把他連劍送至開封府，嚴審定罪。〔家將應介。林冲白〕就到開封府，自有明斷。〔唱〕幾度沉吟心自想，〔白〕我曉得嗄，〔唱〕爲那籌兒起禍殃。〔家將持劍推林冲下。高俅白〕吩咐掩門。〔衆應，分下。高俅白〕喚陸謙、富安過來。〔家將作應介，喚陸謙、富安上。白〕太尉有何吩咐？〔高俅白〕爾等迴避。〔家將下。高俅白〕你們可傳我的話去，囑託開封府尹務要嚴刑訊究，問他死罪。〔陸謙、富安下。高俅白〕自古殺人須見血，從來斬草要除根。草菅人命平常事，那怕貽殃到子孫。〔下〕

## 第七齣　楊府尹開恩發配

〔開封府尹、衙役喝上。唱〕

【三疊引】秉公執法二千石，欲効龔黄治郡。敦本重人倫，兩袖清風民信。〔白〕下官開封府尹楊清是也。出身科甲，特簡黄堂，政代天工，德扶人紀。昨日高太尉府中發下一名犯人，乃係八十萬禁軍教頭林冲。説他手執利刃，故入節堂，謀殺本官，且又再三囑託，必要入他死罪。我想既然殺害本官，定應死罪無疑，何得又要囑託，定然其中必有隱情。今日且審一番，看他所供如何。若果冤枉，下官不能趨承上意，虐害下民，定當秉公爲是。但礙着高太尉情面，怎麽處嗄？有了，我只教他受些刑法，不問他死罪就是。吩咐開門。〔衆應介。府尹白〕左右。〔應介〕帶林冲一起聽審。〔衆應介。白〕帶林冲聽審。〔禁子捧劍帶林冲上。白〕犯人林冲當面有劍呈電。〔府尹白〕林冲。〔林冲應介。白〕爺爺。〔府尹白〕你身受恩寵，不思圖報，反欲犯上，手執利刃故入節堂，欲刺本官。利刃現據，從實招來，免受刑法。〔林冲白〕爺爺聽稟。〔唱〕

【啄木兒】從頭訴，憐小人，奉法無私誠實謹。太尉爺有召林冲，特地裏虞候傳引，令携寶劍恭呈進。堂前拿獲無容隱，伏叩青天照覆盆。〔府尹白〕説令攜寶劍何用？〔林冲白〕道太尉爺照樣鼓鑄。〔府尹白〕那虞候何在？〔林冲白〕當時就不見了。〔府尹白〕一派虚言。不打如何肯招，扯下去重砍四十。〔衆齊應介，打介。府尹白〕你還招也不招？〔林冲白〕爺爺，〔唱〕

【三段子】這情苦陳，望仁天明施惠恩；這屈忍吞，叩龍圖端詳那因。〔府尹白〕招也不招？〔林冲白〕實是冤枉難招。小人雖係禁軍，頗知法度，決不敢爲此事，望爺爺詳察。〔府尹白〕還不招。左右，拶起來。〔衆齊應，拶介。府尹白〕招不招？〔林冲白〕青天爺爺，〔唱〕莫須有事何從順，平空架禍難虚認，鍛煉成招罪不準。〔府尹白〕哇！那見得本府鍛煉成招。與我敲。〔衆應介，敲介。府尹白〕快些招來。〔林冲唱〕

【歸朝歡】燃犀照，燃犀照，洞徹幽淪。鑑秦鏡分明怎隱。林冲的，林冲的，守分爲軍。這嚴刑加我那無辜怎痛忍。〔府尹、衆合唱〕你逆謀當罪誰憐憫，公堂莫許求哀懇，却不道犯法難逃律上論。〔林冲白〕小人願甘死於嚴刑之下，不受無影之罪的噓。〔悲哭介。府尹白〕放了拶。〔衆應，放拶介。府尹白〕你看林冲受如此刑法，只是不招，其中定有冤情。林冲。〔林冲應介。府尹白〕你雖非犯上之心，不合受人所哄，帶劍入堂。律有明條，我今饒你死罪，活罪難免，依律免死充軍，也不枉斷了你。〔林冲白〕多謝爺爺超生。〔府尹白〕且將此劍權貯庫中，待申文覆准太尉，然後押解起身。該房速備文書。〔衆應介。府尹白〕犯人上了刑具。〔禁子應介，上具。府尹白〕帶去收監。〔禁子應介。府尹白〕吩咐掩門。〔衆應介，同下。禁子白〕林大哥，恭喜，太爺廉明，這場大事化爲輕罪。〔林冲白〕多謝大哥。〔張教頭上。白〕探聽女婿事，幸感太守廉。〔見介。白〕阿呀！賢婿只是苦了你了，受這等刑法。〔林冲白〕小人運蹇時乖，受此冤枉，累你父女牽腸。〔張教頭白〕説那裏話。且免悲煩，將息要緊，老漢自當與你料理。〔林冲白〕泰山回去告知娘子，説林冲不到死罪了。〔張教頭白〕我曉得。賢婿保重。〔禁子白〕快些走，只管多説。〔推林冲下。張教頭向内白〕大哥方便些。咳，可憐。正是閉門家裏坐，禍從天上來。公冶非其罪，翁婿兩分開。我且快些回去，告訴我女兒知道。離了衙門，再轉街巷，已到自家門首了。〔進介〕女兒在那裏？〔張氏上。白〕凝望爹爹消息，偵探夫婿沉冤。〔見介〕爹爹回來了。我丈夫怎麼樣了？〔張教頭白〕兒嗄！〔唱〕

【玉胞肚】你兒夫僥倖，感清廉罪名斷輕，可惜他受辱嚴刑，問充軍遠離鄉井。〔張氏白〕阿呀！我那官人嗄！〔哭介。唱〕不須悲泣淚珠盈，且作商量待起程。〔張氏白〕爹爹嗄！孩兒念夫妻之情，必欲親自送飯探監。爹爹可同引一回，孩兒然後認得。〔張教頭白〕這也難得，可見情愛甚篤，明日送你前去便了。只是你拋頭露面如何去得？〔張氏白〕阿呀！爹爹嗄。〔唱〕

【又一體】我抱羞懷哽，那冤家有甚讐憎，折散我夫婦牽情，陷無辜痛傷奴命。〔張教頭唱〕吉人天相後通亨，異日團圓富貴成。〔白〕孩兒進去罷，整頓酒飯送你前去。〔張氏白〕阿呀！丈夫嗄。〔唱〕

【尾聲】奴憐命薄夫艱運，兩地悲傷欲斷魂。最苦是鸞鳳無端一旦分。〔下〕

## 第八齣　陸虞候行賄買差

〔陸謙上。白〕倚勢欺良善，承謀害好人。一番巧計拙，又費我辛勤。自家陸謙，不料楊府尹執法無私，斷免了林冲死罪，發配滄州爲軍，前計竟未妥當。我想這老楊却不知趣，怎得長遠爲官。又費區區再三同太尉算計，只除買囑解差，路上結果他的性命。打聽得解子就是董超、薛霸，只在今日就要起身，爲此前來尋他。咦，事有湊巧，那邊來的恰好就是他兩個。〔董超、薛霸上，向内介。白〕夥計們，把犯人看好了，我們到家收拾行李就要起身了。〔内應介〕正是奉命遣差，蓋不由己。〔陸謙恭手見介〕二位可是奉命到滄州去的麽？〔董超、薛霸白〕正是。官人如何問及？〔陸謙左右顧介〕幸喜這裏無人。俺太尉爺聞得二位起程，特令在下送黄金五兩爲路費。〔董超、薛霸白〕我等一介小人，怎敢受太尉爺台賜。〔陸謙白〕請受了，有話告陳。〔董超、薛霸白〕請教。〔陸謙白〕那林冲乃係太尉讐人，是衙内的寃家，二位自然理會。要煩中途結果他的性命，回來再找黄金五兩，決不爽信。〔董超白〕原來如此。小子當得。〔薛霸白〕殺生害命，有關法律，如何使得？〔董超白〕此乃太尉鈞旨，誰敢不遵，爲何執拗起來？〔陸謙白〕俺太尉爺説二位成事回來，還要提携奬拔。〔薛霸白〕既是官人吩咐，都在我們二人身上就是了。〔陸謙白〕只是俺太尉不久就要回音的嗄。就在近處了事，不必遠行了。〔董超、薛霸白〕五六日間就有佳音奉覆。〔陸謙白〕如此更妙。〔董超白〕官人傳言，太尉莫性急。〔薛霸白〕衙内休憂戚。〔陸謙白〕眼望旌捷旗。〔董超、薛霸白〕耳聽好消息。請了。〔陸謙回轉，再吩咐介。白〕事不宜遲。〔下。董超白〕夥計。〔薛霸應介〕我只道此行没甚利息，反有這樁大財。〔薛霸白〕雖然如此，略覺罪過了些。〔董超白〕只要趁銀錢，那怕什麼罪過。我們做得乾淨，太尉爺還要抬舉我們哩。〔薛霸白〕既然如此，我們回去分了，作速催促他起身。〔董超白〕有理。正是只顧眼前身發跡，那管日後是非來。〔下。張教頭上。向内白〕女孩兒這裏來，慢慢走。〔張氏上。唱〕

【金蕉葉】痛夫別離路途悲，魂先蕩飛。〔張教頭白〕來此驛亭，那邊你丈夫來了。〔董超、薛霸解林冲上。唱〕傷心臆，平空禍危，坐抛妻，冤沉海底。〔見介。張教頭白〕賢婿，我父女一家在此候別。〔林冲白〕泰山生受你。〔張氏白〕丈夫嗄。〔林冲白〕我的妻嗄，今日與你活分離了。〔相抱大哭介。董超、薛霸作威介。白〕太爺立限起身，怎容你在此捱那躭擱。快走。〔張教頭白〕二位大哥方便，他們夫妻分別，不免有幾句話説，望容片刻。〔董超白〕你老人家没分曉，這是官府主意，取罪誰當？〔林冲、張氏哀求介。白〕大哥方便，感激不盡。〔張教頭白〕二位暫請小肆沽飲一杯，少容一瞬，推我薄面。〔薛霸白〕夥計，也罷，看張老爹分上，與人方便，自己方便。〔董超白〕若有事是你承當。〔薛霸白〕諒亦不妨，且領張老爹情。〔張教頭白〕二位請。且求二位行方便。〔董超白〕看你分上。本當一刻不容留。〔張教頭、董超、薛霸下。林冲白〕阿呀！我的妻嗄，愚夫命薄，負你青春，今日之冤，神差鬼使。〔張氏白〕丈夫，奴家命拙，累辱遭殃，此刻傷心，天愁人怨。〔相抱哭，席地坐介。唱〕

【祝英臺】爲恨無端飛禍戾，今日兩分離。難捨難言，夫去何依，此别再逢何期。慘淒，撇奴家形影孤單，教我如何整理。〔白〕奴家欲伴同行。〔唱〕奈親老難以同行相庇。〔林冲唱〕

【又一體】賢妻，我是命當危，罹枉罪，身死他鄉鬼。我的妻嗄，莫想我赦宥回。〔白〕此一去未知生死。〔唱〕辜負你青春。〔白〕自從與你結爲夫婦，有甚榮耀好處。我若去後，〔唱〕憑伊改絃重隨。〔張氏白〕官人説那裏話來，自古忠臣不事二君，烈女不更二夫。奴家雖是女流，篤志婦道。丈夫此去，自有天開眼之日，自然否極泰來，奴家守志不回的嚧。〔唱〕羞耻莫疑，奴喪綱常，就死君前明奴心跡。〔林冲白〕阿呀！妻嗄，難得你這般賢德。〔張氏白〕奴家治得水酒一杯，與夫餞别。〔錦兒遞酒介。林冲白〕我的妻，教我如何吃得下。〔張氏白〕丈夫勉飲，此杯表奴誠敬之心。〔林冲白〕生受你。〔飲介〕我的妻，〔唱〕細思維，合巹當年，今日分離。〔董超、薛霸上。張教頭上。董超白〕此時什麼時候了，還説不完。快走。〔扯拖作勢介。林冲〕泰山。〔張教頭〕賢婿。〔林冲〕小婿就此拜别。〔合拜介。唱〕

【鷓鴣天】萬結愁腸血淚啼，郵亭從此各東西。夫妻本是同林鳥，限到堪憐兩下飛。〔白〕我的妻。〔張氏〕丈夫。〔各痛叫。董超、薛霸扯林冲走，推倒張氏介。下。張氏倒地，張教頭作喚醒。張教頭〕咳，可憐。〔張氏作醒聲微慢介。唱〕須臾死轉還迷痛，心剜割，氣聲微。〔起介。白〕丈夫在那裏？丈夫在那裏？〔唱〕擡頭不見親夫面，抱恨悠悠魂魄依。〔作痛哭。同下〕

# 第九齣　花和尚陰謀救友

〔魯智深上。唱〕

【引】俺本是披袍貫甲將軍，到做了禪林削髮僧人。因不平陡起殺人心，因此上不避風塵。〔白〕義氣包天地，雄威泣鬼神。常遭不平事，頓起殺人心。洒家魯智深，打聽得林冲大哥刺配滄州，差解子董超、薛霸郵亭立逼起程，一路百般凌辱，定有奸人暗地密囑，因此洒家放心不下，蹤跡其謀。可惱，可惱！這鳥男女果有此事，只教他認得洒家的禪杖。林大哥呵，〔唱〕

【一枝花】他乃是人間大丈夫，天下英雄輩。平生仗忠義，奸佞敢相欺。轟轟烈烈，斧鉞何曾避。嘆生來命不齊，怎當他太尉乘權，拶逼得武師刺配。〔白〕既然要救俺大哥，作速前去護庇便了。〔唱〕

【牧羊關】俺把僧袈暫棄，脱褊衫，更短衣，出山門潛蹤密跡，大踏步怎敢遲遲。牢籠巧計安排定，暗度陳倉他怎知，殺教他魄散魂飛。此去滄州程迢遞，鼠輩行藏猛可疑。〔白〕住了，這狗男女不行大道，偏走小路，其中豈無緣故。不免蹤跡前去，少不得遇着洒家。〔唱〕

【烏夜啼】一路裏悄然悄然防護，聽不盡虎嘯猿啼。孤身受苦人難替，可憐墮入牢籠計。〔白〕想他夫妻郵亭離别，百般苦楚，夫不忍捨妻，妻不忍捨夫。〔唱〕怎忍得恩愛夫妻，頃刻分離，今生重會煞難期，今生重會煞難期。憑着咱英雄蓋世誰能及。提禪杖，猛施爲，走雷霆，星斗移。須則是忙行數里，暗地防伊。〔白〕遠遠這兩個狗男女擁着大哥來也。來此已是野猪林，不免先伏林中，看他可往這裏來，作甚勾當。〔唱〕

【收尾】一根禪杖忙提起，那賊休容饒恕伊。只教你臨巖勒馬收韁晚，舟到江心補漏遲。倘有些差池，休想魯智深輕輕的放過你。〔下〕

# 第十齣 野猪林仗義防奸

〔董超、薛霸押林冲上。唱〕

【憶多嬌】野徑迷，行路稀，回首家鄉苦痛悲。〔董超、薛霸白〕你這死囚，這般慢騰騰，走到幾時纔到。〔林冲白〕大哥，小人棒瘡疼痛，行步艱難，那裏歇息一回方好。〔董超白〕我們一般走路，偏你就要自在。也罷，捱到前面林子裏，與你個受用罷。快走。〔林冲白〕阿呀！大哥嗄，〔唱〕我疼痛難熬肚又飢。〔董超、薛霸白〕捱過前溪，捱過前溪，且到深林未遲。〔同進林介。林冲倦睡介。董超、薛霸左右顧望介。薛霸白〕噲，夥計。〔董超白〕怎麽？〔薛霸白〕你看此處人煙寂寂，只聞樹木蕭蕭，受人所託要開交，明白説他知道。〔董超白〕有理。我們先捆了他。呔，林冲！〔林冲白〕大哥，不要打，少睡一時就走。〔董超、薛霸白〕與你一覺好睡。〔捆林冲介。林冲白〕大哥，林冲乃是好漢，決不逃走的。〔董超、薛霸白〕林冲，我們實對你説了罷，只因你尋差了對頭，高太尉饒你不得，託我二人中途結果你的性命。代彼行事，休得怨我。〔林冲白〕我林冲實是好漢，視死如歸，只是與二位平日無冤，如何下得這般毒手。〔董超白〕林冲，你前世造成罪業，今生定不相饒。臨行託我二英豪，算賬交清果報。〔作勢將打介。魯智深上。白〕狗男女，休得動手，洒家等候多時。〔董超、薛霸倒介〕師父饒命。〔林冲白〕師兄，放了我。〔魯智深作解縛介。林冲白〕師兄，此乃高俅所使，非關二人之事，饒了他罷。〔魯智深白〕那有此理。待洒家殺他。〔董超、薛霸哀求介。林冲白〕師兄，念林冲尚無影跡犯此讐罪，若果係殺人，罪越重了，天豈佑我？且到滄州再圖僥倖。〔魯智深白〕大哥，洒家做了和尚，反没有你這等心腸。呔！狗男女，造化了你，把林爺刑具開了，散步同行。〔董超、薛霸開械杻介。魯智深唱〕

【鬪黑麻】權且饒伊，小心護隨，行止要遵依，吃食推肥。〔董超、薛霸白〕小人領命。〔唱〕寬械鎖，得便宜，使喚慇懃，奉承到底。〔林冲唱〕郵程旅邸，全仗自見機。感激提攜，感激提攜，恩威並知。〔林冲白〕如今師兄何往？〔魯智深白〕洒家那裏放心得下，還須送你前去。〔董超、薛霸暗叫苦介。林冲白〕只是有累師兄。〔魯智深白〕咳！說那裏話。〔林冲唱〕

【憶多嬌】感謝伊，多護持，天暗雲垂日照微，急速登程覓旅棲。〔董超、薛霸懼，作不行介。智深唱〕休得遲疑，休得遲疑，找你頭顱有期。〔白〕少不得還死在洒家手裏。〔先下。董超、薛霸〕林爺爺，好歹救我們一救。〔林冲白〕不妨，有我在此。〔下〕

# 第十一齣　遇狂客莊前比勢

〔衆家丁隨柴進上。唱〕

【刷子玉芙蓉】【刷子序】(首至合)家世沐恩榮，先朝帝裔，炎宋尊崇，鐵券丹書，子孫世襲無窮。〔白〕俺柴進乃大周皇帝嫡派子孫。本朝鼎革以來，義尊讓美，世襲綿崇，傳有良田萬頃，分受莊區千畝。平生好義，濟困扶危，交識天下英雄，結拜四方豪傑，敬賢禮士，樂意施爲。連日東莊射獵，情興少止，今日須索回家。家丁們，帶馬。〔衆應，帶馬介。柴進上馬行介。唱〕英雄回獵去，家丁雲從，皇家冑理當承奉。【玉芙蓉】(末二句)青山迎送，看平堤緑楊飛絮，水流東。〔下。林冲、董超、薛霸、魯智深上。唱〕

【山芙蓉】【山漁燈】(首至十一句)抱盆冤，還驚恐，幸脱災星，多感相送，前途路難料行蹤。〔魯智深白〕大哥，且免愁煩，前途就是滄州，離此不遠了。一路並無山野僻徑，放心前去，洒家就此告別。〔林冲白〕怎麽師兄就要去了？〔魯智深白〕各人有各人的事，後會有期，不必留戀。呔！你這兩個狗男女，好生伏侍林爺，若再欺心，少不得還死在洒家手裏。〔董超、薛霸〕小人們蒙師父赦免，已出望外，那裏還敢得罪。〔魯智深白〕諒你也不敢，洒家就此去也。〔林冲白〕多感師兄救命之恩，尚容圖報。〔魯智深白〕説那裏話。平生尚義氣，奸巧不能容。今番提拔起，免使污泥中。〔魯智深下介。董超、薛霸白〕好個義氣和尚。〔林冲白〕二位大哥，如今是寬宥林冲了。〔董超、薛霸白〕不要説了。原説我們差了，如今悔之無及。〔唱〕懷着赧容，回嗔作喜交情永，從今後漫記心胸。〔林冲白〕多謝二位大哥。一路聞得人説，這裏有個招賢好客的柴大官人在此居住，凡有配軍到此投奔他的，都有資助。小可在東京亦聞其名，我們既已順便，欲一往拜識，未知二位肯容否？〔董超、薛霸白〕這有何妨。雖不望其財帛，相識一番有何不可。這裏已是滄州地界了，我們一路訪問就是了。〔林冲白〕如此甚好。〔董超、薛霸白〕林教師，天色將午，快些趲行前去。〔行介。林冲唱〕匆匆前行興濃，柴大官人聲名重，得他照看情自通。〔合〕當承奉，乃今時義勇。【玉芙蓉】（末一句）到賢莊，拜祈周庇路途窮。〔林冲白〕二位大哥，看前面偌大個村莊，不知可是。你看那邊許多僕從簇擁一位華衣駿馬美貌郎君來了，我們且過一邊，看他往那裏去的。〔董超、薛霸白〕就是柴大官人亦未可知。〔柴進、衆家丁上。唱〕

【普天帶芙蓉】【普天樂】（首至合）景堪誇，人豪勇，好射獵，驊騮縱，駕鷹犬，擒攫如龍，歸來日喜氣融融。〔白〕來此將已到家，你看那邊有個配軍，雄赳赳，氣昂昂，分明也是好漢。家丁們，問那配軍怎麽不投到我莊上，例有資助。〔衆應。問林冲照前話介。林冲白〕此位官人敢是姓柴麽？〔衆〕便是。

〔林冲白〕原來就是柴大官人。〔上前見介〕小可正來投拜大官人，不期在此會面。〔柴進白〕足下尊姓大名，貴鄉何處？〔林冲白〕小可林冲，東京人氏。〔柴進白〕莫非八十萬禁軍教師林大哥麽？〔林冲白〕不敢，小可就是。〔柴進白〕阿呀！聞名久矣。甚風吹得到此，請到舍下盤桓。〔唱〕常思久仰聞名重，驀地相逢疑還如夢。〔林冲唱〕念林冲一介庸庸，感官人握手歡濃。【玉芙蓉】〔末一句〕喜今朝，慰予渴想喜登龍。〔柴進白〕這裏就是小莊。請。〔林冲白〕請。〔謙遜進介。見禮介。林冲白〕念林冲負罪含羞，多蒙雅愛，何以克當。〔柴進白〕學生久慕高風，今蒙光顧，不勝欣幸。請坐。〔林冲白〕有坐。〔坐介。董超、薛霸白〕原來林教師遠近聞名，我們慚愧猶深。〔向柴進白〕我們一路伏侍林爺，極小心的，散步同行，不離左右的。〔柴進白〕二位請到那邊坐坐，在我家中不妨事的。〔董超、薛霸白〕多謝大官人。〔家丁引下。柴進白〕請問教師因何配軍至此？〔林冲白〕大官人告禀。〔柴進白〕請教。〔林冲唱〕

【朱奴插芙蓉】【朱奴兒】〔首至六〕林冲的時乖運凶，平白地被奸愚哄。〔柴進白〕那個來哄林武師？〔林冲白〕本官高太尉着人呼喚，小可信以爲然，特攜寶劍進奉，來到節堂，冤我小軍犯上，不容分説，拿到開封府。〔唱〕一味嚴刑罪名重，遭刺配含冤悲痛。〔白〕幸虧太守清廉，原情流配至此，得與大官人相會。〔柴進白〕原來林武師受這般冤枉。既遇小弟，自當爲兄周庇，牢城營內管營、差撥多與小弟交好，待我修書囑託，照管教師便了。〔唱〕休教恐關情自通。【玉芙蓉】〔末一句〕到衙門，定然官吏盡歡容。〔洪教頭醉態上。白〕從來鎗棒法，到處便欺人。只圖尋酒食，那管有家門。〔見介〕大官人，何來配軍，怎麽與他分賓抗禮？〔柴進白〕這位就是八十萬禁軍林教師，非比其他。〔洪教頭〕咳！　大官人又來了。只因大官人愛習鎗棒，這些人一味假充名色，來撞騙酒食銀錢。〔柴進白〕這等人却有，但不可一例相比。〔洪教頭笑介〕他既是禁軍教頭，敢與我比試一棒麽？〔柴進白〕如此甚好，我正要看林教師棒法。家丁，取棍棒來。〔家丁應介，抱棍棒上。洪教頭取棍介。林冲白〕此間洪教師定然出類拔萃，小可末技，豈敢班門弄斧。〔柴進白〕不用過遜，此位洪教師到此未幾，小弟正要看二位本領高下。〔林冲白〕如此大膽了。〔取棍介。洪教頭升庭舞棍介〕快來與俺比試。〔唱〕

【劉潑帽芙蓉】【劉潑帽】（首至三）老洪在此難求寵，逢着咱敢道林冲，今朝交手休言痛。【玉芙蓉】（五至末）饒你英雄，只怕你還懵懂。〔林冲白〕休言猛，相交見功論生平。未嘗誇口望包容。〔洪教頭白〕我便不容你。〔比試介。林冲打翻洪教頭介。家丁笑介。洪教頭爬起踉蹌介。衆扶下。柴進喜介。白〕專怪這厮誇口，正該出他的醜。久仰大名，今日始得領教，實爲幸甚。〔林冲白〕不敢。大官人尊命，不敢不獻醜。〔柴進白〕今日已曉，舍間權住一宵，明日修書送教師到牢城營去。〔林冲白〕多謝大官人厚愛。〔柴進白〕請後堂小酌。〔林冲白〕就要叨情。請。〔唱〕

【尾聲】從來誇口誠無用，幸遇高强殺此威風，打得他力盡筋柔兩手空。〔下〕

## 第十二齣　結管營配所揮金

〔差撥上。唱〕

【玉胞肚】出身軍健，効勤勞已經有年。只因咱專會鑽謀，喜超陞差撥微員。〔白〕自家滄州牢城營内差撥便是。凡有各處解來軍犯，先要見我，然後引見管營。有錢送我，與他省力差使，諸事方便。他若是無錢與我，將他監禁在土牢内，求生不生，求死不死。這般説起來，區區的權柄比管營還大。閒話少説，且待有軍犯解來，好大大的作一番威福。〔唱〕那囚徒生死不須憐，只要靴州裝大錢。〔下。林冲帶行枷，董超、薛霸負包裹隨上。唱〕

【又一體】時乖運蹇，受奔波苦辛萬千，没來由背井離鄉，空回首故國雲煙。〔白〕我林冲自到了柴大官人莊上，蒙他十分愛惜，又修書二封與管營、州官，教他照應。多應自今以後是没事的了。只是狂賊冤仇未報，我嬌妻後會無期，好不傷心也。〔董超、薛霸白〕教頭，你也一籌好漢，到了這裏就好了。且耐煩些，何須墮淚。〔林冲白〕二位大哥，教我林冲怎生耐煩得去。〔唱〕閃得我孤辰寡宿兩地别腸牽，提起衷情淚湧泉。〔董超、薛霸白〕來此已是牢城營門了，差撥哥那裏？〔差撥上〕

管山吃山，管水吃水，管着酆都就要吃鬼。那一個？〔董超、薛霸白〕我們是東京解差，這是軍犯一名，叫做林冲。適纔太爺收管明白，即判帖送到你營裏來。帖在此。〔作遞文書介。差撥〕二位解差少就，回管營老爺就是了。〔董超、薛霸白〕我們且在茶鋪裏吃茶去，再來領回文。〔虚白介，下。差撥白〕請了，請了。〔作坐介〕那新來的配軍過來。〔林冲白〕林冲在此。〔差撥作瞧林冲指着罵介〕我把你個賊配軍，見我如何不下拜？你這厮可知道，在東京做出事來，見我還是大剌剌的。我看你滿臉餓文，一世不發跡的，你那打不死拷不殺的頑囚。你這幾根賊骨頭好歹落在我手裏，教你粉骨碎身，少間就見功効。〔林冲作取出銀，錠介〕差撥哥哥，且休着惱，些須薄意，莫嫌輕微。〔差撥接介〕這是送與管營八刀的都在裏頭嗎？〔林冲白〕這是送與差撥哥的，另有兩錠銀子，就煩差撥哥哥送與管營。〔又作遞銀介。差撥笑，接起。白〕林教頭，我也聞你的名字，端的是個好漢，想是高太尉陷害你。雖然目下暫時受苦，久後必然發跡。據你的大名，這表人物，必不是等閒之人，久後必做大官。〔林冲白〕皆賴差撥照應。〔差撥白〕你只管放心。〔林冲又取書介。白〕這是柴大官人兩封書，送與州官和管營的，也煩差撥哥哥投一投。〔差撥白〕既有柴大官人的書，煩惱做甚，這一封書就抵一百兩銀子。只是一件，少間管營來點你，要打一百殺威棒，你只説一路患病，未曾痊痾，我自來與你支吾，好掩衆人耳目。〔林冲白〕多謝指教。〔差撥白〕你且站着，待吾回管營老爺去。〔林冲白〕曉得。〔差撥下。林冲白〕古人云：財可通神。斯言信不誣也。〔唱〕

【又一體】無端遭譖，恨漫漫覆盆負冤。孔方兄消息通靈，妻搜臉登時變遷。那孔褒持論洵非偏，他是見血蒼蠅定愛錢。〔虛下。場上擺公座，牌頭、差撥引管營上。白〕小老職居管營，現今駐扎牢城，軍犯是我的衣食父母，差撥是我的受業先生。要他供些常例，要他指教胡行，只怕五年任滿。〔牌頭〕老爺任滿就要陞了。〔管營白〕陞是陞了，只是捨不得這錦綉前程。牌頭，今日是卯期，你可問他們，若繳了免卯錢，就不要點卯。〔牌頭應介。向內白〕你們點卯的都齊了麽？〔衆軍犯上。白〕牌頭哥，我們都齊了。〔牌頭白〕管營老爺吩咐，若有了免卯錢，這一個月都免點卯。〔衆軍犯白〕我們都情願繳錢免卯。〔牌頭白〕老爺，衆軍犯情願繳錢免卯。〔管營白〕既情願繳錢，這一個月都免叫他，各處供役去罷。〔牌頭白〕老爺吩咐，你們各自去罷。〔衆應介，下。管營白〕差撥，叫那新來的配軍上廳。〔林冲上。差撥白〕林教頭，這裏來。〔林冲作見介〕林冲叩見管營老爺。〔管營白〕你是新到的配軍，可曉得太祖武德皇帝留下舊制，新到配軍須要吃一百殺威棒。牌頭，與我馱起來。〔林冲白〕小人在路上感冒風寒，未曾痊可，告寄打。〔差撥白〕這人現今有病，可以照例憐恕。〔管營白〕果是有病，權且寄下。〔林冲白〕多謝老爺。〔管營白〕把他派個什麽差使？〔差撥白〕現今天王堂看守的滿了，可教林冲去替换他。〔管營白〕也罷，只是便宜了他。差撥，看來這人也還老實，如今項上的枷也替他開了，以便燒香掃地。〔差撥應介，作開枷介。管營作簽押介。白〕這是帖文，你領他到天王堂交替去。〔差撥應介。管營白〕林冲，你聽我吩咐。〔唱〕

【又一體】清閒庭院，奉神前香焚碧煙。須知這美滿差除，都只爲橫海書箋。念伊英傑特相憐。〔起介〕恁看地獄天堂一轉圜。〔下。牌頭隨下。差撥白〕林教頭，我十分周全，你這看天王堂是營中第一樣省力的勾當。你看别的囚徒從早起直做得晚，尚不饒他。還有一等無人情的，撥他在土牢裏，要活不得活，要死不得死。〔林冲白〕多謝照顧，林冲倘有出頭日子，決不敢忘大德。〔唱〕

【又一體】種承方便，向公堂萬般保全。〔差撥唱〕爲伊家識重知輕，較他們勞逸天淵。〔合唱〕如今穩坐釣魚船，少不得苦盡甘來天可憐。〔同下〕

# 第十三齣　草料場因火復仇

〔陸謙、富安上。唱〕

【吴小四】爲多嬌，獻策高，頃刻林冲將家室抛。〔陸謙白〕富兄弟嗄，〔唱〕今日將他一命了，方能衙内成婚早。〔同唱〕金和帛，賞賜饒。〔陸謙白〕衙内婚姻事，全憑我二人。〔富安白〕哥嗄，今番獻此計，斬草要除根。〔陸謙白〕富兄弟，我們前者買囑解差，欲在中途謀死林冲，又恐解差作事不妥，隨即差人暗暗跟他前去，沿途探聽。誰料回來報説，被一僧人救取，直護送到滄州，竟不能下手。〔富安白〕爲此我們又獻一策，來到滄州，將金銀囑託管營、差撥謀害林冲。方纔已經算計停當，只在今晚將草料場放火焚燒，把林冲燒死。〔陸謙白〕此一計非但斬草除根，併可絶了其妻之念，衙内便可成其好事，我們必得重賞了。〔富安白〕你看那邊差撥哥來了。〔陸謙白〕我們就同他出城去罷。〔差撥上〕金銀入我袖，草料任他燒。〔各見介。差撥白〕前日多承厚賜了。〔陸謙、富安白〕些須財物，何必致謝。〔差撥白〕林冲所居草房貼近大軍草料，我們今夜去把火種點在草上，自然連房帶人燒一個烏焦巴虧便了。〔陸謙白〕甚好，甚好。天色漸暮，就此悄悄同出城去幹事。〔差撥白〕

此其時矣，我們就去罷。〔富安白〕阿喲！　天上下起雪來了，我身上有些寒戰，又有些心驚肉跳。二位去罷，我在寓中等候。〔陸謙白〕如今下雪，無人來往，正好幹事。我們一同前去結果了他，回去好一同得賞。〔富安白〕若説了賞，我身上就暖活起來了。快走，快走。〔同行介。富安白〕此時越發下得大了，我們路徑不熟，不知草料場還有多少路。〔差撥白〕就在前面不遠了，我們趁此雪光快些走。〔同下。林冲上。白〕阿喲！　好大雪嘎。〔唱〕

【步步嬌】紛紛縢六長空繞，雖是豐年兆，奈我衣單凍怎熬，只得權藉壺觴，暫圖温飽。〔白〕我林冲自到滄州，多蒙柴大官人囑託本官，因此撥我看守大軍草料場，果是安閒差使。方纔因天雪下，故向前村沽飲了一回，聊以禦寒。阿喲！　你看如今越發下得大了，不免仍回草料場去罷。〔唱〕你看片片似鵝毛，〔作揮雪勢介〕這雪兒偏撲我窮衣帽。〔白〕來此已是草料場。呀！　怎麽我住的草房被雪壓倒了。　咳！　罷了，罷了。〔唱〕

【江兒水】只這四壁支泥土，一椽覆草茅。我棲身已是傷懷抱，況逢大雪來傾倒。只今寒夜難存保，教我何方依靠。〔白〕也罷，且到後面山神廟中權住一宵再處。〔唱〕寄迹無門，且棲宿山神古廟。〔到廟介。白〕來此已是，不免進廟去。〔進介〕你看神案塵埃滿，陰風户牖來。好冷落也。咦！　這多是高俅這狗男女將吾陷害，以致骨肉分離，受此狼狽。讐怨如山，何日方能雪恨。〔唱〕

【玉嬌枝】此身潦倒，爲權奸禍生一朝。教我煢煢遠配滄州道，空望斷家室迢遥。〔白〕罷，如今也無可奈何，且閉了廟門，權宿片時再處。〔閉門介。唱〕我把破扉緊閉再拴牢，一任寒風帶雪飄。〔作睡介〕且權時度過此宵，夢家山心魂繚繞。〔睡介。內放煙火，作火起介。白〕呀！你看破窗外火光燭天，不知何處失火，待我開門出去看來。〔開門出望介〕嗄！原來是前面草料場失火，這却如何是好。〔又望介〕你看那邊火光内有三個人遮遮掩掩，甚有可疑，不免隨在後面聽他説些什麽。欲知心腹事，但聽口中言。〔暫下。陸謙、富安、差撥上。同唱〕

【川撥棹】機謀巧，比阿奴智更高，草料場一火延燒，草料場一火延燒。〔曲中林冲暗上，聽介〕管林冲殘生喪了。〔陸謙、富安白〕多虧差撥哥指點，纔燒得爽快。〔差撥白〕這多是陸謙哥、富安哥的財星高照，今夜燒死林冲，自然那高衙内重賞你們了。〔林冲白〕原來這三個狗男女來害我性命。〔拔劍介。唱〕遇讐人怒怎消，借青鋒殺賊曹。〔先殺差撥，下。又捉住陸謙，踏住富安介。白〕你們這班狗男女，我和你有甚冤讐，苦苦的要來害我。〔陸謙、富安白〕非關我們之事，這都是高太尉差我們來的。〔林冲白〕你們這些狗男女。〔唱〕

【四邊静】多是狐羣狗黨施殘暴，殺人如刈草。今日試青鋒，一報還一報。〔殺陸謙，下。富安欲逃，林冲捉住介。唱〕饒你陰柔宵小，藏身最巧，狹路此時逢，身首應難保。〔又殺富安，下。內喊白〕救火，救火！〔林冲白〕你看那邊一簇人來了。且住，我殺死三人，又燒了草料場，其罪非小嗄！且到柴大官人府上商量脱逃之計便了。〔衆鄉民持撓鉤、水桶上〕救火，救火！〔同唱〕

【又一體】雪天失火非人料，祝融恁爲暴。可惜好瓊瑤，擲向爐中燎。〔見林冲介。白〕你管的草料場燒了，還不去救火。〔林冲白〕我正要去報知本官，你們如今呵，〔唱〕把燒存料草，另行堆好。我急去報官知，撲滅須宜早。〔下。衆鄉民一半白〕我們如今一面救火，一面將未燒完的草料另爲堆貯便了。〔又一半白〕説得有理。我們快些去，大軍草料非兒戲，夜半鄉民不得眠。〔同急行下。家僮持灯引柴進上。唱〕

【節節高】東人意氣高，勸醇醪，飲來不覺更深了。〔家僮叫門，蒼頭上，接進介。白〕大官人回來了麽？〔柴進白〕我回來了。〔蒼頭開門介，下。僮將灯籠送下，持燭放桌上介。柴進白〕我柴進多承李團練請我飲酒，談兵説劍，至此方回。適纔散席時，軍校説道聞得大軍草料場失火，未知確否。若果然失火，那林教頭就有處分了，這便如何是好。〔唱〕教我縈懷抱，念故交，憂心悄。雖是傳聞，信息難逆料，我席中已是無言笑。〔林冲急上。接唱〕急忙欲脱這樊籠，行來不覺村莊杳。〔白〕這裏是了。〔敲門介。白〕開門，開門。〔家僮白〕是那個叩門？〔林冲白〕快去報與大官人知道，林冲在此。〔家僮進報介〕是林教頭來了。〔柴進驚介〕嗄！林教頭來了。唔！這草料場失火無疑了。快些開門。〔家僮開門，柴進接進介。柴進揖介。白〕教頭久違了。我方纔聞得草料場失火，可確否？〔林冲白〕非但失火，又殺——〔住口看僮介。柴進白〕你們迴避。〔僮應，下。柴進白〕教頭請坐。〔各坐介〕請問教頭，爲何欲言又止，敢是失了火又有些緣故麽？〔林冲白〕大官人，你道放火的是誰？〔柴進白〕是那個？〔林冲白〕就是那高俅的心腹喚做陸謙、富安。他與本營差撥放火來害我的性命。〔柴進白〕教頭何以得知？〔林冲白〕大官人聽稟。〔唱〕

【又一體】只爲草房雪壓倒，遇寒宵，因此權棲後面山神廟。〔柴進白〕阿呀！我前者來看教頭，見那大軍草料貼近草房。若不是大雪壓倒，移居廟中，則教頭性命就難保了。〔笑介〕豈非皇天有眼。〔問介〕後來便怎麽？〔林冲白〕我在廟中正欲朦朧而睡，忽見破窗外呵，〔唱〕紅光耀，出户瞧，心驚跳。〔白〕知是草料場被火延燒，正在驚慌之際，只見火光之下有三個人遮遮掩掩，甚有可疑，故此悄隨竊聽。那三個奸賊呵，〔唱〕他共言此計爲奇妙，將我名兒暗裏來稱道。〔立介〕因此怒從心起借青萍，把狐羣狗黨登時剿。〔柴進白〕好，好，好！殺得爽快。阿呀！且住，你焚燒草料已有處分，今又殺死三人，難逃重罪了。這便怎麽處？〔林冲白〕爲此連夜到來，欲求脱逃之計。〔柴進想介〕嗄！有了。只有梁山泊可以藏身。那山上頭目四人，亦與吾相好，但不知教頭肯屈就否？〔林冲白〕事出無奈，只得投奔那裏便了。〔柴進白〕既如此，請到後邊用些酒飯，我一面寫起書來，教頭即便投往梁山泊去罷。〔林冲白〕多謝厚恩，何以圖報。〔柴進白〕好説。〔同唱〕

【尾聲】英雄珠淚何輕掉，只爲刻燭之時別故交。林冲感謝你厚德深恩，使我屢屢叨。〔柴進遜下〕

# 第十四齣　喬打扮明離隘口

〔蒼頭上。唱〕

【二郎賺】事關方寸，轉家庭脚步行來迅。〔白〕老漢乃柴大官人家中老蒼頭是也。昨日大官人吩咐我到城裏討些賬目，聽見牢城管營首告，配軍林冲放火燒了大軍草料場，又殺死了三人。那州尹大驚，隨即發了緝捕文書，着捕役多帶做公的各處挨捕，更兼圖形畫影，出三千貫信賞錢捉拿正犯。又聞得營裏派出守備一員，帶領步兵五十名，即忙追趕。又差軍官把住各關隘，有人過關，務必盤詰。我想那林冲解來時曾到我莊上，我大官人又有書囑託州官，萬一連累起我家來，可是當頑的。因此急忙到家報於大官人知道。〔唱〕告東君，莫教火燒茅屋延鄰近。〔白〕來此已是中堂，大官人有請。〔柴進上。唱〕整衣巾，爲甚堂前老僕忙投奔。〔蒼頭白〕老奴回來了。〔柴進白〕你討的賬目都清楚了麽？〔蒼頭白〕賬目也還未清。老奴打聽一新聞回來的。〔柴進白〕有何新聞？〔蒼頭白〕大官人呀，老奴聽見那配軍林冲殺死三人，又放火燒了大軍草料場。〔柴進白〕慢慢説來，不用大驚小怪。〔蒼頭唱〕他平白地操白刃，殺人放火真兇狠。〔白〕小人在這裏想。〔柴進白〕

想什麽？〔蒼頭唱〕想當初贈他盡贐，怕的是殃及池魚，須趁早商量消禍釁。〔柴進白〕元來如此。蒼頭，你是我家世僕，倒也不瞞你，如今林冲現在我家。〔蒼頭白〕大官人，此事非同兒戲，配軍殺人放火，罪上加罪。倘然連累我家，如何是好？〔柴進白〕蒼頭休慌，我已經修書薦他到梁山泊去，彼此俱可無事。〔蒼頭白〕大官人，老奴又聽得派了多少軍官四下把截，不顧何等樣人，都要搜檢明白。他插翅也飛不過滄州道口。〔唱〕凡要津，圖形畫影搜查緊，怎能逃遁，怎能逃遁。〔柴進白〕你且請林教頭出來。〔蒼頭向內介〕教頭快請出來，大官人有話相商。〔林冲上。白〕黄鶴翼垂同燕雀，青松心在任風霜。大官人，書若有了，我須就要走的。〔柴進白〕林大哥，且休性急。適纔蒼頭來報，説四下有軍官把住關口，盤詰行人，怕走了正犯。你若去時，豈不是自投羅網。〔林冲白〕大官人，我想一身做事一身當，官司既然追捕得急，我就自行投首，豈肯連累於你。〔唱〕

【黄鶯兒】揮劒喜冤伸，到今朝肯倖存，官司追捕難容隱。你休做朱家匿人，俺不做張公累親，身罹刑憲甘吾分。莫逡巡，公堂自認，英氣直干雲。〔柴進白〕林大哥，不用着急。我到有一計在此。〔林冲白〕又有何計？〔柴進白〕小弟到了此時，每以射獵爲樂。我如今照常帶了莊家，多架鷹犬出去打圍，你就假扮莊客，隨我同走。況且滄州營裏官軍那個不認得我，諒來不好在我面上做工夫。〔林冲白〕只怕發覺，到於大官人不便。〔柴進白〕大着膽過去何妨。〔唱〕

【又一體】急智妙如神，過昭關度伍員。〔白〕蒼頭，吩咐衆莊客，隨我出去打獵。〔蒼頭應下。柴進白〕如此，林大哥，你且裝扮起來。〔林冲作換衣介。唱〕暫將微服與臺混，誰分假真，誰辨玉珉，孟嘗不待鷄鳴遁。〔衆莊客帶弓箭、鳥鎗，架鷹犬各切末上。柴進白〕衆莊客，架鷹擡犬，隨俺出去打獵。〔林冲、柴進作上馬。同唱〕獵寒村，烏鴉成陣，雪後愛晴曛。〔下。場上擺布城，懸「滄州道口」額。軍卒、軍官上〕勇略不求充後殿，强良惟喜作先鋒。大哥，我們奉將主之命，教我們在這滄州道口把守關隘，不要走了正犯林冲。軍士們，凡有出關的人，都要細細搜檢，不要夾帶了林冲出去。〔一軍卒白〕林冲小弟認得，那裏夾帶得去。〔軍官白〕那林冲生得怎麽樣？〔一軍卒白〕是個精瘦的胖子，没鬍鬚的鬍子，五短身材的高長子，臉上是光臉的麻子兒，可是麽？〔軍官白〕胡説。你看榜文上不寫了有麽，豹頭獐眼，燕頷虎鬚，身材八尺來高矮，年紀三十四五歲，臉上還有刺字。〔一軍卒白〕元來如此。憑他磨了灰兒，我都認得他的。〔衆軍卒引守備上。唱〕

【簇御林】官程急，號令頻，捉兇徒，問禍因。〔軍官白〕守爺那裏去？〔守備白〕二位請了。奉將主之命，出關公幹。〔軍官白〕左右快開關。〔左右應，作開關。守備唱〕好一似蕭何月夜追韓信，待要經旬大索把張良認。望前村寒烟白草，依約有行人。〔下。柴進衆上。唱〕

【琥珀貓兒墜】架鷹牽犬，飛出上東門。怎小鹿心頭撞殺人，戍樓鼓角認關門。〔軍官白〕大官人，又去尋快活。〔柴進作下馬介。白〕二位官人，爲何在此？〔軍官白〕大官人還不知道，滄州大尹行了文書，畫影圖形，要捉拿林冲，特派我們在此守把。凡有過往客商，都要盤詰仔細。〔柴進笑介〕元來有這等事。只怕我這裏有林冲在内，二位如何不認得？〔軍官白〕大官人是做金枝玉葉的善人，善文能武的豪傑，況且是個配軍，如何肯夾帶他。左右開關，請大官人上馬。〔柴進白〕既如此，承情，下晚些得了牲口回來，相送便了。〔軍官白〕請。〔柴進繞場唱〕喜欣虎口逃生，前程安穩。〔場上撤布城。軍官、軍卒暗下。柴進白〕林大哥，此地離關已有十餘里了，你且換了衣裝，就此趲行罷。〔林冲白〕多謝大官人，只是林冲今生何以爲報。〔換衣介。白〕小弟就此拜別。〔作拜介。唱〕

【又一體】從茲遠遁，判袂淚沾巾。得脱牢籠感故人，今生酬德是何辰。〔柴進白〕到了梁山，須要捎書與我，省得小弟挂心。〔林冲白〕小弟到彼，自有書來問候，只是大官人須要保重。〔柴進白〕大哥路上也要小心，如此請。〔林冲白〕請了。〔下。柴進白〕看他頭也不回，竟自去了。莊客們，就此隨意撒開圍場射獵一回罷。〔衆應介。唱合前〕喜欣他虎口逃生，前程安穩。〔下〕

# 第十五齣　投名狀林冲落草

〔衆僂儸引王倫上。唱〕

【燕歸梁】棲身水泊顯威名，招虎豹作同盟。〔杜遷、宋萬上。唱〕逞强論霸是生平，憐好漢惜惺惺。〔各見介，坐。王倫白〕梁山設險水中央，天與英雄占此方。〔杜遷、宋萬白〕王化未能加我輩，任教刀劍白於霜。〔王倫白〕我乃「白衣秀士」王倫是也。〔杜遷白〕我乃「摸着天」杜遷是也。〔宋萬白〕我乃「雲裏金剛」宋萬是也。〔王倫白〕兄弟我等自占據梁山泊以來，打劫客商，擄人財物，好不受用也。〔杜遷、宋萬白〕難得大哥智勇雙全，所以謀爲遂意。〔王倫白〕兄弟，我想我乃一落魄秀才，到如今竟做了山寨之主，這都是承賢弟們推戴。只是一件，一山不容二虎，你我三人難得同心合膽，故爾相安，自此以後不得妄招一人，方得清静。〔杜遷、宋萬白〕但憑大哥主意。〔王倫白〕此處雖然偏僻，却是山東經由大道，已曾差朱貴兄弟在李家道口開張酒店以爲眼目。倘有過往客商來到，就教他通報，我隨即下山，猶如探囊取物，真是有興。可見我們聚義實乃天假之緣也。〔唱〕

【雁來紅】【雁過沙】〔首至五〕相逢好弟兄，同居宛子城。〔杜遷、宋萬白〕你雄才大略無人並，有誰大膽來廝併。〔合唱〕共道英雄慶得朋。〔朱貴上。接唱〕【紅娘子】〔合至末〕承嚴命窺探事情，索報與諸頭領。〔白〕僂儸通報，説我來了。〔僂儸報介。白〕朱頭領到了。〔王倫白〕快請相見。〔朱貴進介。王倫、杜遷、宋萬接見介。王倫白〕朱兄弟，這幾日可有客商車輛經過麽？〔朱貴白〕客商車輛倒没有，却有滄州柴大官人薦一人名唤林冲到來入夥，有書在此，送與大哥看。〔遞書。王倫接看介。白〕呀，〔唱〕

【雙鸂鶒】觀書意深悉原情，頓使人心中暗驚。那林冲素日稱强梗，況我這梁山清静。還思省，山寨中怕多凌競，算來急切難支應。〔杜遷、宋萬白〕大哥爲何見了此書這般驚疑？〔王倫白〕三位兄弟那裏知道，吾等在此原是虚張聲勢，那姓林的是禁軍教頭，武藝高强，若留入夥，恐日後被他欺壓，所以驚疑不決。〔朱貴白〕但是柴大官人薦來的，若不留林冲，恐關係顔面。〔杜遷、宋萬白〕這也説得極是，大哥還該三思。〔王倫白〕我有道理。如今林冲在那裏？〔朱貴白〕我已帶他上山，現在外面。〔王倫白〕僂儸過來，快請林教頭進見。〔僂儸應介。白〕請林教頭進見。〔林冲上。白〕英雄落魄無棲止，權向梁山寄此身。〔僂儸報介。白〕林教頭到了。〔林冲進見介。白〕諸位頭領在上，小可有一拜。〔王倫等立起。王倫白〕教頭英名蓋世，況有柴大官人薦來，何須如此客套，請坐了。〔林冲白〕如此從命了。〔各作揖坐介。王倫白〕柴大官人好麽？〔林冲白〕在家安好。〔王倫白〕敝山荒陋，教頭何故到此？〔林冲白〕頭領聽稟。〔唱〕

【又一體】爲仇黨再四相凌，草料場毒計甚憎。霎時一怒冠冲頂，因此上劍氣霄騰。〔白〕小可手殺三人，又燒了大軍草料，無處逃生。〔唱〕救殘生，蒙薦掞封書持贈，伏祈容納供馳騁。〔王倫唱〕

【又一體】我心素愛攬羣英，況教頭天下威名。奈荒山潛蹤避影，恐難容北海鯤鵬。〔白〕取金帛過來。〔僂儸應介。託金銀、緞匹一盤介。王倫白〕教頭，〔唱〕這微情聊表我鵝毛之敬。〔白〕些須薄意，聊作盤纏，請別投他處罷。〔唱〕你良禽擇木尋佳境。〔林冲曲中白〕我林冲呵，〔唱〕

【又一體】想來平日仰鴻名，非攬擾金帛隆情。借一枝暫逃坑阱，須念我孤苦伶仃。素骨骾，感深恩此生耿耿。〔白〕諸位頭領，若容林冲入夥，〔唱〕那時節蹈湯赴火憑軍令。〔杜遷、宋萬、朱貴白〕大哥在上，林教頭身罹重罪，投奔到此，豈有不容入夥之理。況在柴大官人面上，應當相留才是。〔王倫作沉吟介。白〕如此説來，叫他付一投名狀，我纔容他入夥。〔林冲白〕這有何難，取筆硯過來。〔朱貴白〕教頭不知道嚇，你要下山去殺一人來獻上首級，這叫做投名狀。〔林冲白〕這個也容易，但急切間不知可有人來。〔王倫白〕也罷，三天限汝投名狀，若是無人請別圖。〔下。杜遷、宋萬、朱貴白〕教頭不必介意，我這大哥生性如此。若三日之内有了投名狀，他也再没得説了。〔林冲白〕三位頭領，我林冲只爲英雄無際遇，色羞且自按鋸鋙。〔杜遷、宋萬、朱貴白〕請到後寨晚膳。〔各遜下。楊志執兵器，莊客背行李隨楊志上。唱〕

【榴花好】【石榴花】(首至四)只爲功名念切到東京，不辭帶月與披星。從來途路慣擔簦，那千山萬水迢遞日兼程。〔白〕洒家楊志，曾爲制使，只因那年我們一般十個制使往太湖運取花石綱，不想洒家命運不通，行至黄河翻了船隻，不能交納，懼罪逃脱。今逢大赦，將罪免除，爲此打點行裝，要到東京謀幹復任。一路行來，前面已近梁山泊了。〔向莊客白〕此處乃强人出没之所，你可背好行囊，小心在意。〔莊客白〕此處我已行過幾遭的了，不消吩咐。〔楊志白〕如此緊行一步。〔同行介。唱〕【好事近】(五至末)風霜幾經，盼岩嶢魏闕心難定。倘能彀復職揚名，不枉却勞勞奔競。〔同下。林冲上。僂儸隨上。唱〕

【兩紅燈】【兩休休】(首至四)下山來旭日初明，望行人兩眼睜睜。投名狀難再消停，空教我潛林伏徑。〔白〕我林冲來到梁山，指望逃生入夥，誰想王頭領故意作難，限我三日之内要殺一人上山，喚做投名狀，方肯容留。今日是第三日了，並無過往客商，如何是好。〔唱〕【紅芍藥】(六至八)我悶增垂首過山磴，怎得個車聲人影。〔莊客内白〕楊大爺，打從這條路走。〔林冲白〕呀！遠遠望見有人來了。〔向僂儸介。白〕我們伏在林中，將他下手便了。〔唱〕【剔銀燈】(合至末)這青萍非因怨生，爲投名狀只得將他命傾。〔作隱伏勢介。莊客上。白〕楊大爺，往這裏走近着好些哩。〔隨口叫介。林冲見介。白〕呔！你這該死的狗頭，往那裏走。〔持劍殺莊客，下。僂儸〕待我取了他的行李先上山去。〔下。楊志内白〕呔！我把你這狗强盜，〔急上。唱〕

【又一體】【兩休休】(首至四)按不住怒氣横生，敢惹咱性急雷霆。大踏步趲過峻嶒，見强徒挺身山徑。〔見林冲介。白〕你這狗强盗，殺我莊客，搶我行囊。洒家怎肯輕輕饒你。〔唱〕【紅芍藥】(六至八)雖是遁形直入青雲境，〔掣刀介〕也難免鋼刀傷命。〔林冲白〕住了，你的行囊誰來希罕，就是你那莊客呵，〔唱〕【剔銀燈】(合至末)我這青萍非因怨生，只爲投名狀故將他命傾。〔楊志白〕你這狗强盗，還要胡言亂語。看刀。〔相殺介。林冲掣劍架住，戰下。王倫、杜遷、宋萬、朱貴同上。衆嘍囉隨上。唱〕

【朱奴插芙蓉】【朱奴兒首至六】下山岡風雷疾行，聞豪傑已得投名。刀劍交加相争戰，好同觀若個輸贏。〔杜遷、宋萬白〕方纔嘍囉來報，林教頭殺死一人，劫了行囊。如今與一青臉漢子在那裏相持，爲此我們一同下山觀看。〔王倫、朱貴白〕呀！你看他們在山下刀劍相迎，果然好勁敵也。〔同唱〕雙龍競，似霜華日明。【玉芙蓉】(末一句)一霎時光芒烱爍耀人睛。〔林冲、楊志殺上介。林冲唱〕

【又一體】【朱奴兒】(首至六)你休要不知死生，管霎時命喪青萍。〔楊志接唱〕揮動鋼刀似雪明，濺强徒頸血膻腥。〔相殺介。杜遷、宋萬、朱貴白〕那青臉漢子且休要動手，通個名來。〔楊志、林冲住手介。林冲與王倫等見介。楊志白〕呀！那邊又有一夥强盗要洒家通名。嘚！你們聽者，〔唱〕如雷震，説將來可驚。【玉芙蓉】(末一句)咱本是關西楊志久聞名。〔杜遷、宋萬白〕原來是一位好漢。請上前相見。〔楊志白〕洒家也不怕你們，就上前何妨。〔走近前介。杜遷、宋萬、朱貴白〕請問好漢有何貴幹，路經此地？〔楊志白〕洒家前爲制使，只因運送花石綱翻了船隻，懼罪脱逃。今逢大赦，要到東京謀復功名，行到此地。〔指林冲介。白〕不想被他殺了莊客，刦了行囊，怎肯干休也。〔掣刀欲殺介。杜遷、宋萬、朱貴止住介。白〕好漢不須着惱，行囊現在，保管送還。〔指林冲白〕這位乃是教頭林冲，也是近日到此，制使何不一同在此聚義，又往東京做甚？〔楊志白〕咳！大丈夫當圖個出身，焉肯落草。〔王倫白〕既不情願，吩咐僂儸還了行李，送往大路去罷。〔楊志白〕如此甚好。〔唱〕

【剔銀燈】方顯得心豪利輕。〔王倫白〕僂儸。〔應介。唱〕把行囊送他至來徑。〔僂儸背行李介。楊志白〕洒家去也。〔唱〕我疾行要與飛鴉競，霎時間已過山嶺。〔僂儸隨楊志下。王倫等白〕請了。〔唱〕他錚錚要圖顯名，勸不轉鯤鵬性情。〔杜遷、宋萬、朱貴白〕恭喜林大哥得了投名狀，如今上山排定次序，教衆僂儸參見便了。〔林冲白〕多謝諸位頭領。〔王倫白〕衆僂儸。〔應介〕速往寨中去。〔同唱〕

【尾聲】安排位次相欽敬，新得英雄武藝精，管取梁山從此興。〔同下〕

## 第十六齣　賣寶刀楊志除兇

〔衆扮客商，各推小車、挑擔、背包裹，内白〕走嗄。〔上。同唱〕

【賞宮花】摩肩聯踵，怕清晨霜露蒙。爲營些小利走西東，未得腰纏身跨鶴，早抛家室類飄蓬。〔白〕我等衆客商是也。〔一二人白〕列位嚇，今日是天津橋的集場，爲此我們各攜貨物遠來趕趁。〔又一二人白〕那天津橋乃是東京城中一個大集場，不論珍珠寶貝、緞匹綾羅、希奇古玩、時樣衣裳無不齊集，各位客人裝載的自然多是值錢寶貨了。〔一人白〕我這一擔甜漿粥足值二百小錢。〔又一人白〕我這一筐油煠糕足值三百官板。〔衆人白〕你們些小貨物所賺有限，何必清晨遠趕集場？〔二人白〕我們的甜漿粥、油煠糕是小本經紀，倘遇那没毛大蟲踢翻了，白吃了，所費有限。你們這些紬緞、珠寶、衣服、古玩，若遇没毛大蟲前來搶奪，就是大饑荒了。〔衆人白〕呸！清早起説這樣晦氣話。〔二三人白〕這叫做説破大吉，冉遇不着的了。〔衆人白〕我們快些趕集去。〔又三四人白〕有理。〔同行唱〕

【又一體】吉星護擁，願集場無大蟲。若得蠅頭利，避梟兇，定把財神來祭獻，還須點燭謝天公。〔同隨口白。下。楊志持刀插草標上。白〕失路英雄曾鬻馬，窮途名將亦吹簫。從來路極無君子，莫笑區區賣寶刀。洒家楊志，自到東京，將囊資用盡，前程又不能復。今欲別投他處，奈因缺少盤纏，正是進退兩難，去留不決。仔細想將起來，只有祖上遺留這口寶刀，價值五千餘貫，只得將他賣去，以充資斧。今日是天津橋大集場，爲此插標前去賣。咳！寶刀嗄寶刀，不能斬將立功，持向窮途貨賣，好不頹氣人也。〔唱〕

【錦纏道】嘆英雄，命迍邅漂流困窮，搔首對西風，問蒼天，何時在我心胸。枉自有凌雲志，無由建功，只落得走風塵耻笑凡庸。〔内白〕賣貨。〔楊志〕來此已是天津橋了。阿喲喲！你看商賈雲集，好不熱鬧！我不免也叫一聲，賣刀，賣刀。〔唱〕慚愧氣如虹，辱抹煞名門將種。我捱身賈豎中，把標兒高擎調弄。〔白〕嗄！怎麼賣了半日，連一個人也不來問一聲？〔唱〕早難道一市眼皆矇。〔内喊介。白〕不好了，不好了！〔四五客商奔跌上〕不好了，大蟲來了。〔楊志扯住問介〕這裏禁城之中，那大蟲怎得到此？〔客商〕客官不知，這裏有個泥腿光棍牛二，綽號叫做「没毛大蟲」。無惡不作，甚是利害。快快躲過，就要來了。〔作奔跌勢諢下。楊志〕何等光棍，如此利害。〔唱〕

【千秋歲】看市門中奔跌人洶涌，好一似虎出樊籠。〔衆商人奔跌上。牛二作醉態趕上。白〕呔！我把你們這些狗抓的，難道咱果然是大蟲會吃人的麽？這等害怕。若再藏躲，咱就舉起皮鎚打個匾飽。〔揪住一人。求介〕好爹爹，好老爺，饒我的狗命罷。〔欲逃介。牛二趕上，揪住舉拳介〕呔！我把你這狗頭，〔唱〕天津橋頭，天津橋頭，須記咱一對精拳輕重。〔楊志上前將手架住，勸介。白〕住了，不可動手。〔唱〕這經商市休胡哄，禁城内難强横，誰敢欺淩衆。安心守分，莫要行兇。〔牛二看楊志放拳介。白〕好你這漢子，膽兒正氣。咱就饒那狗頭。〔放手介〕你們不許藏躲。〔衆客商白〕我們都在這裏動也不敢動。〔牛二見刀介，拿在手介。白〕你們若是藏躲，咱就一刀一個。〔衆商人白〕我們都不敢動。〔牛二〕這口刀咱倒得用，可是賣的？〔楊志白〕既插標兒，如何不賣？〔牛二白〕你要賣多少錢？〔楊志白〕原值五千餘貫，今因急用，只要三千貫錢。〔牛二白〕什麽好刀，要這等重價？〔楊志白〕這是口寶刀，不要小覷了。〔牛二白〕你把他的好處説與咱聽。〔楊志白〕你且聽者：銛利吹毛可斷，堅剛削鐵如泥，殺人那怕導髑髏，血迹全無粘滯。〔牛二白〕還有什麽好處？〔楊志白〕有此三椿奇異，價錢不減毫釐。寶刀乃是祖宗遺，只爲窮途輕棄。〔牛二白〕咱要買你的，你敢要這些錢麽？〔楊志白〕這是寶刀，豈能減價。〔牛二白〕與你半貫錢罷，明日來取。〔走介。楊志扯住介。白〕錢也不勾，也不肯賒。〔牛二怒擲刀介。白〕既然不賣，還你這鳥刀。〔楊志拾刀介。白〕我不賣就罷了，怎麽這等强横。〔牛二白〕呔！我把你這狗頭，咱好意還刀，你倒口中嚷嚷哚哚。咱如今偏要買你的。〔楊志白〕我偏不賣與你。〔牛二白〕阿喲，阿喲！〔唱〕

【好事近】你敢人前將我挫威風，頓教咱怒氣填胸。輕舒猿臂，打教你血染猩紅。〔打介。楊志白〕阿喲，阿喲！你這潑皮，輒敢凌辱洒家。氣死我也。〔唱〕你行威逞兇，掣鋼刀把你殘生送。〔揪住牛二介。唱〕今日裏將市虎消除，好教那一方作誦。〔牛二、楊志打介。楊志舉刀殺牛二，下。衆客商白〕了不得，了不得！這樣利害潑皮，那好漢竟將他殺死了。請問好漢姓甚名誰，何方人氏？〔楊志白〕洒家姓楊名志，關西人也。今日將土棍消除，你們各安生理去罷。〔衆客商白〕多蒙好漢除

了我們之害，只是殺人償命，律有明條，如何是好？〔楊志白〕咳！ 大丈夫一身做事一身當，何足懼哉。〔唱〕

【又一體】我除殘去暴遂心胸，且休提律法難容。拚遭縲繫，好憑聽斷惟公。〔衆地鄰接上。唱〕殺人市中，聽紛紛傳説多驚恐。爲地隣干係非輕，免不得公庭涉訟。〔見楊志白〕你這漢子，爲何在禁城之中持刀殺人？ 這是地方干係，我們就要去報官了。〔楊志白〕這潑皮牛二横行霸道，洒家一時氣忿，將他殺死，如今就同列位一齊到官便了。〔衆地隣白〕原來是個好漢。 這也難得。〔衆客商白〕那牛二兇惡昭彰，人人痛恨，官府自然明斷。 若是要好漢償命，我們衆商人同具公呈哀求便了。〔衆地隣白〕有理，有理。 就此同行。〔衆客商向楊志白〕好漢，你寬心，且到公堂去。〔楊志白〕列位嗄，我生死惟憑剖斷明。〔衆擁楊志下。衆大户上。同唱〕

【排歌】可笑無知没毛大蟲，生來作惡行兇。今朝身死市門中，一旦無常萬事空。〔二三人白〕我等天津橋衆大户是也。 一向受那潑皮牛二毒害，今日天幸，被一外路人殺死。〔一人白〕列位嗄，那人名唤楊志，果是好漢，他自己投到開封府去了。〔一白〕我等敬他是個義士，與民除害，我們如今央求本處鄉紳，向府尹處説情，寬減他的罪名便了。〔一白〕且慢。 那潑皮牛二作惡多端，人人切齒，府尹也曾訪過幾次，况且牛二又無尸親質証，官府自然寬減。 我們如今先到衙門首去打聽打聽，送些銀子與他使用。〔衆大户白〕有理。 走嗄。〔同唱〕欽豪傑，衆志同。 但願官司從衆法寬鬆，行行到，府署東。〔内打鼓吆喝掩門介。唱〕呀！ 聽退堂打鼓響鼕鼕。〔衆大户白〕已退堂了。 我們且在衙門首等他出來，再作商量。〔解差押楊志上。白〕恩官能斷獄，免死配遐方。〔衆大户見介。白〕好漢出來了。官府怎麼樣斷了呢？〔楊志白〕列位嗄，〔唱〕

【又一體】多感秦臺廉明秉公，哀矜細察情悰。道殺人周處縱行兇，也是除害安民法可容。〔衆大户白〕好個青天老爺。想是減等了。〔楊志白〕官府斷做誤傷人命，免死充軍。〔衆大户白〕不知刺配何處？〔楊志白〕到大名府留守司處充軍。〔衆大户白〕恭喜，恭喜。〔向解差白〕想是二位解送了。〔解差白〕正是。〔衆大户白〕幾時起身？〔解差白〕官府雖然限緊，我們敬他是個好漢，可以從容幾日。〔楊志白〕我孤身在此，又無牽染，既是官府限緊，即刻就行便了。〔一大户白〕難得好漢這樣爽快。我有白銀一包，送與好漢路上使用。〔楊志白〕怎好生受。〔解差白〕此去路途甚遠，盤纏也是要緊的，不用推辭。〔又接銀介。又一大户白〕我有碎銀幾兩，送與二位，望一路好生照看。〔解差接介。白〕自然用心伏侍便了。〔楊志白〕萍水相逢，多蒙盛意，何以充當？〔二大户白〕好漢除了我們之害，這些須財物何勞致謝。〔衆大户白〕我們身邊不曾帶得銀錢，且送出城外，蘭陵館中沽酒送行便了。〔楊志白〕多謝了。〔解差白〕天色將晚，就此同行。〔衆大户白〕請嗄。〔同走唱〕齊相送，到館中，好把蘭陵美酒表情衷。陽關曲，唱未終，又恐一鞭行色去匆匆。〔同下〕

# 第十七齣　閻婆惜傳情甌茗

〔閻婆惜上。唱〕

【一封羅】【一封書】（首至二）臨風半掩扉，悄含情，若個知。【皂羅袍】（三至末）只見那結伴尋芳花外屐，選勝攜樽陌上姬。教我惜春無計，春光暗移。惜花良苦，花期已遲。鎮無言獨立長吁氣。

〔張文遠上。唱〕

【又一體】花間鳥自啼，杜陵東，步屧移。〔白〕學生姓張名文遠，排行第三，人都喚我是張三郎，與宋公明同爲掾吏。今日公門無事，宋公明又回家去了，獨坐無聊，不免到街坊上散步一回。〔見閻婆惜介。白〕呀！你看那女子生得十分標致，你看那遮遮掩掩，那丰韻一發動人。〔唱〕隱約珠簾遮翠髻，掩映芳容倚綉扉。教我凝眸偷覷，神魂欲飛。看他含羞斂袂，天香暗霏。〔閻婆惜白〕這時候母親還不見回來。〔張文遠白〕就歸來哉。妙嗄！〔唱〕似鶯聲嚦嚦偷吁氣。〔白〕且喜四顧無人，待我上前去看他怎麼。〔閻婆惜偷看介。張文遠白〕呀！你看他見了我故意賣俏，待我只做借茶吃，走將過去。〔見介。白〕學生尋芳歸來，一時火動渴吻，不能寧耐，敢借香茶一盞，勝似瓊漿玉液。〔閻婆惜白〕你要吃茶麽，現成冷的便有，熱的不便怎麽處？〔張文遠白〕學生無非走急子路，升了火起來，若是冷個極妙。〔閻婆惜白〕既如此，待我取出來。正是茗飲蔗漿攜所有，瓷罌無藉玉爲缸。你只在此等一等，不要去了。〔下。張文遠白〕自然來裏等，阿敢去。你看小娘子進去了，教我只在此等，我張三郎怎敢挪移一步兒。〔唱〕

【醉羅歌】【醉扶歸】（首至合）徙倚徙倚緣階砌，延佇延佇望仙期。依稀綽約洛川妃，炯含媚眼如秋水。〔白〕他方纔進去的時節呵，〔唱〕【皂羅袍】（五至八）翾風宋褘，翩翩遇奇。陽城下蔡，悠悠思迷。【排歌】（七至末句）只怕蟏蛸影阻高唐裏。〔閻婆惜捧茶上。唱〕攜茗碗，整綉衣。〔放茶介。唱〕爲憐鴻漸思依依。〔白〕茶在此。〔張文遠接吃介。白〕好茶。又香又熟。〔閻婆惜白〕不中吃的。〔張文遠唱〕

【又一體】茗借茗借崔郎比，消渴消渴長卿非。瓊漿一飲白葳蕤，怎邀玉杵酬高義。〔閻婆惜白〕好意借杯茶你吃，到有許多閒言閒語。〔張文遠白〕學生勿曾說啥。〔閻婆惜白〕你的說話都不近理，那個來睬你。我對你說，〔唱〕蓬萊海外，去時路岐。嫦娥月裏，望來眼低。春山懵懂頻偷睨。〔張文遠白〕學生那敢。請問宅上尊姓？〔閻婆惜白〕姓閻。〔張文遠白〕姓連？〔閻婆惜白〕閻。〔張文遠白〕錢？〔閻婆惜白〕閻。〔張文遠白〕嗄！閻就是閻羅王個閻。〔閻婆惜不理介〕若是這一個閻，學生是鬼哉。令尊令堂阿來屋裏？〔閻婆惜白〕父親是没了，止有家母。〔張文遠白〕只有老堂，請出來待學生謝一聲。〔閻婆惜白〕不在家裏。〔張文遠白〕不在宅，那裏去哉？〔閻婆惜白〕親戚人家去了。〔張文遠白〕既然勿在屋裏，阿有茶哉再借？〔閻婆惜白〕母親回來了。〔張文遠白〕來那裏？〔閻婆惜關門科。白〕閉門不管窗前月，一任梅花自主張。〔下。張文遠白〕小娘子呀！竟關子門進去哉。好騙，好騙。且住，他方纔進去的時節，〔唱〕明明是心私許，目亂迷，何期相見便相依。〔白〕數尺游絲墮碧空，年年長是惹春風。我張三郎身無彩鳳雙飛翼，那小娘子心有靈犀一點通。偶然閒步，步出這段好光景來。閒子再來走，記子門面吊闥半窗盤一扇大門。春聯是萬物生光輝，萬物生光輝。〔下〕

## 第十八齣　蔡夫人介壽稱觴

〔衆家將、院子、書童引梁中書上。唱〕

【傳言玉女】坐擁油幢，夙著炎炎威望。但咳唾萬人欽仰，尊榮安富，總賴着君恩浩蕩。願祈歲歲，太平呈象。〔白〕謝傳旌旗控上游，東南頓減一方憂。胸中別有安邊計，一劍霜寒十四洲。下官梁世傑，爲大名留守。任專鎖鑰，坐鎮封疆。卧内麟符，感聖心之眷注；帳中虎節，申將令之嚴明。所喜遐邇綏安，軍民和輯。今者序屬暮春，人逢勝日，恰遇夫人壽誕，自當花下開筵，以申慶祝。院子。〔家將應介。梁中書白〕傳話後堂，侍女們伏侍夫人上堂。〔院子應介，向内傳介。内應介。衆侍女隨梁夫人上。唱〕

【翫仙燈】滿目紅香，争獻壽萬花齊放。〔梁中書〕隐約見鸞鶴迴翔，神仙下降。〔院子、侍女合唱〕慶綿綿花甲方長，應比那松喬無兩。〔見介。梁中書白〕今日夫人貴降，下官特備壽筵，爲夫人慶祝。〔夫人白〕多謝相公。〔梁中書白〕看酒來。〔侍女應介。梁中書、夫人對拜介，定席坐介。合唱〕

【畫眉序】恭進紫霞觴，玳瑁筵開綉幙張。喜長春仙醞，沽自餘杭。植瑶池桃熟千年，産玉井蓮開十丈。畫堂綺麗如蓬閬，迥非塵世風光。〔家將、院子、侍女於曲中叩祝介。一中軍持稟啓上。白〕賓客填門争獻頌，仙真泛海正添籌。稟大老爺，有屬下文武各官連名稟啓，叩祝夫人榮壽，俱在轅門外伺候。〔梁中書白〕夫人，可要令他們上堂慶祝？〔夫人白〕在此家宴，外人不必進見，免了罷。〔梁中書〕夫人説得是。〔内中軍白〕你傳出去，説老爺、夫人在堂上家宴，不便相見。知道了，請各回去罷。〔中軍應介，下。梁中書白〕吩咐衆侍女，可舞獻各種名花，筵前上壽。〔衆侍女應介，下，吹打。梁中書、夫人出席，更衣，重入席。侍女進酒。合唱〕

【又一體】彩袖再傳觴，花撲玉缸春酒香。向翠紅鄉裏，沉醉何妨。裊和風蘭麝氤氳，遏行雲笙歌嘹喨。〔合〕畫堂綺麗如蓬閬，迥非塵世風光。〔十番女樂上，侍立吹打介。衆侍女執各種花上，舞介。唱〕

【脱布衫】逞妖嬈越女吴娃，鬭芳菲玉蘂瓊葩。最好是花枝人面舞當筵，兩相掩映多嬌姹。

〔走舞畢。唱〕

【小梁州】可喜的萬紫千紅連夜發，布滿了五色明霞。幾簇簇繁香濃艷笑紛拏，高還下，却便似和風抑按不争差。〔合舞介。唱〕

【又一體】應識取好春光一刻千金價，開錦綉花蕚交加。只看這翠幾堆，紅一抹，排比得曾無空罅，粧點出綺席恁豪華。〔吹打介。舞畢，下。梁中書、夫人出席介。夫人白〕請問相公，爹爹六月十五日誕辰，今日暮春，爲日不遠，不識那些禮物可曾全備否？〔梁中書白〕泰山處壽禮，下官用十萬貫金錢，命人收買各種珍珠寶玩，將次完備，不勞夫人費心。〔夫人白〕置辦將齊，這也可喜。〔梁中書白〕雖然如此，尚有一説。〔夫人白〕尚有何説？〔梁中書白〕上年解獻生辰綱，中途被劫，至今未獲。今歲必須差勇敢之員護送，方保無虞。只是難得其人耳。〔夫人白〕妾身常聞得相公説副牌軍楊志英勇絶倫，況又是相公擡舉起來的，若差他前去，彼必盡心報效，自然能任其事。〔梁中書白〕夫人説得是，今日就唤進來，待下官先爲吩咐一番。〔夫人白〕這也使得。〔梁中書向家將白〕傳楊志進見。〔家將應介，傳介。楊志上。白〕丈夫壯志終須展，國士深恩猶未酬。〔見介〕老爺在上，楊志叩見。〔梁中書白〕起來。〔楊志應，立起介。梁中書白〕楊志，我將來有一事差你，不得推阻。〔楊志白〕不識恩相有何事使令？〔梁中書白〕太師爺壽誕在即，要差你押護生辰綱往東京慶賀。今日先向你説知，好作準備。〔楊志白〕恩相差委，敢不遵依。但不知那生辰綱作何裝載而往。〔梁中書白〕往年有例，將各項珍寶裝作十車，每車上插一黄旗，寫着賀獻太師生辰綱，如此送去。〔楊志白〕若是這等，小將不敢應承。〔梁中書〕這却爲何？〔楊志白〕恩相請想嗄，〔唱〕

【滴滴金】似這等招摇過市明標榜，怕不引動了萑苻遭奪攘。〔梁中書夾白〕路上自有官兵護送，怕他怎麼。〔楊志連唱〕那荷戈持戟的千夫長，也只好閒觀望。〔梁中書、夫人白〕依你説起來，難道這生辰綱罷了不成？〔楊志白〕不是這等講。若依小將愚見，不若把禮物裝在擔内，命軍健扮作客商，挑了擔兒悄然而往。便是這等，一路上還要小心哩。〔唱〕戰兢不遑，一身擔荷難鹵莽。惟祈忖量，還求主張。〔梁中書白〕既然委用你，只要路上平安，就依你調度便了。〔楊志白〕如此，小將情願押護前去。〔梁中書白〕好，這便纔是。你且到外廂去，我這裏準備停當，到臨期再交付與汝起身。〔楊志應介。白〕階前百諾人初退，堂上千秋宴未終。〔下。梁中書白〕夫人，那楊志非但勇猛，且多智慮，夫人高見，下官萬不及一。〔夫人白〕好説。〔梁中書白〕尚有小酌，設在後堂，請夫人再爲少坐。〔夫人白〕多謝相公。〔梁中書、夫人唱〕

【尾聲】錦堂人可喜的年方壯，好把這富貴功名謾謾的享。〔衆合唱〕看歲歲高啓瓊筵向花前捧壽觴。〔下〕

# 第十九齣　劉唐酣醉擒爲賊

〔衆土兵引把總、巡檢、朱仝、雷横上。唱〕

【縷縷金】蒙差委，敢争差，邇來因患盜，命擒拿。村落官兵過，不須驚訝。〔把總、巡檢白〕我等奉縣尊之命，巡緝各鄉村，若有盜賊竊發，即便捉獲。〔朱仝、雷横白〕我們可分頭而往。你們二位向西溪村一路去，我二人往東溪村去巡緝。明日再分往聚興鎮、永豐鄉那幾處去。〔把總、巡檢白〕就是這等，請各分任而往。〔合唱〕遠鄉近鎮細巡查，此行不當耍，此行不當耍。〔分下。劉唐上。白〕

燕南壯士齊東豪，筑中置鉛魚隱刀。我感君恩重許君死，泰山一擲輕鴻毛。俺劉唐的便是。赤髮攖冠，丹心可也向日，千秋遊俠，無愧英雄。咱一味粗豪，也不識城府，落魄無賴，踈弛可也不羈。我近聞那蔡京生辰，年年有那生辰綱貢獻上京。咱想這些個東西都是那民間的脂膏，咱不免前去，我就這麽劫了。將來供咱的吃喝賭博，也是好的。〔笑介〕咳，只是咱一人幹不得這個大事，我欲待勾引那個宋……〔四顧介〕我欲待勾引那個宋公明，但他身在公門，料他也不肯幹這個勾當咱處。有了，我又聞得東溪村有個鼂保止，他爲人最直，義氣最高。咱不免前去，糾合他同

去劫那個生辰綱。走遭也。〔唱〕

【醉花陰】俺落魄生平甚潦草，偏俺這不知書胸中可也分曉。全憑着膽氣豪，九死個等鴻毛。問恁千秋有誰共調。〔白〕劉唐。〔唱〕

【出隊子】看世情听然長嘯，看世情听然長嘯，算將來眼睛前若個英豪。那宋公明扶危濟困隱公曹，鼂保正疏財仗義好，他兩個俯首低眉肝膽效。〔白〕咱行了一會，饑又饑，渴又渴，喝杯酒兒再走。咦，一個酒望。酒保，酒保。〔酒保上。白〕來了。隔壁三家醉，開罈十里香。是那個？〔劉唐白〕酒保。〔酒保白〕阿呀！怎麼這麼個面孔。〔劉唐白〕咱是天生的。〔酒保白〕天生的，做什麼？〔劉唐白〕買酒喝。〔酒保白〕吃酒的請到裏邊。〔劉唐白〕酒來，酒來，擔酒來。〔酒保白〕你這客人也奇，你要吃酒請坐下，待我去拿來，只管亂喊。〔劉唐白〕咱要趲路。〔酒保白〕你要趲路，豈關我事。〔劉唐白〕酒來。〔酒保白〕夥計，拿酒來。〔劉唐白〕擔酒來。〔酒保白〕酒到請吃。〔劉唐白〕酒保，你這個酒好酒？〔酒保白〕不敢欺，上等的，四分一壺。〔劉唐白〕這酒可淡？〔酒保白〕什麼？〔劉唐白〕酒淡。〔酒保白〕抓把鹽來拌拌。〔劉唐白〕什麼？〔酒保白〕客人説酒淡，抓把鹽來拌拌可就鹹了。〔劉唐白〕狗抓的，要咱，可有燒刀？〔酒保白〕嗄？〔劉唐白〕燒刀。〔酒保白〕我們賣的是酒，没有甚麼腰刀。〔劉唐白〕没有銀酒？〔酒保白〕銀酒有嗄。〔劉唐白〕咱説的燒刀。〔酒保白〕客人説的燒刀？有，待我去拿來。〔劉唐白〕來呀！你把那銀酒小小的取這麼一罈來。〔酒保白〕嗄！客人，銀酒到。這一壺是完了，待我收了去。〔劉唐白〕妙嗄！ 大碗。〔酒保白〕吃燒酒倒要大碗。〔劉唐白〕大碗來。〔酒保白〕喻！ 夥計，把那個大碗拿一個來。 客人，大碗到。〔劉唐白〕酒保。〔酒保白〕什麽酒飽飯飽？〔劉唐白〕有什麽下酒的東西？〔酒保白〕過酒的麽？ 有嗄。 煎碎魚，炒螃蟹，騎馬腸，還有個稀爛的猪頭，客人要吃鼻孔、耳朵、口條，待我去切一賣來。〔劉唐白〕來呀！ 咱不要別的，擔猪首來。〔酒保白〕没有。〔劉唐白〕你方纔説有猪頭，怎麽説没有。〔酒保白〕猪頭有嗄，客人説猪手來，這個猪身上只有一個頭、四隻脚、一個尾巴，没有什麽手？〔劉唐白〕酒保，你不懂，咱説的猪首就是猪頭，猪頭就是猪首。〔酒保白〕待我去拿來。喻！ 夥計，把那個猪頭拿來。〔劉唐白〕着嗄！ 狗抓的只有猪頭，没有猪首。〔酒保白〕客人，猪頭到。〔劉唐白〕呔！ 猪首。〔酒保白〕猪首。喻！ 客人，如何？ 又不鹹又不淡，可口紅麯燒的。〔劉唐白〕好東西。〔酒保白〕待我拿個蒜瓣與你吃。阿呀！ 吃燒酒不要像吃涼水的一般，看嗆了你的嗓子。〔劉唐白〕咻。〔酒保白〕如何話言未了，嗆了他的嗓子了。〔劉唐白〕這酒可上口。 斟酒。〔酒保白〕什麽？〔劉唐白〕呔！ 斟酒。〔酒保白〕嗄！ 叫我與你斟酒。 待我來斟上了，不要頑，爛臭不知幾年没見食面。咻，吃得他爽快站起來了。〔劉唐白〕我。〔酒保白〕這樣吃了還餓？〔劉唐白〕着開。〔酒保白〕茶來？〔劉唐白〕狗抓的，你着開。〔酒保白〕嗄！ 不容我在這裏叫，我再來。〔下。劉唐白〕我一向要見那鼂保正，再没有機會。今日來得可也湊巧，咱喝了酒，再商量，再計議，好酒上口。 我想那生辰綱好生技癢也，不知有多

少官兵護送哩！咻，囚囊的。〔唱〕

【刮地風】㗳呀！我想起那權臣忒殺也勢咳甚驕，慣縱着心腹貪饕，慣縱着心腹貪饕。那生辰綱載珍和寶，逐件件是民間剥下的咳脂膏。只見那搜刮價把民財耗，又見那輸運價把民力擾，着處的買怨深激變囂，俺呵，猛拚碎塗肝腦。我入虎穴把虎子掏，料不爲蠅頭激動得個英豪。〔白〕咱喝完了酒再商量，再計議。〔酒保上。白〕阿呀！客人，罈口小碗大，要斟的。〔劉唐白〕斟。〔酒保白〕斟罷了，不要打。〔劉唐白〕斟酒。〔酒保白〕斟上了。這一罈是完了，一個猪首也完了。噲！客人可要吃了？〔劉唐白〕什麽肴？〔酒保白〕還有個稀爛的猪尾巴。〔劉唐白〕呔！〔酒保下。劉唐白〕咱可又想哩。這樁事非同小可咳。〔唱〕

【四門子】算將來此事非關小，咻，此事非關小，料區區怎能把黨羽招，及早向東溪保正蜜投醪。恁縱不貪財寶，我料聞言氣難消，仗義集英豪。那生辰綱我將來輕輕擔兒上挑，那怕他官軍勢驍，干戈衞牢。呀，霎時間攫取如拾草。〔酒保上。白〕看傢伙，看罎底。〔劉唐白〕這酒不多了。〔酒保白〕正是，不多了阿呀。〔劉唐白〕狗抓的亂磞，這酒不多了，咱喝了就走。〔酒保白〕剩下的算我的，客人，你這個肚子是通海的。〔劉唐白〕呔！〔酒保白〕可要吃了。〔劉唐白〕不喝了。〔酒保白〕不吃了算賬。罷了，先前是一壺、一個猪首、一罈銀酒，共算起來五錢五分五釐。〔劉唐白〕多少？〔酒保白〕五錢五分五釐。〔劉唐白〕擔去。〔酒保白〕怎麽與我這樣一錠，他吃醉了，待我去問他。〔劉唐白〕好酒。

〔酒保白〕客人，這銀子可要夾夾。〔劉唐白〕唔。〔酒保白〕不是嗄，這銀子可要夾夾？〔劉唐白〕我把你狗抓的，這樣一錠要加？〔酒保白〕咻，我問他可要夾夾，倒要加起我來，待我混他一混。噲！客人，小本生意，還少些。〔劉唐白〕這麽一大錠要加？〔酒保白〕少些。〔劉唐白〕拿着明日再喝。〔酒保白〕論起理來，還少個四五釐，看你面上讓了罷。〔劉唐白〕還少？〔酒保白〕不少了。〔劉唐白〕我把你狗抓的。〔酒保白〕嗳呀嗄！　主顧雖好，兩個指頭猶如鐵鉗。〔酒保下。劉唐白〕狗抓的，這麽一大錠要加。好酒斷送一生，惟有破除萬事無過。〔下。朱仝、雷橫上。白〕號山無定鹿，落葉有驚蟬。兄弟。〔雷橫白〕哥哥。〔朱仝白〕方纔見一赤髮虬髯的漢子趕到這裏不見了。〔雷橫白〕再到前邊去便了。〔同白〕饒他走上焰摩天，脚下騰雲須趕上。〔下。劉唐上。白〕好酒。〔唱〕

【水仙子】俺俺俺俺可也疲躡屩，怎怎怎怎説得不飲個從他酒價高。早早早早已是醉酕醄，强强强强把那村徑繞。苦苦苦苦那迢迢跋涉遥，看看看看那牛羊下日没林皋。這這這這虞淵漠漠誰伴寂寥，見見見見那斜陽影裏傾頽廟。〔白〕是一所古廟。酒涌上來了，咱不免進去睡他一覺，起來好見那鼂保正。神道請了，咱劉唐要借這桌上睡這麽一覺嗄。〔唱〕暫暫暫暫借宿度今宵。

〔朱仝、雷橫上。白〕行人趕行人，一程又一程。〔朱仝白〕趕到這裏又不見了。〔雷橫白〕這裏有所古廟，我們進去看來。〔朱仝白〕有理。〔同白〕兩廊下搜來。〔雷橫白〕没有。〔朱同白〕正殿上鼾齁之聲，我們進去看來。〔雷橫白〕在這裏。〔朱仝白〕看他可有兵器。〔雷橫白〕有兵器。〔朱仝白〕取過了，綁

起來。〔劉唐白〕不喝了。〔朱仝、雷橫白〕再吃些。〔劉唐白〕不喝了。〔朱仝、雷橫白〕在這裏了。〔劉唐白〕

【尾聲】俺鼾齁睡臥恁也休相攪。〔雷橫白〕什麼人？〔劉唐白〕唔。〔朱仝白〕呔！你是什麼人？〔劉唐白〕俺是個海内的人豪。〔朱仝、雷橫白〕下來。〔劉唐白〕你你你爲何綁俺？〔朱仝、雷橫白〕好囚賊，何處打劫，在此酣睡？〔劉唐白〕嗄！〔朱仝、雷橫白〕走嗄。〔劉唐白〕呔！我把你這兩個狗頭。〔朱仝、雷橫白〕囚賊。〔劉唐白〕你綁俺到那裏去？〔朱仝、雷橫白〕拿你去見鼂保正，送官請賞。〔劉唐白〕見見見鼂保正麽？也罷，我就去。〔朱仝、雷橫白〕不怕你不去。〔劉唐白〕嗳呀！〔唱〕俺一似失林的困鳥。〔朱仝、雷橫白〕走嗄。〔劉唐白〕我把你這兩個狗頭，你好好的走。〔下〕

## 第二十齣　鼂蓋貪財假認甥

〔雜扮更夫持梆鑼上，作敲梆發諢科，下。莊客持燈籠引鼂蓋上。唱〕

【駐馬聽】株守山莊，緑蔭槐庭化日長。又早是星迴夜色，柝響初更，雨過微涼。〔内梆鑼支更介。鼂蓋白〕我鼂蓋自從在西溪村託了石塔，威鎮遐邇，竟有「託塔天王」之號。只是近來寇盗充斥，劫掠横行，本縣相公已差都頭各處踩緝。時近初更，我也要親行巡邏一番。〔内打梆鑼介。鼂蓋白〕叫那更夫過來。〔莊客應介，叫介。更夫持梆鑼上介。白〕保正有何吩咐？〔鼂蓋白〕你在我莊上支更，你可知道近來歹人頗多，須要着實巡查，不得虚應故事。〔更夫白〕這個自然。〔鼂蓋白〕你須聽我吩咐。〔唱〕要你通宵鷄唱漫巡牆，莫貪蝶夢倚屏障。〔更夫白〕謹遵嚴命。〔鼂蓋白〕去罷。〔更夫作敲梆鑼下。鼂蓋唱〕聽蛙鼓銀塘，三杯軟飽，黑甜清爽。〔下。朱仝、雷横押劉唐上。白〕村犬嗥斜月，野狐過短垣。〔朱仝白〕兄弟，夜深路黑，只怕今晚要住在鼂保正莊上，明早進城纔是。〔雷横白〕在他地方上拿的人，也要他知道，將來也好答應官府。〔朱仝白〕正是。〔雷横白〕來此已是鼂保正莊門首了。裏面有人麽？〔莊客披衣、打燈籠上。白〕是那一個，半夜三更敲門打户？〔作開門介。朱仝、雷横白〕我們是縣裏都頭，在你村中拿了一個賊，特來見你保正。〔莊客白〕如此請到草堂中坐下，待我請保正起來。〔雷橫白〕且把那漢子拴在院子裏樹上。〔將劉唐拴介。莊客白〕保正有請。〔鼂蓋内白〕是那個？〔莊客白〕是縣中朱、雷兩個都頭，在村中拿了一個賊。〔鼂蓋白〕有這等事？〔莊客下。鼂蓋作相見介。朱仝、雷橫白〕保正，驚動你了。〔鼂蓋白〕請問二位都頭，這時候到敝莊有何貴幹？〔朱仝、雷橫白〕我等奉縣裏太爺之命，着我們往各鄉村捕緝賊盜。方纔在靈官廟裏見有個大漢睡在那裏，我看那厮不是良善君子，況身伴帶有寶刀，醉卧在供桌上，所以我們把他拴了，要解去縣裏見官。一者夜深難行，二者要教保正知道，日後官府問起也好答應。〔鼂蓋白〕多謝二位都頭。〔莊客持燈籠上。白〕酒便了，請二位都頭後廳軒下少坐。〔鼂蓋白〕先請二位都頭三杯。〔朱仝白〕一到就要打攪。〔雷橫白〕我們只領三杯，天明就走。〔鼂蓋白〕二位先請，小可就來奉陪。〔莊客引朱仝、雷橫下。鼂蓋送至場口，取燈籠上。白〕嗄！這事奇怪，我村中那有什麼賊來？我且到院子裏問個明白。〔作照介。白〕兀那漢子，你是那裏來的？我村中不曾見過你。〔劉唐白〕小人姓劉名唐，是遠鄉人，來投奔一個人，被他們把我坐扭做賊。〔鼂蓋白〕你來我村中投奔誰？〔劉唐白〕我來投奔鼂保正。〔鼂蓋白〕你尋他有何勾當？〔劉唐白〕我有一套富貴來報與他，因此而來。〔鼂蓋白〕我只便是鼂保正，我却要收你。明早我送他們出來，你認我做阿舅，我自有道理。〔劉唐白〕如此深感保正，只求快些放我，我身子綁縛一夜實在受不得。〔鼂蓋白〕這個自然，都在我身上。〔下。劉唐白〕悔他鳥氣，那曉得鼂保正就在這裏。早知道不往廟中睡他娘，竟到這邊，也不吃這一個大虧。〔鼂蓋送朱仝、雷橫上。鼂蓋白〕二位都頭，何不再寬坐吃幾杯？〔朱仝、雷橫白〕天色已明，打攪一夜，甚是不當。〔鼂蓋白〕如此不敢强留，若再到敝村公幹，千萬來走一遭。〔朱仝、雷横白〕這個何勞吩咐。〔劉唐白〕娘舅救我。〔鼂蓋驚介。白〕什麼人，叫我娘舅？〔作認介。白〕你難道是我外甥王小三麼？〔劉唐白〕我正是王小三，舅舅救我一救。〔朱仝、雷横白〕這是保正令甥麼？〔鼂蓋白〕羞死人，這是家姐的孩兒，從小在這裏過活，四五歲時隨家姐夫和家姐上南京去住，去了幾年。這厮十四五歲時又來走了一遭，跟個本京客人來這裏販賣，已後不曾見他，多聽人說他不成器。若不是他鬢邊一搭硃砂記，小可也不認得。好畜生，氣死我也。〔奪棍打介。唱〕

【駐雲飛】惱殺韓康，辱没咱從前稱渭陽。鼠竊真無狀，狗盜成何樣。嗏。〔劉唐白〕我何曾做賊，好冤枉人。〔鼂蓋白〕你還敢强辯，你不做賊他爲什麼拿你？〔又打介。朱仝、雷横勸介。白〕保正，且請息怒，我們不過因他面生可疑拿他的，其實他並不曾做賊。〔鼂蓋白〕你既如此，就該來見我，却在路上貪噇這口黄湯，我家中没得與你吃？辱没殺了人。〔又打介。誤打雷横介。鼂蓋唱〕既不出南塘，怎遭羅網。賊骨天生，原具兇頑相。今日教伊罪自當，今後教咱羞怎當。〔白〕阿唷唷！氣死我也。〔朱仝、雷横白〕保正，且不要動氣。我等呵，〔唱〕

【駐馬聽】巡緝村坊，見他狀貌語言是異鄉。由不得指爲匪類，認作緑林，疑是强梁。〔白〕若曉得令甥，也就不拿他了。如今不用說，快快放了就是。〔鼂蓋白〕二位都頭，這不肖畜生一向飄流在外，今日回來，又如此光景，叫小可有何面目見人。〔朱仝、雷横白〕保正若是這樣，反罪小弟了。快快放了。〔放介。白〕還了寶刀。〔唱〕做道到官衙明處細推詳，倒不如做私情暗地輕開放。原没有實據真賍，爲弓蛇疑影幾成誣罔。〔白〕我等就此告辭了。〔鼂蓋白〕多承二位盛情，且請少住。〔虛下，即取銀上送介。白〕這十兩花銀聊表薄意。〔朱仝、雷横白〕我們誤拿了令甥，多有不是，怎麼反受厚賜。〔鼂蓋白〕二位不收，是嫌輕微了。〔雷横白〕哥哥，保正盛情，我們也不敢虛辭，告別了。〔鼂蓋白〕恕不送了。〔朱仝、雷横白〕請了。能將忙事成閒事，錯認楊家作李家。〔下。鼂蓋白〕請到裏邊去，還要細談。〔劉唐白〕如此，娘舅請。〔鼂蓋笑介。白〕方纔不過掩飾一時，如今還是朋友纔是。〔劉唐白〕若不説明，我竟要叫娘舅到老了。〔各笑介。行介。莊客上。白〕本村中有地方公事請保正去商議，衆人立等。〔鼂蓋白〕嗄！我就來了。偏偏又有什麼公事？劉兄弟，且請少坐，我去去就來。〔劉唐白〕請便。〔鼂蓋白〕小厮，快備酒飯。正欲雄談促膝，又多俗務纏身。〔下。劉唐白〕可恨那兩個狗頭，綁了我一夜，又詐了保正一大錠銀子，那裏氣得他過嗄。有了，想他去也不遠，不免趕上前去，打翻了那厮，奪回了銀子，方洩此恨。〔作取朴刀行介。唱〕

【駐雲飛】莫作商量，忿怒攻心捹直往。誤獲寧能諒，受辱難甘讓。嗏。〔向内白〕你兩個狗頭休走，咱來也。〔朱仝、雷横上。白〕你這厮又趕來做什麼？〔劉唐白〕你怎麼冤咱做賊，又詐我娘舅銀子，好好還了，佛眼相看。若説個不字，看刀。〔朱仝、雷横白〕這厮好無禮，銀子是你娘舅送我的，怎麼來取討？〔劉唐唱〕怪恁忒婪贓，反將咱枉。狹路相逢，此際難饒放。先要教伊命也亡，還要教伊財也亡。〔朱仝、雷横作鬬介。吴用急上，持銅練解開介。白〕不要動手。〔向劉唐介。白〕你這漢子，爲何與二位都頭争鬭？〔劉唐白〕不干你秀才的事。〔朱仝、雷横白〕教授有所不知，這厮夜來赤條條地睡在靈官廟裏，被我們拿了解到鼂保正莊上。那裏知道就是保正的外甥，看他母舅面上就放了他。〔吳用白〕他是保正令甥麼？〔朱仝、雷橫白〕我們也不認得。〔劉唐白〕他好好冤我做賊，又詐我舅舅的銀子，我氣他不過，特爲趕來取討。〔朱仝、雷橫白〕這是你母舅送我的，要時須是你母舅，自來還他。〔劉唐白〕好狗頭。〔又欲鬭介。吳用勸介。白〕學生吳用也是你母舅的相好朋友。〔劉唐白〕你且不要管，我只問他要銀子。〔雷橫白〕我偏不還。〔劉唐白〕不還，你問我手中的刀依不依。〔又鬭介。鼂蓋急上。白〕畜生，休得無禮。〔劉唐白〕偏偏舅舅又來了。〔吳用白〕須得保正自來，纔得開交。〔鼂蓋白〕這畜生又趕來做什麼？〔朱仝、雷橫白〕令甥拿了朴刀趕來，要取回所送之物。我原要當面交還，保正請收。〔鼂蓋白〕畜生，你敢拿一拿。〔劉唐白〕不敢。〔鼂蓋白〕二位，無知小子一時冒犯，看小弟薄面，照舊收了，改日陪罪。〔朱仝、雷橫白〕縱是看保正分上，不與他計較。〔吳用白〕妙呀！凡事看保正之面。〔朱仝、雷橫白〕别過了。〔鼂蓋白〕請了。〔朱仝、雷橫隨口諢下。鼂蓋白〕多虧教授解勸。〔吳用白〕不敢。〔鼂蓋〕正欲着人來請教授，如今且同到小莊，有話相商。〔吳用白〕既如此，請。〔行介。合白〕花村幾處連修竹，澗水誰家倚怪松。〔到介。鼂蓋白〕請到裏面去。〔進內介。各見介。吳用白〕保正，我們相交數十年，不曾見有這位令甥？〔鼂蓋白〕那裏是什麼外甥，他姓劉名唐，小可見他容貌魁奇，想是一籌好漢，故假説這話救他的。〔吳用白〕敢是江湖上稱爲「赤髮鬼」的就是兄麼？〔劉唐白〕不敢。〔鼂蓋白〕劉兄弟，這位吳學究道號「加亮先生」。〔劉唐白〕原來就是「智多星」吳先生，幸會，幸會。〔鼂蓋白〕劉兄弟，你説一注大財，故此特請教授來商議。〔劉唐白〕小人是東潞州人氏，自幼在江湖上結識好漢。近來打聽得大名府梁中書收買十萬貫金珠寶玩，送上東京與他丈人蔡太師慶生辰，早晚安排起程。〔唱〕

【黄鶯兒】金寶滿車裝，獻生辰，號作綱，剥民膏去媚當朝相。〔白〕我想此乃不義之財。〔唱〕劫之不妨，取之正當。攫贓私也不算良心喪。〔鼂蓋、吴用合唱〕看吾行共成義舉，豈是胠篋與探囊。〔鼂蓋白〕教授，你道此事如何？〔吴用白〕壯哉，壯哉。只是聞得他去年曾失過事，今年必定加意隄防，還得些帮助纔好。〔鼂蓋白〕我這裏莊客儘多，挑選幾個如何？〔吴用白〕這些莊客那裏用得。〔鼂蓋、劉唐白〕教授，若有甚相識，可以招來。〔吴用白〕離此不遠有石碣村，村中阮氏三雄，乃是兄弟三個，生來勇猛，總以打魚爲活。若糾合得來，大事可成矣。〔鼂蓋白〕我也聞其名，只不曾會面，可着人去請他。〔吴用白〕遣人去請他如何肯來，這須是憑我三寸不爛之舌方可説他入夥。〔鼂蓋、劉唐白〕如此甚妙。但不知幾時可去？〔吴用白〕小弟今夜三更便去。〔鼂蓋、劉唐白〕如此甚好。請同到後堂暢飲一番，此事還宜慎密。〔吴用白〕正宜如此。〔合唱〕

【尾聲】機關慎密休愚戇，結羣雄鋪排停當，直要到大事成時大家一拍掌。〔讓下〕

# 第廿一齣　訪故友煮酒談心

〔阮小二、阮小五、阮小七上。同唱〕

撞咱太歲有風波，短命二郎却奈何。堪嘆世人不仔細，偏來投見活閻羅。〔分白〕自家「立地太歲」阮小二是也。我乃「短命二郎」阮小五便是。區區喚做「活閻羅」阮小七。我等弟兄三人生長石碣村中，以捕魚爲業。形跡雖然卑賤，心胸却也雄豪。況且武藝出衆，膂力過人。但不遇識者，埋没無聞，雖是固窮，終難安分。不知何日始得揚眉吐氣。〔阮小二白〕前日有一相面先生説我額下氣色甚好，即日有大際遇。〔阮小五、阮小七白〕妙嗄！若是哥哥有了好處，我弟兄二人也就沾光叨惠了。〔阮小二白〕這些星相之言何足憑信，且不必提他。今日可一同前去打魚，好供用度。〔阮小五白〕我今日不去。〔阮小二、阮小七白〕爲什麽來？〔阮小五白〕早間前村的李老三來合我去賭錢，説有兩個很好的主顧在那裏，若赢得幾十貫錢，不强似捕魚。〔阮小二白〕輸贏那裏論得定，還是去打魚的好。〔阮小五白〕你不要管我，包獲全勝而回。〔阮小七白〕我爲連日輸得精光，如今没有賭本，只好罷了。〔阮小二白〕五郎自去賭錢，我和你去打魚便了。這個成了兩句俗語了。〔阮小五、阮小七白〕那兩句俗語？〔阮小二白〕相逢不下馬，各自奔前程。〔阮小七白〕注馬是要大大的纔能贏得他。〔各笑科。阮小五白〕劉毅古來稱賭漢。〔阮小二、阮小七白〕太公當日本漁人。〔阮小二白〕得采了可就快快回來。〔阮小五應科。分下。衆漁翁上。唱〕

【甘州歌】【八聲甘州】（首至六句）蘋風乍起，慣浮家泛宅，一棹沿洄。〔白〕我等乃石碣村中衆漁翁便是。生涯是笱罩綸竿，家業惟輕舟短棹。緑楊堤畔，長消受艷冶之春光；紅蓼灘邊，亦領略蕭疏之秋景。金鯉捕來換酒，青簑織得爲衣。〔一漁翁白〕嗆！列位嗄，那石碣湖中福安橋下那個大蚌，每遇月明之夜，他便浮出水面，吐有明珠，光耀滿湖。〔一白〕也曾有人摸過，再摸不着。我等今日捕魚之暇，約齊了同伴前去，務要摸了他。〔一白〕我們不論何人摸着那顆明珠，大家要公分的。〔一白〕這個自然。〔衆白〕不要閒説了，快些前去罷。〔行介。合唱〕鷗汀鷺渚，望裏烟波無際。〔阮小二、阮小七上。唱〕飛熊當日曾入夢，沙鳥何年始息機。〔見介。衆漁翁白〕阮小二、阮小七來了。五郎怎麽不見？〔阮小二白〕五郎今日不曾出來。〔阮小七白〕你們忙忙的挈伴而來，要往那裏去？〔衆漁翁白〕我等要到福安橋下摸那顆蚌珠，所以同來。〔阮小二、阮小七白〕那個大蚌竟像神物，那裏摸得着他。〔衆漁翁白〕總是閒在此，況天氣又漸炎熱，只當在湖内洗澡的一般。你們弟兄二人也隨着去走走？〔阮小二、阮小七白〕也説得是。就隨你們前去。〔衆漁翁白〕好嗄！大家去有興些。〔行介。合唱〕【排歌】（合至末句）疏林外，耀赤曦，山含垂棘詫瑰奇。〔作到介。場上預安三環洞橋一條。

一半漁翁白〕我們下湖去摸，留幾個在橋上用筐籃來撈就是了。〔又一半漁翁白〕竟是這等。〔衆作跳入水中，或出或没，亦有在橋上撈者。合唱〕人貪得，事怪奇，似神羊鬚下略依稀。〔各作上岸介。白〕摸他不着，枉費這些力氣。天色將晚，不如大家回去罷。〔衆漁翁虚白。吴用上。唱〕

【排歌】隱約江村，山環水圍，行行野徑多迷。聽一聲漁笛隔前谿，曬網灘頭日欲西。〔見介。白〕喜得二哥、七哥俱在這裏。〔阮小二、阮小七白〕原來是教授，甚風吹得到此？〔吴用白〕特來拜望賢昆玉。〔衆漁翁白〕既有尊客到來，請同了回去罷，我們也要各自回家了。沽酒鄉村尋野店，賣魚市鎮渡危橋。〔下。吴用白〕五哥怎麽不見？〔阮小二白〕舍弟到鎮上賭錢去了。〔阮小七白〕且請教授到舍下去，再爲細談。〔吴用白〕請。〔行介。合唱〕相逢處，手共攜，幾年遥憶恨暌違。同行處，步緊移，一朝快晤喜追陪。〔到介。阮小五背錢上。白〕擲來難得快，呼處不成盧。〔見介。吴用白〕五郎來了，得彩麽？〔阮小五白〕原來是教授。〔阮小二、阮小七白〕請教授到裏面去。〔進内相見介。吴用白〕交情彌篤勝如初。〔三阮白〕車笠多君久不渝。〔吴用白〕玉季金昆皆俊傑。〔合白〕會須同看建鴻圖。〔三阮白〕教授一向納福？〔吴用白〕託賴粗安。〔三阮白〕遠别多年，時深思念。〔吴用白〕小可亦因記掛賢昆玉，所以特來過訪。〔阮小二白〕難得教授遠來，但鄉村之中乏物，將敬薄酒三杯，聊叙契濶。〔吴用白〕來便怎好就擾。〔三阮白〕只是簡慢休罪。〔吴用白〕豈敢。〔各坐飲酒介。合唱〕

【降黄龍】知己相逢，樽酒交歡，豪興偏濃。一朝把臂，訴不盡别後離情萬種。〔三阮白〕教授請用一杯。〔吴用白〕請。〔唱〕深蒙殺鷄爲黍，應識取主人情重。〔合唱〕論相交盟堅白石，誓比青松。〔三阮白〕請問教授，一向在於何處？ 今日賜顧，必有甚見教。〔吴用白〕不瞞三位説，小可近日在東谿村鼂保正莊上偶然談及三位義勇，他十分仰慕，意欲相識，特託小可先來致意。〔三阮白〕那鼂保正可就是「託塔天王」麽？〔吴用白〕正是。〔各出席介。三阮白〕我等久聞他的大名，但身在微賤，怎好仰攀。〔吴用白〕豪傑相聚，何拘形跡。〔阮小二白〕也罷，既承他高誼，士爲知己者死。〔三阮同白〕若有用着之處，即使赴湯蹈火，亦所不辭。〔唱〕

【黄龍袞】他誠一世雄，他誠一世雄，我愧千人勇。不作等閒看，感君恩當切，還應懂，熱血一腔，拚爲他用。便攖鋒刃，赴水火，吾何恐。〔吴用白〕好！ 足見賢昆仲平生義勇，但是那有這樣事。他倒有一套富貴，欲與三位共享。〔三阮白〕那裏，什麽富貴？〔吴用白〕這話甚長，且待夜靜之時，然後細述。〔三阮白〕教授説得甚是，我等惟命是從便了。〔吴用白〕來日小可偕了三位去見鼂保正，自有一番奇遇。〔三阮白〕就是這等。〔阮小二白〕天氣炎熱，請教授至後面葡萄架下乘涼一回，然後再飲。〔吴用白〕使得。〔合唱〕

【尾聲】話投機多爲交情重，苟富貴必須相共。喜一個個具有千秋豪俠風。〔阮小七白〕教授方纔説的富貴，端的何事，可説與我知道？〔吴用白〕且待少時，自然要説的。〔阮小二、阮小五白〕七郎怎麽這等性急，教授自然説與你我知道的。〔同下〕

# 第廿二齣　巧聚會聯盟行劫

〔鼂蓋上。唱〕

【臨江仙引】義氣從來聯四海，光陰未可虛待。天生豪傑作朋儕，漫將心腹事，盼望故人來。〔白〕我鼂蓋一生血性，半世英豪，仗義疏財，連騎結客，與宋公明、吴學究契結同心，交逾刎頸。只恨如今世風日下，朝政已非，墨吏盈朝，權奸蠹國，李彦構禍於西北，朱勔結怨於東南。飲泣吞聲，處處見無聊之況；摩拳擦掌，人人有思亂之心。所以聞鷄起舞，每懷魯女之憂；擊楫中流，空作杞人之慮。似這等光景，幾時有太平日子也。〔唱〕

【孤飛雁】平生志挾凌雲概，論奇男子要芳名萬載。恨權奸竟把江山賣，使百姓無聊賴。尚兀自豺狼當道，魚鱉生災，無怪人心思亂，好難躭待。〔劉唐上。白〕將期一諾重，欲使寸心傾。哥哥。〔鼂蓋白〕兄弟，你前日説要打劫生辰綱一事，我想這等非義之財，取之何礙，因此與吴學究商量。他已往石碣村招致阮家兄弟去了，這時候還不見到。〔唱〕望眼將穿，已過午牌。哈哈笑紛紛，蟻聚總貪財。〔白勝上。白〕白雲舒卷原無意，浮世興衰會有期。白家白勝，住居安樂村中，遊手好閒，不安本分，人都叫我做「白日鼠」。連日賭運平常，輸得乾淨，向來極蒙鼂保正周濟。今日無事，不免到他家商量個活計纔好。來此已是，我們是熟人，不免竟入。保正好呀！〔見介。鼂蓋白〕元來是白兄弟。來來來，請坐下，我們吃三杯。〔三人作坐介。飲酒介。鼂蓋白〕兄弟，我看你這等模樣，想是又賭輸了。〔白勝白〕小可蒙保正提攜，實是有負大恩。我想賣酒是我的舊營生，我如今要務正經，再不賭錢了。〔鼂蓋白〕果然如此，本錢總是我的。〔劉唐白〕你若賣酒，咱就是長主顧。〔白勝白〕這位大哥從不曾會。〔劉唐白〕咱叫劉唐，專會飲酒。〔白勝白〕幾時到此？〔劉唐白〕也是來謀生意。〔白勝白〕何不攜帶做個夥計？〔劉唐白〕你麼？〔笑介〕也使得。〔鼂蓋白〕這個兄弟委實可以合夥。〔白勝白〕到底什麼買賣？〔鼂蓋白〕且吃三杯再講。〔吳用、三阮上。唱〕

【梁州序】糾豪傑自石碣村來，論朋友交情四海。要投機合意，怎顧的踏破芒鞋。〔吳用白〕這裏已是東溪村鼂大哥家了。〔唱〕到了鼂家門外。〔吳用白〕保正哥，客來了。〔鼂蓋、劉唐、白勝唱〕忙下庭階，拱手相迎待。〔見介。鼂蓋、劉唐白〕吴先生，這三位莫非就是阮氏昆玉麼？〔三阮白〕不敢。〔鼂蓋白〕阮氏三雄，名不虛傳。請進草堂相聚。〔進內介。吳用指白勝介。白〕此位何人？〔鼂蓋白〕此乃白勝兄弟。〔吳用白〕可是保正時常稱他「白日鼠」的麼？〔鼂蓋白〕然也。這個兄弟最有義氣，可以共事的。〔衆白〕妙呀！相逢一笑成知己，都是龍華會裏人。〔唱〕英雄遇合實奇哉，肝膽相傾没忌猜，同吐露，壯襟懷。〔一莊客上。白〕豈是非常道，多應無藉徒。〔見介〕告莊主，外面有一道人求見，小人回他莊主有事，他竟將莊客們亂打。〔鼂蓋白〕那有這等事，列位請到後軒少坐，待小可去看來。〔衆〕大哥請便。〔隨口下。鼂蓋白〕那有這等事。〔向外行介。唱〕

【催拍】甚狂徒無端性乖，好教人難將謎猜。是遊方化齋，遊方化齋，怎肆强梁，要惹非災。〔衆莊客上。公孫勝追上。白〕快快與我通報，饒你。〔唱〕做不得訪戴山陰，興盡便歸來，主人翁枉自稱賢，不倒屣下基階。〔鼂蓋白〕先生有話慢講，不得無禮。〔公孫勝白〕保正爲何拒客？〔鼂蓋白〕道者不過投齋化緣，何得如此？〔公孫勝大笑介〕貧道公孫勝，豈爲齋糧而來，特有一套富貴送與保正。〔鼂蓋白〕原來是「入雲龍」，失敬了。請到裏面去。〔進内介。公孫勝白〕久仰保正大名，適纔無狀，幸勿見罪。〔鼂蓋白〕鶴駕來臨，舋趨未恪，亦祈休怪。〔作坐介〕適纔所云富貴，小可不懂，乞道其詳。〔公孫勝白〕也不過十萬貫金錢，聊爲贄見耳。〔鼂蓋白〕莫非燒丹煉汞，致富奇術麽？〔公孫勝白〕非也。〔唱〕

【一撮棹】雖則居方外，不藉煉丹來。休説燒鉛快，比點石更奇哉。〔鼂蓋白〕畢竟是何物？〔公孫勝白〕貧道打聽得大名府梁中書送蔡太師的生辰綱，這等不義之財，欲與保正共取之。〔唱〕他假權勢科歛盡民財，憑愚算攘奪結同儕。〔吴用暗上，聽介。扭公孫勝白〕你好大膽！白日行劫，不怕王法麽？〔鼂蓋笑介。白〕吴先生休要作耍，此位是「入雲龍」公孫勝先生，同爲豪舉，實是天作之合。〔吴用白〕聊相戲耳。先生休怪。〔公孫勝白〕敢問高姓大名？〔鼂蓋白〕是「智多星」吴學究。〔公孫勝白〕原來是「加亮先生」。久仰，久仰！〔吴用白〕豈敢。〔鼂蓋向公孫勝介。白〕不瞞先生説，我等已聚有數人，正議此事。先生此來，正合鄙意。〔公孫勝白〕可見英雄所見，大略相同。〔鼂蓋、吴用白〕諸事商酌將次停妥，但不知他從那條路來？〔公孫勝白〕貧道已曾打聽得從黃泥岡一路而來。〔鼂蓋白〕極妙的了。白勝兄弟住居與黃泥岡相近，正叫他做個眼目。〔吴用白〕既然如此，自有用他去處。〔合唱〕此日謀初定，臨期看機械。應識取，就裏展雄才。〔劉唐、三阮、白勝上，見介〕公孫先生，我等奉揖了。〔公孫勝白〕諸位拜揖。〔劉唐、三阮、白勝白〕適纔所言，我等已竊聽多時，喜得不謀而合，可見是個義舉。〔吴用、公孫勝白〕果然是個義舉。〔鼂蓋白〕敢問吴先生如何下手？〔吴用白〕小可籌之已熟，疾則力取，緩則智取。〔衆白〕如此甚好。〔吴用白〕今日聚會非同小可，須要對天盟誓，方成義舉。〔鼂蓋白〕已經預備，請到後堂對天盟拜，還有薄酌，聊爲暢飲。〔衆〕請。〔唱〕

【尾聲】且啣杯，共暢懷，喜此日新聯八拜。肯把那十萬貫金珠輕輕攝過來。〔同下〕

# 第廿三齣　黃泥岡上圖金帛

〔衆小軍引衆軍官上。唱〕

【北粉蝶兒】頂貫兜鍪，明晃晃頂貫兜鍪，錦層層玲瓏鎧緊拴牢扣，穩排排整頓戈矛，奉差行、挑隊伍，軍營領袖，傳集取勇悍同儔，保護衛重資裝兼程馳驟。〔白〕軍伍差繫慣送迎，每從宣令護兼程。惟愁祇候多疏略，數聽行蹤車馬聲。我等乃大名府留守梁大老爺麾下軍營將官是也。俺大老爺爲因東京蔡太師誕辰祝壽，以此備下金珠寶玩、錦紵千端，解獻生辰綱慶賀。特命謝虞候用心照管，又委差楊提轄押解同行，惟恐途中倘有盜賊侵掠，仍蹈前轍。今着家丁扮做商賈，健軍充做脚夫，裝載十擔而行，免使招摇生事。今大老爺傳令我等護送出境，須索候待同行便了。每向轅門聽號令，常隨車騎効勤劬。〔楊志上。白〕奉命馳驅驟，公差豈憚勞。〔謝虞候上。白〕風霜經已慣，炎暑涉迢遥。〔作相見衆軍官介。謝虞候白〕呀！衆位軍官早已齊集在此了麽？〔衆軍官白〕我等奉大老爺傳令護送起程，所以齊集在此俟候。〔謝虞候白〕着實勞待了嗄。〔衆軍官白〕不敢。〔楊志白〕哎！老都管，此行事屬相關你我，實切干係非輕，這一路上須要加意小心方爲妥當。〔謝虞候白〕這個自然，有我在途中照管，老提轄只管放心。〔楊志拉謝虞候，背白〕老都管，此去惟恐使人知覺，爲此在老爺跟前從常商酌，所以假扮客商模樣悄地前行，方保無事。何必又要官軍護送，多此一番饒舌，却反爲不美嗄。〔謝虞候白〕這是夫人的主意，不失方面威儀，所以要他們護送出境。〔楊志作納悶介。白〕嗯！這般行動，猶恐難免無事嗄。〔謝虞候白〕老提轄何必執拗如此，既奉老爺鈞諭而行，誰敢有違。〔楊志白〕也罷，既是這等，衆位軍官只消送出城外，即就撤回，諸位隨即回衙繳令便了。〔衆軍官白〕這個自然。〔楊志、謝虞候問内介。白〕衆軍健們，就此發擯起程。〔内衆應介。衆軍健各挑擔上，衆軍官擺班護送共走。唱〕

【好事近】擁衆出郊遊，護衛隨行前後。驅馳從導，列弓刃猶像陣布貔貅。持戈耀矛，爲保資裝途次防奸寇。〔楊志白〕衆位軍官，今已出城，就請回衙繳令便了。〔衆白〕恕不遠送了。〔楊志白〕請。〔衆白〕軍健們，就此進城。〔同唱〕值炎天跋踄長途，重肩挑，誠恐難延日久。〔共下。一莊客挑酒擔跟白勝上。白勝白〕生辰財寶截中途，妙算神機顯智謨。計就月中擒玉兔，謀成日裏捉金烏。自家白勝，奉吴學究差遣，探聽生辰綱，起身在路已經數日，押解資裝果是「青面獸」楊志，今日必從這黄泥岡經過。鼂大哥等俱各喬裝商賈，着我充做賣酒之人在彼會集行事。須索往前面樹林中裝扮起來，等待他們便了。准備網羅擒猛虎，安排香餌釣金鰲。〔下。鼂蓋、吴用、公孫勝、阮小二、阮小五、阮小七、劉唐扮販棗客人上。唱〕

【石榴花】則俺這朋儕義烈共同儔，爲劫生辰財寶定機謀。裝扮做經商斷混，隱密藏鬮，乘機施妙手，將香餌下深鈎。〔吴用白〕我們喬裝易服充做販棗經商，來此已是黄泥崗上，探聽生辰綱將次到來，須索依計而行便了。〔鼂蓋、公孫勝白〕謹遵妙計。只要賺取楊志入我彀中，其餘不足所慮。〔劉唐白〕待我先往前邊探他動静，以便誘他入彀可也。〔鼂蓋、吴用、公孫勝白〕説得有理，就此迎上前去。〔共走唱〕羨只羨路平原，羨只羨路平原，見飛泉瀑布波聲溜，層層叠叠，雲蟠山岫。堪助取眼界凝眸，堪助取眼界凝眸，俺風塵輩可也無心究，須索向前路奔荒丘。〔共下。楊志、謝虞候押衆挑擔上。共唱〕

【好事近】兼行挨擠衆人稠，尚擔奔馳疾走。長途迢遞，炎天揮汗如流。〔衆作力乏歇介。白〕阿呀！楊老爹，我們肩挑重擔，又遇這等炎熱天氣，況且如此促急催趲路程，致使我們汗流脊背，力乏筋疲，實是走不動了，只好歇息一會再行纔好。〔楊志白〕好胡講，這裏的地方恰好是歹人出没之所，怎生容得你們在此歇息麽？〔唱〕胡言亂謅，這黄泥岡豈可相留逗。〔衆人白〕阿呀！老爹嗄，實是一步也行不動了嘘。懇求謝都管老爹，替我們方便一聲，奉勸楊老爹，略可相容寬緩，暫放我們歇息一回罷。〔謝虞候白〕老提轄，無奈遇此熱天，實係炎蒸酷暑，你我空身行走，尚然神疲力倦，何況他們肩挑重擔，自然是勞苦艱辛的了嗄。便可權放他們略坐一會，暫且歇息罷。〔楊志白〕阿呀！老都管，連你也是這等阿諛之言，此處乃是個緊要的險地，豈可在此歇息盤桓麽？

〔唱〕怎順他行逐浪隨波，若從權、恐生孱僽。〔謝虞候白〕喲！那裏就有什麽强盗到來，便容他們歇息一會何妨。〔楊志怒介〕咳，這却如何使得，起來與我挑着擔兒。快走，快走！〔作趕打衆人介。衆人白〕阿呀，阿呀！不要動手，待我們勉力再走就是了。〔謝虞候白〕哎！還是寬容他們些罷。〔作勸介。楊志白〕呔！誰敢不走麽。〔急作趕打介。衆作忙挑奔下。鼂蓋、公孫勝、吴用、三阮、劉唐推車上。同唱〕

【鬬鵪鶉】驀過却隩嶺荒郊，驀過却隩嶺荒郊，凝望見堤岡高阜。鬱葱葱緑樹陰濃，鬱葱葱緑樹陰濃，鬧吱吱細蟬鳴晝。〔推車作上黄泥岡，將車八字放中場。衆作望科。白〕且喜來至黄泥岡上，大家推作乘涼。等待他們到來，豈不是好。〔三阮、劉唐白〕有理嗄。就到那邊坡前緩坐乘涼。〔鼂蓋等白〕説得有理。雄豪多古意，臨眺共躊躕。〔虚下。楊志怒容急上。白〕哎喑，哎喑！罷了嗄，罷了。我在前邊探望消息，引路前行，誰想這些倔强的懶奴又落在後面了，這却怎麽處？可恨那謝都管全不同心合意，並不催趲他們，反自將言解釋。倘有疏虞，如何是好嗄。咳！我好恨也。〔唱〕激得俺怒氣衝天貫斗牛，他竟不念這番重委細躇躊。〔作向内。白〕呔！你們還不快些走上來麽，只是這等慢騰騰，我却要狠狠的毒打了嗄。〔謝虞候作引衆挑擔人上。白〕你們快快走動幾步，過却那高岡之處再作道理。快走，快走！〔衆作勉力挑擔上，用長鑼鼓，衆作丟擔亂跌介。白〕阿喑，阿喑！就死也走不動了。咳！我們一般也是爹娘養的，這樣炎熱，身負重擔，那裏挑得過岡去，難道是鐵漢麽。罷，就死也只好死在這裏的了。〔謝虞候白〕哎！楊提轄，不是我諄諄的相勸做人情嗄，這些健軍原是大老爺最也憐惜他們的，就有十分緊急軍務，尚且也還要體貼他們。如今看取這般形狀，那裏還走得動，連我也覺十分倦乏，也只索在此堤邊權歇一回罷。〔楊志白〕咳！都管嗄，你但能做人情，教我寬解他們，只不知此地乃是個尷尬之所，倘有疏虞，你我這場重委，干係非輕。欲要避此險地，無奈衆人又寸步不能行動。若是寬容歇息在此，誠恐難免風波。哎呀！我好焦躁也。〔唱〕頓教俺憤懣填胸，頓教俺憤懣填胸，值此際事干掣肘。〔謝虞候白〕老提轄，還須商酌緩款而行，不要這般性急。〔楊志作嘆氣不語介。衆白〕望求老爹寬恩方便，我們是勞苦將斃之人了，如何掙扎得動嗄。〔唱〕

【千秋歲】望哀求，奈酷暑難禁受，一個個苦累似蜉蝣，力弱神疲，力弱神疲，止剩得喘吁吁微微氣吼。〔楊志白〕你們説得好自在話，我這番重委非輕，豈肯疏略怠惰。況聞此處呵，〔唱〕黄泥嶺，多强寇，頻出没，無昏晝，須信言非謬。〔劉唐作望介，避介。楊志見。白〕阿呀，不好了！那邊竟有歹人窺探我們。咳，我也説不得了。〔急拔劍迎走。唱〕急趨迎奔逐，憑仗吴鈎。〔作趕至場門口。白〕呔！你們那處强徒，輒敢前來納命麽？〔鼂蓋等衆迎上。白〕好漢此話從何而起，你們也是行路之人，我們也是行路之人，我們現有貨物車兒在此，怎麽説是强盜起來。我們呵，〔唱〕

【上小樓】做經營同伴友，值煩暑行匆驟，共停車暫憩乘涼，共停車暫憩乘涼，棗貨纖微，利覓蠅頭。〔楊志白〕嗄！原來也是客商麽。阿呀！恕吾鹵莽，多有得罪。〔衆〕我們楊老爹只管説此地却有强人出没，定要趕死的催促前往，難道這些販棗兒的客人都是不怕死的麽，一般也在此乘涼歇息。〔謝虞候白〕老提轄，他們也講得有理嗄。且作從容，在此權歇一歇罷。〔楊志作嘆氣介。白〕咳！説便這等説，只是心上到底疑惑，不可久留此處。〔作悶介。鼂蓋衆人白〕我們原到那邊陰涼之所少坐片時。〔衆〕有理。〔共唱〕向堤邊自適徘徊，向堤邊自適徘徊，避消暑氣，權相生受，便趲程途，焉能坐久。〔作在一邊坐介。白勝扮作賣酒的挑酒擔上。白〕賣酒嗄，賣酒。〔唱〕

【越恁好】村醪醞美，村醪醞美，盈桶面，似碧波浮。〔白〕賣酒嗄。〔衆夫〕阿呀，妙嗄！我們正在枯渴之際，大家買些酒吃吃，也好解渴消煩。〔楊志白〕唗胡講，你們歇息在此我尚且提心吊膽，竟自還要買這裏的酒吃。況且此處强盜劫掠，慣在酒内放取蒙汗藥害人，你們連死活也不曉得，還要買酒吃麽。〔唱〕則這網羅機彀，招災禍、自相投。〔衆白〕老爹説得這般利害，就容我們買些吃了，也好解解暑氣，消消渴吻，却不也是好麽？〔唱〕方便處待人優，感激深厚。〔楊志白〕誰敢買這酒吃，總是不許。〔白勝白〕這也可笑，怎麽將我賣酒的比做歹人起來，我這酒是挑下岡去賣與主顧們吃的哩。〔唱〕怎説蒙汗藥他害人藏於酒，互相争也直恁胡厮耨。〔白〕你不買，我挑上去賣與他們吃。賣酒嗄，賣酒。〔阮小二白〕呀！那邊有一個賣酒的挑來了。〔鼂蓋等白〕賣酒的，挑到這裏來，我們爲炎蒸煩渴，正好解暑充飢。〔阮小二、劉唐白〕快些挑來。〔白勝白〕嗄！來了，來了！

衆客人們要買我的酒吃麽？〔衆白〕正是。快快歇下。〔白勝白〕嗄！是了，是了。〔作歇介。阮小二、劉唐白〕你這酒要賣多少錢一桶？〔白勝白〕我這酒是不打價的，要賣五貫錢一桶。〔鼂蓋等白〕哎！五貫錢一桶也不爲多，我們一齊吃些，正好解渴消煩。〔衆白〕有理嗄！快拿瓢過來。〔白勝應，遞瓢介。衆作共吃。唱〕

【撲燈蛾】美甘甘麯蘗潤咽喉，齊喳喳似吸海吞江溜。樂滔滔解渴消煩暑，意欣欣遇香醪輻輳。〔衆作共吃完介，給錢介。劉唐〕我還要再饒一瓢。〔白勝白〕喲！我這小本生意，那裏饒得起這一瓢嗄。〔劉唐奪介〕嗄！我偏要饒些。〔硬在桶内取酒介。白勝白〕咳！好胡鬧。怎麽自家亂動起手來？〔吴用白〕我也要加一瓢做饒頭。〔白勝白〕阿呀！他是個蠢漢要搶我的酒吃，你却像個斯文人，也是這樣没臉面。好胡鬧嗄！〔作奪介。劉唐先搶一瓢吃了，吴用作也搶一瓢作吃半瓢。白勝趕奪，作繞場走介。吴用作放藥在所剩的半瓢酒内。白勝急奪取倒入桶内介。白勝虚白介。衆夫役白〕你看那邊的這些客人都是買酒吃得來，精神豪爽，解渴消煩，何等快活，那樣的受用。謝老爹，可對楊老爹説聲，做個方便，容我們也買些酒吃，大家也得清爽清爽，消消暑熱勞苦，也是現在的功德好事嗄。〔謝虞候白〕嗄！老提轄，這些衆人們如此苦苦哀求，况有那邊這些販棗的客人安然無事，老提轄何得如此疑惑？勸你休要執迷，做個方便的好事，容他們大家買些吃罷。〔楊志作嘆氣介。白〕咳！老虞候，你却如此做人情，越顯得我是個不憐下的惡人了。罷，由他們去買來吃罷。倘有差池，也非是我一人之事耳。〔衆聽言作喜色。白〕哎呀！好了，好了！楊老爹開恩方便了。賣酒的，快些挑過來。〔白勝白〕嗄！你們説是有什麽蒙汗藥，怎麽又要買起來了？〔謝虞候白〕非是我賣好飾修嗄，奈因我也要吃些酒兒以消煩暑。〔楊志白〕罷，罷，任憑尊意罷。〔衆白〕我們大家先敬了二位老爹纔好，一齊共吃如何？〔一半白〕有理，有理。〔作取酒介〕二位老爹，先奉請些，我們衆人纔敢共吃。〔楊志作不理介。謝虞候白〕老提轄不須煩悶。〔取酒介〕只等小弟奉酒相敬老提轄如何？〔楊志白〕喲！説那裏話來，我吃就是了。〔作勉强吃介。謝虞候白〕老提轄，若不寬飲一瓢，致使衆人們心下何安嗄。我和你大家先飲一瓢，好使衆人們放心共飲此酒。〔楊志白〕老虞候何須如此，大家吃便了。〔作吃介。衆作喜，共吃酒隨口虛白。唱〕喜孜孜對酒忘憂，興匆匆醉鄉樂事聖賢留。一個個沉迷顛倒，軟哈哈昏騰睡卧自難由。〔作俱各昏迷睡倒介。鼂蓋白〕好妙計嗄，好妙計嗄！你看頃刻之間將這些護送生辰綱的衆人一齊昏迷睡倒。〔吴用等〕趁此無人知覺，大家一齊動手，快將生辰綱財物拿回山莊便了。〔衆白〕説得有理，就此一齊動手。〔作各各拿取裝車背負走介。劉唐指楊志、謝虞候白〕只怕你這兩個狗頭身畔還有財物，待俺一並搜括了他的豈不暢快。〔鼂蓋、吴用白〕罷了，讓他好做盤纏回去。〔劉唐笑介〕却也便宜了他罷，饒人多主顧。〔諢介。衆走唱〕

【紅綉鞋】羣雄施展奇謀、奇謀，生辰智取輕浮、輕浮。投村舍，敢停留，穿荒徑，路深幽。行蹤速，怎追求。〔共下。楊志作甦醒介。白〕哎喲，哎喲！好醉殺人也。〔唱〕

【撲燈蛾】昏昏的神魂傾覆，恍恍的難分宵晝。酣酣的半晌眠，競競的心驚驟。〔作睜眼呆看。驚白〕阿呀！罷了，罷了！我楊志也是個頂天立地奇男子，赤膽忠心烈丈夫。今番受梁大老爺委差押解生辰綱，誰想被這倔强的謝虞候不聽吾言，以致墮入奸徒機彀，將我等用毒藥迷倒，竟將生辰財寶盡行席捲而去。如今閃得無門可入，無路可投，這便怎麼處嘎。有了，趁他們還在沉迷酣睡之際，我且捱到前途去覷個機會，若得能以表白我這一片俠腸，也不枉我這段忠肝義膽也。〔唱〕俺俠氣沖天，熱心空售。頓使俺束手無謀，想此去無處堪投，想此去無處堪投。前路茫茫，有誰人答救。氣填胸向何方申訴這冤由。〔下。謝虞候、衆夫役陸續醒起介。衆白〕阿呀！好醉死人也。〔衆白〕爲何我等都是這樣昏迷不醒，酣睡如泥，好生奇怪嘎。〔謝虞候白〕阿呀，不好了！這些生辰寶物都被强盗劫掠去了，怎麼處嘎。〔謝虞候白〕咳！不聽楊提轄之言，果被强人暗算，致遭劫掠，這事干重大，連你們也不好，如今怎麼處嘎。〔衆夫役白〕喲！這是虞候老爹做主，與我們什麼相干？〔謝虞候白〕好胡講。都是你們一路叫苦哀求，要在此歇息，所以禍遭不測，只是怎生回繳大老爺呢？我們被你們活活的害殺了嘎。〔衆夫役白〕老爹也不要埋怨了，大家商量個計較回覆主人，只要瞞得過去，也就罷了嘎。〔謝虞候白〕咳！大家都是個死罪，還有什麼計策。〔衆夫役白〕老爹，楊提轄不知啩到那裏去了？〔一半白〕想必是懼罪脱逃了。我們都推在他身上，一面報官緝捕，一面速回大名府，只説楊志通同强盗，途中劫去生辰綱，也就脱了我們的干係了嘎。〔夫役白〕

妙嘎！好計，好計。〔謝虞候白〕話雖如此説，只怕大老爺未必全信此言嘎。〔夫役白〕信與不信，只要脱了衆人的干係。〔謝虞候白〕還要大家把言語一口同音纔好。〔夫役白〕這個自然麼。〔謝虞候嘆氣介。白〕咳！誰想弄出這番事來嘎。〔衆合唱〕

【尾聲】無端被劫遭强寇，擄掠生辰用狠毒謀。及早去回覆恩東，將假言詞作浪謅。〔共下〕

# 第廿四齣　銀嶽峰頭獻玉芝

〔衆小太監引梁師成上。唱〕

【北粉蝶兒】帝里風光，受用這帝里風光，又早到別洞天方壺蓬閬，安排下錦綉排場。還準備調鶯歌，催燕舞，宸遊歡賞。〔白〕咱家梁師成，今日皇爺在艮岳筵宴禁近大臣，咱是提督宮使，已命衆宮娥在四山采取花卉，獻舞侑觴。衆都知各分職事去了，金爐香起，聖駕從複道來也。〔唱〕遥望見寶篆浮香，大古裏鑾輿將降。〔下。場上安寶座、高桌，内奏樂，内侍宮女執提爐掌雉扇。梁師成、宿元景引徽宗上。白〕玉律動年華，城連禁苑斜。輕輿臨太液，湛露酌流霞。寡人即位以來，且喜四境清寧，萬幾多暇。年來新成艮岳，別闢離宮，收山水之清音，煥星雲之傑構。今日宮庭無事，特宣禁近大臣到介亭錫宴。梁師成過來，衆大臣到齊了麼？〔梁師成跪白〕衆大臣早已在陽華門伺候。〔徽宗白〕宣上介亭。〔梁師成起介。白向内〕聖上有旨，宣衆大臣上介亭見駕。〔内〕領旨。〔蔡京引衆文臣上。白〕瓊液總頒仙掌露，金枝斜插御筵花。〔作進跪介〕臣蔡京等見駕，願吾皇萬歲萬歲萬萬歲。〔内侍白〕平身。〔衆〕萬歲。〔起介，分左右站介。徽宗白〕韶華日永，魚鳥親人。時邀諸卿前來，共咏嘉魚，載歌鳴鹿，毋拘算爵，以慰朕懷。〔衆跪介〕明良致慶，自古爲難。魚水相投，于今再見。臣等深慚麟楦，膺玉階衮綉之榮；恭遇龍飛，負金鼎鹹梅之任。喜得天開景運，時際雍熙。草木增輝，禽魚葉瑞。趨瞻聖壽，敬獻瑶觴。〔衆起介。内奏樂，衆當場齊跪介。内侍作遞酒，蔡京作介酒介。内侍分左右抬矮桌上，于御座旁分八字擺介。蔡京作進酒介。衆唱〕

【南好事近】別殿起芬芳，錦綉雲霞千狀。介亭峰起，俯臨萬壑蒼茫。合詞稽顙，晉春杯，人在青霄上。拜氍毹天保長歌，酌瓊瑶既醉成章。〔曲内做起各入席介。衆宮娥、小太監各攜花籃内放花枝上，跪介。白〕奴婢們采花進獻。〔梁師成〕衆宮娥所采是何處之花，一一奏來。〔宮娥白〕奴婢采的東嶺紫石岩各處之花。奴婢采的西嶺羅漢岩各處之花。奴婢采的山南鴈池前後絳霄樓各處之花。奴婢采的山北景龍江岸壺春堂各處之花。〔唱起介。同唱〕

【北石榴花】則見那瓊葩綉萼滿西莊，煞强似金谷與河陽。誰知道香浮東嶺，惹的蝶浪蜂狂。那南山雲作幔，北岫錦爲裳。愛只愛艷晶晶，愛只愛艷晶晶陟絳霄城似芙蓉帳。因此上填成花榜，赤緊的穩住花房，赤緊的穩住花房。早則是筠籃盎，急煎煎走過景龍江。〔徽宗白〕萬紫千紅，莫名其狀。真可愛也。〔唱〕

【南好事近】清芳珠箔鬭紅粧，似霓裳仙子，舞袖飛揚。幾年種得，琪花瑶草成行。良辰美景際昇平，渾似花模樣。暖溶溶富貴繁華，露垂垂酒醴笙簧。〔宮娥、小太監持金芝二樹上，跪介〕奴婢奉旨采花，特來獻瑞。〔梁師成白〕宮娥所進之花有何祥瑞，奏來。〔宮娥白〕奴婢奉詔采取名花，到的南山兩峰之下，忽見異光熠煜，元來一叢金芝。奴婢呵，〔同唱〕

【北鬪鵪鶉】都只爲博采名花，都只爲博采名花，踱過了南山碧嶂，恰怎的灼灼光華，恰怎的灼灼光華，直摘得金芝在掌。渾不是嫩緑殷紅淺淡粧，姊妹喜如狂。似擎出漲海珊瑚，似擎出漲海珊瑚，敢上請天顔鑒賞。〔徽宗白〕看他靈根蟠错，寶葉蟬聯，非衆花卉可比。宮娥們，合舞一回者。〔衆宮娥起介〕領旨。〔作舞介。同唱〕

【南撲燈蛾】密層層綺霞繞赤墀，嫣滴滴錦雲排仙仗。香馥馥珠箔前，楚臻臻玉佩天香。怎如裊亭亭瑞凝三秀，一枝枝瓊田裏映明璫。多應是山靈獻瑞，整齊齊連歌帶舞媚君王。〔衆文臣起介。跪白〕王者有道，則生芝草，食之令人長壽。今日聖駕游豫，得此嘉祥，臣等不勝歡忭，亟宜宣付史館，昭示來兹。〔唱〕

【北上小樓】喜孜孜天瑞開，光燦燦地呈祥。都只爲有道朝廷，都只爲有道朝廷，佳氣扶輿，至治馨香。臣何幸盛軌奇逢，臣何幸盛軌奇逢，垂諸竹帛，千秋緬想。降玉音長承天貺。〔徽宗白〕瑞草駢生，山靈感應，可即名此峰爲「壽峰」。〔衆〕領旨。〔作起介。徽宗唱〕

【南撲燈蛾】艮爲山方向，岳是山形象。賜與他壽字名，纔見他壽山長。想當初排空艮岳，神言非謊，到而今燦爛芝光，隱隱的色映朝陽。〔衆合唱〕惟願取河山永固，君臣同德慶明良。〔徽宗起介。

白〕寡人今日可謂不虛此游也。〔唱〕

【北尾聲】宴將闌，花争放，携得金芝滿袖香，須知道佳瑞頻開化日長。〔衆文臣作跪送徽宗下。衆文臣分下〕

# 第二本

## 第一齣　魯達强投寶珠寺

〔衆僂儸引鄧龍上。白〕佛國紺爲宇，窩巢鐵作關。誰知金眼虎，占住二龍山。我乃「金眼虎」鄧龍是也。秉性强梁，生成横暴，曾在這二龍山寶珠寺出家爲僧。只爲心要返俗，因此將本寺住持並一切僧人趕逐下山，招集僂儸築起關隘，每日打家劫舍，致命圖財。我想做和尚那有做强盜的好，只是一件，聞得官兵要來剿捕，也不可不用心隄防。今日閒暇無事，不免將新到僂儸的武藝操演一番。衆僂儸，你們值日的照常下山哨探，其餘新到僂儸聽候操演。〔僂儸應介。向内白〕寨主有令，新到僂儸聽候操演。〔衆僂儸各拿器械切末上。白〕上山擒虎豹，下海捉蛟龍。大王在上，新到僂儸叩見，願大王千歲千千歲。〔鄧龍白〕你們既來投我，可知我這裏大秤分銀，小斗分金，只是你們也要有些武藝纔好。〔衆僂儸白〕小的們不瞞大王説，十九般武藝件件皆通。〔鄧龍白〕只有十八般，爲何有十九般？〔一白〕小的還會盤杠子、打筋斗諸般雜耍。〔鄧龍白〕一個一個逐件試來。〔衆作試舞各樣器械各諢介。鄧龍白〕你們武藝平常，且在山中學習。衆僂儸，爾等試舞與他們看者。〔衆僂儸應，試舞介。鄧龍白〕爾等聽我吩咐。〔唱〕

【解三酲】占名山逋逃淵藪，防擒捕演習戈矛。打家刧舍逞强鬬，不比那穿窬剪綹。閒時緊把三關路，對陣須争上將頭。〔白〕且隨我到山後操演籐牌去罷。〔衆同唱〕憑傳授，須要人人虎豹，個個貔貅。〔魯智深上。唱〕

【降黄龍】運蹇時乖，雲水爲僧，踏遍方州。看了些朝煙暮靄，野草閒花，村店山郵。〔白〕我魯達自從在野猪林救了林教頭，送他直到滄州，然後回去。那裏曉得那兩個鳥公人在高俅面前搬鬬是非，竟釘恨洒家。吩咐寺中長老，不許俺掛搭，又差人來捉洒家，幸得菜園裏那些潑皮報信，方纔走脱。在江湖上躱了些時，終無良策。一日來到孟州十字坡，被酒店婦人將蒙汗藥把洒家麻翻，正要下手，幸他丈夫回來見了洒家禪杖戒刀，吃了一驚，因此將俺救醒，又與洒家拜爲弟兄。你道是誰，原來江湖上有名的叫「菜園子」張青、「母夜叉」孫二娘。他見洒家無處投奔，又指俺一個去處，説這裏二龍山有個寶珠寺可以安身，所以洒家特地奔來。〔唱〕恩稠指吾去路，未知安身能否。且喜得穿林踏磴，望見山頭。〔二僂儸暗上，作打扛子。魯智深作回身打倒二人揿住介。白〕你那兩個鳥漢子，爲何暗算起洒家來？〔僂儸白〕師父放手，我們有眼不識泰山，求饒狗命。〔魯智深白〕且放你起來講。〔僂儸白〕小人是二龍山的僂儸，出來哨探的。〔魯智深白〕元來如此。我正要投二龍山，快去通報。〔僂儸白〕請問師父，要來入夥麽？〔魯智深白〕正是。〔僂儸白〕只怕不能，我這裏寨主利害，現成和尚都趕得乾浄，怎麽肯容留你。況且一山不容二虎，請别處去罷。〔一白〕這裏名唤二龍山，有了師父，與我寨主正是天生一對。〔魯智深白〕這小厮會講。快去通報。〔二僂儸應下。魯智深白〕你看百仞懸崖，三關雄壯，真好去處也。〔唱〕

【黄龍滚】山形似偃虬，山形似偃虬，四壁懸崖陡。關勢比虎牢，一大扼险千夫走。只要他下士延賓，自風雲輻輳，管教事業成，英雄聚，聲名茂。〔場上作擺關一座。衆僂儸引鄧龍上。白〕呔！你那和尚，有何本領，來奪我的山寨？〔魯達白〕不是洒家來奪你的，你這寶珠寺元是僧家住持，洒家特來掛搭，幫你支持山門，還怕不好麽？〔鄧龍白〕莽和尚，我這裏現成和尚都趕散了，又豈容你掛錫。你只問我手中軍器，他若肯時就留你。〔魯達白〕不留也罷，怎麽反出惡言。這等我先除了你如何？〔作戰介。鄧龍被踢傷小肚介，鄧龍敗下。頭目上，與魯智深戰介，頭目敗下。魯智深白〕那厮被我踢傷小肚敗入去了。怎麽緊閉關門，待我打將進去。〔作打關介。唱〕

【又一體】關門守備周，關門守備周，獨力難攻透。〔白〕呔！你那撮鳥，還不開關，我就要放火燒你娘。〔唱〕任怒髮沖冠，空把雙眉皺。〔衆僂儸作上關放箭介。魯智深作敗科。白〕他關上倒有準備。也罷，嗎在此肚中饑餓，不免到前面酒店中吃些酒飯，再作計較便了。〔唱〕只得暫回茅店，且數錢沽酒，增氣力，尋策籌，來戰鬭。〔下〕

# 第二齣　二龍山曹正賺關

〔曹正上。唱〕

【燕歸梁半】寄迹經營，貿易通情，投分識英雄。〔白〕遇客情投順，皆同異地人。海内存知己，天涯若比隣。我曹正本貫河南人氏，祖傳屠户爲業，慣會宰殺牲口，人都唤我爲「操刀鬼」，精通鎗棒，膂力過人。當年曾授於林武師教下，前歲來至山東營運，豈料本錢折盡，所以流落在此，難以回鄉。只得開個酒店，權且度日。近有魯提轄，爲因救了我師父林冲，以致高俅結怨，遍處嚴查，所以潛避到此，意欲奪取二龍山寶珠寺，以作棲身。奈彼有鄧龍雄霸山隘，幾次相持，未能如願，是我款留在家，且作徐圖機會便了。〔内作怒聲介〕你聽他雄吼之聲，想他出來也。〔魯智深上。唱〕連朝鬪勇，怒沖霄，雄心憤恨難容。〔見介。曹正白〕魯大哥，你權且耐性在小店住下，不必十分焦躁。〔魯智深白〕咳！曹兄弟，雖承你的美情，在此攪擾甚是不當。况你是小本經紀，我若久居於此，如何使得。我今乘早到那寶珠寺去，定要結果那厮，占奪山隘，方遂平生之願。〔曹正白〕大哥雄心烈性，自屬天然，小弟難以阻擋，當以準備酒飯，專候回家過午便了。〔魯智深白〕多謝賢弟

盛情。〔曹正白〕小弟恭候，就請回來嗄。〔魯智深白〕自然就來。〔曹正下。魯智深走介。唱〕

【縷縷金】英雄性，慣縱横，堪恨强徒輩，輒敢肆行兇。二龍山疾獻，寶珠當奉。若然違拗不相從，頃把殘生送，頃把殘生送。〔魯智深下。楊志上，嘆聲悶狀介。唱〕

【解三酲】嘆時乖頓招災禍，值顛沛禍事遭逢。怪無知虞候心懵懂，將吾言語不依從。〔白〕我楊志爲護送生辰綱，豈料同伴謝虞候不聽吾言，多般違拗，誰想在黄泥岡被强徒暗算，竟將生辰禮物盡行劫去，害得我無路可投，如何是好。咳！想我一世英雄，就便如此結果了麽。〔唱〕騰騰怨氣沖霄漢，凛凛雄風透碧空。憑誰控，看茫茫前路，問若個英雄。〔白〕一路行來，甚是饑渴。〔作看介。白〕這裏有個酒店在此。〔作做身邊無錢勢介〕咳！不要管他有鈔無鈔，且進去沽飲一回，再作道理。店家有麽？〔曹正上。白〕黄土泥牆壁，青旗插樹梢。〔見介〕哎喲！好個青臉的漢子，可謂奇形怪狀嗄。〔楊志白〕酒家，你店中可有好酒好食物麽？〔曹正白〕酒菜都有，請到裏邊坐。〔楊志作進内坐介。白〕有酒肉儘着拿來。〔曹正白〕這位客官，想是來路遠，甚是饑渴了。〔楊志白〕店家，快些拿酒肉來。〔曹正白〕嗄！來了，來了。〔作拿酒肉放介〕酒肉在此，客官請用。若是不勾，待我再去取來。〔楊志作飲酒吃肉介。曹正白〕客官爲何這等性急，請慢慢的吃罷了嗄。〔楊志緊吃介〕哎喲！好爽快嗄。〔唱〕

【又一體】渴飲饑餐形勢勇，似吞江吸海蛟龍。〔作又飲酒吃肉介〕好嗄！店家。〔曹正應介。楊志唱〕與我盤添食物壺投甕，多餚饌暢心胸。〔曹正白〕有嗄。待我再取來。〔作急又拿酒肉介〕自古有心開飯店，那怕大腹漢嗄。客人，又是酒肉拿在此了。〔楊志吃介〕妙嗄。〔曹正白〕客人的酒肉之量竟也來煞得哩。〔楊志飲介〕店家。〔唱〕我只爲連朝未遇充饑店，幾夜權棲古廟中。〔又吃介。曹正白〕哎喲！像個幾日幾夜不吃東西的。客人，可要再添些酒肉來麽？〔楊志白〕不消了。我已覺醉飽，不吃了。〔曹正白〕既是吃彀了，待我算算賬罷。五壺酒四斤肉，一共是六錢五分銀子。拿戥子來稱銀子，會賬會賬。〔楊志白〕店家。〔唱〕你休相哄。〔白〕我爲這一路來呵，〔唱〕只這囊空消乏，爲奔走途窮。〔曹正白〕阿呀！這途窮不途窮，我那裏管得，只要還錢。〔楊志白〕我對你講，實是身邊並無一文，暫且記在賬上，改日來還你便了。〔曹正白〕咳！説這樣自在話，我這酒肉怎肯教你白吃了的麽？休要没體面嗄，快還我的酒肉來，不要惹我淘氣嗄。〔楊志白〕哎！這厮好可惡，我説改日還錢，竟不通情，倒要和我惹氣呸。看你有甚本領，輒敢如此逞兇麽。〔曹正白〕你這無耻光棍，白吃了東西到説我逞兇，索性給你没體面。〔作脱衣介〕呔！你這無賴的强徒嗄，〔唱〕

【太平令】我性暴難容，頃刻教伊命必終。〔楊志撩衣勢介〕諒汝無知螳臂成何用，敢尋鬭，決雌雄。〔曹正撲楊志，被楊志踢倒介。欲攀拳作打勢介。魯智深上。白〕步履如飛箭，忙回酒肆中。〔作見曹正被跌倒，急勸介。魯智深白〕住了，不得動手嗄。〔楊志作回看介。白〕汝是何人，擅敢捧住我的拳頭麽？〔智深白〕是洒家在此，你便不服麽？〔彼此認介。白〕嗄！原來是楊制使，爲何在此厮鬧？

〔楊志白〕哎！ 莫非是魯提轄麽，你却爲何這般打扮？〔曹正爬起介。曹正白〕嗄！ 原來就是楊制使，大哥若是説出姓名，早已接待了，還敢索取酒錢麽。〔智深白〕請問楊制使，因何到此呢？〔楊志白〕一言難盡。我爲窮途落魄，出於無奈。敢問此位大名？〔智深白〕此乃是曹正兄弟，混名「操刀鬼」，最有義氣肝膽。洒家承他美情，已在此相擾四五天矣。〔楊志白〕原來如此，方纔多有得罪，望勿介意。〔曹正白〕豈敢。小弟久仰制使大名，幸得今日相逢，足慰平生之願。且請小店坐下，慢慢細談。〔智深白〕有理。〔遜進介。曹正向内介。白〕小二，準備酒餚，豐盛些擺上來。〔智深白〕洒家早餐未餒，楊制使又方纔用過，少間一齊暢飲罷。〔曹正白〕如此少停，二位大哥請坐了。〔各坐介。楊志白〕請問魯提轄，小弟雖叨鄉誼，未識因何有此出家之事，乞道其詳。〔智深白〕小弟的情緣一言難盡。〔楊志白〕願聞其故。〔智深白〕初起釁端，事出非常之禍。〔楊志白〕却爲因何而起呢？

〔智深唱〕

【風入松】爲狂徒强霸起波瀾。〔楊志白〕那强徒那是何等樣人呢？〔智深唱〕奸狡鄭屠村漢，被我揮拳立斃除兇患。〔楊志白〕如此弄出個人命官司罪案來了嗄。〔魯智深唱〕逃向東京寺爲僧脱難。〔楊志白〕嗄！ 所以聞説在東京大相國寺剃度爲僧，却又因何來到此處呢？〔智深白〕後來又爲林冲大哥被高俅陷害，是我救取，脱離此禍。〔楊志白〕可就是八十萬禁軍教頭林武師麽？〔智深白〕正是了麽。〔曹正白〕這就是小弟的師父了嗄。〔楊志白〕嗄！ 原來如此，那林武師我曾會過的，果然是個英雄豪傑。〔智深白〕所以小弟呵，〔唱〕避高俅禍奔馳憚煩，〔白〕如今來到此地，〔唱〕欲圖踞二龍山。〔楊志白〕嗄！　原來有這番險難的勾當，實乃是豪傑所爲也。　請問這二龍山既欲取占，何不早爲之計呢？〔智深白〕洒家即欲謀占，不想鄧龍那厮十分强横，與他争奪厮鬭，將他踢傷小腹。他見敵我不過，緊閉上三座石關，由咱百般侮駡，只做不聞，爲此無可奈何。欲要謀占這山寺，竟無善策可圖矣。〔楊志思介。白〕呸！　這也甚是難以處分也。〔曹正白〕便是呢。〔智深白〕請問大哥因何至此，未知將欲何往？〔楊志白〕小弟之事一言難盡。〔智深、曹正白〕願聞其故。〔楊志白〕小弟自從賣刀起禍，殺死强徒，惹出官司。〔唱〕

【又一體】身充罪配解邊關，發衛所作大名軍犯。〔智深、曹正白〕如此也受取一番苦楚了。〔楊志白〕苦楚雖曾受過，幸蒙梁大老爺格外垂青，擗差委用。〔唱〕爲東京慶祝生辰誕，送禮物資裝公趕。至山左遇强徒聚儹，遭擄掠，受摧殘。〔智深、曹正白〕既是委差被劫，怎生回覆本官呢？〔楊志白〕教我如何回覆官府，只得躲避到此，欲往梁山去潛蹤避跡，未知二兄將何指教否？〔曹正白〕制使嗄，若説梁山泊，斷斷不可前去。〔楊志白〕却是爲何？〔曹正白〕那梁山泊雖然是個有名去處，叵耐王倫這厮性忌量窄，不能容人舒展，我師父林教頭受他許多悶氣，豈是豪傑棲身之所。〔智深白〕果然聞説此人極是狡詐，鄙吝不堪。〔曹正白〕莫若尊駕幫助魯大哥占取二龍山，剿滅了鄧龍，做個寨主，也强是在那王倫手下受此委曲，豈不是好。〔楊志白〕此言甚是有理，但不知那鄧龍是何等樣人，那山下的關門爲何這等嚴緊，可還有别路相通麽？〔智深焦躁介。白〕咳！ 若有别路相通，洒家也等不到今日了。〔曹正白〕那鄧龍原係二龍山寶珠寺的還俗和尚，混名叫做「金眼虎」。〔唱〕

【急三鎗】他張威霸，能劫掠，稱英漢，相盤踞，二龍山。〔楊志白〕可知那厮的本領若何呢？〔曹正唱〕論武藝，多强勇，誇雄悍，踞三座，石門關。〔楊志白〕爲今之計，未識將何處之纔好？〔曹正白〕我有一計在此。 那鄧龍被魯大哥踢傷小腹，深所痛恨。 如今假言説這和尚在我店中吃酒，不肯還錢，反將衆人打罵，又要叫我們一同前來搶奪寶珠寺，故此將他灌醉綁縛，前來請功受賞，那鄧龍必然相信。 即便呼唤我們，認爲心腹，將綁魯大哥繩索做就活套兒，楊大哥一齊混在衆莊民之内，各執器械，只像防備一般。 到彼時抽開魯大哥套索，一齊動手，頃刻大事可成也。〔楊志、智深白〕好妙計，好妙計！ 作速依計而行，不可遲誤。〔曹正白〕我們竟到店後去唤齊莊民，就將魯大哥假作綁縛起來，一同前去便了。〔楊志、魯智深白〕有理嘎，有理。〔下。衆僂儸引鄧龍上。同唱〕

【風入松】遭讒被侮刼難安，怒氣填胸難按。 待復讐解釋喬公案，誓滅取那秃厮惡犯。〔白〕俺鄧龍驍勇絶倫，無人敢犯，不道近日有一無知和尚擅自前來，要奪取寶珠寺院，占我二龍山寨。與俺鬭勇争持，不料被他踢傷小腹，甚爲可恨。 俺雖則閉關納悶，誓必殺却那野僧，方雪我恨。〔雜扮衆鄉民上。白〕走走走。 關門上那位在？〔一僂儸上。白〕你每是什麽人？〔衆鄉民白〕我等衆鄉民拿住了胖和尚，綁縛前來獻與大王。〔一僂儸白〕住着。稟上大王，石關外有無數鄉民拿住了胖和尚，綁縛前來獻與大王，以報前讐，表却衆莊民感戴大王一方庇護之恩。〔鄧龍白〕這也多虧衆莊民一段敬誠之意。既是拿住了那野和尚，與我綁進來，待我剜出他的心肺，將來下酒，以復前讐。〔衆僂儸白〕得令。大王有令，着衆莊民將胖和尚快快綁進來。〔衆應介。楊志、曹正俱扮莊民模樣，同衆莊民假綁魯智深同上。唱〕擒獲取鏖僧緊拴，持矛盾緊防閑。〔作見介。白〕鄧大王，我等衆莊民感激大王，特拿這野僧到來，獻上大王。〔鄧龍白〕好嘎！難爲衆鄉民爲我復讐，着實多謝你們。衆僂儸。〔衆應介。鄧龍唱〕

【急三鎗】將這野和尚，用剛刀剁，把身首弗，我要食取，他的獸心肝。〔衆僂儸應介。作欲動手介。楊志、曹正作即解智深綁索介。衆莊民俱將利器遞與楊志、曹正、智深，即將鄧龍攢簇介〕呔！你奸頑惡奴，還敢口出大言，要剜那個心肝嘎。〔鄧龍作驚慌介。白〕阿呀！罷了，罷了！中了他們的奸計了。〔忙搶莊民器械勉强支持介。被楊志、魯智深、曹正用鎗棍刀攢住介。三人同白〕你這惡奴賊子嘎，〔唱〕剿奸奴，難逃命，無多限，頃教你，立摧殘。〔作殺鄧龍下。智深白〕好快活，好快活！今日纔奪取了寶珠寺二龍山，得遂吾願矣。此皆多蒙楊大哥、曹兄弟之所賜也。〔楊志白〕今日寨中所有諸頭目、衆僂儸等，願得相從者留在寨中，如有不願者一齊斬首，不得容留。〔衆僂儸白〕小的們俱願順從三位寨主。〔楊志、智深、曹正白〕既然如此，俱各收留。部下吩咐宰取猪羊，犒賞衆家莊民與投降的手下。〔衆應介〕得令。〔曹正白〕我等今日占取二龍山，須要定個次序，魯大哥居首，楊大哥居二，小弟居三，今日慶賀山寨，大家開懷暢飲便了。〔楊志、智深白〕説得有理。請。〔各遜介。唱〕

【風入松】欣逢泰運共追攀，聚集英豪稀罕。寶珠寺院稱奇梵，二龍山增輝光燦。祛暴逆定方隅晏安，重新建石重關。〔下〕

# 第三齣　黑三郎無心納妾

〔張文遠上。唱〕

【引】對面無緣，枉自饞涎空咽。〔白〕姻緣姻緣，事非偶然。謀事在人，成事在天。我張三郎半世風流，一生落寞，前日遇見那女郎十分標致，滿望偷香竊玉，與他鳳倒鸞顛，不意就是宋公明所定的偏房，今日做親，教我做了一場春夢，好敗興。〔王婆上。白〕媒婆媒婆，兩脚奔波。成的日少，說謊時多。張相公爲偖了氣唔唔，坐來裏。〔張文遠白〕王老媽，我想你那料能勢利。〔王婆白〕爲偖了？〔張文遠白〕不常對子我張相公啚里，要我看巷門料，亦是派子閘草夫求相公，替我拿個手本批，免子我勿知照料子你幾哈。就是個閻婆惜倒對宋相公做媒人，我是丢子半邊去哉，那料能可惡。〔王婆白〕我哈勿曉得張相公要納寵介，那間也勿難，還有一個十足標致個來乩。〔張文遠白〕憑你標致，那裏到得閻婆惜來介。〔王婆白〕好嗄，標致嗄！即是年紀小些。〔張文遠白〕幾歲哉？〔王婆白〕開新年三歲哉。張相公再等十七年就做親便罷。〔張文遠白〕亂話，忒煞小。〔王婆白〕年紀雖小，倒是梅花脚指頭。〔張文遠白〕狗哉。〔王婆白〕畜類嚼蛆。今日宋相公做親，閻阿媽叫我請相公陪子宋相公過門料。〔張文遠白〕去也没興，勿去哉。〔王婆白〕要去吃呷喜酒個，宋相公

那料勿見？〔張文遠白〕方纔承行子一件事，務請去吃東道哉。就來也。〔宋江上。唱〕

【引】館舍蕭然，良夜交歡燕婉。〔張文遠白〕宋兄，好春色偏背我。〔宋江白〕得罪，得罪。〔王婆白〕宋相公。〔宋江白〕王媽媽那裏來。〔張文遠白〕阿呀！今日乃兄喜期，王阿媽來裏子半日哉。請小弟奉陪。〔宋江白〕我倒忘了，既如此，同行。〔走介。王婆白〕轉彎抹角，此間已是，請進。〔向內介〕妹子，張相公、宋相公來哉。〔閻婆上。白〕姻緣本是前生定，曾向蟠桃會裏來。〔見介〕多蒙相公不棄葑菲，使小女終身有託，即備魯酒，以爲合巹之杯。〔張文遠白〕阿曾叫掌禮人吹打個？〔王婆白〕宋相公説免子罷。一應相伴賓相，盡是我哉。〔張文遠白〕那哼纔是你。〔王婆白〕包三局個，等我來伏以伏以，我個兒子你出來罷嚧。〔閻婆惜上。唱〕

【引】虛左堂前，此日紅鸞光顯。〔王婆白〕竟行小禮罷。〔見宋江介。王婆白〕見子張相公。〔張文遠白〕尊嫂。〔王婆白〕定席。〔張文遠白〕極哉，極哉。小弟占了。〔閻婆惜送酒介。同唱〕

【海棠沉醉】【月上海棠】（首至五句）酒似泉，杯浮琥珀光兒倩，看五陵俠少，裘馬翩然。幸蔦蘿附木纏綿，更兔絲從風婉轉。〔閻婆唱〕【沉醉東風】（合至末句）念奴暮年，念伊少年，形影弔處相依在故園。〔閻婆惜唱〕

【姐姐插海棠】【好姐姐】（首至合）枉然小星光絢，姮娥眉入宮難免。怕形孤友鳳，更影隻文鴛。〔張文遠白〕請尊嫂放心，宋相公不是這等人。〔唱〕【月上海棠】（四至末句）喜今朝二姓交歡，管異日百年姻眷。〔王婆唱〕還須羨我月下冰邊，拈成繾綣。〔張文遠白〕我裏勿要勿知趣，別子罷。〔閻婆白〕

再請少坐。〔張文遠白〕勿坐哉，天上碧桃和露種，日邊紅杏倚雲栽。〔下。王婆白〕送入洞房這裏來。〔閻婆白〕待我取茶來。〔王婆白〕大姐耐些兒，妹子我去哉。〔閻婆〕今晚住在此罷。〔王婆白〕我個娘屋裏無人料，兩隻鷄勿曾罩來。要歸去個。〔閻婆白〕待慢你。〔王婆白〕等我替你淨子個哆哈碗盞去。〔下。閻婆惜白〕相公，奴家種玉不虛，破瓜無負，今夜得侍君子，真個三生有幸，百歲多緣。〔宋江笑，不語介。唱〕

【撥棹入江水】【川撥棹】（首至合）三生願，喜燈前綉帳懸，擁鴛衾夢繞巫娟，擁鴛衾夢繞巫娟。〔閻婆惜貼宋江臉笑介。唱〕但荳蔻含胎可憐。【江兒水】（合至末）須要款款輕輕，呵護香温玉軟。〔宋江唱〕

【玉枝帶六幺】【玉嬌枝】（首至二）酒闌人倦，我眼朦朧，神思黯然。【六幺令】（三至末娘子）你燈前絮語煞堪憐，奈樵樓鼓，五更天，黑甜鄉裏周公戀，黑甜鄉裏周公戀。〔困介。閻婆惜勾宋江頸介。白〕正是夜深了，我每去睡罷。相公。〔連叫介。宋江不應介。白〕啐！遇着這等一個俗子，豈不辜負奴家終身也。〔唱〕

【園林帶僥僥】【園林好】（首二句）擬今生人圓月圓，到今宵情憐意憐。【僥僥令】（末二句）看他月思風情曾不辨，教我寂寞若爲妍，珠淚漣。〔白〕相公，這裏有風，裏面去睡罷。相公，相公。啐！原來是個蠢東西，樓前鐘鼓遞相催，温嶠終虚玉鏡臺。〔下。宋江〕醉了。娘子，娘子。已去睡了。我也去睡罷。此夜斷腸人不見，起行殘月影徘徊。娘子，房在那裏？〔隨口下〕

## 第四齣　幸知風何清領捉

〔何濤上。白〕限棒頻敲劇可憐，無頭案件尚茫然。綠林强暴潛何地，若個能將消息傳。自家濟州府堂上緝捕頭兒何濤便是。只爲黄泥岡上失去生辰綱一案，梁府虞候到府報明被劫情由。本官着落我等緝獲，三日一比，十分嚴禁，已經受責好幾限了，怎奈毫無影響。今日又值限期，將我臉上刺上迭配州字樣。若再緝獲不着，就要把我填上遠惡軍州。咳！這是那裏説起。夥計們那裏？快來。〔衆緝捕應上〕當堂慣吃遭冤怖，背地常分造孽錢。〔見介〕何大哥，這一限怎麽樣了？〔何濤白〕還要問，看我的臉上噓。〔衆緝捕白〕阿呀！正是爲什麽刺上了字？〔何濤白〕太爺怪我緝獲不力，將來先要刺配我到遠惡去處，你們還不上緊些兒。〔衆緝捕白〕我們非不上緊，怎奈這一案並没有一些頭緒，叫我們也無可如何。〔何濤白〕如今也説不得這話了，快快四散分開去，用心嚴緝，或者天可憐見，有些影響也未可知。〔衆緝捕白〕是了。我們就此分頭而往便了。〔何濤白〕快些去。〔衆緝捕應介〕當時曾不相迴避，此日偏教成脱逃。〔下。何濤白〕衆人已去，但願即日獲着了便好。心緒不寧，且到家中走走再處。〔行介〕咳！正是愁腸百結憑誰解，苦況一身只自知。

〔到介〕來此已是家下了。娘子那裏？〔何濤妻應上。白〕釵荆裙布安貧賤，晚汲晨炊忘苦辛。〔何濤坐介，嘆氣介。何濤妻白〕阿呀！官人面上如何刺了字，又是這等嗟嘆之聲，却爲何來？〔何濤白〕阿呀！妻嗄，不好了嚧！〔哭介。何濤妻白〕畢竟爲着什麼，可快説與做妻子的知道。〔何濤白〕妻嗄，〔唱〕

【金絡索】【金梧桐】（首至五）冤愆不自由，災禍非人構。厄運遭逢，官法難寬宥。〔何濤妻白〕今日限期，想是又受了責了。〔何濤白〕若是責打幾下倒還罷了，你看嚧，將我臉上刺着迭配州字樣，下限如緝不着，先要充配到遠處哩。〔何濤妻白〕阿呀！原來有這等事。這便怎麼好。〔相抱哭介。何濤唱〕無端要戍海陬。【東甌令】（二至四）命應休，骸骨將來倩若個收。〔何濤妻白〕那到得就如此，再莫説此不利之言。〔何濤白〕我想起來，與其遠配受罪，倒不如先尋個自盡了罷。妻嗄，只是苦了你了。〔何濤妻白〕官人，你何出此言，切不可胡思亂想。〔何濤白〕我那妻。〔何濤妻白〕丈夫。〔何濤唱〕指望百年好合長厮守。【針綫箱】（第六句）誰料半路抛離不到頭。〔白〕今日裏，〔唱〕【解三酲】（第七句）是分飛候。【懶畫眉】（第三句）同林鳥散兩難留。〔各哭介。合唱〕【寄生子】（合至末）最苦是生也躭愁，死也懷憂，總没個誰憐救。〔各坐哭介。何清上。唱〕

【劉潑帽】生來好賭兼貪酒，只圖個貫百搜求。誰知命運不即溜，輪得精光酒水也難沾口。〔進見介。白〕哥嫂拜揖。〔何濤妻白〕叔叔。〔何濤白〕你是何清嗄，去賭你的錢罷了，到此做什麼？

〔作背坐不理介。何清向何濤妻介。何清白〕哥哥忒煞無禮，我雖不成人，到底是你同胞手足，怎麼直呼其名，如此相待。〔何濤妻白〕叔叔休怪，你哥哥爲黄泥岡一案，官府嚴比，臉上已刺了字，緝獲不着就要發配到遠處，正在此愁苦，所以没好氣。〔何清背作私語點頭介，轉向何濤妻介。何清白〕原來這樣。這是小事罷了，也值得煩惱。〔何濤妻白〕叔叔倒説得好，性命相關，豈是小事。〔何清白〕這樣事若與做兄弟的商量商量，或者倒有些綫路亦未可知。〔何濤妻白〕嗄！叔叔知道麽？既如此，何不救救你哥哥。〔何清白〕此時尚早哩，直待至危至急了再處，我去了。〔何濤妻白〕叔叔千萬不要去。官人來，黄泥岡之事叔叔倒有些知風，可快快去問他。〔何濤白〕嗄！不信有這等事。〔何濤妻白〕你去問他，叔叔是喜飲一杯的，我進内去收拾酒餚出來，你弟兄對酌細談。〔隨口下。何濤白〕兄弟，此事你果然知道些影響麽？〔何清白〕曉得是或者倒曉得些兒，只是今日且没工夫告訴你。〔作不理介。何濤白〕兄弟，不要這等作難嚧，我和你是親弟兄哟！〔唱〕

【東甌令】情關切，意綢繆，象若憂時舜亦憂。連枝同氣多親厚，令原誼當垂救。〔何清白〕今日原用得着你兄弟的麽？〔何濤白〕不要説了，向來總是你做哥哥的不是。〔唱〕從今相好莫相猶，往事付東流。〔白〕兄弟且坐了。〔各坐介。何濤白〕凡是盜案，報信的俱有官賞銀若干兩，你將來的賭本就不愁空乏了。〔何清白〕這個自然要的。〔何濤白〕兄弟，你怎麽知道的風聲？〔何清白〕這件事你兄弟原與他們相連的。〔何濤驚介。白〕嗄！這是怎麽説？〔何清白〕你兄弟是愛賭的。常言

說得好，賭近盜，豈不是相連的。〔何濤笑介。白〕原來取笑。〔何清唱〕

【秋夜月】事有由，我暗地微參透，是他早把風聲漏。〔何濤白〕嗄！想是同夥中露出的消息？〔何清白〕待我告訴哥哥嗄。〔何濤白〕你說。〔何清白〕前日有一人合我到安樂村客店内去賭錢。〔何濤白〕咻！又說賭錢了，只問你强盜的事。〔何清白〕不要性急，等我說來。那晚有棗子客人七個到店投宿。〔何濤白〕嗄！棗子客人，這就是了。〔何清白〕爲首那人隱隱像是鼂蓋，我也不在心上。第二日走出村口，見有白勝挑一擔酒過去。〔何濤〕嗄！那賣酒的叫白勝？〔何清白〕正是。後來聽得黃泥岡上棗子客人和賣酒的劫去生辰綱，我想事情符合，定是這一起人無疑了。〔何濤白〕嗄！原來這樣。〔何清白〕哥哥，如今是說完了，可曉得？〔唱〕我這知風報信的功勞懋，要銀錢入手，要酒漿到口。〔何濤白〕官賞銀兩是一定有的，不用說得，酒食是現成的。兄弟，我再問你，那白勝家裏你可認得？〔何清白〕是我的賭友，怎麼不認得？〔何濤白〕如此甚好，我如今即去稟明官府，點齊捕役，連夜先去捉了白勝，其餘就有了着落了，你同了前去做個眼目。〔何清白〕且吃了酒再去。〔何濤白〕回來吃罷。〔向内介〕娘子，看好了門户。〔内應介。何濤白〕兄弟，走嗄。〔何清應介。同出門介。何濤唱〕

【尾聲】雖未能頓展眉間皺，暫減去胸中一半愁。直待要完了這件事我纔大大的開笑口。〔何清白〕阿呀！我倒忘了，還有一宗賭賬未清，去討了再來。〔作欲轉勢介。何濤白〕兄弟，你不要是這等樣嘘，快同了我去。〔扯何清下〕

## 第五齣　趁糾賭白勝差拿

〔白勝上。唱〕

【辣薑湯】不須趕趁，何勞營運，這生涯無資本，得來財貨，照股均分。〔白〕我白勝自從得了那注横財，却也心上躭驚，幸喜做得秘密，竟安然無事。銀錢到手，惟有痛飲狂賭而已。今日合得村中幾個好主顧，説即刻到我家來，須要賭個盡興的。天色已晚，我且點起燈來，把賭具安排停當，待他們到來。〔作擺桌椅、點燭燈、放賭具介。衆賭漢持錢上。唱〕

【普賢歌】賭輸再不怨身貧，那怕妻兒典了裙，連聲叫色神，長求快滿盆。盡翻轉連年輸去的本。〔進見介。白〕白老大。〔白勝白〕諸位來了。我在這裏等候多時了。〔衆賭漢白〕我們這幾把手齊了，就上局罷。〔白勝白〕諸位且請坐了，待我閉上了門，恐怕有捉賭的人。〔衆賭漢白〕晦氣説破。〔白勝閉門介。一賭漢白〕我們賭個徹夜了。〔衆賭漢白〕賭到天亮就去吃牛肉麵打散。〔又一賭漢白〕我們做什麼好？〔一賭漢白〕還是鬥牌，還是擲色？〔衆賭漢白〕鬥牌不爽快，還是擲色熱鬧。〔白勝白〕好嘎！竟是擲色，還是搶快呢，還是幺翻六？〔一賭漢白〕兩樣都不好，我們拍金罷。〔衆賭漢、白勝白〕好嗄！倒是拍金爽快。〔白勝白〕我們多少滿注？〔一賭漢白〕二千文滿注罷。〔白勝白〕小氣，我要到五千文。〔一賭漢白〕老大，你這個意思，想在那裏發了財了？〔白勝失色介。白〕你那裏知道？〔一賭漢白〕口氣來得大了。〔又一賭漢白〕不要閑説了，下注馬我們快來。〔衆作擲色介。各喧嚷争鬧介。唱〕

【憶多嬌】膽氣豪，賭運高，帶色從來不帶梢。擲處難分雉與梟，喝六呼幺，喝六呼幺，争勝負不禁叫囂。〔各作喧嚷争鬧介。何濤、何清、衆緝捕上。唱〕

【鬪黑麻】颼地擒拿，聲兒莫高。怕脱兔驚罝，亡羊補牢。〔何清白〕這裏就是他家了。〔何濤等白〕我們打進去。〔打進介〕呔！幹得好事嗄。〔衆賭漢白〕阿呀！不好了，果然來捉賭了。〔或跳牆、或躲桌下介。衆緝捕一半搶錢，一半捉人介。唱〕敢犯法，故違條，賭盜相連，總難恕饒。〔捉住白勝并賭漢三人，鎖介。何濤白〕那個是白勝？〔白勝白〕我就叫白勝。〔何濤白〕幹得好事嗄。〔白勝白〕諸位，賭博小事，講講盤子私下了結了罷。〔何濤白〕原是小事，但大爺法度利害，不敢賣放。〔白勝、賭漢白〕若到官，拚得打幾板子，只是列位少發了一注財。〔何濤白〕不用閒説，快些帶了走。〔向何清介〕城門是留在那裏的，你先回去罷。〔何清應介。白勝白〕好嗄！你也常賭的，賣起綫兒來了。〔何清白〕爲你前日那張牌捉得我忒狠了些了。〔隨口下。何濤白〕夥計們，小心帶了走嗄。〔衆緝捕應，帶白勝等行介。唱〕林深路遥，還兼昏黑宵，緊緊牢拴，緊緊牢拴，須防脱逃。〔到介。一童兒提燈籠引一吏典上。白〕不犯三章法，何來五等刑。〔見介〕拿住了人了麽？〔何濤白〕拿住了。〔吏典白〕太爺吩咐，若拿到了，連夜就審，即刻就坐後堂了。我先進去稟知，你們帶到班房内伺候。〔何濤白〕是了。〔白勝白〕賭博小事，爲何連夜就審？〔何濤白〕這個那裏曉得，夥計們，帶好了。〔衆緝捕應介。吏典下。何濤等同白〕饒你人心似鐵，難逃官法如爐。〔帶白勝等下。執燈人打濟州府正堂戳燈，執火把人執火把，衆衙役、吏典、門子引知府上。唱〕

【粉蝶兒半】暮夜衙齋，秉燭不妨相待，聽斷處愧乏長才。〔陞堂介。何濤上。白〕何濤告進。〔進介〕何濤叩頭。〔知府白〕白勝拿到了麽？〔何濤白〕小人奉鈞諭擒獲白勝，那白勝正在家裏糾衆賭錢，拿得白勝一名，並不知姓名同賭者三人，現解臺下。〔知府白〕同賭之人，恐是一夥，亦未可知，暫且嚴禁獄中，待審明白勝。若果非同夥，再當責放。〔何濤應介。知府白〕把白勝帶進。即將宅門封閉，不許一人出入。〔何濤應介。禁子抱各樣刑具上，放場上介。何濤帶白勝上〕咻！詫異怎麽獨叫我一個。爲有虧心事，能無顫膽情。〔何濤白〕白勝當面。〔知府白〕你就叫白勝麽？〔白勝白〕小人正是。〔知府白〕你這奴才，幹得好事嗄。〔白勝白〕小人不曾幹甚麽，無非在家請客擲色行令，誤當賭博拿來的。〔知府白〕不問你賭博，只問你黄泥岡的事。〔白勝白〕王二胖？小人不認得。〔知府白〕唗！胡説，就是打劫生辰綱一案。〔白勝白〕孫成旺？益發不認得了。〔知府白〕哇！這奴才，幹下了事尚敢支吾，不打如何肯招。左右，將這廝重砍四十。〔衙役應介，打白勝介。知府唱〕

【尾犯序】要你那賊口快招來。〔衆合唱〕剽劫金資，首從何在，證據昭昭，尚裝憨作呆。〔知府白〕還敢不招麽？〔白勝白〕小人其實不知，求太老爺開恩。〔知府白〕不招，將這奴才用短夾棍夾起來。〔衙役應介，夾白勝介。知府、衆合唱〕刁歪，强暴跡已成露敗，狡獪性猶思抵賴。須知是，照伊罪惡業鏡有高臺。〔知府白〕問他可招？〔衙役白〕招不招？〔白勝白〕冤枉難招。〔衙役禀介〕不招。〔知府白〕與我敲。〔衆衙役應，敲白勝介。知府白〕再問他招不招？〔衙役問介。白勝白〕受刑不起，願招。〔衙役白〕願招了。〔知府白〕叫他招上來。〔衙役白〕太老爺叫你快招。〔白勝唱〕

【又一體】資財雖共劫將來，三宥洪仁，還望寬貸。〔知府白〕這奴才還想寬宥，且問你爲首的是何人？〔白勝白〕那個小人不曉得。〔知府怒介〕好刁奴才，已經招認，還不實吐其情。左右，活活敲死這奴才。〔衙役應，作欲敲勢介。白勝白〕阿呀！太老爺，待小人招來，待小人招來。〔知府白〕叫他招。〔衙役應介。白勝白〕爲首的是鄆城縣東溪村鼂蓋。〔知府白〕是鄆城鼂蓋。〔顧吏典、何濤介。知府白〕記着。〔吏典、何濤應介。一面知府白，一面白勝唱〕他是倡始渠魁，却把同夥差排。〔知府白〕還有那些爲從的呢？〔白勝白〕那些人都是鼂蓋糾合來的，小人其實皆是不認得的。〔唱〕疑猜，那識得姓名甲乙，但記起形容醜怪。〔知府白〕好奴才嗄。〔知府、衆合唱〕從前事難逃，三尺湯網豈能開。〔知府白〕既招出盜首，且去拿了鼂蓋來，他自然供出餘盜姓名的。且將這厮上了刑具，帶去收監。〔衙役應介。將白勝上刑具介。禁子暗上，帶白勝下。知府白〕吩咐該吏，連夜備文書，即着何濤行到鄆城

縣，仰該縣差人協同，捉獲盜首黿蓋。〔吏典、何濤應介，先下。知府出座介。唱〕
【尾聲】深宵裏勘獄無容怠，早外衙又報子時牌。〔白〕咳！我想境内多盜，皆由下官不德所致。〔唱〕幾時得攘奪風清愚民的把過盡改。〔知府、衙役分下〕

## 第六齣　晁天王聞信明逃

〔宋江上。唱〕

【新荷葉半】碌碌公門志未伸，操刀筆混跡風塵。〔白〕我宋江連日案件繁多，簿書鞅掌，甚爲勞頓。且喜今日縣官公出未回，衙門無事，不免到茶坊内少坐片時，有何不可。咳！想我宋公明胸藏經濟，命嘆迍邅，未知何年始得揚眉吐氣也。〔行介。唱〕

【芙蓉紅】【玉芙蓉】（首至合）當時社稷臣，曾向公門隱。嘆蕭曹已往，繼者誰人。我空懷磊落乖時運，惟抱文書侍夕昕。〔何濤持公文接唱上〕【紅娘子】（合至末）衙門近，牌投縣尊，早覓個人傳進。

〔見宋江介。何濤白〕呀！前面走的是宋押司，他正是當案之人，不免叫他轉來，將公文傳進便了。〔叫介。宋江相見介。宋江白〕尊兄何來？〔何濤白〕小可是濟州府緝捕何濤，有公文行到貴縣，要拿幾個大盜，恰好遇着押司，望乞速速傳進。〔宋江白〕這個當得，但本官公出未回，待回衙時即當傳禀。〔何濤白〕如此多謝押司，但此案乃要緊的大盜，一俟縣尊回衙，務求速禀爲妙。〔宋江白〕這個自然，敢問什麽案件，要拿幾個盜犯？〔何濤背介，想科。白〕嗄！他也是當案之人，我就説也不妨。〔向宋江白〕此角公文就是黄泥岡刼去生辰綱一案，濟州府已將從盜白勝拿住，如今行牌貴縣，要拿東溪村盜首鼂蓋。〔宋江白〕原來如此。事關重大，切不可走漏風聲。〔何濤〕這個自然。〔宋江指介。白〕請尊兄到那邊茶坊内少坐，待我一竿本官回衙，即當傳稟便了。〔何濤白〕如此恭候押司之信。暫將香茗啜，專候本官回。〔下。宋江白〕請了。〔看何濤下介，作驚駭介。白〕阿呀！唬死我也。原來刼去生辰綱一案却是鼂保正爲首。他與我情同手足，豈可坐視，不免急急報與他知道，使他好作商量。〔急行介。唱〕

【朱奴插芙蓉】【朱奴兒】（首至末）我疾忙去將機關密陳，望東溪行如風迅，不比尋常陌路人，同休戚要將情盡。〔白〕住了，我如今雖往他家去報信，倘然縣官回衙，竟差捕役拿人，這便怎麼處？〔想介。白〕呀呸！〔唱〕是我關情緊，過於慮忖。〔白〕我若不在衙中，〔唱〕【玉芙蓉】（末一句）有誰人争先，越俎，遞公文。〔急下。鼂蓋、吴用、公孫勝、劉唐上。同唱〕

【普天紅】【普天樂】（首至五）恨剥削民膏盡，慶生辰申私悃，只要圖一己榮華，全不顧萬姓邅迍。〔鼂蓋白〕我等偶然倡義，假裝棗客，取了生辰綱，料想無人識破，那阮氏三弟兄與白勝各自歸家去了。這幾日不見有緝捕之信，必然無事矣。〔吴用、公孫勝白〕便是。〔劉唐白〕這樣無義之財，正好供咱的吃喝。我們還要在此暢飲幾天，然後各人散去罷。〔鼂蓋白〕若是各位不嫌簡慢，可再盤桓幾時。〔吴用、公孫勝白〕我們在此奉陪劉兄便了。〔劉唐白〕如此甚好。列位嗄，咱想這宗財物呵，

〔唱〕他取之不仁。【紅娘子】〔末一句〕便劫將來也非爲狠。〔宋江急上。白〕爲友情深切，行來不憚遥。〔到介〕此間是他門首。保正在家麽？〔鼂蓋白〕外面有人來了，且請三位到裏邊暫避，待我出去看來。〔劉唐白〕咱先在裏邊吃酒，鼂大哥，你須要快快進來。〔鼂蓋白〕這個自然。〔吴用、公孫勝同進下。鼂蓋出接介。白〕是那個？〔宋江白〕是小弟在此，我們快到裏面去。〔慌忙進内介。鼂蓋白〕今日公明兄到此，不知有何貴幹，爲何如此慌張？〔宋江白〕有件機密之事，特來告訴吾兄。〔看介〕這裏可有閑雜人往來？〔鼂蓋白〕並無閑雜人在此，但不知爲着何事？〔宋江白〕阿呀！兄嗄，不好了！那黄泥岡之事發作了。〔鼂蓋作色介〕怎麽樣發作了，公明兄何以知之？〔宋江白〕小弟方纔在衙門口閑走，只見那濟州府緝捕何濤手持公文一角，要小弟傳禀。小弟問起情由，十分驚駭。〔鼂蓋白〕怎麽樣？〔宋江唱〕

【朱奴剔銀燈】【朱奴兒】〔首至合〕方知是牌行縣尹，爲生辰綱劫奪强人。〔白〕濟州府已將白勝拿住。〔唱〕招出尊名冠等倫，來緝捕刻不逡巡。〔白〕故此小弟暫將何濤安頓茶坊，先來報知此事，一等本官回衙，就要投文差人捉獲，吾兄早爲斟酌。〔鼂蓋白〕多感盛情，只是計將安出？〔宋江白〕小弟想來，三十六着走爲上着，不知吾兄意下如何？〔鼂蓋白〕如今緝捕甚緊，唯有逃避而已。〔謝宋江介。鼂蓋唱〕【剔銀燈】〔合至末〕殷勤謝君厚恩。〔曲中宋江白〕豈敢。〔接唱〕整鵬翮高飛入雲。〔曲中鼂蓋白〕實不相瞞，只因小弟呵，〔唱〕

【朱奴帶錦纏】【朱奴兒】（首至合）恨奸黨逢迎要津，剥民財獻媚權臣。因此略展機謀取寶珍，圖義舉豈爲俵分。〔白〕當日同事七人，現有三人在此，他們多有些俠氣，今日吾兄此舉，不唯小弟感恩，他們亦皆戴德，不知吾兄可要一見否？〔宋江白〕如此快請出來。〔鼂蓋向内白〕吴先生等三位快來。〔吴用、公孫勝、劉唐同上。白〕應是賓朋嫌寂寞，何妨杯酒共盤桓。〔鼂蓋白〕有客在此，請三位相見。〔各見介。宋江白〕不知三位高姓大名？〔鼂蓋指吴用介。白〕此位乃是「加亮先生」吴用。〔指公孫勝介〕此位是「一清道人」公孫勝。〔指劉唐介〕這是劉唐兄弟。〔宋江白〕久仰，久仰。本欲叙談片時，恐怕本官回衙，只得告辭了。〔鼂蓋白〕如此不敢强留。〔宋江對衆介〕請了。〔同唱〕【錦纏道】（七至末）相慕共殷殷，霎時分首，情衷各未伸。〔送出門介。宋江白〕保正。〔唱〕你快脱樊籠去，若然遲滯便禍臨門。〔急下。衆白〕方纔是何人，怎麽這等急速？〔鼂蓋白〕列位，不好了！白勝已被濟州府拿住，黄泥岡的事情發作了，虧他特地到此報與我們知道。〔衆白〕他是何人？〔鼂蓋白〕他是本縣押司宋公明。〔衆白〕嗄！原來就是「及時雨」，我們聞名已久，可惜方纔不曾與他叙談。〔鼂蓋白〕他一等縣官回衙，就要傳稟此案，故爾匆匆别去。少刻緝捕就要來拿人了，事已急矣。此處必不可存留，但不知列位有何計策？〔劉唐白〕咱别無計策，憑着一把朴刀，殺他個落花流水。〔吴用白〕凡事不可造次，我們如今且到石碣村三阮處躲避便了。〔鼂蓋、公孫勝白〕萬一官兵追到石碣村却怎麽處？〔吴用白〕石碣村與梁山泊相近，若是官兵追來，我們就上梁山入夥，何足懼哉。〔衆

白〕好計，好計！　我們徑往石碣村去便了。〔唱〕

【普天帶芙蓉】【普天樂】（首至四）急潛行，忙投奔，感豪傑，來通信。　預籌謀石碣村中，且圖個避禍安身。〔鼂蓋白〕如今吴先生同了公孫師父先往三阮處通知，我同劉兄弟在此收拾金銀，押了莊客隨後就來。〔劉唐白〕倘官兵到來，咱就放火燒了莊院，與他們截殺便了。〔鼂蓋白〕説得有理。

〔吴用、公孫勝白〕既如此，我們二人先去也。〔同唱〕【玉芙蓉】（合至末）同肥遁，快藏修羽鱗，看雙雙遠揚，先有兩鵬鯤。〔吴用、公孫勝出門先下。劉唐白〕鼂大哥，快快進去收拾金銀，咱還要把那十來罎酒吃完了，省得留在此被官兵受用。〔鼂蓋白〕這樣時候還要貪飲。〔劉唐白〕這叫做有酒方能添勇力。〔同白〕無門且自走深村。〔下。朱仝、雷横、何濤、衆士兵上。同唱〕

【樂近秦娥】【普天樂】（首至四）奉公差，持兵刃，擒盜首，防逃遁，向東溪一路挨查。【醜奴兒近】（四至合）過橋西已到莊門。〔朱仝、雷横、何濤白〕這裏是他莊院了。衆士兵一齊向前圍住，不可放走一人。〔衆應介。吶喊繞場一轉，内放火彩介。朱仝、雷横白〕莊内火起了，就此殺進去。〔衆應介。同唱〕難辭苦辛，爲官差火速忙前進。〔鼂蓋、劉唐各持兵器，衆莊客一半背金銀包裹，一半持器械沖上。同唱〕【泣秦娥】（合至末）憑杖我氣概如虹，那怕他士卒如雲。〔混戰介。鼂蓋、劉唐、衆莊客下。衆士兵白〕强盜走了。〔何濤白〕還不快些追趕。〔朱仝、雷横白〕黑夜之中，路徑叢雜，如何追趕？〔何濤白〕只是我們不能捕盜，怎生回覆官府？〔朱仝、雷横白〕如今不免隨便拿他幾個隣舍、幾個莊客回縣審問，倘得些

蹤影，然後起大隊人馬來剿捕。〔何濤白〕也説得是。我們就趁此時拿人，連夜趕回縣裏去罷。〔同唱〕

【尾聲】這强梁大盜多兇狠，將情節稟明縣尹，須急備文書達府尊。〔同下〕

# 第七齣　暗偷香蜂狂露相

〔張文遠上。唱〕

【霜蕉葉半】蝶攘蜂鬧，牽惹閒花草。〔白〕我張三郎爲了閻婆惜眠思夢想，廢寢忘餐。昨日纔有些好光景，不意又被宋公明回來鴛鴦驚散，雲雨倏收。臨别之時承他約我今日相會，可恨縣中公務偏多，只得撇了去走一遭。〔唱〕

【小桃紅】日來縈繫苦無聊，不知是那一點紅鸞照，也喜孜孜的千金一刻在今宵。〔王婆上。白〕愁窺高鳥過，老逐衆人行。張相公。〔張文遠白〕王阿媽那裏去？〔王婆白〕特來尋你。宋相公有偺要緊説話，會相公快些去。〔張文遠白〕方纔一同别的，没甚要緊説話。〔王婆白〕宋相公在我茶坊中候你，説看見子相公一把扯子來。〔張文遠白〕嚇！你對宋相公説，我没工夫，要去拜一個客料，去子就來個。〔王婆白〕介没就來。〔下。張文遠白〕咳，老天。偏偏今日又遇見了王婆。〔唱〕這都是那遇敲支。〔王婆上。白〕相公。〔張文遠白〕你爲偺又轉來？〔王婆白〕相公，你是個白脚花狸貓，走子開來那裏來尋你，勿如去會子宋相公説話，再去拜客罷。〔張文遠白〕小死個事務，這個朋友約乱個，勿多幾句話，我去子就來的。〔王婆白〕相公那在乎個歇工夫，會子，説話就來。〔張文遠白〕啐！我亦勿曾欠你個銅錢銀子，扯牢子那説，望子朋友就來個。〔王婆白〕介没張相公，等我先去回頭，千萬就來。兩地無千里，因風寄數聲。〔下。張文遠白〕蓋個老阿媽，着得我勿説儕，就忒在我屁眼頭那去罷。嚇，打小路快些走一走罷。〔唱〕還怕他遠相追，復相邀，仍相值，幸喜得這機會巧，也知取次，已到藍橋。〔白〕爲何閉門在此，我只得從容等一等。〔唱〕權延佇，暫徘徊，敢月下仿僧敲。

〔閻婆上。唱〕

【下山虎】閒來無事，甚覺逍遥。〔見介。白〕呀！張相公。〔張文遠白〕多謝子。〔閻婆唱〕驀地裏把衡門開處，遇果車縹緲。〔白〕小女説相公昨日下顧，老身不在家，簡慢了相公。〔張文遠白〕好説。〔閻婆白〕我小女説，〔唱〕你惠顧頻頻，慰伊寂寥。〔張文遠白〕老親娘啥説話。昨日是要會宋相公料。〔閻婆白〕不要瞞我，我都曉得的了。〔張文遠白〕老親娘，既然曉得哉，倒要問你了，令愛爲甚麼不見？〔閻婆白〕小女身子不快，還睡在那裏。〔張文遠白〕既是介，勿要驚動哉。〔閻婆白〕他聽見相公在此，一定就起來了。〔閻婆惜内嗽介。閻婆白〕如何，起來了。我兒，張相公在此，快出來。〔閻婆惜上。白〕來了。〔唱〕帳掩流蘇香夢杳，忽被鸚鵡攪。〔張文遠白〕老親娘，難得你這樣好人，願你壽年千歲。〔閻婆惜唱〕睡臉朦朧枕印俏，猛可的臨卭客抱琴共調，斂袂相邀。〔見介〕眯睽不語只含笑。〔各坐不語笑介。閻婆白〕啐！老身没竅了。我兒，你陪相公寬坐一坐，待我到市上去沽壺酒來，與相公消悶。〔張文遠白〕怎好相擾。〔閻婆白〕如今是一家了，説個擾字起來。〔張文遠白〕親娘，有心擾你哉，買酒走遠介步買呷好個。〔閻婆白〕我曉得，在此蓮花幕下風流客，試與温存譴逐情。〔下。張文遠白〕令堂是極湊趣個哉。阿呀！出子神哉，門也勿曾關來得，我去關子門介。〔關門介。閻婆惜白〕住了，青天白日，關門做什麽？〔張文遠白〕尊嫂昨日開個門厾，没啞説道，關子嘘，關子嘘，爲倷今日倒要開介。〔閻婆惜白〕可知昨日今朝事不同，昨日要關，今日要開在那裏。〔張文遠白〕阿呀！尊嫂不要把話兒説遠了，你可記得昨日麽？〔閻婆惜白〕昨日便怎麽？〔張文遠白〕昨日呵，

〔唱〕

【山蔴稭】被洞口花相笑，笑我路入天台棹阻藤梢。今朝特地來踐你的鶯期燕約。〔閻婆惜白〕這也難些，什麽鶯期燕約？〔張文遠白〕尊嫂。〔閻婆惜白〕什麽尊嫂尊嫂，若説尊嫂，須知朋友妻不可戲了。〔張文遠白〕這等做作，你要我叫什麽？〔閻婆惜白〕我要叫娘。〔張文遠白〕何不早説，我個嫡嫡親親個娘，我吃别人駡着哉。〔閻婆惜白〕駡你什麽？〔張文遠白〕駡我肏娘賊哉。〔閻婆惜白〕啐！〔張文遠唱〕喜乘機纓冠掬李，納履攘爪，傍朔偷桃。〔閻婆惜唱〕

【五韻美】淆梁期，西厢約，無言息國娃耻效。〔白〕三郎，你自去思量，你一向怎生樣調戲我，我怎生拒絶你。〔唱〕見金夫幾度相推調。〔張文遠白〕求速點兒罷。〔閻婆惜白〕怎當得你這涎臉兒。〔唱〕偏憐窈窕，適零露相逢蔓草。〔白〕今日雖成就了你，日後呵，〔唱〕休把我做牆花覷，路柳嘲。〔張

文遠白〕娘，我張三郎若負子你，竟活捉殺子便罷。〔閻婆惜白〕啐！〔唱〕直任你翠被鴛衾鸞顛鳳倒。
〔作摟下。閻婆上。白〕流霞分片片，涓酒就徐傾。買得一壺好酒在此。〔進門介。唱〕

【蠻牌令】看綉户静畫簾飄，聽房櫳閒語聲嬌。〔白〕咳！三郎，三郎！〔唱〕你崑崙誰赤緊，向郭府盜紅綃。〔嗽介。閻婆惜暗上。白〕三郎出來，母親來了。〔張文遠〕蓋樣没竅的，怎麽就來了。〔閻婆惜〕走來。〔唱〕忙整着衣裳顛倒。〔張文遠白〕走來。〔唱〕忙整着釵鬢蕭騷。〔開門介。閻婆惜白〕母親來了幾時了？〔閻婆白〕來了好一會。〔張文遠白〕酒是勿好個哉，來得快了。〔閻婆惜白〕來得快也彀了你了。〔張文遠白〕儈説話。〔閻婆白〕請坐。〔唱〕鴛鴦侶，鸞鳳交，這情蹤一時不覺逍遥。〔張文遠白〕我裏拽木頭。〔各出指混數介。王婆上白〕密垂珠箔晝沉沉，兩兩鴛鴦護水紋。〔進見介〕好，捉指頭。〔張文遠數介〕該因老親娘吃，這隻手六個。〔王婆白〕是我吃。〔閻婆、閻婆惜作乏趣介。王婆白〕蓋個張相公好没正經個，我説道宋相公等你會一句説話料，你説要去拜客没工夫，倒拜在這裏吃起酒來。〔張文遠白〕因爲你説宋相公要會我説話料，我來個宋相公倒勿在屋裏，承個老親娘留我來裏坐坐。〔王婆白〕我説宋相公在我茶坊裏，幾曾説在屋裏介。好纏。〔張文遠白〕啐！介没我聽差哉。〔閻婆白〕姐姐，不要説了，請坐吃酒。〔閻婆惜低白〕待這老厭物去罷了。〔王婆白〕我勿要吃個樣醃臢食。有數説個，寧可吃個拖來酒，再勿要吃個樣，你也來個叫子。滿堂僧不厭，一個俗人多。我也去了，勿要拖我渾水裏。〔張文遠白〕王阿媽，我來裏吃子，何况你。〔王婆白〕張相

公，你是該吃個。〔閻婆白〕姐姐説那裏話。〔唱〕

【五般宜】偶相顧，潘安車儼然草茅，適相左，東方千騎，悵然寂寥。聊把這鷄黍范張邀。〔王婆白〕即是勿妙，三個女客夾一個男人家，來哈勿雅相。〔閻婆白〕姐姐。〔唱〕謾説是男女雜坐，共相傾倒。〔張文遠與閻婆惜説話介。王婆白〕咦？〔唱〕這掩耳偷鈴堪笑，早露尾藏頭空巧。〔白〕咳！ 耐勿得哉。 我有句説話要説哉。 我本待勿説，當初是我做個媒人料，不得不説哉。〔閻婆白〕有什麽説話對我説？〔王婆白〕你是老護癑，不對你説，我對我囡兒説，大姐走來我個肉嚇，你没要嚇，宋相公是一個人噓。〔唱〕你須念他是今日英豪，謾將他帷簿擾。〔閻婆惜打介。白〕唗！ 老賤人，這是那裏説起，怎見我帷簿不修，説出這等話來。〔王婆白〕好打嚇，小花娘。〔閻婆惜唱〕

【江頭送别】我聽伊語，聽伊語心煩意惱，將奴做，將奴做倚門獻笑。 吾自愛吾連城寶，何必你舌鼓唇摇。〔王婆白〕爲㑚了就打？〔閻婆惜白〕老厭物，什麽帷簿不修？〔王婆白〕我説得了説哉，那了就打？〔閻婆白〕姐姐不要氣，看我面上，他年紀小，衝撞了你，老身另日請罪。〔王婆白〕㑚個小幹大事務哉。〔張文遠白〕王阿媽，我曉得你是無非怪我來裏，你説這些説話，等我去子，一節事體就完哉。〔王婆白〕張相公，你是去勿得個，還是我去了好，你若去子，冤家結到底哉。〔張文遠白〕酒逢知己千杯少，話不投機半句多。 你是那裏這一邊去？〔王婆白〕我是個蕩去。〔張文遠白〕我是個邊去哉。〔王婆白〕你看張三郎還要轉來個，等我轉去看。〔張文遠白〕老花娘去哉，待我再轉去。〔王婆撞介〕貌唬殺你個，拖盡子牢洞個，等渠進去子捉他的破綻。〔下。張文遠白〕這個老花娘，亦縮轉來。〔望介〕如今去了。〔走介。閻婆惜暗上，招張文遠介。白〕三郎，三郎。〔張文遠唱〕

【江神子】轉身望綺寮，只見他笑臉相招。〔白〕老花娘去哉。〔閻婆白〕老人家，不該去打他。〔閻婆惜白〕不打他，下次又要闖將進來。〔張文遠白〕吃子兩鍾酒，氣子一氣，不好過。等我到老親娘房裏去困困介。〔張文遠白〕你每進去。〔閻婆惜唱〕香風拂拂鮫綃，從容携手欲魂銷。〔下。閻婆白〕三郎，三郎。〔唱〕好受用珠圍翠繞。〔下。王婆上。白〕有冤報冤，有仇報仇。閻婆惜個小花娘，明明裏看上子張三郎，倒在我門前假撇清，竟拿我夾嘴蓋一記，亦駡我一場，乞我假意丢空，放子張三郎進去哉。等我捉他的破綻。天亦黑哉，等我躲在這裏，一更天打子廿四記鼓，守渠出來，勿怕渠打屋頭頂上轉子去。〔内狗叫介〕啐！燒願個人頭勿認得，只管叫。〔閻婆持燈上。白〕往往鷄鳴巖下月，時時犬吠洞中春。爲何這等狗叫，待我照照看。〔開門介。王婆白〕壞哉，火出來照哉。〔閻婆白〕是那個，是那個？〔王婆白〕是我。〔閻婆白〕啐！倒被你這一唬，這時候了，你躲在此怎麽？〔王婆白〕勿要説起，纔是你丢好因兒，拿我夾嘴一記，氣昏哉。一個荷包忒來裏，我亦勿好驚動你丢，只得來裏地上摸哉。娘你拿個火來，我照照看，天地爺爺，那裏説起。〔閻婆白〕荷包裏可有什麽東西在内？〔王婆白〕那料没得，四個金戒指，還有趙家裏兩封珠花，勿是我趙支花個噓，還有四隻八仙桌，十二把椐木椅子。〔閻婆白〕一個荷包裏放得下這些東西？〔王婆白〕是幾張當票。〔閻婆白〕什麼戒指、珠花，我曉得方纔我的女兒衝撞了你，便躲在此要捉他的破綻，可是麽？〔王婆白〕阿呀！看你勿出介，心多個你乱，冰清玉潔介，人家有倽破綻到我捉。〔閻婆白〕其實没有，你道有什麼在裏頭，你倒進去搜一搜，放心回去。〔王婆白〕就等我進去那料。〔走介。閻婆推介。王婆白〕呵喲，好個做勢。説你進去搜一搜，拿了肩頭撞子我。〔閻婆白〕我和你老姊妹，這等待我。〔王婆白〕噲！我也有好處到你的，倒疑惑我罷。我如今勿見子荷包，也勿就窮子一生一世，你就拾子我個，也勿見你發跡子一生一世罷。我去哉，方便子你乱。不覺羣心妒，休牽衆眼驚。這小花娘，少勿得殺個日子哆。〔下。閻婆白〕我兒，快出來。〔張文遠、閻婆惜上。白〕碧宵何路得相從，紫鳳啣花出禁中。老親娘，那料還不困來？〔閻婆白〕你每幾乎做出來，那王婆這老賤人方纔呵，〔唱〕

【尾聲】他潛蹤秘跡眠芳草。〔張文遠白〕你那裏曉得？〔閻婆唱〕喜犬吠籬邊相擾。〔閻婆惜白〕三郎，你下次來謹慎些。〔唱〕須防他一縷柔腸恨未消。〔張文遠白〕曉得哉。〔閻婆白〕待我出去再看一看。好姊妹，又躲在那裏唬我麽？〔看介〕三郎，果然不在那裏了，去罷。〔張文遠白〕還在那裏，我今日住裏子罷。〔閻婆惜白〕正是，不要回去了。〔閻婆白〕又來了，方纔險些兒，還是回去的是。〔張文遠與閻婆惜説鬼話介〕我明朝來，明朝來也。〔作出門介〕好月亮，得我唱隻曲子介。〔唱〕月明雲淡露華濃。〔白〕吓！前頭黑頭裏，隱隱裏一個人。〔嚷介〕阿是王老媽。〔看介〕啐！是牌樓柱。

〔滑介〕阿呀！壞哉。踏子一脚狗屎哉。〔下。閻婆惜白〕好人好家，在此聽籬聽壁，要便進來搜一搜。〔閻婆白〕還不走進去，幾乎做出來。〔閻婆惜白〕都是你不好，買了酒來就該把門閉上了便了。開了這牢門，彼這老賤人闖進來看見，淘這場氣。〔閻婆白〕忘關了門，是我差了，你該去打他的，倒來埋怨我不管，下次張三郎不許上門。〔閻婆惜白〕娘嚇！不是我埋怨你，下次要謹慎些。〔閻婆白〕倒教我謹慎些，看你頭髮亂得一發没樣了。〔閻婆惜羞奔下〕

# 第八齣　逸孤群齊歸水泊

〔朱貴上。白〕英雄負固在梁山，設險周迴水一灣。豈此萑苻藏小盜，苟圖鼠伏暫偷安。自家朱貴，雖在李家道口開個酒店，實爲梁山泊中一個眼目，那些劫掠經商、招納亡命之事，都是我暗通消息。已將店面鋪設停當，且在此等候便了。正是欲圖白鏹盈私橐，且把青帘引路人。〔暫下。

鼂蓋、吴用、公孫勝、劉唐、阮小二、阮小五、阮小七上。同唱〕

【錦纏道】犯王章，法難容，潛身避藏。挈伴共翱翔，似投林羣飛，鷹隼遑遑。〔鼂蓋白〕我等取了生辰綱，又抗拒了捕役，有干王法，無地可容，只得投往梁山泊入夥。〔衆白〕一路行來，前面已是梁山泊了。〔鼂蓋、公孫勝白〕我等與山上頭領從未識面，怎生進見？〔吴用白〕聞得李家道口有個朱貴，以賣酒爲名，暗通聲息，我們且到朱貴店中，使他引進便了。〔衆白〕有理。大家前往。〔同唱〕好比那避秦人望桃源渺茫，還須要向煙波訪汲引漁郎。不憚路紆長，行行見酒旗飄揚。〔到介。吴用白〕此間想是朱貴的酒店了。〔劉唐白〕有趣，有趣。咱先進去，總成他幾罏酒。〔吴用白〕不可造次。〔劉唐引衆進店叫介〕賣酒的在那裏？〔朱貴上。白〕本爲盜跖事，暫借杜康名。〔見衆介。白〕列位是吃酒的麽？請坐，請坐。〔吴用白〕請問酒家可是姓朱麽？〔朱貴白〕在下正是朱貴，是有名賣好酒的。各位客人要吃什麽酒？〔鼂蓋白〕原來就是朱貴兄弟。我們來此呵，〔衆同唱〕非因春酒香，來沽你甕頭佳釀。〔朱貴曲中白〕所爲何事？〔衆揖介。同唱〕且從容揖見道其詳。〔朱貴白〕我看列位器宇軒昂，非往來客商之比，未知高姓大名，到此有何貴幹？〔吴用指衆介。白〕此位乃保正鼂蓋，此是「一清道人」公孫勝，這位是劉唐兄弟，那三位乃是石碣村阮家三弟兄，學生姓吴名用，人稱爲「加亮先生」。〔朱貴白〕住了，住了。七位尊名，如轟雷貫耳，時常仰慕，不期今日得見，有失迎候，深爲得罪。〔揖介。衆白〕豈敢。〔朱貴白〕但不知爲着何事，光臨此地？〔衆〕我等取了生辰綱，又抗拒了捕役，無處藏身，欲到此間暫避，望祈引進。〔朱貴白〕今日諸位英雄到此，實乃山寨增光，且請小店暫坐，待我放號箭一枝，通知山寨便了。〔衆白〕多感盛情。〔朱貴白〕有失陪奉。〔行介〕今日羣雄來入夥，管教山寨更興隆。〔暫下。吴用白〕你看他通知山寨去了，少間自然來迎接我們。今日得此安身，那怕官兵追捕。〔鼂蓋、公孫勝白〕此皆吴先生之籌劃也。〔同唱〕

【普天樂】賴持籌，離羅網。〔吴用〕附鳳翼，把青霄上。〔衆同唱〕蛟龍任大海深藏，一任他捕卒强梁。〔朱貴上。接唱〕眉軒氣揚，喜英雄聚首，豈憚奔忙。〔進見介。朱貴白〕已經通知山上頭領，今備小舟在此，請各位同到金沙灘去，還要準備鼓樂旗幟，潔誠迎接。〔衆白〕何以克當。〔朱貴白〕就請上船。〔衆出門走介。同唱〕

【又一體】謝高情，多勞攘。離村店，來灘上。〔朱貴曲中白〕棹船上來。〔衆僂儸持槳上。衆作上船。同走唱〕凝眸望，一片汪洋，棹輕橈擊破波光，乘風半晌，早到了鬱葱突兀山傍。〔内吹打，衆僂儸執旗幟引王倫、杜遷、宋萬、林冲等上。鼂蓋等上岸介。持槳僂儸下。王倫等迎接鼂蓋等進寨，揖見遜坐介。同唱〕

【古輪臺】意舒揚，今朝豪傑喜同堂，休分賓主休推讓。把形骸疏放，簪盍趨蹌，各遂了平生欽仰。〔坐定介。王倫白〕請問諸位英雄，今日光臨山寨，有何見諭？〔鼂蓋白〕我等因梁世傑逢迎權貴，苛刻小民，以生辰綱解送蔡京，實爲不義之財，爲此我等設計取之。〔鼂蓋等七人同唱〕事涉公庭，差兵捕黨，一時抗拒逞强梁。〔鼂蓋白〕因此棲身不穩，來投此間，暫爲託足。〔林冲喜介。白〕諸位英雄皆天下有名好漢，今日到此，則梁山泊從此興隆矣。〔唱〕正好推雄論長，一齊把山寨劻勷。將雄心奮發，智囊資藉，英風憑仗。〔王倫白〕但恐山寨荒鄙，一窪之水難處蛟龍，若是暫爲託足，這個何妨。〔林冲白〕今日英雄聚首，只恨相見之晚，正當久處，以圖山寨興隆。〔向王倫白〕王頭領不必託辭峻拒。〔王倫白〕自古道蛇無頭兒不行，你也不可擅自主張。〔林冲作怒意，起立介。白〕你此言差矣。我們既同聚義，當言則言，説什麼擅自主張。〔唱〕有事共參詳，逢豪壯，豈宜推阻便分張。〔鼂蓋、公孫勝、吴用白〕我等久慕英名，故來投奔，今日乍到，二位頭領不必因久暫之語彼此參差。〔杜遷、宋萬、朱貴向王倫白〕大哥還該斟酌。〔鼂蓋等七人、杜遷等三人向林冲白〕林大哥也不必争論。〔同

唱〕

【又一體】評量，論同袍顔面休傷。切莫要睚眦相看，語言相抗。既屬班行，怎禁得怒容相向。〔王倫接唱〕我大度寬仁，何須勸講，有誰争較短和長。〔林冲背衆介。唱〕心懷悵怏，遇不平掣劍相當。〔衆同接唱〕自今以後，各消芥蒂，共爲依仗。〔王倫白〕且請各位好漢到後寨小飲，明日還要開筵款待。〔鼂蓋等白〕多謝頭領。〔王倫白〕衆兄弟陪了各位到後寨去。〔杜遷、宋萬、朱貴、林冲同白〕請。〔衆同走唱〕今夜共飛觴，多豪爽，談兵説劍引杯長。〔衆下。僂儸同下。王倫白〕事不三思，終有後悔。我首創梁山泊，唯我獨尊，不意來了個林冲，已是十分執拗，難于駕御了。如今鼂蓋等七人都是有名人物，豈可容留，養虎自害。我方纔將鼓樂接他，要使林冲顯我敬賢之心。我明日大排酒筵款待一日，然後將金銀贈與他們，也就不好糾纏在此了，豈非妙計。〔唱〕

【尾聲】驅鷹鷙，絶禍殃，非我無容人之量，只爲羊虎難同一穴藏。〔下〕

## 第九齣　明拒客蛙怒戕生

〔林冲上。唱〕

【賀新郎】憤懣難消，恨碩鼠負乘高位，這度量斗筲堪鄙。全不覺，嫉妒賢能識見非，怎按我不平之氣。〔白〕我林冲自從入夥以來，可恨王倫那廝妄自尊大，妒賢嫉能。昨日鼂保正英雄出衆，吴用、公孫勝機智過人，又見劉唐、三阮等皆赳赳豪傑，十分敬仰。今早聞得大排筵席，打點金銀，又吩咐衆僂儸大吹大擂款待諸位豪傑，這分明是不肯容留之奸計。且看今日席間之事如何，再作道理。〔唱〕我觀動静，乘機會，這龍泉隱隱鳴匣内。尊豪傑，去蒙昧。〔暫下。衆僂儸引王倫、杜遷、宋萬、朱貴同上。唱〕

【節節高】東林旭日，輝耀山隈，款賓早把華筵備。〔王倫白〕今日大排筵席款待鼂蓋等七人，又打點金銀二盤送作盤費，以盡敬客之禮。三位兄弟，意下如何？〔唱〕是我欽豪輩，按古儀，循芳軌，客行有贐須當餽，主人餞送施恩惠。〔杜遷、宋萬、朱貴白〕昨日豪傑到山，理應款待，若將金銀相送，不肯容留，恐被天下英雄耻笑。〔同唱〕他七人智勇盡超羣，應留聚義歸吾隊。〔林冲上。白〕

宿雲始散疏林外，曉日纔臨綺席前。〔見介。杜遷、宋萬、朱貴白〕林大哥來了。〔林冲向杜遷等三人云〕三位大哥，款客開筵何太早，今朝此舉豈徒然。〔杜遷、宋萬、朱貴白〕嚇！這是王大哥要餞送昨日來的七位英雄，故此清晨設席。〔林冲白〕豈有此理。難道三位大哥不曾勸阻麽？〔杜遷、宋萬、朱貴白〕我等已經勸阻，奈王大哥堅執不允。〔王倫白〕山中自有頭領，誰敢多言。僂儸。〔衆僂儸作應介。王倫白〕快請諸位英雄上席，一面擺齊酒筵大吹大擂，不得有違。〔衆僂儸，一僂儸請介。白〕請各位英雄上席。〔鼂蓋、吴用、公孫勝、劉唐、三阮上。同唱〕

【玉山供】【玉胞肚】（首至合）沖霄力微，學鷦鷯一枝暫棲，空懷却搏擊雄心，做不得鵬鶚高飛。【五供養】（五至末）人心嫉忌，這對面如違千里。〔與王倫等相見。衆同唱合〕今日成良會，喜追陪，主賓歡樂共銜杯。〔王倫白〕今日設有芹樽，以盡主人敬客之意。〔鼂蓋、吴用、公孫勝白〕怎好叨擾。〔王倫白〕休嫌簡慢。看酒來。〔僂儸遞酒介。内吹打定席，林冲含怒勉强坐介。衆坐定各飲酒。同唱〕

【山花子】山珍海錯排佳宴，兩階鼓樂吹喧闐。主人心潔誠敬賢，舉瓊卮滿引飛傳。〔合〕論豪雄里丈盡捐，豈同三獻忒煞牽。要傾千斛酒似泉，好比長鯨，吸盡百川。〔鼂蓋白〕多蒙雅愛，今已酩酊，本欲多坐片時，恐妨各位寨中正務，只得失陪了。〔王倫白〕且慢，飲未盡興，還要奉敬一巡。僂儸們，跪獻巨觥。〔僂儸應介。鼂蓋等七人白〕酒已彀了，我們告退。〔王倫白〕且慢，僂儸。〔應介。王倫白〕看金銀過來。〔僂儸捧金銀上介。王倫白〕有金銀二盤，送與各位路途之費，幸勿推辭。〔林冲作怒，立起介。白〕住了，諸位英雄並未辭别，何故先送路費？〔拍案介。白〕咦！ 小量不能容人，俗眼不識好人，如何做得山寨之主？〔王倫白介。白〕林冲，你休得無禮，我憑英勇，首創此山，誰敢多言？ 況你漂流避罪，虧我容留，怎見得我量小？ 你若再阻撓，看我腰中之劍。〔掣劍介。林冲白〕阿喲，阿喲！ 氣死我也。〔作出席介。唱〕

【大和佛】你舉動乖張度量淺，難操山寨權。〔拔劍介〕今朝掣劍斬其元，及早讓英賢。〔衆出席向林冲勸介。同唱〕勸君莫把交情變。〔王倫出席，曲中白〕反了，反了。 今日必定取他的顱頭。〔衆又向王倫勸介。同唱〕位尊須要讓爲先。〔林冲、王倫欲戰介。衆又各勸介。同唱〕休逞雄心，各息争端。 善須看取，吾儕顔面。〔王倫、林冲各怒。同唱〕讐相見，頓使怒氣填胸禍不旋。〔二人略戰，林冲即斬王倫下。 林冲白〕列位英雄，今日非是林冲鹵莽，只因王倫這厮鄙薄無能，斗筲小器，故此劍下誅之。〔向杜遷等三人白〕三位大哥，意下如何？〔杜遷、宋萬、朱貴同白〕王倫忌刻自專，不能容物，我等也知他難成大事，因同他首創此山，故爾常爲隱忍。 今日林大哥此舉，甚合衆心，正當另立英豪，以興山寨。〔林冲白〕鼂大哥氣概豪爽，度量寬大，可以推尊此位。〔杜遷等三人同白〕正合我們之意。〔鼂蓋白〕鼂蓋無德無能，棲身來此，焉敢妄自尊大，這個決難從命。〔吴用白〕自古順天者昌，逆天者亡，今者衆心允服，即是天心眷顧，鼂大哥也不必推辭了。〔杜遷等三人同白〕吴先生言之有理。〔劉唐、三阮同白〕不必多言，待我們按在椅子上，列位同拜就是了。〔將鼂蓋推住坐定介。衆同拜。唱〕

【舞霓裳】衆志僉同願尊賢，俯首傾心叩階前，叩階前，從今全賴雄才展。把規模重整令重宣，宛似那梁山新建，今日個戴德推能共欽羨。〔曲中杜遷等換劉唐、三阮拜介。畢。鼂蓋白〕多蒙衆兄弟推居此位，不敢固辭，但力薄才疏，全仗諸位贊襄。〔衆白〕大哥俯允輿情，我等不勝慶幸。〔三阮白〕如今鼂大哥既爲寨主，必須那一位做個軍師纔好。〔劉唐白〕便是這也要緊的。〔阮小七白〕劉大哥漢仗甚好，可以做得軍師。〔劉唐白〕咱這漢仗只好囊酒袋飯，那裏去得。〔公孫勝白〕吴先生智謀出衆，可當此位。〔吴用白〕才疏學淺，豈堪大任。〔衆白〕不必推辭，大家同拜就是了。〔鼂蓋白〕住了，此事豈可草草，改日擇吉登壇，一同拜立便了。〔衆白〕寨主説得有理。〔劉唐白〕且往後寨殺牛設酒暢飲一回。〔衆白〕有理。〔同唱〕

【紅綉鞋】當時屈體求賢，求賢，草廬三顧當然。當然，須盡禮，敢輕言，宜擇吉，拜壇前，求碩畫，掌威權。

【意不盡】把庸夫除却推英彦，非是同堂意見偏。要圖久遠，固寨安身共尊顯。〔下〕

# 第十齣　閻氏放刁成怨鬼

〔閻婆上。唱〕

【引】張敞無端滯此身，畫眉契濶已經旬。〔白〕那宋公明一向再不到我家來，多分是王婆這賤人搬了是非之故，我如今到縣前尋他回去。〔宋江上。唱〕

【引】天外故人飛信，意氣死生親。〔白〕可恨張文遠這厮不念朋情，在我面上做工夫，我如今告訴縣中朋友與他講話。〔閻婆白〕宋相公。〔宋江白〕閻媽媽。〔閻婆白〕相公，一向不見你回來，女兒放心不下，教老身尋你回去。〔宋江白〕那裏有這樣閑工夫，今日縣中呵，〔唱〕

【粉孩兒】匆匆的，案如山，旁午甚，怎偷閑頃刻，晏然安寢。〔閻婆白〕相公説那裏話。〔唱〕齊眉舉案岑寂深。我那女兒呵，倚紗窗望眼含顰。〔宋江白〕媽媽，你今日要我回去麽？〔閻婆白〕正是。〔宋江白〕這等，你先行。我到公廨裏去，完了事就來。〔閻婆白〕相公又來哄老身，你去了一定又不回來了，一定要同回的。〔扯衣介。宋江白〕放手，路上人看見不像模樣。〔閻婆白〕一定要回去。〔唱〕促芳塵早趁膏車，憐閃得鴛瓦霜冷。〔進介。白〕請坐，待我唤女兒出來。〔宋江白〕不要唤他出來，坐一坐就要去的。〔閻婆白〕又來了，且住，我若説了他在此，自然不肯出來的，有個道理在此。我兒，你心上的三郎在此，快出來。〔閻婆惜内白〕母親，你問他爲何一向不來，與我先打他幾下，待我出來細細問他。〔閻婆白〕相公可聽見麽，道你一向不來，教我先打你幾下，出來還要細細的問你哩。〔宋江白〕什麽説話？〔閻婆惜上。唱〕

【福馬郎】閃得霜閨倩誰顧問，負芙蓉香傍鴛鴦瞑，真薄倖。〔見介。白〕啐！ 我道是張三郎，原來這個厭物。〔唱〕你看他言無味，面堪憎，我藕已斷絲縈，他纏綿似葛牽藤。〔閻婆白〕我兒，三郎在此。〔閻婆惜白〕啐！ 張三就是張三，宋三就是宋三，説個明白。什麽三郎在此。〔閻婆白〕宋相公不來你又時刻想他。〔閻婆惜白〕啐！ 那個想他，扯淡。〔閻婆白〕他今日來了，倒害起羞來。〔閻婆惜白〕惹厭。〔閻婆白〕我特地去尋他回來，你也留些情兒與他才是。〔閻婆惜白〕我倒不耐煩。〔閻婆白〕相公，只有男子下氣與女娘，他見一向不來，心上有些氣你，還是相公下情兒。〔宋江白〕哇！有這許多胡説。〔閻婆惜作哭介。閻婆白〕我的兒，〔唱〕

【紅芍藥】你收拾了此際檀痕，還須念舊日鴛盟。〔白〕我的兒，一家身衣口食都在他身上。〔唱〕你把嘴弄虛脾、賣些甜淨，眼乜斜、遞些風影。〔白〕你看一個向東，一個向西，豈像夫妻介。〔唱〕悠悠渾一似陌路人。〔白〕相公，你也不要怪我女兒，你看他，〔唱〕没來由腰同瘦沈，也祇因夢斷梨雲。〔白〕我有個道理在此。〔扯宋江、閻婆惜白〕來來來，都隨我來。〔走介。推閻婆惜坐宋江身上，閻婆惜白〕啐！〔閻婆唱〕好兩兩鴛鴦睡穩。〔白〕我的兒，少間枕席上留些情兒與他，你不要做出來。我自去了，相公請睡了罷。女兒家咳，不會做人真個没法。〔下。宋江白〕這是那裏説起，縣中還有多少事情，不想被這婆子扯了回來，如今已夜静更深，就到縣中去也幹不得甚事，且在此住了一晚，明日絶早去罷。〔唱〕

【耍孩兒】倦體欠伸渾欲瞑，自覺無聊甚。聽簾外秋漏頻頻，寒燈，一任你背地空挑盡。我夢蝴蝶栩栩莊周寢，那顧得閑愁悶。〔掛袋脱衣作困介。閻婆惜白〕啐！〔唱〕

【會河陽】對面無緣，撫心自矜，陰蟲切切不堪聞。短檠，照我寒衾，與黯然淚痕，偏不照情郎影，似含桃顆顆我心頭滚，似吞刀寸寸我心頭刃。〔内鷄叫介。宋江白〕鷄鳴了，去罷。媽媽開了門。〔閻婆内白〕門是帶上的。〔宋江白〕早知如此，何不昨晚就去了。〔看介〕天已大明了，媽媽我去了，大門開在此。氣衰甘少寐，心弱恨多愁。〔下。閻婆惜白〕你看這厭物去了，不免到母親房裏去睡罷。呀！這厭物的叫化袋也放在此。〔丟介〕原來是一錠金子，好留下他與張三郎買果兒吃。還有一封書是露封的，待我看來：向事所犯，自分誅夷，仰賴恩私，護全首領。今棲水泊，自荷高情，聊奉黄金五十兩，少伸寸敬，未酬萬一也。伏惟宋公明大恩人臺下。通家弟鼂蓋頓首拜。阿呀！且住，那鼂蓋刼了生辰綱上梁山去了，爲何有這封書與他。嚇！原來他一向與賊人往來，倘日後做出謀反大逆的事來，豈不連累我母子吃虧。我一向要與他開交，没個因頭。好了，好了！

與他開交的機會到在這封書上了。〔唱〕
【縷縷金】甘唾井，恨無因，拾遺非祇幸，得兼金，黨結梁山泊，反形是証。想天教籠鳥翩凌雲，把銀瓶落梧井，銀瓶落梧井。〔宋汀急上。唱〕
【越恁好】楚弓遺影，楚弓遺影，慮禍甚關心。〔白〕我方才起身得急了，把一個招文袋遺失在房中。袋内一錠金子這還小事，有這鼂保正這封書在裏邊，況那妮子又識幾個字，可是洩漏得的。只得轉來，呀，且喜大門還開在此，不免進去取了就走。〔尋看介。對閻婆惜白〕可見我的招文袋，可見我的招文袋？〔閻婆惜白〕啐！你那隻手交付與我的，倒與我討。〔宋江白〕昨晚放在此的。〔唱〕難道璧沉江漢無憑準，好返鎬池君。〔閻婆惜白〕嚇！可是招文袋麽？在我處。〔宋江白〕我説在娘子處，拿來。〔閻婆惜白〕你做人狠得緊，我要留在此做個把柄，没得還你了。〔宋江白〕不要取笑，快還我。〔閻婆惜白〕我且問你，袋内有什麽東西在内，這般着急。〔宋江白〕袋内麽，止有一錠金子，你若要送與你。〔宋江唱〕黄金烱爍堪獻芹，贈遺何吝。〔閻婆惜白〕難道只有一錠金子在内？〔宋江白〕只有一錠金子。〔閻婆惜白〕這張賊嘴，梁山泊鼂蓋。〔宋江掩閻婆惜口介。閻婆惜白〕好嚇！你與梁山泊强盜往來，倘日後做出謀反大逆事來，連累母子吃虧，今日好好還我個了當來。〔宋江白〕你要什麽了當？〔閻婆惜白〕什麽了當？止不過寫一紙休書與我就是了當。〔宋江白〕你要我寫休書，還了我就寫。〔閻婆惜白〕寫了還你。〔宋江白〕住了，寫了要還我的。〔閻婆惜白〕阿呀！寫了自然還你的。〔宋江白〕是是是。〔宋江作寫介。閻波惜白〕我一向不知，原來與梁山泊賊人往來。〔宋江白〕在此寫了，有許多胡説。〔閻婆惜白〕難道我説不得的。住了，寫便寫，中間要依我一句。〔宋江白〕依你怎麽寫？〔閻婆惜白〕要寫任憑改嫁。〔宋江白〕就是任憑改嫁，改嫁那個？〔閻婆惜白〕阿呀！任憑了，管我怎麽？〔宋江白〕或者你心上要嫁那一個，一發寫在上邊一發停當些。〔閻婆惜白〕我要改嫁……〔住口介。宋江白〕快些説。〔閻婆惜白〕我怕他怎麽，任憑改嫁張三郎，不怕你。〔宋江白〕阿呀！王婆之言信非謬矣。咳！打得上，撇得下，就由你任憑改嫁張三郎。拿去。〔閻婆惜白〕寫得好不差。〔作走介。宋江白〕那裏去？〔閻婆惜白〕進房去睡。〔宋江白〕袋呢？〔閻婆惜白〕你要袋麽？想是在那裏做夢。〔宋江白〕你方才説寫了休書還我，如今休書又寫了，怎麽不還我？〔閻婆惜白〕其實没得還你了，要還到鄆城縣當堂去交還你。〔宋江白〕我今日偏要。〔閻婆惜白〕偏没有。〔宋江白〕偏要。〔閻婆惜白〕偏没有，偏没有。不怕你怎麽。〔宋江白〕你不要淘氣。〔閻婆惜白〕淘氣，老娘也不怕。〔宋江白〕哇！淫婦。〔閻婆惜白〕强盗。〔宋江白〕賤婢。〔閻婆惜白〕賊頭。〔宋江白〕賊潑賤。〔閻婆惜白〕狗强盗，狗强盗。〔宋江白〕你不還我，我就……〔閻婆惜白〕你就敢殺我？〔宋江白〕我就殺你何妨？〔閻婆惜白〕四鄰地方，宋江……〔宋江打倒殺介。唱〕手兒内光閃閃鋒難近，心兒内氣憤憤情難忍。

【紅綉鞋】一朝血濺紅裙、紅裙，一時粉碎青萍、青萍。把骸骨覆羅裙，把魚鷹袋招文，把蠟屐出柴門。〔搜袋介。閻婆急上。白〕自不整衣毛，何須夜夜號。爲何這等叫喊，宋相公爲何這樣光景？〔宋江白〕你那女兒不好。〔閻婆白〕看老身分上。〔宋江白〕看你分上殺了。〔閻婆白〕殺了，如今在那裏？〔宋江白〕你來看，這不是麽？〔閻婆見介。白〕阿呀！地方，宋……〔宋江白〕唗！你敢喊也是一刀。〔閻婆白〕不不不喊。〔宋江白〕可殺得好？〔閻婆白〕女兒不好，殺得是。〔宋江白〕該殺。〔閻婆白〕該殺。阿呀！親兒嗄！相公，女兒死了，教我倚靠何人？〔宋江白〕這何難，我就養你的老。〔閻婆白〕多謝相公。〔宋江白〕好嗄，好個任憑改嫁張三郎。〔恨介。閻婆白〕不要説了，他也與相公做一場夫妻，買口棺木盛殮了，也見平日的情分。〔宋江白〕這個使得，我去買來。〔走介。閻婆扯宋江介。閻婆白〕相公，且擡過一邊，和你同去。〔宋江白〕也罷。〔閻婆唱〕

【尾聲】今朝相吊憐形影，誰伴桑榆悲晚景。〔宋江唱〕管教你春草秋風老此身。〔閻婆白〕待我鎖上了門兒。〔下。王婆上。白〕茶肆邀冠蓋，往來無白丁。老身前日因閻婆惜搶白了一場，我在宋相公面前説了他些勾當，宋相公竟一向不到他家。昨日閻婆來拉他回去，不知怎麽樣了，待宋相公來時便知分曉。〔宋江、閻婆上。閻婆唱〕

【大齋郎】向長街，步難捱，一時紅粉痛塵埋。啣恩非是奴心改，伸冤共你赴天臺。〔到介。白〕爺爺，救命嗄！〔王婆白〕這是妹子，爲何扯住了宋相公，爲什麽？〔閻婆白〕姐姐，不好了，宋江殺了我的女兒了。〔王婆白〕怎麽説？〔閻婆白〕宋江昨晚把我女孩兒殺了。〔王婆白〕罷了，不好了，我說道你們做出事來了，你如今拉住他怎麽？〔閻婆白〕扯他縣主老爺處叫喊。〔王婆白〕妹子，你也不要慌，當初是我做的媒人，如今的中証也少不得我。〔閻婆白〕正是，少姐姐不得的。〔王婆白〕來來來，待我替你扯住在此，你到儀門上去叫喊去。〔閻婆白〕有理。姐姐與我扯住了，我去叫喊人，交付與你的了。〔王婆白〕是了。〔閻婆哭叫下。王婆白〕去啐，人是殺得的，此時不走，更待何時。〔放宋江下。王婆白〕快走，還要回頭。〔内喊關門介。閻婆上。白〕阿呀，退堂了，不湊巧。兒嗄！姐姐，宋江呢？〔王婆白〕妹子好麽，那裏來？〔閻婆白〕宋江呢？〔王婆白〕那個嗄？〔閻婆白〕宋公明。〔王婆白〕可是宋公明？我也在此尋他，好幾日不見了。〔閻婆白〕屈來好奸計，還我宋江來。〔王婆白〕什麽還你宋江，我且問你，你方纔是那一隻手交付與我的？〔閻婆哭嚷介。張文遠上。白〕叫各役都齊了，老爺要往府裏去。〔見介。白〕呀！住了，閻媽媽，你兩個爲何在此嚷？〔閻婆白〕張相公，我正要來見你。〔張文遠白〕見我怎麽？〔閻婆白〕不好了，昨晚宋江把我女兒殺了。〔張文遠驚介。白〕怎怎麽說？〔王婆白〕宋公明殺了他的女兒了。〔張文遠流淚介。王婆白〕老面皮，此淚出於何典？〔張文遠白〕爲何倒扯住了王媽媽？〔閻婆白〕我結扭宋江在此叫喊，正遇王婆，他說替你扯住，你去叫喊。我去叫喊，要他做好做歹，竟放了去了。〔王婆白〕正是牛能這個人扯得他住的。〔張文遠白〕王婆，宋江殺了閻婆惜，與你什麽相干，要你放了他去。〔王婆白〕張相公你是明白的。〔張文遠白〕明白的，便怎麽？〔王婆白〕人家殺了人，可是大事？〔張文遠白〕怎麽不是大事？〔王婆白〕既是大事，我又不是里長，又不是老人，怎麽與我起來？你自詳情。〔閻婆白〕張相公，不要聽他。是我明明交付與他的。〔張文遠白〕閻媽媽不要哭，待老爺升堂稟了，着在王婆身上要宋江便了。〔王婆白〕張相公走來。〔張文遠白〕那説？〔王婆白〕你住在此替我們處一處這椿事去。〔張文遠白〕我自廊下事情處不開，處你們這樣大事到縣場上去嚷。〔下。王婆白〕隨了他進去。〔閻婆白〕噲！我和你好姊妹。〔王婆白〕什麽好姊妹，在佛會上見了哩。姐姐妹了什麽一個父母養的料，扯淡。〔閻婆白〕明明交付與你，竟自放了去。〔王婆白〕妹子過來，我問你，我又不是排年總甲，你爲何交付與我？〔閻婆白〕咦？你這等抱富欺貧。〔王婆白〕嗄！你也忒忘恩負義。〔閻婆白〕阿呀！他殺人償命，王法難逃。〔王婆白〕走來，你欠債不還，人心難昧。〔閻婆白〕那宋公明怎對得堂堂縣令。〔王婆白〕張三郎瞞不過湛湛青天。阿彌陀佛。〔閻婆白〕你如今没了這⿺鬼監⿺鬼介兇人，也開不成茶肆。〔王婆白〕嗄！我没了宋江開不成茶坊倒有，可你如今死了這煙花潑賤，做不成鴇兒羞羞。〔閻婆白〕屈來我是鴇兒，我是鴇兒，我自有寃報寃，與你甚事？〔王婆白〕你這老媽，再没有這等不明的了。我也是以德報德，與你解交。〔閻婆白〕你是叫化，不得開這茶坊趁食。〔王婆白〕你打劫不來，教這女兒騙人。〔閻婆白〕我到騙人，我到騙人，你一杯濁水，賺人幾貫青蚨。〔王婆白〕阿喲！這句説毒了，我一杯熱一杯冷與人吃，倒説我賺人財物。過來，我説出口重，教女兒引誘人家子弟，騙人幾多白鏹。〔閻婆白〕我説你不過了。老乞婆。〔王婆白〕老虔婆。〔閻婆白〕老妖精。〔王婆白〕老妖怪。〔同打介。張文遠上。白〕住了，放手。〔閻婆白〕張相公，狀詞可准麼？〔張文遠白〕准了。人都差了。〔閻婆白〕張相公，可憐看小女面上扶持老身。〔張文遠白〕不妨，都在我身上，先回去，我自有道理。〔閻婆下。張文遠白〕人交付你的，竟放走了麼。待老爺升了堂拿你上去，三十脚底一搒，不怕你不放宋江出來，教你不要慌。〔王婆白〕呔！ 張三郎，你不要説嘴。〔張文遠打王婆介。張文遠白〕放肆。〔王婆白〕好打。〔張文遠白〕張三郎是你叫的麼？〔王婆白〕可記得做小兄弟的時候了。〔張文遠白〕唗！ 胡説，打你這老乞婆。〔王婆白〕打架你不經我老太婆的手段。〔諢介。下〕

# 第十一齣　美髯公縱友逃刑

〔宋太公上。唱〕

【二集傍粧臺】【傍粧臺】(首至四)務農桑，要奴耕婢織勞苦把家當，看耒耜春泥跡，更機杼夜燈光。【八聲甘州】(五至六句)但得闔家飽暖餘無望，便是終歲辛勤也不妨。〔白〕老夫宋希賢，大孩兒宋江在縣中作吏，有兩三個月没有回家。次子宋清，令他往西村置買農器去了。此時早飯已過，身閒無事，且往莊門口走走。〔向外行介。唱〕【皂羅袍】(五至六)喜得早完公事，官租上倉。【傍粧臺】(末一句)絶無人催賦到門牆。〔宋江急上。唱〕

【不是路】膽顫心慌，恐有人追來步轉忙。〔見介。白〕爹爹。〔太公白〕阿呀，兒嗄！爲何這等慌慌張張而歸？〔宋江白〕阿呀！爹爹，不好了嗄！〔太公白〕且到裏面去。〔一面進内介。一面太公唱〕把情由講，緣何唬得那面皮黄？〔宋江白〕孩兒在縣娶有閻婆惜爲妾，可恨這賤婢淫悍非常，通奸敗露。〔太公白〕既是這等，你只索休棄了就是了。〔宋江白〕孩兒呵，〔唱〕恨醜聲彰，使我不修帷薄的名應喪。把他欲抱衾裯的手刃將。〔太公白〕嗄！聽你這般説來，敢是行起兇來了。〔宋江白〕不合一時怒起，將那賤人殺死了。〔太公白〕阿呀呀！這還了得。既在公門，難道不知法度的。你即使躲過，豈不要連累我老人家了。〔唱〕把我株連上，暮年人怎去遭官棒。這的是禍從天降，禍從天降。〔宋江白〕爹爹，且請放心。孩兒身爲書吏，恐有是非，三年前曾與爹爹虛揑忤逆詞狀，批下執照，出户另居，倘有所犯，總無干涉。孩兒此時且去躲在地窨之中，少間捕役到來，只將執照與他看，推託便了。況且孩兒平日與合衙門人交好，他們自然周全的。〔太公白〕我倒忘了執照了。如今無可如何，只得是這樣做去噓。〔合唱〕

【掉角兒序】恨無端自招禍殃，怎説得災成無妄。都則爲野蔓閒藤，糾纏出情魔愁障。〔太公夾白〕媳婦，快來。〔孟氏應上。唱〕何事的呼聲驟，不由得移步緊，忙來堂上。〔見介。白〕原來官人回來了。〔宋江白〕阿呀！娘子，卑人犯下人命官司了。〔孟氏白〕嗄！有這等事，那人命因何而起？〔太公白〕且不要問，待你丈夫快到地窨中躲過了，再與你細説。〔合唱〕莫教喧嚷，且須隱藏。怕的是有人知覺，頻生風浪。〔急下。朱仝、雷横帶衆土兵上。唱〕

【又一體】既然的干犯王章，怎生價脱逃法網。嚴緝獲安敢遲違，緊搜拿莫教疏放。〔作到介。朱仝、雷横白〕土兵們，小心圍住了前後莊門。〔衆土兵應介，作圍繞下。朱仝、雷横白〕裏面有人麽，快些走出來。〔太公上。白〕什麽人，這等大驚小怪？〔見介〕原來是二位都頭，有何貴幹光降？〔朱仝、雷横白〕太公，你還要佯推不知麽？令郎宋押司呵，〔唱〕惡狠狠持白刃，慘酷酷殺紅妝。告在公堂，情真罪當，應須抵償。並不是殺人曾子，無端遭謗。〔太公白〕嗄！有這等事？這不肖子今番做出事來了，好叫他去受罪。〔朱仝、雷横白〕既是這般説，快快放出兇身來罷了。〔太公白〕阿呀！二位還不知道麽，這不肖子忤逆不孝，三年前曾鳴官告理，蒙前任大爺批有執照，出户另居，永無干涉的了。〔朱仝、雷横白〕太公，你雖是這等説，我們難於憑信。〔太公白〕縣中存有案卷，又有用印執照，取來一看便知了，怎麽不信？〔朱仝白〕不是這等説，我們奉差到此緝捕，須得進内搜一搜，果然没有，這纔信以爲實。〔太公白〕請二位只管進内去搜。〔朱仝白〕雷都頭，我們一同進去。〔雷横應介。朱仝白〕不好，不好！兇身現在脱逃，太公也就是要緊人犯了。雷兄弟，你將他緊緊看好了，待我一人進内去搜罷。〔雷横白〕就是這樣便了。〔朱仝白〕你同太公先到後面去把執照看一看，抄了一紙帶着。〔雷横應介。太公白〕阿呀呀！這是那裏説起，人命關天重。〔雷横白〕太公，我這個官差不自由。〔同下。朱仝看下介。白〕難將我語和他語，未卜他心是我心。那雷横雖與宋公明交好，未必便肯用情，因此把他賺開了。那宋公明一定躲在佛座下地窖之内，待我進去指點他逃向遠方。〔進内介。唱〕

【太師引】進中堂，悄地頻觀望，我把那其中好審詳。〔場上預設佛座介。朱仝白〕來此已是佛堂，待我進去。〔移開佛座介。唱〕只知是莊嚴色相，那識得秘密行藏。〔開地井板介。唱〕試將這銅鈴提響。〔提索鈴響介。唱〕管教他聞聲直上。〔宋江從地井内上，見驚介。白〕阿呀！原來是都頭，你要救我纔好。〔朱仝唱〕看慌張狀令人可傷。押司我和你情關休戚好商量。〔宋江白〕若蒙義釋，終身不忘大德。〔朱仝白〕押司，你我相交甚厚，怎好就將你擒拿，但藏躲在内，終非善策，還當遠舉高飛纔是。〔宋江白〕多承指教，小可刻下即當逃往他方便了。請上受我一拜。〔朱仝白〕不敢。〔宋江唱〕

【又一體】今日蒙君來釋放。〔滚白〕仁兄，多感伊家雲天高誼，奉差而來，不加擒獲，反用好言安慰，命我難人向遠處潛蹤，遠處潛蹤。今日蒙將我來釋放。〔唱〕這恩德如何敢忘。〔朱仝白〕快些進内，去收拾行李走罷。〔宋江應介。唱〕願此去脱離羅網，學冥鴻雲外翺翔。〔急下地井介。朱仝向外行介。唱〕饒播弄瞞天大謊，還要去作勢裝腔。〔白〕雷都頭，太公在那裏？〔雷横、太公上。雷横白〕怎麽樣了，可搜得着？〔朱仝白〕各處俱已搜遍，果然没有。〔太公白〕何如？老漢久不許這忤逆子上門的了。〔朱仝白〕雷都頭，你可也要進去搜搜。〔雷横白〕你説没有自然是没有的了，何必又要我進内。〔朱仝白〕抄的那執照底子呢？〔雷横白〕帶在這裏。〔朱仝白〕兇身既然不在，帶了太公去見官就是了。〔太公白〕老漢年紀高大，還求二位都頭方便。〔朱仝白〕這個如何使得。〔雷横背白〕他與宋公明相好，怎麽都是這等，我有道理。〔問朱仝介。白〕朱都頭，不是嗄，他既有執照爲憑，我們捹得躭些干係去禀知官府，不追問就罷。若追問起來，只説其父卧病在床，不便拘拿就是了。〔朱仝白〕這等麽，既是你要做情，便宜你這老人家，不帶去罷。〔太公白〕多謝二位都頭。〔朱仝、雷横白〕太公，若是令郎回來拿住了，快快自首，省得連累你。〔太公白〕這個自然。〔下。朱仝、雷横白〕衆土兵呢？〔衆土兵上。白〕都在這裏。〔朱仝、雷橫白〕兇身不在莊上，我們快回縣中去稟明大爺，另向别處緝獲。〔衆土兵應介。合唱〕空勞攘，知他潛藏在那厢，竟做了捕風捉影兩茫茫。〔下。太公上。宋江上。孟氏上。宋白〕阿呀呀！那雷橫還好些，那朱仝一些情面也没有，平日交好，竟是没用的。〔宋江、孟氏上。宋江白〕爹爹不要錯怪了人。〔太公驚介。白〕阿呀！他們去還未遠，你怎麽就出來了。〔宋江白〕方纔朱都頭知是孩兒藏在窖中，已經見面，承他釋放，囑咐孩兒快往遠處逃避，刻下就要拜辭膝下了噓。〔哭介。太公白〕藏你在家，恐露風聲，反爲不便，也只索由你，但不知避到那裏去？〔宋江白〕滄州柴大官人處，白虎山孔氏弟兄莊上，清風寨花榮署中，三處皆可投奔，如今且往柴大官人處住些時再定行止。〔太公白〕你去後我即着四郎前來看汝。〔宋江白〕家内無人，這倒不必，爹爹請上，待孩兒拜别。〔太公白〕罷了。〔宋江拜介。合唱〕

【三學士】人世分離原苦，況今番更覺悲傷。老親白髮頻揮淚，少婦紅顔欲斷腸。一去天涯勞夢想，知甚日返故鄉。〔孟氏將包裹遞與宋江介。宋江下。宋太公、孟氏合唱〕

【哭相思】疊疊雲山去路長，一家骨肉嘆參商。欲知别淚垂多少，拭盡千行更萬行。〔各哭介。下〕

# 第十二齣　宋江避難投良友

〔武松上。唱〕

【滿庭芳半】臂挽千鈞，胸羅八陣，功名猶滯吴鈎。依棲朱邸，蹤跡嘆淹留。無那鴈行影斷，望鄉關天際雲浮。〔白〕虎頭燕頷體昂藏，壯志應知在四方。天地一身非藐小，男兒當是重綱常。自家姓武名松，本貫清河人氏，不幸父母早亡，家室未授，止有親兄一人相依度日。自家既具俠腸，且多勇力，爲是路見不平，誤將本處土豪打倒，逃避江湖，投託此間柴皇親莊上。蒙他殷勤款待，住有年餘，閒中教授他莊客些拳法，喜得漸已精熟。近日打聽得哥哥遷居在陽穀縣中，幾番要到彼尋覓，又因偶抱小恙，所以躭擱。且待身體强健，然後辭别了柴大官人，起身前往便了。

〔柴進上。唱〕

【菊花新半】揮金結客少年遊，名譽争看遍九州。〔見介。武松白〕大官人。〔柴進白〕武二哥。〔武松白〕小弟在此蒙大官人高誼，感戴非淺。〔柴進白〕二哥，一向在舍，簡褻之甚。〔武松白〕不敢，本欲在此常聆清誨，但思念家兄不置，即日就要拜别尊顔，此後再當圖晤。〔柴進白〕二哥欲歸之念蓄之已非一日，小弟也不好十分强留，但以二哥之人材，必非老於牖下者，不識會見令兄之後，還欲何往？〔武松白〕小弟平日企慕鄆城縣宋公明爲人仗義，將來意欲往彼拜識。〔柴進白〕那宋押司弟亦最所仰慕，雖未謀面，常有音問往還，但不知何時始得識荆。〔武松白〕那公明呵，〔唱〕

【好事近】義氣重千秋，欽仰似泰山北斗。〔柴進合唱〕兩相思慕，千里神交已久，何年把臂，指青松白石交情厚。聽春雨兩地含愁，望暮雲幾番翹首。〔莊客上。白〕户後金釵人十二，堂前珠履客三千。〔見介〕啓上大官人，外面有一鄆城宋相公拜訪，他自己説名叫宋江。〔柴進白〕有這等事？正在此念及，不想忽然到來，這也喜出望外。〔武松白〕果是可喜。〔柴進白〕快請進來。〔莊客應介。柴進白〕我們一同出去迎接。〔武松應介。莊客〕宋相公有請。〔宋江應上。白〕迢遥途路家何在，潦倒風塵人自勞。〔莊客接包裹介。柴進、武松接見介。柴進白〕公明兄怎麽今日方始降臨，豈不想殺柴進也。〔宋江白〕疏頑小吏，何足當貴人如此垂念。〔柴進白〕好説。〔宋江白〕此位尚未請教尊姓大名？〔武松白〕小弟武松。〔柴進白〕是武二哥，實爲當世之英傑。〔宋江白〕久仰，久仰！〔柴進白〕請坐了。〔各坐介。柴進白〕今日甚麽好風，吹送得公明兄到此？〔宋江白〕不才因一時忿怒，犯下了一樁官司，逃避出來的。〔柴進、武松白〕嗄！原來如此。〔宋江唱〕

【千秋歲】遠相投，法網希圖漏。〔向柴進恭介〕要仗着二天庇佑。〔柴進、武松白〕但不知所犯何事？〔宋江唱〕手刃紅裙，手刃紅裙，也只爲醜事兒聲傳中冓。〔柴進白〕這樣小事，何足慮及，不是小弟誇口説，就犯下十惡大罪，住在小莊也無人敢來理論。頻年思慕，今幸惠臨，且須歡聚雄談，亦人生至樂之事。〔柴進、武松唱〕嘆幾載相思久，喜今日相逢驟。坐對知心友，果然是同聲相應，同氣相求。〔武松白〕小弟病軀尚未痊可，今得會見公明兄喜溢於中，賤恙不覺霍然矣。只是纔得相逢又將遠别，這却奈何？〔宋江白〕武二哥將欲何往？〔武松白〕要到陽穀縣尋訪家兄。〔宋江白〕小可也還要到白虎山去，且同在此盤桓幾日，然後分袂便了。〔柴進白〕纔到這裏，怎麽就提去的話。小酌設在後軒，請到那邊，且爲暢飲談心。請。〔宋江、武松〕請。〔合唱〕

【尾聲】訂交情，期白首，喜一時裏英豪邂逅，好同把義勇的胸襟向樽前謾謾的剖。〔各遜下〕

# 第十三齣　景陽崗斃虎遇兄

〔衆獵户上。唱〕

【水紅花】官司懸賞有明文，捕山君看看着緊。咱每獵户受災迍，枉艱辛徘徊難進。退則恐違嚴限，進又恐亡身。算來都是命難存也囉。〔白〕我們是陽穀縣中獵户，只爲景陽崗上有一吊睛白額虎吃人無限，本縣太爺着落我們身上，務要捉獲。只是這個孽畜猛惡異常，我們如何拿得。〔一獵户〕哥嗄，你我只好伏在山下，多擺些窩弓藥箭，等他自來納命。〔衆獵户〕説得有理。正是路狹難迴避，官差不自由。〔下。武松上〕道傍車馬日繽紛，行路悠悠何足云。未知肝膽向誰是，令人却憶平原君。俺武松久住柴皇親莊上，喜遇宋公明，又復盤桓數日，因思念哥哥，只得别了他二人，就往陽穀縣中尋俺哥哥走一遭也。〔唱〕

【新水令】老天何苦困英雄，二十年一場春夢。不能彀奮雲程九萬里，只落得沸塵海數千重。浪跡浮蹤，任烏兔枉搬弄。〔白〕迤邐行來已是景陽崗下了，前面有個酒肆，待我看來，酒望子上寫着「三碗不過崗」。這怎麽説，我且進去少坐一會。酒保有麽？〔酒保上〕來了。酒酒酒，有有有，賒賒賒，走走走。客人吃酒麽，裏面請坐。〔武松〕過來，你那酒望子上寫着「三碗不過崗」，這怎麽説？〔酒保〕嗄！ 客官，我這裏酒兇，吃了三碗，就過不得這景陽崗了，故此叫做「三碗不過崗」。〔武松〕嗄！ 取來，待我吃他幾碗，看我過得這崗過不得這崗。〔酒保〕客人不要説嘴，待我拿來你吃。 哪，就是個隻碗。〔武松〕酒來。〔酒保〕客人勿要吃個樣寡酒，等我切點牛肉過過口。〔武松、酒保唱〕

【折桂令】又何須炙鳳烹龍。〔白〕酒來。〔酒保〕没哉，酒壺裏只得三碗。〔武松〕纔吃就完了。〔酒保〕客人，你個量好乱，等我掇一甏來，等你吃一個燥皮。〔武松〕不要管，只顧篩來就是了。〔酒保〕客人，你看顔色琥珀能個。〔武松唱〕鸚鵡杯浮，琥珀光濃。 爽快！ 却不道五斗消酲，三杯合道，自有神功。〔酒保白〕客人，好上口，難脱手個嘘，勿吃罷。〔武松〕呸！ 我想别人吃酒，與你何干？〔唱〕何用你虛擔怕恐。〔酒保白〕酒完哉，阿要再掇一甏來？〔武松〕不吃了。〔酒保〕嗄！〔武松〕前日柴大官人送我的盤費，一路用來剩不多了。 酒保，我這包裹裏頭還有四五錢銀子在内，你拿了去罷。〔酒保〕吃子一壺又是一甏，那説四五錢銀子。〔武松〕不是嗄，我連包裹多放在你處。〔酒保〕當來裏麽個使得介，没就來贖子去耶。〔武松〕改日就來取的。〔唱〕好教人羞殺囊空。〔走介。 酒保白〕客人囉哩去？〔武松〕過崗子去。〔酒保〕去不得了。〔武松〕怎麽去不得？〔酒保〕你不曉得，景陽崗上新出一個吊睛白額大蟲，吃人無限，本縣老爺大張告示，一應單身客人不許過往，恐傷性命。〔武松〕咦？ 酒保，你不説那大蟲我不去也罷，若説有虎在彼，惱得俺精神抖擻，毛髮倒竪。〔笑介。酒保〕老虎答你哈哈個了。〔武松〕我偏要去。〔酒保〕你去正好給他做點心。〔武松唱〕按不住我惡氣忡忡。〔白〕放手。〔酒保跌下。武松唱〕則是行色匆匆。趁着這落日熹微，醉眼朦朧。〔白〕來此已是崗上了，不見什麽大蟲，都是這厮胡説，連那官府榜文也是混賬。呀，酒湧上來了，待我就在這塊石上少睡片時。〔内虎叫介〕呀！ 果然有個大蟲來了。〔虎上跳躍介。武松唱〕

【雁兒落】覷着這潑毛團、體勢兇。〔打介。唱〕這狼牙棍、先摧迸。俺這裏趨前退後忙，那孽畜舞爪張牙横。

【得勝令】呀！ 閃得他回身處，撲着空，轉眼處，亂着蹤，這的是虎有傷人意，虎嗄，你今日冤家對面逢。你待要顯神通，縱使力有千斤重。你今日途窮，抵多少花無百日紅，花無百日紅。〔打虎死介。白〕虎已死了，且乘着這酒興過崗子去罷。〔衆獵户暗上。武松白〕呀！ 你看又有兩個大蟲來了，俺今番是個死也。〔唱〕

【沽美酒】俺只索逞餘威，鬭晚風，逞餘威，鬭晚風。呀！ 只見那雙舉步，兩挪蹤。〔衆獵户白〕喲！ 你是人是鬼，這個時候獨自行走麽？〔武松唱〕俺是個蓋世英雄喚武松。〔衆獵户白〕可曾遇着大蟲？〔武松〕虎麽？〔唱〕試言他猛兇。〔衆獵户白〕你且試説一遍。〔武松唱〕負嵎處，恁威風。

【太平令】身一撲山來般重，尾一剪鋼刀般横。一聲響千人驚恐，數步遠衆生含痛。〔衆獵户白〕你怎麽不被他傷了性命？〔武松唱〕俺呵，憑着這膽雄氣雄，空拳兒結果了大蟲。〔衆獵户白〕被你打死，感謝壯士。〔武松唱〕呀！ 教衆口將咱稱頌。〔衆獵户白〕實不相瞞，我每是陽穀縣中獵户，官府勒了限期，着落我每身上，要拿這個大蟲。 我每又近他不得，果然被你打死了，我們也不信。〔武松〕不信麽，隨我去看來。〔唱〕

【鴛鴦煞】早難道巖前虎瘦雄心横。〔衆獵户白〕這樣一個大蟲被你精拳打死，就是卞莊與李存孝也不如你了。〔武松唱〕俺笑那卞莊存孝皆無用。〔衆獵户白〕壯士，你却來得去不得了。〔武松〕怎麽來得去不得了？〔衆獵户〕少不得送你到縣裏去請賞。〔武松唱〕俺本是逆旅經商，誰承望奏捷膚功。〔衆獵户白〕一定要壯士去的。〔武松〕只是俺去呵，〔唱〕只怕那六巷三街，前遮後擁，沸沸揚揚，〔衆獵户白〕説些什麽來。〔武松唱〕把那陽穀人譏諷。〔衆獵户白〕這也説不得，待縣中這些百姓認認你是個打虎的好漢。〔武松〕也罷，少不得要到縣中去尋我哥哥的。〔唱〕只得相從。〔白〕把這大蟲擡了去。〔衆獵户〕壯士請。〔武松〕請。 我不去也罷。〔唱〕怎當他們恁趨奉。〔衆獵户遜武松下。衙役、皂隸引縣官上。唱〕

【夜行船】時序推移如轉首，環四野麥已先秋。 馴雉無功，飛梟不就，願猛虎渡河北走。〔白〕威鳳託鳩巢，徘徊惜羽毛。 催科慚政拙，撫字識心勞。 下官陽穀縣縣尹是也。 景陽崗猛虎傷人，深爲憂慮，今早從人報説有一壯士獨自打死一個大蟲，實爲可驚可喜。 叫左右。〔衆應介。 縣官〕

獵户到來，即便通報。〔衆〕理會得。〔武松上。唱〕

【又一體】一虎何勞傳衆口，還須破百萬貔貅。〔獵户擡虎皮上〕昨朝多懼多凶，今日無災無咎，都是那人成就。〔獵户白〕牌頭哥，煩你稟知，獵户與打虎壯士要見。〔稟介。縣官白〕着他進來。〔武松〕打虎的磕頭。〔縣官〕起來。〔獵户〕獵户磕頭。這虎是他打死的。〔縣官〕虎且擡在一邊。〔獵户應介。縣官〕那壯士過來，你是何方人氏，叫甚姓名，多少年紀了？〔武松跪介〕老爺聽稟。〔唱〕

【鎖南枝】我年齡少，武略多，名松姓武能荷戈。一壘家世清河，争奈奔馳命坎坷。〔縣官白〕你如今要往那裏去？〔武松唱〕到此陽穀縣尋我哥，過景陽崗遇着虎爲禍。〔縣官白〕這等一個猛虎，你怎麽就打得他死？起來説。〔武松起介。唱〕

【又一體】把他先一按，就一撲，〔白〕説時遲，那時快，〔唱〕一掀一剪勢甚潑，讓他幾個掀簸。他性兒自摧挫，鋭已竭，俺力尚大。〔白〕兵法有云，〔縣官〕怎麽説？〔武松〕避其鋭氣，擊其惰歸。〔唱〕打虎時是這擒縛。〔縣官唱〕

【又一體】你心偏壯，計不訛，兼資勇謀恁似他，愧咱職忝民牧，常若心勞拙催科。看長兄特來此過，便留伊也安妥。〔白〕我要補你做土兵都頭在我縣裏答應，就與你哥哥完聚。意下如何？〔武松跪介〕多謝老爺擡舉。〔縣官〕既如此，叫該吏備花紅鼓樂，就着獵户擡了大蟲迎這都頭與城中人看。〔衆應介。縣官〕今日得吾提掇起，免教人在污泥中。快迎出去。〔下。衆鼓樂，獵户擡虎皮同

上，隨武松行介。衆唱〕

【朝元令】山村早收，白額當人吼，山行早休，白骨妨人走。自此舒眉，更無疾首。〔武松唱〕這是明府仁深澤厚，民以無憂。〔衆唱〕你勞而不伐德更優，今日做都頭，看他年封列侯。〔武松唱〕想分飛日久，兄和弟幾時輻輳。〔衆唱〕有時輻輳。〔同下。武大郎上。白〕眼見希奇，壽增一紀。景陽崗出了一個吊睛白額虎，吃人無數，被一外方壯士精拳打死。本縣太爺賞了花紅，擡這老虎迎來迎去，與百姓們觀看。我連忙拿勾餅擔放哩屋裏子，也去看看。我想人生一世，草木一秋，冬瓜爛子對河裏一丢，竟去看老虎去。〔衆百姓內白〕走嗄，走嗄！〔武大郎〕阿唷，阿唷！你看人山人海，才去看老虎勾，我也擠上去。〔衆百姓上〕潛藏山內多威猛，擡向城中人聚觀。〔見武大郎介〕你這矮子，身不滿三尺，如何挨擠得上？〔武大郎〕區區身體雖然瑣小，我跳哩㕶丟肩架上，比㕶丟還看得仔細哩。〔衆內白〕我們迎上前去。〔衆百姓〕你看擡到那邊來了，我們快去看嗄。〔衆擡虎引武松上。同唱〕

【又一體】醉裏奇功成就，山靈也是愁，今古更誰儔，志欲淩雲，氣能沖斗。自是雄風神授，電走星流，從容斃虎如斃牛。〔衆百姓白〕阿唷唷！好個大老虎。〔武大郎〕咦？個個打虎勾人好像我勾兄弟。〔武松見介〕嗄！這分明是我的哥哥。〔向武大郎〕你可是我哥哥武大麽？〔武大郎〕正是，㕶阿是我勾兄弟武二。〔各見哭介。武松白〕哥哥住在那裏？〔武大郎〕就哩前頭紫石街上，兄弟剛到，無得下處，就哩我裏住子罷。〔武松〕使得。〔武大郎〕叫渠厾拿勾老虎擡到我門前去光輝光輝。〔武松〕就煩列位擡去。〔衆應介。同走唱〕旌賞豈能酬，還須達帝州。〔合前〕分飛日久，兄和弟一時輻輳。〔重到介。武大郎白〕到哉，到哉！　噲家主婆，拿刀出來割勾虎尾把，替呾裝裝。〔衆〕休得取笑，看他不出倒有這樣一個好兄弟。　我們再到縣前去。〔衆擡虎隨口白，同下。　潘金蓮上。　武大郎白〕過來，見了叔叔。〔作見介。武大郎〕快進去收拾夜飯。〔潘金蓮應下。武松〕哥哥請上，兄弟有一拜。〔同拜唱〕

【玉胞肚】雁群拆散，影蕭蕭飄泊未還。　念哥哥在此地安居，小兄弟特來相看。〔武大郎白〕打虎一事，其實難得。〔武松唱〕偶因打虎出深山，逅邂相逢城市間。〔白〕哥哥在此營運如何？〔武大郎〕你是曉得我的。〔唱〕

【又一體】我身無材幹守艱辛，賃房幾間，靠渾家炊餅爲生。〔武松白〕且喜娶嫂嫂了。〔武大郎哭介。唱〕到街坊被人欺慢。〔笑介〕你今到此我心安。〔咬牙出拳介。武松合〕管取他人另眼看。〔武大郎白〕幾處移家逐轉蓬。〔武松〕年來多難與兄同。〔同白〕今宵勝把銀缸照，猶恐相逢是夢中。〔同下〕

# 第十四齣　孔家莊歡聯舊雨

〔莊客上。唱〕

【風馬兒】踏破芒鞋，脚根無綫，忙殺了洛中黄犬，山花看遍真葱蒨。林際外，朱門現。〔白〕我乃白虎山孔太公莊上一個莊客便是。只爲我家太公仗義疏財，留心結客，凡有英雄豪傑無不納交，這也不在話下。他久慕鄆城縣宋公明爲人，時常想念，近聞得他爲了官司犯罪在逃，特着小可往他家探聽。見了宋太公，方知他殺了一妾，數月前已出門逃避在滄州横海郡柴大官人莊上，因此回家報信。我家太公連夜修書，就叫小可來滄州接取。來此已是柴大官人莊上了。〔唱〕看滿眼風光春近遠。〔白〕門上是那一位？〔蒼頭上。白〕籬邊聞犬吠，柳際聽蟬鳴。是那個？〔莊客白〕老丈請了。此間是柴大官人莊上麽？〔蒼頭白〕正是。〔莊客白〕此間有鄆城縣宋公明相公住在這裏麽？〔蒼頭白〕我家大官人酷喜結客，來往的人也多，不知有没有，老漢實不記得。〔莊客背介。白〕這老兒説話蹊蹺。老丈，我曉得了，想是爲宋相公有場官司，已經動了海捕文書拿他，故爾如此含糊。我實對你説了罷，我非别人，我乃白虎山孔太公處特差我來相請的。〔蒼頭白〕真個？

〔莊客白〕怎好哄你老人家。〔蒼頭白〕小哥，就是什麽海捕文書我家也拿不得人的，你且隨我來來。
〔同下。柴進、宋江上。唱〕

【又一體】促膝終朝，光陰如箭，漫搔首看白雲舒卷。〔宋江白〕大官人。〔唱〕你金枝玉葉神仙眷，忘勢分交愚賤。〔柴進笑介。白〕公明兄。〔唱〕提起雄心空腼腆。〔蒼頭引莊客上。白〕且住，待我先禀。啓上大官人，外邊有孔太公處差人來接宋相公。〔柴進白〕什麽孔太公？〔宋江白〕可是白虎山的孔太公麽？〔蒼頭白〕正是。〔宋江白〕教來人進來。〔蒼頭引莊客見介。白〕小人叩頭了。〔宋江白〕罷了，起來，你家太公怎麽知道我在此？〔莊客白〕我家太公聞知宋相公有些訟事，故此差小人到宋相公家。〔唱〕

【柰子花】主人翁敬迓高軒，叩華居知寄跡仙源。〔白〕小人因此即忙報與太公知道。〔唱〕他聞芳蹤此間，喜形於面，急修書星馳如電。〔白〕有書在此。〔作遞書，宋江接看介。莊客唱〕賜展久掃榻，候南州冠冕。〔宋江白〕我正在此懷思，恰好書到，令人喜出望外。大官人，小可今日就要告辭了。〔柴進白〕正好談心，又要辭去，教小弟何以爲懷。〔宋江白〕我輩交情豈同世俗，但不知此一別不知幾時又得握手，小弟就此拜別。〔柴進白〕説那裏話，何必如此性急。〔宋江拜介。合唱〕

【瑣窗寒】困英雄三尺龍泉，握手如瞻尺五天。〔柴進白〕蒼頭，與我備馬，我還要送上一程。〔宋江白〕送君千里，終須一別。何必如此？〔柴進白〕豈有此理。〔二莊客作牽馬攜弓箭上，衆作各乘馬介。蒼頭下。合唱〕春明門外，灞水橋邊，一腔心事，似縈迴柳綫。〔柴進白〕前日武二哥要去尋兄，今日公明兄又要去訪友，我柴進枉生俠骨而不能久屈高人，十分慚愧。〔宋江白〕大官人，你名在雲霄，義同山岳，當此時事不可知之時，只好收羅幾個俊傑，自有好處。〔柴進白〕承公明兄臨別贈言，敢不中心藏之。〔合唱〕更何日把西窗燭剪。〔宋江白〕如此，大官人請回罷。〔柴進白〕吾兄到了白虎山，不時帶信與我。〔宋江白〕這個自然，大官人還須保重。〔柴進白〕大哥路上也要小心。〔宋江白〕請了。〔柴進白〕請了。〔宋江同莊客下。莊客白〕大官人，宋相公去遠了，望不見了。〔柴進白〕你看他依依不捨，一團義氣逼人，真好英雄也。莊客們，我們回去罷。〔莊客白〕大官人，何不隨意在山前射獵一番？〔柴進白〕我有甚心情山前射獵也。〔唱〕難言人生遇合似萍然，控絲鞭悶到家園。〔下。衆莊客上。唱〕

【秋夜月】學耍拳，慣把東翁騙，互相賛嘆威名顯。若逢勁敵，偏不服善，縱筋疲力軟，尚誇張大言。〔白〕我們都是孔太公莊上莊客，每日跟隨大郎、二郎頑耍拳棒。話猶未了，大郎、二郎來也。〔孔明、孔亮上。唱〕

【金蓮花】關西大漢關東健，吼如虎、猾似猿，耍他幾路少林拳。粉牆邊，疏籬畔，小院前，聲名千里傳。〔白〕我乃「毛頭星」孔明是也。我乃「獨火星」孔亮是也。我們兄弟生成武藝，性愛交游。祖居住在這白虎山，每以射獵爲樂。凡遇好漢過此，務必請教，因此十八般武藝件件通曉。

〔孔亮白〕哥哥，想這白虎山有了咱兄弟，那個敢小覷咱，看來這些好漢也只平常。〔莊客引宋江上。白〕溪雲常帶雨，山木自含風。〔莊客白〕此間是了，待我通報。〔見介。白〕啓上大郎、二郎，宋相公到了。〔孔明白〕爹爹有請。〔孔太公上。白〕作什麽？〔孔明白〕宋公明到了。〔作出迎相見介。太公白〕公明兄想殺老夫也。老夫有一拜。〔宋江白〕小可也有一拜。〔太公白〕你兄弟們過來拜了師父。〔孔明、孔亮白〕師父在上，孔明、孔亮叩見。〔宋江白〕請起。〔太公白〕前日聞得仁兄有些訟事牽纏，故此着人來屈駕，但不知此事因何而起，如今怎麽樣了？〔宋江白〕小弟只爲一時感憤，殺了一妾。〔唱〕

【又一體】半世光陰如飛霰，把紅顔輕血濺。向滄州避地倚高賢，見青鸞飛下雲箋。〔太公唱〕情牽，情牽故人多繾綣，方遂俺神交覿面。〔白〕公明兄，且在敝莊多住幾年。〔唱〕學陳遵投轄付清泉。〔宋江白〕小可極承厚情，只是有一好友在清風寨做知寨，少不得要去訪他。〔太公白〕此去清風寨雖不遠，那有就去之理。〔唱〕訪戴事休言。〔白〕今日你師父纔到，且吩咐整備筵席接風，明日再請教鎗法。〔宋江白〕只是打擾。〔太公白〕好説。〔合唱〕

【尾聲】歡呼擊劍忘勞倦，吐衷腸且屏恩怨。〔孔明、孔亮下。太公白〕公明兄。〔宋江白〕太公。〔合唱〕和你直飲到月轉花梢一醉眠。〔下〕

# 第十五齣　潘金蓮癡情誘叔

〔潘金蓮上。唱〕

【縷縷金】癡男子，假裝喬，我饞涎垂一縷，怎生熬。今日來家後，用心引調，任從他鐵漢也魂消，須落我圈套，須落我圈套。〔白〕奴家一見武二就看上了他，常將眼角傳情，話頭勾引，他只做不知，爲此今早浸得一壺涼酒，等他回來飲酒，中間慢慢的打動他便了。〔武松上。唱〕

【菊花新】揮汗歸來罷曉衙。〔潘金蓮白〕不免到門首望他一望。〔武松唱〕何日成名得建牙。〔見介。潘金蓮白〕呀！叔叔今日回來得恁早嗄？〔武松唱〕無事早歸家，問兄長可曾歇下？〔潘金蓮白〕你哥哥麽，縣前生理去了，還未回來。〔武松白〕如此，我也到縣前去走走。〔潘金蓮攔住介。白〕叔叔是自己家嗄，何不請到裏面坐坐，等他回來就是了。〔武松白〕既如此，嫂嫂請。〔潘金蓮白〕叔叔請。〔武松白〕請。青天白日，爲何把門關上了嗄？嫂嫂拜揖。〔潘金蓮白〕叔叔。〔武松白〕好熱嗄。〔潘金蓮白〕叔叔身上穿着幾層衣服？〔武松白〕三層。〔潘金蓮白〕這樣熱天穿這許多，莫若脱下來，我與你晒眼晒眼。〔武松白〕不勞，武二伺候官府穿慣的。〔潘金蓮作羞介。白〕穿慣的，阿呀，好性兒嗄！〔武松白〕桌兒上什麼東西？〔潘金蓮白〕我早上浸得一壺涼酒在此，候叔叔回來共飲三杯。〔武松白〕既有酒，等哥哥回來一同飲罷。〔潘金蓮白〕那裏等得他及，我們先飲起來，待他回來再吃便了。〔武松白〕如此多謝嫂嫂。〔潘金蓮白〕叔叔是海量，大杯罷。〔武松白〕倒是大杯好。〔潘金蓮斟酒遞介。白〕叔叔。〔武松白〕嫂嫂。〔潘金蓮白〕叔叔請。〔武松白〕放在桌上，待武二自取。〔潘金蓮白〕嗄！ 要放在桌上。〔武松白〕蒙嫂嫂見賜，武二這裏立飲乾。〔潘金蓮白〕好量嗄！ 叔叔，後生家不要吃單杯，吃個成雙到老。〔武松白〕咳！ 有酒待武二吃罷了，什麼雙單。〔潘金蓮白〕阿呀！我說的是酒嗄。〔武松白〕怕不是乾，武二這裏借花獻佛，回敬嫂嫂一杯。〔武松斟酒介。潘金蓮白〕我是不吃的。〔武松白〕小杯罷。〔潘金蓮白〕嗄！ 小杯。〔武松白〕嫂嫂。〔潘金蓮白〕又要反勞叔叔，待我來。〔武松白〕閃開，待我放在桌上。〔潘金蓮白〕又要放在桌上，這等固執，多謝叔叔。〔武松白〕嫂嫂。〔潘金蓮白〕叔叔請坐。〔武松白〕請。〔潘金蓮白〕叔叔，今日没人在此，做嫂嫂有一句話。〔唱〕

【古輪臺】要問伊家。〔武松白〕嫂嫂有什麼話説，武二這裏自然領教。〔潘金蓮唱〕聞你在東街背地戀煙花。〔武松白〕戀煙花？〔笑介〕這是那裏説起？〔潘金蓮唱〕緣何不説知心話。何不攜來家下？〔武松白〕嫂嫂。〔唱〕我是風虎雲龍，怎肯向平康入馬？〔潘金蓮白〕叔叔。〔唱〕你在客邸孤單，少年狂放，只怕你心頭不似嘴喳喳。〔武松〕我原非虛話。〔潘金蓮白〕我只是不信。〔武松白〕不信時，待兄長還家，把咱行事試將他問，可知實假。〔潘金蓮白〕咳！〔唱〕休說那冤家。〔武松白〕夫妻什麼

冤家？〔潘金蓮白〕叔叔，〔唱〕這風流話，若還知道怎嫌他。〔武松白〕咳！〔唱〕

【又一體】嗟呀！好教我懸望巴巴，這時節不見兄歸。〔潘金蓮白〕叔叔，再請一杯。〔武松白〕嫂嫂。〔唱〕你且消停杯斝，況天氣炎蒸。〔潘金蓮白〕那裏去？〔武松白〕閃開。〔唱〕向門外臨風瀟灑。〔潘金蓮白〕且住。〔唱〕事到如今，把機關用盡，怎肯輕輕便撇下。且同消夏，却怎生忒不撑達。〔武松唱〕只爲奔馳勞頻，心慵意懶，好難禁架。〔潘金蓮白〕嗄！我曉得了。〔遞酒介。唱〕此意你知麽，伊休詐。〔白〕叔叔。〔唱〕這半杯殘酒飲乾咱？〔武松白〕住了，這要那個吃？〔潘金蓮白〕叔叔吃。〔武松白〕是我吃，拿來。呀呸！〔唱〕

【撲燈蛾】怪伊忒喪心，怪伊忒喪心，羞耻全不怕。有眼且睁開，把武松特地詳察也。我是含牙戴髮頂天立地丈夫家，怎教他敗倫傷化。〔白〕嫂嫂，你休要想差了念頭，倘有些風吹草動，我武二眼睛認得嫂嫂，拳頭不認得嫂嫂。〔潘金蓮白〕武二，你不要誇口嗄。〔武松唱〕我非誇，自從打虎手兒滑。〔潘金蓮白〕喲啐！〔唱〕

【又一體】笑伊直恁村，笑伊直恁村，不辯真和假。〔白〕阿呀！〔唱〕我是酒後聊相戲，怎便將人叱咤也。〔白〕武二把我什麽人看待？〔武松白〕嗬，不過是嫂嫂。〔潘金蓮唱〕常言道嫂如娘大，那些個知輕識重丈夫家，只會把至親欺壓。〔白〕咳，罷。叔叔。〔唱〕總塗抹，從今兩意莫争差。〔武松白〕咳！〔唱〕

【尾聲】這場家醜堪羞殺。〔潘金蓮唱〕自恨當初錯認了他。〔下。武松白〕我那哥哥，〔唱〕只恐終須作話靶。〔白〕有這樣事，且到縣前去候我哥哥回來。〔開門介。武大郎上。白〕清晨出去猶嫌晚，下午歸來汗未消。兄弟歸來哉儈，裏面請坐，還要問你説話。兄弟，〔唱〕

【五更轉】你甚時來家裏？〔白〕可曾吃點心？〔唱〕敢是點心兒尚未吃。〔白〕若勿曾吃點心，我擔内還有幾個餅把你吃了。〔唱〕爲何頻問多不應？〔白〕我曉得哉。〔唱〕敢是嫂……〔潘金蓮内嗽介。武大郎白〕我個騷娘，幸喜我不曾説什麼嗄，是了。〔唱〕敢是嫂嫂跟前慢憎着你。〔白〕可是我如今猜着了？〔唱〕莫不是受了些官司氣？〔武松白〕咳！本縣大爺何等待我，受什麼官司氣。你進去把我行李拿出來，我不住在你家裏了。〔武大郎白〕禿禿禿砍頭的，砍頭的，你道打死了虎，縣中大爺擡舉了你，你欺我做哥哥的。可記得小時節被我一個栗爆打得你脱脱哭。你如今身高六尺，難道我做哥哥的打你不得了？偏偏打你的腦袋，打你的腦袋費力，待我踢你腿，你下遭阿敢哉，你下遭阿敢哉？且住，我的兄弟，平昔間見了我，哥哥長哥哥短，無話有説，今日爲什麼打他不動手，罵他不開口，什麼意思？常言説得好，若要好，大做小。我個兄弟平昔最怕哭的，我如今哭將起來，只是没有眼淚，怎麼處，將涎唾做了眼淚罷。阿呀，我個兄弟嗄！同胞兄弟看娘面，千朵桃花一樹生。我做阿哥的有些不到之處，不要看别的，只看爹娘面上，〔唱〕你若還怪我，我就先賠禮。〔武松白〕哥哥，〔唱〕你若問取根由，與你猜些啞謎。〔武大郎白〕你一年勿説，我一年勿起來哉。〔武松白〕兄弟告訴你，我方纔縣前回來，蒙嫂嫂浸得一壺涼酒。〔武大郎白〕我也到縣前回來，做一百餅出去，人頭上交錢，亂搶勿動手，回來數一數，原剩得五十雙。〔武松白〕我告訴你嗄。〔武大郎白〕你告訴我，我也在此告訴你。〔武松白〕兄弟回來，嫂嫂浸得一壺涼酒，又是什麽單雙。〔武大郎白〕我原是不肯出去的，你家嫂嫂説武大一日不趁一日不活。〔武松打武大郎介〕對他講什麽。〔下。武大郎白〕兄弟轉來，兄弟轉來，你看這狗養的話也不曾説完竟去了，二哥忿忿而去，大嫂必知其故也。待我叫家主婆出來問他噲。山妻、拙荊、内人、房下、我個娘。〔潘金蓮上。白〕他回來了。啐！敢是叫命。阿喲，天那！這是那裏説起。〔武大郎白〕好的一個氣出一個氣進，我兄弟的氣倒過子你肚裏來哉。告訴我嘘。〔潘金蓮唱〕

【又一體】爲你那蠢殺才不爭氣。〔武大郎白〕你個女客，好勿知嫌足，嫁了我堂堂一軀的武大官人。〔跳介〕看我何等伶俐，還説不爭氣。〔潘金蓮唱〕累奴家吃負虧。〔武大郎白〕那個欺負了你麽，想是隣舍人家哉。待我去罵他，那個欺負我每家主婆，我武大賣子餅擔打一場與官司，我怕那個。〔潘金蓮白〕走進來，你罵那個？〔武大郎白〕我罵鄉隣。〔潘金蓮白〕外人怎敢欺負我。〔武大郎白〕我家内也没有人欺負你嗄。〔潘金蓮唱〕情知只有武二來家裏。〔武大郎白〕他回來便怎麽？〔潘金蓮唱〕見他冒暑歸來，備些酒漿茶水。〔武大郎白〕個是娘個好意思。〔潘金蓮白〕可是我的好意麽？〔武大郎白〕好意思，他便怎麽？〔潘金蓮唱〕誰想他太不仁將奴戲。〔武大郎白〕禿禿禿將奴戲，將奴戲，放你娘個辣騷猪婆黄胖速督狗臭屁，我裏兄弟吃酒打虎作樂的人嗄，你這樣説話。塞緊子耳朵管勿聽勿聽，婦人之言不理不理。〔潘金蓮白〕武大，你不聽麼？〔唱〕他無顔在此必要遷居矣。〔武大郎白〕便是個兄弟，死死活活要住來一塊個。〔潘金蓮唱〕你若要與兄弟同居，還我休書離異。〔武大郎白〕放屁，好端端怎麼要起休書來？〔潘金蓮白〕快快還我休書來。〔武大郎白〕偏没有。〔潘金蓮白〕偏要。〔武大郎白〕偏没有。〔潘金蓮白〕阿呀，天那！〔武大郎白〕你個女客，撒潑打家伙，你會打難道我不會打。不做了家了，阿呀！我個娘！你勿要氣，昨夜氣子撒子一夜速督屁，今日的臉兒還不好，看在那裏，看你花憔粉悴恨難禁。〔潘金蓮白〕無奈强徒苦逼凌。〔武大郎白〕須信路遥知馬力。〔潘金蓮白〕果然日久見人心。快叫他搬。〔武大郎白〕我個娘嗄，我答你是夫妻，兄弟是外人嗄，趕他出去便了。〔潘金蓮白〕這便有志氣。〔武大郎白〕我極要搬個哉，臭花娘。〔潘金蓮白〕你敢罵，你敢罵。〔武大郎白〕好打好打，住了，你是我個家婆，我是你個家公，自古夫乃婦之天，動勿動拿我就打，難道我勿會打個。〔潘金蓮白〕你敢動手？〔武大郎白〕動手，我還要動脚來，打打打，踢殺你個臭花娘。〔下〕

# 第十六齣　武二郎出路別兄

〔十兵隨武松上。唱〕

【秋蕊香半】半月不瞻兄面，何時不意惹情牽。〔白〕土兵，你將酒餚放下，到縣前去，有事到這裏來尋我。〔土兵下。武松白〕哥哥。〔武大郎上。白〕昨夜秋光入小庭，至今醉眼未曾醒。兄弟歸來哉儕。〔武松白〕是。〔武大郎白〕娘，叔叔來裏，出來。〔潘金蓮上。白〕天街夜色涼如水，羞看牽牛織女星。〔武大郎白〕叔叔來裏。〔潘金蓮白〕叔叔。這厮前番去了，今日又來，想是回心轉意了。〔武大郎白〕昨日是七月七，做哥哥的只道回來快活吃三鍾，那曉得再等也不回來，今日到買這些東西來做什麼？〔武松白〕哥哥，兄弟今日蒙本縣大爺差往東京公幹，須要五六十日回來，兄弟有句話兒，哥哥若是依得，滿飲此杯。〔武大郎白〕兄弟儕説話介？〔武松白〕哥哥，〔唱〕

【風入松】你從來心性軟如綿。〔白〕我不在家呵，〔唱〕你是個隻手單拳。若被人欺壓遭人騙，回來後將他消遣。〔白〕哥哥，你從明日爲始，〔唱〕遲出去早歸息肩，把門兒閉得安然。〔武大郎白〕兄弟個是你個好説話，那得做阿哥勾匆聽乾無滴。〔武松白〕好嫂嫂，他也吃一杯，我武二也有一

句話。〔潘金蓮白〕請説。〔武松白〕嫂嫂，〔唱〕

【又一體】吾兄質朴命迍邅，仗伊家看取周全。〔白〕嫂嫂，常言道，表壯不如裏壯。〔武大郎白〕是嗄，説得勿差。〔武松唱〕須知裏壯人堪羨，怕什麽男兒家柔軟。〔武大郎白〕等我吃一鍾。〔武松唱〕却不道夫禍少皆因婦賢，籬牢處犬難穿。〔潘金蓮白〕住了，阿呀！ 武二嗄，你不要認差了人嗄。我是不戴網巾的男子漢，叮叮噹噹的婦人家，拳頭上立得人起，臂膊上走得馬過，哪要在人面前做人的嘘。〔武大郎白〕兄弟，做阿哥個便是個點説得嘴響。〔潘金蓮唱〕

【急三鎗】自從我，嫁武大，爲姻眷，便是一螻蟻，也不敢進門前，却有甚，籬不固，招外犬。説這胡言語，休得把人寃。〔武大郎白〕聽勿得，我掩子耳朵。〔武松白〕嫂嫂，你説便是這等説。〔唱〕

【風入松】只怕你心頭不似口頭言，若得伊如此心堅，何須武二將言勸，與兄長争些門面。〔白〕嫂嫂，你今日説的話嗄，〔唱〕我一句句不忘你言，將此酒酬蒼天。〔武大郎白〕罷罷，兄弟阿嫂嘘，讓子句罷。〔潘金蓮白〕走來。〔唱〕

【急三鎗】既是你，多伶俐，將人勸，不道長兄嫂，有父娘權，我當初，嫁武大，原説無親眷。〔白〕不知那裏來這個賊兄弟。〔唱〕真和假，强來纏。〔武大郎白〕娘，叔叔遞你個鍾酒吃子。〔潘金蓮白〕啐！ 那個要吃他的酒。〔下。武大郎白〕臭花娘，介樣性兒。兄弟，我遞你一鍾酒，凡事丢開手。〔唱〕

【風入松】二哥休聽婦人言，我和你且自留連。〔白〕兄弟，我想上床脱了鞋和襪，知道來朝穿不穿。兄弟嗄，〔唱〕人生難保常康健。〔白〕兄弟，你去後做哥哥的倘有些三長兩短，〔唱〕你把一杯酒將咱澆奠。〔武松白〕嗳！哥哥，你爲何講那不利之言。哥哥，自今已後你不要做買賣也罷。〔唱〕你只在家中自便。〔武大郎白〕勿做生意，勿要餓死子的。〔武松白〕兄弟呵，〔唱〕我常與你寄盤纏。〔武大郎白〕多謝。〔武松白〕恐官府催促，就此拜別。〔唱〕

【哭相思】一瓢長醉任家貧，明日千山與萬津。〔武松白〕哥哥，方纔説的，門兒斷斷開不得的。兄弟去了。〔武松下。武大郎白〕兄弟，你路上要小心仔細，你不要踏揳了特來河裏沉殺了嗄。〔唱〕流淚眼觀流淚眼，斷腸人送斷腸人。〔下〕

# 第十七齣　爲挑簾無意傳情

〔潘金蓮上。唱〕

【一江風】恨冤家，聽兄弟臨行話，把我禁持怕。奈何他，索性做個乖張，早把簾收下，教他且信咱，教他且信咱，爭知奚落他。有一日犬兒放入籬兒下。〔白〕奴家要挑下簾兒，却不曾帶得竹竿，在此不免進去取了出來。〔下。西門慶上。唱〕

【又一體】没台孩，午睡醒來，快步出門兒外，上心來。〔白〕且住，我記得那個對我説，紫石街有個好頭腦在此嗄。〔唱〕記得王婆，許我姻親在，行來紫石街，行來紫石街。〔潘金蓮上。白〕竹竿取在此，不免把簾兒挑下來。〔西門慶唱〕誰家簾半開。〔潘金蓮將竹竿打西門慶頭介。西門慶白〕是那個傖人？〔潘金蓮白〕不知打了那個。〔潘金蓮看介。西門慶笑介。白〕妙！〔唱〕這回打動我相思債。

〔潘金蓮唱〕

【又一體】告官人，休把奴嗔恨。〔西門慶白〕豈敢。〔潘金蓮唱〕失手把竿兒褪。〔西門慶白〕何妨。〔王婆暗上。白〕大官人，〔唱〕你忒殷勤，不在他簾下低頭。〔西門慶白〕方纔來裏走過個個大娘子打了學生個頭。〔王婆白〕打得好。〔唱〕打你個不淹潤。〔潘金蓮白〕乾娘走來。〔王婆白〕怎麽説？〔潘金蓮白〕我方纔挑下簾兒失手打了這位官人的頭，叫他不要見怪。〔王婆白〕我曉得。大官人。〔西門慶白〕乾娘那説？〔王婆白〕方纔大娘子説失手打了你的頭，不要見怪。〔西門慶白〕怎敢見怪，乾娘你去上覆大娘子，説學生粗頭不中打的。〔唱〕應該打小人。〔王婆白〕大官人，〔唱〕還該打你們。〔潘金蓮〕教奴家難置身。〔西門慶〕娘行何必多謙遜。〔王婆白〕大官人唱得好肥喏。〔西門慶白〕有這揖作在前邊去。〔王婆白〕大官人，你也不要見怪。大娘子，你也不要放在心上。大家撒開。〔西門慶白〕偖説話。〔潘金蓮白〕乾娘，我進去了，你就過來與我閒話片時。〔王婆白〕曉得了，你自進去。〔潘金蓮白〕東邊日出西邊雨。〔西門慶白〕還有一根竹竿拿了進去。〔潘金蓮白〕我倒忘了，待我拾了進去。〔西門慶踏介。王婆白〕啴促搭勞使尖酸，大娘子拿了進去。〔潘金蓮走介。王婆白〕討便宜。〔潘金蓮白〕乾娘就過來。〔王婆白〕是了。〔潘金蓮打西門慶住介。潘金蓮白〕道是無情却有情。〔下。西門慶看介。王婆白〕貌好出神嗄。〔西門慶白〕啐啐啐！乾娘，我的身子竟酥在這裏了。〔王婆白〕這個娘子有火力，一根竹頭就燒得你滿身酥了。〔西門慶白〕不要取笑了，到你店中坐坐去。〔王婆白〕説得有理。這裏是了，請進去，請坐。〔西門慶白〕乾娘，這是誰家宅眷？〔王婆白〕他是閻羅王的妹子，五道將軍的女兒。〔西門慶白〕我問你，倒説起鬼話來。〔王婆白〕我不説，你且猜一猜。〔西門慶唱〕

【紅衲襖】莫不是賣棗糕徐三的女艷嬌？〔王婆白〕不是。〔西門慶唱〕莫不是銀擔子李二的親底老？〔王婆白〕也不是。〔西門慶唱〕莫不是花肐膊陸小四家生俏？〔王婆白〕一發不是了。〔西門慶唱〕莫不是賣粉團許大郎的留客標？〔王婆白〕差遠了。〔西門慶白〕差遠了，猜勿着個哉，你倒說子罷。〔王婆唱〕說着時，教伊也性焦。〔西門慶白〕嗄，姓焦？〔王婆白〕不是，說了只怕你性焦。〔西門慶白〕你說，你說。〔王婆唱〕說出時叫咱也好笑。〔西門慶白〕做㑚了，你好笑起來？〔王婆唱〕這就是賣炊餅武大的渾家也。〔西門慶白〕那說就是縣前賣炊餅的，人人叫他三寸丁穀樹皮矮子的老婆？〔王婆白〕正是。〔西門慶笑介〕阿呀呀！ 笑殺笑殺咳！〔唱〕好塊羊肉倒落在狗口嚼。〔白〕咳！ 乾娘，正是俊馬每馱癡漢走。〔王婆白〕大官人，巧妻常伴拙夫眠。〔西門慶背說介〕看他不出，到有蓋一個好家婆噲。 乾娘，你時常許我的合頭就是他，作成子我罷。〔王婆白〕就是這娘子？ 阿呀，使不得。〔西門慶白〕那說使不得？〔王婆白〕看這位娘子不出，極是貞節的。〔西門慶白〕貞節麼？〔王婆、西門慶對笑介。 西門慶白〕我個娘，你勿要作難哉，要替我做一做個哉。〔王婆白〕你若依得我言，成得你事。〔西門慶白〕自然，只憑你那亨吩咐。〔王婆白〕你如今去買一匹白綾，一匹藍紬，還要一匹白絹，十兩好湖綿送與我纔得上手。〔西門慶白〕阿喲，好利害嗄！ 手也不曾上就要我許多東西。〔王婆白〕不是我要你的，有個緣故。〔西門慶白〕㑚還要一匹棉布嗄？〔王婆白〕緣故嗄，這娘子做得一手好針指。 只說你布施我的送終衣料，待我明日請他過來與我做送終衣服，你便到我家來做個不期而會，老身丟空出去。 拿耳朵來。〔說鬼話介。 王婆白〕可是。〔西門慶白〕妙嗄，好計！〔唱〕

【皂羅袍】我謝你不推別故，一時間便有六出奇謨。九里山十面大埋伏，十二峰雲雨來朝暮。千金莫吝，百年事促，三生有約，兩情不辜，十分光做一個姻緣簿。〔西門慶白〕有錢使得鬼推磨。〔王婆白〕一分錢鈔一分貨。〔西門慶白〕若還說謊負心時。〔王婆白〕難免天災與神禍。〔西門慶白〕我去了。〔王婆白〕大官人轉來。〔西門慶白〕叫我做�？〔王婆〕方纔說的東西就拿了來。〔西門慶白〕我曉得，綿紬物事少停小囡兒送來便了。〔下〕

# 第十八齣　裁衣料金蓮野合

〔潘金蓮上。唱〕

【懶畫眉】昨日簾前事差迭，兩目相挑心艾悦。重門一入暗傷嗟，水流何處花偏謝，路隔桃源雲萬叠。〔白〕且喜武大不在跟前，説出昨日心事呀……〔内嗽介〕聽小門聲響，想是乾娘來了。〔王婆上。唱〕

【又一體】庭院涼生暑消歇。〔潘金蓮白〕果是乾娘。〔王婆白〕大娘子。〔潘金蓮白〕請坐。〔王婆唱〕想你玉手初親針綫帖。〔潘金蓮唱〕我妝成未展綉文纈，你清晨何事臨寒舍？〔王婆白〕我無事不登三寶，〔唱〕欲倩神針特造謁。〔潘金蓮白〕昨日多謝。〔王婆白〕好説。〔潘金蓮白〕要做甚麽？〔王婆白〕老身向年蒙一個大財主布施我的送終衣料，一向不曾做得，正遇今閏年閏月，急要做完。没有好裁縫，故此斗膽央大娘子裁一裁，從容尋人做完罷。〔潘金蓮白〕乾娘若不嫌奴家做得不好，就是我與乾娘做完何妨。〔王婆白〕如此極妙的了。〔潘金蓮白〕只不知今日日子可好的麽？〔王婆白〕大娘子是一點福星，何用選日，若肯做，今日就是好日。〔潘金蓮白〕如此拿過來做罷。〔王婆白〕爲何？〔潘金蓮白〕恐怕大郎回來。〔王婆白〕在我家裏不妨，還是到老身家裏做。〔潘金蓮白〕如此先請。〔王婆白〕我們關了前面，打後門去罷。〔潘金蓮白〕有理。〔合唱〕

【又一體】曲徑通幽省周折，纔過門兒賓主別。〔王婆白〕大娘子請坐，你看就是這個生活。〔潘金蓮白〕就是這個生活，好花樣嗄，顏色又好，要做多少長？〔王婆白〕你來替我量一量看。〔潘金蓮白〕替你量一量看。乾娘三尺罷。〔王婆白〕三尺太短了。〔潘金蓮白〕短的好嘘。〔王婆白〕長些好。〔潘金蓮白〕短的好嗄，自古衣短身材俏。〔王婆白〕好個衣短身材俏。〔潘金蓮白〕袖是要做多大的？〔王婆白〕也替我量一量看。〔潘金蓮白〕比他再大些。〔王婆白〕老人家小些的好。〔潘金蓮白〕大的好。〔王婆白〕小的好。〔潘金蓮白〕袖大惹春風。〔王婆白〕只管作耍老身。〔潘金蓮唱〕我試將雲錦慢裁截。〔王婆唱〕天孫妙手被人問借。〔潘金蓮唱〕願壽比萬縷千絲不斷絕。

【又一體】針綫初拈剪刀撇。〔西門慶暗上。白〕心忙不擇路，事急出家門。不知此人可在裏頭？〔嗽介。潘金蓮白〕乾娘。〔唱〕聽門外誰人聲響徹？〔王婆白〕待我去看來。是那個？〔西門慶白〕乾娘，此人可曾來？〔王婆白〕在裏頭了。我先進去，你後進來，做個不期而會便了。〔西門慶白〕有理。你先進去。〔潘金蓮白〕乾娘，是那個？〔王婆白〕沒有人，是隻狗在那裏走來走去。〔西門慶白〕乾娘可在家裏？〔王婆白〕呀！〔唱〕原來是壽衣施主偶相接。〔西門慶白〕在這裏做什麼？〔王婆白〕就是那年蒙你布施我的送終衣料，一向不曾做得，今日煩這位大娘子在此做。〔西門慶白〕若是裁縫做的，不消看得，娘子做的倒要看看的了。〔王婆白〕你來看做得如何？〔西門慶白〕好嗄，針綫又密，勿是跨三針個。〔唱〕這般妙手難酬謝。〔白〕乾娘不敢動問。〔唱〕此位誰家宅内客？〔王婆白〕就住在間壁。〔潘金蓮白〕乾娘走來。〔王婆白〕怎麽？〔潘金蓮白〕你去説那日是失手嘘，不是故意，不要見怪。〔王婆白〕好眼力嗄。噲，大官人，大娘子説那日是失手，不是故意，不要見怪。〔西門慶白〕就是故意何妨，極妙個哉。乾娘説，我要奉個揖。〔王婆白〕大娘子，大官人要見個禮來嘘。〔西門慶白〕大娘子，乾娘你也忒慳吝，煩這位娘子在此做衣服，也該買些東西請請大娘子纔是。〔王婆白〕大官人，你是曉得的，這幾日又無生意，教我那裏來嗄。常言一客不煩二主，就是大官人布施的衣料，還是大官人拿些銀子出來，買些東西與大娘子澆澆手，如何？〔西門慶白〕使得的。但不知今日可曾帶得些銀子出來？〔王婆白〕富貴不離其身嘘。〔西門慶白〕有，在這裏拿一錠去。〔王婆白〕不消這許多。〔西門慶白〕買剩就是了。乾娘，個銀包放在你處，我身邊重得緊。〔王婆白〕放在我處，大官人一時來不及，有現成的在此。先吃一杯起來如何？〔西門慶白〕極妙個哉。〔潘金蓮走介。王婆白〕那裏去？〔潘金蓮白〕我要回去，恐大郎回來。〔王婆白〕不妨，大郎回來敲門聽見的。〔潘金蓮白〕不要管我，拿了回去再來。〔王婆白〕送死的，這樣要緊，你不認得這位大官人，他是陽穀縣裏第一個大財主，本縣大爺來往家内，又開個生藥鋪，極肯撒漫的嗄。大官人，送大娘子一杯酒。〔西門慶白〕自然。〔唱〕

【香柳娘】幸相逢舉觴，幸相逢舉觴，爲娘稱謝，愧無珍品堪陳設。〔潘金蓮白〕怎麼吃起酒來？〔王婆白〕大娘子，你也該回敬大官人一杯。〔潘金蓮唱〕感伊家用情，感伊家用情，淺量爲君竭，羞顔爲君撇。〔合〕料三生契結，料三生契結，歡情正奢，可能卜夜。〔王婆白〕大娘子，來坐了。〔潘金蓮白〕你來嘘。〔王婆白〕倒是老身坐在這裏。〔西門慶白〕乾娘敬大娘子一杯。〔王婆白〕大娘子請一杯。〔潘金蓮白〕我不要吃。〔王婆白〕來嘘，吃個成雙。〔潘金蓮白〕我不要吃。〔吐介。西門慶白〕乾娘，這酒不好，淡得緊，淡而且酸，不好。〔王婆白〕我原説是昨日剩下的，待我去買來。〔西門慶白〕快去。〔王婆白〕只是一説，若要好酒，要到縣前去買纔有。〔西門慶白〕竟到縣前去買，極妙的了。〔潘金蓮白〕我要回去了嘘。〔王婆白〕不妨，他是我的乾兒子，你若不信，我叫與你聽。乾兒子。〔西門慶白〕乾娘。〔王婆白〕我的好兒子。〔西門慶白〕我的好阿媽嗄。〔王婆白〕如何？況且你又是我的乾女兒，你兄妹兩個坐坐何妨。〔潘金蓮白〕放我去。〔王婆白〕你且坐了。〔西門慶白〕走遠一步，買好些的來。〔王婆白〕我在行在此。正是天上人間，方便第一。〔下。潘金蓮白〕走開。乾娘開了我去。〔西門慶白〕他去遠了，娘子奉揖。〔潘金蓮白〕方纔見過了。〔西門慶白〕方纔不志誠，如今志志誠誠，誠誠志志。娘子請坐。可曉得這乾娘還是我先父相與的，所以我叫他是乾娘。請一杯。〔潘金蓮白〕淺的。〔西門慶白〕倒是淺的好。〔潘金蓮白〕什麼好笑？〔西門慶白〕想起一樁好笑事情，就是前日娘子打了我的頭嗄。〔潘金蓮白〕那日不知怎麼樣就打着了。〔西門慶白〕那日我回去同我們房下在那裏吃夜飯，學生坐在這裏，我們房下就是娘子一般坐在那裏，偶然説起今日在紫石街走過，有一位娘子在那裏挑簾掉下竹竿，打了我的頭，一個頭字不曾説完，一個臉變在那裏了。我説好端端爲什麼變了臉，他説街上人來千去萬，偏偏打着你的頭，你畢竟與那娘子有什麼緣故嗄。我在此想，我與娘子有什麼緣故。〔潘金蓮白〕什麼話。〔西門慶白〕説了半日，不曾動問娘子上姓。〔潘金蓮白〕姓武。〔西門慶白〕姓土？〔潘金蓮白〕姓武。〔西門慶白〕姓魯？〔潘金蓮白〕姓武。〔西門慶白〕姓武，可是文武之武？〔潘金蓮白〕咳。〔西門慶白〕好姓嗄，這個倒是少的。我記得縣前有一個矮子時常挑了餅擔在縣前，説他也姓武，不知宅上尊使還是盛族？〔潘金蓮白〕家主公。〔西門慶白〕就是娘子的家主公？ 咳，人都要笑殺了。這樣一位齊整娘子，嫁着這個男人，不要説別的，這賊形就難看了，牙黄就有寸把厚，人的鬍鬚往下生的，他的是往上生的。日裏呢倒也過了，晚上畢竟要擠在一處，好是東瓜一般滚在床上來，還是把他做枕頭好呢，還是閣脚好？〔潘金蓮白〕這也是前世事。〔西門慶白〕是這都是媒人不好，只要賺媒人錢，那顧别人死活嗄。〔潘金蓮白〕什麼説話。〔西門慶白〕不要説了，隨意用些。〔潘金蓮白〕箸兒掉了。〔西門慶白〕在那裏去了？〔潘金蓮白〕這個不是？〔西門慶白〕在那裏了？〔潘金蓮白〕什麼意思？〔西門慶白〕我爲了你日夜想念得了不得。〔潘金蓮白〕你既有心，我豈無意，如今的人口嘴不好。〔西門慶白〕若説口嘴不好，我對天立誓，老天在上，我西門慶呵，〔唱〕

【又一體】若忘伊此情，若忘伊此情，暫時抛捨，願天罰我遭磨折。〔白〕你也來。〔潘金蓮白〕待我來噓，〔唱〕聽金蓮誓言，聽金蓮誓言。〔白〕若忘了西門大官人，〔唱〕願聖手不相遮，天誅竟不赦。〔合前〕料三生契結，料三生契結，歡情正奢，可能卜夜。〔潘金蓮白〕我要回去了。〔西門慶白〕勿要作難，要完個心願哉。〔下。王婆上。白〕三杯和萬事，一醉解千愁。閉門在此，想事已成了。咦？〔唱〕

【又一體】聽人聲杳然，聽人聲杳然，想在枕邊低說。〔白〕待我叫門，驚他一驚。開門，開門。〔西門慶、潘金蓮上。白〕乾娘回來了。〔王婆白〕在這裏了，你們做得好事嗄。〔西門慶、潘金蓮白〕不要嚷。〔唱〕望高擡貴手將人赦。〔王婆白〕好嗄，你們要官休要私休？〔西門慶、潘金蓮唱〕要官休便怎麽，要私休便怎麽，任你怎的說，誰人敢逆也。〔王婆〕要官休報武郎，要私休瞞武郎。〔西門慶、潘金蓮同唱〕願把私休計設，叩頭稱謝。〔王婆白〕既如此，你們兩個都要依我。〔西門慶、潘金蓮白〕但憑你便罷。〔王婆白〕自今日爲始，大娘子每日要到我店中來，不可失約，若失約了，要對大郎說的。〔潘金蓮白〕但憑你。〔王婆白〕大官人，你是不消說得，那所許之物不可失信。〔西門慶白〕自然送過來。〔王婆白〕趁街上無人，快些回去罷。〔西門慶對潘金蓮說鬼話，下。潘金蓮走介。王婆白〕那裏去？〔潘金蓮白〕我要回去。〔王婆白〕喲！ 頭髮都亂了，前門去，原到後門去罷。〔潘金蓮走介。王婆白〕大娘子可得意麽？〔潘金蓮白〕都是你。〔王婆白〕都是我，看你怎麽樣謝我嗄。〔下〕

# 第十九齣　抛梨籃武大拿奸

〔鄆哥手提籃，武大郎託炊餅上，繞場。武大唱〕

【字字雙】迎門餅兒賽窩窩，〔鄆哥唱〕動火。倚門人兒笑呵呵，〔武大唱〕欠妥。看門自有管家婆，〔鄆哥唱〕會鎖。關門誰號縮頭哥，〔武大唱〕是我。〔撞介。武大郎白〕鄆哥，你走得這樣兇，想是發了財了。〔鄆哥白〕你走的這樣笨，想是吃得肥了。〔武大作放盤介。白〕阿弟，我這等模樣，有什麽吃得肥處？〔鄆哥作放籃介。白〕怪道我前日要買些麥稃，一地里没糴處，人都道你屋裏有。〔武大白〕我屋裏又不養鵝鴨，那裏來的麥稃。〔鄆哥白〕你説没麥稃，怎地棧得肥胖胖的，便顛倒提你起來也不妨，煮你在鍋裏也没氣。〔武大白〕小猴子，倒駡得我好，我老婆又没偷漢子，我如何是鴨？〔鄆哥白〕你老婆不偷漢子只偷子漢。〔武大作揪鄆哥介〕還我主兒來。〔鄆哥白〕好笑，好笑，你只會扯我，我便告訴你，却咬下他下截來。〔武大白〕好兄弟，你對我説，我把十個炊餅送你。〔鄆哥白〕真個？〔武大白〕怎好哄你。〔鄆哥白〕説便説，你却不要氣苦。〔武大白〕你只管説。〔鄆哥白〕你來你來，你把手摸我頭上肐膳。〔武大作摸介〕怎麽有這肐膳？〔鄆哥白〕我對你説了罷。〔唱〕

【太師引】惹風波把花月閑窺破，這是賣瓜人藤邊蔓多。〔白〕我前日販了一擔瓜，要把尋西門大官人掛個小鈎子兒，一地裏没尋處，聽見街上人説他在王婆茶坊裏，和武大娘子勾搭上了，每日在那裏行走。〔唱〕綰連環茶煙闘鎖，試槍旗茗碗調和。〔武大白〕有這等事，你可到那裏找他？〔鄆哥白〕我一直走到茶房裏，被王婆那老猪狗，〔唱〕踞星橋身爲烏鵲，把守定蜂房一座。〔白〕他不放我進房去，反打我幾個大栗暴，把我一擔瓜也打翻了。〔唱〕哥呵，我笑你背團團身兒又矬，只好吃硃砂身穿甲冑伴黿鼉。〔武大白〕氣死我也。〔唱〕

【又一體】聞言頓起心頭惡，這風聲豈是傳訛。〔白〕兄弟實不瞞你説，怪道那婆娘每日去王婆家做衣服，回來臉兒紅紅的，我也有些疑心。〔唱〕怪桃腮紅生兩朵，不隄防燕剪鶯梭。〔白〕兄弟如今便怎麽樣？〔鄆哥白〕大郎，你若肯忍氣吞氣，你把這頂緑頭巾好好兒戴着，賣你的炊餅，塞着耳朵，不要管他閑事，讓他兩個快活些時如何？〔武大白〕嗄！好兄弟，我武大豈是那等人。〔唱〕雖是矮身子頭顱肯縮，却不道血性兒比長人還大。〔白〕我如今就要去捉奸了。〔鄆哥白〕大郎，我看你老大一個人，一些兒見識也没有。〔武大白〕怎見得我没見識？〔鄆哥白〕那王婆老狗好生利害，他若見了去拿，他把你老婆藏過了，還要吃那西門慶一頓拳頭。他有錢有勢，反告你一張狀子，倒叫你吃官司，又没人替你做主，豈不白吃了苦？〔武大白〕好兄弟，據你説難道罷了不成？〔鄆哥白〕非也，自古道：拿賊拿贜，捉奸見雙。你如今照舊去賣炊餅，在紫石街巷口相等，我先探聽，只等西門慶進去時我就先去惹那老狗，他必來打我，我把籃兒撩出街來，我一面頂住那婆子，你一面奔入房裏去叫起屈來，豈非好計。〔武人白〕多虧了好兄弟，就依計而行便了。〔各捧盤提籃。唱〕訂奇謀將奸共捉，小官頭今番頂殺老虔婆。〔下。潘金蓮上。唱〕

【三學士】雲鬟蓬鬆裙帶拖，教人難捹衾窩。〔白〕奴家潘金蓮，自從私通西門大官人，每日在茶房裏相會，意戀情迷，神魂俱喪的了。〔唱〕謝瓊漿味好頻消渴，怕茗戰心移漸倒戈。〔白〕只是這早晚爲何還不見來。〔唱〕恨浪蝶遊蜂丟下我，春如是，人奈何。〔西門慶慌上。唱〕

【又一體】一刻千金輕放過，知他蹴損雙蛾。〔白〕娘子，我來了。〔潘金蓮白〕走開。〔西門慶白〕娘子，爲何變起臉來？〔潘金蓮白〕你這負心賊，昨日爲何不來？〔西門慶白〕我的娘，元要來的，因有個廣東客人要兑幾兩藥材銀子，被他死釘着，所以没有工夫。〔唱〕只爲鈎藤掛住羚羊角，做不得蟬脱分身入鳳巢。〔潘金蓮白〕哦，好賊嘴，還要賴，有人看見你在張惜惜家吃酒，還來哄我。〔西門慶白〕我若哄了你，嘴上生碗大疔瘡。〔潘金蓮白〕也不消賭咒，今日這個事只怕不成，我要家去了。〔西門慶白〕我的娘，可不急死了我。〔唱〕這茶竈炎炎添活火，知蟹眼也湧清波。〔作摟潘金蓮下。鄆哥上。白〕明鎗容易躲，暗箭實難防。你看西門大官人又進茶房裏去了，待我惹那老猪狗。呔！我把你個做馬泊六的，你那老猪狗，你爲什麽打我。我今番不與你干休了。〔奔下。武大袒胸上。唱〕

【秋夜月】步忙挪，性急渾如火。他們此刻方快活，便教插翅難逃脱。〔內作撩出籃介。內白〕武大來了。〔西門慶、潘金蓮披衣慌上。武大作打門介。白〕你們幹得好事呀！〔西門慶作爬桌下，潘金蓮作拖出作手勢介。西門慶白〕嚇殺來哩哉！〔潘金蓮白〕啐！見了紙老虎也害怕。〔武大唱〕怪不得厭我，快出來見我。〔西門慶作開門踢武大倒地介，下。武大白〕哎呀！勿好哉，勿好哉！〔王婆上。白〕怎麼大郎跌倒在此？〔武大白〕捉捉捉一個人。〔潘金蓮白〕什麼人，不要見了鬼了，快些起來罷。〔王婆、潘金蓮作扶起武大，作吐血介。白〕臭花娘，你叫野漢子踢我一脚。好好好。〔唱〕

【又一體】踢心窩，方寸如刀割，分明是你來指撥，今番性命應難活。〔王婆白〕不要説了，我送你回去。〔武大白〕勿好哉，踢子多訶肐膌出來哉。〔王婆白〕什麼肐膌？〔武大白〕矮子肚裏肐膌多，如今都踢出來哉。〔潘金蓮白〕你慢慢走罷。〔武大唱〕望誰來救我，靠天來祐我。〔下。潘金蓮白〕乾娘，這事便怎麼好？〔王婆白〕不要慌，你們還要做長夫妻短夫妻？〔潘金蓮白〕老厭物，把一個人弄得這般樣了，還是什麼長夫妻短夫妻？〔王婆白〕動不動説我老厭物，我如今有個計較在此，若是短夫妻，你回去將養武大，把西門大官人這節腸子竟割斷了。〔潘金蓮白〕長夫妻便怎麼樣？〔王婆白〕若要做長夫妻，待老身就到西門大官人藥鋪内討一貼毒藥，藥死了他，已後但憑你們受用。〔唱〕

【東甌令】名醫手，秘訣多，一劑靈丹斷送他。那時銀塘儘着鴛鴦卧，渾不怕，五更鑼。〔潘金蓮白〕倘若武二回來便怎麼樣？〔王婆白〕娘子又來了，把他結果之後，一把火燒得乾乾净净，便是武二回來也没蹤跡。自古道，嫂叔不通問，初嫁從親，再嫁由身。阿叔如何管得。暗地裏與大官人往來一年半載，叫他娶了你回去，豈不是個萬全之策。〔唱〕火中滅去青蓮朵，别開個並頭荷。〔潘金蓮白〕乾娘，我心裏也糊塗得緊，但憑乾娘就是了。〔唱〕

【尾聲】貪歡不上慈悲座。〔王婆唱〕大娘子，恐怕你長短恩情難割。〔潘金蓮唱〕乾娘，我原不是六禮三茶即世婆。〔白〕如此乾娘你就去。〔王婆白〕我去，我去。〔潘金蓮白〕乾娘轉來。〔王婆白〕還有什麽説話？〔潘金蓮白〕全仗乾娘呀。〔王婆白〕總在老身。〔下。西門慶上。白〕金風未動蟬先覺，斷送無常死不知。我與潘金蓮偷情之事不想武大知道，昨日竟到茶坊裏來捉奸，被我一脚踢倒，奪門而走。今早王婆來説，趁這矮子心疼病倒，索性取一服砒霜藥死了他，做個長久夫妻。恰好這毒藥我鋪中現成有的，我今拿去，送與王婆便了。説話之間，這裏已是。乾娘，王乾娘。〔王婆應上。白〕不施萬丈深潭計，怎得驪龍頷下珠。〔見介。西門慶低語介。白〕此物已送在這裏了。〔王婆接介〕拿來。〔西門慶白〕要做得乾净才好。〔王婆白〕這個不消吩咐，但是替你幹了這樣好事，怎麽謝我？〔西門慶白〕還你個終身受用便了。我如今且去，完事之後與我個喜信。〔王婆應介。合白〕閻王注定三更死，並不留人到四更。〔分下。潘金蓮扶武大上。白〕看仔細。〔武大白〕你個花娘，幹得好事嗄。〔潘金蓮白〕與我什麽相干？〔武大唱〕

【玉胞肚】你這賊婆無狀使奸夫，把我肚腹踢傷，且等我兄弟回來，把此情訴與他行。〔潘金蓮白〕乾娘。〔王婆上。白〕怎麼説？〔潘金蓮白〕可曾去討藥？〔王婆白〕藥麼，煎好在那裏，待我去取來。〔潘金蓮白〕快些拿來。〔王婆唱〕我今藥内用砒霜。〔潘金蓮白〕可藥得死的？〔王婆唱〕頃刻教他一命亡。〔潘金蓮白〕取來，乾娘，大家來幫幫我。〔王婆白〕是了，我來幫你。〔潘金蓮白〕大郎，可要吃藥？〔武大白〕什麽藥？〔潘金蓮〕心疼病的藥。〔武大白〕可好的？〔潘金蓮白〕先生説吃了這藥就好的。〔武大白〕如此拿來嚧。〔潘金蓮白〕藥在此。〔武大白〕這藥氣味難聞，不要有毒藥在内嗄？〔潘金蓮白〕什麽毒藥，吃下去就好了。〔武大吃介。白〕不好了。〔武大跌介。王婆取被按介。王婆、潘金蓮白〕好了。〔王婆、潘金蓮看介。武大復醒介。王婆白〕阿喲！〔潘金蓮、王婆又按介。王婆、潘金蓮白〕如今是好了。〔王婆白〕我和你擡過一邊。〔唱〕

【尾聲】拔去眼中釘，消却心頭脹，管教地久與天長。〔潘金蓮白〕如今怎麽處？〔王婆白〕我如今到大官人鋪中，叫他買一口棺木盛殮了，三日後拿去燒化了。〔唱〕那時節就是武二回來也不妨。〔潘金蓮白〕快些去對他説，棺木要緊。〔王婆白〕是了。你看好了尸首嗄。〔潘金蓮白〕你就回來，我害怕得緊。〔王婆白〕怕什麽，你哭嚧。〔潘金蓮白〕阿呀，天那！這是那裏説起。〔下〕

# 第二十齣　泉臺冤夢驚同氣

〔土兵隨武松上。唱〕

【山坡羊】遠迢迢他鄉傳信，慢悠悠英雄自哂。望巴巴盼不到吾兄宅前，我急煎煎欲把平安問。〔白〕迤邐行來，已到哥哥門首了。爲何門兒開在此，不免竟入。〔作見牌位介〕「亡夫武大郎之位」。嗄！〔唱〕敢是我眼乍昏夢兒中認不親？〔又看介。白〕「亡夫武大郎之位」。土兵，請大娘。〔土兵白〕大娘。〔潘金蓮內應介〕怎麽？〔上。見武松急下。武松白〕把行李放下。〔土兵白〕嗄！〔武松白〕嫂嫂，我武二回來了。〔潘金蓮白〕請叔叔少坐，我就出來了。〔武松白〕呀！〔唱〕原何應了還不進，早難道叔嫂之間不當通問。〔潘金蓮哭上。白〕阿呀，天那！只見送兄弟，不見接兄弟，好苦嗄！〔武松白〕嫂嫂，你且住了哭，我哥哥犯的什麽病，吃誰人的藥來？〔潘金蓮白〕叔叔嗄！伊家自去二旬餘，偶患心疼不得除。問卜求醫都無效，一朝身死痛如何。我好苦嗄！〔武松白〕土兵，你去買些香燭、紙錢之類，待我靈前祭奠一回。〔土兵下。王婆上。白〕聞得武二官人回來了，待我去看看。呀！二官人回來了。路上辛苦嗄。〔武松白〕王媽媽，你來得却好，我哥哥從來没有心疼的病嗄。〔王婆白〕二官人，天有不測風雲，人有旦夕禍福，那個保得常無事的。〔武松白〕如今棺木在那裏？〔潘金蓮白〕家中窄狹，三日後抬出去燒化了。〔王婆白〕大娘子，二官人回來也該收拾些點心，只管哭，還不進去？〔潘金蓮、王婆下。武松白〕阿呀，哥哥嗄！我和你自幼——〔唱〕喪了雙親骨肉相看只兩人，你做了亡魂形影相依只一身。〔士兵上。白〕香燭、紙錠有了。〔武松白〕擺下。你自迴避。〔士兵下。武松白〕我那哥哥嗄。〔唱〕

【又一體】想那日去匆匆程途忙奔，見你哭哀哀別離未忍。生擦擦連枝鋸開，哀嚦嚦雙鴈驚分陣。〔白〕哥哥，我兄弟起身時節可不道來。〔唱〕你是個軟弱人，必竟啣冤死未伸。〔白〕我那哥哥，〔唱〕你若還果有終天恨，便在夢裏鳴冤，與你報仇雪忿。〔白〕且住，方纔那王婆説誰人保得常無事。〔唱〕他雖云旦夕之間福禍分。〔白〕我哥哥雖然死了，怎麼不等我回來埋葬，我那嫂嫂……〔唱〕他聽着誰人三日之間便火葬焚。〔白〕哥哥嗄，正是一滴堦前酒，何曾到九泉。我做兄弟的就在靈前伴你，兀的不痛殺我也。〔困介。武大郎魂上。白〕兄弟回來了麼，我做哥哥的死得好苦惱子嗄。〔唱〕

【憶多嬌】苦殺人，痛殺人，叵耐無知潑賤人，把我一來害殞。痛苦難禁，痛苦難禁，與我報仇雪恨。〔白〕我哥哥死得好不明，千萬與我報仇。我去了。〔下。武松驚介〕哥哥在那裏呀。啐！原來是一場大夢。且住，我方纔朦朧睡去，分明哥哥向我訴冤，怎麼霎時就不見了？想你這一死好不明白也。〔唱〕

【賞宫花】我且待來朝廣詢。〔内打更介〕聽譙樓更漏頻，秋夜偏長永，怨氣共氤氲。〔白〕天明了，且到縣前去。嫂嫂，我縣前去了。我且問你，我哥哥的棺木誰人買的？〔内潘金蓮白〕是間壁王婆買的。〔武松白〕誰人擡出去的？〔潘金蓮白〕是團頭何九叔擡出去的。〔武松白〕我想王婆是個隻身，那得錢來買棺木，事有蹺蹊，我如今只問那何九便了。〔唱〕只説夜眠清早起，誰知我是不眠人。〔白〕何九在家麽？〔何九上。白〕是那個來了？〔唱〕

【又一體】有誰來款門？〔武松白〕是我。〔何九唱〕感都頭不棄貧。〔武松白〕我哥哥尸首是你盛殮的麽？〔何九白〕是我盛殮的。請少待，待我進去取一件東西與你看。〔武松白〕不怕你走去了。〔何九白〕是中毒的証見。〔唱〕幾塊酥黑骨。〔武松白〕這是哥哥骨殖。〔哭介。何九唱〕還有十兩雪花銀。〔武松白〕我不來問你的銀子，只説奸夫是誰？〔何九白〕這個不曉得。〔武松白〕你若不説，我就一拳。〔何九白〕不消動怒，我聞得大郎與鄆哥去捉奸，只問鄆哥就是了。〔武松白〕如此同去走遭。〔何九白〕曉得。〔唱〕勸你得放手時須放手，得饒人處且饒人。〔武松白〕鄆哥在家麽？〔鄆哥上。白〕來了。眼跳耳朵熱，想有事干涉。那個呀？〔唱〕

【又一體】原來是都頭屈尊。〔武松白〕可曉得我的來意麽？〔鄆哥唱〕我先知八九分。〔武松白〕可曉得奸夫是誰？〔鄆哥唱〕就是西門慶。〔武松白〕快同去見官。〔鄆哥白〕還有一件。〔唱〕只是親老誰供膳，怎好離家門。〔武松白〕倒是個好人。不妨，我有五兩銀子與你安家，對你母親説一聲。

〔鄆哥白〕娘，拿了銀子進去，我同都頭做証見了。〔同唱〕世上本無難做事，常言只怕有心人。〔武松唱〕

【又一體】相煩你們，到官司訴此因。〔內打退堂鼓介。武松白〕本縣大爺退了堂了，怎麽處？〔何九、鄆哥白〕我們且回去，明日早來罷。〔武松白〕有理。〔同唱〕只得同回去，明日再評論。願把劍誅無義漢，還將金贈有恩人。〔同下〕

# 第廿一齣　靈桌霜鋒獻並頭

〔王婆上。白〕下人得志逞虛囂，走到衙門不直毫。撐駕小舟歸大海，這回不怕浪頭高。今早武二到衙門告狀，且喜不准，不免回覆大娘子則個。〔内作鴉鳴介。唱〕

【解三酲】這烏鴉喳喳聲噪，好教人心内憂焦。吉凶禍福應難料，日回覆那多嬌。〔潘金蓮上。唱〕我煩乾娘打聽，想必他來報。〔見介。白〕乾娘。〔王婆白〕大娘子。〔潘金蓮唱〕事體如何怎樣了？〔王婆唱〕休煩惱，這冰山之勢化成半杯雪消。〔潘金蓮唱〕

【又一體】謝天天周全奴好，感伊家成就鸞交。恩山義海身難報，待侍奉你暮年老。〔王婆唱〕聞他去請鄰里到，因甚緣由設席招。〔同唱〕難猜料，待武二回來便知分曉。〔土兵隨武松上。唱〕

【粉蝶兒前】一片熱心，且把冷氣虛心酬禮。〔白〕嫂嫂，王媽媽先在此了？〔王婆白〕正是先在此了。〔武松白〕嫂嫂陪王媽媽在此，待我請了衆鄰舍來。土兵，看守前後門要緊，列位高鄰有請。〔衆鄰上。唱〕

【粉蝶兒後】荷相招設席啣杯，撥窮忙，辭别冗，反承高會。〔武松唱〕遠親戚不如近邊鄰里。

〔衆鄰白〕都頭、大娘子、王媽媽早先在此了。〔潘金蓮白〕列位高鄰萬福。〔衆鄰白〕都頭回來，我每還不曾接風，反來討擾。〔武松白〕不敢，家兄在日，多蒙列位高鄰看顧，今日薄設一席，不請別客，只得四位鄰舍。就請坐了罷。何押司首席，姚二哥那邊坐，趙老四就在這邊。王媽媽。〔王婆白〕在這裏。〔武松白〕你在那邊坐坐罷。土兵，把前後門鎖了。〔衆鄰白〕都頭不用關門，我們是不逃席的。〔武松白〕土兵，斟酒。〔土兵白〕是。斟上了一杯。〔武松白〕再斟。〔土兵〕二杯。〔武松白〕再斟。〔土兵白〕三杯。〔武松白〕住了，酒且慢斟。列位高鄰在上，今日三杯酒，休將作等閒。雖云相答謝，不爲解愁煩。土兵取紙筆過來，何押司煩你從頭寫。〔衆鄰白〕當得。〔武松白〕趙四老、姚二哥憑伊作証看。冤家非路窄，天理有循環。我武松今日，〔唱〕

【尾犯序】冤債到頭日，〔踢潘金蓮介〕衆鄰，且從容與伊説個詳細。〔武松白〕賊淫婦，〔唱〕你把吾兄却便如何謀計？〔潘金蓮白〕叔叔嗄，〔唱〕你冤誰？〔武松白〕怎麼我冤你？〔衆鄰白〕好好的待他説。〔潘金蓮唱〕伊兄死爲心疼病急。〔衆鄰白〕爲心疼病起的。〔武松白〕住了，我哥哥從來没有心疼病。〔潘金蓮唱〕與奴家没些首尾。〔合〕夫和婦本是同林宿鳥，限到兩分飛。〔武松唱〕

【又一體】憑伊假痛與佯悲，也難饒徹地滔天之罪。〔武松踢王婆介。王婆白〕二官人嗄，〔武松白〕老猪狗，〔唱〕你快把真情一一向前説起。〔王婆唱〕咨啓怎消得都頭怒威，容老妾將情訴你。〔衆鄰唱〕真和僞。〔武松白〕何押司，〔唱〕煩伊盡寫，休得有差池。〔衆鄰唱〕

【又一體】你何必直恁推，試從頭實説，倘得饒伊。〔武松白〕列位高鄰，〔唱〕他若不招時，看我把淫婦淩遲。〔衆鄰白〕待他説。〔潘金蓮唱〕停威，非是我生心，故爲……〔王婆白〕阿呀！ 説不得的嗄。〔武松踢王婆介。武松白〕快説。〔潘金蓮白〕待我説。〔唱〕多是你挑唆到底。〔合〕成和敗總是蕭何做出，今日怎支持。〔武松唱〕

【又一體】從實訴端的，莫藏頭換尾，展轉那移。〔白〕且跪在靈前講。〔潘金蓮白〕那王婆呵，〔唱〕他哄我成衣，入馬偷期。〔武松白〕是誰設的計？〔潘金蓮唱〕是他撥置。〔王婆白〕與我什麽相干？〔武松白〕不説我就一刀。〔潘金蓮唱〕踢傷後只説藥醫。〔武松白〕以後便怎麽？〔潘金蓮唱〕把毒藥將他灌吃。〔武松白〕把毒藥灌死，好狠心淫婦也。哥哥，我武二與你報仇雪恨也。〔唱〕兄和弟，人間地底恩義兩無虧。〔殺潘金蓮下。武松白〕土兵，看守了這老淫婦。列位高鄰少坐，待我殺了奸夫西門慶就來。土兵，開了門。〔土兵白〕是。〔武松白〕閉上門。〔下。衆鄰白、王婆唱〕

【駐雲飛】你討了多少便宜，着甚來由惹禍危。〔王婆唱〕都是牽頭罪，今日搥胸悔。〔衆鄰唱〕呸！ 是你老奸賊，害了三人作鬼，把一命償他還是便宜你。〔王婆唱〕伏望高鄰暫解圍，還望神天與護持。〔武松追西門慶上。西門慶白〕武松殺人嗄！〔武松白〕那裏走。〔殺西門慶下。武松唱〕

【又一體】白刃輕揮，心事還應白日知。〔白〕土兵開門。〔土兵白〕是。〔衆鄰白〕阿喲！ 這是何人的首級？〔武松白〕這是奸夫西門慶首級。〔唱〕纔正奸淫罪，方顯男兒氣。〔衆鄰唱〕咻！ 冤報不差池，好似檐前滴水。〔王婆唱〕看他結髮相連，不與我牽頭罪。〔武松唱〕怏口强言任你爲，且到公堂悔後遲。〔白〕土兵，把這老猪狗先押到縣前去，待我把這兩個首級在靈前祭奠一番。〔土兵帶王婆下。武松唱〕

【哭相思】一劍分明慰旅魂，休將修短問乾坤。堪憐獨自成千古，但見依然舊四鄰。〔白〕列位高鄰，不要散了，煩你們同到縣去。〔衆鄰白〕都頭，不要連累我每嗄。〔武松白〕嗄！有我武松在此，决不連累你每，放大了膽隨我來，隨我來。〔下〕

# 第廿二齣　武都頭孟州遣戍

〔衆衙役引知府上。唱〕

【賀聖朝】十年淡飯黄虀，半生錦綬緋衣。男兒五馬貴應稀，把清慎堅持。〔白〕秩視古諸侯，君恩深未酬。雖云齊地薄，猶喜歲多收。下官東平郡守陳文昭是也。今早陞堂理事，左右把投文牌擡出。〔衆衙役應介。投文人上。白〕投文人告進。〔衙役白〕進來。〔投文人遞文介。白〕小的是陽穀縣遞公文的，解一起犯人在外。〔知府看介。白〕我已知道了，都帶進來。〔投文人〕嗄。〔武松、何九、王婆、鄆哥上。唱〕

【又一體】已蒙賢宰提攜，未知本府從違。〔何九、鄆哥〕干連何事苦奔馳。〔王婆唱〕怕明鏡難欺。〔投文人白〕犯人當面。〔知府白〕武松。〔武松白〕有。〔知府白〕何九。〔何儿白〕有。〔知府白〕鄆哥。〔鄆哥白〕有。〔知府白〕王婆。〔王婆白〕不在這裏。〔衙役白〕怎麽説？〔王婆白〕身子在這裏，魂靈不在這裏。〔知府白〕都帶過一邊。〔衆應介。知府白〕帶武松上來。〔武松跪上介。知府白〕你從實供招，不要隱諱。〔武松白〕老爺聽稟，〔唱〕

【玉嬌枝】我情願殺身成義，既殺人如何諱得。這事情呵，都是王婆撥置奸淫輩，將親兄藥死焚棄。〔知府白〕尸既焚了，有何憑據？〔武松遞物介〕老爺。〔唱〕請看賍物與骨殖，團頭何九堪質對。況生前捉奸是實，鄆哥兒悉知就裏。〔知府白〕那鄆哥怎麼説？〔鄆哥白〕小人呵，〔唱〕

【又一體】曾與王婆嘔氣恨，他們包藏禍機。我報知武大翻貽累，被奸夫踢倒昏迷。〔白〕小人此時就跑了去，以後都不知。〔知府白〕那何九怎麼説？〔何九唱〕小人那時去殮伊，西門慶買囑求遮庇。驗亡尸遭毒是實，這骨頭如何昧得。〔知府白〕帶那王婆上來先打二十板，慢慢問他。〔衆衙役打介。知府白〕你招也不招？〔王婆唱〕

【又一體】自家得罪，到頭來還欲賴誰。想從前原是不吉利。〔知府白〕怎麼説？〔王婆唱〕把送終衣服爲媒。〔白〕老爺，〔唱〕西門慶驀地與金蓮會，武大郎毒藥遭冤斃。〔知府白〕把這老賤人先下在死囚牢裏聽候處決。〔衆衙役應介。押王婆下。何九、鄆哥唱〕謝青天把王婆斷訖，論爲從乞求寬恕。〔知府白〕何九、鄆哥都發回本縣寧家。〔何九、鄆哥叩頭介〕謝老爺。〔下。知府白〕武松過來。〔唱〕

【又一體】看你英風高義，本待欲全然恕伊。況伊自首當除罪，但事關人命難悔，今依縣家原問的。〔白〕做你是祭獻亡兄，有嫂前來趕逐，以致死于鬪毆。〔唱〕又有奸夫護嫂因傷體，據明條當杖脊四十。〔白〕這個且饒你罷。〔唱〕還要刺雙頰遐方配你。〔白〕我這等問了，你意下如何？〔武松白〕老爺饒了小人死罪，這活罪怎敢討饒，但憑聽斷便了。〔知府白〕今日就差解子張千、李萬。〔張干、李萬暗上，應介。知府白〕解你到孟州牢城去，我這裏一面申文省院，待有明條下來，就把王婆處決，決不輕恕了他，你放心去便了。〔武松白〕多謝老爺作主，生死不忘。〔知府白〕任你人心似鐵，須知官法如爐。〔武松白〕惟有感恩積恨。〔衆白〕萬年千載難磨。〔知府白〕吩咐掩門。〔衆應下。張干、李萬押武松下〕

# 第廿三齣　團練四營商妙計

〔衆小軍、將官、四偏將引黄安上。唱〕

【點絳唇】委剿萑苻，驅兵星赴施英武。要翦盡强徒，好把民安堵。〔白〕幼習孫吴諳六韜，揮戈躍馬逞雄豪。封侯未遂男兒願，先展謀猷殄賊曹。俺乃濟州府團練使黄安是也，只爲黄泥岡大盜拒捕，脱逃後往梁山入夥，俺奉本府之命統兵進剿。俺想梁山雖是一抔之土，路徑叢雜，此番舉動，務必犁庭掃穴，方得地方寧謐。因此傳集四營將官，協同前往。且待他們到來商議起兵便了。〔衆小軍引四將官上。白〕韜鈐熟服氣如虹，陷陣摧鋒誓立功。欲奮長矛清虎穴，還揮短劍入鮫宫。〔各見介。四將官白〕團練請了。〔黄安白〕諸位將軍請了。只爲本府有命剿捕梁山大盜，小弟特地保舉四位將軍同往，但不知有何妙策可以直搗巢穴？〔四將白〕那梁山泊雖則地居形勝，不通大道，但不過一隅之地，憑着我們兵勢，那些鼠輩何難蕩平。〔黄安白〕各位將軍，不是這等講，聞得梁山賊寇恃險負隅，已非一日，今又添了黄泥岡一夥大盜，如虎而翼，豈可小覷着他。〔四將白〕團練所慮亦是，若依小將等愚見，將人馬埋伏在山前，不用鳴鑼擊鼓，遣一將當先誘敵，詐敗佯輸，引到埋伏之處，伏兵四起，那時一鼓而擒可也。你道此計如何？〔黄安白〕妙呀！　諸位所見正合吾意。　衆將官。〔衆應介。黄安白〕就此起兵前去。〔衆應介。吶喊行介。同唱〕

【番竹馬】統領雄師飛渡，合意展奇謀，殄滅强徒。看旌旗耀日明，似朝霞，燦爛瑶空舒布。兵和將，敢把那身家顧。都要張弓矢，利錕鋙，一齊奮勇衝突。〔衆立住介。黄安白〕前軍爲何不行？〔衆白〕已到山前了。〔黄安白〕天色已晚，吩咐就此安營，明日五鼓一同進剿。〔衆應介。同唱〕早列寨安營，肅清隊伍。到明朝秣馬直前驅，掃么麽滅却穹廬。呀！　軍行紀律，誰敢把號令糢糊。

〔下〕

## 第廿四齣　軍師全勝奏奇功

〔場上預設高臺,衆僂儸、衆頭目引鼂蓋、吴用、公孫勝、劉唐、阮小二、阮小五、阮小七、林冲、杜遷、宋萬、朱貴等上。同唱〕

【醉太平】梁山聿興,會萃羣英,人人賈勇顯才能,把誠輸意傾。井蛙一旦傷生命,雲鵬千里方棲定,尊賢去佞遂輿情,今日裏雄威初整。〔鼂蓋白〕屹峙岡巒氣勢雄,規模新易逞威風。〔吴用、公孫勝白〕人强寨固餱糧足。〔衆同白〕那怕官兵勇力攻。〔鼂蓋白〕我鼂蓋難却衆情,叨居首位,今日擇吉登壇,拜立軍師。打聽得濟州府委團練使黄安統領官兵前來剿捕。〔向吴用白〕正好仰賴軍師運籌帷幄。〔吴用白〕既同聚義,敢不盡心。若説軍師之稱,恐難當此大任。〔衆白〕今日寨主擇吉登壇,十分盡禮,況且衆心欽仰,萬望軍師俯允輿情。〔鼂蓋白〕請居客位,就此同拜。〔推讓吴用立於上首介。在曲中衆人同拜。鼂蓋唱〕

【傾杯賞芙蓉】【傾杯序】(首至五)幸莫堅辭却衆情。〔衆同唱〕專候登壇令。看躋躋蹌蹌,共仰謀謨,赳赳桓桓,各秉虔誠。【玉芙蓉】(四至末)軍師位次同推定,合寨安危有恃憑。〔内吹打。衆拜軍介。鼂蓋白〕請軍師登壇。〔吹打介。鼂蓋、吴用、公孫勝上壇，衆立兩旁。衆頭目、僂儸依次叩頭介。同唱〕心欽敬，向壇前拱聽。請從令，指揮差遣任施行。〔拜畢介。衆向壇前立介。白〕敬請軍師發令。〔吴用白〕吾等聚義梁山，地居形勝，若圖負固久安，須要精嚴紀律。自今以後，凡有禁約之條，務宜遵守，若有差遣之處，毋得遲違。寨中盡昆弟之情，壇上以軍法從事，倘違吾令，決不容情。〔衆白〕謹遵軍令。〔各立兩旁介。鼂蓋白〕如今黄安統兵到此，請問軍師如何應敵？〔吴用白〕寨主放心，自古水來土掩，兵至將迎。我這梁山泊在水中央，路逕叢雜，爲今之計，先於要隘設伏，然後令人迎敵，佯輸詐敗，引入虎穴，將他擒護便了。〔鼂蓋、公孫勝〕全仗軍師神機妙算。〔吴用取令旂。白〕林冲、杜遷、宋萬、朱貴聽令。〔四人應介。吴用白〕汝等各領僂儸前去誘敵，只許佯輸，不許戰勝，引敵人過了設伏去處，只聽本寨鳴金爲號，然後回頭奮勇截殺，不得有違。〔四人同白〕得令。〔領取令旂下。吴用白〕阮氏三人聽令。〔三人應介。吴用白〕汝兄弟三人各領僂儸就在金沙灘左近埋伏，只等敵人到時，本寨鳴金爲號，即帶領弓弩手截住去路，不得有違。〔三人同白〕得令。〔領取令旂下。吴用白〕劉唐聽令。〔劉唐應介。吴用白〕他前軍既敗，黄安必來策應，他見我在高阜處必搶上山來，你可突出擒他，不得有違。〔劉唐白〕得令。〔領取令旂下。吴用向公孫勝、鼂蓋白〕我們三人站立高阜去處，一則觀敵人動静，二則誘他中計。〔鼂蓋、公孫勝白〕軍師言之有理。〔鼂蓋白〕衆僂儸。〔應介。鼂蓋白〕就此前去。〔僂儸白〕得令。〔吶喊介。鼂蓋等下臺介。衆同唱〕

【普天樂】展謀謨威名騁，豎旌旄軍容整。看梁山氣焰騰騰，果然是雷厲風行。呀！浮光電影，聲聲鼓角鳴，列隊而前，虎鬬龍争。〔同下。四小軍引左營將官，一小軍執纛隨上。唱〕

【朝天子】占前驅勝籌，把幺麽早收。着先鞭駿馬争馳驟，軍中法紀敢差遲逗遛，須努力除强寇。〔白〕吾乃濟州左營將官是也，奉團練軍令，帶領一枝人馬先探虚實。來此已離梁山泊不遠，不免殺上前去。〔同唱〕好據他上游，抹過了林岫急搜，休教他强徒逃走，强徒逃走。要把那膚功奏，要把那膚功奏。〔下。四僂儸引林冲，一僂儸執纛隨上。同唱〕

【普天樂】抱雄心，爲頭領，作先鋒遵嚴令。一望裏旗幟飛騰，忙向前誘敵官兵。〔左營將官上。同唱合〕呀！浮光電影，聲聲鼓角鳴，列隊而前，虎鬬龍争。〔戰介。林冲佯敗，左營將官追下。衆小軍引右營、前營、後營將官各隨小軍執纛上。同唱〕

【朝天子】望前軍建功，促後軍往從。統精兵乘勝擒敵衆，戈矛相向，更旌旗蔽空，人和馬，風雷動。〔同白〕吾等乃右營、前營、後營將官是也。〔右營白〕奉團練軍令，一等左營戰勝，即便併力擒賊。〔同白〕如今衆賊披靡，我們速速飛騎向前者。〔同唱〕喜先聲寇窮，緊連鑣飛鞚路通。耳邊厢殺聲喧哄，殺聲喧哄，同剿滅，休輕縱。〔下。衆僂儸引杜遷、宋萬、朱貴各隨小軍執纛上。唱〕

【普天樂】擊鳴鉦，雷霆應，吹畫角，虎狼競，纔過了碧嶂沙汀，又早見路徑縱横。〔右營、前營、後營將官各隨小軍上。同唱合〕呀！浮光電影，聲聲鼓角鳴，列隊而行，虎鬬龍争。〔戰介。杜遷、宋萬、

朱貴佯敗，三營將官追下。衆僂儸帶弓箭引阮小二、阮小五、阮小七上。同唱〕

【朝天子】鼓聲兒緊敲，殺聲兒正囂，看紛紜裊裊旌旗耀。沿岡埋伏，聽鳴金是號。望敵將須臾到。〔阮小二白〕我等奉軍師將令，帶弓弩手埋伏金沙灘岡阜之側，須要不露形迹。〔阮小五、阮小七同白〕你看敵軍將到，我們掩旂息鼓，潛蹤避影，只待官兵一過，準備弓弩斷他歸路。〔阮小二白〕有理。〔同走唱〕要芟夷若曹，向深林隱着漫勞。頃刻把官軍喪了，仗弓弩相厮鬧，仗弓弩相厮鬧。〔僂儸作倒曳旗幟，作埋伏狀虛下。林冲、杜遷、宋萬、朱貴敗上。四將官追上，共戰介，擺勢。同唱〕

【普天樂】舉刀鎗，露華暎，展旗旛，霞光炳。只今番較個輸贏，建奇功各展生平。〔又戰介。林冲等四人同敗下。二將官白〕你看賊人紛紛逃敗，我們乘勝追趕，直搗巢穴便了。〔又二將官白〕有理。〔同走，內鳴金介。林冲等四人復上戰介。四將官敗介。遶場走，至場口，內放亂箭介。三阮同戰介。林冲、杜遷、宋萬、朱貴作殺四將官，衆小軍逃下。衆白〕官兵盡剿，黄安未擒，衆僂儸就此殺上前去。〔同唱合〕呀！浮光電影，聲聲鼓角鳴，列隊而前，虎鬭龍争。〔下。四小軍、四偏將引黄安上，小軍執纛隨上。唱〕

【朝天子】統全軍建牙，捕虛囂井蛙。怎知道計出羣奴下，孤軍深入，望山涯水涯，敻不見前軍甲。〔黄安白〕方纔探子報來，四營將官得勝輕追，不知去向，恐中敵人奸計，爲此統領全軍前來策應。衆將官。〔衆應介。黄安白〕速速奮勇向前者。〔衆應介。同走唱〕教三軍莫譁，把鼓兒緊撾快拿。須防他藏兵施詐，藏兵施詐，預籌謀來招架，預籌謀來招架。〔下。僂儸引劉唐上。同唱〕

【普天樂】氣舒揚，威名逞，引大隊，乘全勝。斬渠魁手到功成，方顯得水泊羣英。〔白〕我劉唐奉軍師將令，着我在山下捉拿黃安，遠遠望見官兵來也，我且躲過一邊。〔虛下。衆引黃安急上。同唱〕呀！浮光電影，聲聲鼓角鳴，列隊而前，虎鬬龍争。〔黃安白〕一路追來，總不見一個人影兒。衆將官，就此殺上前去。〔劉唐白〕黃安，你留下頭再去。〔黃安白〕中了賊子之計了。放馬過來。〔劉唐上戰介。林冲、杜遷、宋萬、朱貴、三阮上，同戰介。劉唐擒住黃安，林冲等殺四裨將、小軍下。劉唐白〕黃安已擒，官軍全敗，一同上山繳令便了。〔林冲等同白〕有理。〔同下。衆僂儸、頭目引鼂蓋、吴用、公孫勝上。同唱〕

【朝天子】運神機碩畫，展雄風將才。料官兵此際遭擒敗，桓桓貔虎，向岡巒擺開，齊把那捷音待。〔鼂蓋白〕且喜官兵紛紛敗亡，皆賴軍師之妙算也。〔吴用白〕全仗寨主福庇，於我何功。〔公孫勝白〕且待衆兄弟到來，同回山寨便了。〔鼂蓋、吴用白〕有理。〔僂儸綁押黃安上。劉唐、林冲、杜遷、宋萬、朱貴、三阮同上。唱〕到鬱葱翠崖，望三關壯哉。事諧報成功，同聲奏凱，同聲奏凱，須早把俘囚解，須早把俘囚解。〔各見介。三阮白〕埋伏弓弩成功，繳令。〔林冲、杜遷、宋萬、朱貴〕官兵盡剿成功，繳令。〔劉唐白〕黃安生擒，聽候發落。〔鼂蓋白〕且把黃安押付後寨監禁。〔僂儸應介。押黃安下。鼂蓋白〕衆兄弟大獲全勝，甚爲勞苦，明日準備筵席，慶賀大功。〔衆〕多謝寨主。〔鼂蓋白〕衆僂儸。〔應介。鼂蓋白〕吩咐擺齊隊伍，打得勝鼓回寨。〔應介。內打鼓一通介。鼂蓋等十一人各建大纛，衆僂儸、頭目擺隊

前行。同唱〕

【朝元令】眉軒氣揚，衆志同歡暢。威行勢張，誰敢争雄長。看霞彩旌旗，霜華兵仗，導引着干城勇將，器宇昂藏，扶持山寨皆俊良。帷幄賴劻勷，持籌有志囊。把官兵掃蕩，真個是易如翻掌，易如翻掌。〔同下〕

# 第四本

## 第一齣　水泊慶功伸燕賀

〔衆僂儸、頭目引鼂蓋、吴用、公孫勝上。唱〕

【刷子序】山寨合興隆，喜同心戮力，丕建奇功，戰勝威行，今來大振雄風。〔林冲、劉唐、杜遷、宋萬、朱貴、阮小二、阮小五、阮小七上。接唱〕崢嶸藹藹的山增光采，赳赳的人添驍勇。〔同見介。合唱〕看以後畏縮官軍，怎攖咱鋭利兵鋒。〔鼂蓋白〕破敵成功賴衆賢。〔吴用、公孫勝白〕還憑福蔭始安全。〔林冲、杜遷、宋萬、朱貴白〕蛟龍奮起魚蝦斃。〔同白〕此日梁山勝昔年。〔鼂蓋白〕前者黄安統兵剿捕，賴軍師妙計，衆弟兄英勇，得以大獲全勝，爲此特排筵宴，慶賞大功。〔衆白〕多蒙寨主褒獎，又蒙寨主盛心，我等不勝感荷。〔頭目跪禀白〕啓上寨主，筵宴已曾齊備，請寨主上席。〔鼂蓋白〕今日之酒，我當親自按席，稍盡誠敬之心。〔衆〕還是我等跪獻一樽，以申愛戴之意。〔吴用白〕不須如此，我等依次而坐便了。〔衆白〕有理。〔頭目白〕起樂。〔内吹打介。衆坐定介。頭目跪白〕請上酒。〔同唱〕

【山漁燈】瑇瑁筵開把金罍捧，喜座列英豪，情比昆仲。〔吳用等曲中白〕寨主，想我等呵，〔唱〕當日個萍水相逢，欣然景從，一時意氣交相重。〔鼂蓋曲中白〕多承衆兄弟。〔唱〕關休戚各展威風，而今同堂慶功。〔衆接唱〕吐氣揚眉皆得志，瀝膽誓心當效忠。傾百斗，越教人氣雄，正酒酣耳熱，談論心胸。〔鼂蓋白〕衆位兄弟。〔衆應介。鼂蓋白〕我還有一事與軍師商酌。〔吳用白〕不知寨主還有何事？〔鼂蓋白〕前者事敗之後，我們皆脱網羅，只有白勝現居縲絏，理應救他纔是。但計將安出？〔吳用白〕若依小弟愚見，只須差一精細頭目，多將金帛前往濟州府，上下使費，將白勝寬鬆，他必能脱逃來也。〔鼂蓋白〕軍師之計甚好，待我連夜打點金帛，遣發頭目便了。〔衆白〕足見寨主不忘故交，使我等十分感服。〔鼂蓋白〕吩咐撤過筵席。〔應介。各出位介。同唱〕

【尾聲】綺筵開，正旭日朝霞捧，又早見鴉背斜陽揚晚風，可正是得意談心不知清晝永。〔同下〕

# 第二齣　乍下車有心尋釁

〔花榮上。唱〕

【鳳凰閣】雄心一片，養就扶搖翮健，劍光夜射斗牛邊，散作流虹掣電。暫紆銅篆，幸喜得龍沙晏然。〔白〕貫札穿楊藝最工，還如李廣不能封。丈夫空具鳶肩相，何日勳名上鼎鍾。下官姓花名榮，祖貫山後人也。熟習韜鈐，尤嫻弓馬，爲是矢無虛發，人皆以「小李廣」稱之。父母早喪，妻室云亡，惟有一妹，小字貞娘，年已及笄，尚未許聘。下官叨中武舉，蒙聖恩除授此間青州屬下清風寨副知寨之職，向來正知寨乏員，下官權署印務，所喜紀律嚴明，軍民安堵。不想近日清風山草寇哨聚，不時劫掠，甚屬可憂，因此一面嚴戒將士固守汛地，一面申呈青州府檄行防禦，使發兵協剿。咳！四方多故，羣盜縱横，未知何日始得掃清宇内也。正是雁塞烽煙方震地，漁陽鼙鼓又驚天。言之未已，妹子出堂來也。〔梅香隨貞娘上。唱〕

【逍遥樂半】日午停針綫課，理餘工女訓篇，湘簾不捲炷爐煙。〔見介。白〕哥哥萬福。〔花榮白〕妹妹少禮。請坐。〔貞娘白〕有坐。〔各坐介。貞娘白〕哥哥，我看你眉頭不展，面帶憂容，莫非有甚心事麽？〔花榮白〕妹妹有所不知，只因童貫、高俅等專權誤國，以致民窮多盜，梁山泊全夥未除，清風山草寇又起，盜賊逼近肘腋之間。我職守地方，兵微將寡，難保無虞，以此愁悶。〔貞娘白〕哥哥，你神箭非常，智勇足備，諒此烏合之衆剿滅誠易，何須過慮若此。〔花榮白〕妹妹，正有一事問及。〔貞娘白〕何事垂問？〔花榮白〕前日叫妹妹製的綿衣一套曾做完否？〔貞娘白〕已經準備停當，不識哥哥要將此衣送與何人？〔花榮白〕有一結義哥哥宋公明，他爲殺了閻婆惜，一向避在滄州柴大官人處，近日又在白虎山孔氏莊上，我要着人請他到此。目下序近新秋，恐路上風霜，故要將此綿衣送去。〔貞娘白〕原來爲此。〔内擊雲板介。花榮白〕外面擊雲板，想有人稟事，妹妹且請進去。〔貞娘應介。白〕堂上趨承多政事，閨中消遣足閒情。〔下。軍健上。白〕啣命初辭闕，分符將下車。〔進見介。白〕報事軍健叩頭。〔花榮白〕報甚事情？〔軍健白〕新任正知寨劉爺已到，在十里長亭，即時就要上任了，特來報知。〔花榮白〕怎麽不先爲通知，這等迅速。〔軍健白〕擇定今日吉期上任，所以兼程趕到的。〔花榮白〕原來這等。可曉得他一路來行爲若何，帶有多少人從？〔軍健白〕帶來人從頗多，聞説一路來到處騷擾，甚不安静。〔花榮白〕嗄！這樣麽，我曉得了。你去傳諭各營將領、軍校，先往迎接。一面差官賫印前去，一面整治酒席在館驛中接風。〔軍健應介。白〕欲識人賢否，但看事簡煩。〔下。花榮白〕這般説起來，又非善良之輩了，怎麽處嗄。且待少時相見之際，看是如何，再作道理。見面自多大鑒識，聞言不用細推評。〔下。衆執事、吏典、傘夫引劉高乘馬

上。唱〕

【雙令江兒水】高官顯位，喜做到高官顯位，這榮華有誰個比。看烏紗頭戴，紫綬腰垂，羡威儀果濟濟。〔白〕下官劉高，蒙聖恩除授清風寨正知寨之職，今日上任，好不榮耀也。左右。〔衆應介。劉高白〕可分付地方，務要肅静街道，如有閑雜人等闖我頭踏者，一綑四十，軍法重處。〔衆應介。唱〕令出比風雷，威行甚虎羆。〔内嚷介。劉高白〕什麽人喧嚷，帶地方過來。〔衆應唤介。地方上見介。白〕地方叩頭。〔劉高白〕我再三曉諭過要肅静街道，怎麽縱容閑人喧嚷，扯下去打。〔衆扯介。地方白〕阿呀！是老爺的大叔搶了過往客人的包裹，兩下争鬧，不干小人之事。〔劉高白〕呸！一個包裹，值得甚麽，也要這般争嚷，甚是大膽可惡，且饒你這次，今後如再不遵，活活敲死你這狗才。〔地方應下。衆行介。唱〕條約休違，政令當依，斷難容干法紀。〔差官賫印上。白〕分出麟符鐫白玉，賫來鵲印鑄黄金。〔見介。白〕副知寨花老爺差官賫印送上。〔劉高白〕怎麽花知寨不親自送來？〔差官白〕舊規是差官送的。〔劉高白〕什麽叫做舊規？〔吏典接印介。劉高白〕爲什麽花知寨不來遠接？〔差官白〕衙門雖設正副，文武不相統轄，不過是賓主之禮，如今花老爺在館驛中設席拱候。〔劉高白〕這官兒多講，還不快去。〔衆趕介〕還不快走。〔差官下。劉高白〕就此行到館驛中去。〔衆應介。行唱〕前驅擺齊，好分付前驅擺齊。〔内白〕本寨將領帶領軍健迎接老爺。〔衆白〕起去。〔内應介。衆行唱〕紛紛甲騎，又則見紛紛甲騎，一行行間旌干列彩旗。〔到介。花榮上。白〕待奮鷹揚績，羞居牛後名。〔見介。白〕恭喜老寅翁，報政銓曹，朝野欣慶。請上，花榮有一拜。〔劉高白〕下官協同治理，未免分權擅政，於貴職大有干礙，何用稱賀，不勞拜罷。下官今日入境之始，先有一事請問。〔花榮白〕有何見諭？〔劉高白〕聞得此間清風山草寇大肆猖獗，貴職久任本汛，賊形豈無見聞，乃竟袖手旁觀，恐貽尸位之譏，難免彈章之議。〔花榮白〕羣盜情形，已經備呈上司，下官雖欲提兵捕剿，又難擅離汛守，是以未經奏捷耳。〔劉高白〕朝廷設官分職，原爲靖盜安民，今日盜賊縱横於肘腋之間，仍然視爲膜外，則平日虛兵冒餉，不問可知矣，甚覺可嘆。〔軍健白〕酒筵齊備，請老爺上席。〔花榮白〕看酒來。〔軍健應介。花榮定席介。各坐介。合唱〕

【又一體】華筵方啓，整齊齊華筵方啓，捧瓊巵浮緑蟻，早管絃聲沸，蘭麝香霏，這風光果是美。〔花榮持杯勸介。劉高作倨傲狀介。花榮唱〕我曲曲效謙卑，他昂昂敢作爲，話不投機，心自沉疑，那裏是酒筵前稱知己。〔吏典稟介。白〕稟老爺，吉時已至，就請走馬上任。〔各出席介。花榮白〕下官先此告辭。〔劉高白〕請。〔花榮白〕嫌隙頓生嗔異己，協恭何有愧同寅。〔下。劉高白〕分付擺齊執事，往衙門到任。〔衆應介。行唱〕羊質虎皮，權冒着羊質虎皮，虛張聲勢，訶叱處虛張聲勢，可知是官不威牙爪威。〔介下〕

# 第三齣　投虎寨僂儸剖心

〔宋江上。唱〕

【菊花新半】英雄失路滯天涯，遥望鄉關何日歸。〔白〕我宋江一向避在柴大官人莊上，前月來到此間白虎山，承孔明、孔亮賢昆玉十分相愛，爲是指點他二人鎗棒，稱我師父。此間離清風寨不遠，那知寨花榮原係拜盟弟兄，聞我在此，連次遣人致書招請，因值秋涼，又寄綿衣一套，故交情重，不得不去走遭。那孔氏弟兄聞知，那裏肯放，我許以去去就來，方始應允。昨日承他設席餞别，今日一凖要起身，恰好他弟兄二人出來也。〔孔明、孔亮上。白〕陽關唱徹第三聲，不盡依依惜别情。無那秋來分手處，西風衰柳正淒清。〔見介。白〕師父。〔宋江白〕二位賢弟。〔孔明、孔亮白〕老父因身子不快，不能出來相送，只説師父到花知寨處盤桓幾時就要來的。〔宋江白〕這個自然。就此告辭了。〔孔明、孔亮白〕莊客背了包裹，我弟兄二人走送一程。〔莊客暗上，應介。背包裹介。宋江白〕又要賢昆仲勞步。〔孔明、孔亮白〕我等依依不捨，自當送至前面。〔行介。合唱〕

【漁家傲】最無奈執手河梁欲别離，只有這送送前途，再得片刻追陪。謾道是丈夫不灑臨岐淚，相看處更多縈繫。便做道途路非遥，況又是會合可期，由不得兩下離懷成慘悽。〔宋江白〕來路已遠，請二位賢弟回轉去罷。〔孔明、孔亮白〕如此從命了。〔各揖介。宋江白〕鴈叫雲天不忍聞，秋風蕭索感離羣。〔孔明、孔亮白〕莫愁前路無知己，天下誰人不識君。〔宋江接包裹介。白〕二位賢弟請轉。〔孔明、孔亮白〕師父前途保重。〔分下。衆僂儸上。白〕心胸與世不和同，亡命深潛山澤中。要識英雄大作用，一鞭快馬一張弓。咱們是清風山衆僂儸便是。〔一僂儸白〕我們這山上有三位大王聚義，一個唤做「錦毛虎」燕順，一個唤做「矮脚虎」王英，一個唤做「白面郎君」鄭天壽，俱各英雄出衆。〔又一僂儸白〕聚着一二千僂儸，殺人放火，打家刼舍。〔一僂儸白〕方纔傳下號令，着我們下山伏路，倘有大隊輜重過往，飛報上山，統衆刼取，如遇單身客人，攔路抛下絆馬索絆到，拿倒山上。情願入夥的編入隊伍，若不肯，一刀兩段，剖出心肝，做醒酒湯吃。〔又一僂儸白〕閒話少説，你看日色平西，快到山下去看有甚好買賣。〔衆僂儸白〕説得有理，就此同去。漫言人不仁，可知盜有道。識看貪墨者，比我還强暴。〔下。宋江上。唱〕

【剔銀燈】孤身客茫茫路岐，短促景深秋天氣。疏林外又見紅輪墜，淡朦朦野煙陰翳。〔白〕早間别了孔氏兄弟，一路行來，因貪趲程途，錯過宿頭，如今天色已晚，來到這裏。你看對面一座高山，形勢險惡，樹木叢雜，好不怕人也。〔唱〕應知世途嶮巇，怕履着無端的禍危。〔僂儸預暗上，將索絆倒宋江介。僂儸白〕在這裏了。〔綁宋江，奪包裹介。宋江白〕好漢，可憐我單身客人，所有包裹任憑取去，只求饒命。〔僂儸白〕由不得你，且解到山上，但憑大王發落。走走。功勞只計資裝重，號令如違性命輕。〔下。衆頭目引燕順上。唱〕

【破陣子】山寨飛蟲虎帳，緑林俠客鷹揚。〔王英上。唱〕鎮門廣漢石敢當，與我形容却相仿。〔鄭天壽上。唱〕英勇誰能擋。〔燕順白〕血染緑袍綉紫鸞。〔王英白〕朱纓斜繞縷金冠。〔鄭天壽白〕平生作事惟肝膽。〔同白〕義氣存心湖海寬。〔燕順白〕自家「錦毛虎」燕順是也。〔王英白〕自家「矮脚虎」王英是也。〔鄭天壽白〕自家「白面郎君」鄭天壽是也。〔燕順白〕二位兄弟，俺們占住清風山聚義，且喜人强馬壯，官兵不敢衝鋒；地險山高，捕獲無人敢至。近日糧草不敷，意欲到附近地方劫掠一番，二位兄弟意下如何？〔王英、鄭天壽白〕大哥，且再商量。早上差僂儸下山去伏路，不知可有什麽行貨拿來。〔燕順白〕少刻便有分曉。〔衆僂儸押宋江上。白〕擒來好似甕中鱉，捉到猶如釜内魚。啓上三位大王，伏路僂儸拿得一個漢子，并隨身包裹，綁縛到山，聽候發落。〔燕順白〕押過來。〔衆僂儸應介。帶見介。王英白〕看這厮生得肥胖。〔燕順白〕問他可肯入夥麽？〔僂儸白〕大王問你可肯入夥？〔宋江白〕念小人是清白良民，只求好漢開恩，釋放下山。〔燕順、王英、鄭天壽白〕哇！這厮該割舌頭，你是清白良民，難道我們江湖上好漢倒不清白麽？〔唱〕

【玉芙蓉】狂言不忖量，蟻命難饒放。怎暗相譏刺，故把人傷。可知咱心高不屑作邊方，將氣憤聊稱爲化外王。〔同白〕僂儸們，快把這厮洗剥了。〔僂儸應介。宋江白〕阿呀！大王爺饒命嗄！

〔燕順等唱〕徒悲愴，恨無知魍魎，怎容伊摇唇鼓舌浪誇張。〔宋江唱〕

【又一體】沖霄氣一腔，化作愁雲障。把虚空隔絶，叫不應穹蒼。〔王英白〕孩子們，快取他的心肝，湯熱酒來吃。〔僂儸應介。宋江白〕阿呀，天嗄！〔唱〕當日個未央無罪誅韓信，今日裏山寨啣冤斬宋江。〔僂儸白〕開刀。〔燕順白〕住了。〔僂儸應介。燕順白〕二位賢弟可聽見他説什麽宋江麽？〔王英、鄭天壽白〕聽得的，想是這厮倒認得宋公明的。〔燕順白〕僂儸們，且帶這厮過來，待我問他。〔僂儸應，帶宋江介。燕順白〕你這厮是何等樣人，方纔説什麽宋江？〔宋江白〕即我就是宋江。〔燕順等白〕你就是宋江，你是那裏的宋江？〔宋江白〕小人是鄆城縣宋江。〔燕順等白〕可就是「及時雨」宋公明？〔宋江白〕小人正是。〔燕順白〕了不得，了不得！〔急解縛扶起介。王英、鄭天壽白〕僂儸們，快取衣服來穿好了。〔僂儸應，取衣披宋江身上介。燕順等白〕弟輩有眼不識泰山，多有冒犯，望仁兄恕罪。〔拜介。宋江答拜介。燕順等唱〕慚無狀，笑吾儕忒莽，幾做了交成刎頸不尋常。〔各起介。燕順白〕請坐了。〔各坐介。宋江白〕三位壯士如何曉得宋江，乃蒙不殺，如此錯愛，敢問大名？〔燕順白〕小弟叫「錦毛虎」燕順。〔王英白〕小弟叫「矮脚虎」王英。〔鄭天壽白〕小弟叫「白面郎君」鄭天壽。〔合白〕同在此清風山聚義。〔宋江白〕久聞三位大名，如雷貫耳，今日得遇，實爲萬幸。〔燕順等白〕公明兄乃天下義士，我等仰慕大名，神交已久，只恨無緣拜識。適纔若非天佑義士，使仁兄自吐尊諱，我等何由曉得。倘有差池，豈不被江湖好漢將弟輩唾駡死了。〔宋江白〕太言重了。〔燕順白〕請問

仁兄一向在那裏，今日爲何到此經過？〔宋江白〕一言難盡。〔燕順等白〕願聞其詳。〔宋江唱〕

【普天覓好事】【普天樂】（首至合）娶紅裙，遭魔障，揮白刃，逃羅網。〔燕順、鄭天壽白〕弟輩也聞得仁兄殺了閻婆惜一事，不知後來怎麽樣了？〔王英白〕宋大哥，那個閻婆惜爲什麽殺了他，可惜嗄！〔宋江白〕其時呵，〔唱〕畏途人將名姓稱揚，託豪門把蹤跡潛藏。〔燕順等白〕一向躲避在那裏？〔宋江白〕只得逃至滄州橫海郡柴大官人處住了許久。〔燕順等白〕我們也聞得有個「小旋風」柴進，甚有義氣。〔宋江白〕一月前又到白虎山孔氏莊上，承彼款留。〔燕順等白〕白虎山離此甚近。〔宋江唱〕【好事近】（五至末）平陽北海好知交，一樣多情況。〔燕順等白〕如今又將奚適？〔宋江白〕有個結義兄弟花榮在清風寨，正欲到彼，路過山下，不想得遇三位豪傑。〔唱〕喜忽來虎寨趨承，且緩向龍門過訪。〔燕順等白〕原來花知寨是公明兄的義弟，今日喜得到此，且多住幾時，再往那裏未遲。〔宋江白〕多承盛意，暫住兩三日，就要告辭的。〔燕順等白〕那有就去的理。僂儸們，快備酒筵在後寨，一者與大哥壓驚，兼好暢飲談心。〔僂儸應介。燕順等各讓介。宋江唱〕

【尾聲】似這等訂交情真奇創。〔燕順等唱〕金蘭簿翻成了新樣。〔合唱〕可曉得咱豪傑的相知原異常。〔各讓下〕

# 第四齣　王矮虎漁色無緣

〔熊氏上，丫鬟隨上。熊氏唱〕

【女臨江前】朔風漸把寒威釀，聽落葉打紗窗。〔白〕〖長相思〗羨登庸，總軍戎，果是夫榮妻也榮，五花冠誥封。粉香堆，綺羅叢，鸞鳳和鳴歡愛濃，兩情魚水同。妾身熊氏，乃劉知寨正室恭人，自隨任到此，又經三月。夜來夢一金甲神口稱天罡列宿，手提寶劍將欲刺我，正在危急，却得一黑漢子把我一推，瞥然驚醒。想將起來，當初曾許下嶽廟香願，至今未酬，所以神明見責，今早對相公説知，原來離此不遠有嶽廟行宫，我要親自前去燒香完願。已經虔備香燭供儀，且待相公退衙，然後起身便了。〔劉高上。唱〕

【女臨江後】政苛誰道玷官方，嚴刑曾不礙，厚歛又何妨。〔見介。白〕夫人，因你要到嶽廟進香，已吩咐準備暖轎一乘，撥軍健二十名，護衛都在外厢俟候，你可曾梳妝完備麽？〔熊氏白〕相公，你看我如此打扮可好？〔劉高白〕如此打扮已是十分標致了，何不再將些珠翠插戴，穿上大紅花襖，越顯出天姿國色，豈不更妙。〔熊氏白〕既如此，丫鬟與我取翠雲翹、金鳳釵、大紅銷金花襖來，待我穿戴，再將鏡臺過來一照。〔丫鬟應取各項介。劉高白〕待下官與夫人再把眉兒重畫一畫何如？〔熊氏白〕這却甚好。〔劉高畫眉介。白〕夫人，〔唱〕

【紅衲襖】你是個齊眉的賢孟光，我做個畫眉的俊張敞。〔丫鬟白〕牙梳在此。〔劉高與熊氏掠鬢介。唱〕堆鵶鬢梳出了新興樣，墮馬髻盤成了時世妝。再塗些微微的額上黄，還點顆小小的唇邊絳。〔丫鬟白〕夫人戴了鳳釵。〔劉高與熊氏戴釵介。唱〕插上了助媚添嬌金鳳釵兒也，〔穿襖介〕這花襖兒稱體裁來不短長。〔妝完介。熊氏白〕一炷心香素願酬，闔門安吉荷神庥。〔劉高白〕座前瞻禮須頻禱，好把無窮福禄求。〔熊氏白〕相公，妾身去了。〔劉高白〕夫人早些回來。〔丫鬟白〕夫人出堂來了，打轎上來。〔分下。王英上。唱〕

【東甌令】身雄健，氣軒昂，誰道區區貌不揚。丈夫三十猶孤曠，空冷落芙蓉帳。幾時得壓寨俏紅妝，低語唤檀郎。〔白〕我王英膂力過人，英雄出衆，只是見了婦人就要癱做一堆，也曾幾次搶有婦女上山，都被燕家哥哥、鄭家兄弟不許容留，我只爲義氣分上，不好争執，白白都放了去。如今不是這樣了，若再搶來，藏在後山暗暗受用便了。前者留宋公明哥哥在山，我等三人和他盟作弟兄，住有月餘，他再三要去，今早只得設席餞别，少刻就要相送下山了。〔一僂儸上。白〕劫舍打家多慘酷，偷香竊玉却風流。〔見介。白〕二大王，有椿喜事，特來報知。〔王英白〕有甚喜事？〔僂儸白〕小的在南山伏路，遠遠望見一簇從人擁護一乘暖轎而來，後面有丫鬟坐在車上，那轎内定是婦女，故此飛風來報知。〔王英白〕嗄！有這等巧事。不要報與那二位大王知道，待我前去搶來。〔僂儸應介。王英白〕快些帶馬。〔僂儸應，帶馬遞兵器介。王英上馬介。唱〕

【劉潑帽】乍聞言撓不着心兒癢，好教人意興飛揚。多應好事從天降，何處嬌娘，自送到門兒上。〔下。衆僂儸引宋江、燕順、鄭天壽上。唱〕

【浣溪沙】祖席張，驪歌唱，分袂處直恁匆忙。〔宋江唱〕別離情緒休悽愴，遠大襟懷要激昂。〔白〕愚兄在此多承盛意，只是躭擱日久，刻下就要告辭了。〔燕順、鄭天壽白〕哥哥執意要去，弟輩也不敢强留，自當送至山下。〔燕順看介。白〕嗄！王兄弟那裏去了，不來相送哥哥。〔問僂儸介。白〕二大王那裏去了？〔僂儸白〕二大王下山擄掠婦人去了。〔燕順白〕有這等事，好個妄人，有了婦人連哥哥也不來相送了。〔鄭天壽白〕又不知何等人家婦女，一定被他玷污了。〔宋江白〕此豈大丈夫之所爲，我同二位到彼寨内將言善導，然後告別。〔燕順、鄭天壽白〕如此甚好。〔合唱〕不度量，笑殺那蠢登徒空妄想，且打散污泥濁水鴛鴦。〔下。王英摟熊氏上。王英唱〕

【東甌蓮】【東甌令】（首至六）巫娥女，楚襄王，驀地相逢喜欲狂。千金一刻非虚謊，好勾却相思賬。〔作醜態介。熊氏白〕妾身既然到此，情願依從。〔唱〕薦君衾枕也應當。【金蓮子】（末一句）只要得緊相偎，漫相憐，款款赴高唐。〔宋江、燕順、鄭天壽上，僂儸隨上。白〕火燒祆廟雨雲散，水溢藍橋風月休。〔燕順白〕此間就是了。〔宋江白〕待我叩門。〔燕順、鄭天壽白〕若是叩門，必不肯開，快些打進去。

〔僂儸應，打進介。王英、熊氏驚介。王英白〕你們到此做甚麼？〔燕順、鄭天壽白〕你又在此做甚麼勾當？〔王英白〕與你們甚麼相幹，却來殺風景，好扯淡。〔熊氏跪介。白〕望三位大王開恩。〔王英作氣背立介。宋江白〕你是誰家宅眷，可一一説來。〔熊氏白〕賤妾是清風寨正知寨劉高之妻，因往嶽廟進香，路過山下擒來的，望大王方便，釋放回去，感恩不淺。〔宋江向燕順介。白〕賢弟，此女是我結義兄弟花知寨的同僚正室，我如今正要到彼，可看我薄面，怎生放他去罷。〔燕順、鄭天壽白〕這個都在弟輩身上，不要管他肯不肯，只顧放他去就是了。僂儸，那婦人想是乘轎來的，如今可還在麼？〔僂儸白〕連轎夫都還在前面。〔宋江白〕婦人，你快快回去罷。〔熊氏白〕多謝大王。〔宋江白〕我不是大王，休要謝我。〔熊氏看宋江介。白〕從空伸出拿雲手，提起天羅地網人。〔王英白〕去不得的，我要留他做壓寨夫人的。〔燕順白〕由不得你。僂儸，快領了這婦人出去。〔僂儸應，領熊氏下。王英白〕咳！罷了，罷了。大家散夥，不做强盗了。〔宋江白〕賢弟豈不聞，江湖上好漢若貪了女色就惹人耻笑了。況此女係命官之妻，益發胡行不得。〔王英白〕胡行，胡行，一場掃興。〔宋江白〕不要動氣，日後在宋江身上，還你個如花壓寨便了。〔燕順、鄭天壽白〕大哥是誠實君子，日後必然踐言，這可没得説了。〔王英白〕你們這班人，真正活作孽。〔宋江白〕小可就此告辭了。〔燕順、鄭天壽白〕我等送至山下。〔僂儸取包裹介。行介。合唱〕

【秋夜月】分鴈行，不盡縈牽況。執手臨岐添惆悵，從今雲樹勞懷想。喜道途未長，把音書寄

將。〔分下。劉高上。唱〕

【金蓮子】意驚慌，閨人此際如何狀。嬌模樣，多分郎當。怎做得鏡重圓，玉無瑕，豆蔻尚含香。〔白〕不好了，不好了！方纔軍健來報，説夫人却被清風山强盗搶去了，這便怎麼樣好？〔向内介。白〕你們快點齊了兵馬，去奪了夫人回來，重重有賞。〔一院子上。白〕老爺在那裏，好了，夫人回來了。〔劉高白〕果然麼？〔院子白〕果然。〔劉高白〕在那裏？〔院子白〕已進後堂來了。〔熊氏上。白〕漫説娉婷從盗賊，好誇貞烈誑兒夫。〔見介。劉高白〕夫人受驚了，下官一聞此信，幾乎没有急死，但不知怎麼樣回來的？〔熊氏白〕那些强盗把我搶至山上，正要非禮相干。〔劉高白〕那就不好了嘎。其時便怎麼樣呢？〔熊氏白〕被我正言厲色，大聲喝道，我是清風寨劉老爺正室恭人，誰敢辱我，那些賊黨聽了相公的名聲，一個個摇頭吐舌，齊齊叩首伏罪。〔劉高白〕嘎！原來這些强盗都是怕我的。〔熊氏白〕口口聲聲説道，不知貴人，多有冒犯，連忙唤過轎子送我回來的。〔劉高白〕夫人，你真正是個女中大丈夫，若是别人，不論怎麼樣就從順了他們了。〔熊氏白〕咳！怎麼把我比起别人來。〔劉高白〕我想這些强盗原是怕我們的，花榮那厮爲何不去剿捕。〔熊氏白〕或者與他們通同的亦未可知。〔劉高白〕這也有之。夫人你辛苦了一日，請到房中去小飲數杯壓驚，早早安歇罷。〔唱〕

【尾聲】變憂愁成歡暢。〔熊氏唱〕也虧我堅持節操凛冰霜。〔劉高白〕夫人説便這等説，〔唱〕要知他柳盗跖的心腸，與柳下惠不相彷。〔熊氏啐介。劉高勾下〕

# 第五齣　公廨故交欣促膝

〔花榮上，家丁隨上。花榮唱〕

【小蓬萊前】自嘆英雄不偶，何日裏得展才猷。〔白〕空有安邊略，難成敵愾功。一官沉下位，如驥困閑中。下官花榮是也，心雄志大，命舛職微，方嗟抱負未伸，又遇寮寀不合。前者劉高到任之時，即肆狂爲，十分倨傲，覩其自滿之態，全無協衷之心，因此怏怏而歸，深爲憤懣。這且不在話下，只是我盟兄宋大哥聞得近日在孔家莊上盤桓，下官已曾差人遣送綈衣，馳書招致，已約來此相聚，不知何故久而未至，好生想念人也。〔宋江上。唱〕

【小蓬萊後】蹤跡天涯，交遊海内，到處相投。〔作到介。白〕來此已是。有人麽？〔家丁白〕什麽人？〔宋江白〕相煩通報，説鄆城宋江在此。〔家丁白〕原來是宋相公到了，我家老爺時刻想念哩。少待，容小人通報。〔進介。白〕稟上老爺，鄆城宋相公到了。〔花榮喜介。白〕嗄！宋相公到了。快開正門，説我出來。〔出迎介。白〕哥哥在那裏？〔宋江白〕賢弟。〔攜手進内介。花榮白〕哥哥請上，小弟有一拜。〔宋江白〕愚兄也有一拜。〔花榮白〕憶自論交後，相違直至今。〔宋江白〕雉壇盟在耳，何敢負初心。

〔花榮白〕哥哥請坐。〔各坐介。花榮白〕哥哥嗄，想殺小弟也。〔宋江白〕愚兄也時刻在念。〔花榮白〕聞得哥哥殺死閻婆惜之後，避罪在外，一向無恙否？〔宋江白〕賢弟聽啓，〔唱〕

【啄木兒】我誅紅粉惹事由，因此上潛身離虎口。〔白〕多蒙柴大官人呵，〔唱〕他慕豪俠蹟類平原，我感殷勤身住滄州。〔白〕後因盤桓日久，只得作别而行。〔花榮白〕爲何不到小弟這裏，又在孔家莊上去？〔宋江白〕本欲即來拜會，只因白虎山孔太公莊上差人來接，故此躭擱了幾時。〔花榮白〕原來如此。小弟有書奉達，還有綿衣相送，未知可稱身否？〔宋江唱〕你錦箋款款將情剖，綈袍戀戀施恩厚，我挾纊難將大德酬。〔花榮白〕弟兄情誼，何勞致謝。〔宋江白〕賢弟，在此居官可遂意否？〔花榮白〕不要説起。小弟呵，〔唱〕

【三段子】雖才如拙鳩，論弓矢英名罕儔。柰官如贅疣，欠威權雄心未酬。〔白〕況且正知寨劉高傲慢不恭，作威作福。〔唱〕他本是乞憐摇尾權門狗，今做了持衡秉軸巖疆守。〔白〕那日到任之時，小弟前去迎接，他便言語欺凌，辭色倨傲。〔唱〕教我辱在人前，羞居牛後。〔宋江白〕原來劉知寨這等無禮，我正要告訴賢弟，他的夫人險遭出醜。〔花榮白〕爲着何事？〔宋江白〕我因賢弟手扎相招，辭了孔家弟兄，行至清風山，不想山上好漢呵，〔唱〕

【歸朝歡】將咱做，將咱做經商劫留，欲洗剥把吾心剖。〔花榮驚介。白〕那時哥哥如何脱免？〔宋江白〕我自嘆宋江死于非命，他們一聞賤名，〔唱〕忙陪罪，忙陪罪齊來叩首。幸微軀剛免得一番僝僽。

〔花榮白〕哥哥受驚了。〔宋江白〕他們十分敬愛，款留月餘。〔花榮白〕原來草寇也識英雄，勝于劉高萬萬矣。〔宋江白〕那日餞行已畢，正要辭別下山，〔唱〕只見肩輿被擄閨門秀。〔白〕他們正在恃强凌侮之際，愚兄問起情由，方知是劉知寨正室夫人，〔唱〕緣伊誼屬同僚友，因此上白璧無瑕歸趙侯。〔花榮白〕論起來劉高那廝無禮，正該羞辱他，不放回來也罷。〔宋江白〕賢弟差矣。既屬同寅，當以協恭爲念，莫挾私忿而敗公事。〔花榮白〕多蒙教誨。〔揖謝介。白〕哥哥道途勞頓，可在此消遣盤桓，稍盡敬意。〔宋江白〕聞得貴寨居民稠密，頗稱富庶，意欲遊玩一番。只是賢弟職守在身，恐難同步耳。〔花榮白〕小弟雖難陪奉，有一門客喚名陳幫襯，倒也知趣，着他陪了哥哥出去遊玩便了。〔宋江白〕如此甚好。〔花榮白〕家丁過來。〔家丁應介。花榮白〕去請陳官人陪話，一面整治酒餚伺候。〔家丁應介。請介。下。陳幫襯上。白〕骨董不知充識貨，詩書未讀慣通文。人人喚我陳幫襯，學得慇懃幫襯人。〔進見介。白〕晚生奉揖。〔花榮指宋江介。白〕這是我盟兄宋相公。〔陳幫襯又揖介。白〕宋相公久違，久違，一向，一向，常想，常想。〔宋江白〕我與陳兄素未識荆，何故如此？〔陳幫襯白〕這是晚生學就的假相識。〔各笑介。花榮白〕此間宋相公要出去遊玩，煩你相陪，不知何處可遊？〔陳幫襯白〕這裏山水平常，寺院中也無甚景致，只有茶坊酒肆，甚是精潔，我陪宋相公日日去頑耍便了。〔宋江、花榮白〕茶坊酒肆，何足遊覽，説他怎麽？〔陳幫襯白〕無非晚生圖些餔啜而已。〔笑介。花榮白〕休得取笑。〔陳幫襯白〕目下元宵已近，往年燈事可觀，如今劉知寨到任，大張告示，務要家家結彩，户户賽燈，如不遵依，一綑四十，自然比往年越發好看。我同宋相公去看燈如何？〔宋江白〕這個使得。〔花榮白〕劉高到任以來，毫無善政，所行者無非崇向奢侈，耗費民財之事，小弟與他同寅，如何容忍得過。〔宋江白〕賢弟，且不必介懷，慢慢勸阻他便了。〔家丁上。白〕啓爺，酒席完備了。〔花榮白〕後堂設有小酌，請哥哥洗塵。〔宋江白〕多謝賢弟。〔花榮向陳幫襯介。白〕就屈陳官人奉陪。〔陳幫襯喜介。白〕這個當得，這個當得。〔宋江、花榮同唱〕

【尾聲】嘆同盟兩地裏暌違久。〔陳幫襯唱〕今日個論交情把醇醪須傾百斗。〔宋江、花榮同唱〕我和你亹亹的交情還濃似酒。〔各遜下〕

# 第六齣　燈棚平地又生波

〔衆軍健上。同唱〕

【一枝花】可正是豐年樂事饒，又逢着佳節元宵到。看巍巍官衙中明火樹，見紛紛燈市裏燦星橋。〔白〕我等乃正知寨劉老爺衙門軍健是也。〔一半軍健白〕今當上元佳節，俺老爺已曾出示張掛，曉諭軍民人等大放花燈，十分熱鬧。〔又一半軍健白〕早間老爺吩咐，大開重門，張燈結彩，與夫人垂簾觀玩，恐有閑人嘈雜，命我等攔阻。列位嗄，須要小心。〔一半軍健白〕便是嗄，新到的官府不是當要的。〔內略吹打介。白〕隱隱鼓吹之聲，想是老爺、夫人酒筵已散，將次出來看燈了，我們好生伺候。〔又一半軍健白〕有理。〔同唱〕這的是寵命新叨，恰正好尋歡樂，怎怪他尚奢華逞富豪。〔對上場望介〕早望見皎團團月影徘徊，又聽得鬧烘烘人語喁嘈。〔同下。內打鑼鼓介。衆鄉民、村婦老少內白〕我們看燈去。〔同上。唱〕

【貨郎兒一轉】挨擠擠摩肩接踵，喜孜孜攜朋拉衆。一望裏連街達巷架燈棚，引動了滿村坊的人喧哄。〔一半鄉民白〕列位嗄，今年的花燈比往年大不相同，只因劉老爺高興，出示曉諭，故此家家結彩，户户懸燈，十分熱鬧。〔又一半鄉民白〕便是了嗄，聞得還有獅蠻、鮑老、高蹺、秧歌、大頭和尚許多雜耍，在劉老爺衙門首取齊跳舞，我們大家去看嗄。〔衆村婦白〕張伯伯、李叔叔，須要挈帶我們去看看，不可到了熱鬧之處抛撇了我們。〔一二鄉民白〕如此快走。〔同走唱〕觀燈火興方濃，顧不得幼女嬌兒枵腹從。〔同下。內略吹打，又敲鑼鼓介。陳幫襯白〕宋相公，快些走到這裏來看。〔引宋江上。宋江白〕妙嗄。明月中天起，紅燈匝地開。歡聲盈巷陌，歌韻繞樓臺。果然好燈事也。〔陳幫襯白〕如何，可是小子不説謊。〔宋江唱〕

【二轉】沿街上賽花燈争奇鬭巧，比户裏慶良辰追歡買笑。俺只見遊人帶醉樂滔滔，雕鞍上半脱紫茸袍。又只見雜遝遝的村和俏，把蜀錦吴綾穿着。〔白〕不想這裏的風俗如此奢侈。唔，太覺糜費了些。〔陳幫襯白〕喲！熱鬧場中説這等冷話。〔宋江唱〕怎不去誦讀唐風崇儉約。〔同下。內吹打介。衆丫鬟內白〕請老爺、夫人出去看燈。〔劉高、熊氏、衆丫鬟上。劉高唱〕

【三轉】今日個已當權可施威作福，但逢時須窮奢極欲。〔熊氏接唱〕況又是良宵三五合歡娱，好把這豪華講，莫被那禮法拘。〔劉高白〕下官已曾差人派令各鋪户承值彩紬、花爆，時樣好燈在衙中張掛，你看花燈密密，絳彩飄飄，十分齊整。〔熊氏白〕果然好看。〔在曲白，中軍健外場暗上。劉高白〕軍健過來。〔應介〕我與夫人在此觀燈，少頃有諸般雜耍在衙門前跳舞，汝等須要攔阻閒人，不可懈怠。〔衆應介。內打鑼鼓介。衆丫鬟白〕請老爺、夫人觀燈。〔內吹打，劉高、熊氏上臺介。同白〕妙嗄。〔同唱〕看明星般花燈列户，聽春雷似鼉鼓盈衢，這時光莫辜。覺襟懷頓舒，況驕奢未除，俺和伊恣賞酣歌樂有餘。〔衆鄉民、婦女老少、宋江、陳幫襯上。同唱〕

【四轉】一路裏鬧垓垓鑼鳴鼓響，燦溶溶燈明月朗。恁看那巍然官署更輝煌，但只見影摇紅、燈萬盞，花吐艷、燭千行。〔衆鄉民白〕這裏是衙門首了，列位嗄，你看那邊許多雜耍來了，好熱鬧嗄。〔衆軍健白〕呔！看便由你們看，不許挨擠嘈雜。〔衆分立兩旁介。内打鑼鼓介。衆鄉民白〕龍燈來了。〔龍燈上，舞介。下。内打秧歌介。衆鄉民白〕秧歌來了。阿唷唷！又好看，又好聽。〔扮高橇，唱秧歌上，衆稱讚介。秧歌完，下。衆鄉民白〕熱鬧的來了，這是月明和尚度柳翠的故事。〔扮月明和尚、柳翠上，跳舞中故事作驚誂小孩介。小孩哭介。村婦抱持與果品、餑餑介。月明和尚跳舞畢，同柳翠下。内又打鑼鼓介。衆鄉民白〕那邊跳獅蠻的來了。阿喲喲！這個獅子燈比我們耕田的水牛還大哩。好看，好看！〔獅蠻上，跳舞畢。龍燈、秧歌、月明和尚、柳翠復上。合舞擺勢介。同唱〕這空花色相，盡都是歌舞昇平，三家村，五劇鄉，假扮的喬模樣。體巨形龐，角峙鱗張，裊婷婷細把那秧歌唱，蛟龍舞鸞鶴翔强。〔衆讚介〕聽遊人齊聲誇獎，暢好在不夜城中耀耿光。〔内打鑼鼓繞場下。衆鄉民等隨口白介。劉高、熊氏白〕妙嗄。〔同唱〕

【五轉】你看那舞盤旋的龍燈兒揚鬐奮鬣，又聽得踏歌聲將昇平演説，這獅蠻狀貌太奇絶，鼻卷曲面凹凸，度柳翠的長老婆心直恁切，却笑他號作月明，未窺明月，悶騰騰喬面目把本來遮，這都是村民點綴元宵夜，這都是豐歲的人民歡悦。〔劉高唱〕這都是吾治内的百姓和協，這都是下官福分帶些些，因此上多穀帛少咨嗟，遇這等樂土良辰民，俺宦運亨通誰似也。〔衆鄉民白〕你看衙門內燈兒熱鬧，我們擠進去看看。〔軍健吆喝欲打介。宋江走至場中勸介。宋江白〕元宵佳節，與民同樂，放他們看看何妨。〔熊氏在場內細看宋江介。軍健白〕你這個人好不達道理，官府衙門，豈是當耍的。〔宋江白〕在外面看看罷了。〔同衆鄉民向內望介。軍健喝住介。宋江與軍健隨口白介。熊氏白〕呀！這衙門口與軍健講話的黑漢子就是清風山的强盜。〔劉高驚問介。白〕嗄！夫人可認得明白麽？〔熊氏白〕一些也不差，快叫軍健拿過來，以雪我恨。〔劉高白〕軍健過來。〔軍健應介。劉高白〕方纔與你們説話的黑漢子乃是大盜，快拿過來，不可放走了。〔軍健應介。一面劉高、熊氏下臺分坐介。一面軍健出拿宋江介。衆鄉民驚介。白〕不好了，捉閒人了，快些走罷。〔急下。陳幫襯白〕拿不得的，這是花老爺的內親。〔軍健白〕呸！這是大盜，什麽隊兵。〔打陳幫襯介。陳幫襯白〕待我在此打聽下落，再去報與花老爺知道。〔下。軍健捉宋江進介。白〕强盜當面。〔宋江白〕哇！我是清白良民，誰敢拿我。〔劉高白〕你是清風山的大盜，還要嘴强。〔熊氏白〕你前者在山上何等大模大樣，誰想也有今日麽。〔宋江略認介。白〕嗄！原來就是劉夫人，前者虧我相救，爲何今日恩將讐報？〔劉高白〕這厮口吐實言，還不下跪。〔宋江白〕我又不曾犯法，如何要跪？〔劉高白〕衆軍健砍腿。〔衆軍健亂打，跪介。宋江白〕罷了，罷了。〔唱〕

【六轉】俺可也軒軒昂昂，是人中騏驥。今日個戰戰兢兢，在堂前屈膝。〔指劉高介〕你不辨明明白白涇涇渭渭是和非。〔指軍健介〕剗地裏唁唁嗾嗾將人吠。〔劉高白〕你在山上劫我夫人，今日夫人當面認出，還敢抵賴到那裏去。〔熊氏白〕可記得那日在山上叫你大王的時節。〔唱〕只見恁驕驕傲傲，尊尊倨倨，炎炎烈烈，威威赫赫，把人來驚悸。〔劉高同唱〕今日裏清清楚楚認伊詳細。〔劉高白〕你招也不招？〔宋江白〕我不是强盗，招出什麼來。〔劉高白〕這厮不打不招，扯下去重砍四十。〔軍健打介。宋江氣忿介。打完。宋江白〕這是那裏説起，〔唱〕受盡了慘慘酷酷的刑，辱辱抹抹的耻，他兇兇狠狠，惡惡毒毒，把俺淩逼，却教咱僥僥惴惴，惶惶惚惚，從何招起。〔劉高白〕你不招麽？軍健。〔應介。白〕取短夾棍過來，夾死這狗强盗。〔軍健應介。欲捉宋江介。宋江白〕住了，我事已如此，權且招認了罷。〔劉高白〕你叫什麼名字？〔宋江背介。白〕且住，我若説出本名，有關閻婆惜的命案……〔向劉高介。白〕我叫張三。〔劉高白〕那裏人氏？〔宋江白〕鄆城人氏。〔劉高白〕原來就是鄆城縣大盗虎張三，現在有海捕文書拿你，軍健過來。〔應介。白〕將虎張三暫且鎖禁，明日早堂細審。〔軍健將鍊套住宋江介。宋江起立介。白〕咦！天下有這等忘恩的婦人。〔唱〕好教咱恨煞這訛訛嘵嘵，讒口傷人的妖艷妻。〔二軍健帶下。熊氏白〕今夜拿了大盗，雪我讐恨，深爲喜悦，自當再設酒餚，與相公暢飲。〔劉高白〕夫人説得極是。〔二教習上禀介。白〕啓上老爺，所屬武弁，各衙門送到舞燈童子，在此伺候。〔劉高白〕這也甚好，着他們筵前戲舞。〔二教習應下。劉高白〕我與夫人觀玩舞燈，慶賞令節。〔內吹打，坐席，舞燈童子上舞燈介。擺勢同唱〕

【七轉】可正是律迴節换，暢好的風柔夜暖。齊把那華燈寶炬舞婆娑，看銅枝金藕光零亂。鬧蛾般乍散還攢，流霞似初收忽斷。又合聽鸞笙象管聲和緩，好趁承此夜瓊筵畔。只看這艷花樣的春燈，真個是縟彩繁光結作團。〔又舞介。擺勢同唱〕

【八轉】齊攏出鰲山一座，却勝他蓮花萬朵。看光華熠耀勢嵯峨，這燈球恁多，恁多。影飄飄疑是彩雲過，光爍爍恍若明星墮。疾如梭也麽哥，溜如波也麽哥。節奏兒應合，丱角垂髫舞態婀，這霓裳不數，争舒絳綃兒拖。恰便是天半朱霞抹，唱囉囉也麽哥，舞傞傞也麽哥。把午夜風光着意摩。〔舞畢。劉高、熊氏白〕妙嗄。〔同唱〕

【九轉】花簇簇燈光粉碾，珠滚滚歌聲宛轉。只見他九華百耀舞蹁躚，繞庭堦照徹瓊筵，走氍毹撒滿金蓮。看團團日華昭顯，早離離景星華絢。〔劉高白〕吩咐舞燈童子，將花燈排列引入内衙，明日領賞。〔舞燈童子白〕多謝老爺。〔内略吹打。劉高、熊氏出席同走介。唱〕可喜的燦輝輝蘭膏正燃，明皎皎桂魄高懸。似這般燈光月色足留連，好良宵興復不淺。雖則是笙歌隊裏娛春苑，還索向綺羅叢裏開芳宴。只看那彩燈兒閃爍導人前，可也慢慢的在萬燭光中迴宅院。〔同下〕

# 第七齣　花榮義奪傷弓鳥

〔花榮內白〕衆軍卒，快到劉知寨衙門去。〔軍卒應介，引花榮上。唱〕

【解袍歌】排綉闥何愁獒吠，闖鴻門自挾龍飛。〔到介。軍卒白〕已到劉老爺衙門首了。〔花榮白〕打進去。〔軍卒應介。打進介。四把門軍上。白〕什麽人，大膽闖進衙門？〔軍卒白〕花老爺來問你老爺説話。〔把門軍白〕便是花老爺也須有個道理，怎麽半夜三更喝令人打進來？〔花榮白〕打這狗才。〔軍卒作打把門軍走下。花榮白〕軍卒們，可在兩旁搜取。〔軍卒應介。花榮唱〕料罝罦不在深嚴地，等閒將鸞鳳囚羈。〔軍卒白〕大堂兩邊耳房並無一人。〔花榮白〕打進二堂。〔軍卒應介。劉高上虛白介。花榮白〕劉知寨，〔唱〕問你元宵條例憑何勘推，問你金吾威勢因何杖笞？〔劉高白〕他是清風山大盜，難道我拿錯了不成。〔花榮白〕軍卒們，打進去再搜。〔軍卒應介，作打進介。下。劉高白〕唬唬唬，誰敢，誰敢。反了，反了。他每更不聽我吩咐，來日動本申詳便了。〔花榮唱〕樊籠怎把仙禽閉。〔軍卒作扶宋江上。花榮見介。白〕哥哥受了苦了。軍卒們，先扶宋相公回去。〔唱〕乘輕騎緩緩歸，滿街殘月送君回。〔軍卒扶宋江下。花榮白〕劉知寨，你也太欺負人，誰家没有親戚，生生拿來，不分皂白扭做賊論，是何道理，明日和你講罷。〔唱〕容伊睡，暫掩扉，今宵可怕鬭河魁。〔下。劉高作慌張狀。白〕反了，反了。清平世界，公然搶奪盜犯，這還了得，我家裏這些奴才那裏去了？〔四把門軍士上。白〕小人原在這裏。〔劉高白〕要好好好，你這些奴才，前日教你跟夫人，夫人被人搶去了，如今教你鎖强盜，强盜又被人搶去了，要你們何用。氣死我也。〔把門軍士白〕老爺，自古道：寧可輸財，不可輸氣。花榮不過一匹之夫，我們衙内現有新參兩個都頭，十分驍勇，此時老爺速速點齊人馬，也到花知寨那裏去照舊搶了回來，豈不是好。〔劉高白〕這也説得是。叫新參都頭過來。〔把門軍士白〕二位都頭，老爺傳上堂聽令。〔二都頭上。白〕一生好搗鬼，武藝靠張嘴。雖是新都頭，原是老泥腿。〔把門軍士白〕老爺喚你兩個。〔作見介。二都頭白〕新參都頭「鑽天老鼠」胡來，新參都頭「爬床蠍子」莫怪，叩見老爺，不知有何吩咐？〔劉高白〕叫你二個非爲别事，只因今晚拿了大盜虎張三，被花榮這厮帶領軍卒搶去，如今你們兩個帶了家將、軍健們，也到他衙門搶回，重重有賞。〔二都頭白〕老爺放心，那花榮值什麽，仗着我哥兒們本事，直教他雙手送還我的虎張三便罷。他敢説個不字，我就輕輕兒收拾了他回來，也不敢勞别的賞，一個人給我一碗元宵罷。〔劉高白〕那花榮武藝高强，你們不要小覷了他，你就速速帶了人去罷，我在後堂立等回話。〔虛下。都頭白〕得令。軍健們，你們隨我來。〔軍健應介。二都頭同唱〕

【光光乍】平時誇武藝，今夜逞雄威。〔白〕軍士們，你們須要同心協力，若先跑了就是亡八蛋。〔唱〕大家硬着膽子撞太歲，得勝回來纔把唾沫啐。〔下。軍卒上。白〕準備窩弓擒猛虎，安排香餌釣鰲魚。列位嗄，適纔老爺吩咐，昨日已將宋相公搶回，劉知寨必然差人前來厮鬧，奉老爺之命，先將大門開了，且把將軍炭擡出來。〔擡將軍炭上。花榮暗上，坐介。衆軍健、二都頭上。軍健白〕二位都頭，天已大明了，那花老爺大門開着，竟坐在廳上，左手拏弓右手搭箭在那裏。〔二都頭白〕他想是知道我二人來，故此開門迎接我的意思。〔花榮白〕你們衆軍士聽者，冤各有頭，債各有主，劉高差你來，休要替他出色。你那兩個新參都頭還不曾見花知寨武藝，先看看花知寨的弓箭。看我先射大門上左邊門神的骨朵頭。〔衆白〕要射門神骨朵頭。〔内作射箭響介。衆白〕正中了門神骨朵頭，好箭。〔花榮白〕你們衆人再看我第二枝箭要射右邊門神頭盔上朱纓。〔衆白〕又要射門神頭盔上朱纓了。〔内作箭響介。衆白〕果然中了朱纓，好箭。〔花榮白〕你衆人看，我第三枝箭要射你那穿白都頭心窩。〔衆驚介。響喊走介。穿白的都頭作跌倒爬地介。諢下。花榮白〕誰敢來，誰敢來。〔軍卒白〕那些人都嚇跑了。〔花榮笑介。白〕好，倒也爽快。請宋相公過來。〔軍卒白〕宋相公有請。〔宋江上。白〕賢弟，怎麼樣了？〔花榮白〕適纔劉高那厮叫新參都頭領了一二百個人來奪你回去，不想被我三箭都嚇跑了，如今可以高枕無憂了。〔宋江白〕賢弟，不是這等講，凡事要三思，自古道吃飯防噎，行路防跌。我被你奪了回來，急使人來搶又被你嚇他回去，他如何肯干休，必定要動文書，將來再被他拿出去時，你便和他分説不清，豈不又累賢弟。〔花榮白〕小弟拚着棄了這官誥，再和那厮理會。〔宋江白〕這非萬全之策，小可到有一計，不如今晚悄悄兒先走上清風山去，你明日竟和他白賴，終久只是文武不和相毆官司，不怕。〔花榮白〕小弟只是一勇之夫，没有哥哥這等高見，只是被他打得這樣狼狽，如何走得動。〔宋江白〕我自慢慢的捱到山下便了。〔花榮白〕且待黄昏時候，着人送你到那邊便了。〔宋江白〕有人同行恐招耳目，不如獨行的好。〔花榮白〕哥哥請進去將息，晚間再講。〔唱〕

【尾聲】昨宵甘苦餘真味，今夕離筵何夕，只恐怕明夜尋君夢轉遲。〔下〕

# 第八齣　熊氏潛勾脫餌魚

〔劉高上。唱〕

【柳梢青】一軍皆譟，驀地添煩惱。絶好燈宵，把火樹銀花放倒。〔白〕可惱，可惱。下官只爲着人前去奪取犯人，整夜不曾合眼，難道花榮竟敵得過我這一二百人不成，好焦躁也。〔二都頭跑上。唱〕

【剔銀燈】花翎箭颼颼亂摽，芝蔴膽生生驚掉。〔見介。劉高白〕拿了犯人回來了？〔二都頭白〕老爺叫我們拿一個，我們到拿了兩個。〔劉高白〕在那裏？〔二都頭白〕拿了兩個將軍炭，老爺再不要提起。〔唱〕他銅扉不用高聲叫，打點下開門揖盗。〔劉高白〕那花榮既開了門坐在廳上，就該進去搜人。〔二都頭白〕那個不要進去，正要一擁而入，只聽得花榮在廳上高聲唱道，「你們且看看花知寨的弓箭，我這一箭要射中左邊門神的骨朵頭」，只聽得颼的一聲響，正中那骨朵頭。〔劉高白〕這樣好箭。〔都頭白〕真真通懇幺勒根。又聽得那花榮高叫道，「再看我第二枝箭要射中右邊門神頭上的朱纓」，話猶未了，晰零一聲，正插在門神朱纓上。〔劉高白〕那裏這樣事？〔一都頭白〕他元是十五善射挑來的。

〔二都頭白〕老爺，那花榮又高叫道，「我這第三枝箭要射那穿白的新都頭的心窩」，我這一驚不小，掇轉身來。〔衆作走介〕竟是這樣一哄而散，特地回來報與老爺知道，須要另尋計較纔好，不然一箭一個血窟窿，不是當頑的。〔唱〕勸你開交，休將氣淘。〔劉高白〕花榮真個這等利害？〔二都頭白〕若不是果然利害，像咱們弟兄這樣硬浪漢子，〔唱〕怎甘心輕輕溜了。〔劉高大笑介。白〕這樣看起來，我夫人被人搶去也罷了，犯人又被人搶去也罷了，我姓劉的竟是個嬾收拾。你們這些不中用的，且迴避了，待我老爺尋思一計策。〔衆應介。白〕三枝神箭人難及，一碗元宵吃不成。這一遭兒真個的做了草鷄了。〔下。劉高白〕夫人快來。〔熊氏上。白〕皺眉誇我機謀廣，切齒由他怨恨多。相公拿的人怎麼樣了？〔劉高白〕夫人再不要提起，我即刻派了兩個都頭帶領一二百軍健，那知被花榮三箭都唬了回來。〔熊氏白〕這等看來，花榮通同大盗形跡顯然了。〔劉高白〕我如今連夜備文書申報上司，説花榮結連大盗，意圖叛逆。〔熊氏白〕相公且慢。他既搶了人去，豈不慮及。〔劉高白〕慮及什麼來？〔熊氏白〕那花榮呵，

【又一體】擁千騎曾誇將驍，營三窟須防兔狡。〔劉高白〕嗄！他難道竟敢大膽放了去？〔熊氏白〕他既敢搶他，豈怕放？萬一放去了，你無確証，上司反道你妄報。〔劉高白〕是呀。這便怎麼處？〔熊氏白〕這清風鎮上花榮那幾間衙署畢竟不能久留，料他必連夜逃往清風山，明日就好替你白賴。如今只差幾個心腹家將前往三岔路口埋伏，若然依舊獲着，悄悄申報上司，連花榮一起收拾，豈不

是報仇除害兩件美事。〔唱〕那時牽來業鏡臺前照，活地獄看他啼笑。〔劉高白〕夫人神算。二都頭、家丁們那裏？〔二都頭、家丁上。白〕老爺有何吩咐？〔劉高白〕夫人料道那賊犯今夜一定逃往清風山，你們悄悄埋伏在三岔路口，擒獲强盜回來，重重有賞。〔二都頭白〕這個直什麽，那虎張三這幾日也教我們代終打糟了，容易拿來，要像花榮老爺，另煩别人拿罷。〔劉高白〕不要胡説。〔二都頭白〕小的們就去。鐃伊走上焰摩天，脚下騰雲須趕上。〔同下。劉高白〕真正有智婦人，賽過讀書男子。夫人，你這樣神機妙算，教下官如何不服。〔唱〕雙鵰，女將軍中了，鈍根兒輸他靈竅。〔同下〕

# 第九齣　詭謀復獲虎張三

〔二軍漢作扶宋江上。唱〕

【粉孩兒】匆匆的解籠禽輕放了，怕春泥夜雪，尚留鴻爪。〔白〕我宋江只爲貪看鰲山，被劉高妻子識破，拿我拷打，自分萬無生路，幸虧花榮兄弟闖進劉高署内，搶我回家。然雖如此，我想在彼終爲不美，因此連夜逃往清風山，明日就好替他白賴。適纔趁着黄昏時候，他使兩個伴當送我出來，且喜已至栅外了。二位請回罷。〔二軍漢白〕我們再送一程。〔宋江白〕不消，我一個走更覺穩便，況且你老爺只教你送出栅外，並不教你送我上清風山。〔二軍漢白〕如此，小的們去了。宋相公路上小心。〔宋江白〕這個自然。〔二軍漢下。宋江白〕他二人去了。只是兩腿疼痛，行走艱難，這却怎麼好。也罷，只得掙往前去。〔唱〕似深林月黑烏墜巢，怯虛弦魂趁風摇。〔白〕你看夜静更深，月明如晝，正好行路，只是没個伴兒，好怕人也。〔唱〕過荒丘顧影頻驚，疑偎鬼虎背相笑。〔下。衆家丁同二都頭上。白〕那邊縱放這邊擒，一樣威權兩樣心。勢力看來相等埒，機謀畢竟是誰深。〔一都頭白〕哥嗄，我們老爺、夫人料定虎張三必然連夜逃回清風山去，着我們在三岔路口擒捉。已經等了半夜了，還不見影兒。〔一白〕想是要過完了上元纔去。〔一白〕只是擔擱了我們看燈熱鬧。〔一白〕你們不用閑談，那邊隱隱的有個人來了，我們且躲在一邊候他到來。〔衆〕說得有理。〔下。宋江上。唱〕

【紅芍藥】吹碧火老鸛移巢，踏寒葉山鬼過橋。細路蒼苔滑人倒，盼田家一星燈小。〔家丁、二都頭上，作拿宋江介。白〕在這裏了。〔宋江白〕我是行路人，拿我做什麽？〔一都頭白〕不用細説，快快拿去見老爺、夫人就是了。〔同唱〕專人半路把君邀，〔白〕說你走路辛苦，〔唱〕請回去安眠一覺。〔宋江白〕罷了，罷了。今番性命休矣。只是與你家有甚冤仇，算計至此。〔唱〕敢是打鴛鴦夙孽難銷，因此偕燕侶收羅窮鳥。〔衆推下。劉高、熊氏、二丫鬟隨上。唱〕

【會河陽】鐵網千絲，虹綸一條，寒潭管取得潛蛟。〔劉高白〕夫人，此時想那虎張三已經拿獲了。〔熊氏白〕只怕還早。〔劉高白〕我心如火燒，好生難過。〔熊氏白〕今夜還是元宵，丫鬟進酒，我與老爺且飲三杯。〔劉高白〕甚好。〔唱。丫鬟作送酒介〕休焦，月地雲階，紅牙緑幺，好夫婦堪調笑。〔劉高白〕我原是一個好元宵，被花榮這厮鬧了一夜。〔同唱〕紅燈都被那蛾兒鬧，青樽恰映這花枝俏。〔家丁、都頭押宋江上。白〕禀老爺，虎張三拿到了。〔劉高白〕真個果然。〔笑介〕快活殺哉。我的兒，你在那裏拿的？〔家丁白〕他孤身正往清風山那條路去，被小的們拿着的。〔劉高白〕帶過來。虎張三，你也會跑，可知我老爺也會捉。〔熊氏白〕好强盜，今番被我捉了，可還有個什麽花榮來搶你。〔宋江白〕咳！你夫婦恩將仇報，苦苦與我作對，料想天也不容。〔劉高白〕掌嘴，掌嘴。〔唱〕

【縷縷金】舒鷹爪，縱盤鵰，區區狐與兔，怎生逃。〔白〕家丁們，過來，將這廝嚴行監禁在後面，走漏風聲一定處死。〔家丁應介，推宋江下。熊氏白〕相公，還須連夜備文書申報上司，差人一并捉拿，以絶後患。〔劉高白〕夫人，若得如此，眼見得我們就獨覇了清風鎮了。〔唱〕從此中軍帳加個夫人旗，號陽陰兩片綉旛飄，闗門細求教，闗門細求教。〔熊氏唱〕

【尾聲】這陰謀何以將功報，相公可消受得你夫人封誥。〔劉高白〕豈但，豈但，拙夫自今以後呵，〔唱〕便戰死羅幃也不憚勞。〔同下〕

# 第十齣　狡計併擒小李廣

〔衆軍校引黄信上。唱〕

【一江風】統三軍，行處如風迅，所事多嚴緊。爲他人官貴勾連，盜賊縱横，奉委來拿問。〔白〕下官黄信，官授青州兵馬都監，昨有清風寨劉知寨申文到慕容知府處，報稱拿獲大盜虎張三，供出副知寨花榮結連清風山草寇，意在叛逆。爲此慕容府尊密委下官提解虎張三，并拿花榮到府審理。早間已差軍校先去通知劉知寨，期在公廨中相待，會同勘問。衆軍校，就此趲到清風寨去。〔衆軍校應，行介。唱〕還當揮策頻，還當揮策頻，馬蹄蹴路塵，行行早望見官衙近。〔到介。四軍健暗上介。軍校白〕黄老爺到了。〔軍健白〕老爺有請。〔劉高上。白〕鬼蜮心腸人莫測，奸回伎倆我偏多。〔軍健白〕黄老爺到了。〔劉高白〕快快相請。〔出迎介。進内介。劉高白〕都監請上，下官有一拜。〔黄信白〕下官亦有一拜。〔各拜介。劉高白〕專閫雄才，建多懋績，行看銅柱名標。〔黄信白〕分司重望，布有仁風，竚見金章腰綰。〔劉高白〕請坐。〔各坐介。劉高白〕點茶。〔軍健應介。劉高白〕都監遠涉，鞍馬風塵，勞苦不易。〔黄信白〕不敢。昨者慕容相公細閲貴寨申文，不勝驚駭，故此特委下官前來。那花榮如何遽萌反叛之心，其間顛末尚要請教。〔劉高白〕此地與清風山逼近，那山上大盜猖獗已非一日，花榮職任所專，不思剿滅，及至下官到任之後，即欲提兵協剿，他又每每攔阻，下官竟不解其故。〔黃信白〕他通同盜寇，有何確証呢？〔劉高白〕怎麼没有，下官拿得清風山盜首虎張三，供稱花榮内親，正在審問，那花榮統衆到我法堂，竟搶奪而去。〔黃信白〕花榮既把大盜搶去，如何文書上又説個現獲？〔劉高白〕搶去之後，他即時縱放上山，是下官猜破奸謀，密地又差人擒捉來的。〔黃信白〕原來如此。這等説起來，背叛之情形跡顯然了。待下官去，即時擒了花榮，連虎張三一併解去。〔作欲走勢介。劉高白〕都監且請少住，還當商酌而行。〔黃信白〕事已無疑，何用再爲商酌。〔劉高白〕不是嚇，那花榮雖是神箭非常，勇力過人，以都監之神威加處，彼必懾服。但是他既萌異志，倘或 激成變，反費周折。依下官的愚見，不如用計的好。〔黃信白〕也説得是。但是用何計策纔好？〔劉高作略想介。白〕嚇！有了。都監此時差人去向花榮説有公事到此，請他來一同會議，待他到來，只説上臺知道我等文武不睦，差都監來設席調停，預先把兵將埋伏在幕後，少停飲酒，中間擲杯爲號，伏兵突出，擒他易如反掌耳。〔黃信白〕此計甚妙。竟是這樣好。吩咐軍校，快快邀請花知寨來，説我有緊急公事到此，等他會議，促彼快來。〔軍校應介。白〕陷阱安排擒虎兕，機謀掇賺困英雄。〔下。劉高白〕吩咐快排筵席。〔軍健應介。黃信白〕衆軍校，聽我吩咐。〔軍校應介。黃信白〕少刻花榮到來，〔唱〕

【駐馬聽】做一個宴設鴻門，壁後須教多置人。好把那旌旗暫捲，弓矢虚弢，金鼓無聞。畫堂中先設伏虎頭軍，綺筵前忽排布魚鱗陣。〔黄信、劉高合唱〕果然是妙計如神，要擒他叛將，不勞兵刃。〔軍健應介。劉高白〕少時花榮來此，倒要謙恭些，使他不疑。〔黄信白〕正該如此。〔一面黄信、劉高白，一面四牢子引花榮上。白〕壯志未申權忍耐，雄心欲展且從容。〔牢子白〕花老爺到。〔花榮進見介。白〕不知都監降臨，未曾遠接，伏祈恕罪。〔黄信白〕不敢。〔劉高足恭介。花榮略爲禮介。花榮白〕不識都監有何公幹至此？〔黄信白〕嚇！下官此來也别無甚事，只因慕容相公聞得二位知寨文武不睦，恐妨政事，所以特委下官來此，與二位設席調停。〔花榮白〕嚇！原來如此。慕容相公何由知我等不睦？〔劉高作扯花榮背白〕千萬不要對他説實話。〔轉向黄信介。白〕都監，那不睦的話有個解説。〔黄信白〕因何而起呢？〔劉高白〕弟輩協辦之事，偶然有意見不合之處，未免有幾句閒言争論，這是有的，然豈敢以私忿而敗公事。〔花榮白〕今蒙上臺垂注，又承都監遠臨，嚴飭之下，此後自當和衷協恭便了。〔黄信白〕妙嗄。既已説明，前言盡當消釋。看酒過來，就此一揖而坐罷。〔劉高、花榮白〕如此從命了。〔各揖介。黄信坐正席介。劉高、花榮左右席坐介。合唱〕

【降黄龍】綺席金樽，羅列雕盤，海錯山珍。座中冠蓋，高談雄辯。頻，傾美醞。休分，誰賓誰主，酬酢處漫多推遜。喜從今坦然胸次，嫌疑釋盡。〔劉高、花榮白〕取巨觥過來，待我等奉敬都監一杯。〔黄信白〕怎敢重煩。〔劉高、花榮作敬酒介。合唱〕

【又一體】殷勤，款曲聊申，玉斝恭持，瓊漿滿進。蒙君清誨，使有隙孫龎，頓成廉藺。〔黄信白〕將酒過來，待我回敬二位知寨一杯。〔劉高、花榮白〕不敢。〔劉高一面背向軍健低白〕只看酒杯擲地爲號，即便下手。〔軍健低應介。一面黄信持杯唱〕同寅能文善武，深喜得一朝親近。〔以目視内介。唱〕看筵前横飛拇陣，要爲酒困。〔擲杯介。衆軍校持各種兵器擁上。黄信白〕快把花榮拿下。〔衆應介。拿住花榮介。花榮白〕咳！你們設得好計嚇。〔劉高白〕你通得好盜嚇。〔花榮白〕通什麽盜，有甚麽見証？〔黄信白〕還他個見証。〔劉高白〕帶虎張三出來。〔軍健應介。押宋江上見介。花榮白〕阿呀！哥哥嚇。〔宋江白〕賢弟。〔各作哭介。黄信白〕一見就認，通同之事無疑了。〔劉高白〕可見下官原不説謊。〔黄信白〕軍校們，將花榮押至後面，也上了囚車。〔軍校應介。花榮白〕咳！罷了，罷了。誣陷平人，到上臺處少不得要辯白的。〔軍校押宋江、花榮下。黄信白〕明日請知寨一同解到府裏去，也好質對。〔劉高白〕這個自然。今晚請都監就在公署中安歇，下官暫且告别，明日早來同往。〔黄信白〕請便。〔劉高白〕嗄！花榮，花榮，〔唱〕

【尾聲】陰私攻發非是咱多殘忍。〔黄信唱〕論緝盜是伊家職分。〔白〕請了。〔劉高白〕請了。〔黄信下。劉高作笑介。唱〕從此後官爵巍巍惟我尊。〔下〕

# 第十一齣　議救援暗離虎寨

〔衆僂儸引燕順、鄭天壽上。唱〕

【破齊陣前】偵探豈能的實，傳聞猶恐虛囂。因甚遭擒，緣何獲罪，所事費人猜料。〔燕順白〕自送公明哥哥下山之後，忽又元宵節屆，聞得清風鎮上大放花燈，爲此特差小僂儸潛往探聽，倘是有隙可乘，便可肆其刼掠。〔鄭天壽白〕不想倒探得宋公明被劉高拿去，誣陷爲盜，招認什麽鄆城虎張三。〔燕順白〕聞聽之下，不勝驚駭，誠恐僂儸傳言未確，又令王英兄弟前往打聽。怎麽這時候尚不見有回音。〔鄭天壽白〕這早晚想必也就來也。〔王英上。唱〕

【破齊陣後】是非自古多顛倒，恩怨於今更混淆，教人怒怎消。〔見介。燕順、鄭天壽白〕王頭領回來了，公明哥哥之事確否如何？〔王英白〕不要説起，他果被劉高那厮誣陷爲盜，今日就要起解到府裏去了。〔燕順、鄭天壽白〕爲甚事起，竟誣爲大盜？〔王英白〕就是前番擄來的婆娘，你們抵死要放他下山去，豈知公明哥哥於元宵夜在他衙門首觀燈，被那婆娘看見，指稱是我們一黨，竟自拿進衙内拷掠成招了。〔燕順、鄭天壽白〕既有這樣事，難道花知寨忍於坐視不去救護麽？〔王英白〕他也曾拚命搶去。〔燕順、鄭天壽白〕這就好了。〔王英白〕誰想又被劉高拿去，將花知寨搶奪情由申報，青州府即差都監黃信到彼，設下一計，連花榮也拿下。如今黃信、劉高押着，雙雙要解往青州府去了。〔燕順、鄭天壽白〕嚇！不想有這樣事。〔王英白〕我們須要想個計策救他纔好。〔燕順白〕事已急矣。別無良策，惟有統領合寨人馬去奪了上山。〔王英白〕計他程途，傍晚必從此地經過，我們到山下各路埋伏，候他前來，救取公明哥哥，拿住劉高替他報仇。〔燕順、鄭天壽白〕此時天氣漸晚，事不宜遲。衆僂儸，就此一齊下山去。〔衆僂儸應介。燕順、鄭天壽、王英唱〕

【四邊静】金蘭誤落他圈套，冤苦無門告，急難仗良朋，救援須當早。〔衆僂儸合唱〕無須獻寶，不勞納鈔，只要捉奸徒，便把冤仇報。〔下〕

## 第十二齣　明打劫計釋檻車

〔衆軍校擡囚車，内坐宋江、花榮。黄信、劉高上。唱〕

【錦纏道】望林皋，淡濛濛煙迷遠郊，斜日下山凹，見昏鴉争飛，幾陣歸巢。正行着蛇盤似迢迢路遥，猛見這虎踞的叠叠山高。〔宋江、花榮作哭介。唱〕怨氣貫層霄，枉自把蒼蒼頻叫。〔内呐喊介。劉高驚抖介。白〕阿呀！不好。强盜殺來了。〔黄信唱〕何須心膽摇，那怕他强徒齊到，看「鎮三山」今日顯雄豪。〔王英沖上。白〕來的慢走，留下買路錢，放你過去。〔黄信白〕看你這賊人不像人，鬼不像鬼，要什麽買路錢，留下姓名，待我砍你的顱頭號令。〔王英白〕你要問我姓名麽，我就是清風山第二條好漢王英。〔黄信白〕原來就是「矮脚虎」王英。〔王英白〕你既知我王爺爺的大名，快快下馬受縛。〔黄信白〕我正要拿你們這起强盜，竟敢自來送死。〔王英白〕哇！休得胡説，放馬過來。〔黄信白〕軍士們，把囚車推過一邊，待我擒了這賊，一同解去。〔軍卒作應介。劉高抖介，念佛介。黄信、王英作戰介。鄭天壽沖上作戰介。燕順沖上戰介。黄信作敗下，軍卒隨逃下。燕順白〕這厮敗回去了。〔劉高意欲逃介。燕順白〕衆僂儸，快快擒住劉高，把囚車打開。〔僂儸應介，綁劉高介。打開囚車介。劉高作告饒醜態介。宋江白〕三位賢弟，救命之恩，生死難忘。〔王英白〕那日留下那婦人，那有這場禍事。〔燕順、鄭天壽白〕這位想就是花知寨。〔宋江白〕正是。〔燕順、鄭天壽、王英白〕取衣服過來，都穿好了，同上山去，但不知花知寨肯在此聚義否？〔花榮白〕念花榮家破人離，無路投奔，倘蒙不棄，願執鞭鐙。〔燕順白〕如此甚好。吩咐先把劉高押至山上監禁後寨，待擒了惡婦一同處斬。〔四僂儸押劉高下。衆行合唱〕

【普天樂】幸無虞，添歡笑，誇得勝，成功早，凱歌唱金鐙鞭敲，鴈行列並轡聯鑣。聽軍聲似潮，鬧轟轟一時海沸山摇。〔下。黄信作敗上。唱〕

【朱奴兒】緊加鞭忙忙奔逃，論失機惹人譏誚。這場敗北多羞惱，把往日的英名抹倒。〔白〕阿唷唷！好强盜嚇。攔截去路，彼衆我寡，敵他不過，只得仍敗回清風寨來。如今人犯都被劫去，連劉高也不知去向，這便怎處嚇。也罷，我且權住在此，收集敗殘軍卒，連夜申文青州府去，再作定奪。阿唷唷！那賊寇好不利害也。〔唱〕施强暴盡長鎗大刀，攔截住山前道。〔白〕我想慕容相公處，〔唱〕

【尾聲】應有那踐紅塵飛騎先馳報，責着我疏虞罪可知非小。咳！今做了羊觸藩籬怎地好。〔下〕

# 第十三齣　霹靂火興師搦戰

〔軍牢各役門子、書吏引慕容知府上。唱〕

【菊花新】朱幡千騎領東方，噲等何堪較短長。禁苑弄鶯簧，出谷遷喬全仗。〔白〕下官複姓慕容，雙名彦達，乃慕容貴妃之胞兄，道君皇帝之阿舅。恃椒房之戚，居然白屋公卿；沾蘭殿之恩，竟作黄堂父母。争奈存心刻剥，賦性貪殘。弁髦國法，管什麽天理難容；魚肉小民，只恨他地皮太薄。〔笑介〕我這等一個青州太守，竟成鐵面閻羅。這也不在話下。前日清風鎮正知寨劉高飛報賊情之事，説副知寨花榮結連清風山强盗，現拿有叛黨虎張三作証，申請定奪。我想花榮乃功臣之子，如何結連賊寇圖謀叛逆起來。這個罪犯非小，因此委了本州兵馬都監黄信帶領五十名壯健軍漢，前去提解虎張三，并花榮一齊拿來審問。此時已將解到。書吏過來，那清風鎮一案事關職官叛逆，一到即行審解，不能片刻停留。〔書吏應介。二教軍頭目飛馬上。白〕馳處但飛塵一縷，回時未過日三竿。報：太老爺在上，小人清風鎮教軍頭目飛報軍情。〔唱〕

【舞霓裳】只爲花榮連叛黨，忒披猖。〔慕容知府白〕我差黄信去捉拿，難道花榮不服不成？〔教軍頭目唱〕那黃都監呵，鴻門巧計將他誑，把伏兵藏。〔白〕到得飲酒中間，擲杯爲號。〔唱〕玉繩飛處縛天狼。〔慕容知府白〕既已就擒，行至道中便怎麽？〔教軍頭目唱〕只見黃巾匝地綉旗張，把驪珠輕輕奪搶。〔白〕那時黃都監也無計可施了。〔唱〕將花驄緊策倒拖鎗，逃生果停當。〔慕容知府白〕嗄！竟被清風山强盜搶去了。黃信匹馬逃回，這還了得。〔教軍頭目白〕太老爺，如今反了花榮結連清風山强盜，時刻清風寨不保，事在危急，望太老爺早遣良將，保守地方。〔慕容知府白〕你兩人且在耳房聽候。〔教軍頭目應介。下。慕容知府白〕有這等事。左右過來，快請秦統制到來，商議軍情重事，吩咐掩門。〔左右應介。軍卒、衙役下。慕容知府白〕我想秦統制他的祖上原是軍官出身，倒是個將門之子，使條狼牙棒，有萬夫不當之勇。那清風山幾個毛賊值得甚的，眼見得一舉蕩平。况這夥强盜打家劫舍，亦有年矣，山上蓄積金銀不少，擒拿之後，那時下官論功陞賞，不但陞官，而且發財。這花榮竟算我慕容彦達一個大恩人了。〔唱〕

【和佛兒】明得功勞暗得贓，都沾叛將光。能員使巧，那管子孫昌，老臉坐黃堂，受上賞。〔白〕有了保障地方功勞，他日這個神主牌兒不怕不入名宦祠了。〔唱〕好打點魂靈吃猪羊。〔下。衆軍校、旗幟引秦明上。唱〕

【生查子引】勇略冠三軍，雙眸識陣雲。誰知「霹靂火」，一舉净妖氛。〔白〕俺乃青州指揮使、總管本州兵馬統制秦明，山後開州人也。適纔慕容太守差人相請，說有軍情事相商，俺即忙前去，方知反了花榮結連清風山草寇，意圖叛逆。太守委兵馬都監黃信前去捉拿，至中途被清風山强盜搶奪而去，黃信單騎逃回，申文告急。阿唷唷！我聽了這話惱的俺心頭火起，怒髮沖冠，那裏還忍耐得住，因此奔到指揮司裏，點起馬步軍兵五百名，星夜殺到清風山去，直要蕩平了這夥草寇，方顯得俺秦明的武藝。衆軍士，就此到城外擺齊隊伍，即便起行，如違軍法從事。〔衆應介。唱〕

【好事近】太乙寶刀揚，試看神兵天降。移山壓卵，車前螳臂難當。齊煙九點帶征雲，獵獵旌旗壯。〔左右捧酒託盤、酒杯引慕容知府上，作下馬相見介。慕容知府白〕軍容整肅，士氣飽騰，足見統制平日訓練有方。下官特備三杯，以壯行色。〔秦明白〕俺秦明一介武夫，蒙老公祖錯愛，彼此協和。乃統轄之下忽有草寇陸梁，這都是秦某不能綏靖地方之過，只願滅此朝食，少減罪責，何敢又勞盛餞。〔慕容知府白〕説那裏話來。趁著將軍虎威，何況幺麽鼠輩，下官惟静聽奏凱捷音耳。左右，取酒過來，敬統制三杯。〔左右遞酒介。秦明白〕如此謹領盛意。〔秦明作連飲三杯介〕老公祖，秦明暫告别了。〔慕容知府白〕如此請上馬。〔俱各上馬介。衆吶喊介。合唱〕挽銀河浄洗干戈，發天弧掃蕩欃槍。〔下。慕容知府笑介。白〕你看他勢若排山，性如烈火，轟雷電掣而往，眼見得清風山玉石俱焚的了。左右。〔左右應介。慕容知府白〕打道回衙。〔衆唱〕

【尾聲】登壇已拜廉頗將，命裏催，官星旺。秦統制呀，你須把雷火燒他一個精打光。〔下〕

## 第十四齣　清風山騙甲行權

〔衆小軍引秦明上。唱〕

【點絳唇】氣吐虹霓，性同霹靂，天生急，一著戎衣，滅此纔朝食。〔白〕下官秦明，只爲清風山草寇劫奪叛將花榮，盜犯虎張三，殺敗我徒弟黄信，慕容知府大怒，特命俺統領大隊人馬前往征勦。大小三軍。〔衆小軍應介。秦明白〕賊兵在前，交戰在邇，各要奮勇争先，毋得臨陣畏縮。倘違軍令，斬首示衆。〔衆小軍應介。秦明白〕就此起兵前去。〔衆小軍應介。摇旗吶喊介。秦明同唱〕

【新水令】霜華似劍戟壯軍威，砲三聲拔營齊起。休説他山中藏虎豹，那怕他海底隱鯨鯢。憑着俺八陣圖奇，笑談間管把他窩巢洗。〔下。衆僂儸引鄭天壽上。同唱〕

【步步嬌】躍馬揮戈多聲勢，似惡曜臨凡世。聽軍中戰鼓催，不用連營，只須分隊。〔白〕自家鄭天壽是也。今早小僂儸探聽得青州府調統制秦明前來征勦，花知寨説他十分勇猛，只可智取，不可力敵。公明哥哥因愛將材，欲他降順，共扶山寨，遂設一計。爲是他性急，着我等輪流誘戰，激得他怒發，必然追上山來，將大路盡行塞斷，於小路上掘下陷坑，把他擒住，謾謾的説他入夥。衆僂儸，你看前面塵頭起處，想是官軍來了，可迎上前去。〔衆僂儸應介。合唱〕臨陣略相持，要將他引入深深地。〔下。衆小軍引秦明上。同唱〕

【折桂令】統三軍猛似熊羆，一個個執鋭披堅，耀武揚威。俺則待像畫凌煙，名標銅柱，功奏淮淝。怎容他嘯羣兇伏潛草莽，叛天朝盜弄潢池。要綏撫黔黎，安奠邦畿。〔内吶喊介。秦明唱〕猛聽得沸海驚天，激得俺怒吼如雷。〔鄭天壽領衆沖上。白〕清風山好漢在此，來的莫非是秦統制麽？〔秦明白〕你這毛賊，既知天兵到來，何不下馬受縛？〔鄭天壽白〕秦統制，清風山好漢利害，你不如早早回去罷，休把性命送在這裏。〔秦明白〕唗！ 毛賊，誰與你鬬口，放馬過來。〔鄭天壽白〕那個懼汝。〔戰介。鄭天壽敗下，秦明追下。衆僂儸引王英上。同唱〕

【江兒水】掣劍龍垂尾，加鞭馬縱蹄。疑兵誘敵虚張勢，帷幄韜鈐籌謀秘，管教他沖天有翅難飛起。〔白〕我王英奉宋大哥將令，誘敵秦明。衆僂儸。〔衆僂儸應介。王英白〕前面塵土衝天，想必兩軍交戰，快快殺上前去。〔僂儸應介。合唱〕設就了拖刀奇計，要詐敗佯輸，幾隊兒互相交替。〔秦明追鄭天壽上。王英截戰介。白〕秦明，休得無禮，我王爺爺在此。〔鄭天壽下。秦明白〕任爾賊衆，我何懼哉。〔戰介。王英敗下，小軍、僂儸上戰介。衆小軍引秦明上。同唱〕

【鴈兒落帶得勝令】【鴈兒落】（全）殺得來顫巍巍星斗移，殺得來昏慘慘煙塵蔽，殺得來撼天關神鬼號，殺得來摇地軸妖魔避。【得勝令】（全）呀！ 則見他鼠竄望風靡，馬驟似雲飛。〔内吶喊介。秦明白〕又有一隊賊兵來了。〔同唱〕遥望着天際飄旗幟，山隈震鼓鼙。〔白〕軍士們，奮勇殺向前去。〔小軍應介。秦明同唱〕窮追，縱有那萬人敵、何足畏；重圍，仟教是九里山、不索提。〔王英下。秦明、燕順戰介。燕順敗下，秦明追下。宋江執旗上，花榮隨上。合唱〕

【僥僥令】孔明多妙算，孫武有神機。向絶頂峰頭頻凝睇，俺把那令旗摇暗指揮，令旗摇暗指揮。

〔立山上介。衆小軍引秦明上。同唱〕

【收江南】呀！今日裏似鏖兵赤壁呵，不住的挽斜暉，俺可也樓蘭不斬誓難歸。〔秦明白〕原來這些毛賊都是不經殺的。〔内秦樂介。宋江白〕賢弟，請用一杯。〔花榮白〕哥哥請。〔秦明白〕何處鼓樂喧天？〔小軍白〕遠遠望見兩個賊首在山頂飲酒，故此奏樂。〔秦明白〕待俺看來。〔作看介。白〕可惱，可惱。軍士們，快些奪路上山去，先擒賊首。〔合唱〕逗得俺心頭惡氣肯成灰，望山巔峻危，望山巔峻危，恨不得靴尖踢倒那崔巍。〔小軍白〕啓爺，山前大路盡皆塞斷，只有山南小路，止容一人一騎，大軍難以前進。〔秦明白〕既如此，傳令大小三軍，就在山前屯扎，待俺獨自上山，搗其巢穴。〔衆小軍應介。宋江白〕秦統制，你戰了一日也該少歇。〔花榮白〕俺花榮在此。〔秦明怒介。白〕你這反賊，幹得好事。〔花榮白〕秦統制，你今中了俺們之計也。〔唱〕

【園林好】入絲籠鵾鵬怎飛，觸藩籬羝羊可羸。笑你似涸轍枯魚垂斃，我這謀六出世應稀，兵十面事還奇。〔花榮白〕你要拿我，可敢上山麽？〔秦明白〕俺就上山。〔唱〕

【沽美酒帶太平令】【沽美酒】(全)向山林覓路岐，向山林覓路岐，穿峻嶺越崔巍，試看俺縛虎擒龍事可期。〔花榮白〕秦統制，你且看俺花榮的神箭，要射下你的盔頂朱纓。〔秦明白〕反賊射來。〔花榮搭箭介。唱〕穿楊枝，怎休提。〔射介〕射雀符鵰頂管誅彝。〔衆僂儸遶場下。燕順、鄭天壽、王英上戰介。燕順白〕秦統制，你領來的兵馬已被我們殺盡了。你今深入重地，墮在我們計中，插翅也飛不去了。不如早早降順了罷。〔秦明白〕强賊，休得胡説，今日務要擒汝。〔燕順白〕你好不知死活嗄。〔秦明白〕放馬過來。〔戰介。燕順、王英、鄭天壽白〕殺你不過，休要來趕。〔引秦明墮陷坑介。宋江白〕僂儸們，拿上山來。〔僂儸應介，作縛秦明到介。宋江解縛介。白〕統制，宋江等冒犯虎威，望乞恕罪。〔燕順、鄭天壽、王英白〕公明哥哥如此義氣，敢屈統制就在此歇馬罷。〔秦明白〕咳！中了你們的奸計，這顆頭顱要砍就砍，何必多言。〔宋江白〕統制既不肯屈留，也難相强，戰鬬了一日未免勞苦，備有薄酌，敢請上坐，少爲解煩。〔秦明白〕誰要吃你們的酒食。〔宋江、花榮白〕統制既不肯坐席嗄。也罷，待我等立奉三杯，以申尊敬之心。今日已晚，明早即當相送下山，如何？〔秦明白〕爾等果然肯放俺回去麽？〔宋江等白〕我等惟以信義爲重，安敢相欺。〔秦明白〕既如此，取酒來。〔宋江敬酒介。秦明飲介。唱〕【太平令】(全)本和恁交鋒對壘，怎爲咱肆筵設席。〔花榮敬酒介。宋江背令燕順下藥酒内介。燕順白〕燕順也敬一杯。〔秦明飲介。唱〕也不辭百川怒吸，只看取一飲無滴。俺呵，拚得個深杯淺杯，那裏管伊誰我誰。呀！早不覺軟兀剌昏昏沉醉。〔倒介。宋江白〕妙嗄。你看他麻倒了。僂儸們，扶了後面去卸了盔甲來，我有用處。〔僂儸應，扶秦明下。宋江白〕我今聊用小計，以絶他歸路。〔衆白〕計將安出？〔宋江白〕昨見小僂儸陳得功，與他面龐相似，可喚陳得功過來。〔僂儸應，喚陳得功上。白〕拳打南山猛虎，脚踢北海蛟龍。〔見介〕陳得功叩頭。〔宋江白〕諸位賢弟，你看他形容可與秦明相像麽？〔衆白〕形容倒差不多，只是臉上不紅。〔宋江白〕這有何難，只用塗些紅硃就是了。〔陳得功白〕大王叫僂儸搽了臉，敢是要唱戲麽？〔宋江白〕哇！胡説。我叫你穿戴了秦統制的盔甲，拿了狼牙棒，乘了他的馬匹，假扮秦明，帶領衆僂儸連夜奔至青州城下，殺人放火，虛張聲勢，成事回來，重重有賞。〔陳得功應介。燕順、王英白〕妙嗄。大哥妙計。小弟二人幫他去走遭。〔宋江白〕如此甚妙。你二人要高聲叫道，秦明已降順清風山了，特來攻打城池，劫取倉庫，不得有違。〔燕順、王英白〕得令。帶馬。〔陳得功隨下。宋江白〕我以此計絶其歸路，彼必傾心降順我們了。〔衆白〕妙嗄。大哥此計真神鬼莫測也。〔宋江唱〕

【尾聲】我移真換假聊相戲。〔衆唱〕管斷送了大宋朝長城萬里。〔合唱〕看我這草莽中的英雄倒有些大作爲。〔下〕

# 第十五齣　假秦明耀威縱火

〔衆夜巡軍敲梆鑼上。唱〕

【清江引】鐵衣卧月三更冷，起望蕭蕭景。風傳刁斗聲，雲暗旌旗影。〔白〕我們乃青州城内衆夜巡軍便是。今有清風山盜寇肆强劫去盜犯，反了花榮，殺敗黄都監，慕容老爺赫然震怒，立差秦統制前去剿捕，尚無捷音。〔一巡軍白〕因城中戒嚴，着我們在城上周流巡查，晝夜不息。〔一巡軍白〕衆位哥嗄，此時已將半夜了，正是要緊時候，須要一路小心巡去。〔衆巡軍白〕説得有理，前面是南門了，我們巡到那邊去，然後再轉到西門便了。〔敲梆鑼介。唱合前〕一處處要巡邏當夜警。〔下。衆僂儸執火把、器械引假秦明、燕順、王英上。同唱〕

【風入松】世情宜假不宜真，把他人，面目斷混。深宵裏昏黑有誰能認，那知咱是蘭亭贋本。〔燕順、王英白〕僂儸們，一路逢人便殺，遇産便燒，一齊殺到青州城下去。〔衆應介。遶場下。衆男女老幼百姓奔上叫苦介。僂儸引假秦明、燕順、王英沖上殺介。衆百姓奔下。王英、燕順白〕前面已近青州城下，我們趲到那邊去，聲言秦明投順清風山的話，要使慕容知府曉得。〔假秦明白〕就是這樣。〔衆合唱〕這反戈信

城中若驟聞，管唬殺了衆軍民。〔下。衆小軍執火把、燈籠引城守將官、慕容知府上。唱〕

【六幺令】剥膚憂近，寇逼城陰，退敵使何人。怪如風飛報恁頻頻。〔白〕下官青州知府慕容彦達是也。方纔望見南門外一帶火光燭天，又聞得號哭之聲不絶，正在驚疑，忽有夜巡軍來報，清風山强盗統衆殺到城下，意在要劫倉庫。事起倉卒，這便怎麽樣處。〔作抖介。城守將官白〕府尊不要抖，算計禦敵之計。〔慕容知府白〕那裏是抖，我因氣極了嗄。〔守城將官白〕且同到城上去看，以作防備。〔慕容知府白〕如此大家去嘘。〔場上預設城介。衆作上城介。合唱〕難壯膽，但驚魂。〔衆合唱〕正火光中喊殺連天震，火光中喊殺連天震。〔衆僂儸引假秦明、燕順、王英趕殺衆百姓上。唱〕

【風入松】不用他山中號令再三申，論焚殺是緑林本分，漫道是無辜百姓當憐憫，可知我歹性格天生兇狠。〔作到介。燕順、王英白〕嘚！城上的聽者，秦明投順清風山入夥，今統領合山大隊人馬攻打城池，你們都來細認一認。〔唱〕你看這逼真的將軍姓秦，「霹靂火」久傳聞。〔白〕快快攻城。〔一面僂儸作攻城諢介。一面慕容知府白〕嗄！了不得了。原來反了秦明。這厮利害，難與他抵敵。軍士們，快將擂木、砲石打下去。〔軍卒應放砲石介。慕容知府白〕放箭要緊，快些放砲。〔燕順、王英白〕城上大砲打來了，他們已都知覺。僂儸們，就此回山繳令。〔衆僂儸應介，下。慕容知府白〕好了，好了。這些强賊見我這裏放砲、射箭，皆退去了，且下城去，再作商量。〔下城介。城守將官白〕方纔火光中明明見秦明指揮賊衆殺人放火。〔慕容知府白〕可恨這厮背叛朝廷，投順强賊。軍士們，將他一門良賤盡行處斬，把他妻子首級號令在城頭示衆。〔軍卒應介。城守將官白〕城外火光未熄，不知燒了多少房屋，殺了幾多人民，且待大天明了，再出去查看。〔慕容知府白〕如今一面申奏朝廷，一面傳檄鄰郡，請兵協剿。〔城守將官白〕正當如此。〔慕容知府白〕可傳諭各門上各汛地的兵將，都要嚴加小心，惟恐賊人復來。〔軍卒應介。慕容知府白〕秦明，好反賊嗄。可惱，可惱。〔同下〕

# 第十六齣　真統制負屈歸巢

〔僂儸引宋江、花榮、燕順、王英、鄭天壽上。白〕方今屈殺幾英雄，莫向人前誇武功。海濶天空六翮健，鸞凰曾不受樊籠。請秦統制出來。〔僂儸請介。秦明上。白〕千古乾坤存壯氣，萬年豪傑照丹心。〔衆白〕統制在山多多簡慢，回到青州，萬望周全一二。〔秦明白〕夜來不覺大醉，今日起得遲了，可即還了俺器械、馬匹，就此去也。〔宋江白〕僂儸們，快取秦統制的狼牙棒、馬匹過來。〔僂儸應介，持狼牙棒牽馬上〕器械、鞍馬都在此了。〔秦明白〕拿來。〔接狼牙棒乘馬介。白〕浩氣瀰漫天地覺，壯懷激烈鬼神驚。〔下。宋江白〕你看他頭也不回，驟馬揚鞭竟是下山去了。〔花榮、燕順白〕他此去慕容彦達必詢夜來燒劫之事，決不容他入城。〔王英、鄭天壽白〕這不中了我們之計了。〔宋江白〕如今燕賢弟、鄭賢弟看守山寨。〔向花榮、王英介〕你們二位隨我下山去到前途等候，待他到進退兩難之際，那時勸他入夥。〔衆應介。合白〕爲惜漢陽窮鳥客，好憐梁父卧龍才。〔分下。秦明策馬上。唱〕

【一枝花】纔離了虎頭山多巀嵲，又行來羊腸路恁迂折。諒得箇歸途從電掣，又早則去徑亂雲遮。猛可的心上咨嗟，這一肩干係尤難卸，闗頭怎放些。〔白〕俺想今日之事，與黃都監差不遠也。〔唱〕俺

可也蹈了前轍，禁不得一霎裏眉攢面熱。〔白〕你看前面又早是青州了。〔望介〕呀！〔唱〕

【梁州第七】遠遠見迷望眼煙塵連接，轉瞬間人影稀絶，風號萬木含悲咽。則見那愁雲慘淡，則見那殺氣重疊，則見那人民非故，則見那景物差別。〔白〕纔隔得一日之間，爲何這等光景。〔唱〕好教人心兒裏費盡周折，口兒内不住價猜喋。爲甚的焰連天屋舍遭焚，爲甚的血流渠尸横遍野，爲甚的列干戈匝遶城堞。〔内哭叫介。秦明白〕你聽那些百姓們，〔唱〕耳邊廂不住的哭子尋爹，呼哥唤姐。〔白〕嗬！衆百姓，你們却爲何來。〔内白〕不好了。秦明又殺來了，快些逃走嗄。〔秦明白〕這又奇了。〔唱〕一個個忙奔急走心驚裂，好教俺堪驚訝真難決。怎能彀打破疑城將海底徹，早難道杯影弓蛇。〔内打更介。秦明白〕此際已是初更時分，俺且高叫一聲。城上的快放下弔橋，開了城門，俺秦統制回來了。〔衆軍卒持火把引慕容知府上城介。白〕呀！ 不好了。果然秦明又殺來了。快去請守城將官來。〔軍校白〕不妨事，他如今單身一騎到此，老爺正好與他打話。〔慕容知府白〕有理的。待我來。嗬！秦明你幹得好事。〔秦明白〕城上可是慕容公相，俺不曾幹什麽事，快放下弔橋，待俺進城。〔慕容知府白〕你這反賊，降了清風山，昨夜帶領强盗到此殺人放火，你如今又來，敢是要討死麽？〔秦明驚介〕呀！〔唱〕

【牧羊關】乍聞言魂飛喪，唬得來意似呆。〔慕容知府白〕你看城外的瓦礫場，都是你這賊放的火，又殺害了多少百姓，你還敢抵賴麽？〔秦明白〕咳！ 慕容公相，你須要辨個明白。〔唱〕休得要下流頭硬打樁橛，俺本是赤膽豪傑，生扭做黄巾枝葉，從來薰蕕當辨别，自古涇渭本差迭。〔慕容知府白〕我昨夜親見你指揮强盗放火殺人，還要口硬。〔秦明怒介〕咳！〔唱〕你怎比陷害平人啣冤結。〔慕容知府白〕你還想賺這座城池麽？〔秦明唱〕那裏是斗膽輕馳熟路車。〔慕容知府白〕你今夜又到此怎麽？〔秦明白〕俺的家眷尚在城中，且放俺進去。〔慕容知府白〕你這賊，還想家眷，你一門良賤盡行誅戮，你妻子的首級掛在此示衆，若拿住你這逆賊，便是碎剮還輕哩。〔秦明白〕俺妻子的首級在那裏？〔慕容知府白〕軍士們，把首級挑與他看。〔軍卒應，挑首級介。白〕嗐！秦明，這不是你妻子的首級麽？〔秦明作認介。白〕阿呀！我那妻嗄。兀的不痛殺俺也。〔唱〕

【四塊玉】撲簌簌兩淚流，見高懸首級淋漓血。〔白〕慕容彦達，你殺得俺一家好慘也。〔唱〕俺今日牙關緊咬恨奸邪，從今後與你成吴越。〔慕容知府白〕軍士們，放箭射死這反賊。〔軍卒應，射介。秦明唱〕則看俺猇虎軀，那怕恁飛蝗射。〔慕容知府白〕軍士們，架起紅衣砲來。〔軍卒應介。秦明白〕咳！罷了，罷了。〔唱〕則索謾謾的與他費唇舌。〔鞭馬下。慕容知府白〕這逆賊見我放砲，縱馬而去了，黑夜裏不便追趕，且待調齊了兵馬剿捕便了。吩咐各門上，小心把守。〔軍卒應介。慕容知府白〕正是：孤臣日望援兵至，叛將夜乘飛騎逃。〔下。秦明上。白〕好惱，好惱。〔唱〕

【玄鶴鳴】閃得俺匹馬身孤子，空踏破足底雙靴。〔白〕黑夜之間撥轉馬頭跑了一程，正不知到了那裏了。〔唱〕真個是有家難奔無依藉，有國難投没計設。〔哭介〕痛殺俺結髮妻房，把百年恩愛兩下生折，滿門誅戮千古冤結。〔白〕俺今日進退無門，不如尋個自盡倒也爽快。〔拔劍介。唱〕好吩咐三尺青萍，斷送俺一世豪俠。〔欲刎介。宋江、花榮、王英急上。白〕烏江豈是無船渡，項羽何須輕喪身。〔奪劍介〕何人在此要尋短見。嗄！原來是秦統制，今早相送下山，爲何不到青州去，却在這裏自盡起來？

〔秦明白〕阿呀！列位嗄，〔唱〕

【烏夜啼】說不盡平空誤陷枝節。〔宋江、花榮白〕爲甚事來？〔秦明唱〕好教俺恨極愁奢，這回鎔盡了肝腸鐵。〔宋江等白〕有甚不白之事？〔秦明白〕咳！〔唱〕生擦擦濫名兒却把咱行借。〔宋江、花榮白〕有人冒了尊名，他却怎麼樣？〔秦明唱〕這些賊暗地自去焚劫。〔宋江等白〕想是慕容知府錯認了統制了。〔秦明唱〕他可也全不辨個清潔。〔宋江白〕統制怎麼不將回去的話講明。〔秦明唱〕一任俺唇尖舌底費分說。〔宋江等白〕咳！只可惜統制一片丹心。〔秦明唱〕反做了桀家犬向堯家嚙。〔宋江白〕寶眷尚在城中？〔秦明唱〕他把俺糟糠妻餐刀血。〔宋江等白〕嗄！令正被他殺了，這也可恨。〔秦明唱〕嘆今日一家滅絶，送得人上天無路，入地無穴。〔宋江白〕事已如此，無可奈何，莫若同小可暫且上山，權時聚義，待等日後招安，不知統制意下如何？〔花榮、王英白〕宋大哥仁義待人，實當世之英雄也，統制還該聽其相勸。〔秦明白〕罷，俺且隨你們上山，再作道理。〔宋江等白〕這等甚好。〔秦明白〕且住，尚有一說。〔宋江等白〕更有何說？〔秦明白〕那都監黄信乃俺徒弟，俺今被陷，必然株連着他。他這些時委在清風寨鎮守，待俺修書去，一并招他上山，以免貽累。〔宋江白〕如此更好。我等正欲去攻打清風寨，接取花知寨令妹，并擒拿惡婦熊氏，今得統制書去招黄都監上山，可以不勞兵革矣。〔王英白〕迎

請黄都監這個差使小弟討了罷。〔宋江白〕也使得。〔花榮、王英白〕就請統制一同上山。〔秦明唱〕

【煞尾】從今後俺一生名行多虧缺，道不得箇樹正何愁月影斜。〔白〕只可恨昨夜假扮俺的是何等樣人，〔唱〕他敢换斗移星做成拙。〔宋江等白〕且到山上謾謾查究便了。〔秦明白〕方纔慕容彦達在城上呵，〔唱〕却將俺多慢褻，待和咱分優劣。〔宋江等白〕放着這賊，謾謾的再處他。〔秦明白〕慕容彦達，你這賊，〔唱〕俺把你剖腸屠腹，纔得箇大寃雪。〔同下〕

# 第十七齣　黄信來投除舊恨

〔衆小軍引黄信上。唱〕

【賽觀音】丈夫心，英雄淚，論成敗，而今怨誰。空幾度仰天嘆息，頭裹紅巾是末路的好收拾。〔白〕我黄信前被燕順等戰敗，反逃奔清風寨上，慕容相公因地方乏員，即委我在此鎮守，不想師父秦統制竟投向清風山入夥，慕容知府將他妻孥盡行處斬，因我與他有師弟之分，漸欲加害於我，正在憂疑不定。今早忽有清風山頭目持得秦統制書來招我上山，説王英到此迎請，并接花榮妹子，擒拿劉高之妻熊氏，又説前者所獲虎張三乃是「及時雨」宋公明。想我如今進退莫適，不如且投向那邊再處。你看遠遠一枝人馬飛奔到此，想是王英來也。〔衆僂儸引王英上。唱〕

【人月圓】山寨内招納無猜忌，特地來迎新相識。相逢不用相迴避，看世上半多咱共你。〔作見介。王英白〕黄都監，小弟奉令，敬來迎請上山。〔黄信白〕小將聞召，正在趨赴，并送花知寨令妹到山，就在後面。〔王英白〕如此請先行一程，待我擒了劉高妻子，隨後趕來，一同上山。〔黄信白〕請。〔王英白〕衆僂儸，快到劉高衙内擒拿熊氏要緊。〔僂儸應介。王英唱〕蒙差委且暫去，因鸞檻鳳休違。〔下。黄

信白〕衆軍士，吩咐將花小姐的車輛趲上。〔小軍應介。向内白〕把車輛趲上來。〔内應介。一車夫推車，花小姐坐車上。合唱〕

【賽觀音】污家聲，虧名義，就衷事，他人怎知。也非敢公然違背，奈無地容身，向虎寨暫依棲。

〔下。衆僂儸引王英抱熊氏上。同唱〕

【人月圓】人怕見魆地兵戈起，獨有區區心私喜。今番穩定成婚配，這撮合還應天做美。閒摹擬，分明是新郎親迎嬌妻。〔下。衆僂儸引宋江、花榮、秦明、燕順、鄭天壽上。唱〕

【玉芙蓉】冥鴻雲外飛，矰繳終當避。肯甘心就死，死於無罪。想殺人慣是誣曾子，那爲盜從來冤不疑。〔一僂儸於曲内上。白〕啓上大王，王大王請到黃將軍都進寨來了。〔宋江等白〕快請相見。〔一面僂儸禀事，一面黃信、王英上。接唱〕山中地，與萑苻並比，古今來，英雄占踞適相宜。〔見介。宋江、燕順、鄭天壽白〕喜得都監不我遐棄，惠然俯臨，何幸如之。〔黃信白〕小將得罪在前，望乞恕罪。〔宋江、花榮白〕始爲敵國，終作一家，古人往往有之。既同聚義，請勿介懷。〔黃信白〕多謝海涵。〔宋江白〕接得花小姐在於何處？〔王英白〕已經送到後寨去了。〔宋江白〕還有那惡婦熊氏呢？〔王英白〕這個小弟也安置好了，不消大哥費心。〔宋江白〕你去喚他出來，我有話要當面問他。〔王英白〕已過之事罷了，又問他做什麽？〔宋江白〕不是嗄。你去喚他出來，我自然有個道理。〔燕順、鄭天壽白〕快喚他出來，宋大哥自然有個主見。〔王英白〕喚便喚他來，切莫難爲他，這是我要做壓寨夫人的了。〔衆白〕這個自然。〔王英白〕抵多少惡賓方鬧喜，還恐怕新婦正嬌羞。〔下。宋江白〕諸位在此，小可有一言告陳，未識可否？〔衆白〕有何台諭，望即賜教。〔宋江白〕秦統制尊嫂遇害，豈可久虚中饋，今有花知寨令妹德容兼備，小可竊欲執其斧柯，以成兩姓之好，諸位以爲何如？〔燕順、鄭天壽白〕相女配夫，大哥所見甚是。〔宋江白〕秦將軍與花賢弟從今日就當郎舅之稱了。〔秦明、花榮白〕我等極蒙玉成其事，深感盛情。〔王英扶熊氏上。王英白〕密室欲諧鸞鳳侶。〔熊氏白〕深山漫逞虎狼威。〔王英白〕熊氏來了。大哥有甚言語，好好的問他就是了。〔宋江向僂儸介。白〕帶那劉高賊子過來。〔僂儸應介，帶劉高上。白〕己欲害人仍害己，他曾求我反求他。〔劉高、熊氏跪介。王英向熊氏介。白〕你爲什麽也跪下嘎。也罷，陪個不是就算了。〔宋江、花榮白〕你這賊子、惡婦，恩將讐報，誣陷善良，如此横行無憚，也有今日麽。〔劉高白〕總是我的不是了，只求爺爺饒我狗命。〔宋江、花榮白〕你這賊子，還想告饒。〔熊氏白〕大王爺，這都是我丈夫做的事，與小婦人一些無干嚧。〔王英旁白〕果然都是那劉高賊子所爲，與他毫無干涉。〔劉高白〕是你起的釁端，怎多推在我身上？〔宋江、花榮白〕哇！還敢强辨，吩咐僂儸，將兩個狗男女緊綁了。〔僂儸應，綁劉高、熊氏介。王英白〕阿呀！這樣子不好。〔欲解勸介。燕順、鄭天壽攔介。宋江、花榮、秦明、黄信唱〕

【朱奴兒】好男兒向緑林嘯聚，歹夫妻去黄泉唱隨。與昧心人做一個旁州例，牢戒取辜恩負義。〔宋江白〕快快推出去，斬訖報來。〔衆僂儸應介，推劉高、熊氏下。王英嚷介，欲解救介。燕順、鄭天壽攔介。宋江、花榮唱〕剛刀利，好報讐雪耻，聊出俺心頭氣。〔僂儸持首級上。白〕獻首級。〔宋江、花榮白〕拿去懸掛山前示衆。〔僂儸應下。王英氣嚷介。白〕阿喲喲！宋公明，你也忒欺負人，我這般説了要做壓寨夫人的，你畢竟要殺他，却是爲何？〔衆勸介。白〕不用粗魯，有話好好的講。〔宋江白〕賢弟，這個惡婦心地不良，你若留他，日後必遭其暗算。〔燕順、鄭大壽白〕況又是宋大哥的讐人，如何留得。〔秦明、黄信白〕這話説得甚是。〔宋江白〕宋江向曾有言，到日後務必覓一美人相配賢弟，不要煩惱。〔王英白〕若要等你尋起來，我王英這不老了。〔燕順、鄭天壽、花榮、黄信、秦明白〕宋大哥決非失信之人，自然踐言。況且我輩以義氣爲重，豈可因一婦人而致自相争論，豈不被江湖上好漢笑話麽。〔王英白〕我王英若不爲義氣二字，早早的散了夥了。〔衆白〕足見高懷雅誼。〔燕順、鄭天壽白〕小寨有幸新添了幾員虎將，吩咐快備筵席，在後寨慶賀。〔僂儸應介。宋江白〕諸位兄弟，就擇吉與秦統制成親。〔衆白〕如此甚好。〔合唱〕

【尾聲】幹一番掀天事業從兹起。〔宋江唱〕要做個出人頭地。〔衆合唱〕看一羣待雷雨的蛟龍權投向水泊裏。〔下〕

## 第十八齣　宋江作伐締新姻

〔二僂儸上。唱〕

【趙皮鞋】送到一朵花，派與雷公做室家。一條鐵棒挺狼牙，嚇壞了新人不當耍。〔白〕我們乃清風山僂儸便是。近來我清風山十分興旺，只爲搶了花知寨、宋押司上山，又逼降了秦統制，招降了黃將軍，如今我三位大王推尊宋押司爲寨主，凡事聽他調遣。昨日宋寨主有令，説可憐了秦統制一家老小都死于慕容知府之手，十分慘毒，竟作主婚，把花知寨妹子與他爲婚。今日是黄道吉日，叫我們去請儐相。大哥，這件東西我們山寨上實在没有。〔一白〕兄弟，我和你竟到清風鎮去尋王老兒，我認得他，倒是老儐相。〔一白〕大哥，只怕前日這一來，清風鎮上的人民多應跑了一半了。〔一白〕不相干，且尋他去。〔唱〕

【又一體】屋宇存幾家，路畔牆垣一半塌。垂楊砍去剩了叉，滿地花鞋夾碎瓦。〔作到介〕王老兒在家麽？〔王老兒上。唱〕

【秃厮兒】月將流年欠亨佳，没生涯，新娘子多守望門寡。任你把儐相亂嘈諎，只怕將來穩婆也要餓殺。〔白〕外邊有人叫門，若是往時，一定是買賣上門，請我去贊禮的，如今這等强盗横行時候，敲門打户，料不是好消息。〔儸儸作叫門介。白〕快開門，快開門。〔王老兒作開門，作見介。白〕哎喲！我認得你，你是清風山强盗，可憐我小老兒一點貲財没有，求大哥饒恕。〔作跪介。二儸儸白〕我不是打劫貲財的。〔王老兒白〕那嗎來做舍？〔二儸儸白〕奉大王之命，來請你做儐相。〔王老兒白〕黑天黑地，你們那些强盗。〔二儸儸白〕胡説割舌頭。〔王老兒白〕不妨，如今我大宋朝贓官污吏比强盗更狠，到是真强盗還有些良心，只是你們那裏終日擄人婦女，只當兒戲，那討許多儐相。〔儸儸白〕實在我們山上大王成親。〔王老兒白〕想是那矮脚大王得了壓寨大人了。〔儸儸白〕不是，就是前日青州秦統制被我家大王用計擒了，那慕容知府説他叛逆，將他妻子梟首，我家大王近來與他作伐，把花知寨妹子招他，特來請你贊禮。〔王老兒白〕好。如何我説强盗是有良心的，如此我穿了我那件布海青去。〔儸儸白〕甚好。〔王老兒作挾衣介。白〕兩位大哥，這等看來，花知寨也入夥了。〔儸儸白〕這個何消説。〔王老兒白〕不錯。二位，花老爺是個好人，做了許多愛百姓的事，我看他相貌堂堂，一定有出息，果然做了强盗了。我且問你，那劉高夫婦難道也入了夥？〔儸儸白〕再休提起，我家大王説他夫婦負義忘恩，已經一刀一個，早殺好在那裏。〔王老兒白〕可是我説强盗有仁有義。〔儸儸白〕快走，快走。〔唱〕

【又一體】民賊良臣做親家，插金花。〔王老兒唱〕喜錢喜酒求饒罷，但願不要拿去殺。〔儸儸白〕你這條老命值什麽，這等要緊，你到我山下瞧一瞧。〔唱〕人頭滿地好像滚西瓜。〔下。場上擺一字椅六把，衆僂儸引宋江、花榮、燕順、鄭天壽、王英上。白〕清風山上會羣魔，置酒張筵奏凱歌。更值紅鸞天喜過，洞房權借虎狼窩。〔坐介。宋江白〕今乃黄道吉日，秦統制與花小姐成親。燕家兄弟，筵席可齊備了？〔燕順白〕早已預備，只等儐相一到，就請新人了。〔二僂儸同王老兒上。分白〕鵲橋今已駕，賊洞久聞名。〔僂儸白〕啓上衆位大王，儐相到了。〔宋江白〕唤他進來。〔王老兒跪介。白〕衆位大王在上，儐相叩頭。〔王英白〕你這儐相過來，今日乃秦統制與花小姐成親，你那詩句有新鮮的？〔王老兒白〕有有有，小人七十歲，當了五十年儐相，只怕大王不曾陞到我清風山做强盜時，我已經做儐相了。〔王英白〕胡講。唱得不好，僂儸們拿去砍了。〔僂儸作應介。王老兒白〕阿彌陀佛。今日到了出脱性命的地方來了。〔宋江白〕吉時已到，就請新人。〔王老兒向内白〕伏以《香羅帶》綉《菊花新》，坐《傍妝臺》《點絳唇》。喜《稱人心》《好事近》，《鵲橋仙》降《畫堂春》。〔王英白〕僂儸過來，叫你到清風鎮請儐相，爲何到戲房請來滿口都是曲牌名？〔僂儸白〕清風鎮就在戲房裏。〔王英白〕胡説。叫他還要新鮮的。〔僂儸白〕王老兒，大王惱了，叫你還要新鮮的。〔王老兒白〕真真還要逼出人命來。伏以《一枝花》插《滿庭芳》，《燭影摇紅》《畫錦堂》。《滴滴金》杯《雙勸酒》，《聲聲慢》唱《賀新郎》。〔王英白〕叫儐相過來。〔僂儸叫儐相。王英白〕我把你個該死的狗頭，叫你要新鮮的，你怎麽把前八十年的舊話來搪塞我。僂儸們，再唱不好就把新郎的狼牙棒打他爲肉醬。〔王老兒背白介〕人家做親，要他吃這等寡醋。伏以月裏飛瓊渡漢津，今朝新會錦將軍。且休賣弄狼牙棒，請看油鍋炸麵筋。〔王英作大笑介。秦明、花小姐上，作拜堂。宋江安席，儐相下。秦明、花小姐正坐，衆旁坐介。合唱〕

【番山虎】玉盌泛明霞，紅燭光摇合蒂花。春生虎帳人歡洽，綉屏肩並亞，英雄配偶佳。鸞膠無價，韶光正華，何勞操井臼，但須宜室家。〔宋江白〕侍女們，就移花燭送新人入洞房。〔唱〕金屋開巫峽，鴛幃垂絳紗。雨雲熟滑，雨雲熟滑，火性兒權時按捺。〔侍女持花燭引秦明、花小姐下。場上撤席，仍擺椅，衆上坐介。宋江白〕且喜這段姻緣，遂了我兄弟們心願。〔衆白〕正是。〔王英白〕只有小弟名下這筆賬，不知何日勾清。〔宋江白〕總在小可，決不食言。〔僂儸扮探子上。白〕報。〔燕順白〕喘息定了，慢慢的説來。〔僂儸白〕小人打聽青州府已經申奏朝廷，不日就有大兵來征剿了。〔唱〕

【俊孩兒】鬧轟轟知府衙，急攘攘百姓家。軍書羽檄亂如麻，一面將糧草押，一面將丁壯查。綸音指日出京華。那慕容知府呵，坐黄堂把大口頻誇，説道擒獲了一齊剮。〔宋江白〕賞他銀牌二面，再去打聽。〔僂儸應介，下。宋江白〕衆兄弟，我想殺了劉高夫婦，反了三將，那慕容知府怎肯干休，一定要申奏朝廷，發兵征剿，此乃意中事也。〔燕順、鄭天壽、王英白〕列位哥哥，且請放心，我山上兵精糧足，況且新添了許多虎將，官兵到來，教他一個個都是死。〔宋江白〕兄弟，不是這等講。這清風山雖則險峻，不過一隅之地，據守孤峰，終非善策，小弟到有個計較在此。〔衆白〕哥哥有何妙計？〔宋江白〕此去東南有個去處，地名叫做粱山泊，方圓八百餘里，中間宛子城、蓼兒洼，鼂天王聚集三五千軍馬把住着水泊，官兵捕盜不敢正眼兒覷他。我們竟收拾人馬去那裏入夥。〔衆白〕好便好，只怕没人引進，不肯容納。〔宋江白〕他與小可有舊，斷無不容之禮，諸位但請放心。〔衆白〕如此，我們明日收拾就走。〔合唱〕

【尾聲】這軍容真瀟灑，金鞭同指蓼兒洼。慕容知府呵，只好去射空山幕上鴉。〔下〕

# 第十九齣　母夜叉當壚鴆客

〔孫二娘上。唱〕

【數板】奴奴青春正二八，鬢邊斜插石榴花。不向金閨拋綉綫，當壚賣酒度年華。挽硬弓，騎劣馬，流星拐棍難招架。殺人好似天魔女，綽號有名「母夜叉」。〔白〕家住十字坡，鐵漢也難過。胖的包饅首，瘦的去填河。奴家孫二娘，丈夫「菜園子」張青，在這十字坡前開張黑店，物色天下英雄。天色將晚，怕有客商投宿的，不免把招牌掛出便了。〔唱〕把招牌十字坡前掛，看柳梢斜日促歸鴉。溪邊犬吠人聲雜，多應叫香柳娘處分花木瓜。〔貨郎上。唱〕貨郎兒搖鼓走天涯，愛蟬響深林噪落霞。酒帘兒竟是招商帕，迎門賣俏坐着女姣娃。思量命帶桃花煞，又過鈎魂攝魄家。〔白〕你看店門前坐着一個婦人，生得齊齊整整、風風月月，本待上前和他説句話，又恐旁人覷之不雅。有了，待我放下背箱前去問信。〔唱〕向前來施禮問賢達，你這裏可是餘杭阿母家。若容俺沽酒消長夜，一榻如乘天漢槎。〔孫二娘白〕我這裏是客店。〔貨郎白〕如此在這裏借住了。〔孫二娘白〕客官可有行李？〔貨郎白〕只有背箱一個。〔孫二娘白〕待我拿。〔唱〕小蜻蜓引入荷花下，還須活火細烹茶。〔貨郎白〕你看這個娘子與我拿背箱，又説烹茶我吃，着實有情得緊。爲什麼取茶不出來，想是裏面喝茶，待我進去。〔孫二娘上，白〕客官那裏去？〔貨郎白〕大娘子取茶不出來，故此往裏一看。〔孫二娘白〕在外邊吃。客官請坐。〔貨郎諢介。孫二娘唱〕進香茗來兜搭，君的仙鄉是那答？〔貨郎唱〕家住秦中朝邑縣，流落江湖把雜貨拿。〔孫二娘唱〕你萍梗飄流風月裏，蘭房應自嘆嗟呀。〔貨郎唱〕不幸荆妻傷玉碎，哎呀！大娘子嚇，〔唱〕提起來心癢苦難爬。我看你一人獨支拄，藁砧何處是根芽。〔孫二娘唱〕只爲繁霜凋夏緑，哎呀，客官那半床明月透窗紗。〔貨郎白〕怎麼説，大娘子也是守寡？〔孫二娘白〕正是。〔貨郎白〕虧你。〔孫二娘白〕虧我什麼？〔貨郎白〕虧你熬得住。〔孫二娘作害羞介，下。貨郎唱〕看他眉來眼去非無故，多應是别想抱琵琶。〔孫二娘暗上。貨郎唱〕若不是愛我潘安貌，爲甚繾綣多情似績麻。我本待上前説句知心話。〔孫二娘白〕客官什麼知心話？〔貨郎白〕大娘子，話到有一句，講出來又恐大娘子動氣着惱。〔孫二娘白〕奴家不惱。請講。〔貨郎白〕再告一個罪。〔孫二娘白〕禮太多了。〔貨郎白〕又道禮多不怪人。〔唱〕只得先將禮數加。可惜你鸞孤玉鏡空憐影，辜負三春陌上花。你若肯與我再綰同心結，我檢點青蚨即下茶。珠無價，玉無瑕，歡無那，我是乘龍佳婿信非誇。〔孫二娘唱〕你若不嫌奴質陋，滿將玉樹倚蒹葭。〔貨郎唱〕你一言既把絲蘿定，説什麼鸞鳳配烏鴉。〔孫二娘唱〕待取一壺春甕葡萄碧，管教你合巹杯翻似醉蝦。〔下。貨郎白〕我貨郎兒今日過東，明日過西，那想我的姻緣到落在這個飯店裏。大娘子取酒不出來，想是在裏面吃酒，我不免到裏邊去。〔孫二娘上。白〕客官那裏去？〔貨郎白〕大娘子取酒不出來，想是在裏面吃酒。〔孫二娘白〕外面吃酒，裏面睡覺。〔貨郎諢介。唱〕如今是你有家，我有家，千里姻緣綫不差。〔孫二娘作打貨郎介。貨郎白〕爲何打我一下？〔孫二娘白〕没有呀。〔貨郎白〕罷。〔唱〕這春宵一刻千金價，便做鬼風流話也佳。〔孫二娘又打貨郎介。貨郎白〕爲何又打我一下？〔孫二娘白〕我見客官行路辛苦，與你撻打撻打。〔貨郎白〕大娘子，你不要看輕了我。我們走江湖的人三脚猫兒，請教大娘子幾下。〔孫二娘白〕照打。〔貨郎作跌介。白〕還是吃酒。〔唱〕他打情罵趣要我新郎醉，怎霎時昏暈體酥麻。〔孫二娘唱〕笑呆包撞入迷魂陣，天鵝肉想殺癩蝦蟆。叫夥家快用開腸法。〔小夥計上。孫二娘唱〕怕天氣炎蒸，經時變鹵蝦。〔做殺貨郎下。孫二娘白〕小夥計，你們躲在地窨子裏，叫你方可出來。〔應介，下。孫二娘白〕你看那邊又有人來了，待我在門前坐地等他。〔張千、李萬、武松上。唱〕投宿店似歸家，那緑林深處酒望如飄瓦。你把行囊且放下，問逆旅主人可容下榻。〔李萬白〕我去打店。大娘子。〔孫二娘白〕做什麽？〔李萬白〕你們這裏是飯店？〔孫二娘白〕正是。〔李萬白〕我們三個前來睡覺的。〔孫二娘白〕哇！〔武松白〕店家，你這裏是宿店麽？〔孫二娘白〕客官看招牌，想是照顧咱。上房多潔浄，小房最幽雅。薄餅捲臘肉，烹的好細茶。客官宿一晚？〔武松白〕要多少銀子？〔孫二娘白〕紋銀只要二錢八。〔李萬白〕三錢也不多。〔孫二娘白〕臨行時送你三杯酒，陽關道上把名查。〔武松白〕領路。〔唱〕進門來，暗伺察。呀！怎弓箭刀鎗滿架插。〔白〕二位呀，此乃是個黑店。〔張千、李萬白〕怎見得？〔武松白〕兩旁有弓箭、器械。唤店家。〔孫二娘上。白〕做什麽？〔武松白〕唗！你這裏是黑店麽？〔孫二娘白〕怎見得？〔武松白〕爲何有弓箭、器械？〔孫二娘白〕哦。客官休得狐疑，我這裏離梁山不遠，是防家的器械。〔武松白〕迴避了嚇。〔唱〕俺名姓在天涯，休要睁着烏珠小覷咱。〔孫二娘上。白〕客官犯的何罪？〔武松唱〕你要問俺這行枷，俺是江湖上夜叉羅刹。〔白〕你店中賣的什麽東西？〔孫二娘白〕客官，都是有名色的。〔武松白〕報上來。〔孫二娘白〕客官容禀，〔唱〕十字坡算名家，肉香肥美酒流霞。往來的愛我饅頭大，案頭還有炙蝦蟆。我拭青樽一塊香羅帕，小座常開四季花。客官們今朝有酒今朝醉，夢裏鄉關隔海槎。〔李萬跌介。孫二娘下。武松唱〕他説夢裏鄉關隔海槎，可憐我英雄滿眼淚如麻。回首劍鋒除夙孽，孟州道上望巴巴。〔孫二娘上。唱〕你孟州道上望巴巴，何不把饅頭用過尋艼。〔武松白〕二位可喜吃饅首？〔張千、李萬白〕使得。取來。〔孫二娘作取介。下。李萬唱〕我垂涎，恕我先嘗罷。〔張千白〕二哥没有吃，怎麽你先吃了？〔李萬白〕我肚子裏餓了。〔張千白〕還讓二哥纔是。二哥請。〔武松白〕二位請。得罪了。〔唱〕我撲開細看還驚訝。〔白〕二位，真乃是個黑店。〔張千、李萬白〕怎見得？〔武松白〕内有人指尖在内。唤店家。〔張千、李萬唤介。孫二娘上。白〕做什麽？〔武松白〕你這裏是個黑店。〔孫二娘白〕怎見得？〔武松白〕内有人指尖。〔孫二娘白〕不信。〔武松白〕拿去看。〔孫二娘白〕客官，羊肉饅首賣完了，這是鴨子肉的。〔武松白〕爲何有人指尖？〔孫二娘白〕這是鴨子嘴。〔武松白〕小了。〔孫二娘白〕小鴨子嘴。〔武松白〕還有什麽？〔孫二娘白〕還有酒。〔武松白〕取酒來。〔孫二娘下。武松白〕二位休聽他花言巧語，此店慣用蒙汗藥酒，你我三人必須兩房安息。上房有事，下房答應。下房有事，上房答應。〔張千、李萬白〕曉得了。〔武松白〕喚店家。〔孫二娘白〕客官可用酒來。〔武松白〕我三人兩房安息。〔孫二娘白〕客官在上房。〔武松白〕他們呢？〔孫二娘白〕他們在下房。〔武松白〕掌燈領路。〔孫二娘白〕這裏來。〔武松作進門介。孫二娘白〕你們隨我來。〔李萬諢介，下。武松白〕嚇！看這婦人眉來眼去，定是個刁頭婦女，俺武二今夜必須隄防一二。〔孫二娘上。白〕小房兩個解差到還罷了，上房這個囚徒到有些難講。哎！憑你鐵金剛，難逃我母夜叉之手。〔做撬門介。打拳介。孫二娘下。武松追下。孫二娘又上。白〕小夥計那裏？〔小夥計上。白〕二娘有何吩咐？〔孫二娘白〕來了一個囚徒，甚是利害，與我擒來。〔孫二娘下。小夥計白〕哦。〔下。張千上。白〕嚇！二哥房中喧嚷，想是黑店。取了梢棍，幫他一肩之力。〔李萬上，諢科。拿拐子下。衆對棍棒介。完。孫二娘上。白〕當家的那裏？〔張青上。白〕綠林爲好漢，馬上作生涯。爲何大驚小怪？〔孫二娘白〕不好了。來了一個囚徒，甚是利害，打壞了。〔張青白〕看梢棍過來。〔孫二娘下。張青舞棍下。武松上。張青、孫二娘對棍完介。張青、孫二娘合白〕好漢留名。〔武松白〕俺武松，你是何人？〔張青白〕俺「菜園子」張青。〔孫二娘白〕奴家孫二娘。〔武松白〕原來是哥哥、嫂嫂，久聞大名，如雷灌耳。黑夜之間，多有得罪。〔張青白〕小弟不知是兄長，乞恕不恭，請後面聊備小酌，暢飲叙談。〔武松白〕請。

〔同唱〕

【尾聲】半世江湖稱義俠，險此兒同室操戈手滑。且和你滿酌三杯，嘗我新作鮓。〔下〕

# 第二十齣　小李廣飛箭解圍

〔衆僂儸引吕方持畫戟上。白〕平生仗義重山丘，力敵千夫本事優。十載有名傳四海，人人唤我「小温侯」。我乃吕方是也，祖貫潭州人氏，膂力過人，機謀出衆，愛使一枝方天畫戟，並無對手，因此江湖上都呼我爲「小温侯」吕方。只爲販賣生藥到山東地面，消折了本錢，難以還鄉，權且占住這對影山，聚集數百僂儸打家劫舍，雖然不是男兒漢下場頭，也不肯教小丈夫輕看取。近日有個壯士，公然要奪我的山寨，只得和他厮殺。看他本事不在我之下，今日再來一定要與他決個勝負纔好。〔僂儸白〕啓上寨主，那漢子本事高强，依小人之見，不如和他講和了，同住此山，更覺利害。〔吕方白〕哇！這厮胡言。自古道一山不容二虎，我決不肯讓他。〔唱〕

【四邊静】猙獰素具虎狼性，二虎難厮並。那漢忒無知，憑空逞强横。〔一僂儸上。白〕啓上寨主，那漢子又在山前大罵，叫我們速速搬去，如再遲延，寸草不留。〔吕方怒介。白〕好可惡。僂儸們，就此殺下山去。帶馬。〔衆應介。唱〕山禽乍驚，松風乍鳴，促鬭到山前，看取誰家勝。〔下。扮郭盛持畫戟上。唱〕

【又一體】平生膽惡如梟獍，誰敢相持稱。立意借他山，不比閒争競。〔白〕我乃嘉陵郭盛是也，只因生小愛使方天畫戟，又得本處兵馬張提轄的傳授，日漸精熟，人人都稱我爲「賽仁貴」。昨日黄河裏遭風打翻了水銀船，本錢罄盡，聞得此處對影山也有個使畫戟的，占住山頭，因此來奪占此山，以爲棲身之所。叵耐這厮本領與我不相上下，連戰數日，並無輸贏，今日務必要將他殺敗纔好，故此特到山前搦戰。呔！早些獻山，饒你一死。〔唱，合前〕山禽乍驚，松風乍鳴，促鬭到山前，看取誰家勝。〔吕方領僂儸沖上戰介。郭盛白〕呔！早些獻山，饒你一死。〔吕方白〕哇！胡説。你有何能，輒敢奪吾山寨。〔郭盛白〕俺的雄威誰個不曉，快快讓這對影山與我，方得干休。〔吕方白〕誰與你多講，看我手中器械。〔戰介，下。衆僂儸、頭目引宋江、花榮、秦明、燕順、王英、鄭天壽上。一僂儸打「收捕梁山」旗號上，花小姐車輛、金銀輜重隨上。唱〕

【駄環着】挈同儕就道，挈同儕就道，出谷遷喬，把蕞爾拋捐，向業然依靠。萬仞梁山天表，犖犖英雄，又是氣相投，聲相呼召。好比那擇林良烏，在穩處棲身安保。〔宋江白〕我等在清風山殺了正知寨劉高夫婦，誠恐官兵征剿，難以支撐，爲此衆兄弟商議，一同投奔梁山，以圖負固久安之計。前日秦明兄弟已與花小姐完婚，隨即焚燒山寨，裝載金銀輜重，扮作軍官，打起「收捕梁山」旗號，以防所經州縣盤詰。起程以來，且喜並無阻滯。〔衆白〕我等久慕鼂天王爲人豪俠，又喜梁山地居形勝，可以容納我輩，今日此舉，甚合衆意。〔宋江白〕迤邐行來，不知是何地界了。〔燕順、王英白〕已近對影山了。〔宋江白〕頭目過來，此處山道崎嶇，路徑龐雜，我等先往前途探聽，你們隨了花小姐車輛，押了金銀輜重在後緩緩而行。〔頭目應介。宋江白〕你看峰巒高聳，樹木蒙葺，好個所在也。〔衆望介。白〕便是。〔宋江白〕須索趲行前去。〔同行介。唱〕風光好，意氣豪，聽冉冉征途，語多歡笑。〔同下。呂方、郭盛沖上戰介。唱〕

【駐馬聽】兩戟頻交，和你決個雄雌在這遭。驀地裏蛟龍格鬬，貔虎相持，鳩鵲争巢。〔呂方白〕衆僂儸，一齊厮殺者。〔僂儸吶喊介。呂方唱〕饒伊插翅會騰霄，此番難把殘生保。〔郭盛白〕憑你有千軍萬馬，俺郭盛何足懼哉。〔唱〕幼習龍韜，寡能敵衆方得顯雄豪。〔戰下。僂儸引宋江等七人上。同唱〕

【駐雲飛】翠滴松梢，一片山光日影摇。瞥見峰巒好，〔内吶喊介。唱〕又聽兵戈繞。〔宋江白〕列位兄弟。〔衆應介。宋江白〕你聽何處喊殺之聲，我們到高阜處看來。〔同唱〕嗏。引領陟嶕嶢，穿林過杪，秀壑奇巖，宛似山陰道，眺望無窮景致饒。〔衆僂儸引呂方、郭盛殺上，擺勢又戰介。架住，各將畫戟上下按捺。衆僂儸吶喊圍繞介。兩戟按於地井上、地井中，暗將戟帶結介。呂方、郭盛紐結繞場介。宋江白〕二位且不必動手，我等都是江湖上好漢，見你二人争鬬。自古道：兩虎相争，必有一傷。不如解和了罷。〔呂方、郭盛白〕誰要你管閑事。〔宋江白〕那位賢弟與他們分解了纔好？〔花榮白〕待小弟射開戟帶，勸他兩下解和。〔宋江白〕如此甚好。〔花榮持弓箭唱〕

【攤破地錦花】向雲坳，發一點寒星小，射斷戟絛，管教他兩下開交。〔向中場射介。呂方、郭盛白〕

果然好神箭也。〔同唱〕神箭從空，把彼此和調，是天教，使羿射勸吾曹。〔同白〕願聞神箭將軍大名？〔花榮白〕吾乃「小李廣」花榮是也。〔指宋江介。白〕鄆城縣宋公明在此，理應各消忿怒，上前相見。〔呂方、郭盛白〕原來「及時雨」宋大哥到了，我等生平仰慕，今喜相逢，請下山崗，待我等拜見。〔宋江等下山崗介。宋江白〕二位英雄，且不必施禮，請問高姓大名，爲何兩下爭鬭？〔呂方白〕俺呂方，潭州人也，占據對影山久矣。〔指郭盛介。白〕他來强奪，故此相持。〔郭盛白〕俺郭盛，嘉陵人也，偶來此處，欲奪此山，連日交鋒，未分勝負，今遇宋大哥到此，願從指教。〔宋江白〕二位乃少年英俊，定非池中之物，何苦共戀此山。若依宋江愚見，郭兄弟也不必争奪，呂兄弟亦不必占據，聽我一言奉勸。〔唱〕

【皂羅袍】圖大還應棄小，論鯤鵬遠志，豈若鷦鷯。何須争取一枝巢，不如同往梁山好。〔呂方、郭盛白〕既蒙大哥指教，又喜各位英雄偕往梁山，我等情願追隨鞭鐙。〔呂方白〕且請大哥與衆豪傑上山，稍盡地主之情，明日燒寨起行便了。〔衆白〕妙嚇。果是英雄，十分爽快。〔宋江白〕還有花小姐車輛並金銀輜重在後。〔呂方白〕僂儸，快去迎接上山。〔衆僂儸應介，下。呂方白〕請。〔衆同行唱〕相逢傾蓋，宛同故交。晤言邂逅，一如久要。心孚志合稱同道。〔石勇持書上。白〕欲識英雄面，須憑尺幅書。自家石勇，與公明兄投送家書來到清風寨，聞得與諸家豪傑拔寨起行，故此趕來尋問。呀！　那邊一簇人馬，想必就是，不免問一聲。請問那一位是公明宋大哥？〔呂方、郭盛白〕此位就是。〔石勇叩頭介。白〕久慕大名，今方叩見，想殺小弟也。〔宋江白〕尊兄請起，請問尊兄高姓大名，爲何到此？〔石勇白〕在下姓石名勇，平生所慕，唯有大哥一人，特到尊府拜訪，不想大哥負罪在外。令弟四郎寄有家書，託我到柴大官人處尋覓，且又不遇，來到清風山，聞得與諸家豪傑拔寨起行，故此趕來尋問。〔吕方白〕既是宋大哥家書到了，請石兄同到山上，明日相贈金銀，以資盤費如何？〔石勇白〕咳！俺石勇渴想多年，今始相遇，當與宋大哥永遠相處，方遂吾願。〔宋江白〕既承賢弟盛意，可同我等前往梁山否？〔石勇白〕小弟願往。〔花榮等白〕妙嚇。片刻之間又得三籌豪傑，且同到山上，各通姓名，談論心胸便了。〔吕方白〕就請上山。〔同行唱〕

【又一體】各遂平生懷抱，看欣欣接武，喜動眉梢。何期此地遇賢豪，峰巒林樹添榮耀。〔作到寨介。吕方白〕各位英雄請上，受吕方一拜。〔衆白〕不必如此，大家同揖便了。〔同揖唱〕吾儕相遇，一言訂交，豈同庸衆，繁文絮叨。須把形骸脱略，總得心相照。〔石勇白〕四郎家書在此。〔宋江看驚介。白〕阿呀！兀的不痛殺我也。〔昏倒。衆白〕大哥甦醒。〔扶起介。宋江哭介。白〕我的爹爹嚇。列位嚇，我宋江本欲同往梁山，不幸先君棄世，五内如焚，即欲告辭奔喪去也。〔燕順、王英、鄭天壽攔住介。白〕前蒙大哥計議，焚燒山寨，投往梁山，如今大哥回去奔喪，我等與鼂天王從未識面，焉肯容留。〔宋江白〕我宋江荒迷哀戚之中，豈能同往，但衆兄弟無所依歸，吾心亦甚不安。也罷，只得權住一宵，待我燈下修封薦書，付與衆兄弟徑投梁山，我明早辭衆歸家便了。〔衆白〕多謝大哥。〔同唱〕

【尾聲】看同堂相對無歡笑。〔宋江唱〕揾不住盈盈血淚拋。〔衆唱〕且到後寨擎杯勸伊把煩悶消。〔同下〕

# 第廿一齣　老管營惜士免刑

〔施恩絡手上。唱〕

【生查子】意氣自雄豪，豈料遭兇暴。天地有窮時，此恨何時了。〔白〕鵬翮雖云鎩，扶摇志未忘。當思復仇計，誓滅此强梁。俺施恩是也，自幼習得鎗棒，膂力過人，俠氣如虹，目光如電，因此孟州人稱俺爲「金眼彪」。此處東門城外有箇快活林，山東、河北客人都來做買賣。俺領着百十個囚徒開一個大酒店，却也生意茂盛，財利亨通。不想被張團練的門下唤做蔣門神强占了去，又被他打傷吾臂，此恨怎消。昨日聞得解到一箇囚徒，乃是景陽岡打虎的武松，爲人仗義，十分英勇。俺爹爹現爲管營，少不得解到此間收管，且與爹爹商量結交了他，以圖報此仇恨。〔老管營内嗽介。施恩白〕爹爹出來也。〔老管營上。唱〕

【又一體】一命老青袍，也是蒙恩造。華髮已盈顛，壯志全消耗。〔施恩作見介。白〕爹爹拜揖。〔老管營白〕罷了。〔施恩白〕孩兒掙下快活林，平白地被蔣門神那廝占了去，心中不服，務要報仇。〔老管營白〕罷。他是張團練的門下，難與他争論，只索忍耐些兒罷。〔施恩白〕孩兒在孟州城中也算一個好漢，却被那廝耻辱，就死也要出這口氣。〔老管營白〕他的勢力甚大，教我也無計可施。〔施恩白〕孩兒聞得解到囚徒武松，爲人仗義，甚有勇力，若是爹爹饒了他一百殺威棍，待孩兒慢慢與他交好，拜爲弟兄報仇。〔老管營白〕這也有理。只索依你便了。〔牢子上。白〕啓爺，東平府解到配軍武松，請爺出堂發落。〔老管營白〕吩咐衆衙役，大堂伺候。〔牢子作應介，下。施恩白〕少頃見了武松，萬望爹爹留意。〔老管營白〕這個理會。〔施恩白〕請爹爹裏面更衣。〔老管營白〕欲求國士報。〔施恩白〕須把厚恩施。〔同下。張千上。白〕果是官差不自由，辛勤跋涉路悠悠。〔李萬上。白〕公堂嚴限須遵奉，水宿風餐敢逗留。〔張千白〕哥嚇，我們做公差的身在公門，那駈馳勞頓呢，不必説了。最怕的是解了犯人到遠惡州郡，遇着魑魅宿頭，即有性命之虞。〔李萬白〕便是呢，即前日在十字坡酒店中，若非武二哥英勇過人，將孫二娘打翻，則你我性命險些難保。〔張千白〕如今到了牢城營，已將公文投進，不免請武二哥上了刑具，當堂交割，領批回去便了。〔李萬白〕有理。〔向内唤介。白〕武二哥快來。〔武松上。白〕從來心磊落，不憚路崎嶇。〔見介。白〕二位，文書可曾投進？〔張千、李萬白〕已投進去了，此處是管營衙門首。〔包内出練扭介。白〕要請二哥把刑具上了，好進去見管營。〔上刑具介。張千、李萬白〕得罪，得罪。〔武松白〕一路多蒙二位寬鬆，如今是衙門規矩，理該如此。〔内喝開門介。張千、李萬白〕管營出堂了，須索伺候。〔衆牢子引老管營穿公服上。唱〕

【遶池遊前】管營雖小，也戴烏紗帽。一般有役人牙爪。〔坐公案介。白〕帶配軍武松過來。〔軍牢傳介。張千、李萬報門帶進。白〕配軍武松當面。〔老管營白〕開了刑具。〔衆應介。老管營白〕武松，你可曉得本營規矩，凡有配軍到此，先打一百殺威棍，你若叩頭求免，可以暫饒。〔武松白〕咳！俺武松呵，〔唱〕

【宜春令】身雖辱，氣自高，從不曾求人恕饒。〔老管營白〕這是舊例，十分利害，你怕也不怕？〔武松唱〕既稱舊例，任憑要打咱多少。〔老管營夾白〕你不要口内称强，還是求我的好。〔武松立起介〕咳！〔接唱〕況且是國法難寬。〔向衆軍牢介。白〕牢子們，〔唱〕你休得把人情賣了。〔自伏地上介。老管營佯怒介。唱〕快將他拖翻階下，與咱嚴拷。〔衆軍牢舉棍欲打介。武松不懼介。老管營背白〕果然是個好漢。〔向軍牢介〕且不要動手。〔唱〕

【又一體】他言顛倒，容悴憔，料應他途中病着。〔白〕武松，〔唱〕憐你奔波潦倒，把殺威制棒權停了。〔武松接唱〕記下時割肚牽腸，倒不如當時消繳。〔老管營向軍牢介。白〕衆軍牢，〔唱〕試聽他胡言亂語，果是病軀狂躁。〔白〕且把武松帶到單身房去解子，明日領回批。〔衆應介。老管營白〕吩咐掩門。〔張千、李萬白〕武二哥，一路來伏侍不周，我們明日就要告别了。〔武松白〕多蒙二位照看。〔各隨口白。同下。老管營出座介。施恩上。白〕孩兒方纔在堂後看見，武松果然是個大英雄。〔老管營白〕我將言語唬他，他全不哀求，又欲打杖，他竟毫無懼色，實是難得。〔施恩白〕孩兒即遣家丁打掃潔浄卧室，請他安歇，再遣人送酒飯供待他。改日與他相見，將恩義去結交他便了。〔老管營白〕有理。〔施恩白〕何幸今朝得英俊。〔管營白〕果然實可副其名。〔施恩白〕相逢猶恨相知晚。〔合〕款曲殷勤須盡誠。〔同下〕

# 第廿二齣　新都頭獲兇刺配

〔趙能、趙德上。同唱〕

【六幺令】身充壯健，但入公門，便爾迍邅。把昔年舊案作新掀，逋逃客，有誰憐。〔同白〕我們乃鄆城縣都頭趙能、趙德是也。〔趙能白〕好笑新任太爺把宋江殺死閻婆惜的命案着在你我身上，緝捕兇身，到受了幾限棒。〔趙德白〕那宋公明平惜雖然仗義，可恨他把你我不看在眼内，今日奉公差遣，正好拿他出氣，只是没處捉獲，怎麼處？〔趙能白〕如今有些蹤跡了。〔趙德白〕怎見得？〔趙能白〕有人傳説宋江將次還家，我等須要用心捉獲。〔趙德白〕若果然是他，你我兩人恐非敵手，須要稟明縣主，帶些土兵拿他，方爲停當。〔趙能白〕這個自然。〔宋江内哭介。趙德白〕你看那邊來的黑漢子，正是宋江。〔趙能白〕且不可動手，快去稟知本官便了。〔同唱合〕聲音狀貌無差遠，聲音狀貌無差遠。〔同下。宋江哭上。唱〕

【十二紅】【山坡羊】〔首至四〕哭哀哀痛心如剪，急煎煎歸心難遣。路迢迢不顧昏朝，意慌慌一似離弦箭。〔白〕我宋江忽聞父親身故，辭衆奔喪，一路行來，風餐水宿，且喜離家不遠了，不免緊行幾步。〔哭介〕我的爹爹嗄。〔唱〕【五更轉】〔六至末〕想臨別時步履强，精神健，誰知去難重見，好教我黯黯神傷，悽悽悲怨。〔到介。白〕來此已是自家門首，不免徑入。〔宋清上。白〕安閒娛歲月，温飽務農桑。〔見介。白〕哥哥回來了。〔宋江哭介。白〕阿呀！兄弟嚇。不料爹爹棄世，如今靈柩停在那裏？〔宋清白〕哥哥請免愁煩，爹爹在家無恙。〔宋江白〕如此説來，這個訃音是那裏來的？〔宋清白〕待我請爹爹出來，便知分曉。〔向下場請介。白〕爹爹有請。〔宋太公上。白〕精神多矍鑠，懷抱少營謀。〔宋清白〕哥哥回來了。〔宋太公白〕我兒在那裏？〔宋江膝行哭抱介。白〕阿呀！爹爹嚇。〔唱〕【園林好】（首二句）乍相逢猶如夢懸。〔拭眼看介〕分明在嚴親膝前。〔白〕石勇寄到家書，内具爹爹不利之言，孩兒讀之肝腸寸斷，〔唱〕【江兒水】（六至末）因此跋涉長途回轉。〔白〕如今爹爹呵，尊體安康，這信息教兒難辨。〔宋太公白〕你且起來。〔扶起介。宋江白〕爹爹，快説與孩兒知道。〔宋太公白〕自你出門之後，我終朝思想，因你平日相識過多，恐懼罪而入匪類，故命汝兄弟假報訃音，激汝歸家。況且你的罪名已經逢赦減等，料無大罪。〔唱〕【玉嬌枝】（首至四）故將書寄遠，望你早歸家，吾心快然。〔宋清夾白〕哥哥，〔接唱〕非吾敢把虚言騙，遵嚴命只得從權。〔宋江白〕原來如此。〔作笑〕我好快活也。〔唱〕【五供養】（五至末）啼痕未捐，忽地舒眉歡忭。〔同唱〕天倫饒樂事，從此免縈牽。〔宋江拜介。唱〕門内欣欣，今已後晨昏厮見。〔宋太公、宋清隨口白介。趙能、趙德引衆士兵上。唱〕【好姐姐】（首至二）唧冤脱逃邦憲，累我輩公堂責譴。〔白〕打進去。〔見宋江介。白〕在這裏了。〔套鍊子介。唱〕【五供養】（五至末）疾忙捉獲，趁早報完前件。〔宋太公、宋清白〕是誰擅敢拿人？〔趙能、趙德白〕我們是縣裏都頭。〔指宋江白〕他殺了閻婆惜逃走在外，累我們逢限責比。〔唱〕今日惡貫須當滿，返家園，急須鎖扭受拘攣。〔捉宋江下。宋太公作驚慌介。白〕這是那裏説起。〔宋清白〕待我扶了爹爹，就到縣前去。〔宋太公作懊悔介。白〕咳！早知今日事，何苦喚兒歸。〔同下。宋江鎖扭二解差上。宋江唱〕【鮑老催】（首至六）楚囚淚漣，傷心哽咽泣斷猿。〔二解差接唱〕無由搭救空見憐。〔一解差白〕咳！這是押司的命運淹蹇，遇着新任太爺十分執法，那趙能、趙德又是無知之輩，故此胡亂拿人。〔又一解差白〕方纔在堂責打之時，凡係舊交，無不嗟嘆。〔二解差同白〕奈我輩無力可施，甚覺不安。〔宋江白〕此乃吾罪應該，不必説了。但是方纔呵，〔唱〕有何顏面，受笞鞭，愧怎言。〔宋太公、宋清急上。接唱〕【桃紅菊】（三至四）步踉蹌不顧危顛，步踉蹌不顧危顛。〔見宋江介。宋清白〕這縣前站的是哥哥。〔宋太公白〕呀！〔唱〕【川撥棹】（二至六）見他身作羈囚使吾雙淚泫。〔各見哭介。宋太公白〕阿呀！兒嚇。太爺如何問了，就是這般光景。〔宋江白〕爹爹不須悲泣，幸喜本縣大爺遵赦減等，不致抵命。〔宋清白〕到底問何罪名？〔宋江白〕方纔脊杖四十，刺配江州，立限起身了噓。〔宋太公、宋清作哭介。白〕纔得相逢，又要遠別。〔宋太公白〕這都是我年老昏憒，喚你回家，以致如此。咦！〔唱〕自恨我把假訃虛傳，自恨我把假訃虛傳，致兒曹身罹罪愆。〔二解差、宋江、宋清同勸介。接唱〕不須得增懊惋。【僥僥令】（二至末）總是命迍邅，聚散人生原無定，且自寬心慰老年。〔宋太公向二解差白〕只求二位方便，同到舍間，使我一家骨肉安慰一番，準備盤纏相送起程。〔二解差白〕我們乃是押司舊交，不比趙能、趙德無知之輩，憑他官府嚴限，我們只管用情便了。〔宋太公白〕多謝，就請同行。〔二解差扶宋江同行。唱〕

【尾聲】在他鄉刻刻把親闈戀，誰想又向天涯抛故園，從此離情有萬千。〔同下〕

# 第廿三齣　兩處人雄歸虎寨

〔衆僂儸、頭目引劉唐、林冲上。同唱〕

【玉嬌枝】赳赳驍勇，踞梁山揚威逞雄。潢池要把兵戈弄，管甚麽國法難容。〔林冲白〕劉大哥。〔劉唐應介。林冲白〕近日探聽得大隊官兵打了「收捕梁山」旗號前來征剿，我等奉軍師之命，在要路埋伏，俟彼來時，即便奮勇截殺。〔劉唐白〕前者黄安領兵到此，殺得他片甲不回，如今來的官兵，少不得也是納命的了。〔林冲白〕雖然如此，也要用心迎敵。〔劉唐白〕林大哥言之有理。衆僂儸。〔應介〕吩咐偃旗息鼓，就此埋伏者。〔衆應介。同行唱〕向深林密箐去藏跡，這神機妙算須遵奉，破官軍易如發蒙，看奇兵立時建功。〔同下。衆僂儸、頭目引花榮、秦明、黄信、燕順、王英、鄭天壽、吕方、郭盛、石勇上。同唱〕

【普天樂】散晨光，林巒迴，事長征，程途永。經幾度宿水餐風，喜梁山早露高峰。〔衆分白〕我等指望與宋大哥同上梁山，誰想他中途聞訃辭衆歸家，只得帶了薦書，一同前往。來此已近梁山泊，故將收捕旗號撤去，大家攢行。〔同行唱〕看高山峭聳，行行指顧中。樹色嵐光，果是鬱鬱葱葱。〔劉唐、林冲引頭目、僂儸從下場門衝上。白〕嘚！何處官兵，敢來剿捕，認認梁山好漢。〔欲戰介。花榮架住

介。白〕住了，好漢不可動手，我等並非官兵，因恐途中盤詰，故爾託言收捕梁山，今有宋公明薦書在此。〔秦明等同唱〕

【剔銀燈】藉鱗鴻傳投寨中，因我輩素欽威重。故兼程涉遠來尊奉，歸水泊與英豪厮共。〔劉唐、林冲同白〕原來如此。〔唱〕羣雄幸今朝過從。〔劉唐白〕林大哥。〔唱〕須辨取音書一封。〔花榮遞書介。劉唐接看，白〕果是宋大哥的薦書。〔林冲白〕何以得知？〔劉唐白〕前者寨主差我送金子與他，他寫回書答謝，雖然我不認得字，這花押却與前番是一般的。〔林冲白〕還是劉大哥粗中有細。〔劉唐白〕咱就將此書傳達寨主。〔向林冲介。白〕林大哥，領了衆位上山便了。〔林冲白〕有理。〔劉唐持書下。花榮白〕還有舍妹車輛併金銀輜重在後。〔林冲白〕頭目過來。〔頭目應介。林冲白〕速到酒店中，上覆朱大王前去迎接，一面準備船隻，在金沙灘伺候。〔頭目應下。林冲白〕請各位英雄同上梁山。〔衆白〕請。〔同行唱〕

【普天樂】繞花溪，經麥隴，過煙磴，穿雲洞。雖則是草野潛蹤，樂天然幽境重重。〔合前〕看高山峭聳，行行指顧中。樹色嵐光，果是鬱鬱葱葱。〔同下。阮小二、阮小五、阮小七、杜遷、宋萬、公孫勝、吴用、劉唐、鼂蓋作上山崗介。同唱〕

【剔銀燈】薦羣賢作爲股肱，越顯得故人情重。似茂林修竹招鸞鳳，樹風聲把人心歆動。〔鼂蓋白〕多蒙公明兄薦引清風寨諸名將併清風山、對影山諸豪傑前來匡濟，方纔看了薦書，不勝欣喜，爲此即向山前高岡之上遥接羣賢，以顯誠敬之心。〔吴用、公孫勝白〕足見寨主敬禮賢豪，故爾人心嚮慕。

〔鼂蓋白〕劉兄弟。〔劉唐應介。鼂蓋白〕你速將此意傳與新來豪傑，你同林兄弟好生引領上山，待等諸位過了金沙灘，即遣僂儸前來報知，以便率衆迎接進寨，不得有違。〔劉唐應介，下。鼂蓋等同唱〕喜英雄來入彀中，須盡禮使四方景從。〔衆僂儸、林冲引花榮等上。同行唱〕

【普天樂】宛子城，朝霞拱，蓼兒洼，清泉涌。早望見一片空濛，金沙灘日照曈曨。〔劉唐急上。白〕各位英雄慢行。〔衆停住介。劉唐白〕寨主有令。〔林冲白〕有何號令？〔劉唐白〕方纔寨主看了薦書，十分歡喜，諸位皆天下豪傑，故同軍師與「一清先生」向山前高岡之上遥接衆賢，以顯誠敬之心，命我與林大哥好生引領上山，待過了金沙灘，即遣僂儸報知，寨主還要率衆迎接進寨哩。〔花榮等白〕多蒙寨主盛情，何以克當。〔劉唐、林冲白〕就此同行。〔衆同行唱。合前〕看高山峭聳，行行指顧中。樹色嵐光，果是鬱鬱葱葱。〔同下。僂儸報上。白〕啓上寨主，新來好漢已過金沙灘了。〔鼂蓋白〕傳令寨中，隨我到灘前迎接，一面準備酒筵，與衆好漢洗塵。〔僂儸應介。鼂蓋等下山崗。同唱〕

【尾聲】向筵前親自把金罍奉，盡都是著海内的超羣義勇，佇看取説劍談兵滿座中。〔同下〕

# 第廿四齣　全彪驍傑展龍韜

〔白勝持令旗上。白〕縲絏羈身喜脱逃，此生濟拔藉賢豪。今來許列羣英末，好比鷹鸇託鳳巢。俺白勝只因劫了生辰綱，被濟州府拿去監在獄中，受了無限苦楚，多蒙寨主差人上下打點，得以寬鬆，故能越獄而逃。來到此間又蒙寨主收録，此恩此德，感之不盡。昨者有宋公明薦到花榮等九位豪傑同來聚義，俺寨主十分歡喜，隨即迎至寨中擺酒洗塵。今早又大排筵宴，款待已畢，恰遇今日乃本寨操演之期，俺寨主在席間傳令，派下新舊弟兄，率領新舊僂儸同往山前操演比勢，一來要顯本寨的威風，二來要觀新到的弟兄本領，故此先着俺在山前伺候。如今寨主將到，須索小心迎接者。〔暫下。衆僂儸、頭目引鼂蓋、吴用、公孫勝、宋萬、朱貴、阮小二、阮小五、燕順、鄭天壽、黄信、郭盛、石勇上。同唱〕

【北夜行船】今日個心歡和意愜，把觥籌暫爾停設。向翠擁山前，砥平原上，齊看取衆熊貔一行行排列。〔燕順等白〕我等多蒙寨主容留，又蒙開筵款待，何以克當。〔鼂蓋白〕諸位皆有名豪傑，又是公明兄舉薦而來，理宜祗敬。〔白勝上，禀介。白〕啓上寨主，花榮、林冲等共新舊弟兄八人，謹遵寨主之令，各帶新舊僂儸伺候開操比勢。〔鼂蓋白〕既如此，同上山岡觀看者。〔衆白〕寨主請。〔同行上山岡介。

唱〕

【銀漢浮槎】這峰巒嶭業，看巍巍真與層霄接。〔同向前〕雲樹煙林把危磴躡，俺可也身居翠靄中，〔向下望介。唱〕只見他布刀鎗勇氣嗶嗻。〔鼂蓋白〕吩咐開操。〔白勝向下展令旗介。白〕吩咐開操。〔內鑼鼓介。花榮引僂儸各持大刀上，林冲引僂儸各持片刀上，同比勢介，下。鼂蓋等同唱〕

【慶宣和】這的是萬點寒霜一片雪，冷颼颼向巖下飛越，待與那瓊海銀河鬪光潔。這兵威耀也耀也。〔內鑼鼓介。秦明引僂儸各持雙斧上，劉唐引僂儸各持雙刀上，同比勢介，下。鼂蓋等同唱〕

【落梅風】揮巨斧，抽身掣，舉鸞刀，全體遮。兩邊廂逞雄爭傑，更誰能降心甘示怯，真個是虎虓彪劣。〔內鑼鼓介。呂方引僂儸各持戟上，杜遷引僂儸各持鎗上，同比勢介，下。鼂蓋等同唱〕

【風入松】只見那椿喉駐景莽龍蛇，萬千條練影向空斜。一霎裏林巒四處點霜雪，把青青草色全遮。怒蛟般橫行奡傑，攪得那滄海騰決。〔內鑼鼓介。王英引僂儸各持藤牌上，阮小七引僂儸各持短棍上，同比勢介，下。鼂蓋等同唱〕

【撥不斷】齊把那棍來揭，牌去遮，似鄧林般攢住千江月，奮勇爭先逞便捷。鬧轟轟爆雷聲震山林也，黑漫漫暗塵飛野。〔內鑼鼓介。花榮、林冲、秦明、劉唐、呂方、杜遷、王英、阮小七各持兵器引僂儸上，大戰介。戰畢同擺勢。唱〕

【離亭宴帶歇拍煞】非是俺弟兄行驀地裏尋戈鉞，端只爲奉雷霆軍令要爭雄傑，一霎兒兵交刃接。鬧洶洶怎隄防，氣昂昂誰伏帖，急攘攘施威烈。長戈挽落暉，利劍飄寒雪，猛可的愁雲滿野。〔衆站立兩旁介。鼂蓋白〕妙嗄。果然新舊弟兄武藝高强，兩下僂儸隊伍整肅，俺梁山可爲僥倖也。〔衆白〕全仗寨主之福。〔燕順等白〕我等看了半日，十分技癢。〔鼂蓋白〕且等下次操演，再當比勢便了。〔向衆介。白〕我們同回寨中，重整筵席，以盡今日之歡。〔衆白〕多謝寨主。〔鼂蓋白〕衆僂儸，擺齊隊伍回寨者。〔衆應介。内吹打。鼂蓋等下山岡介。衆擺隊伍行唱〕今日個有意辨雌雄，平心分勇怯，着眼觀優劣。似燕齊稱等倫，如魯衛無差別。逗的貔虎把雄威奮掣，凛凛的騰殺氣尚横空，慢慢的舉飛觴共醉月。〔同下〕

# 第五本

## 第一齣　梁山泊要劫宋江

〔扮僂儸、扮八頭目引鼂蓋、吴用、公孫勝、林冲、劉唐、花榮、秦明、燕順、黄信、吕方、郭盛上。合唱〕

【園林好】莽男兒不爲世容，且做箇蟠泥困龍。漫嫌咱猙獰面孔，别具有好心胸，别具有好心胸。〔分白〕坐擁强兵據一方，天空海濶任翱翔。英雄不受人拘束，且作逍遥化外王。〔鼂蓋白〕我鼂蓋聚義山中，揚威宇内。此日縱然剽劫，不同鼠竊之流；他時若得飛騰，終遂鷹揚之志。欲幹掀天事業，須招蓋世英雄。前者宋公明糾合清風山衆好漢，本欲一同到此相聚，不意中途聞訃回去奔喪，後聞得宋太公未死，因假託訃音，速其歸家。〔吴用、公孫勝白〕不想公明到家之日，因殺死閻婆惜命案未結，被縣官差人拿去，脊杖四十，刺配江州。〔鼂蓋白〕我想公明兄遭此横事，理宜搭救，以報昔日之恩。〔吴用、公孫勝白〕已打聽得公明兄起身解往配所，今日必從山下經過，惟有劫其上山，一同聚義。〔衆白〕妙嗄。若得公明兄到此，大慰我等之願。〔鼂蓋白〕花知寨、劉兄弟，汝二人可往要路守候，俟宋大哥到來，即便劫上山寨，不得有違。〔花榮、劉唐白〕得令。〔下。鼂蓋白〕頭目們，帶領僂儸在金沙灘艤舟相待，合寨頭領俱要在山前迎候，到時即爲通報。〔衆應介。鼂蓋、吴用、公孫勝白〕大海蛟龍頭角變。〔衆白〕深山虎豹爪牙張。〔同下。二解差持棍負包押宋江帶鎖扭上。宋江唱〕

【又一體】惡愁煩不舒的面容，苦奔馳難停的脚蹤。〔白〕我宋江遠配江州，前日在家起身，一路來棒瘡疼痛，兼之道途勞頓，好難禁受。〔解差白〕押司，天氣漸晚，趕到前途，好尋宿店。〔扶宋江行介。唱〕望落日行人驚恐，天慘淡路蒙叢，天慘淡路蒙叢。〔花榮、劉唐各持兵器上。唱〕

【江兒水】不奪三軍帥，單迎一世雄。爲他義聲四海當欽重。〔白〕呔！不要走。〔解差驚介。白〕阿呀！不好了。〔花榮白〕哥哥受了苦了。〔劉唐踢倒解差，開鎖扭介。白〕要你這兩個狗頭做什麽。〔欲殺介。宋江攔介。宋江白〕他們是奉公差遣，與彼何涉。〔劉唐白〕既是宋大哥相勸，權且饒你。〔花榮、劉唐白〕鼂寨主聞得哥哥刺配江州，故着我等在此守候，邀請上山。山寨内衆頭領呵，〔唱〕雲天高誼常稱頌。〔宋江白〕塵埃小吏，何足掛齒。慚愧，慚愧。〔花榮、劉唐唱〕説什麽塵埃小吏多惶恐。〔白〕哥哥請。〔行介。宋江唱〕暫趨向寨門陪奉，怕相見匆匆，訴不盡我牢騷千種。〔同下。林冲、秦明、燕順、黄信、吕方、郭盛同衆扮阮小二、阮小五、阮小七、王英、鄭天壽、杜遷、宋萬、朱貴、石勇、白勝上。合唱〕

【五供養】歡聲喧哄，迎迓英雄，揖遜雍容。多時勞寤寐，此日快相逢。〔分白〕我等奉寨主之令，齊集山前迎接公明兄，以顯恭敬之心。適纔僂儸來報，宋大哥將次到山，須索迎上前去。〔行介。合唱〕還當足恭，景仰他人中麟鳳。孝義聞天下，俠烈播寰中。〔花榮、劉唐引宋江上，解差隨上。宋江唱〕深感逢迎，故人情重。〔見介。林冲、秦明等白〕喜得公明兄來了。〔向内介〕寨主有請，公明兄到來了。〔鼂蓋、吴用、公孫勝上。白〕公明兄在那裏？〔見介。白〕阿呀！公明兄。〔衆合唱〕

【玉嬌枝】把斯人磨礱，大乾坤曾無地容。〔白勝白〕你兩個且到那邊去，呼唤再來。〔解差諾諾介，下。鼂蓋與宋江揖見介。衆合唱〕升階握手渾疑夢，再不想恁地遭逢。〔宋江白〕得晤群英，大慰平生之願。〔鼂蓋白〕公明兄，〔唱〕你千金結客名望隆，一朝得衆威嚴重。請居尊惟祈俯從，請居尊惟祈俯從。〔宋江白〕寨主如此説來，使宋江驚惶無措，不要説是首位，即廁於末席，亦斷斷不敢從命。〔鼂蓋等白〕這却是爲何？〔宋江白〕念宋江身在公門，偶然犯法，他日天恩赦免，或者遇有上進之日。〔唱〕

【川撥棹】論將相原無種，在男兒當奮勇，但一時命舛途窮，但一時命舛途窮，想他年名鐫鼎鐘，戰沙場好建功，定天山早掛弓。〔衆喜介。白〕宋大哥這些議論甚正，使我等中心悦服，今日斷不敢屈留，但求在此盤桓幾日，少盡我輩敬心。〔吴用白〕公明兄，此去江州客途想無熟識，我有一好友名唤戴宗，現充兩院押牢節級，爲人仗義，我當修書帶往，囑其照看。〔宋江白〕多謝軍師。〔鼂蓋、吴用、公孫勝白〕請至後寨寬坐暢飲，少申斯些之敬。〔宋江白〕多謝寨主。〔衆白〕請。〔同唱〕

【尾聲】致殷勤盡争説交情重，鬧攘攘遮擁得茵嘉賓没縫。〔宋江白〕寨主、衆頭領。〔鼂蓋等白〕公明兄。〔宋江唱〕和你一醉交情歡更濃。〔衆讓下〕

## 第二齣　醉打蔣忠還舊業

〔賽花上。唱〕

【數板】風流慣作倚門妝，新學當壚坐櫃房。誰家惡少太輕狂，笑指銀瓶索酒嘗。我十指纖纖能寫賬，嗏，情眼兒睃他賣俏郎。〔白〕奴家賽花，本是平安寨中妓女，被蔣門神奪來做妾，教俺日間掌櫃，夜間專房，十分受用。今日他往前村債户人家吃酒去了，教俺用心照管門面。六懷那裏？〔丑扮六懷上。白〕來了。〔唱〕

【數板】煙薰火燎一身油，兩脚如飛慣跑樓。聲音響喨記性兒有，紙花兒塞滿圍裙口。混賬行子給氣受，嗏，我就悄没聲飛與他兩壺酒。〔白〕大奶奶，叫六懷做什麼？〔賽花白〕爺出去了，你們把鋪子擺設，掛上幌子，好接待客人，不要憨兒不吞的。〔唱〕

【吹腔】雪花飄蕩空中下，來來往往是客商。兒夫英名傳天下，打盡了天下才郎。〔六懷白〕大奶奶，你只知其一，不知其二。今日早起起來，看見是個假陰天，咱們這個鋪子裏的本兒輕麽，一通條下去，四五十兩呢。〔賽花白〕我且問你，今日還賣得東西賣不得東西？〔六懷白〕大奶奶，成心要開鋪子教給我。 龍江把肉下在鍋裏，四海把火通開，打雜兒的把幌子掛上。〔雜扮夥計上，虛白介。 賽花白〕到底是我們六懷活吵多着呢。〔六懷虛白介。 賽花白〕我對你説，我們做買賣的人要忍耐些，若有吃酒醉了的，我們讓他些，遶來遶去，不過要賺他們幾個錢。〔六懷白〕這個自然。〔賽花白〕六懷嗄，買賣興隆通四海。〔六懷白〕財源茂盛達三江。〔各下。 南京人、山東人、陝西人、聾老兒上。 白〕勸君更進一杯酒，與你同消萬古愁。〔相見介〕請了。〔陝西人〕這位南相公爲什麽眼上帶着罩子？〔南京人白〕甚子説話，我學生是金陵名士，天生的兩隻文人短視眼，所以借此鏡光而觀焉。〔陝西人向聾老介。 陝西人白〕不知説的是什麽，你可懂得？〔聾老白〕他並没有説話。〔向山東人白〕這位爺好衣服。〔山東人白〕咱是新捐的通判，生性好穿件邊式衣服兒。〔南京人揖山東人介〕失敬。 老先生將來奉拜，有拙刻的試卷詩文呈教。〔山東人白〕那樣打抽豐的東西咱不要他。〔陝西人白〕不要勞叨了，前面一個好酒店，大家跟老子進去呷燒刀子去。〔入店介。 南京人白〕豈有此禮。 人將禮樂爲先，學生在此鞠躬如也，他竟坐而受之，其或亦近視眼乎，然而未必矣。〔陝西人白〕好厭氣。〔各坐介。 聾老白〕四海快來。〔六懷上。 白〕來了。〔南京人白〕我相公是文人，要吃個清趣東西。〔六懷白〕咱們只有青螺，没有什麽青蛆。〔南京人白〕咳！ 此乃不可與言之人也。 罷，你煮碗黄牙菜來罷。〔山東人白〕就是燒羊肉蒜泥白煮肚兒罷。

〔醉漢上，諢介。 六懷作吆喝下。 衆人吃酒、猜拳諢介。 武松醉行上。 唱〕

【侉腔】剛腸熱，壯氣豪，提葫蘆，半醺了，去尋紅杏枝頭鬧。〔白〕俺武松適才同施恩兄弟一路行來，逢一酒店便飲三大碗，走過了十數處，却吃得十分爽快。來此已是快活林，着他領了衆人走開去，獨自前來行事。〔人介〕呔！取酒來。〔六懷送酒介。武松飲介。白〕呸！這酒不好。〔擲杯介。南京人白〕其爲氣也，至大至剛。〔欲走，各虛白介。賽花上，虛白介。六懷送酒介。武松白〕櫃上這個粉頭倒也看得，過來陪俺的酒。〔南京人白〕是何言歟，是何言歟！〔賽花白〕啥？老娘家裏不是好惹的，你敢來撒酒風。〔六懷白〕真個的離胡了。〔武松白〕呔！俺就撒野何妨。〔擲壜打賽花，衆驚諢介。賽花接壜打武松，武松接壜打六懷介。跌倒作忍痛下。衆各處藏躲抖怕介。賽花逃下。武松渾打衆介。南京人藏桌下，衆驚殺下。武松取桌櫈拋打介。唱〕

【耍孩兒】琉璃鍾，琥珀濃，珍珠槽，清若空，似醴泉出地波齊湧，掀開皮閣倒屏風。碎却烏几翻瓷瓮，似維摩方丈天花迸。〔賽花引衆小夥各持棍上。接唱〕笑醉漢胡來搬弄，母門神怎肯放鬆。〔衆打武松，武松舉櫈打衆人下。武松白〕呀！且喜蔣門神不在家中，我且打到後店去便了。〔下。南京人桌下爬出介〕打到後店去了。這個匹夫好勇鬬狠，其横逆猶是也。一朝之忿，亡其身以及其親，則足以殺其軀而已矣。這個匹婦，男女授受，尚且不親，而況殺人以梃乎。酒錢只好明日送來，不可在此受無妄之災，毁傷身體髮膚，使社友們絶交。快走，快走。〔急走欲下，復轉上介〕豈有此理。寧可濕衣，不可亂步。〔摇擺下。蔣忠領衆徒弟上。唱〕

【耍孩兒】村舍裏，飲香醪，印子錢，一一討，土娼家睡了個風流覺。〔白〕咱蔣門神自從倚着張團練的威勢打了施恩，奪了快活林，搶來妓女做渾家，制伏鄉愚爲僕隸，好不得意。徒弟們，將拳棒操演一回。〔各耍拳棒介。合唱〕老師徒弟武藝高，算計精明運氣好，開門日進錢與鈔。〔六懷跑上。唱〕打的俺抱頭鼠竄，叫救命把主翁來找。〔作見介。蔣忠白〕爲何這等模樣？〔六懷白〕不好了，不好了！不知那裏來了個醉漢，把粗細傢夥都打了個粉碎，把奶奶撻了個扁飽。爺快去救奶奶罷。〔蔣忠白〕有這等事。徒弟們，就此前去。〔蔣忠澆場下。武松追賽花下，即持假女身上倒插酒缸內。蔣忠領衆上，混打介。衆小夥追武松，混打，衆走下，踢蔣忠倒地，踹住介。唱〕

【耍孩兒】狻猊猛，不怕虎豹兇，肉在几，鱉入瓮，飛蛾性命燈前送。〔蔣忠白〕你是什麼人？〔武松唱〕景陽崗上打大蟲，舊日都頭名武松。則問你門神可比得三軍勇。〔蔣忠白〕有眼不識好漢，只求饒了狗命。〔武松提出女身擲下，衆小夥搶接擡下。施恩引衆上。唱〕聽哀告聲出林中，多應去惡除兇。〔蔣忠白〕只求施大爺開天地之恩，勸武爺饒了我性命。〔武松白〕饒你狗命不難，須要依我三件。〔蔣忠白〕依依依。〔武松白〕第一件，要你把酒店讓還原主，一應財物不許擅動。〔蔣忠白〕依得。〔武松白〕第二件，你連夜急走他鄉，不許在此擔擱。〔蔣忠白〕依得。〔武松白〕第三件，須要向施大爺叩頭陪禮，不許面有怒色。〔蔣忠白〕依得。〔武松放介〕暫且饒你。〔蔣忠唱〕

【耍孩兒】羞慚臉，没處揣，忍怨氣，倒身拜。〔拜施恩介。施恩扶介。施恩白〕思量前日你真歪儱。〔蔣忠唱〕現在銀錢單上載，賒去欠賬簿上開。器物打碎了你休怪。〔施恩白〕饒你去罷。〔六懷上，虛白介。蔣忠下。施恩向武松揖介〕今日復恢舊業，顏面生光，皆賴哥哥之力也。〔武松白〕些須小事，何必致謝，你先去撿點銀錢，盤算賬目，明日從新開張便了。〔施恩白〕哥哥一點酒意都没了，何不洗盞更酌。〔武松白〕待回去與老伯一同吃杯喜酒罷。〔施恩白〕使得。家丁過來，你每在此看守店面便了。〔衆應介。合唱〕看一時打奪回來，喜門户頓生光彩。〔同下〕

## 第三齣　贈金薛永惹閒非

〔宋江同解差上。唱〕

【小桃紅】曉風殘月竄遊魂，盼不到潯陽郡也，則我這九迴腸似寒江雪練九條分。〔白〕我宋江自從別過了梁山衆位兄弟，一路上早行夜宿，又走了半個多月路程，不知到江州還有多少路。〔解差白〕押司放心，過了這揭陽嶺便是潯陽江了，到江州只有一水之便。〔宋江白〕難得你們兩個，一路多承照看，我宋江委實不安，只要早些到了，你兩個也好及早回去。〔解差白〕押司且寬懷慢慢的走。〔宋江唱〕我扎挣着劣精神，消磨這戴鋃鐺夢中身，犯計孛危時運也，不信那黥布沉淪。〔白〕你看過了揭陽嶺，却是人烟輳集，市井諠譁。〔解差白〕這是有名的揭陽鎮。〔内吆喝，閑人站遠介。宋江白〕那邊許多人圍着個使鎗棒賣膏藥的，我們也擠上去看看熱鬧。〔解差白〕閒着走路，落得看看。〔合唱〕我囊中有買閒錢，何妨做賣呆人。〔下。薛永上。白〕冀北神駒汗血經，鹽車困厄命途窮。何時得有孫陽顧，萬里乾坤一騁中。自家「病大蟲」薛永是也，雙親早喪，流落江湖，雖有奇才，未能大用。昨者來到此地，盤費缺少，要些拳棒刀鎗，得些盤費，也好趲路。〔衆百姓上，諢嚷介。白〕先請教幾路拳罷。〔薛永作耍拳介，衆讃好介。薛永作耍棍介，衆嚷好介。宋江、解差上，擠看介。白〕好鎗棒，好拳脚。〔薛永作拿盤子掠錢介。薛永白〕小人遠方來的，煩賜些盤纏罷。〔衆各背臉努嘴介。薛永又拿盤子叫介。白〕看官高擡貴手罷，怎麼一位也不給。〔宋江出相見介。白〕教頭，這五兩白銀，權表薄意。〔作遞銀介。衆人嚷介。白〕我們不給錢，你就給錢，好大膽。〔一白〕那邊小郎來了，他自會替你算賬，咱們散了罷。〔衆奔下。薛永白〕好笑這樣一個有名的揭陽鎮，没一個曉事的。〔宋江白〕他們散了也罷。〔薛永白〕請問恩官高姓大名？〔宋江白〕量這些值得甚的。〔唱〕

【下山虎】不過偶然相念，俱是勞筋。泣路憐同病，何須細詢。〔穆春上〕呔！你這厮那裏學得這些鎗棒，來俺這揭陽鎮上逞强。我已吩咐衆人不許睬他，你這囚徒如何賣弄有錢，滅俺揭陽鎮威風。你還不知俺穆家兄弟，〔唱〕做得陸海揚波，晴天起雲。誰敢向龍頷輕來批逆鱗，你擺出這青蚨陣，難道我煙火千家直恁貧。〔薛永白〕這又奇了。〔宋江白〕我自賞他，干你甚事。〔唱〕慷慨非同吝，何勞見嗔，怎肯向錢孔低頭富不仁。〔穆春白〕我且打你這賊配軍。〔作扭宋江。宋江躲開，薛永作與穆春鬭介。穆春被薛永顛倒，穆春作爬起。白〕教你兩個不要慌。〔作跑下。宋江白〕這賊敗了。也罷，請教教頭高姓大名。〔薛永白〕小人河南人氏，姓薛名永，江湖上呼小人爲「病大蟲」。請問恩官高姓大名。〔宋江〕小可姓宋名江。〔薛永白〕莫非山東「及時雨」宋公明麽？〔宋江白〕小可便是。〔薛永作拜介〕久慕大名，如雷貫耳，且和恩官到店中吃三杯。〔向内介〕店家，取酒來。〔内白〕我这裏有人吩咐過的，不賣你們吃了。〔薛永白〕有這等奇事，不免到那邊去，这裏略僻静些。〔向内白〕酒家，取酒來。〔内白〕这裏有人囑咐了，若賣東西與你吃，家夥都要打破的。〔宋江白〕教頭，這等看來，那厮必來尋鬧，不如去罷。〔薛永白〕既然如此，兄長先行，小弟一二日就到江州相會。相逢纔滚滚，話别又匆匆。〔下。宋江白〕二位，看這等光景，今晚揭陽鎮是不許我們投宿的了，這便怎麽處？〔解差白〕不如趁早兒前去罷。〔作急走介。唱〕

【五韻美】料無人憐飢困，林疏野濶鴉難認。斜陽全下又黄昏，荒郊行盡，柴門應近。〔解差白〕押司，好了，那前面林子裏露出燈光來了。〔宋江白〕必定有人家，且去投宿。〔唱〕但得個繩床軟，麥飯温，縱輸他紙閣酣呼，也勝似泥渦坐盹。〔解差白〕押司，且喜是個大莊院，待我敲門看。裏面有人麽，是來投宿的？〔莊客持燈籠引穆太公，家僮隨上。唱〕

【山麻稭】做家翁多勞頓，百事經心，難靠兒孫。〔穆太公白〕你們是什麽人？〔宋江見介。白〕小可是配送江州的，這兩個是防送公人，錯過宿頭，要求莊主太公收留。〔唱〕行人黑地裏，全仗居停憐憫。〔穆太公白〕我這裏不留，前面就是潯陽江了。也罷，莊客過來，就領去門房裏安頓，再與他些晚飯吃。〔宋江白〕多謝太公。〔作揖介。唱〕破費你黄粱半斗，紅燈一盞，緑酒盈樽。〔穆太公白〕好説。〔莊客白〕这裏來，這外面就是打麥場，一條村僻小路出去，明早就往這裏去較近。〔宋江白〕多謝大哥。〔下。穆太公白〕小厮都照過了，收拾進去罷。〔家僮白〕太公，我家爺們比賊吏兇，怕什麽。〔穆太公白〕

狗才，自古道：日日防飢，夜夜防盜。〔唱〕

【尾聲】眠時毋得貪安穩，休恃着圍牆高峻。〔白〕大郎、二郎回來了麽？〔家僮白〕大郎早醉了，小郎還不曾回來。〔穆太公白〕養這等不肖子，不知又到那裏闖禍去了，且自由他。〔唱〕少不得犬吠聲中來叩門。〔下〕

# 第四齣　張橫大鬧潯陽渡

〔更夫上，作敲梆、坐睡介。宋江上。唱〕

【粉孩兒】紛紛的惡風波隨處有，想困龍難與地頭蛇鬪。徬徨岐路何處投，叩山莊幸荷容留。〔白〕我宋江昨從揭陽鎮上經過，不合贈了那耍拳棒薛永的銀兩，惹得地虎穆春嗔怒，吩咐各店房不許留宿，我們天色又晚，只得奔尋到此間莊上借宿一宵，只是匆忙之頃，竟不曾問得莊主姓名。我不知爲什麽，再睡也睡不着，爲此起來到庭中閒步閒步。〔唱〕歷危途不定驚魂，捱長夜空自搔首。〔下。穆春上。唱〕

【紅芍藥】雄視我如虎如彪，輕覷人呼馬呼牛。諒没有英雄出吾右，一任咱横行宇宙。〔白〕我穆春同哥哥穆宏雄霸揭陽鎮上，誰不尊敬，可惱那薛永幫助了囚徒，在衆人面前，俺倒吃了個大虧，那裏氣忿得過。如今趕到家中，同了哥哥追捉那囚徒，再拿了薛永，一并處死，方雪我恨。〔唱〕男兒難洗滿面羞，恨今番當場出醜。〔到介，叩門介〕開門，開門。〔老莊客忙上。白〕來了，來了。〔開門介。穆春進内介。老莊客仍閉門介。穆春白〕阿唷！好惱，好惱。〔宋江潛上，作竊聽介。穆春白〕大郎在那裏？〔老莊客白〕大郎醉卧在後面亭子上。〔穆春白〕我如今同了哥哥，追捉那黑矮囚徒回來，再拿了薛永，一并處死。〔宋江暗驚介。穆春唱〕令原誼急難當求，禦外侮手足情厚。〔下。老莊客作指點，做啞手勢下。宋江忽失聲嚷介〕阿呀！不好了。〔四顧復低聲介〕不想此地偏偏就是他家裏，真正是冤家路窄了。〔唱〕

【耍孩兒】只道餘生脱虎口，遶樹無依鳥，誤把這羅網輕投。〔白〕如今叫起解差來，作速逃走。〔向内低叫介〕二位解差，快些起來。〔解差作欠伸態上〕半夜三更，押司爲何不睡，唤我們起來做什麼？〔宋江白〕不好了。〔解差白〕爲什麼不好了？〔宋江白〕這裏就是穆春莊上，方纔聽見他回來，要同了他哥哥謀害我們性命。〔解差白〕阿呀！這便怎麼樣處？〔宋江白〕我們快快逃走了罷。〔解差白〕我們的哨棍、包裹呢？〔摸着哨棍、包裹介〕在這裏了。〔宋江提鎖扭介〕此時莊門料是鎖閉，方纔我看見那邊院牆塌了一角，我們踰牆而走罷。〔解差虛白介。合唱〕難言不由徑，誰説不由竇，且做箇干木踰垣走。〔踰牆介。内白〕莊客們，追上去。〔解差作跌諢介〕只望取天天佑。〔急奔下。更夫諢介。虛白下。衆莊客持火把、棍棒引穆宏、穆春持兵器上。合唱〕

【會河陽】柙虎歸林，金魚脱鈎，決籠飛鳥莫遮留。回頭，怎得饒人，且須放手。忙追逐，難寬宥。〔穆宏白〕我們正要拿那囚徒處死，不知被何人走了消息，竟踰牆逃遁。〔穆宏、穆春白〕此去料還不遠，況前面有大江阻隔。衆莊客，快快追趕上去。〔衆莊客應介。合唱〕是誰暗地把機關透，是誰悄地把風聲漏。〔白〕莊客們，趕上去。〔下。宋江、解差急上。唱〕

【縷縷金】平空地禍臨頭，幾乎落陷阱命兒休。月黑函關客，雞鳴疾走。〔宋江白〕來到潯陽江邊了。後面有人追捉，前邊又是大江阻住，今番我的性命決不保矣。〔解差白〕真正要死的了。〔張橫搖船上。解差望介。白〕押司，你看星光之下，那江邊不是個船麼，煩他渡過江去就不怕了。〔宋江白〕果然有隻小船。〔解差白〕家長，快快撑過船來，渡我們一渡。〔張橫白〕你們有甚緊事，昏夜過江？〔宋江、解差白〕後面有強人追殺來了，快些搖攏來。〔張橫搖近岸介。白〕請下船來。〔宋江、解差急上船介。解差將包裹丟入艙介。張橫聽介，暗喜介。解差將哨棍點開船介〕快些搖過江去。〔張橫應接介。宋江、解差合唱〕有烏江亭長艤扁舟，重瞳幸逢救，重瞳幸逢救。〔張橫停船介。李俊、李立、童威、童猛各暗上。宋江、解差白〕怎麼停住了，搖過江去嗄。〔張橫白〕呔！先獻出寶來，然後沉你在江裏，落箇全尸，不然我張爺爺就要動手了。〔出刀介。解差驚抖諢介。宋江白〕阿呀！好漢，我情願把囊中金帛盡數奉送，只求饒了性命。〔張橫白〕金帛也要，性命也要。〔宋江白〕二位，是我宋江連累你了。〔李俊、張橫白〕那漢子，你説什麼宋江？〔宋江白〕我就是鄆城宋江。〔李俊白〕阿呀！險些傷了義士哥哥。〔張橫白〕你何不早通大名。〔李俊等白〕連日在此迎候，喜得今日接着了。〔宋江白〕多承見愛，敢問諸位高姓大名？〔李俊白〕小弟叫「混江龍」李俊。〔張橫白〕我是張橫，綽號「船火兒」。〔李立白〕小可叫做「催命判官」李立。〔童威、童猛白〕愚弟兄喚名「翻江蜃」童威、「出洞蛟」童猛。〔宋江白〕皆是英豪，久仰，久仰。〔李俊白〕一月前有個相識從山東來，説公明兄犯事遠配江州，所以同了衆兄弟連日駕舟在此迎候，不識公明兄昏夜渡江，甚有倉惶之狀。〔宋江白〕因穆家弟兄要加害於我，所以逃竄而來。〔衆分白〕那穆宏、穆春不知是宋大哥，故爾如此，我們如今把船摇轉去，叫穆家弟兄來陪了罪，然後謾謾再送過江去。〔宋江白〕只恐他們懷恨未消，那便怎處？〔衆白〕斷没有此事的。〔李立、童威、童猛仍過船介。白〕你看東方漸漸發白了。〔摇船介。衆合唱〕

【紅綉鞋】一天星彩將收，將收。滿江煙靄方浮，方浮。認遠岸，棹回舟。〔泊船上岸介。衆莊客引穆宏、穆春上。唱〕追逃竄，報仇讐，難饒恕，怎干休。〔李俊、張横白〕穆氏昆仲來了。〔穆宏、穆春白〕這死囚在這裏了。〔欲捉介。李俊、張横攔介。白〕不要如此，他就是山東「及時雨」宋大哥。〔穆宏、穆春白〕他是鄆城縣公明兄麽？我等不知義士，適纔誤犯，即當陪禮。〔李俊等白〕且慢，我們都未曾展拜，且到你莊上去，一同見禮陪罪。〔穆宏、穆春白〕説得甚是。〔張横白〕公明兄，小可有個胞弟，唤名張順，在江州做魚牙主人，待我修書與宋大哥帶去，做個相識。〔宋江白〕如此甚好。穆兄，那薛永望推屋烏之愛，也不必計較他罷。〔穆宏、穆春白〕這個不消説得，即當邀來一同相聚。〔宋江白〕多謝海涵。〔穆春白〕過來，將船送回去。〔莊客應介。送船下。衆白〕公明兄，〔唱〕

【尾聲】久仰你英風名望如山斗。〔宋江唱〕喜得把衆英俊一朝相覷。〔衆唱〕把幾載思慕衷腸細細剖。〔圍擁宋江下〕

# 第五齣　施恩重整快活林

〔家丁引張都監上。唱〕

【東甌令】千夫長，萬人尊，都監的雄風遠近聞。笑何曾陷敵親臨陣，播弄得威名震。〔白〕下官兵馬都監張蒙方是也，出身武弁，守禦孟州，外作威權，内藏機械。昨有宗弟張團練賄託，要害武松，以雪蔣門神讐恨，我不免哄騙武松到此，自有謀害他的計策。家丁過來。〔家丁應介。張都監白〕你到安平寨去，對武松説，我聞他是個好漢，要他做個親隨，將來還要重用他。你去唤得他來，重重有賞，倘唤不至，把你一綑四十，還要枷號兩月。快些去。〔家丁應介〕神機應莫測，軍令自難違。〔下。張都監白〕嗄！武松，武松，〔唱〕不是咱爲他人事枉勞神，難却餽金人。〔下。武松、施恩上。分白〕快活林添新氣象，安平寨震舊聲名。口碑傳説多威武，道路聞之人盡驚。〔施恩〕小弟仗兄虎威，報復前讐，重整舊業，較前更覺興旺。愚父子面上添了多少光彩，此皆二哥之所賜也。〔武松白〕但不知蔣忠那厮到底往那裏去了？〔施恩白〕曾着人四下打聽，並無蹤跡，想是遠遁去矣。〔武松白〕這也未可知。〔施恩白〕今有衆上户、衆街鄰各歛分金，備有酒席，送來爲你我慶賀。

擺酒過來。〔小夥預暗上，應介。武松、施恩坐席介。小夥斟酒介。武松、施恩同唱〕

【賀新郎】注玉傾銀，甕頭春新篘良醞。喜一朝雄名重振，好做個快活林中快活人。笑顏開歡情無盡，瓶未罄，杯重進。暢胸襟酒到無多遜，還醉聽，繞梁韻。〔小夥引家丁上。白〕爲奉森嚴命，來招英勇人。〔小夥白〕請在此少待，等我去請出來。〔進内介〕有張都監老爺差人在外，要見武二爺。〔施恩白〕他差人來做什麽？〔武松白〕且去見他，自有分曉。〔出見介。家丁白〕這位就是打虎的武都頭麽？〔武松白〕我就是武松，有何見諭？〔家丁白〕家老爺説久聞都頭是個好漢，十分仰慕，今日欲屈都頭在帳下做個親隨，將來還要重用哩。〔武松、施恩白〕嗄！原來是這樣。〔施恩附武松耳白〕張都監亦非好人，二哥切不可應充前去。〔武松點頭介。向家丁白〕我是個犯罪配軍，何用你家老爺如此錯愛，煩你回去拜覆，説我不敢從命。〔家丁白〕我家老爺性子不好，若請不將去，小可就要受責了。〔施恩白〕人心叵測，還是不去的是。〔武松白〕我若不去，恐有貽累家丁，我且去走一遭看。〔向施恩别介〕愚兄暫爲告别。〔施恩白〕小弟當送至彼處。〔武松白〕這竟不必。〔施恩送武松出店介。武松、施恩合唱〕

【瑣窗寒】話匆匆離思紛紜，恨無端首又分。信人生聚散，飛絮浮雲。〔施恩白〕二哥去後，過日小弟即來探望。〔武松白〕不消，請回去罷。〔施恩應下。家丁白〕都頭從那邊走。〔武松、家丁合唱〕過諠譁鬧市，到威嚴雄鎮，進私衙拜參惟謹。〔家丁白〕這是堂前了，老爺有請。〔張都監上。唱〕我把虚文裝飾假殷勤，豈同西第留賓。〔家丁白〕武松喚到了。〔武松白〕老爺在上，武松叩見。〔張都監白〕起來。久聞你英雄無敵，敢與人同生同死，我要你在府中做個親隨，你可情願麽？〔武松白〕蒙恩相擡舉，自當執鞭墜鐙。但恐小人駑駘之質，不堪鞭策。〔張都監笑介〕倒也會説話。你且住在我府中，慢慢自然提拔你。〔武松白〕多謝老爺。〔張都監白〕嗄！ 武松，〔唱〕

【尾聲】聞你那威名到耳如雷震，今喜得把英雄識認。〔白〕隨我到後面來。〔武松應介。張都監下。武松唱〕這難剖的疑團在心内忖。〔下〕

# 第六齣　琵琶亭席上論交

〔場上設潯陽江，設琵琶亭酒舍介。李逵上。白〕避禍藏身離故丘，公門充役在江州。一聲怒叱驚人倒，威似熊羆勝一籌。咱鐵牛李逵，綽號「黑旋風」，山東沂水人，家住董店東百丈村中，父亡母在，哥哥名喚李達，與人傭工，膳養老娘。俺老李一生酗酒，素愛拳棒，因抱不平，一拳將人打死，惧罪逃脱，流落在江州，投奔戴院長，招我做個巡監的禁子。連日獄中無事，手内又没錢，好不焦燥的緊。有了，俺如今竟往賭博場中搔擾一番，有何不可。囊空到處無人敬，覓賭輸錢也算贏。〔下。戴宗上。唱〕

【柳梢青】飛晨往矣，捷足誇神技，任海角天涯，又何用長房縮地。〔白〕我戴宗前者接得吴學究手書，因宋公明刺配到此，囑我照看，我想那公明兄乃天下義士，即使不爲囑託，亦當加意周全。今日閒暇，欲請他至城外琵琶亭叙飲，聊盡地主之誼，方纔着人去請，你看公明兄又早來也。〔宋江上。白〕海内存知己，天涯若比鄰。〔見介。戴宗白〕公明兄，今日少暇，欲屈公明兄至城外琵琶亭少叙，聊當洗塵。〔宋江白〕既荷寵招，自當趨侍。〔戴宗白〕如此就請偕往。〔宋江白〕請。〔行介。

合唱〕

【石榴燈】【石榴花】(首至四)襟懷高曠直與衆山齊，把雙眸豁覺天低。〔宋江唱〕向秋空仰望嘆棲遲，羨摩霄鷹隼健翮正高飛。〔戴宗唱〕【剔銀燈】(三至末)英雄偶爾遭數奇，終有日蟄龍奮起。〔下。李逵兜錢奔上。白〕你們這些狗頭敢來麽？〔衆賭漢追上。白〕李大哥，你平常賭得最直，今日怎麽這等起來？〔李逵白〕權且不直這遭。〔打衆賭漢介。戴宗上。白〕鐵牛，你怎麽又在此生事？〔李逵白〕節級哥哥，且謾謾的告訴你。〔又欲打，宋江上，同戴宗攔介〕還不住手。〔衆賭漢虚白諢介。戴宗白〕你既輸了，怎麽奪人錢鈔，還要恃强打人。快快還了他們。〔李逵將錢與戴宗介。戴宗還衆賭漢介。衆賭漢謝介，諢下。宋江白〕院長，此位是誰？〔戴宗白〕此是我手下一個小牢子，唤做李逵。〔宋江白〕久聞江州有個「黑旋風」李逵，十分義勇，可就是這位麽？〔戴宗白〕就是他。〔李逵白〕哥哥，這黑漢是那一個？〔戴宗白〕這就是你日常思慕的鄆城縣宋公明。〔李逵白〕你不要哄我罷。〔宋江白〕不才果是宋江。〔李逵白〕你就是宋江？〔宋江應介。李逵笑介〕哥哥想殺鐵牛也。〔拜介。宋江扶介〕壯士請起。〔唱〕何期流人宋祁，因訪戴還欣御李。〔李逵白〕不知宋大哥因何得到此間？〔戴宗白〕且同到亭子上來飲酒，中間謾謾的向你説。〔李逵白〕今日纔得見宋江哥哥，我好快活嗄。〔作到介。戴宗白〕酒家有麽？〔酒保上。白〕來了，來了。琥珀新篘酒，琵琶舊日亭。〔見介〕原來是院長請客麽？〔戴宗白〕我今日請一佳客，把那美酒嘉肴盡數擺下。〔酒保應介，捧酒肴上設介。戴宗白〕公明兄莫嫌簡褻，

就請上坐。〔宋江白〕不敢。請。〔各坐介。酒保斟酒介。合唱〕

【千秋舞霓裳】【千秋歲】(首至九)酌金罍,歡聚拚沉醉,比蘭陵酒味尤美。〔李逵白〕小杯吃不慣,想換個大碗來。〔酒保笑諢介,换碗介。宋江、戴宗唱〕且豪飲雄談,豪飲雄談,又何必問他茫茫身世,紅裙恨,青衫淚,悲遲暮,傷憔悴,偶作天涯會。【舞霓裳】(末二句)今日人不見,把往事淒涼付烟水。〔宋江白〕此係江鄉,應當烹鮮下酒。〔戴宗白〕正是。酒保,可做些鮮魚湯來。〔酒保白〕昨日的魚都賣没了,此時鮮魚船雖到,因魚主人未來,不曾開秤哩。〔李逵白〕這有何難,待我去向漁船上要幾尾來就是了。〔戴宗白〕你去又要生事了。〔李逵白〕俺不生事。酒保,我去要了魚來,你可好好的整治。〔酒保應下。李逵隨口下。宋江白〕我們且暫停杯斝,往江岸一走,看看景致,等了鮮魚來,再爲暢飲。〔戴宗白〕這也使得。〔分白〕坐覺林風吹醉面,行看江水渺愁懷。〔同下。衆漁人作撑船,二支纜拴柳樹,人或沿岸走上,虚白。李逵上。白〕呔!你們這些魚船上,快拿幾尾鮮魚與俺。〔衆漁人白〕我們魚主人不曾開秤,還不賣哩。〔李逵白〕胡説。俺黑爺爺要魚,你敢不給,俺就上船來自取便了。〔作跳上船介。衆漁人白〕不好了,被黑大漢拔了通水板,把各船的魚都放走了。〔李逵作打漁人下。張順持秤上。唱〕

【花六幺】【攤破地錦花】(首至五)好男兒,混魚鹽,身名晦有若箇知。〔李逵趕打衆漁人嚷鬧介。上。張順白〕你們爲什麽?〔衆漁人争訴介〕這黑大漢把各船上魚都放走了,還在這裏打我們。〔張順白〕

這黑囚，怎敢恃强來攪擾老爺的買賣。〔李逵白〕你敢來管我們閒事麽？〔張順白〕這廝好大膽。〔李逵打，張順輸介。衆漁人虚白。張順作上船，李逵趕打，張順將李逵侵水介。唱〕怒轟轟揎袖撩衣，毒手頻遭，老拳飽揮。〔張順打李逵介。衆漁人諢介。宋江、戴宗急上。唱〕【六幺令】〔四至末〕忙勸解，謾争持，鄉閭有鬪門難閉，鄉閭有鬪門難閉。〔白〕大家不要動手了。〔戴宗白〕這張順兄弟是我極相好的朋友。〔宋江白〕張順，可就是叫「浪裏白條」的麽？〔戴宗白〕正是。〔宋江白〕不要動手，令兄張横着小可寄有家書。〔張順將李逵提上岸，李逵作吐水虚白介。張順白〕此位尊姓大名，不像我們這裏人。〔宋江白〕小可姓宋名江。〔張順喜介〕原來就是「及時雨」公明兄，久慕大名，一朝拜識，何幸如之。〔宋江白〕不敢。〔李逵白〕只爲宋大哥要鮮魚下酒，不想惹出這場廝打來。〔張順白〕公明兄要鮮魚乃至易之物。〔向衆漁人介〕你們去揀金色鯉魚多拿幾尾來，餘下的魚叫小夥計開秤賣罷。〔衆漁人應介，虚白，各撑船下。場上撤江亭介。宋江、戴宗白〕彼此皆是好相識，前事不必記懷，大家一揖笑開了罷。〔張順白〕小可安敢記懷，只恐李大哥未肯釋然。〔李逵白〕打過了就不在我心上了。〔各笑介，揖介。戴宗白〕小東備在琵琶亭上，請張二哥陪了公明兄到那邊把酒細談。〔張順白〕難得宋大哥到此，今日小弟作東。〔戴宗白〕你我相交，何分彼此，且到那邊再説。請。〔衆白〕請。〔戴宗讓宋江下。李逵白〕你打得好嗄。〔張順白〕你也打够了我了。〔各笑介。携手下〕

## 第七齣　張都監綺席賺人

〔武松上。白〕黥布爲奴首自髡，豈期寵任住豪門。丈夫空感非常遇，何日方酬國士恩。我武松自到此間，蒙都監老爺解衣推食，十分恩待，早暮趨承，片刻也不得相離。今值中秋令節，老爺同夫人要在鴛鴦樓下賞月，傳話着我進内，想是又要賜我酒食了。此時已是黄昏，且向裏邊伺候去者。三五夜中新月色，二千里外故人心。〔下。衆家童隨張都監上。唱〕

【傳言玉女】如水清光冷，浸畫樓滉瀁。〔衆梅香隨夫人上。唱〕問金鏡何年飛上，珠簾高捲，坐冰壺襟懷蕭爽。〔衆合唱〕年年此夕，一樽歡賞。〔武松暗上，見介。白〕老爺、夫人在上，武松叩頭。〔張都監白〕起來。〔武松應起介。張都監白〕夫人，喜值中秋佳節，特設華筵，和你同爲賞月。〔夫人白〕良宵難遇，美景欣逢，正宜爲樂追歡。〔張都監白〕武松，你也一同坐下，飲酒翫月。〔武松〕小人是何等之人，安敢妄坐，況有夫人在此，一發不敢越禮。〔張都監笑介〕我只敬你是個義士，何論尊卑，況此間又無外人，但坐不妨。〔武松白〕小人實是不敢。〔張都監白〕我命你坐，不用固辭。〔武松〕如此武松大膽告坐了。〔告坐介。張都監白〕撤宴過來。〔家童應介。張都監、夫人正席上坐，武松旁席側坐介。〕

家童、梅香斟酒介。合唱〕

【絳都春序】酒泛瓊漿，看月輪端止，光生席上。登樓庾亮，豪興今宵應不讓。莫辭達曙殷勤望，到明歲陰晴難量。人生要是及時行樂，杯休輕放。〔張都監白〕義士，大丈夫飲酒何用小杯。玉蘭，可將金斗斟酒送與義士。〔玉蘭應介。武松白〕小人酒多了。〔玉蘭敬酒，武松立飲介。張都監白〕玉蘭，候乾了再斟上。〔玉蘭應，又敬酒介。武松白〕小人實是酒多了。〔武松又飲介，醉介。張都監指玉蘭白〕此女頗有姿色，不惟善知音律，亦且極能針指，你若不棄嫌，將他配與你做個妻室。〔武松白〕小人是何等之人，敢望府中侍妾爲妻，斷不敢從命。〔張都監白〕我既出此言，必定要配與你，將來擇吉與你成婚便了。〔武松白〕小人不勝酒力，要告退了。〔張都監白〕既如此，你回到前面去罷。〔武松應介〕心同怒驥思千里，量若長鯨吸百川。〔下。張都監、夫人各出席介。張都監白〕夫人，先請進內，下官隨後就來。〔夫人應下。衆梅香隨下。張都監白〕家童，喚家丁過來。〔家童應，作喚介。家丁上。白〕老爺有何吩咐？〔張都監白〕日間吩咐爾等的話，少刻須要依計而行。〔衆家丁應介，各向下場取繩索、短棍虛白，作伏藏暗處同下。武松帶醉上〕適纔多飲了幾杯，恐怕酒湧上來，且在庭前少立片時，再去安睡。〔內喊有賊喧嚷介。武松聽介。白〕後堂既然有賊，我當進內擒獲，以報知遇之恩。〔取棍進內介。玉蘭作急態上〕有兩個賊奔到花園裏去了，快快去拿。〔隨口下。武松白〕憑他有幾個賊，待我去一齊擒捉。〔奔下。家丁持索上，暗中悄伏介。武松奔上。白〕賊在那裏，我來捉他。〔絆倒介。家丁白〕賊在這裏了。〔綁武松介。武松喊介〕是我。我不是賊。〔衆家丁隨張都監上。白〕拿住賊了麼？〔衆家丁白〕拿住了。〔張都監白〕帶過來。〔武松白〕恩相，是小人武松，並不是賊。〔張都監怒介〕嗄！原來是你麼。這賊配軍，我何等恩待，你反來偷盜我物。〔武松白〕何曾偷盜什麼東西？〔張都監唱〕

【滴溜子】果然是，果然是人心難量。方信道，方信道家賊怎防。滿腔怒，衝千丈。〔武松白〕小人因聽見裏面有賊，進内擒獲，不想被家丁誤捉。〔唱〕想堂堂大丈夫，怎做穿窬伎倆。告禀天臺，惟望細詳。〔張都監白〕這厮强辯，家丁綑打一百。〔衆打介。張都監白〕家丁，可到他卧房内去起贓。〔家丁應下，抬箱上〕禀老爺，贓物都在箱中。〔張都監白〕取出來看。〔家丁應，取金銀、紬緞看介。武松白〕這是那裏説起。冤枉，冤枉。〔張都監白〕阿唷唷！這狠心的賊，竟盜了這些東西在那裏。〔唱〕

【三段子】金銀千兩，是連年剥來宦囊。繒綺滿箱，忽一宵攫爲賊贓。〔白〕家丁，把這賊配軍吊在馬坊内，看好了他，待天明了連贓物一并送到府裏，重重擬罪。〔家丁應介。張都監白〕我如此加恩與他，倒偷盜我的東西。可恨，可惱。〔隨口下，衆家丁隨下。家丁抬箱、押武松介〕怎麼好好做起賊來，快到外面去。〔武松〕咳！〔唱〕指不疑爲盜人知枉，陷冶長非罪諒能諒。〔白〕呸！我好恨嗄。〔唱〕這横禍飛來真個是妄。〔家丁同下〕

# 第八齣　飛雲浦橋邊喋血

〔施恩包頭絡手上，家丁捧衣隨上。施恩唱〕

【駐馬聽】一世英豪，誣陷贓私做賊招。今日裏將他發配，誰把施恩，怨忿重消。〔白〕那蔣門神爲武二哥打奪快活林讐恨，央了張團練買囑張都監設就毒計，將武二哥誣爲賊盜。前者進監探望，已將底細與二哥說知，彼甚痛恨，誓必報讐。不想是武二哥被陷之後，蔣忠那賊帶了多人到快活林，將我痛打一頓，又把買賣奪去了。打聽得武二哥刺配恩州煙瘴地方，今日就要起身，爲此趕來拜別，并送件綿衣與他路上禦寒。〔解差内白〕武松快些走動。〔施恩白〕二哥來了，待我迎上去。〔解差持棍押武松鎖扭上，見介。施恩白〕阿呀！哥哥。〔武松、施恩合唱〕恨綿綿千載永相抛，看悠悠四海將誰告。〔武松白〕賢弟，你怎麽又是這等模樣？〔施恩白〕小弟又被蔣門神打了一頓，快活林仍舊奪了去了。〔武松白〕嗄！有這等事。我把這些狗男女剁作肉泥，方雪此恨。〔解差背介。施恩白〕這囚賊好利害嗄。〔施恩白〕今日聞得哥哥遠配恩州，小弟特來拜送。〔唱〕特贈綈袍。〔以衣與武松穿介。家丁暗下。施恩唱〕悵天涯分袂，把微忱聊表。〔白〕今日倒是小弟累了哥哥了。〔武松白〕

唉！〔唱〕

【又一體】你小覷吾曹，說甚今番相累了。士爲相知者死，何怕奸謀，屈打成招。〔施恩唱〕如今復見古人交，他時願效捐軀報。一旦分拋，又未知何日得故人音耗。〔解差催逼趲路介。武松白〕賢弟，你回去罷。〔施恩白〕小弟不得遠送了，只是一件。〔附耳低白〕這兩個男女不懷好意，一路須要小心。〔武松白〕再來兩個我也不怕他。〔施恩白〕哥哥前途保重。〔哭下。解差白〕天已下午了，還要趲到宿頭，只管絮叨叨說個不了。快走罷。〔武松白〕既是晚了，何不明日起身。〔解差白〕你倒說得好自在話兒。官府嚴限，誰敢違誤。快些走罷。〔武松徑下。解差回望介〕他們兩個怎麽還不見來？〔隨口下。徒弟持兵器上。唱〕

【駐雲飛】腰下懸刀，師父差來走一遭。首級登時要，完事須回報。〔白〕我等蔣師父的徒弟便是。張都監、張團練和我師父差遣我們來，幫着解子在荒僻之處害了武松，今夜還等回話。我們早在此等了這一回了，怎麽還不見他們到來。〔唱〕嗏。久待轉心焦。〔望介〕後邊來了。擦掌磨拳，只等冤家到。怎說是但得饒人且自饒。〔武松上，解差隨上。武松唱〕

【又一體】野逕迢迢，行處人蹤看漸少。只有衰草秋蛩鬧，古木寒鴉噪。〔見介。解差白〕二位是那裏去的？〔徒弟白〕我們是往恩州去做買賣的。〔解差白〕既如此，我們一路而行罷。〔徒弟白〕這等甚好。〔行介。武松會意介。唱〕嗏。看形跡恁蹊蹺，中心猜料。〔解差、徒弟附耳低語介。武松唱〕他接耳交頭，暗設多圈套。這的是你不饒人誰肯饒。〔白〕來此是什麽所在了？〔解差白〕你眼又不瞎，橋上牌坊明寫着「飛雲浦」三字。〔徒弟向解差白〕此處僻静，正好下手。〔解差點頭介。武松白〕待我假裝吃水。〔唱〕

【剔銀燈】我爲奔馳脚蹤顛倒，多渴吻唇乾口焦。〔白〕你們扶我到水邊去，〔唱〕吃些河水消煩燥。〔解差扶武松介。白〕倒要我們伏侍你。〔武松唱〕也算你公門行好。〔解差白〕已到河邊了，你自去吃水。〔武松踢解差下水介，徒弟驚奔武松介。武松先殺一徒弟，後殺一解差，又拿住一徒弟介。武松白〕你這廝，誰人差來的？〔徒弟白〕我們是蔣忠差來的。〔武松白〕如今蔣忠在那裏？〔徒弟白〕同了張團練在張都監家鴛鴦樓上飲酒，專等我們殺了好漢，回去報覆。〔武松白〕這話果真麽？〔徒弟白〕一些也不敢説謊。〔武松唱〕却難饒也與你一刀。〔殺徒弟下。武松唱〕都葬在飛雲浦了。〔白〕雖然殺了這四個狗男女，不殺張都監、張團練、蔣門神，如何出得這口怨氣，待我連夜趕進孟州城去。〔提刀介〕正是殺人可恕，情理難容，冤家路窄，今夜相逢。〔奔下〕

## 第九齣　鴛鴦樓夜試霜鋒

〔張都監上。唱〕

【滿江紅】銀燭筵前，先擺着清歌妙舞。〔張團練上。唱〕深感荷阿兄招飲，早來趨赴。〔蔣門神上。唱〕雪忿還成傾蓋好，殺身難把恩人補。〔同唱〕看牢籠設就網羅張，殲豺虎。〔家丁暗上。張都監白〕今夜特屈宗弟同蔣兄來，在此鴛鴦樓上，從容飲酒，專候那解差的消息。〔張團練、蔣門神白〕多蒙妙計，得雪深讐，感謝不盡。〔張都監白〕我這神算是百發百中的。〔張團練、蔣門神白〕正是。〔張都監白〕看酒來。〔家丁應介。三家丁下。張都監等上樓介，坐介。唱。武松曲内暗上。扮馬夫捧馬上。武松揪住，馬夫虚白，求介。武松殺馬夫下介。唱〕

【梁州新郎】【梁州序】（首至合）畫樓良夜，高燒蠟炬，把臂同傾緑醑。〔蔣門神唱〕誅鋤强暴，蒙君患難相扶。〔家丁捧酒上。張都監唱〕雖是你費些金帛。〔武松殺家丁介。衆唱〕用盡心機，他却也無生路。〔家丁捧酒食上，虚白，飲介。衆合唱〕命該今夜死，怎支吾一似砧上飛禽釜内魚。【賀新郎】（合至末）胸中忿，心頭怒。〔武松殺家丁介。衆唱〕無窮惡氣今方吐，讐誓報，怎饒恕。〔武松又殺家丁介。武松

唱〕

【節節高】填胸氣怎舒，謾躊躇，潛蹤暗地先偷覷。〔聽介。張都監白〕家丁，下樓去換熱酒來。〔家丁應，下樓介。武松殺介，望樓上聽介。張都監白〕這時候想是正在那裏下手了。〔張團練白〕四個人斷送他一個，有何難哉。〔蔣門神白〕小人已吩咐徒弟，只在飛雲浦結果了他就來回報。〔武松唱〕聽樓頭語，被業火驅，難禁住。〔上樓介。衆見驚介，欲避介。武松殺蔣門神介〕錕鋙一斫便除奸蠹。〔殺張都監介〕剉尸萬段猶難恕。〔張團練拿椅打武松介。武松接住介。唱〕結下天般大冤讐。〔殺張團練介〕今朝狹路相逢處。〔家丁上。白〕樓上爲何這等聲響，想是都醉了。〔家丁作虛白，諢介。武松殺家丁介〕這兩個狗男女，正是那夜捉我的。殺得好，殺得好。〔唱〕

【又一體】冤家盡已除，忿都舒，樽中有酒須傾注。〔懷酒器介〕黃金窪，碧玉觚，都懷取。〔虛白，飲酒介。白〕好漢作事不可累人，待我割他衣襟，蘸着血水寫在壁上。〔寫介〕「殺人者打虎武松也」。〔壁用切末。轉出血書介。下樓介。唱〕想深宵明月樓前路，那時吃盡多冤苦。〔玉蘭、衆婦女急奔上。白〕不好了，府中有了殺人大盜了。〔武松白〕呔！〔殺衆婦女介。白〕你可是玉蘭？〔玉蘭虛白，求介。武松殺介。夫人、梅香上，又殺介。武松白〕這些惡黨都被我殺了。且住，我如今殺了這些人，官司必然要捉捕，不免踰城逃脱，投託張青、孫二娘處，再作商量。〔行介。唱合〕結下天般大冤讐，今朝狹路相逢處。〔下。更夫敲梆鑼上，諢介。白〕我們在這孟州城外巡邏，此時已有四更多天了，再往前邊巡

去。〔場上預設布城，武松從城上跳下介。更夫白〕什麽人擅自越城，拿住他送官究治。〔武松殺更夫介。白〕誰敢來拿我。〔唱〕

【尾聲】任秦庭大索吾何懼，管教他無從覓處，好做箇鷹隼高飛不可呼。〔到介，扣門介。張青、孫二娘上。白〕日間因作虧心事，半夜敲門忽吃驚。〔張青開門介。白〕什麽人，暮夜叩門？〔見武松驚介。白〕原來是二哥，什麽事情，此時到此？〔武松白〕別後之事，一言難盡，但説我今夜殺了張都監等十數餘口，逃奔來此，要同賢夫婦商量一躲避之地。〔張青白〕嗄！原來如此。〔孫二娘白〕殺了幾個人罷了，什麽大事，這等驚慌。〔張青白〕不是這等説，殺死多人事關重大，官司必然捉捕，須要尋一搜獲不到之處纔好。〔武松白〕茫茫四海，何地堪逃。〔張青白〕嗄！有了。二龍山魯智深與我交好，前曾寄書來招我夫婦入夥，今日二哥竟投到那裏，何如？〔武松白〕既有避罪之地，竟投奔那裏便了。但事不宜遲，即當連夜起身。〔孫二娘白〕且慢，此去路經城郭，倘被做公的識認出來，那時怎處？〔武松、張青白〕這便怎麽樣？〔孫二娘白〕我有一計在此，不知叔叔依得否？〔武松白〕嫂嫂只管説來，武二無有不依。〔孫二娘白〕數月前我謀死了一個胖頭陀，留下僧衣、度牒等件，叔叔若肯剪齊頭發，扮做行者，此去可保無虞。〔武松白〕事已急矣，只得就是這樣便了。〔張青白〕快去取僧衣等物來，裝扮起來看。〔孫二娘應下，即取金箍、僧衣、念珠、戒刀上。白〕來來來，僧衣僧帽在此，就與叔叔扮起來。〔張青白〕甚好。〔孫二娘、張青與武松扮介。武松、張青合唱〕

【掉角兒序】看一朝英姿縱改，論千秋雄心猶在。振羽翼鴻没青霄，藏鱗甲龍歸滄海。〔武松白〕哥哥、嫂嫂在上，受武松一拜。〔張青、孫二娘白〕好説。二哥到彼，只説我夫婦不久就來。〔作同拜介。唱〕雖則是束金箍，假裝飾，掛緇衣，喬打扮，掩不了英雄氣概。遠投山寨，權居草萊，看此去橫行宇内，稱尊化外。〔武松持戒刀先下。張青白〕二娘，看他頭也不回竟去了，我們也收拾收拾，早晚上山去罷。〔孫二娘同白〕甚好。正是蛟龍得雲雨，鷹隼出風塵。〔同下〕

## 第十齣　宋公明沉醉題詩

〔宋江上。唱〕

【七娘子】朝來遍訪同心友，欲續取前時舊遊。人遠難逢，事多不偶，盈盈一水空翹首。〔白〕前者同戴院長聚飲江亭，又得接交張、李二位，甚相歡愜，間别來忽又經旬矣。今日欲尋訪他們，再叙款曲，不想一箇也遇不着，信步行來，又到江邊。你看好一座大酒樓。〔看介〕「潯陽樓。東坡蘇軾題」。我久聞江州好座潯陽樓，今日既來此，豈可錯過，且上樓去沽飲三杯，觀翫江景。〔作進店上樓介。白〕煙水人千里，雲山天一涯。張華方望氣，王粲正思家。〔酒保上。白〕滌器傭皆穿犢鼻，飛觴客自解金貂。〔見介。白〕客官還是待客還是自己消遣？〔宋江白〕要請幾位客人，尚未曾到，可取酒來先獨酌幾杯。〔酒保應，取酒肴上，擺介。宋江望介。白〕那隔江隱隱的是那裏的城郭？〔酒保白〕這是無爲軍，乃是黄通判分守之處。〔宋江白〕好個高峻城垣。你且下樓去，唤你再來。〔酒保應下。宋江持杯眺望介。唱〕

【錦纏道】漫凝眸，合長天滔滔水流，流不盡古今愁。〔坐飲介〕嘆無端飄零，楚尾吴頭。看今日戴南冠身爲楚囚，問何年著戎衣，腰佩吴鈎。〔微醉介。起身看對聯。白〕「世間無比酒，天下有名樓」。〔笑介。白〕是嗄。果然不差。〔想介〕阿呀！我雖爲掾吏，頗有聲名，結識了多少好漢，目今三旬之上，未曾成個事業，又文了雙頰，配來此地，深有英雄扼腕之嘆。〔飲酒介。唱〕感慨豈無由，恨男兒一無成就。〔醉介。白〕你看四壁上多有題咏，且有現成筆硯在此，不免題詩一首，倘他日身榮，再過此地，重睹一番，以識今日之顛沛。〔寫介〕「心在山東身在吴，飄蓬江海謾嗟吁。他時若遂淩雲志，敢笑黄巢不丈夫。鄆城宋江作」。〔擲筆大笑介，飲酒介。唱〕長虹貫斗牛，豪氣吐彌漫宇宙，看灌嬰、韓信盡封侯。〔内白〕酒保，叫樓上的閒人迴避迴避，黄老爺即刻要到樓上來了。〔酒保應上。白〕客官，不吃酒了，請到下邊去會鈔罷。〔宋江白〕把這錠銀子留下，明日還要來請客，再算罷。〔酒保白〕押賬是要記寫姓名的。請問尊姓貴表？〔宋江指壁間介。白〕那壁上寫着不是我姓名麽？〔酒保看介。白〕曉得了。客官醉了，我扶你下樓去罷。〔宋江白〕狂視星辰堪上摘，渴思江海欲平吞。〔酒保扶宋江下。衆家丁引黄文炳上。唱〕

【普天樂】除奸念，天生就；整飭方，誰參透。泛滄波一葉扁舟，倚青霄百尺危樓。〔酒保上樓介。黄文炳上樓介。白〕家丁們，打聽蔡太爺衙内宴終，即來報知。〔衆家丁應下。黄文炳白〕下官黄文炳，現任江州通判，分守無爲軍。我這堂尊蔡九知府是一紈袴出身，只知游戲宴飲，我身爲府佐，雖官卑職小，然食君之禄，忠君之事，若不把地方利弊時刻留心，何以除暴安良。況江州地方遼闊，一派舟梁，恐藏奸匪，關係不小。今日要過江面稟堂翁一切事宜，聞得府中正在家宴，不便驚動，爲此到這樓上來少坐片時，俟其席散，然後趨赴。〔酒保稟介。白〕請問老爺，可用杯酒麼？〔黃文炳白〕唉！　那裏使得，少頃要去拜謁蔡太老爺，你把好茶烹一杯來罷。〔酒保應，捧茶上。黃文炳接啜，望江景介。唱〕好豁開兩眸，把江山佳景一望全收。〔又看壁間笑介。白〕你看壁上這些歪詩，也復横塗豎抹。〔又看介。白〕「心在山東身在吴，飄蓬江海謾嗟吁。他時若遂凌雲志，敢笑黃巢不丈夫」。〔驚介〕這廝要賽過黃巢。〔又看介〕「鄆城宋江作」。何物宋江，輒敢狂恣若此，目今蔡太師嘗飭各郡嚴拿奸宄，我如今抄了此詩，呈上蔡九知府，指着「敢笑黃巢不丈夫」句，顯有反心。如此逆犯，若不申明上司，用心捕獲，實爲辜負職守了。取紙筆來。〔家丁應，取紙筆介。黃文炳抄介。白〕想這首詩，〔唱〕

【朱奴兒】並不是寫懷賦愁，也非關題花詠柳。顯露出胸中蓄異謀，便黃巢尚難與爲儔。

〔袖詩介。白〕叫酒保來。〔家丁應，叫介。白〕酒保，老爺喚你。〔酒保應上。白〕老爺有何吩咐？〔黃文炳白〕壁間的這首詩是什麼人幾時題的？〔酒保看介。白〕嗄！　是個黑矮漢子適纔寫下的，有落的款在後邊。〔黃文炳白〕我早看見，但不知是何等之人。〔酒保白〕但見他雙頰刺文，想是個配軍。〔黃文炳白〕嗄！　是個配軍。〔衆家丁上。白〕啓老爺，打聽得蔡太老爺衙内家宴要到夜闌方散，特來稟知。〔黃文炳白〕這等我今晚宿在船中，待明日清早進見。〔家丁應介。黃文炳白〕吩

咐酒保，此詩不許刮去。〔家丁應，吩咐酒保介。應暗下。黄文炳下樓介。唱〕櫂迤逗泊蘆汀葦洲，坐蓬窗聽江濤吼。〔唱〕

【尾聲】我除奸奉職勤奔走，大慝當前豈須外求，堪笑他太守風流還要秉燭遊。〔家丁向内白〕老爺下船來了。打扶手。〔内吆喝介。同下〕

## 第十一齣　曲猜詩謎開嚴鞠

〔蔡德章上。唱〕

【賀聖朝】魚頭父，掌朝綱；熊轓子，坐黃堂。好官何必在循良，千載笑龔黃。〔白〕五馬貴專城，朝來露冕行。笑看溢浦水，却比使君清。下官江州知府蔡德章是也。以老父之門資，憑依勢焰；爲朝廷之郡守，布弄威權。相彼大人，既然曰「簠簋不飾」；眇予小子，何妨亦賄賂公行。〔笑介〕這且不必提他，今早陞堂過後，退食内衙，且在此後軒閒坐片時。〔院子持帖上。白〕曳裾甘作客，倒屣好延賓。〔稟介〕黃老爺親自到來餽送禮物。〔蔡德章看帖，喜介。白〕又承他送此厚禮，全收下。快請到後軒來相見。〔院子應，向内介。白〕請黃老爺後軒相見。〔黃文炳上。白〕官廨憐遥隔，衙齋喜屢過。知音在霄漢，郡佐豈蹉跎。〔見介〕老堂翁。〔蔡德章白〕寅兄。〔黃文炳白〕不覯光儀又將旬日矣。〔蔡德章白〕可稱濶别了。〔黃文炳白〕正是。〔蔡德章白〕請坐。〔黃文炳白〕請。〔各坐介。蔡德章白〕屢承厚惠，愧未答敬，今又賜多珍，何以克當。〔黃文炳白〕不腆微物，聊爲表敬而已。〔蔡德章白〕不敢。吩咐點茶。〔門子捧茶上。各接啜介。黃文炳白〕近日曾接有府報否，老太師諒獲安吉？〔蔡德章白〕前日曾有書來。家尊深蒙聖眷，闔第皆喜平安。〔黃文炳白〕不知京中近日可有甚新聞？〔蔡德章白〕來書分付道，近日欽天監占奏，夜觀天象，罡星照臨吴楚，恐有作耗之人。更有童謡云：「耗國因家木，刀兵點水工。縱横三十六，播亂在山東。」因此切囑下官隨事盤察剿除。〔黃文炳想介。白〕奇嘎。足見堂尊之福，作耗之人已獲在此了。〔呈詩介。白〕請看此詩，便兄明白。〔蔡德章看介。白〕「心在山東身在吴，飄蓬江海謾嗟吁。他時若遂凌雲志，敢笑黃巢不丈夫。鄆城宋江作」。這是一首七言四句，怎麽就是作耗之人？〔黃文炳白〕看他第四句，還要賽過黃巢，非反詩而何？況那童謡正應在此人身上。〔唱〕

【鎖南枝】先幾兆，叛跡彰，把新題反詩當細詳。況童謡恰好相符，正應着星垂象。〔蔡德章白〕那童謡怎見得應在題詩人身上？〔黃文炳白〕「耗國因家木」，那作耗國家之人乃是家字頭着個木字，明明是個宋字。第二句「刀兵點水工」，言興起刀兵者三點水加工字，豈非是個江字。這個人姓宋名江，現題反詩，那童謡正應在此人無疑矣。〔蔡德章白〕嘎！這等麽。後面兩句「縱横三十六，播亂在山東」，這又怎麽解？〔黃文炳白〕或是六六之年，或是六六之數，在山東地界，定有縱横播亂之虞。〔蔡德章白〕是嘎。解得不錯。〔黃文炳唱〕那揭竿人，好是當預防，要得弭禍亂，及早捕兇黨。〔蔡德章白〕但不知此詩從何而得？〔黃文炳白〕小弟偶到潯陽酒樓，見壁上題此反詩，故特抄來的。〔蔡德章白〕又不知宋江係何等之人？〔黃文炳白〕曾問酒家，説他雙頰刺文，定是個配軍。〔蔡德章白〕配軍？〔想介〕嘎。前者解來軍犯有個宋江，發在文書房内抄寫册籍，係是鄆城人，莫非就是他！〔黃文炳白〕他題的筆蹟小弟認得最真，只消把他抄寫的文書當堂呈閱，小弟在後堂，送進來一看，若果筆蹟相同，那時老堂翁用嚴刑拷訊，必無遁詞矣。〔蔡德章白〕寅兄高見甚是。請至書房少坐，待弟出堂，自有區處。〔黃文炳應介，下。蔡德章向門子介。白〕吩咐傳齊各役陞堂。〔門子應介。內打陞堂鼓，衆衙役、書吏上，吆喝介。蔡德章陞堂介。白〕喚文書房配軍宋江速將抄有的册籍當堂呈閱。〔衙役應，喚介。宋江捧册籍上。白〕身名泯没衣冠淚，事業消沉簡册塵。〔書吏接册籍呈介。宋江白〕老爺在上，宋江叩見。〔蔡德章向書吏介。白〕你將這册籍送到後堂，請黃老爺看。〔書吏應，捧册籍下。蔡德章白〕宋江，難爲你初配到此這般勤謹，就抄有了這些文書，你也辛苦了。〔宋江白〕多蒙老爺垂念，小人原係書吏出身，自幼寫慣的，也不覺其辛苦。〔書吏復捧册籍上。白〕黃老爺説壁間字蹟與册籍上絲毫無差。〔蔡德章白〕宋江，你怎敢在潯陽樓上故題反詩，現有你的姓名可證。〔向衙役介〕取與他看。〔取付宋江介。宋江看，驚介〕阿呀！　老爺嗄，此詩雖係小人所作，乃是醉後亂道，並非反詩嚧。〔唱〕

【孝順歌】冤千古，詩一章，誤題粉牆因醉鄉。〔蔡德章白〕你這奴才，詩内還要賽過黃巢，況你那賊名又正應京師童謡，非反而何？　把他楞起來。〔衙役應，楞介。宋江白〕阿呀！　老爺嗄，〔唱〕詩句已荒唐，謡言更渺茫。　龍圖忖量，電雪無辜，莫教冤枉。〔蔡德章白〕這反賊自己蓄了謀叛之心，倒説本府冤枉了他，不招着實的敲。〔衙役應，敲介。蔡德章白〕問他招不招？〔衙役問介。宋江白〕受刑不起，招了罷。〔衙役禀介〕願招了。〔蔡德章白〕吩咐畫供。〔衙役應，付紙筆，宋江畫供介。白〕唉！〔唱〕只這樓上詩云，就是殺身供狀。〔衙役白〕畫供畢。〔蔡德章白〕把這叛賊下在死囚牢内。〔禁子上宋江刑具介，帶下。蔡德章白〕吩咐掩門。〔衆吆喝介。衙役等下。蔡德章進内介。黄文炳迎上。白〕老堂翁審勘重犯，着實勞苦了。〔蔡德章白〕不敢。〔黄文炳白〕老堂翁神明之下，那宋江諒必招認矣。〔蔡德章白〕他有什麽不招認的。〔黄文炳白〕堂尊爲國家弭此未形之禍亂，將來必定高陞。恭喜，恭喜。〔蔡德章白〕此亦寅兄之力，待弟修書報知家尊，申奏朝廷，寅兄自有不次之擢。〔黄文炳白〕極承老堂翁提拔，感謝不盡。〔蔡德章白〕好説。〔黄文炳白〕事關叛案，且有京師童謡爲驗，處斬反賊，不可遲緩，其中恐生他變。〔蔡德章白〕待我立刻寫書，前去請示於家尊，或是解往東京，或是本地處決，速求定奪便了。〔黄文炳白〕正當如此，但是這封書要來得迅速纔好。〔蔡德章白〕我這裏有個「神行太保」戴宗，一日能行八百里，旬日之間，管有回音。〔黄文炳白〕堂尊這裏竟有這等能人，妙極了。〔蔡德章白〕請同到内書房商酌寫書。〔黄文炳白〕請。〔蔡德章白〕佇看封書達帝京，薦賢喜得濟時英。〔黄文炳白〕羨君謀略過人處，談笑能將禍亂平。〔讓下〕

## 第十二齣　吴學究謀成五夜

〔衆頭目、衆僂儸各持兵器上。唱〕

【水底魚兒】潛伏山凹，隨身弓與刀。一聲叱咤，行人早竄逃。〔白〕我等梁山泊頭目、僂儸便是。〔衆頭目白〕奉寨主之令，到山下劫掠經商，在這裏候了半日，並没有一個人來往，這便怎麼處？〔衆僂儸白〕我們再轉到那邊路上去，少不得有晦氣的過來的。〔衆頭目白〕也説得是。就依你們，轉到那邊去。〔行介。合唱〕緑林强暴，聞名魂也銷。殺人白晝，金資攔路要，金資攔路要。〔下。戴宗負包裹上。唱〕

【醉羅歌】【醉扶歸】（首至合）禍事禍事誰相召，罪狀罪狀自供招。怪煞樓頭醉揮毫，逞甚閒才調。〔白〕我前者細細打聽，宋公明之禍盡是黄文炳那廝在蔡九知府處媒孽所成，如今蔡知府差我到東京蔡京那裏請示處決地方，限定半個月要回音。我匆迫之際，無計可施，想起吴學究前曾寄書託我照看宋大哥，爲此徑奔梁山，問計與吴用，求他解救。公明兄在獄需人照管，已曾再三囑付李逵，總不許他出監，寸步莫離，小心伏侍。我自星夜趲來，喜得離梁山泊不遠了。〔行介。唱〕【皂羅袍】（五至八）

行行不憚撲紅塵的路遥，看看相近接青霄的嶺高。【排歌】（七至末句）看我這脚蹤兒趕過高飛鳥。〔頭目、僂儸上。白〕呔！留下買路錢。〔戴宗白〕何處毛賊，敢在此劫掠？〔頭目白〕説與你唬也唬壞了，我們是梁山泊上好漢，快將行李留下，不然就要動手了。〔戴宗白〕你們果是梁山上的麽？〔頭目、僂儸白〕不敢欺，一些兒不假。〔戴宗白〕我正有事要見你寨中的吴學究，快去通報。〔頭目白〕你是何人，有什麽事要見俺軍師？〔戴宗白〕你們去説江州「神行太保」戴宗有要緊事求見軍師。〔頭目白〕既如此，我先上山去報與寨主、軍師知道，你們同他到朱大王店中去，若果是軍師的好友，自然遣人來迎接上山的。〔隨口下。僂儸白〕你真個是俺軍師的好友麽，若是假冒，你就要吃虧了嗄。〔戴宗白〕多説。〔僂儸白〕你不知道，我這裏利害多着哩。〔戴宗唱〕休裝勢，莫弄喬，輕慢了軍師平素的好知交。〔頭目、僂儸引戴宗下。衆僂儸引鼂蓋、吴用上。合唱〕

【羅袍帶封書】【皂羅袍】（首至合）虎寨登龍客到，是故人命駕，千里迢迢。看升堂握手慰勤勞，開樽把臂生歡笑。〔鼂蓋白〕適纔頭目來報，戴院長有緊要之事來見軍師，不知爲甚情由，遠涉到此。〔吴用白〕我想起來，多分是宋公明那邊有甚急事，所以他不遠千里而來。〔鼂蓋白〕已遣人駕舟相迎。待他來時，便知分曉。〔吴用白〕正是。〔頭目持句裏隨戴宗上。唱〕【一封書】（合至末）爲相交，念同袍，便虎窟龍潭也走一遭。〔吴用迎介。白〕院長，喜得别來無恙。〔戴宗白〕軍師近日定多福祉。〔吴用白〕請見了寨主。〔戴宗揖介。白〕寨主在上，戴宗參拜。〔鼂蓋白〕院長少禮。〔吴用、戴宗揖介，各坐介。鼂蓋白〕今日甚麽好風，吹得院長到此？〔吴用合白〕公明兄在那邊好麽？〔戴宗白〕不要説起，公明兄有大禍臨身，所以小可今日到此求救於寨主、軍師。〔鼂蓋、吴用驚介。白〕有了什麽禍事，請道其詳。〔戴宗唱〕

【短拍帶長音】【長拍】（首至六句）他酌酒沉酣，酌酒沉酣，吟詩跋扈露雄心，耻笑黄巢。〔鼂蓋、吴用白〕他醉後題了什麽詩，怎麽又笑起黄巢來？〔戴宗白〕在潯陽樓上醉題一詩，有「他時若遂凌雲志，敢笑黄巢不丈夫」之句，被通判黄文炳抄去，在蔡知府面前讒諂，説是反詩。〔唱〕釀出禍根苗，受嚴刑公堂訊拷。【長拍】（末句）只得屈招承叛案，痛要餐刀。〔鼂蓋、吴用驚介。白〕阿呀！不想有這等事。這便怎麽樣處？〔戴宗出書介。白〕這封書是蔡知府着我寄與他父親，請示處決之地，一有回音，就要典刑了。〔吴用看書介。鼂蓋白〕事已急矣，務求軍師設一妙計解救纔好。〔吴用笑介〕計有了。就在這封書上可以相救。〔鼂蓋、戴宗白〕怎麽就在這封書上可救？〔吴用白〕我這裏假寫蔡京回書，令其解往東京，那時差人守住要路，劫上山寨，豈非事出萬全。〔鼂蓋、戴宗白〕此計固好，但是蔡京的筆蹟誰能假得他來？〔吴用白〕我有一友，現住濟州城内，專精蘇黄米蔡四大家書法，唤名「聖手書生」蕭讓，此人若假蔡京之書，形神酷似。又有一人金大堅，善仿古今篆章，人皆稱爲「玉臂匠」，亦在濟州居住，若鎸刻蔡京圖書，那蔡知府必不能識破。但戴院長限期緊迫，若差人前去濟城，往返尚需時日，恐怕遲誤耳。〔鼂蓋白〕這便怎麽樣好呢？〔戴宗白〕這有何難，憑着小弟神行之術，願往濟州走遭。〔鼂蓋、吴用白〕院長從江州千里到此，曾未少息，怎好又經跋涉。〔戴宗白〕士爲知己者死且不懼，豈憚辛

苦，但恐蕭、金二人不肯來此，那時却怎麽樣？〔吴用白〕若説明是梁山，他二人斷不肯來，我自有賺他之計。〔唱〕

【尾聲】這籌兒多奇巧。〔鼉蓋、戴宗唱〕請試説就中玄奥。〔吴用白〕請院長到後寨與衆頭領相見，薄酌洗塵，飲酒中間，自當説知就裏。〔唱〕杯酒交歡和恁謾絮叨。〔同讓下〕

# 第十三齣　蜈蚣嶺窗前露醜

〔張桂香上。唱〕

【引】孤身誰靠，無端惹禍苗。〔白〕奴家張桂香是也，自恨薄命，不幸母親早逝，父親在堂，一生專信陰陽，不料被惡道王飛天一氣而絶。今日備得一陌紙錢，且到墳塋痛哭一番，以盡人子之道。奶娘那裏？〔奶娘上。白〕來了。羊奶牛之犢，長大各分離。小姐説什麽？〔張桂香白〕祭禮可曾完備？〔奶娘白〕停當多時。〔張桂香白〕叫奶公一同前去。〔奶娘白〕老兒那裏？〔奶翁上。白〕門前冷落無車馬，家道貧窮少人行。〔見介。奶娘白〕挑了食盒，前往墳塋便了。〔奶翁白〕曉得。〔同唱〕移步出芳郊，待踏遍春光寸草。看鶯梭如織，把奴家心機愁緒都穿好。〔奶翁、奶娘唱〕勸小姐遮莫傷懷抱，從來只有天公道。禍淫福善終須報，且盼向墳頭三尺高。〔張桂香白〕爹娘呵，〔唱〕可憐伊幽恨難消，可憐奴血淚如潮。〔下。武松上。白〕披緇削髮入禪林，知己相逢欲斷魂。手執禪杖隨身舞，匣中戒刀亮如銀。俺武……〔看介〕洒家武松，爲報兄仇作出許多勾當，天年不濟，受了多少魔障。殺死張都監，血濺鴛鴦樓，剖腹蔣門神，怒打飛雲浦，又殺了多少人，人命官司一發大了，爲此張青兄與二娘將俺改扮陀頭模樣，去向二龍山投奔楊志、花和尚。俺日間不敢潛蹤移跡，只得夜晚信步而行。呀！你看今晚月明燦爛，春風透體，正好奔走一程也。〔唱〕

【吹腔】回首平生興晨豪，一腔熱血向誰澆。白雲迢遞家山道，好似失群孤鴈乍離巢。夜深月黑風聲悄，莫不是景陽崗上走山貓。陡起了殺人心事英雄膽，劍氣長虹萬丈高。俺逃生賴佛非真性，撥草尋蛇是命招。隱隱林端燈火現，迤邐緩步覓村醪。〔下。蜈蚣道人上。唱〕

【點絳唇】泥腿根苗，雄心桀驁逞强暴，好酒貪花，到處人驚擾。〔白〕不煉金丹不坐禪，不爲商賈不耕田。殺人放火鋼刀快，慣使人間作孽錢。自家姓王名飛天，自稱「蜈蚣道人」，在這嶺上聚集多少好漢，都是師弟相稱。且住嶺下有個員外名喚張坦，他錯認我是風水先生，請我與他查看墳墓，我意欲圖他資財，害了他性命，這也不在話下。他有個女兒生得十分美貌，我意欲搶他上山，只是不能到手，這便怎麽處。哦，有了，不免喚徒弟每出來商議便了。徒弟每那裏？〔衆徒弟上。唱〕

【水底魚】擎拳飛脚，吾師武藝高。佔踞窩巢，有誰捋虎毛。〔白〕師父有何吩咐？〔蜈蚣道人白〕徒弟每，喚你每出來不爲别事，只因張員外的女兒生得十分美貌，只是不能到手，喚你每出來大家商議。〔衆徒弟白〕師父，這有何難，那張小姐時常拜掃墳塋，待徒弟每搶上山來，與師父成親，有何不可。〔蜈蚣道人笑介。白〕妙嗄。聽我吩咐。〔唱〕

【金錢花】你每與我引誘多嬌、多嬌，包管搶到山凹、山凹。排花燭。〔衆徒弟唱〕醉春宵。〔蜈蚣道人唱〕雙攜手。〔衆徒弟唱〕人絞綃。〔蜈蚣道人唱〕相思債。〔衆徒弟唱〕總勾消。〔重下。奶翁、奶娘、張桂香上。同唱〕緑陰紅雨漾亭皋，白骨青山極望遥。鞋弓襪小路迢迢，一寸柔腸百寸焦。〔奶翁白〕小姐，已到墳上了。〔張桂香白〕將祭禮擺下。阿呀！爹娘嗄，〔唱〕九原誰把親爺叫，半子空將冷飯澆。只要你幽魂不昧擒妖道，哎呀！爹娘嗄，纔把心頭惡氣消。〔衆徒弟上，打進門介。奶翁白〕住了，你們這些人是那裏來的？〔衆徒弟白〕聽者。我等呵，〔唱〕我本是蜈蚣嶺上衆山魈，特來作合鳳鸞交。俺魔王有意求羅刹，要你月明林下去吹簫。〔奶翁白〕嗄！清平世界，朗朗乾坤，你們擅搶民間女子，該當何罪。〔唱〕我是良民來祭掃，伊休胡亂肆炰烋。〔徒弟作打介。奶翁唱〕駡一聲狐群狗黨精强盜，難道三尺王章等弁髦。〔蜈蚣道人上，作踢奶翁下。白〕徒弟們，怎麽樣了？〔衆徒弟白〕好話兒説了千千萬，只是不從。〔蜈蚣道人白〕小姐，快快同我到嶺上去。〔奶娘白〕强盜，你將我員外殺死，你今又來霸占我家小姐，天理何存，是天理何存嗄。强盜，〔唱〕又不是前世冤仇今世報，到教他披着麻衣綰翠翹。任伊賣弄言詞巧，只怕你一輪明月水中撈。〔蜈蚣道人唱〕衝冠怒髮心焦躁，待揮霜刃兩開交。〔欲殺介。白〕從不從？〔衆徒弟白〕從不從？〔奶娘白〕螻蟻尚且貪生，爲人豈不惜命。〔衆徒弟白〕從下了。〔蜈蚣道人白〕搶上山去。〔搶介，下。奶翁上。唱〕

【水底魚】心驚肉跳，殘生何處逃。昂首長號，有誰作解交，有誰作解交。〔白〕這是那裏説起，我同小姐上墳拜掃，來了這許多賊人，竟將小姐搶去了嗄。皇天嗄。且住，我還在此啼哭甚麽來，我如今稟報官府，差了人來殺了野道，救出我家小姐，這就是天從吾願了。〔下。武松上。唱〕上危坡人蹤絶少，鬧查查聽驚鳥，在樹稍。〔内叫苦介〕呀！〔唱〕耳邊漸覺哀哀叫，莫不是羈人失路走山腰。〔奶翁上。唱〕蹣跚難步羊腸道，氣結咽喉心内焦。〔武松踢介。白〕敢是奸細麽？〔奶翁白〕爺爺，我是去伸冤告狀的。〔武松白〕有話起來講。〔奶翁白〕爺爺嗄，小人就是章柳村人氏，只因同我家小姐上墳拜掃，來了許多賊人，把我小姐搶去了。〔唱〕平白地遇强徒行要劫，生擦擦擁佳人進賊巢。〔武松唱〕聽説罷心頭火冒，只問伊可識舊根苗。〔白〕老頭兒，你可知道他姓甚名誰，他的巢穴在那裏？〔奶翁白〕哎呀！爺爺，我怎的不知，是我怎的不曉，他姓王名飛天，自稱「蜈蚣道人」，喏喏，就住在蜈蚣嶺上。〔唱〕這蜈蚣自有飛天號，雄踞山頭似虎彪。〔武松白〕原來如此。老頭兒，俺與你殺了這野道，救你家小姐還你。〔奶翁白〕嗄！爺爺，你若救出我家小姐，謾説是老奴了，就是我那辭世的東人，他死在九泉之下感恩非淺，感恩非淺。〔唱〕你若救得閨中秀，東人九土戴恩膏。〔武松白〕老頭兒嗄，你且起來，快快領俺前去者。〔唱〕來來來，隨着俺，隨俺前去救嬌嬈，還教踏破虎狼穴，擒出蜈蚣試戒刀。〔奶翁白〕爺爺，不用行了。〔武松白〕怎麽不用行了？〔奶翁白〕這裏是了。〔武松白〕如此，待俺殺了這野道。〔奶翁白〕爺爺，只恐怕你一人不是他的對手。〔武松白〕哎！老頭兒，你看山中火起，即來救你家小姐性命，山中火不能起，各自逃命去罷。〔下。奶翁白〕好一個莽撞師父，竟自越牆過去了，倘然殺了野道救出我家小姐，就是天從吾願了。〔下。内吹打，徒弟扶奶娘、張桂香上。蜈蚣道人上。白〕徒弟

每，請你新娘拜天地。〔扯張桂香拜介〕看酒來。〔合唱〕

【新腔】請新娘將天地同拜告，玳筵開花燭亮燒。一杯合巹陳科套，休羞澀且進香醪。〔白〕徒弟每，把四面亮窗吊起，與你新娘對月飲酒，爾等迴避了。〔衆徒弟下。蜈蚣道人白〕嗄！張小姐，你看我這蜈蚣嶺上有享不盡的富貴。〔張桂香白〕强盜，你將奴家搶上山來，是何道理？〔唱〕你害我骨肉分離了，還思量逼勒小苗條。任你舌底蓮花巧，我玉貌寧甘血染刀。〔蜈蚣道人白〕哇！你在我蜈蚣嶺上，還想飛上天去麽？〔唱〕恁孤身已作籠中鳥，我欲火還將祆廟燒。〔武松上。唱〕狂且且慢相調笑，管教你一天好事似冰消。〔打門介。奶娘、張桂香下。蜈蚣道人白〕徒弟那裏？〔徒弟上。蜈蚣道人白〕外面門響，開門看來。〔徒弟應，出門，武松殺徒弟下。進門與蜈蚣道人對戰介。武松追蜈蚣道人下，武松隨下。蜈蚣道人上。白〕徒弟每那裏？〔衆徒弟上。白〕師父，怎麽樣了？〔蜈蚣道人白〕不知那裏來了一個野和尚，被他好打嗄。〔衆徒弟白〕他既如此，我們打上前去。〔各下。武松上，亂殺介。蜈蚣道人上，對戰介。武松殺蜈蚣道人下。衆徒弟上，對武松戰介。武松殺衆徒弟下，武松隨下。又追奶娘、張桂香上。唱〕

【滴溜子】奴家的奴家的殘生莫保，猛可裏猛可裏妖人天討。〔武松白〕你們是什麽人，快些講來？〔張桂香白〕爺爺嗄，奴是嶺下張太翁之女，小字桂香。〔唱〕可憐正難計較，得遇大慈悲剪除兇暴，雪恨報仇，都在這遭。〔武松白〕原來如此。你每進内打點金銀，待俺放火燒了這寺院便了。〔奶娘、張桂香下。武松放火介，下。奶翁上。白〕你看山中火起，一定是那莽撞師父殺了野道，救出我家小姐，我如今不免急趕上前去便了。〔唱〕驀見山頭如野燒。〔奶娘、張桂香、武松同上。唱〕一謎裏付煙消，還覺驚魂在九霄。殺得他鬼哭與神嚎。〔作見介。武松白〕快領你小姐回去。〔衆同白〕恩人請上，受我等一拜。〔唱〕

【吹腔】謝師父答救奴軀命，朝夕焚香來拜禱。〔奶娘、張桂香下。奶翁白〕師父請轉。〔武松白〕做什麼？〔奶翁白〕請問師父高姓大名。日後好教小姐答報。〔武松白〕問我麼，俺乃景陽崗上打虎的武松也。〔奶翁白〕怎麼，你就是打虎的武松？〔笑下。武松白〕妙嗄。俺武松今夜又行此一節，實乃快樂人也。事不宜遲，就奔二龍山去也。〔唱〕我雄心雖則歸三寶，留取芳名萬古標。〔下〕

## 第十四齣　套私書太保回轅

〔蕭讓、金大堅上。分白〕銀鈎揮出龍蛇體，玉筋鐫成蝌蚪文。小技雕蟲何足道，綠林豪客盡知聞。自家蕭讓是也。自家金大堅是也。我等各憑薄藝，名振濟城，不想梁山泊上軍師吴學究欲救宋公明，設計遣戴院長假扮泰安州東嶽廟太保，賫銀請我二人書刻嶽廟碑文。詎意行至中途，被衆好漢劫上山來，要我二人假寫蔡京手書，鐫刻假圖章，令其子蔡九知府將宋公明解往東京，梁山泊好漢以便劫救。不想又暗暗將我兩家家小賺上山來，勸我等入夥。我二人因見鼂天王十分義氣，且無内顧之憂，故爾安心在此聚義。如今已將假書寫就，假圖章亦已印好，只待寨主與軍師陞帳呈覽。〔鼂蓋上。白〕濟困扶危原我志。〔吴用上。白〕神機妙算有誰知。〔戴宗上。白〕但看一紙書傳遞。〔合白〕果是賢於十萬師。〔各見介。蕭讓呈書介。白〕小可細仿蔡京行世法帖并各種墨蹟寫就此書，神形酷似。〔金大堅白〕小可悉照蔡京行世圖書鐫刻此章，分毫不錯的。〔鼂蓋白〕這文墨之事却不在行，請軍師觀看。〔吴用接看介。戴宗白〕但願一字無訛纔好，若不然另寫起來，恐誤限期，致彼疑心。〔吴用白〕果然筆蹟相同，篆法無二，那蔡德章豈能識破。〔付書與戴宗介。白〕院長可作速持回，暗將此計向公明兄説知，我這裏差衆兄弟在半路裏迎接上山。〔鼂蓋白〕與我多多拜上公明兄，專候寨中相見也。〔戴宗接書收入包裹内介。白〕小弟就此辭別寨主、軍師，星夜趕回也。〔鼂蓋、吴用白〕請快快登程罷。〔戴宗白〕一緘書札真還假，千里程途往復來。〔急下。鼂蓋白〕此封書去，定將公明兄起解，那時邀請上山，一同聚義，正愜我願。〔吴用想介。白〕不好了。這封書大有破綻。〔蕭讓、金大堅白〕並無有什麼破綻處。〔吴用白〕那用的圖書是「翰林蔡京」四字？〔金大堅〕正是。〔吴用白〕那是蔡京在翰苑的圖書，如今已登台鼎，如何還用翰林圖章，況父寄子書，豈有用諱之理。此書非但不能救公明兄，連戴院長性命亦不保矣。〔鼂蓋、蕭讓、金大堅白〕既是這樣，快着人去追回戴院長，重新再寫便了。〔吴用白〕他作起神行法來，那個追趕得上？〔鼂蓋白〕這便怎麼樣好？〔吴用白〕爲今之計，惟有速遣衆頭領，授以密計，劫取法場，方能救得二人性命。〔鼂蓋白〕既然如此，吩咐擂鼓傳衆頭領上堂，聽軍師發令。〔鼂蓋、吴用白〕旌旗五色雲霞繞。〔蕭讓、金大堅白〕金鼓三通霹靂鳴。〔下〕

# 第十五齣　悟假篆軍師遣將

〔內擂鼓吹打介。衆僂儸、衆頭目、林冲、劉唐、阮小二、阮小五、阮小七、花榮、秦明、黄信、燕順、王英、鄭天壽、吕方、郭盛、杜遷、宋萬、朱貴、石勇、白勝上。鼂蓋、吴用、公孫勝同唱〕

【點絳唇】才足圖王，智堪將將。〔鼂蓋、公孫勝同唱〕無多讓那高卧南陽，不枉了道號稱「加亮」。〔吴用白〕不敢。〔吹打介。吴用陞高臺，衆參見介。白〕寨主、軍師在上，衆頭領參見。〔吴用白〕諸位少禮。〔衆〕不敢。〔分兩旁介。吴用白〕你看衆頭領好不勇猛也。想俺山寨中呵，〔公孫勝、吴用、鼂蓋同唱〕

【混江龍】雖則是潛居草莽，一般的旗開正正陣堂堂。漫猜做衆皆烏合，可知道人盡鷹揚。一箇箇能征兼善戰，一人人有勇且知方。軍如細柳恁森羅，將同大樹多謙讓。盡擐着耀日華的鮮明鎧甲，齊擎着攢雪片的鋭利刀鎗。〔白〕林冲、杜遷、宋萬、朱貴聽令。〔林冲等應介。吴用白〕汝等四人前往江州，扮作推車客商，車中暗藏兵器，擠至法場東首，以備臨期應用。〔付令旗、柬帖介。白〕照帖行事。〔林冲等〕得令。〔吴用白〕劉唐、白勝聽令。〔劉唐等應介。吴用白〕你兩個前往江州，假扮秧歌，闖入法場西首。〔付令旗、柬帖介。白〕照此帖而行。〔劉唐等〕得令。〔吴用白〕爾等且聽我吩咐。〔林冲、劉唐等應介。

吴用唱〕

【油葫蘆】這不比對壘衝鋒赴戰場，喊殺聲雷震般響，要做個暗中掩襲悄行藏。按雄心莫露出真形狀，弄虛脾好裝作喬模樣。這一隊挽柴車要擋住人，那一隊敲花鼓任脱着腔。殺人場釘子拚把頭顱撞，那管他兵卒緊隄防。〔林冲、劉唐等應介。內鳴金、掌號介。林冲、劉唐等下。吴用白〕花榮、秦明、黄信聽令。〔花榮等應介。吴用白〕汝等三人前往江州，假扮使鎗賣藥之人，趕至法場南首。〔付令旗、柬帖介。白〕照帖行事。〔花榮等白〕得令。〔吴用白〕吕方、郭盛、石勇、燕順聽令。〔吕方等應介。吴用白〕爾等扮作挑柴脚夫，潛入江州，混在法場北首。〔付令旗、柬帖介。白〕照帖遵行，不得有違。〔吕方等白〕得令。〔吴用白〕想俺這神謀妙用呵，〔唱〕

【天下樂】絶勝他鼂錯當年稱智囊，包也波藏莫測量。恁但遵着嚴明號令無違抗，便是那決勝的胯下信，運籌的橋下良，也全憑着紀律肅秋霜。〔花榮、吕方等應介。內鳴金、掌號介。花榮、吕方等下。吴用白〕王英、鄭天壽、三阮聽令。〔王英等應介。吴用白〕你五人前去江州，假扮弄蛇乞丐，一等法場上動手行劫，先至東門殺死門軍，并截殺追趕的官兵。〔付令旗、柬帖介。白〕照帖行事，不得有違。〔王英等白〕得令。〔吴用白〕南北塞頭目、僂儸聽令。〔衆頭目、衆僂儸應。吴用白〕汝等前往江州，假扮各色乞兒在法場左近伺候，待衆頭領殺退監斬官，汝等背負宋、戴二公，自有衆頭領一同殺出東門，不得有違。〔頭目、僂儸白〕得令。〔吴用唱〕

【寄生草】恁可也暫斂英雄相，權爲乞丐裝。還只怕莽心胸不慣那卑情況，偉儀容不似那愁模樣，勇身軀不比那窮形像。不用向丹陽市上竹簫吹，只須去潯陽城裏把蓮花唱。〔王英、頭目等應介。內鳴金、掌號介。王英、頭目等下。吳用下臺介。鼂蓋、公孫勝白〕軍師分派衆頭領各授妙計，着實勞頓了。〔吳用白〕不敢。〔鼂蓋白〕明早我當率領頭目，僂儸親自下山，策應救取公明兄，以見交情。那山寨中一應事宜，全仗軍師與「一清先生」管理。〔吳用、公孫勝應介。同唱〕

【煞尾】不須明處逮旌旄，只索暗地排兵仗。早潛伏下幾多虎將，笑他那斗大城垣怎抵擋。列弓矢旗槍，握干戈戚揚，佇看取孽龍般攪海與翻江。〔同下〕

# 第十六齣　江州郡雙雄遘難

〔戴宗上。唱〕

【一江風】鴈南飛，賽過傳書鯉，定下了瞞天計。〔白〕我戴宗躭着血海般干係，走到了梁山，又騙了蕭讓、金大堅到來，寫成蔡京真跡，鐫刻蔡京圖書，教他囚解上京，以便於中取事。我想這樁事穩穩的落在我圈套裏了，只是這一來我也休想在江州過活。呸！我想如今貪官污吏濁亂朝廷，到不如與些忠義之士過日子倒好，將來受了招安，也好替國家出力，倒强如牛前馬後哩。〔唱〕豎降旗，一笑封侯，强似官場，白日團魑魅。〔白〕且住，我如今先到府堂上銷了差，就到獄中報與宋大哥，教他今夜歡喜歡喜也是好的。〔唱〕天鷄暗裏啼，天鷄暗裏啼，龍媒可脱覊。報平安盡在這家書內。〔白〕來此已是府前了。不免傳鼓。〔作傳鼓，門官上介。白〕什麽人傳鼓？〔戴宗白〕戴宗在東京回來了。

〔門官白〕戴院長真個你回來了，你好神也。好好好，此刻老爺同黄老爺在那邊吃酒，你且隨我來。

〔戴宗白〕是。〔下。蔡德章、黄文炳同上。唱〕

【又一體】勸觥罍，少飲尋佳會，畫閣簾拖地。〔黄文炳白〕老堂翁，小弟實不勝酒量了。〔唱〕玉山頹，漸覺如泥，暫徹壺觴，領受尊前意。〔蔡德章白〕老寅兄既不勝酒，小弟也不敢相强，我們散散罷。〔唱〕你看雙峰瀑練垂，雙峰瀑練垂，似銀河捲雪飛，舊青衫鬪不過匡廬翠。〔門官同戴宗上。白〕你且住着，待我先稟一聲。〔戴宗白〕曉得。〔門官作稟介。白〕啓上老爺，戴宗回來了。〔蔡德章白〕怎麽説？〔門官白〕戴宗回來了。〔蔡德章白〕他去不多幾天就回來了，真神行太保也。叫他過來。〔門官叫戴宗見介。戴宗白〕恩主在上，戴宗叩頭。〔蔡德章白〕你真個來的恁快。可有回書？〔戴宗白〕回書現有。〔作呈書介。蔡德章白〕你曾見我太師麽？〔戴宗白〕小人只住得一夜，不曾得見恩相。〔蔡德章白〕我好歡喜也。家丁們，賞與他三碗酒。〔家丁作斟酒，戴宗飲介。蔡德章作拆封介。唱〕

【宜春令】開函處，手敬披，字分明從頭細窺。慮關軍國，精詳領略高堂意。〔白〕左右過來，賞他大銀一錠，教他將息去罷。吩咐連夜造成囚車，差人起解便了。〔左右遞銀介。戴宗叩頭介。白〕多謝恩主。暫將嚇鬼瞞神事，竟作偷天换日人。〔下。蔡德章白〕老寅兄，恭喜，恭喜。指日就有高擢之信了。〔黄文炳白〕怎麽説，果然送書的人回來，真好神速。〔蔡德章白〕適纔家父的家信説：〔作開書讀介。白〕妖人宋江，聖上自要他看。可令牢固囚車盛就，密切差的當人員連夜解上京師，沿送休教走失。這書尾説：黄文炳早晚奏過天子，必然自有除授。字字都是家父親手寫的，老寅兄不信請看。〔黄文炳白〕家書如何可以看得。〔蔡德章白〕老寅兄乃心腹之交，看看何妨。〔作遞書介。黄文炳作看書介。蔡德章向家丁白〕這樣人真真中用，我們府中那討得這宗健腿。〔家丁白〕他是有名「神行太保」。〔蔡德章白〕且喜信籠内許多東西都收了，並没有説不好。〔家丁白〕便是。〔黄文炳作看書驚介。白〕老堂尊，這封書只怕未必是真的。〔蔡德章笑白〕老寅兄休疑心，這是家父親手寫的，誰假得來。〔黄文炳白〕往常曾有這個圖書麽？〔蔡德章看介。白〕這個圖書倒不是，或者隨手用的也未可知。〔黄文炳白〕可又來，〔唱〕若是鈐花押瑣屑家言，只該印小篆平安私記。〔白〕老堂尊，休怪小弟多言，方今天下盛行蘇黄米蔡四家字體，誰不會寫？這個圖書是令尊恩相做翰林時用的，如今太師丞相，如何肯把翰林圖書使出來？況且父寄與子呵，〔唱〕何必點畫端嚴，恁般工緻。〔蔡德章白〕總是老寅兄見他去來得快，是以疑心，那知他是有法力的。既然老寅兄不信，這事不難，此人自來不曾到過東京，一盤問便知虚實。家丁過來，即傳戴宗問話。〔家丁應介，下。黄文炳白〕老堂尊明鏡少閒，若有一字不對，便是假的。〔家丁同戴宗上。家丁禀介。白〕戴宗傳到了。〔蔡德章白〕如此暫請老寅兄小書房寬坐，待我問他。〔黄文炳白〕領命。〔虚下。蔡德章白〕叫他過來。〔皂役暗上，站班介。戴宗白〕小人戴宗叩頭。〔蔡德章白〕適纔事忙，我也不曾問你明白。你前日到京師，從那座門進？〔戴宗白〕小人到東京時天色晚了，不知叫什麽門。〔蔡德章白〕也罷了，我家府裏門前誰接待你？〔戴宗白〕小人到府門尋見一個門子，接了書入去，少刻門子出來，交收了信籠，着小人自去尋客店住。次日五更，只見那門子回書出來，小人怕悮日期，慌忙來了，也不及閒談。〔蔡德章白〕那門子多大年紀？〔戴宗白〕小人去是晚間，來是五鼓，實在不曾看得仔細，大約中等身材，有些髭鬚。〔蔡德章白〕嗄！我把你這該死的狗才。左右，與我掌嘴。〔左右作掌戴宗嘴介。蔡德章白〕我府裏老門子王公已死，如今只是小王看門，如何道他有髭鬚，況兼門子小王不能彀進去，必要由府堂裏張幹辦方纔去見李都管，然後傳進。我這兩籠東西是自己家信，豈無心腹人出來問你。好大膽的賊子，與我扯下，去重砍四十。〔左右打介。蔡德章白〕還不快招。〔戴宗白〕總是小人該死，此時百口難辨，只求恩主太老爺看看，可是太師爺的筆蹟，小人的冤就伸了。〔蔡德章白〕這是套寫的，有什麽不像。左右，與我拶起來。〔左右作拶戴宗介。蔡德章白〕問他招不招？〔戴宗白〕實在招不成，太老爺。〔蔡德章白〕再取短夾棍過來。〔戴宗白〕太老爺，小人情願招了，這書原是假的。〔蔡德章白〕講。〔戴宗白〕小人路經梁山泊，被强人劫取上山，要剜腹剖心，在小人身上搜去書信，奪去信籠，却饒了小人。情知回來不得，只要山中乞死，他那裏寫這封書與小人脱身的。〔蔡德章白〕不必問了，這厮與梁山泊賊人通同造意無疑的了。左右，取大枷枷了，放在死囚牢裏，我自有道理。〔戴宗作帶枷，左右押下介。蔡德章白〕快請黄老爺。〔黄文炳出見介。蔡德章白〕老寅兄猜疑不錯。〔黄文炳白〕小弟在屏風後竊聽明白，眼見得此人結連梁山泊，通同造意，謀叛爲黨，若不翦除，必爲後患。〔蔡德章白〕就把這兩個問成招狀，立了文案，押去市曹斬首，然後寫表申朝。〔黄文炳白〕高見極明。〔蔡德章白〕今日若不是老寅兄，幾乎被他瞞過，小弟自當動文書保舉老寅兄纔是。〔黄文炳白〕小弟告别了。只是事不宜遲，求老堂尊速決。〔蔡德章白〕領命了。請。〔黄文炳〕請。〔下。蔡德章白〕左右，吩咐傳唤當案黄孔目過來。〔左右傳介。白〕太老爺唤當案黄孔目。〔孔目上。白〕有心師項伯，無計學朱家。太老爺有何吩咐？〔蔡德章白〕你把宋江、戴宗供狀招款，一面粘連疊成文案，一面寫下犯由牌，明日午時三刻，押赴市曹，斬首施行。〔黃孔目〕是。只是這幾日決囚不得。〔蔡德章白〕自古謀逆之人，決不待時，有什麽決不得？〔黃孔目白〕啓上太老爺，明日是國家忌日，後日又是七月十五中元之節，不可行刑，大後日是國家景命，直待五日後方可行刑。〔蔡德章白〕既然如此，就遲幾日也不妨，只是又教這厮多活幾天。〔起身介。唱〕

【尾聲】皋陶留着刀頭鬼，趕不上盂蘭嘉會，可惜我一紙家言被賊窺。〔下〕

# 第十七齣　劫法場群雄會廟

〔李逵上。白〕天性由來膽量粗，怒提雙斧血糢糊。他年大展屠龍手，始見英雄大丈夫。俺李逵一生慣抱不平，誰想撞出一樁事來。那公明大哥一見了我，就似親弟相待。豈料他醉後題了什麽反詩，被黄文炳這厮幾番讒譖，遂成大獄。戴大哥到梁山修了一紙假書救他，又被那狗男女識破，併逮于罪，立成文案，今日就要殺他二人。咳！天下有這樣不平的事兒，真正氣死我也。俺如今無計可施，只得身藏短斧，到那法場左側，待他臨刑之時，混入法場，掄開板斧，殺他娘一個希爛，救他二人便了。正是殺人可恕，情理難容。〔下。林冲、杜遷、宋萬、朱貴扮客商推車上。唱〕

【四邊静】行商學做喬行業，推車怎循轍。市價敢誰平，行情任咱說。〔白〕我等奉軍師將令，來此江州劫救宋押司、戴院長，打聽得今日就要處斬，須當快趕到法場上去。〔行介。唱〕神謀特設，軍機莫泄，山泊衆英雄，管把法場劫。〔下。花榮、秦明、黄信扮使鎗賣藥人上。白〕在地的衆鄉親聽者，這是跌打損傷膏藥，這是千金萬應靈膏，其效如神，只要半分一張的藥本，你們多多的買些去，或是自用，或是濟人。快些來買，不要當面錯過了。〔花榮白〕噲！夥計，待我先耍幾路鎗法與衆鄉親看看，

他們自然都來照顧的。〔秦明、黃信白〕夥計，説得有理。〔花榮使鎗介。秦明、黃信從旁諢介。同唱〕

【又一體】把花鎗哄動是江湖訣，還憑弄唇舌。假藥受咱欺，真方向人説。〔秦明白〕不要在此閒諢了，快趕到那邊去幹正事罷。〔同唱〕神謀特設，軍機莫洩，山泊衆英雄，管把法場劫。〔下。劉唐扮打秧歌人打鑼，白勝扮女人敲鼓同上。唱秧歌諢介，下。呂方、郭盛、石勇、燕順扮脚夫挑柴上。分白〕深山落草稱頭領，鬧市擔柴扮脚夫。你看那邊一起弄蛇化子來了，我們且歇下擔兒看他。〔王英、鄭天壽、阮小二、阮小五、阮小七扮乞兒上。阮小七弄蛇介。衆諢介。二頭目、四僂儸扮各色乞兒上，唱蓮花落介。諢介。地方上。白〕呔！你們這些叫化胚，那裏來的，在此混什麽，此地即刻就要處斬重犯了，還不快快躲開去。〔趕打衆下。衆衙役排執事、衆官兵執器械引蔡德章上。同唱〕

【一江風】揭竿人，罪狀曾嚴訊，叛跡難容隱。得情真，何用哀憐，不必矜疑，一死原伊分。〔到法場介。蔡德章白〕快把斬犯二名押過來。〔衙役應，向内傳介。内應介。内擊鼓、敲鑼、吹哨介。四劊子押綁宋江、戴宗上，見介。劊子白〕斬犯二名當面。〔宋江、戴宗白〕你這糊塗的狗官，聽信了黃文炳的讒言，誣陷我二人死罪，我死必當作厲鬼殺汝。〔唱〕你奸囘上負君，奸囘上負君，貪婪下虐民，況那豺狼性多殘忍。〔蔡德章作氣介。白〕這兩個死囚，到此地位，尚敢這等强暴，不要等什麽午時三刻了，快快斬訖報來。〔劊子應介。推宋江、戴宗欲下。梁山泊衆人從兩旁喊殺上。白〕呔！不得動手，梁山泊好漢全夥在此。〔李逵持雙斧跳上，殺劊子介。二頭目去宋江、戴宗綁，背負介。官兵抵敵介。衙役、蔡德章逃下，官兵戰敗下。

李逵白〕你們是梁山上的好漢，快快隨俺李逵來，殺條血衚衕，方洩我恨。〔李逵先下，梁山泊衆人擁護宋江、戴宗後下。穆春、李立、張橫、張順、童威、童猛、穆弘、薛永、歐鵬、蔣敬、馬麟、陶宗旺棹船上。同唱〕

【月上海棠】心轉憂，怎機緣不我躭時候。把垂危兩命，務要奪轉刀頭。〔分白〕我等正在商量要去劫獄，打聽得蔡知府那厮今日要將他二人在本地處斬，事已急矣，爲此連忙渡江，竟到法場上去劫救。〔同唱〕只知是友誼無虧，那管得王章不宥。〔望介。白〕你看塵頭起處，不知何故，且莫管他，只管衝殺上去。〔李逵引梁山泊衆人背負宋江、戴宗上。僂儸、頭目引鼂蓋擁護上。同唱〕紛馳驟，上將争先，中軍殿後。〔穆宏等見介。白〕原來先有人劫了法場了。〔梁山泊衆人白〕我們是梁山泊上好漢，誰敢攔擋。〔穆宏等白〕我們皆是宋押司、戴院長的好友，也是來劫法場的。〔鼂蓋白〕原來如此。多謝衆位。〔内吶喊介。僂儸白〕官兵追殺出城來了。〔鼂蓋白〕既有官兵追來，我們迎殺上去。〔穆宏等白〕劫法場義舉衆好漢已占頭功，抵敵官兵讓我等出些微力罷。那邊江口現有船隻，張氏弟兄可先送衆好漢過江，在白龍廟暫住，待我等殺退追兵，渡江相會。〔鼂蓋等白〕既是這等説，從命便了。〔鼂蓋、宋江等作上船介。同唱〕

【園林好】本蓄有瞞天異謀，況結下如山大讐。看血染潯陽江口，從此後起戈矛，從此後起戈矛。〔鼂蓋、宋江等下。衆官兵引一把總、一千總上。唱〕

【江兒水】忽爾來强寇，公然劫斬囚，這疏防的責任皆城守。〔穆宏等接戰介，千總、把總等敗下，穆宏等追下。上水雲。鼂蓋、宋江等上大船。唱〕送征帆五兩天風驟，壯軍聲千疊江濤吼。〔穆宏等上。唱〕不用苦争惡鬪，笑他孱弱官軍，盡棄甲曳兵而走。〔穆宏、穆春白〕那些無用的官兵，殺的殺，逃的逃了，直追至城邊，因城門緊閉，只得渡江來了。〔李逵白〕你們都隨俺鐵斗去，攻破城池，將蔡德章闔門殺盡，方出俺這口惡氣。〔戴宗白〕住了，江州城垣堅固，況有守禦兵將，如何就可打破。〔宋江白〕我想這場禍事，雖是蔡德章那厮糊塗，却因黃文炳奸惡釀成，誓必殺却此賊，方洩我二人之恨。〔鼂蓋、穆宏等白〕這樣奸賊，亟當屠戮，趁衆英雄都集在此，即時渡江，到無爲軍去殺他一門髫齔不留。〔薛永白〕且謾，且謾。不可造次。我在江湖日久，悉知此地形勢，那無爲軍城垣堅固，守禦甚嚴，況現在江州失事，彼處必然加意防備，且待我去潛探虛實，然後舉動。〔穆宏、穆春白〕薛教師所言甚善。且請衆好漢至小莊歇息，俟薛教頭探聽回來，再爲定奪。〔薛永下。李逵白〕只是便宜這賊子又多活幾日。〔衆白〕正是。〔唱〕

【尾聲】向刀鎗林裏把餘生救，想義士自有皇天默佑。〔宋江、戴宗白〕蔡德章，蔡德章。〔衆同唱〕今日裏縱虎歸山恁可躭着憂。〔同下〕

# 第十八齣　無爲軍一炬報仇

〔侯健上。唱〕

【駐雲飛】業在成衣，祖貫洪都爲故里。浪跡閒生計，作事多精細。嗏。走綫煞神奇，兼諳武藝。結識江湖，綽號「猿通臂」。〔白〕小可侯健，做得第一手裁縫，性愛使鎗弄棍，心存結納英雄，來此無爲軍生理，薦在分守黄通判衙中做衣服。前日江州劫了法場，黄通判往府衙中去了，趁此閒暇，不免往街坊頑耍一回，倘闖出些機會來，幹得一樁事業也未可知。〔唱〕怎把頭來簷下低。〔白〕咦？前面好似我薛師父來了。〔薛永上，見介。白〕徒弟，我正要來尋你，曉得你在黄通判衙中，怎生相遇得湊巧。〔侯健白〕師父有何差委，儘説不妨。〔薛永白〕僻静去處好講。〔略行介。薛永唱〕

【又一體】特地尋伊，只爲劫殺江州前案裏，都是那黄通判猜詩謎，惹得那衆好漢成仇地。〔白〕如今急切報仇，要用你做一個内應。〔唱〕嗏。内應盡心機，英雄聚義。〔白〕那人呵，〔唱〕貫耳如雷，及時雨聲名沸。〔侯健白〕原來就是山東「及時雨」宋公明，欽仰已久，方恨無緣識面，叨蒙薦引，願

竭寸長。〔薛永白〕既如此，我們喚一小舟，徑到穆家莊上去。〔合唱〕就裏機關慢慢提。〔同下。宋江上。唱〕

【太平令】乍脱危機，孽報冤冤不可遲。〔鼂蓋上。唱〕待他偵探真消息，便眼望捷旌旗。〔宋江白〕昨日薛永到無爲軍察聽，如何未見回來？〔鼂蓋白〕看他爲人能幹，哥哥請免愁煩，必有好音奉覆。〔薛永引侯健上，進見介。薛永白〕這是我教使鎗棒的徒弟，叫做侯健，上等成衣，現在黄通判衙中做活，悉知彼處情形，他願投麾下効力，故此帶來相見。〔侯健白〕我在江湖上久慕二位兄長英名，既須報復，甘効微勞。〔宋江、鼂蓋白〕這等極妙。黄文炳那厮衙門何處，怎生進城纔好？〔侯健白〕二位大哥聽啓。〔唱〕

【粉孩兒】叢叢的聚金街別駕第，靠北門近側，槐高雲際。〔白〕門前高槐二株，最易識認，至于衙中門徑，都是熟路，不必提他。〔宋江白〕難得侯兄洞悉底裏，今夜即過無爲軍，手刃此賊，纔洩吾恨。〔侯健唱〕明知戎首恐噬臍，他赴黄堂商略機宜。〔白〕黄文炳聞聽劫了法場，連夜到江州探望蔡九知府，并與他計較，申奏朝廷去了。〔宋江白〕我欲報仇，但要殺死他一門良賤，與百姓無干。他今不在衙中，竊恐事久生變，怎生是好？〔侯健白〕大哥請寬心，容小弟呵，〔唱〕學鴟夷助報深仇，效曲逆略施奇計。〔宋江喜介。白〕若得如此，這正天使我報仇，特指侯兄來協助耳。〔侯健白〕待我先渡江到江州，衆好漢在三更時分竟往無爲軍，向北門踰城而進，須用火攻之計，將黄文炳衙署焚燒。我在隔江城上望見火光，即報知黃文炳，只說抵暮時節，衙中失火，各處延燒，故特來通報。他必定星忙渡江，那時我在船頭上打着黃府燈籠爲號，衆好漢便可于江心下手。〔衆白〕妙計，妙計。〔侯健白〕小可生平最恨那種奸惡的人，況宋大哥如此義氣，當盡死力。兼我一向行業走綫飛針，善能造甲，將來山寨的大主顧，要作成小可的了。〔衆笑介。宋江白〕作速齊備硝黃、柴束、軟梯、火具，全賴衆兄弟協力維持。〔合唱〕

【紅芍藥】他設下誣陷誅夷，我排定燒劫泥犂。這不是失火城門魚殃及，端的是報昭彰燃臍比例。匆匆柴束整備齊，到三更拍天焰起，那其間婦哭兒啼，要捉個生來死替。〔同下。四官兵、四更夫上，分白〕〖醉春風〗市上將人剮，撞着夥響馬。法場劫了要支更，打，打，打。木鐸敲開，金鑼篩破，巡夜摠把。〔官兵白〕呸！夜巡是把摠老爺，那裏有顛倒稱呼的。〔更夫白〕你們行伍中該應他把摠，吾們是更夫，向來不過應名而已。近日這等嚴查，豈不是被他拿住摠把了。〔官兵白〕休得取笑。正爲江州城中失事，我們無爲軍理合小心查夜哩。〔更夫白〕精扯淡。只有那蔡太爺怕死囚做下對頭，我們這個地方雖有城垣，却是荒野去處，有什麽關係。〔官兵白〕不要管他，我們只上緊巡邏便了。〔敲梆鑼下。場上預設布城，後用桌櫈搭高介。衆僂儸持柴束、軟梯、火具引梁山衆人上，轉至場門作搭梯勢。衆作上城在布城後桌櫈行介，下。內放火彩介。官兵、更夫擡救火具上。白〕不好了。火勢這等的利害，好像北門黃老爺衙中延燒，我們快些救火去。〔梁山衆人衝上殺官兵、更夫下。侯健持黃府

燈籠引黃文炳駕舟上，行介。黃文炳唱〕

【耍孩兒】水火無情難躲避，急泛江心棹。〔曲中張橫、張順、三阮棹槳上，指介。白〕那不是黃府燈籠。〔黃文炳唱〕恨不得插翅而飛。〔張橫接白〕要飛到那裏去，只怕你要飛也生不及翅扇。〔侯健高聲白〕誰的船，敢來掉嘴，通判黃老爺現在艙中，你們豈可冒犯。〔張橫等搭船上黃舟介。白〕梁山泊全夥好漢在此，要殺你這詳反詩的奸賊。〔黃文炳唱〕淒其怎冤家相對，今休矣，算只有向潯陽身投畀，陽身投畀。〔跳介。張順隨跳捉住黃文炳介。同侯健過船介。張橫白〕你回去説與蔡九府知道，我們梁山泊好漢權寄下他那顆驢頭，早晚便要來取。〔黃文炳船梢公白〕曉得，曉得。〔急下。衆白〕將奸賊綁在船中，飛棹往無爲軍接應衆兄弟去。〔合唱〕帆穩稱，風兒利。〔下。内又放火彩介。扮黃文炳男婦家屬慌上。唱〕

【撲燈蛾】惡報怎相饒，惡報怎相饒，性命難存濟。爛額與焦頭，倉猝逃門無地也。〔白〕俺家老爺衙中火起，四面都是黑煙，逃往那裏去好。〔梁山衆人林冲、花榮等持火把，舉刀劍上。唱〕何消問，你做當家他充奴婢，在劫數不留半米。〔遶場將男婦等盡殺下介。合唱〕恁好是黃巢嫡裔，這遭兒酒樓方驗反詩題。〔又梁山衆人劉唐、白勝等持人頭或擡箱籠上。衆白〕他衙中剩下人丁悉行殺盡，并得了許多金銀細軟，且喜衆位大哥全夥會集了。〔左場梁山衆人、穆弘、穆春等白〕那些逃散的家口也俱斬訖，一個不留，嚇得那些防範的毛兵曉得是劫法場的好漢，没一個敢來厮殺，都是迴避了。那城中百姓，遵着宋大哥之命，絲毫無犯。我們一齊渡江到穆家莊上去。〔衆白〕説得有理。〔張横白〕黄文炳被我兄弟張順拿住，綁在船中，衆兄弟擡上箱籠，一同下船便了。〔衆作出城介。合唱〕

【會河陽】起手三更，一霎朝曦，恢恢天網斷難欺。如伊，恁等瞞心，端應寢皮，惡貫滿，命似蟻。〔下。宋江、鼂蓋、戴宗上。唱〕昨宵，忙撥泒邀天庇。今時，可捕獲隨人意。〔梁山全衆上，將黄文炳捉跪介。宋江白〕黄文炳，黄文炳，到今日你可知自作之孽麼？〔黄文炳白〕呔！我把你們這些賊强盜，我黄文炳既被你們拿來，我還想生裏麼。恁憑千刀萬割，只是朝廷怎饒得你們。〔宋江白〕我與你往日無冤，近日無仇，你如何三回五次教唆蔡九知府？你但想結交權勢，超用贓官，把我兩人性命當做草菅般看覷，豈不可恨。我知道無爲軍人民都叫你做「黄蜂刺」，我今日且與你拔了這個刺可好。〔黄文炳白〕咳！不必多言，與我速死便了。〔鼂蓋白〕呸！這賊驢，怕你不死，你早知今日，悔莫當初。〔李逵白〕二位哥哥，何必與他勞勞叨叨。他要早死，我偏要叫他慢死，將他綁在後園樹上，看他肥胖得緊，倒可燒吃。〔劉唐白〕拿火盆放在面前，把刀細細的剐碎，炭上烤熟了，取來下酒。〔衆白〕二位好爽快，這等處治纔償得他平日的舌劍唇鎗。〔合唱〕

【越恁好】深仇應報，深仇應報，蜂刺拔來宜，莫把他剥皮楦草，須剐作肉如泥。從前掉舌弄虚脾，到頭來桃僵代李。〔僂儸押黄文炳下。宋江白〕今日蒙衆位豪傑報了冤仇，恩同天地，還有一言，不知肯見允否？〔衆白〕宋大哥見諭，無不仰遵。〔宋江〕前蒙鼂寨主與衆豪傑勸我聚義，只因難違父命，不敢應許，今犯下彌天大罪，鬧了兩處州城，不由宋江不上梁山，未知江州諸位兄長意下如何？〔李逵白〕都去，都去，或有不去的，吃我　斧，砍做兩截。〔宋江白〕好個粗鹵的「黑旋風」。〔衆白〕都情願跟隨宋大哥前去。〔合唱〕情願把江州郡都抛棄，歡喜煞梁山泊常依倚。〔宋江白〕難爲衆兄弟如此同心，銘謝不盡。〔僂儸上。白〕已將黄賊綁在後園樹上，火盆鹽醬并酒殽俱已齊備。〔劉唐、李逵白〕且將那厮碎割，吃一大醉，然後分隊上山。〔衆白〕有理。〔合唱〕

【尾聲】殺人豈可如兒戲，伊戚多緣汝自貽。驚動了兩處州城鬧鼓鼙。〔同下〕

# 第十九齣　梁山泊雙彪接母

〔公孫勝上。唱〕

【天下樂】整日思親望白雲，知交何用惜離群。家山渺渺心千里，蓆帽椶鞋返薊門。〔白〕貧道公孫勝，自從鼂兄長相挈上山，迢遞親闈，載離寒暑。時想老母倚閭之望，益添遊子陟屺之懷。兼恐我本師真人懸掛，須索參謁一遭。只是向蒙鼂兄誼篤同胞，言難啓齒。近日宋公明、戴院長鬧了江州，以後亦來大寨歇馬，并要去接家眷到山歡聚，不覺觸動我歸省之念，已曾告假，暫回薊州三五個月，遂蒙鼂、宋二公許諾。又承衆位頭領設席祖餞，准于今日起程，且待鼂寨主、宋大哥出來辭别便了。〔衆僂儸引鼂蓋、宋江、吴用、秦明、林冲、花榮、戴宗、劉唐、李逵、阮小二、穆宏、阮小五、李俊、阮小七、張横、蔣敬、張順、郭盛、黄信、馬麟、蕭讓、童猛、歐鵬、侯健、燕順、陶宗旺、吕方、杜遷、王英、石勇、金大堅、薛永、童威、朱貴、鄭天壽、李立、穆春、白勝、宋萬上。公孫勝見介。鼂蓋、宋江、吴用白〕倌人門外唱驪歌。〔公孫勝白〕感佩雲情返薜蘿。〔衆白〕今日臨岐相握手。〔合白〕暫時分袂待重過。〔公孫勝白〕貧道拜别各位兄長，即此就道了。〔鼂蓋、宋江白〕一清先生到家省視老伯母之後，萬望鶴駕早臨，不可爽約。〔公孫勝白〕貧道焉敢失信，回家參謁本師真人，安頓了老母，便回山寨。〔辭別介。鼂蓋、宋江白〕一路風霜，前途保重。〔衆白〕我等一同相送下山。〔公孫勝白〕怎敢勞駕，就此拜別。〔拜介。衆同唱〕

【長拍】客路千盤，客路千盤，鄉心萬疊，催起灞橋離恨。山東岱影，薊北樹色，悵迢迢兩地含顰。〔公孫勝唱〕睽越數餘旬，且穿雲孤往，披星前進。〔合唱〕隱隱，金沙灘上，路慣送別黯消魂，約定歸期須准。〔公孫勝作別下。合唱〕看此去師門，訪道子，舍寧親。〔李逵作哭嚷介。鼂蓋、宋江驚問介。白〕爲着什麽來恁般的放聲大哭？〔李逵一面作哭，一面白〕還要問做什麽，大家須心上去忖，這個也去接爺，那個也去接娘，難道我鐵牛是土窟坑裏鑽出來的不成？〔鼂蓋、宋江白〕如今你欲何爲？〔李逵白〕我這有一個老娘在家裏，我的哥哥又在别人家做長工，如何養得我娘快樂，我要去接他來这裏受用幾時也好。〔鼂蓋白〕這也是應當的。〔宋江白〕這事却使不得。〔李逵跳嚷介。白〕你也是個不平心的人。〔宋江白〕怎見得不平心呢？〔李逵白〕你的爺便要接上山來快活，我的娘由他在村裏受苦。兀的不是不要氣破了鐵牛肚子。〔宋江白〕不是這等説，只因你性子不好，況兼酒後最肯生事，你若要去，從今日便當戒酒，板斧亦不可帶去，未知你依得麽？〔李逵白〕件件依得。只帶一條朴刀路上防身便了。〔鼂蓋、宋江唱〕

【短拍】怕你形模，怕你形模，防人盤問，一路兒切莫生嗔，性子要恂恂，先除酒最是一樁吃緊。〔李逵白〕二位哥哥好婆子氣，説了一遍鐵牛就知道了，只管叮嚀囑咐，有些不耐煩聽他。〔從僂儸手取朴刀作一歪揖下。鼂蓋、宋江白〕你看「黑旋風」竟自去了。〔唱〕途中到底難安穩，須得個保護到花村。〔朱貴白〕小弟與李大哥是同鄉，願去保護，還有我一個兄弟喚作朱富，在那裏開座酒店，趁此也要回家探望探望。〔鼂蓋、宋江白〕能得賢弟一行，可保無虞。〔朱貴白〕今晚即當收拾起身，但是山下酒店交與何人管理？〔宋江白〕這個不妨，另煩侯健、石勇二位暫管幾日便了。〔合唱〕

【尾聲】孝心萌，忙投奔，薊州、沂水省慈親。好教我兩處懸懸悵望頻。〔同下〕

# 第二十齣　冒名剪徑誆金歸

〔旦上。唱〕

【耍孩兒】山崖畔，過光陰，夫和婦，做强人。經商客旅不見進，單身撞在奴手下，心腸狼虎使毒針。蒙汗藥酒坑財命，我做的無本買賣，我似個五殿閻君。〔白〕奴家生得美貌，夫妻住在山坳，赤手空拳，把人殺得了，財物干罷。奴家牛氏，自幼兒在我娘家，也有幾樁好處。奴家這一雙眼，引人秋波入套，瞪起來追命奪魂。奴家這一張嘴，從來不好説長道短，似櫻桃愛吃腥葷。奴家這一雙手，雖然不會描龍刺綉，使鋼刀慣會殺人。奴家也有這幾宗好處，並無一人覷我。幸遇李鬼，俺二人不因三媒六證，一相便成。奴家又好吃懶做，李鬼又好酒貪眠，夫妻住在山坳，支着什麽爲生，支着做賊度日。你瞧瞧，這是多咱晚兒了，忘八還在那裏睡呢，待我叫他起來。忘八，忘八，醒醒兒罷，這是多咱晚兒了，還窩着腦袋睡。醒醒兒罷。〔丑内白〕嗳呀，嗳呀！〔上。唱〕

【耍孩兒】喀合眼，睡夢朧，聽妻兒，低鶯聲。他驚醒我的南柯夢，我夢見出門撞着一圓井，妻兒身邊穿大紅，叫醒唬得我痴鑷症。此夢兒凶多吉少，不出門躲過災星。〔白〕答答答。〔旦白〕扎的來。〔丑〕一個人睡覺，儘是叫，叫起來做什麼呢？〔旦〕你瞧麽，這忘八還來問我。這是多咱晚兒來，你也該起來收拾收拾。〔丑〕收拾收拾，大不吉利，做夢不好，只是我不去。〔旦白〕睡多夢多，偏有話説。叫你前去，就有這些嚕蘇。你不出去餓死我，叫爲娘的喝風。〔丑笑介。白〕喝風，喝風，你且説，容聽我告訴夢中吉凶。〔唱〕

【耍孩兒】叫妻兒你聽言，你聽我説一番，夢中好像我親眼見。我夢見出門撞着一圓井，你穿大紅站在目前，覺醒唬了我一身汗。此夢兒凶多吉少，因此上我懶起貪眠。〔旦唱〕既聞言，喜在心，這一去，捷徑行，夢中恍惚你不可性，逢井呀你走巧路。〔丑白〕我忍了把掌去打你小婦的謅嘴，眼頭裏一圓井，走着走着撲癡掉在裏頭了，這多是巧路。〔旦〕啐！難道説你就是你娘的瞎子，眼頭裏一圓井，這往前走就掉在裏頭了，這怎麽樣呢？少不得往這邊兒上一繞，你瞧這是個巧路不是。〔丑〕站着，站着，我算算這個賬着。眼頭裏一圓井，這邁步不在裏頭邁麽。〔旦白〕呆了你了。〔丑〕少不得打這邊兒上一繞。〔旦〕這是個巧路兒不是。〔丑〕這個也罷了，你身穿大紅呢？〔旦〕也有解説。〔丑〕説罷咱。〔旦唱〕身穿大紅喜來臨，説凶道吉錢財進。這一去管得了寶載，莫胡疑抖抖精神。〔丑白〕你會圓夢麽？〔旦〕又説我會圓夢，我自幼兒在娘家就會半壁子陰陽。〔丑〕喝我不知道狗攮的，這麽些嚕蘇，你倒底把我什到出來做什麽？〔旦〕你瞧麽，他倒忘了呢。我合你商量那句話怎麽樣了？〔丑〕昨兒有句話。〔旦〕嗄。〔丑〕昨兒個没有話呀。〔旦〕你瞧麽。

〔丑〕嗄！ 想起來了。你叫我大道上截人去的話呀。〔旦〕是了。〔丑〕收什了罷，没音兒。〔旦〕咱的兒。〔丑〕我這個漢仗兒你不知道，我這個膽量兒你還不曉得？ 我這個不過在鄉屯里住着揪摸揪撿的，掐把高糧穗子，偷把穀穗子，拔兩顆白菜，偷兩個窩瓜，再着了急挖牆拱窟籠，牽個牛偷個驢。 這個毛賊兒你叫我去罷了，你如今叫我上大道去，未曾没見人家，自己先打起戰來了。 細想着中什麼用？〔旦〕你寡這們着也不勾咱兩個人費用。〔丑〕我去不得，叫我也没法兒。〔旦〕這個這個他去不得，叫我有什麼法兒呢。 也罷，咱們如今想一個利利害害的人，頂着他的名頭兒去就截了來了。〔丑〕咱們知道誰利害呢？〔旦〕想嗄。〔丑〕想罷。 咱有了。〔旦〕誰嗄？〔丑〕樊梨花。〔旦〕使不得，那是個女的。〔丑〕再想。 有了。〔旦〕誰嗄？〔丑〕劉金定。〔旦〕使不得，也是個女的。〔丑〕我是什麼人？〔旦〕你是個男人。〔丑〕我成日也打量着我是個女人，我不中用，你想罷，你想。〔旦想介〕有了。〔丑〕有了幾個月了？〔旦〕什麼？〔丑〕你説你有了麼？〔旦〕有了人了。〔丑〕你有了誰了？〔旦〕有了利害人了。〔丑〕誰罷？〔旦〕咱們山後有個白丈村。〔丑〕有個白丈村。〔旦〕有個「黑旋風」李逵。〔丑〕有個李逵。〔旦〕此人生得名頭就利害。〔丑〕利害。〔旦〕豹頭環眼，查奢鬍鬚，經商過客不用動手，只用通一聲名兒，金銀財寶多截了來了。〔丑〕那個李逵是個黑媽烏嘴的行子，我是個白臉兒，也不像。〔旦〕黑古引子裏那裏瞧去呢，着一把鍋煙子摸胡摸胡就是了。〔丑〕我摸胡了臉。你呢？〔旦〕你摸胡臉，我把這做賊的法兒告訴你。〔丑〕來罷咱。〔旦唱〕

【梆子腔】尊兒夫聽原因，聽奴家説假真。凡事要你看人盡，大吒一聲留名姓。前行到了松林下，單等孤客行路人。〔丑白〕老婆，你看我這摸胡的如何？〔旦〕我瞧瞧。黑古影子裏我也瞧不出來，你跟我到月亮地裏來。〔丑〕外頭還瞧，真金也不怕火煉，瞧證了再添價。〔旦瞧，笑介。丑〕這一笑倒笑了我冰涼，到底是好不好？〔旦〕你呀，漢仗兒也長得敦敦實實的，臉兒也畫得好狠像也。像個李逵不像個李逵，倒像個忘八蛋。〔丑〕還未曾出門，説這不吉利的話，像王八蛋，我還得滚回來呢。〔旦〕這是我誇你呢。〔丑〕李逵使的是斧子不是？〔旦〕斧子。〔丑〕咱們家裏没有斧子。〔旦〕你砍柴斧子使不得麽？〔丑〕使得麽？〔旦〕使得。〔丑〕取來。〔旦提斧介。丑戳介。旦唬介〕阿呀！〔丑〕我説一去未必截的住人家，我先拿你使使斧子罷。〔旦〕不要説不吉利的話。〔丑〕這是去了。〔旦〕去罷。怎麽又回來了？〔丑〕没有説頭了？〔旦〕没有了。怎麽又回了？〔丑〕我到那裏到底怎麽着？〔旦〕你没見李逵麽？〔丑〕我没見李逵。你見李逵？〔旦〕我也没見李逵。〔丑〕你也没見李逵，我也没見李逵，到那裏我知道怎麽着。擦臉，我不去了。〔旦〕不要擦。〔丑〕怪戒巴得慌。〔旦〕人家外頭三個一攢，兩個一夥兒，説那李逵怎麽樣的驍勇，怎麽樣的利害，我就着這個話兒教你幾句，你就去了。〔丑〕你還教給我。〔旦〕我教給你。〔丑〕半路兒我這個師父倒投着了。〔旦〕捉比道傍裏高高一塊石頭，粗粗兒一顆樹，可深深兒一個坑。〔丑〕要那們些東西仔麽？〔旦〕你不懂的。這些東西影藏着你的身子，你看見人家，人家看不見你。〔丑〕嗄！就是我那二年打揁子那們着。〔旦〕是了。〔丑〕你説這個我不明白，只是遶湾兒。〔旦〕你在這裏頭猛古楞着。〔丑〕什麽猛古楞着？〔旦〕猛古楞者是蹲着。〔丑〕你説蹲着我不明白，又説猛古楞着。〔旦〕猛古楞着是吊坎兒。〔丑〕我從小兒是頑票出身，多咱懂坎兒着。〔旦〕你這們瞧着，這們望着，有個十來人過來。〔丑〕我就出來。〔旦〕你出來做什麽？〔丑〕十來個人金銀財寶多，我還……〔丑〕我知道，可是深深一個坑在裏頭，我猛古楞着。〔旦〕不是那没着。〔丑〕死忘八蛋，説就是了，只是渾我這麽瞧着望着，人多了我不肯出去，我的武藝砬根兒，恐怕不是人家意思。單等着孤身一人，堪堪來近，冒冒失失跳出來，急得我摩拳擦掌，把胡鬚初初，眼睛瞪起來，這隻手插在腰裏，這隻手舉起來。 阿吠！ 我乃粱山上「黑旋風」李逵，有什麽金銀財寶，與爺留下，免爺動手。〔旦〕這是什麽様子？〔丑〕你才教我這没着。〔旦〕我是個女人，嫩聲害氣，你那勁呢？〔丑〕要我的本勁，粗喉嚨，大嗓子。〔旦〕是了。〔丑〕再來來，人家人多，不肯出去，單等着孤身一個，冒冒失失跳出來，急得我磨拳擦掌，胡鬚初初，眼睛瞪起來。〔旦〕瞪。〔丑〕老婆，我這裏兩個眼勁使不匀，只瞪一個。〔旦〕使勁瞪。〔丑〕瞪出血來呢。 這隻手插在腰裏，這隻手舉起來。 阿吠！ 我是粱山上「黑旋風」李逵，有什麽金銀財寶，與爺留下，免得動手。〔旦〕説嗄。〔丑〕没了。〔旦〕只這麽兩句兒麽？〔丑〕你才教我這兩句。〔旦〕這麽兩句兒，我覺着唬不怕人着。〔丑〕我覺着他也不怎麽怕。〔旦〕也罷，私場演官場用罷。〔丑〕怎麽着？〔旦〕你裝做李逵，我就裝做行路客人，唬怕我了，咱們就吃個大餑餑。〔丑〕唬不怕你呢？〔旦〕咱還喝舊鍋裏的粥。〔丑〕我等着截你罷。〔旦唱〕辭別家鄉一斷，爲金銀來在外邊。〔丑白〕阿呔！　我是梁山上「黑旋風」李逵，有什麽金銀財寶，與爺留下，免得動手。〔旦〕爺爺，這是金子，這是銀子，爺爺拿去，只求饒命罷。〔丑笑，筋斗介〕我今日出門，撞見你這戎攮的走道才好呢。〔旦〕爺爺不必罵了，天氣明亮，開發開發罷。〔丑〕天氣堪堪明亮，不辭脚，爺爺你去罷。〔旦下。丑唱〕俺今打扮似天神，扮做了梁山「黑旋風」，都只爲他的英名重。大吒一聲留姓名，前行來到松林裏，單等孤客行路人。〔下。李逵上。白〕西風黃葉滿樹林，久聞此處有强人。撞見雙斧魯男漢，須索留下買路金。俺李逵辭別了諸家兄弟，下山探母，灑開大步，俺便要走也。咳！　一出門來明星月朗，霎時間黑霧迷漫，怎生樣行走。咱家老李下山探母，一片孝心，那管他昏天黑地，俺要走也。〔唱〕

【吹腔】又只見月濛朧，浮雲罩住滿天星。雲暗不辨南北路，心急如梭探娘親。耳邊只聽得猿猴聆，四下山風賽虎聲。〔磞介。白〕嗄！　什麽東西。咳！　正走得興頭，又磞在樹上。也罷，待我摸着走來。〔唱〕穿林遶樹尋路走，〔内風介〕雲開霧散放光明。前行來到松林下，來到山林看分明。〔白〕呔！　强盜、狼虫、虎豹、賊人。咳！　都是瞎賬。如今嚷到天亮也未必見了動静。呔！　你不出來就是有造化的，俺便下山走也。〔丑上〕呔！　〔李逵〕嗄！　冒冒失失鑽將出來是個什麽東西。呔！　先報狗名，後贈盤費，免的動手。〔丑〕什麽什麽罷。咱二尾子攮的，問俺的名姓。站住，要你聽了。〔李逵〕講。〔丑〕嗄！〔唱〕休動手來莫逞雄，須索留下買路金。〔李逵白〕你是個什麼東西？〔丑唱〕你今問我的名和姓，說起你老爺有大名。也是你今活倒運，撞見我李逵「黑旋風」。〔李逵白〕嗄！又摸出他娘一個李逵來了。呔！你是誰？〔丑〕我是李逵。〔李逵〕唔！這樣相見，倒也來得利害咧。〔丑〕阿唷，阿唷！〔唱〕既知道咱利害，聞我的名，留下了金共寶，饒你殘生。〔李逵唱〕聽說罷怒沖冠，何方狂徒逞英雄。你在此剪徑我不惱，不該胡沖壞我的名。世上也有真共假，人兒也有假與真。不由人沖沖怒，銼碎牙根，我與你，我與你決强勝。〔拿住介。白〕你是個什麼東西？〔丑〕老爺，我不是李逵，是李鬼，是個沒能耐戎攮的，我又沒本事鋤地抱壠，傭工做活，我家中有七八十歲的母親，名知爺的名頭兒利害，我裝爺的名頭兒截幾個錢兒孝養我的母親。爺要殺了我，我那母親活活的餓死，一刀不傷二命，老爺。〔李逵〕唔！咳！咱家老李下山探母，一片孝心，來不來把個養娘的殺了不成。〔丑〕那還有個娘人味兒麼？〔李逵〕我自有道理。呔！李鬼兒，我說與你，這是銀子一錠，拿回家去孝養你的母親，從今巳後不要壞俺的名頭，俺便下山走也。〔下。丑〕爺又給我銀子一錠，又不傷我的性命，我還壞你的名頭成什麼混賬。咦，他那裏去了？好個拉呆行子，好小婦養的，又給我銀子一錠，又不傷我的性命，也是大喜，回家且過日子。阿呀！罷了我了，把我一條腿兒砍了還不知道呢，一輩子人完了，站不起去了，屬忘八蛋的，往家裏古嚕。完了，完了。〔笑介〕正是逢凶化吉，遇難成祥，銀子到手，且養我的刀傷，養

得全可再作商量，商量。〔下。朱貴上。唱〕

【畫眉序】忽地奉宣差，只怕旋風去惹災。怎茫無蹤影，牽掛心懷。〔白〕俺朱貴奉寨主之令，只爲李大哥回家探母，特命我前來保護他，恐他路上生事，怎的將到沂水縣，從不曾撞見，如何是好。〔唱〕抹過了煙樹千重，斜隔着雲山一帶。〔白〕一路上來，還聽得説江州的發了行文，原籍勾拿罪犯，如今也没奈何。且回到兄弟朱富酒店中住下，暗暗的打聽李大哥下落便了。〔唱〕流言耳聽心頭急，倘被捉如何回寨。〔下。旦上。唱〕

【梆子腔】五更醒，大天明，太陽真火照窗欞。李鬼昨晚出門去，直到如今不回程。眼皮兒簌簌跳，心内驚，不知凶和吉，不見信和音。〔丑上。唱〕在家下聽了妻兒語，哭哭啼啼轉家園。俺的好心將他騙，險的殘生一命艱。〔旦白〕阿呀！你來了麽？〔丑〕混賬攮的，我説我不去罷，强泒着你會圓夢，到那裏截住了。〔旦〕截住不好麽？〔丑〕截住他娘真李逵了。〔旦〕阿呀！怎麽樣了？〔丑〕他只要過去，我那性兒你是知道，我的那裏肯放他過去，我們兩個就武查起來了。起癡各炙鬧了個不清結，把我窩在底下了。〔旦〕阿呀！這個怎麽着？〔丑〕他就要殺我，我説爺爺，我不是李逵，我是李鬼，是没能耐的松攮的，又没本事鋤田抱隴，傭工作活，我家裏有七八十歲的母親，聞知爺的名頭兒利害，裝爺的名頭出來截幾個錢，孝養母親。爺要殺了我，我母親活活的餓死，一刀不傷二命。老爺。〔旦〕阿唷！當家的，你這套話到回答得倒好。〔丑〕我是怎媽的，我是做什麼的。〔旦〕他怎麼樣？〔丑〕他在半拉古懷了兩句：呔，李鬼兒，我説與你，這是銀子一錠，拿回家去做個生意買賣，孝養你的母親，從今往後不要壞俺的名頭。他就沒了影兒了。〔旦〕阿唷！當家的，給你銀子一錠，又不傷你性命，可也是大喜。〔丑〕喜什麼，喜你媽的屎。〔旦〕哎呀！當家的，聞得李逵鬧了江州一事，外邊畫影圖形拿他，有人拿得住他，賞錢二千貫，你怎麼當面錯過了。〔丑〕哎呀！是嗄。我當面錯過了。老婆，諒他去也不遠，你進去弄點飯我吃吃，我定要拿他。〔旦〕當家的，正是計就月中擒玉兔。〔丑〕老婆，可是謀成日裏捉金烏。〔下〕

## 第廿一齣　殺大蟲熱心報母

〔李母上。白〕不死偏留老不賢，隻身雙瞽可憐天。大兒傭作小兒躲，〔嘆介〕咳！忍凍吞饑命苟延。老身年邁龍鍾，相依兩個兒子度日。大的叫做李達，長與人家做工。小的叫做李逵，素常酗酒鬬狠，曾經犯了悮傷人命，逃往江湖，一去杳無音耗。他爲人却是有些孝心，使我天性難割，時刻想念，以致雙目失明，虧得大兒子從口嘴上節縮下一碗半碗飯兒，把來養贍老娘，好生苦楚。因思這等風燭之年，養兒不能防老，活也徒然。〔嘆介〕這時候還不見送飯回家，餓也難受了。阿彌陀佛。嗄。〔李逵上。白〕小鬼假裝強剪徑，破村無恙急敲門。〔進見介。白〕娘兒好麼，緣何雙眼都瞎了？〔叫介〕娘，鐵牛來家了。〔李母喜介〕聽這聲音果然的是他。〔摸介〕好兒子，叫我一向想殺了。鐵牛，你今日也喜得一面，但是這幾年在那裏安身，我的兩眼都爲你哭瞎了。〔作悲介。李逵背想介。白〕我若説出真情，必不肯隨我前去，胡亂我哄娘一哄。〔轉向李母介。白〕娘，鐵牛做了官，今日來接你去同享富貴。〔李母白〕天大的造化，你竟做上了官了，我好快活嗄。〔唱〕

【風入松】孩兒晉爵與加官，暗地眼花撩亂。幾年怪把音書斷，娘身畔誰知寒暖。〔李逵合唱〕

忙接取千欣萬歡，享富貴慶團圓。〔李達提飯罐上，進見介。李逵白〕哥哥拜揖。〔李達白〕你這厮，歸來做甚麽，又來拖累人，你不聽得，現在縣前張掛告示追捕正身。〔李母白〕兒嗄，你兄弟做了官了，他特來接我去同享富貴。〔李達白〕娘不要聽他，那裏有做的强盗官，現今犯下的罪比舊日更不小哩。〔李逵白〕哥哥，不要管這些閑事，一發同了我去，挈帶你受用可好？〔李達作欲扭勢介。背白〕這厮力大於我，我不是他的對手，待我去報知莊主便了。〔急下。李逵白〕哥哥此去必定不懷好意，不如背了老娘快快走了罷。我且把一錠五十兩的大銀子留下，他就要來追，那黑眼睛見上白銀子，他兩條腿先已十分酥麻了。〔唱〕

【急三鎗】見白錠，起黑眼，能羈絆，忙竊負，莫盤桓。〔白〕娘，我背了你去，前面就有車輛來迎接了。〔背介。李母唱〕從今後娘與你長依伴，縱瞽目儘心寬。〔李逵背母急下。李達領衆持棍棒上。李達白〕來此已是。列位，天色已晚，不要被他乘黑昏之中逃走了。你們只在外面守着，待我進去哄他出來。〔衆〕有理，有理。〔李達作進介。白〕鐵牛，鐵牛的兄弟。呀！怎麽没一些影響，連娘也不見動静了，好生詫異。〔向各處尋介，作摸着銀介。白〕咦，摸去重沉沉好像一錠大銀了，且把來藏了。〔衆白〕怎麽連李達也不見出來，不要上他的詭當。〔一白〕我們且趕進屋裏看來。〔進内介。李達作向各處摸介。衆白〕那邊黑影裏有個人兒，想是這厮躲在那裏，快些上前拿住。〔作拿介，打介。李達喊介。白〕不要打，我是李達。〔衆白〕你不是李逵麽？〔李達白〕李逵不知那裏去了，連娘也不見了。〔衆白〕我們帶有亮子，點起來照一照，真的不見，大家好回去。〔點火把照介。李達作銀落地介。衆白〕你説李逵不見，這錠大銀又是那裏來的，可不是夥同做賊？〔一白〕莫不是得錢賣放？〔李達〕列位一向曉得，我做人豈是肯做賊的，若要賣放，也不來告訴你們了。〔衆白〕這也解説得是，但是這銀子從那裏來的？〔李達白〕想是我兄弟留在這裏與我過活。〔衆白〕若是李逵的，便是真贓了。〔唱〕

【風入松】真贓理合要呈官，隱匿罪名難逭。〔白〕我們拿住了正身，便想三千貫賞錢，你如今倒要討這五十兩上腰麽？〔唱〕孟哥兒怎許伊收管，須則是平分一半。〔李達唱〕甘情願託出和盤，牛皮鼓大家輓。〔白〕他必定背了娘逃走，我們追上去拿他。〔衆白〕天色已晚，路徑又雜，那裏去追，不如回去告知莊主，憑他報官不報官也罷了。只是好笑，不見了令弟，偏撞見家兄。正是世間怎比家兄厚。〔李達白〕堂上難忘阿母慈。〔下。李逵背母上。唱〕

【急三鎗】星月下，不擇路，迷町疃，一徑裏，到山巒。〔白〕這裏已到沂嶺了，我恐怕哥哥追趕，打從小路而來。娘嗄，趁着星月之下，翻過嶺去。〔李母白〕我的兒，你的娘渴來受不得，那裏討口水來纔好。〔唱〕肚又餒，口又渴，身兒軟，行路苦，恁多般。〔李逵白〕嶺那邊纔有人家，方好做些飯吃，水也有了。〔行介。李母白〕我早上吃了乾飯，渴殺我也。〔李逵白〕我也煩躁得緊。娘且坐在此石上，待我去尋水來。〔李母應坐介。李逵將刀插地記認介，下。李母白〕嗄！鐵牛的兒，要接娘去快活，實是一片孝心，只是大兒子撇在這裏，使老娘又要多一處牽掛，更可惜瞎了雙眼，我鐵牛戴的紗帽不知是長的匾的。〔内作風聲介。虎嘯介。李母作驚介。白〕耳跟邊一陣風過去，不要跳出猛虎來，叫我瞎子躲在那裏去。鐵牛的兒，鐵牛的兒嗄。〔一大虎領二小虎跳舞介，啣李母下。李逵捧石香爐盛水上。白〕娘吃水，怎麽不在這裏了。〔叫介。白〕他是雙瞽之人，不往那裏去的，難道記錯了，不坐在這裏麽。〔看介。白〕我的朴刀尚插在此，一些不差。〔又看介。白〕星月之下，滿地血跡。呀！不好了。我娘一定被虎啣去。〔二小虎啣人腿一條上，争食介。李逵作見介。白〕呀！這兩個小孽畜舐的人腿可不是我娘的麽。也罷，且殺了這畜生，好與我娘報仇。〔作殺一小虎介。一小虎作鑽進洞介。李逵亦進洞殺小虎介。大虎上，倒退進洞介。李逵用腰刀戳死大虎攛下。李逵作出洞介。一面白一面尋介。白〕可恨，可惱。我去尋水與娘吃，就偷這個空兒便把我娘吃了。〔又一虎上，撲介。李逵與虎斗介，殺虎下。李逵白〕已被我連殺了四虎，却是枉與別人除了害，我特爲千辛萬苦要娘去快活接上梁山，誰知竟死于虎口。〔大哭介。唱〕

【風入松】思量奉養把娘搬，倒做了大蟲延款。祈天長壽偏生短，殘骨殖如何打算。〔白〕我且尋取骨殖，就埋葬在此，到山神廟中權歇一宵，明日趕回梁山泊去。〔唱〕刨淺土當做桐棺，放聲哭劇心酸。〔白〕我的娘嗄。〔哭下〕

## 第廿二齣　李鬼暗算黑旋風

〔四獵户上。分白〕長弓勁箭各橫腰，獵户充當膽氣豪。没法計擒山上虎，縣家責比不相饒。〔合〕我等沂水縣獵户是也，只因沂嶺上出了一群猛虎，傷了多少來往客商，官司立限我們擒捉。無奈這起孽畜十分利害，近他不得，只得在嶺下遠遠的安排窩弓、藥箭候他。昨晚守了一夜，又不見動静。此時天色已明，且各回去，到晚上再來。〔李逵上。唱〕

【端正好】肉如剜，仇難解，娘何罪一個當災。早已是曉雲撥去青峰外，拽步回山寨。〔獵户見介，驚問介。白〕你這個客人好大膽，清早從嶺上過來，可曾遇見大蟲？〔李逵白〕你問老虎麽，倒有四個死的在嶺上。〔獵户笑介。白〕我們擒捕了許多時，一個虎也不曾拿得，怎生便有四個死虎起來。〔李逵白〕你不信有死虎，你且看我的滿身血跡便知道了。〔獵户白〕你一個人有多大本領，如何便能彀殺死了四個大蟲，莫不是哄我？〔李逵白〕我又不是這裏人，哄你們做甚麽。〔唱〕

【倘秀才】我却是他鄉遠客，瞥逢着弔睛白額。昨夜裏背負娘親過嶺來。〔獵户白〕這等説時，倒要請問備細。〔李逵白〕不合老娘一時忍渴不住，要吃起水來，我去嶺下尋水，被大蟲就把我娘吃了。我直待尋到虎窩裏，先殺了兩個小虎，後殺了兩個大虎。〔獵户白〕你話有些難信，這條沂嶺上整整三五個月没有人敢行，你難道是山神土地轉世，有這等的大膽量、大力氣。〔李逵白〕我早知嶺上有虎也不打從這裏走了，可憐我外路人，枉把老娘喂了餓虎。〔唱〕猛教人心顫顫哭哀哀，如不信那大蟲兒現在。〔白〕我和你們上嶺去，便知分曉。〔二獵户白〕既是真的，你們一面報知曹太公并衆上户，預備迎接壯士，一面唤齊了人，把那四個大蟲擡到曹太公莊上去。〔二獵户應介，下。二獵户白〕難得壯士英雄，與我們這裏除了虎患，請到莊上插花飲酒，還有酬勞之敬。〔李逵白〕插花飲酒麽？〔獵户白〕正是。〔李逵白〕這虎雖與我老娘結下宿讐，却喜與你莊上除了大害，酒是應該擾的。〔獵户白〕就請同往。〔李逵白〕離此有多少路？〔獵户白〕不遠，前面就是。請。〔虛下。曹太公同衆上户鼓樂彩旗迎上介。合唱〕

【叨叨令】準備着旗兒鼓兒，鬧叢叢齊齊剪剪的擺；擎捧那花兒紅兒，簇新新歡歡喜喜的戴；擺列下酒兒果兒，香噴噴恭恭敬敬的待；糾斂些課兒鈔兒，硬邦邦包包裹裹的帶。〔曹太公、衆上户白〕壯士連殺四虎，真是個活李存孝了。請問尊姓大名？〔李逵白〕我麽？〔曹太公白〕請教。〔李逵白〕嗄，叫張大膽。〔曹太公并上户白〕好嗄，若非大膽，焉能連殺四虎，可稱名不虛傳，就請壯士插花披紅。〔吹打介。李逵白〕我娘昨夜被虎吃了，没有脱孝，只怕插不得花，披不得紅。〔曹太公、衆上户白〕這是慶賀壯士的彩頭。〔李逵喜介，插花披紅介。合唱〕兀的不樂殺人也麽哥，兀的不快殺人也麽哥。廓清了路兒道兒，猛躭躭掀掀撲撲的害。〔到介，進介。曹太公、衆上户白〕先敬三杯，然後上席。〔李逵白〕既然紅也披得，花也插得，酒也定然吃得，何必拘定三杯五杯，你推我讓，裝這些秀才家門。〔衆應介，敬酒介，諢介。曹太公、衆上户白〕請壯士後面坐席，尚要請教那殺虎的始末。〔李逵白〕待飲酒中間細細説與列位聽便了。〔衆白〕如此甚好。請。〔吹打介。李逵笑介。同下。衆鄉民同李鬼上。白〕殺虎真稀罕，看人委實多。聞得有一過往客商殺了我們這沂嶺上四虎，如今迎在曹太公莊上款待。這樣好漢，是難得見的，大家同去看看，不要錯過了。〔一半鄉民白〕説得有理。快些前去。〔行介。合唱〕

【脱布衫】那籌兒好漢早安排，定天生豈是凡胎。莊前後齊聲喝采，看人多門闌兒擠壞。〔曹太公上。向内白〕那壯士海量，衆位多敬他幾杯，待我去看看，迎到縣中去。諸事可曾停當？〔見介。衆鄉民白〕太公。〔曹太公白〕諸位，想是來看迎虎麽？〔衆鄉民白〕這樣殺虎好漢，是難得見的，我們都要來認識認識。〔曹太公白〕果然是難得見的，待我請他出來，你們見見。〔向内介。白〕列位，陪那壯士出來，衆鄉親在此都要拜識拜識。〔内應介。衆上户陪李逵醉態上。李逵唱〕

【小梁州】喜得個熱酒當筵滿滿篩，口也慵開。衆人没窽要識吾儕，糾纏煞擔擱暢襟懷。〔曲中衆鄉民作争看誇獎介。李鬼背白〕那明明是「黑旋風」李逵。〔又認介。白〕聲音也不錯，當真是他。我有道理在此。〔衆上户白〕請壯士終了席，好一同到縣中去。〔李逵白〕什麽終席不終席，有酒只管吃就是了。〔笑介。衆上户陪下。衆鄉民白〕看他這副漆黑面，倒有這等手段，好笑我這沂嶺的猛虎，反虧外路人來除滅了，那些獵户好不中用嗄，好不中用嗄。〔下。曹太公欲下，李鬼扯介。白〕太公，可曉得這殺虎的是那一個？〔曹太公白〕他是外路人，叫做張大膽。〔李鬼白〕你老人家被他哄了，他就是鬧了江州反上粱山的「黑旋風」李逵，你只聽他聲音就曉得是同鄉人，怎的容得他當面掉謊。〔曹太公白〕不信就是他。〔李鬼白〕你看他那副面龐，可是與榜上畫的圖形是一般的？〔曹太公白〕方纔我一見了也有些疑心，如今却怎麼樣好呢？〔李鬼白〕還不快快擒住了送官，倘被人先首了，就要連累你老人家了。〔曹太公白〕不要高聲，倘被知覺，便難下手。〔唱〕

【快活三】初時早測猜，設計莫延捱。只恐怕隔牆有耳漫分腮，透漏防尷尬。〔白〕他如今已醉到八九分，待我去再灌他幾大杯，等他醉倒了就有算計。〔李鬼白〕怪不得你是個縣吏出身，這纔眼明手快。〔唱〕

【朝天子】莽村才瞎賣呆，小鬼頭識認早明白。〔曹太公白〕只是一説，你是原首的人，要當官去質證的，切不可走開了。〔李鬼白〕我出首了，還要領賞錢，怎麼倒走開。〔唱〕呈官是想卦求財，肯把言來拐。〔曹太公白〕是嗄，你在此少待便了。〔隨口下。李鬼白〕咳！李逵嗄李逵，你前日饒了我性命，又給我銀子，今日不是恩將仇報，只爲有了你真的在此，我這假的就出不得頭了。〔唱〕那顧情長，且把心歪，寃家路本窄。〔白〕況且又有那三千貫賞錢，也就拚你這條性命不着了。李逵，李逵，〔唱〕也是你數乖命該，吃官司切莫旁人怪。〔内白〕請再用一杯。〔李逵内白〕醉了，吃不得了。〔内白〕在這裏了，緊緊的綁着。〔衆莊客持器械綁李逵上。曹太公、衆上户隨上。李逵白〕你們這些賊囚，爲什麽綁起我來？〔衆上户白〕我們這裏鄉風，恐你逃席，暫且綁一綁。〔李鬼白〕果然的着了。〔李逵白〕我是再不逃席的，再不逃席的。〔曹太公白〕不要與他閒講，快快就解到縣裏去。〔合唱〕

【煞尾】醉鄉寬推落了東洋海，孽報近照見了明鏡臺。笑一個莽旋風呆打孩，剩一個真李鬼攬劈柴。落得個衆獵户大發財，那顧他壯士權充賊徒解。〔同下〕

# 第廿三齣　朱富麻翻青眼虎

〔朱貴上。白〕頻將心事蹙眉端，怎忍從旁袖手觀。若使旋風終有失，如何面目返梁山。我朱貴只爲李鐵牛下山探母，宋大哥恐有疏虞，因我是同鄉，特差我前來保護，誰知先後起程，他一路竟無蹤跡。不想鐵牛果然做出事來，在沂嶺殺了四箇猛虎，迎到曹太公莊上，被人識破，擒拏到官，如何是好。今早又打發兄弟進城探聽了，怎生這個時候還不見回來。〔朱富急上。白〕□□打聽真情急，家裏懸知望眼穿。〔見介。白〕哥哥，不好了。那鐵牛已經審訊成招，刻下就要詳府，當案孔目立了文卷，竟問成死罪了嘘。〔朱貴作驚介。白〕這便怎麽處，兄弟倘然有失，叫我怎回山寨繳令。你須想一計纔好。〔朱富白〕我却有一計在此，但不知可能濟事否？〔朱貴白〕什麽妙計，快説來。〔朱富白〕打聽得那解差乃是都頭李雲，曾教過我鎗棒，却有師弟之誼。〔朱貴白〕與那解差就有師弟之誼，也不相干，難道求他便敢放了麽？〔作摇頭介。白〕不濟事，不濟事。〔朱富白〕哥哥不要性急，待我慢慢的説來。少刻解府必從店門口經過。〔朱貴白〕經過便怎麽樣？〔朱富白〕我這裏準備酒肉等物，暗藏蒙汗藥在内，等他到時，只説長途辛苦，聊備酒食接力，把他們麻翻了。那時劫了李逵上山，豈不是一條好計。〔朱貴白〕妙嚇，果然好計。事不宜遲。〔朱富白〕只是此計一行，必然敗露，叫兄弟不能仍在此處開店了。〔朱貴白〕兄弟在此終難發跡，即無此□□，也要勸你同上山去。〔朱富白〕如此甚好。〔朱貴白〕我包裹内帶有一包蒙汗藥在此，同你到後邊去，快快整備起來。〔同下。衆士兵引李雲押綁李逵上，李鬼亦隨上。李雲唱〕

【八聲甘州】匆匆上府，爲江州巨盜，起解征途。〔白〕自家都頭李雲，奉本縣差遣，押解重犯到府。已出城外了。衆士兵一齊，須要小心押着。〔士兵應介，行介。合唱〕用心防護，休同別案强徒，料他黨羽定非孤。明寫着「敢笑黄巢不丈夫」，招呼，更擔憂社鼠城狐。〔朱富迎上。白〕郊坰充地主，酒肉答師恩。〔見介。白〕師父，押解重囚，長途勞頓，權請小店歇息片時則個。〔李雲白〕公事嚴緊，不敢停留。〔朱富白〕出城二十餘里，正是打尖時分，酒肉早已齊備，聊表徒弟一點孝敬之心，萬乞師父小飲三杯，略解渴吻。〔李雲白〕既蒙盛意，暫歇一回再走，酒肉倒不必見賜。〔李鬼虛白〕得了三千貫賞錢，也要陪他到上司質證，倒把我的本行買賣反擔誤了。〔朱富向内介，白〕你們把酒肉搬出來。〔内應介。衆走堂人捧酒肉上，朱貴亦混在内。朱富向李雲介。白〕備有酒飯一餐。〔指士兵介。白〕與他們衆位接力，師父可分付他們一聲。〔李雲白〕即承厚情，可將犯人綁在此處，你們拿到那邊去，快快吃了，好一同趲路。只是不可多飲。〔衆士兵作應介，將李逵綁在樹上介。衆士兵接酒壺、酒罍等件。一士兵作偷酒吃介。各諢下。朱富斟酒介。白〕請師父滿飲此杯。〔唱〕

【又一體】清酤，盤餐味縱麤，幸開懷暢飲，金盞香浮。〔李雲唱〕争忍高情辜負，無奈量窄溝渠。〔白〕素不善飲，領高情便了。〔朱富唱〕一芹思展足歡娱，莫使門牆孝敬虚。〔白〕這也算喜酒，師父隨意用幾杯兒，也賞徒弟一個臉面。〔李雲略飲介。合唱〕交孚，更何愁酒醉人扶。〔朱貴向李逵遞眼色介。李逵作會意介。李逵白〕酒肉難道只許他們吃的，也拿來與我吃些。〔朱貴白〕你是該死的囚犯，那個肯與你吃。〔李雲一面飲酒，朱貴一面向内望介。李雲例介。朱富白〕好了，麻倒了。〔朱貴白〕那些土兵也都醉倒在那裏了。快些動手。〔解李逵綁介。李逵奪李雲刀，欲殺李雲介。朱富作攔介。白〕這是我師父，不可造次。〔李逵白〕衆人曉得，那李鬼如此的恩將仇報，天地也不容，待我先結果了他再來。〔隨下，作提人頭上。朱貴白〕你這鐵牛，還要如此逞兇。〔李逵白〕不是李鬼這廝，我早已改作張大膽，如何又受那鐵牛的虧。〔朱富白〕哥哥同了李大哥快快先行，我當隨在後面，想師父醒了，必然追來，那時我也勸他入夥，也表我的恩義。〔朱貴白〕説得有理。〔合唱〕

【撼動山】中深蒙汗急難甦，料着他醒時惟叫苦。生門出，死門擔，血海救剥膚。大家兒重換起，好規模抛棄着酒罏。引一步也麽停一步。〔同下。李雲作醒介，起喊介。白〕阿呀！不好了。中了計了。想還去此不遠，及早追上前去。〔唱〕

【急急令】雖然中毒只須臾，去去去，臭跏蹦。〔追介，望介。白〕那是朱富嚇。呔！你劫了犯人往那裏去？〔朱富上。唱〕相邀同往可何如，住住住，且進趄。〔李雲白〕朱富你設的好計嚇。快把犯人送回，纔肯干休，不然拚一個你死我活。〔朱富作笑介。白〕師父的刀被李逵奪了，方纔即欲加害，是我攔住保全，如今師父赤手空拳，怎生與我們三個人厮併，還是從長商議的好。〔李雲作呆介。白〕有何商議？〔朱富白〕俺哥哥奉宋公明將令，救護李逵，爲此設計撥賺，料定師父必要趕來，故特在此相候，竊恐連累師父，于心不安。〔李雲白〕如今重犯脱逃，叫我怎生回覆本官。〔朱富白〕我想師父在此，終居人下，現放着梁山泊這等好去處，論秤分金銀，换套穿衣服，一同前去，却不是好麽？〔李雲白〕只恐怕他那裏不肯收留，這便怎麽處？〔朱富白〕他那裏專一招賢納士，那一個不知「及時雨」宋公明，師父只管安心同往。〔李雲白〕如今進退無門。罷了，罷了，幸我無家室之累，只得依你的主見而行。解賊翻從做賊人。〔朱富白〕梁山泊上且安身。〔李雲白〕回頭幸少妻子累。〔合白〕合志終啣師弟恩。〔同下〕

# 第廿四齣　蕭奉先興師拒敵

〔四宣令官上。唱〕

【點絳唇】號令風雷，傳宣重寄，雲霞隊。太乙河魁，壯我三軍氣。〔白〕俺乃大遼國中軍都統大元帥麾下衆宣令官便是。只因大金騷擾京東，殘破州縣，俺遼主聞知大驚，詔諭親征，命俺元帥分派各路都統出師攔擋。今日興師，只得在此伺候。〔内吹打。衆遼兵、遼將引遼帥蕭奉先上。唱〕

【混江龍】將軍族貴，雄師百萬出邦畿。看柳營□□，榆色風微，到底是王氣浮天隨寶纛，那些個紅光拂地繞龍旗。〔上高臺椅坐介。白〕震天金鼓紫駝驕，皂纛連珠晝斗杓。甲馬魚鱗開曉日，錦袍花萼上春潮。俺乃大遼國中軍大元帥蕭奉先是也。叵耐金人原爲我遼服屬，數年以來，十分猖獗，屢挫王師。俺遼主遣書講和，反肆誕謾，而且建號改元，其志不小。俺遼主因此詔諭親征，命俺爲都統大元帥，統領番漢兵百萬，前往金人。金人你那裏螳臂當轅，我這裏太山壓卵。你可也曉得俺大遼今番誓不與你兩立也。〔唱〕則看俺掃白山、清黑水，直教他兵戈星散，將士煙飛。〔白〕宣令官過來。〔四宣令官白〕有。〔蕭奉先白〕傳令出去，吩咐各營都統、將官，帥領本部人馬聽候

本帥分派。〔四宣令官白〕得令。〔下。內掌號、吶喊介。蕭奉先白〕你聽三軍鼓噪之聲，好不威嚴也。〔唱〕

【油葫蘆】則聽得聲震轅門動鼓鼙，軍令齊，戎行十乘半熊羆。想養癰幾載逞狂吠，鴟張滋蔓窺神機。兀自建大號，稱帝制，今日個誓將滅此而朝食，洗□見皇威。〔一宣令官引左軍都統蕭特末領衆上。白〕左軍都統蕭特末率領衆將弁參見元帥。〔蕭奉先白〕駙馬少禮，你可引騎兵五萬、步卒五萬北出駱駝口爲前鋒，擋住金兵，聽我吩咐。〔唱〕

【天下樂】恁是個玉葉金枝護紫微，指也麽揮，穿鐵圍。執殳伯也前驅力，啣金勒。展霓旌，持龍劍，摇星旝，則待要今番生擦擦無勿吉。〔蕭特末白〕得令。〔旁站介。一宣令官引右軍都統阿不領衆上。白〕右軍都統阿不率領將弁參見元帥。〔蕭奉先白〕罷了。你可領番漢兵五萬隨着前鋒直抵斡鄰濼就爲上功。〔唱〕

【那吒令】氣騰騰後隨，闖過了寥晦；明晃晃劍戟，緊逼了蒺藜；急煎煎鐵騎，飛渡了白水。大遼威，小邦力，則看取誰疾誰遲。〔阿不白〕得令。〔旁站介。一宣令官引前軍都統蕭察刺領衆上。白〕前軍都統蕭察刺率領將弁參見元帥。〔蕭奉先白〕林牙免勞，你可別領□□騎五萬南出寧江州，破他壁壘，功當無二。〔唱〕

【鵲踏枝】恁須是任星馳壓雲低，只要直抵寧江，敵自離披。則看高聳麒麟閣起，恁便須問司勳姓字標題。〔一宣令官引後軍都統蕭酬幹領衆上。白〕後軍都統蕭酬幹率領將弁參見元帥。〔蕭奉先白〕請了。你可領番漢兵五萬從長春路分道而進。〔唱〕

【寄生草】恁統着貔貅隊，日月旗，恁是個河山鐵券勳階貴，則要你智憑孫武成殊績，謀先諸葛摧强敵。休學取詩裁謝朓禦邊陲，棋敲羊子誇經濟。〔蕭酬幹白〕得令。〔旁站介。蕭奉先白〕衆都統上前，聽俺吩咐。〔衆應介。蕭奉先白〕他那裏恃其驍勇，勢甚威雄，侵軼我疆土，擄掠我民人，蹂躪我田廬，招納我亡命，今主上御駕親征，統著百萬雄師，裹數月糧草，務期犂庭掃穴，殄滅無遺。衆位都統爵分茅土，券誓河山，誼同休戚之臣，功著旂常之上，須要鼓勵軍聲，作興士氣。若萌退葸之心，自有軍法從事。〔衆白〕謹遵號令。〔蕭奉先白〕今乃黄道之日，就此分兵前去。〔衆白〕得令。〔分下。蕭奉先下高臺。唱〕

【煞尾】行仗節，且分麾，黄沙白草恁低迷。直待洗戈甘雨，前歌後舞笑着班師。〔同下〕